中华人民共和国地方志

福建省志

气象志（1991—2005）

福建省地方志编纂委员会 编

社会科学文献出版社

图书在版编目（CIP）数据

福建省志. 气象志：1991～2005/福建省地方志编纂委员会编. —北京：
社会科学文献出版社，2012.3
ISBN 978 - 7 - 5097 - 2997 - 7

Ⅰ.①福⋯　Ⅱ.①福⋯　Ⅲ.①福建省 - 地方志　②气象 - 工作 - 概况 -
福建省 - 1991～2005　Ⅳ.①K295.7

中国版本图书馆 CIP 数据核字（2011）第 261313 号

福建省志·气象志（1991—2005）

编　　者 / 福建省地方志编纂委员会

出 版 人 / 谢寿光
出 版 者 / 社会科学文献出版社
地　　址 / 北京市西城区北三环中路甲 29 号院 3 号楼华龙大厦
邮政编码 / 100029

责任部门 / 皮书出版中心（010）59367127　　责任编辑 / 陈　颖
电子信箱 / pishubu@ ssap. cn　　　　　　　责任校对 / 班建武
项目统筹 / 王　菲　陈　颖　　　　　　　　责任印制 / 岳　阳
总 经 销 / 社会科学文献出版社发行部　　（010）59367081　59367089
读者服务 / 读者服务中心（010）59367028

印　　装 / 北京盛通印刷股份有限公司
开　　本 / 787mm × 1092mm　1/16　　　　印　张 / 23.25
版　　次 / 2012 年 3 月第 1 版　　　　　　彩插印张 / 1.25
印　　次 / 2012 年 3 月第 1 次印刷　　　　字　数 / 492 千字
书　　号 / ISBN 978 - 7 - 5097 - 2997 - 7
定　　价 / 230.00 元

搞好气象测报 服务经济建设

省委书记陈光毅题词

加强气象队伍建设 加强气象现代化建设 为振兴福建经济作贡献
贾庆林
一九九一年六月廿五日

省长贾庆林题词

实施可持续发展战略 加快气象现代化建设
陈明义
一九九二年八月

省长陈明义题词

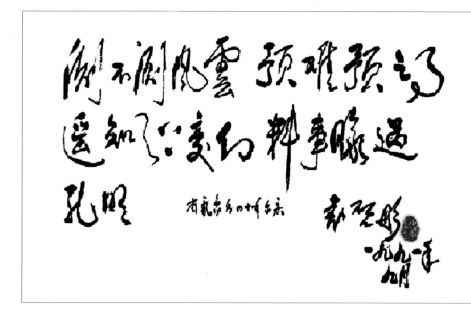

省人大常委会主任袁启彤题词

中国气象局局长邹竞蒙题词

中国气象局局长温克刚题词

建阳新一代天气雷达

宁德移动新一代天气雷达

龙岩新一代天气雷达

福州新一代天气雷达

厦门新一代天气雷达

建阳
南平
宁德
福州
长乐
莆田
漳州　厦门

图例

新一代天气雷达观测站

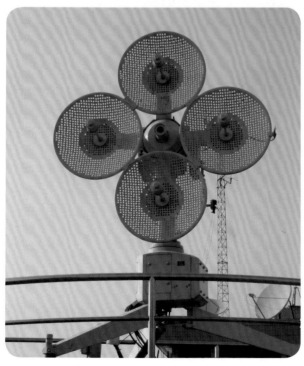

↑ 新一代天气雷达探测网

← L波段二次测风雷达

↑ 9210卫星通信双向站

➔ 覆盖全省和台湾海峡的雷电监测网

2003年引进的美国视算公司SGI Origin350小型计算机

海岛自动气象站

武夷山天游峰自动气象站

龙岩红尖山高山雷达（全国首部）

新一代移动天气雷达

气象预报

旱情调查

防雷安全检查

农业气象服务

气象演习

人工防雹 整装待发

走进企业调研

为高山茶种植提供气象服务

为奥运火炬龙岩站传递
提供气象保障

福银高速公路建设现场观测

土楼小气候观测

高海拔山区人工影响天气作业

防御台风新闻发布会

拉美十五国气象局长参观省气象台（1996年）

台湾气象考察团到福建考察（1996年）

美国减灾专家到福建考察
（1997年）

美国雷达专家在龙岩基层站考察
（2005年）

九仙山气象站获
"全国文明单位"荣誉
（2005）

长乐气象观测场

漳州市热带作物气象试验站

泉州气象局

宁德气象局

龙岩气象局

龙岩市气象生态综合监测站

厦门气象局

《福建省志·气象志》编纂研讨

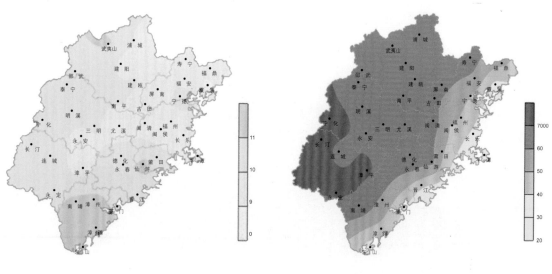

1月平均气温分布图（单位：℃）　　　　　4月平均气温分布图（单位：℃）

7月平均气温分布图（单位：℃）　　　　　10月平均气温分布图（单位：℃）

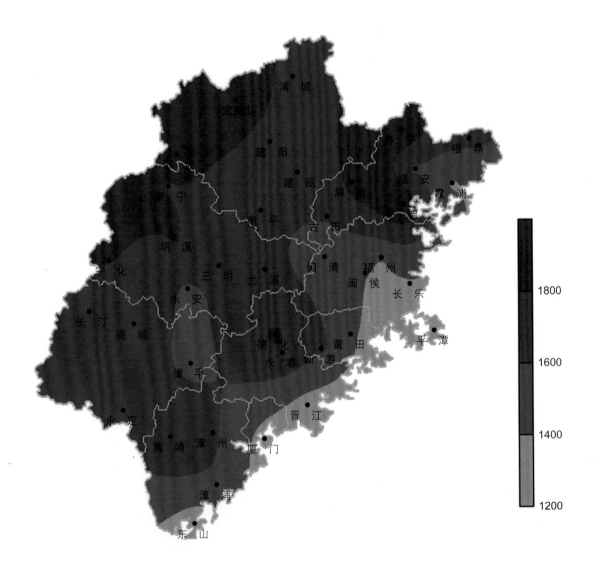

浦城

武夷山

建阳

福鼎

建瓯

福安

屏南

霞浦

寿宁

南平

古田

明溪

宁化

三明 尤溪

闽清 福州

闽侯

长乐

永安

长汀 连城

平潭

德化

莆田

永春 仙游

漳平

晋江

永定

南靖 漳州

厦门

漳浦

东山

1800

1600

1400

1200

年平均降水量分布图（单位：毫米）

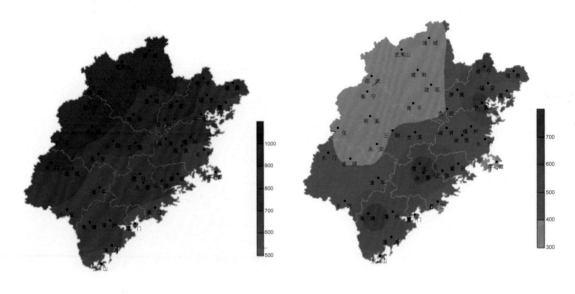

春季降水量分布图（单位：毫米）　　　　　夏季降水量分布图（单位：毫米）

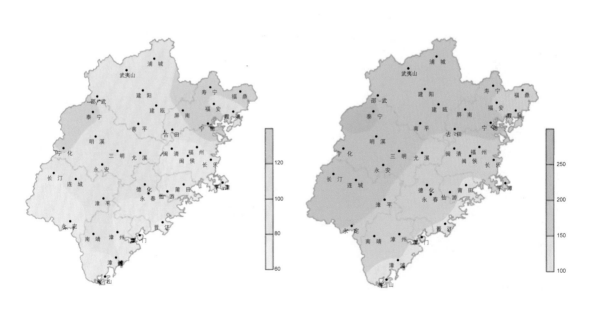

秋季降水量分布图（单位：毫米）　　　　　冬季降水量分布图（单位：毫米）

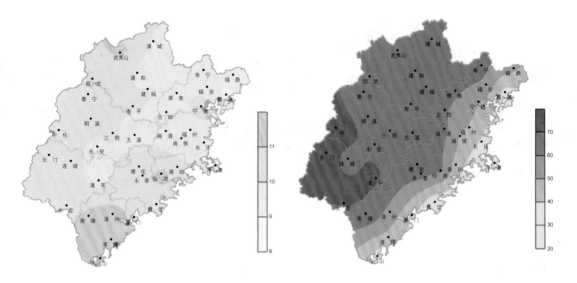

1971－2000年年平均降水强度（单位：毫米/天）　　1956－2005年年平均雷电日数分布图（单位：天）

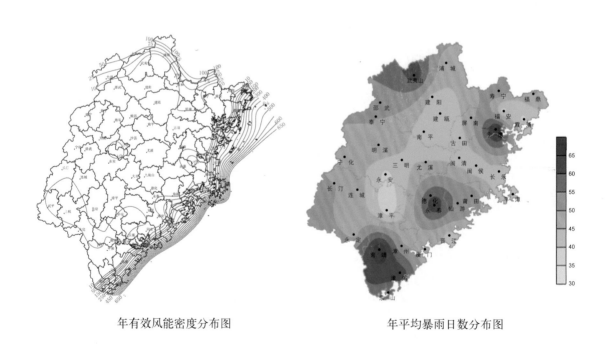

年有效风能密度分布图　　　　　　　　　年平均暴雨日数分布图

福建省地方志编纂委员会

主　任：罗　健（专职）

副主任：陈祥健　陈书侨　李　强　陈　澍　江荣全（专职）
　　　　方　清（专职）

委　员：危廷芳　张宗云　翁　卡　杨丽卿　巩玉闽　林　真
　　　　林双先　石建平　胡渡南　陈青文　陈志强　蒋达德
　　　　黎　昕　晏露蓉

《福建省志·气象志（1991—2005）》
编纂委员会

主　任：董　熔

常务副主任：周京星

副主任：林新彬　陈　彪　魏应植　范新强

委　员：（按姓氏笔画为序）
　　　　王　岩　方　耕　孔苏建　邓　志　冯　玲　李　麟　杨本明
　　　　邱章奴　陈春宝　林仲平　林炳干　罗昌荣　官秀珠　黄元棋
　　　　程　辉　童以长　游精义　蔡义勇　糜建林

《福建省志·气象志（1991—2005）》
修志办公室

主　任：童以长

副主任：方　耕

《福建省志·气象志》
编 纂 人 员

主 任：高时彦

副主任：黄文堂

特约编辑：（按姓氏笔画为序）

王 岩 刘爱鸣 许金镜 肖 锋

官秀珠 陈 惠 林 毅 糜建林

排版编辑：刘增基 林苏华 祁 旭

曾在本志编纂委员会任职的其他人员

杨维生 朱 建 李 梅 陈奇生 余敏贞

郭祥慎 颜家蔚 弓岑岑 林苏华

序

　　1991—2005 年，是福建省气象部门在探索中前进的 15 年，也是事业又好又快发展的时期之一。1992 年，省政府下发《关于进一步加强气象工作的通知》，地方各级政府加强对气象工作的领导，与此同时，气象部门深化改革，健全体制、机制，拓宽了气象业务和服务领域。1994 年，省委、省政府与中国气象局联合作出决策，由福建省率先在全国开展中尺度灾害性天气预警系统建设，实施"项目带动"战略，全省气象现代化建设迈上了新的台阶。1998 年，以《福建省气象条例》颁布实施为标志，地方气象法规建设取得显著进展，相关法律法规不断完善，气象事业步入依法发展的轨道。20 世纪 90 年代，福建省气象部门充分发挥闽台的地缘相近、血缘相通、天气相关等优势，积极主动、创造性地开展闽台气象科技交流，这一创举，被时任中共福建省委书记贾庆林誉为"未三通，先通气"。"十五"期间，省气象部门实施"拓展领域、科技兴气象、人才强局"三大战略，践行"公共气象、安全气象、资源气象"的发展理念，以构建现代气象业务和服务体系为主线，加快气象事业发展步伐，气象工作在经济社会发展中的地位和作用日益凸显。

　　《福建省志·气象志（1991—2005）》，是记述福建省气象事业发展脉络的资料性著述。它既有继承，又有创新，融新体制、新观点、新方法、新材料于一体，较好地达到了资料性、知识性和专业性的统一。它全面、系统、准确地记述了这一时期气象事业在历史巨变中的新面貌、新成就、新特色，客观地体现出气象与经济、气象与社会民生的密切关系，详述出气象科技在社会经济发展中所具有的基础性、先导性作用，内容丰富、资料翔实、重点突出、特色鲜明，具有浓烈的地方特色、专业特色、时代特征和较强的科学性、实用性。该志的编纂出版，对于认识过去、服务现在、开创未来，推进气象事业发展和保障人民安康福祉有着深远的历史意义和重大的现实意义。

借此出版之际，我谨向为编纂该志作出贡献的单位与个人表示感谢和敬意。

福建省气象局局长　董　熔

2011 年 8 月

《福建省志》凡例

本志按国务院颁布的《地方志工作条例》和中国地方志指导小组制定的《地方志书质量规定》要求进行编纂。

一、以马克思列宁主义、毛泽东思想、邓小平理论和"三个代表"重要思想为指导，贯彻科学发展观，坚持辩证唯物主义和历史唯物主义的立场、观点和方法。

二、以福建省现行行政区划为记述的区域范围（未含金门、马祖）。

三、使用规范的现代语体文记述，行文除引文外，用第三人称记述。

四、1949年10月1日以前的纪年，标示朝代、年号、年份，括注公元纪年；1949年10月1日起，用公元纪年。

五、各个时期的政权机构、职务、党派、地名，均以当时名称或通用之简称记述。古地名均括注今地名，乡（镇）、村地名前冠以市、县（市、区）名。

六、除引文外的人名，直书姓名，不在姓名后加身份词；必须说明身份的，在其姓名前说明。

七、各种机构、会议、文件等专有名称使用全称，如多次出现需用简称的，在第一次出现时括注简称。

八、凡外国的国名、地名、人名、党派、政府机构、报刊等译名，均以新华社译名为准。新华社没有译名的，首次使用译名时括注外文全称，全书保持中文译名一致。

九、数字、量和单位、标点符号的使用，执行国家有关部门颁布的标准规定。书中同一名称、事实、数据、时间、度量衡、术语的表述，前后一致。

十、图、照、表突出存史价值，样式统一。

十一、采用国家统计部门公布的统计数据和业务主管部门的统计数据；如使用其他数据，则说明其来源。

十二、采用资料一般不注明出处；引文、辅文和需要注释的专用名词、特定事物加页末注释，注释形式全书统一。

编 辑 说 明

　　为补前轮志书中的缺、漏，正文中部分内容延伸至事件发端，大事年表上溯至 1868 年。气象术语均为标准专业用语，使用全称，个别特有简称、英文名称、数码代称，在起始处加注。气候图表和各气象要素的平均值，除另有说明外，均按世界气象组织规定，即以近 30 年资料为准，其资料年代均为 1971—2000 年。

　　本志资料来源于福建省气象档案馆（室）的档案、正式出版的气象著作和相关行业的研究成果、论文、综合调查报告，以及福建省内设区市气象局、民航部门等单位提供的资料。本志所有采用的资料均经过审核。

目　　录

Contents

概　述

一

20 世纪 90 年代，计算机技术在气象各专业领域中得到广泛应用，探测资料的计算、统计、编报以及手工填绘天气图等均实现自动化。通过实施"气象卫星综合应用系统"建设，福建省建成了气象现代化建设中规模最大并覆盖全省的大型气象通信网络工程，气象信息网络瓶颈得以突破。与此同时，建成 VSAT 单收站，组成卫星广域网、卫星语音网、卫星数据广播网以及地面公用分组交换网和各级计算机局域网，形成一个卫星通信和地面通信相结合，以卫星通信为主的现代化气象综合信息网络系统，气象信息网络的整体水平和处理、传输及交换信息能力得到提高。新一代天气预报人机交互处理系统，统一了天气预报工作平台，使天气预报业务实现从传统的手工作业方式向人机交互方式的转变。其间，完成中尺度灾害性天气预警系统一期工程建设项目，天气雷达更新为较先进的 714 天气雷达，区域自动气象站网和县级气象现代化建设开始进行。

在信息化和网络化推动下，20 世纪 90 年代中叶开始，气象服务手段更新，采用电视、手机短信、政务网等多种方式向各级党政领导、生产指挥部门提供决策服务和向社会提供公共服务。

闽台气象科技交流也在这一时期取得重大突破。闽台气象部门打破 40 年互不往来的僵局，呈现出"未三通，先通气"的良好态势，相互交换气象信息，开通气象热线电话，双向交往日趋频繁，形成互助双赢的发展局面。

二

1998 年 8 月 1 日，省人大常委会第四次会议通过福建省第一部地方性气象法规《福建省气象条例》，并于当年 10 月 1 日开始实施。该《条例》在全国首次以地方性法规形式，明确了县级以上气象主管机构的社会管理职能，授予县级以上气象主管机构行政处罚权，规范了地方气象事业的内涵、项目和投入体制。随即，福州、厦门相继出台《福州市气象探测环境和设施保护规定》、《厦门市实施〈中华人民共和国气象法〉办法》等法规，省政府同步制订一系列相关规范性文件，省气象主管机构根据工作需要，或单独或会同有关主管机构，亦及时配套一批作为依法行政依据的规章和制度。一个以《福建省气象条例》为主、配套规范性文件为辅的地方气象法规体系和法制环境初步形成，在此基础上，各级气象法制工作机构亦相应建立健全，省、设区市气象局均设立政策法规机构，组建气象行政执法队伍，加强气象法规宣传，气象行政执法人员持证上岗，强化执法监督检查。省人大常委会将气象法规列入执法检查内容，帮助解决执法中遇到的问题。此后，各级气象机构在发展地方气象事业、防灾减灾、天气预报发布、观测环境保护、合理开发利用气候资源、气象科技服务等方面，有法可依、有章可循。

随着经济社会的快速发展和人民生活水平的不断提高，防灾减灾和应对气候变化问题受到各级政府和社会各界的广泛关注。2000 年底，中尺度灾害性预警系统二期工程基本完成。通过一、二期工程的建设，气象部门已在厦门、福州（长乐）建成两部714SD 多普勒雷达，在南平（建阳）、龙岩建成两部新一代多普勒天气雷达。在全省范围内布设了 28 个自动雨量站、41 个四要素自动站、15 个 Ⅱ 型地面综合有线遥测站，基本组成了地面自动气象探测网。同时，还在福州、厦门、龙岩、三明、南平布设了 5 部单站式闪电定位仪并组网运行。随着一、二期工程相继投入使用，短期中尺度灾害性天气监测、预警和服务水平有了提高，在为各级政府气象防灾减灾决策服务中发挥了作用。但是，重大灾害性、关键性、转折性天气的预报水平和短期气候预测能力仍不能满足经济社会发展的需求。随着新技术的飞速发展，有些已建成的工程设备在稳定性、实时性、兼容性等方面表现出存在的不足，影响了中尺度灾害性天气预警体系整体效益的发挥。

与此同时，拓展业务和服务领域成了社会对气象部门的要求。就此，省气象局将加强气象灾害防御和公共气象服务作为工作重点，加强省、市、县气象局防灾减灾指挥中心建设，建立覆盖面广、传播速度快的公众天气预报预警服务体系、领导决策服务体系、重大突发事件的应急气象保障服务体系，建立公众气象服务网站和决策气象服务网站，为各级政府和社会公众提供综合、优质、丰富的气象服务。为利于政府和社会公众采取措施，避免或减少灾害损失，气象主管机构所属的气象台站及时向各级广播电台、电视台等媒体提供气象灾害预警信号并启动灾害性天气短时临近预报业务。同时，推进人工影响天气工作，使之成为各级政府抗旱防雹的重要手段，人工降雨、防雹作业发展迅速。

三

21 世纪初，福建省气象部门继续推进气象现代化建设。一批气象现代化项目顺利实施。各级政府和中国气象局加大对福建气象基础建设的资金支持力度，2004 年底，中尺度灾害性天气预警系统三期工程建设顺利实施并完成竣工验收。2005 年，全省站网实现每半小时一次自动传输自动站探测资料，增强了对气象灾害的监测、预报和服务的能力。至此，在应对气象灾害、提高防抗能力方面，有了气象雷达探测系统、自动气象站观测系统、气象信息网络通信系统、数值预报高性能运算系统、气象信息存储检索与共享系统，有了全省视频会议、可视会商系统等技术和设备，形成较先进的气象服务体系。系统建设整体上达到国内领先水平，在提高气象综合观测能力、信息传输及综合处理能力的同时，为天气预报、气候预测提供了综合平台。

按照"一流装备、一流技术、一流人才、一流台站"的目标要求，省气象局科学制定气象台站基础设施建设规划，实施项目带动，完善综合探测网和气象台站的基础设施，基层气象台站的工作和生活条件得到明显改善。与此同时，省气象主管部门依靠科技进步，提高气象科技实力，创建省级气象科技创新基地，增强科研创新能力，科研活动深入经济建设和社会发展各个领域。围绕提高预报预测准确率、拓展服务领域和气象现代化建设需要，省气象局开展对影响福建省的严重的强对流、台风、暴雨等灾害性天气的科学研究，建立相应的灾害性天气预报业务系统及中尺度数值预报系统。一大批科研成果转化为业务能力，为业务服务提供了科技支撑。

"十五"期间，省气象局根据社会发展和经济建设的需求，为各级党、政机关和生产指挥部门提供有针对性的服务，在提供灾害性天气预警、发布气候影响评价与气候预测和涉农气象的同时，通过媒体、网络向公众提供科技和信息服务。同时，主动与各部门开展合作，为农、林、水、建筑、电力、烟草、交通、矿业、商业、保险业、海洋、养殖业以及航空航天、军事等行业开展专业气象服务。先后与省林业厅、省森林防火指挥部合作，开展森林火险等级预报业务。与环境保护部门合作，开展福州、厦门市空气质量预报和空气污染气象条件预报。与省国土资源厅联合，推出地质灾害气象等级预警预报业务。与福州大学、南京信息工程大学、厦门大学等高校开展局校合作，培养高层次人才，并开展科研合作。与省海洋与渔业局、地震局就资源共享和防灾减灾服务体系建设达成合作协议。与省电网中心、省三大通信公司、烟草公司等单位协作，开展电网运营安全气象灾害预报预警、气象信息服务、烟草种植区人工防雹作业服务的合作。根据省发改委的统一部署，与有关部门合作，启动全省风能资源调查和评价工作。

四

经过多年的建设，至 2005 年，福建省初步形成了天基、空基和地基相结合，布局基本合理的综合观测系统。地面观测方面，建立了一百多个自动气象观测站，实现每县一个观测站，在重要的地区还布设了加密观测站，在台山等地建立 9 个海岛气象观测站，以加强对福建沿海及台湾海峡地区的气象观测。各地观测到的数据每小时实时传输到省气象信息中心，在台风等灾害性天气来临时，能做到每分钟观测传输一次，为灾害性天气的预报提供重要的分析资料。高空探测方面，在福州、厦门、邵武等地建有高空探测站，装备了L波段探空雷达，每天北京时间8点、20点观测到的资料，通过全国气象地面宽带网传输到北京，参与世界气象组织各成员国的数据交换。气象雷达探测方面，福建省成为全国首个雷达探测覆盖全省的省份，观测到的雷达资料每6分钟一次，通过卫星通信及全国气象地面宽带网传输到北京，参与全国气象雷达拼图。气象卫星探测方面，在省气象台及各地市气象台建立风云2号卫星云图接收系统，每30分钟接收一张气象卫星云图；在福州还建立了EOS/MODIS卫星数据接收处理与共享系统，实时接收到的EOS/MODIS卫星数据通过政务网向省海洋与渔业局、省地震局提供资料共享服务。雷电探测方面，建立了以福州为中心站，厦门、龙岩、南平、武夷山、德化、宁化、平潭及福鼎为分站的多站式雷电探测系统，探测到的数据在几秒钟内能实时传输到中心站。信息网络系统方面，建立起省—地气象信息通信网络、省—地通信骨干网，实现全省大气探测资料实时传输。开通了"福建气象"网站，实时发布天气预报、灾害性天气预警信号和各类气象信息。卫星通信方面，实现与国家气象局的气象资料实时交换。

事业发展的同时，气象服务能力与经济社会发展需求的矛盾同步显现，一是综合探测体系不够完善，海上探测能力薄弱。二是指导产品的准确率和精细化程度还不高，专业气象预报相对薄弱。三是业务管理滞后于业务发展。四是气象及相关信息资源共享还不够充分，大中型气象技术装备和自动站维护保障能力有待提高。党的十六届五中全会明确了海峡西岸的概念和福建的定位。省委、省政府提出了建设对外开放、协调发展、全面繁荣的"海峡西岸经济区"战略目标，这一切，都对气象工作提出了更高要求，也带来了全新的机遇和挑战。为此，从今往后，气象部门要强化公共服务，发挥气象事业在经济社会发展中的作用，遵循科学规律，提供全方位的天气预警预报和气候预测预估等气象保障服务。要合理利用光、热、水、气等气象资源，开发可再生清洁能源，使气象资源真正成为基础性的自然资源、战略性的经济资源和公共性的社会资源，从而发挥气象事业对可持续发展的前瞻性作用。

第一章 气 候

1991—2005 年，福建省气候变化的最主要特点是：年平均气温偏高，暖冬明显，冰雪和寒害天气减少。雨季降水强度呈"强弱分化"特征。极端天气气候事件出现频繁。

第一节 气 温

一、年平均气温

20 世纪 90 年代以来，在全球气候变暖的背景下，福建省年平均气温开始比较明显地持续偏高，其中，1997—2005 年，连续 9 年平均气温偏高，1998 年、2002 年、2003 年是有气象记录以来最暖的年份。

二、极端最高气温与极端最低气温

极端最高气温 36.2℃～43.2℃，福建省大部地区 37.7℃～42.0℃。极端最高气温出现在 6—9 月，以 7 月、8 月居多。1971—2005 年的极端最高气温以 2003 年 7 月 21 日出现在尤溪县的 42.4℃ 为最高。

表 1－1　　　　　　　　1991—2005 年全省各地（市）平均气温

单位：0.1℃

月份\地名	1	2	3	4	5	6	7	8	9	10	11	12	年均
福州	109	110	135	182	222	260	289	284	259	221	177	132	198
厦门	126	125	147	189	227	260	280	277	263	232	191	148	205
漳州	132	135	159	202	237	267	288	283	267	235	193	151	212
泉州	122	122	145	189	227	260	281	279	263	229	188	145	204
三明	97	111	148	194	229	260	282	276	252	209	156	110	194
莆田	119	120	143	188	227	262	285	282	263	230	189	144	204
南平	97	110	146	193	229	261	287	281	256	212	158	110	195
龙岩	118	130	161	202	232	258	274	269	252	219	171	128	201
宁德	100	101	125	172	215	257	288	282	255	215	169	121	192

说明：泉州市的气象观测记录均用晋江市气象观测记录代替，下同。

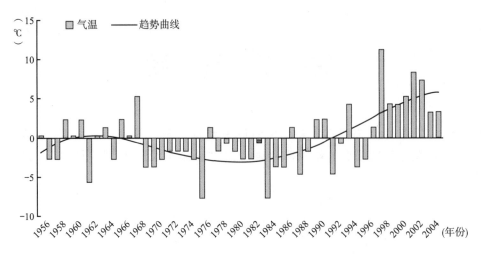

图 1-1　1956—2005 年年平均气温距平直方图

极端最低气温 -12.8℃ ~ -3.8℃，内陆大部地区 -9℃ ~ -4℃，沿海大部地区 -4℃ ~0℃。极端最低气温出现在 12 月或 1 月。建宁县 1991 年 12 月 29 日极端最低气温 -12.8℃ 为全省最低。

三、气温年较差和日较差

20 世纪 70 年代至 2005 年，气温年较差 15.0℃ ~21.0℃，由内陆向沿海、西北向东南、河谷低地向高山递减。气温年较差内陆大于沿海，建宁县气温年较差 21.3℃，为全省最大。

内陆地区日较差普遍大于沿海地区。

表 1-2　　　　　　　　**1971—2005 年各地（市）气温日较差**

单位：0.1℃

月份 地名	1	2	3	4	5	6	7	8	9	10	11	12	年均
福州	70	69	75	82	75	75	86	82	72	71	72	76	76
厦门	71	67	70	71	65	63	72	70	68	70	72	75	70
漳州	80	73	74	76	70	71	83	80	77	81	88	89	78
泉州	69	65	67	69	63	57	68	70	68	71	71	72	68
三明	85	80	86	92	89	91	109	102	93	93	93	95	93
莆田	72	67	71	72	65	65	76	71	66	66	68	74	70
南平	82	77	80	86	84	87	101	98	89	90	90	93	88
龙岩	95	81	79	79	78	78	94	92	91	97	100	104	89
宁德	60	58	61	69	65	66	73	69	65	69	69	71	66

四、平均气温分布

冬季（12—2月）：平均气温6.1℃～14.5℃，冷空气活动频繁，南北温差大。其中，12月是全年南北温差最大的月份，浦城与诏安的差值达7.4℃。

春季（3—6月）：平均气温15.9℃～22.1℃，冷空气势力逐渐减弱，受冷暖气流交绥影响，气温回升，雨水增多。4月份平均气温16℃～20℃。沿海地区增温6℃左右，内陆地区增温10℃～11℃。

夏季（7—9月）：平均气温22.4℃～28.1℃，受西太平洋副热带高压和热带系统影响，天气炎热。

秋季（10—11月）：平均气温13.7℃～21.9℃，由夏季风向冬季风过渡，南北温差加大。受冷空气影响，气温逐渐下降。

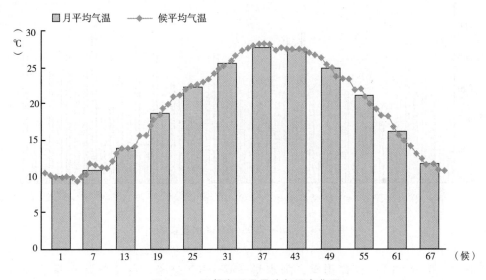

图1－2　逐候和逐月平均气温变化图

第二节　降　水

一、年降水量

20世纪70年代至2005年，年平均降水量1091～2034毫米，大部地区1370～1900毫米，分布趋势大致由西北内陆向东南沿海递减。西北部武夷山一带和东北部周宁县一带，年降水量1900毫米左右；南部德化县—九仙山和西南部龙岩市—平和县一带，年降水量保持在 1700 毫米以上。

20 世纪 90 年代以来，降水量年际变化较 20 世纪 70—80 年代起伏更大。1991 年降水显著偏少，2003 年降水异常偏少，1992 年和 1997 年降水显著偏多。1991—2005 年的降水总量较 1976—1990 年的降水总量偏多。1991—2005 年，年降水量超过 1800 毫米的有 5 年，而 1976—1990 年，年降水量超过 1800 毫米的只有 2 年。

二、降水量分布

（一）季节分布

春雨（3—4 月）：降水量 200～500 毫米，占全年降水量的 17%～27%，平均占 22.5%。

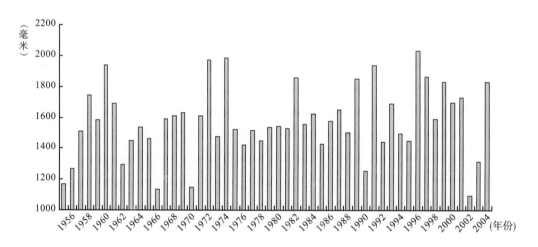

图 1-3　1956—2005 年年降水量直方图

梅雨（5—6 月）：也称雨季，降水量 350～700 毫米，占全年降水量的 26%～37%，平均占 30.5%。梅雨起始日期平均为 5 月 5 日左右，降水自北向南先后开始，终止日期在 6 月 25 日前后。

夏雨（7—9 月）：降水量 300～700 毫米，占全年降水量的 20%～38%，平均占 28.3%。

秋冬雨（10—2 月）：降水量 200～400 毫米，占全年降水量的 15%～21%，平均占 18.6%。

从自然季节划分，各季节降水量如下。

春季（3—6 月）：降水量 585.2～1172.0 毫米，分布趋势与年降水量分布基本相似，西北多、东南少，降水量≥1000 毫米的区域在长汀、三明、建瓯、浦城县一线以北地区，武夷山区春季降水量 1172.0 毫米。东南部沿海一带降水量在 700 毫米以下。

夏季（7—9月）：降水量304.0~764.1毫米，多雨区集中在宁德、泉州、漳州3地，其降水中心与年降水量除闽西北外，其他三个多雨区基本吻合。鹫峰山脉的宁德市降水量708.3毫米，戴云山脉的永春县降水量677.5毫米，博平岭山脉东南侧的南靖县降水量681.8毫米。而闽西、闽西北大部地区降水量在400毫米以下。

秋季（10—11月）：降水量72.4~166.7毫米，降水由冷空气和台风造成。多雨区分布在三明西部以及宁德中北部，降水量120毫米以上。其他大部地区在100毫米左右。闽西南和中南沿海一带降水量偏少，在100毫米以下。

冬季（12—2月）：降水量126.2~257.4毫米，分布趋势与春季类似，自内陆向沿海减少。宁德降水量240毫米左右，中南部沿海一带降水量在160毫米以下。

（二）月际分布

降水量的月际分布主要有双峰型和单峰型两种类型（见图1至图4）。

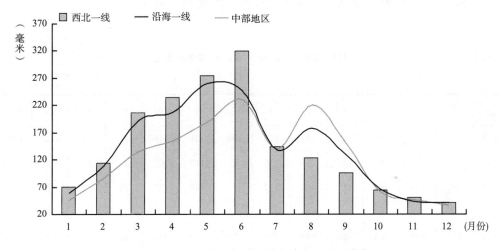

图1-4　1971—2000年不同地段降水量月际变化图

表1-3　　　　　　　　　　1971—2005年各地（市）平均降水量

单位：0.1毫米

月份\地名	1	2	3	4	5	6	7	8	9	10	11	12	年均
福州	480	866	1454	1665	1937	2089	988	1797	1451	476	413	321	13937
厦门	353	794	1103	1556	1547	1947	1427	2050	1256	472	330	319	13154
漳州	410	848	1140	1684	2072	2709	1719	2328	1700	630	382	345	15967
泉州	364	819	1129	1395	1639	2033	1318	1624	1067	414	360	310	12472
三明	599	1128	2114	2302	2668	2311	1326	1681	1031	603	401	399	16563

续表 1 - 3

月份 地名	1	2	3	4	5	6	7	8	9	10	11	12	年均
莆田	350	797	1338	1444	1918	2385	1439	2098	1232	461	366	281	14109
南平	592	1098	2029	2162	2776	2600	1489	1276	1007	731	412	354	16526
龙岩	548	1145	1926	2208	2672	2841	1416	2082	1224	471	398	405	17336
宁德	752	1165	1779	1822	2416	2745	1722	2982	2379	991	676	562	19991

三、降水日数

年平均降水日数 109 ~ 224 天。武夷山脉、戴云山脉和鹫峰山脉 180 ~ 210 天，沿海地区 100 ~ 130 天。降水日数季节分布也和月降水量季节分布类似。平均降水日数，春季 54 ~ 88 天，夏季 23 ~ 59 天，秋季 8 ~ 29 天，冬季 22 ~ 50 天。

表 1 - 4　　　　　　　　**1971—2005 年各地（市）平均降水日数**

单位：0.1 天

月份 地名	1	2	3	4	5	6	7	8	9	10	11	12	年均
福州	98	145	175	178	182	160	104	121	116	71	72	72	1494
厦门	76	117	149	147	159	156	97	117	85	41	45	57	1246
漳州	85	123	149	153	169	177	125	143	112	55	51	56	1398
泉州	71	113	147	152	154	144	91	109	81	42	51	53	1208
三明	114	149	184	190	193	171	125	150	118	86	71	80	1631
莆田	77	126	167	163	174	157	93	120	94	52	57	59	1339
南平	121	148	183	192	197	173	126	139	118	82	70	80	1629
龙岩	95	142	177	182	201	184	156	171	130	68	58	66	1630
宁德	136	166	202	186	203	180	137	164	161	115	100	99	1849

四、降水量相对变率

各地年降水相对变率不大，为 10% ~ 20%。但各月降水相对变率差异很大，其中以 4—6 月最小，月降水相对变率在 40% 以下，春雨、梅雨期降水比较稳定，变幅小；10—12 月降水相对变率较大，在 60% 以上，各月降水分配不均匀，稳定性小。沿海地区降水相对变率大于内陆地区，晋江市、东山县年降水相对变率超过 20%，而三明和南平 2 市、长汀县等地仅为 11% ~ 12%。

五、降水强度时空分布

（一）空间分布

年平均降水强度（即日平均降水量）大部地区为 9 ~ 11 毫米/天。年平均降水强度≥10 毫米/天的主要区域有南平西部、三明西北部、龙岩西南部和厦、漳、泉一带，以及莆田和宁德，大致形成西北部、南部和东部的雨强中心。

（二）时间分布

平均降水强度春、夏季强，秋、冬季弱。和降水量月际变化相类似，南平、三明西北部受雨季强降水影响，峰值出现在 5—6 月份。东部和中南部地区沿海受台风降水影响，峰值多出现在 8 月份。

表 1 - 5 　　　　　　　1971—2005 年各地平均降水强度

单位：0.1 毫米/天

月份\地名	1	2	3	4	5	6	7	8	9	10	11	12	年均
福州	49	60	83	94	106	131	95	149	125	67	57	45	94
厦门	50	69	75	106	97	125	147	175	148	115	75	60	107
漳州	48	70	77	111	123	153	138	163	152	115	75	62	114
泉州	52	73	78	94	106	142	146	149	135	99	71	60	104
三明	53	76	115	121	138	135	106	112	87	70	56	51	102
莆田	46	64	80	89	110	152	155	175	131	89	64	48	106
南平	51	74	111	113	141	150	118	92	85	89	59	46	102
龙岩	59	81	109	121	133	154	91	122	94	70	71	61	107
宁德	55	71	89	98	119	153	127	182	148	86	68	57	108

第三节　风

一、风向频率

沿海地区盛行风向频率为 25% ~ 40%；内陆地区盛行风向频率为 10% ~ 20%。

表 1 - 6　　　　　　　　1971—2005 年各地（市）盛行风向及频率

单位：%

月份 地名	1	2	3	4	5	6	7	8	9	10	11	12	年均
福州	NW. C 11.18	SE. C 12.20	SE. C 16.23	SE. C 19.23	SE. C 19.23	SE. C 25.21	SE. C 27.18	SE. C 19.17	N. C 10.15	N. C 13.11	NW. C 15.10	NW. C 14.15	SE. C 14.18
厦门	E. C 24.8	E. C 23.10	E. C 23.11	E. C 18.13	E. C 16.14	S. C 12.8	SE. C 12.9	SE. C 11.10	E. C 14.8	NE. C 21.5	NE. C 18.6	E. C 19.6	E. C 16.9
漳州	ESE. C 19.33	ESE. C 22.35	ESE. C 23.32	ESE. C 19.33	ESE. C 19.31	ESE. C 12.33	S. C 10.30	ESE. C 8.29	ESE. C 13.30	SE. C 15.30	ESE. C 14.31	ESE. C 15.34	ESE. C 15.32
泉州	NE. C 27.9	NE. C 26.10	NE. C 23.12	NE. C 16.15	NE. C 14.13	SSW. C 33.9	SSW. C 34.11	SSW. C 20.14	NE. C 15.10	NE. C 22.6	NE. C 24.6	NE. C 25.8	NE. C 18.10
三明	NE. C 18.31	NE. C 20.26	NE. C 20.28	NE. C 16.33	NE. C 16.33	NE. C 12.35	NE. C 11.35	NE. C 13.31	NE. C 19.32	NE. C 22.34	NE. C 20.35	NE. C 16.39	NE. C 17.33
莆田	N. C 10.22	N. C 10.25	E. C 10.30	E. C 9.29	N. C 10.31	SW. C 9.30	SW. C 10.28	N. C 9.27	N. C 16.22	N. C 21.15	N. C 24.13	N. C 15.18	N. C 12.24
南平	NE. C 12.39	NE. C 10.40	N. C 8.43	SE. C 6.45	N. C 7.44	SE. C 6.43	SE. C 9.38	NE. C 7.36	NE. C 9.38	NE. C 12.40	NE. C 11.43	NE. C 9.46	NE. C 8.41
龙岩	NNE. C 14.40	NNE. C 14.37	NNE. C 9.38	SSW. C 9.38	SSW. C 9.37	SSW. C 13.33	S. C 12.32	S. C 7.36	NNE. C 11.39	NNE. C 16.35	NNE. C 17.38	NNE. C 15.44	NNE. C 10.37
宁德	SE. C 13.56	SE. C 13.56	SE. C 15.54	SE. C 16.53	SE. C 14.54	SE. C 11.50	SE. C 13.39	SE. C 12.41	SE. C 11.48	SE. C 12.53	SE. C 11.57	SE. C 12.57	SE. C 13.51

注：N、E、S、W 分别代表北、东、南、西四个方位，C 为静风。根据专业表述特点，以下文表中不再注明。

二、风速

（一）年平均风速

从 20 世纪 70 年代至 21 世纪初，沿海气象站观测到的风速明显趋于减小。风速最大的秋冬季减小最显著。风速减小，除气候本身的自然变率外，气象站周边城镇化造成下垫面的改变，是风速减小的重要原因。

（二）最大风速和极大风速

1. 最大风速

最大风速是指最大的 10 分钟平均风速。据上述时段观测，沿海及岛屿地区最大风速为 26.5 ~ 48.0 米/秒。内陆地区最大风速 13.0 ~ 28.7 米/秒。但九仙山（10—11 月）最大风速 37.0 ~ 41.0 米/秒，冬季（12—2 月）最大风速 25.0 ~ 28.0 米/秒。平潭、崇武、东山等沿海及岛屿地区最大风速一般由台风影响造成，多出现在 7—9 月份。内陆地区最大风速一般由强对流天气造成，多出现在 3—6 月份。

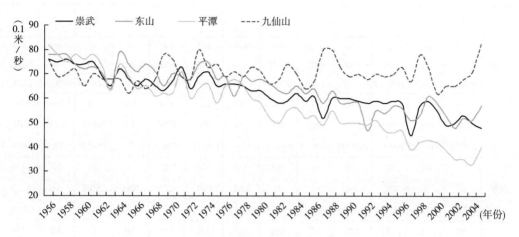

图 1-5 1956—2005 年沿海代表站年平均风速年代际变化

2. 年极大风速

沿海及岛屿地区和九仙山等部分高山突出地，达 40 米/秒以上。

表 1-7 1956—2005 年各地最大风速

单位：0.1 米/秒

月份地名	1	2	3	4	5	6	7	8	9	10	11	12	年均
福州	144	145	170	207	235	206	213	200	200	183	156	143	235
	WNW	NW	ENE	NW	WNW	NW	NE	ENE	E	WNW	WNW	WNW	WNW
	1975/22	1972/9	1982/5	1984/4	1994/14	1989/28	1981/20	1985/24	1990/8	1985/4	1993/21	1986/18	19940514
厦门	137	160	160	190	210	227	287	207	183	272	170	133	287
	ENE	ESE	2G	WNW	ESE	SE	W	ENE	NNW	ENE	N	WSW
	1981/26	1981/17	2Y	1984/5	1980/24	1990/30	1973/3	1977/1	1975/23	1973/10	1974/9	1987/6	19730703
漳州	90	100	93	128	140	110	170	110	110	157	90	90	170
	NW	ESE	ESE	NW	ESE	NW	ENE	WNW	N	NNW	NNW	NNW	ENE
	2Y	1971/23	2Y	1973/26	1980/24	1977/12	1983/25	2000/8	1986/2	1999/9	1979/18	2Y	19830725
泉州	110	127	120	133	180	160	163	170	183	180	130	120	183
	NNE	NE	ENE	SSW	SSE	SE	SSE	NNE	S	SE	NE	NE	S
	1984/16	1978/28	1985/31	1983/11	1980/24	1985/24	1986/11	1979/1	1987/11	1999/9	1980/13	1982/5	19870911

续表 1－7

月份\地名	1	2	3	4	5	6	7	8	9	10	11	12	年均
三明	100	100	127	130	133	173	160	162	140	90	90	90	173
	SW	3G	WSW	NNE	SSW	WSW	S	SSW	NNE	3G	ENE	−999	WSW
	1978/28	3Y	1988/15	2Y	1985/16	1976/22	1986/19	1976/17	1986/11	3Y	1984/19	1988/2D	19760622
莆田	130	137	110	117	160	170	207	240	150	137	177	163	240
	ESE	NW	NNW	ENE	SSE	SSE	2G	NW	ENE	NE	NNW	ENE	NW
	1980/9	2000/25	1986/25	1974/21	1980/24	1974/17	2Y	1985/24	1990/8	1997/31	2000/20	1979/13	19850824
南平	83	90	93	120	107	103	130	130	90	97	83	80	130
	2G	2G	ENE	NE	SW	W	ENE	SSW	2G	NNE	NNE	NE	ENESSW
	2Y	2Y	1975/6	1985/23	1991/27	1981/22	1990/25	1971/16	2Y	1973/8	1984/19	1982/6	2次
龙岩	80	93	140	120	117	110	120	140	133	80	83	80	140
	SSE	WNW	WNW	WSW	S	2G	SSW	ENE	ENE	2G	NNE	NNE	WNWENE
	1972/30	1977/27	1981/14	1973/20	1982/31	2Y	2Y	1980/22	1980/7	2Y	1974/2	1973/21	2次
宁德	73	85	80	150	100	97	123	143	93	90	73	80	150
	2G	ESE	SSE	ESE	S	NW	SE	NW	2G	ENE	NW	WNW	ESE
	2Y	1972/17	1972/30	1972/9	1986/20	1991/6	1973/4	1997/18	2Y	1972/21	1992/9	1986/19	19720409
九仙山	250	280	310	340	320	300	320	317	284	410	370	270	410
	SW	SW	SW	SW	SSE	SW	SSE	SSE	NW	S	−999	S	S
	1994/16	2Y	1996/15	1985/10	1980/24	1994/10	1986/12	1995/13	1971/23	1976/22	1976/2	1994/8	19761022
平潭	180	150	180	160	153	163	265	250	250	220	180	170	265
	NNE	NNE	ENE	NNE	SSW	SSW	NE	S	NNE	NNE	2G	NNE	NE
	2Y	1976/28	1972/31	1972/1	1983/30	1977/17	1971/26	1985/24	1980/18	1978/2D	2Y	1974/15	19710726
崇武	190	204	190	200	210	200	297	300	250	230	216	220	300
	NNE	NE	NNE	NNE	SSW	2G	NNE	SW	NE	NNE	NNE	NNE	SW
	1985/28	1977/14	1972/31	1987/12	1980/24	2Y	1982/29	1980/28	1980/18	1974/28	1977/15	1984/2	19800828
东山	220	223	240	267	280	330	345	253	480	333	260	240	480
	NE	NE	NE	NE	S	ENE	NNE	E	NNW	ENE	NE	NE	NNW
	1980/18	1978/28	1993/29	1996/20	1980/24	1990/29	1973/3	1984/31	1980/19	1991/1	1986/16	1987/30	19800919

说明：1. 表中，"−999"表示该项目缺记录，"G"表示风速同但风向不同的次数，地名中第三行"Y"表示不同的出现年份，"D"表示不同的出现天数。

2. 各市第二行为最大风速时的风向，第三行为出现的年份/日。"年均"列第三行表示1956—2005年出现最大风速的时间，用年月日连排表示。

第四节 辐射和日照

一、太阳辐射

（一）年总辐射量

直接辐射与散射辐射之和称总辐射。1956—2005 年，福建全省太阳年总辐射量为 $42.5 \times 10^8 \sim 52.5 \times 10^8$ 焦耳/平方米。漳州、厦门和泉州的沿海地区及龙岩的东南部地区达 $47.5 \times 10^8 \sim 52.5 \times 10^8$ 焦耳/平方米，为省内最高区，其中东山县最大为 54.6×10^8 焦耳/平方米；南平北部为 $47.5 \times 10^8 \sim 50.0 \times 10^8$ 焦耳/平方米，是省内的次高区；宁德、福州北部沿海和德化县一带为 42.5×10^8 焦耳/平方米左右。与全国比较，属太阳总辐射偏少区。

（二）总辐射季节分布

夏季最为丰富，7—9 月总辐射量一般占年辐射总量的 30% 左右，春末和秋季次之，冬季和春初较少，1—2 月最少。

1 月：月总辐射量 $2.50 \times 10^8 \sim 3.5 \times 10^8$ 焦耳/平方米。其空间分布：北纬 25.5° 以南地区在 2.75×10^8 焦耳/平方米以上，南平北部为 2.75×10^8 焦耳/平方米，其他地区在 2.5×10^8 焦耳/平方米左右。

4 月：月总辐射量 $3.0 \times 10^8 \sim 4.25 \times 10^8$ 焦耳/平方米，与 1 月不同之处是等值线增大经向成分，省内东南沿海和南平北部仍居最高、次高区；闽东北与闽西为低值区，武平县一带最小，为 3.0×10^8 焦耳/平方米。

7 月：月总辐射量 $5.50 \times 10^8 \sim 6.25 \times 10^8$ 焦耳/平方米，是年内太阳总辐射量最多的月份，等值线呈东北—西南走向，鹫峰山脉—戴云山脉—博平岭山脉 5.5×10^8 焦耳/平方米，为低值区；山脉东侧的沿海地区和西侧的内陆地区为高值区，其中浦城县一带与漳、厦、泉的沿海地区为 6.25×10^8 焦耳/平方米。

10 月：月总辐射量 $3.50 \times 10^8 \sim 4.75 \times 10^8$ 焦耳/平方米，东南沿海和龙岩为高值区，宁德和闽江下游为低值区。

二、日照时数

1956—2005 年，年日照时数 1540～2230 小时，莆田、泉州、厦门、漳州及龙岩东南部 1860～2060 小时，其他地方 1600～1800 小时，其中宁德南部，三明和福州年日照时数为 1600～1700 小时，为最少区。

20 世纪 80 年代以来，除干旱严重的 1986 年、2003 年和 2004 年外，年日照异常偏少更明显。

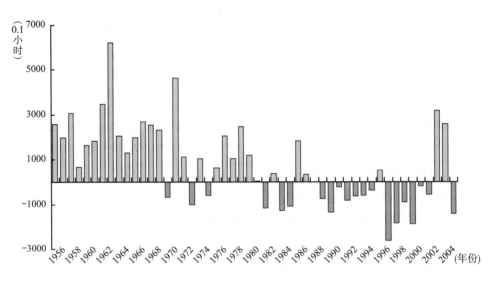

图 1 − 6　1956—2005 年年日照时数距平直方图

表 1 − 8　　　　　　　　**1956—2005 年各地（市）平均日照时数**

单位：0.1 小时

月份\地名	1	2	3	4	5	6	7	8	9	10	11	12	年均
福州	1016	792	891	1110	1144	1419	2256	1992	1537	1442	1203	1269	16071
厦门	1381	990	1021	1169	1315	1700	2487	2218	1964	1939	1691	1694	19569
漳州	1377	933	994	1096	1199	1518	2319	2097	1872	1863	1685	1662	18615
泉州	1392	1012	1106	1284	1426	1825	2670	2419	2102	2003	1705	1716	20660
三明	940	795	851	983	1221	1511	2305	2098	1656	1521	1281	1212	16374
莆田	1230	910	995	1178	1236	1531	2438	2207	1818	1738	1464	1539	18284
南平	956	822	894	1114	1298	1561	2411	2238	1752	1574	1316	1270	17206
龙岩	1305	938	895	1021	1143	1407	2103	1959	1747	1805	1684	1629	17636
宁德	993	788	858	1091	1159	1352	2206	1977	1535	1465	1187	1255	15866

第五节　雷　电

一、年雷电日数

1956—2005 年，年平均雷电（雷暴）日数 24～78 天，沿海地区少，内陆地区多。沿海地区大部年平均雷电日数 50 天以下，内陆地区大部年平均雷电日数 50 天以上，其中，龙岩和三明大部 66 天以上，是省内雷电活动最频繁的地区。

根据福州、厦门、南平和龙岩 1956—2005 年平均雷电日数统计，20 世纪 80 年代以来，雷暴日数呈减少趋势，雷暴日数最少的前 5 名出现在 1990 年以后，2003 年为最少雷暴年。

二、雷电日数季节分布

1971—2005 年，每月都有雷电活动，主要集中在 3—9 月（占全年雷电日数的 95％，下同），平均月雷电日数 8 天，其中 6—8 月雷电活动最为频繁（占 54％），平均月雷电日数 11 天。每年从 3 月起，雷电呈增多趋势，9 月起雷电活动次数迅速减少，10 月平均雷电日数仅 1 天。

初雷与终雷分别表示该年雷电活动的开始和结束。最早初雷 1 月 13 日，最晚终雷 12 月 9 日。开始时间具有"西早东晚"和"北早南晚"的特点。

初雷日至终雷日是年内雷暴活动日数：西部北部地区初雷日早、终雷日晚，雷暴活动日数 240 天以上；沿海及南部地区初雷日迟、终雷日早，漳州南部约 210 天。

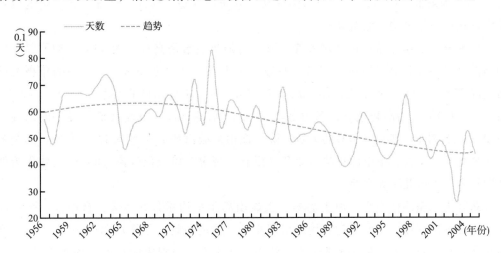

图 1-7　1956—2005 年福州、厦门、南平、龙岩年平均雷电日数变化图

表 1-9　　　　　　　　　　1956—2005 年各地（市）平均雷暴天数

单位：0.1 天

月份／地名	1	2	3	4	5	6	7	8	9	10	11	12	年均
福州	1	10	46	58	54	75	88	91	57	9	3	1	493
厦门	0	7	35	51	46	66	69	76	46	8	2	2	408
漳州	1	9	37	62	67	90	103	122	62	15	2	1	571
泉州	1	5	33	47	38	52	42	52	37	6	2	1	316
三明	2	11	57	70	72	94	121	117	57	12	3	1	617
莆田	2	8	48	50	46	74	73	84	50	11	2	2	450
南平	2	11	58	72	67	98	117	108	63	13	2	0	611
龙岩	1	12	46	71	69	93	128	133	84	19	2	2	660
宁德	2	10	49	55	49	78	93	96	54	9	1	1	497

第六节　特殊地段气候

一、海岛气候

（一）气温

20 世纪 50—90 年代，海岛区域（简称岛区）年平均气温 17℃～21℃。北部台山岛 17.3℃为最低，南部紫泥岛 21℃为最高，分布特点是：同纬度情况下，岛屿的位置离海岸越近，年平均气温越高。

岛区全年基本无酷热和严寒天气。海上岛屿年极端最高气温为 33℃～37℃，年平均高温（日极端最高气温在≥35℃）日数不足 1 天，基本无酷暑。湾内岛屿年极端最高气温 37℃～39℃，年平均高温日数 1.7～10.5 天。年极端最低气温 -1.1℃～3.8℃，西洋岛 -1.1℃，为岛屿最低，东山岛 3.8℃，为岛屿最高。极端最低气温一般出现在 1—2 月。日最低气温低于 0℃的天数，除大嵛山岛因海拔高年平均 11.3 天外，其余各岛年平均不到 1 天，中南部岛屿多年几乎没有出现过。以最低气温≤0℃的天数作为严寒期标准，岛区几乎无严寒。

岛区出现霜的概率小。海上岛屿，大嵛山岛年平均霜日 5.2 天，台山岛、平潭岛个别年份曾出现过，中南部各岛均未出现霜日。湾内岛屿，年平均霜日 2—6 天，三都岛年平均霜日 6.2 天、紫泥岛 5.1 天、江阴岛 2.4 天。出现霜的初日平均在 1 月上旬，终日大都在 2 月上旬，平均霜期约 30 天，无霜期 335 天，与同纬度陆上附近地区相比，霜日数较少，无霜期较长。

岛区20世纪50—90年代年平均气温变幅不大，但气温季节变化比较明显，如东山岛冬季最冷月平均气温，20世纪90年代比50年代末60年代初高出0.8℃。

20世纪80年代，影响岛区的寒潮强度明显减弱。20世纪60年代出现2次，70年代出现9次，80年代出现1次。

表1-10　　　　　　　　　　**东山岛最冷月平均气温**

单位：℃

年　度	1955—1964	1965—1977	1978—1990
最冷月平均气温	12.1	12.4	12.9

（二）降水

岛区年降水量差异较大。海上岛屿1000~1200毫米，南日岛最少，1019.2毫米；湾内岛屿1200~1600毫米，三都岛最多，1643.2毫米。与同纬度陆上的邻近地区相比，一般偏少200~400毫米，东山岛与诏安县相距不足30公里，年均降水量东山岛比诏安少400毫米。

岛区降水量受台风影响很大，而台风活动的年际变化大，因而岛区也是降水量年际变化最大的地区。就一地降水量极端值而言，年最多降水量与年最少降水量相差通常有2~3倍，如东山岛1990年降水量为1972.8毫米，1962年降水量674毫米，前者为后者的2.93倍。

表1-11　　　　　　　　　　**部分海岛年极端降水量**

单位：毫米

降水量	台山	大嵛山	三都	西洋	琅岐	江阴	平潭	南日	紫泥	东山
年最多降水量	1495.6	2419.8	2244.3	1353.5	1915.0	1719.8	1862.8	1125.5	2124.2	1972.8
年最少降水量	464.0	1783.5	1042.5	586.9	862.3	710.6	800.8	840.9	896.5	674.0

岛区年降水日数分布特点是北多南少。琅岐岛以北各岛年平均降水日数都在150天以上，大嵛山岛189.4天，琅岐岛以南各岛年平均日数140天以下，东山岛仅112天。降水日数的季节分布是春季最多，秋季最少，东山岛春季（3—6月）月平均降水日数13.3天，为一年最多；秋季（10—11月）仅4.2天，为一年最少。

岛区春雨量（2—4月）和梅雨量（5—6月）两者比例：1962—1977年为1：1.5，1978—1990年为1.1：1，表明后期岛区春雨变强。岛区夏季降水显示强弱相间出现，1956—1963年、1969—1974年、1984—1990年为夏季降水量偏多年，1964—1968年、1975—1983年为夏季降水量偏少年。

表 1-12　　　　　　　　　平潭岛季节平均降水量及其比较

单位：毫米

季＼年	1962—1977	1978—1990	季＼年	1956—1963	1964—1968	1969—1974	1975—1983	1984—1990
春雨	263.0	409.7	夏季	464.5	214.3	381.9	243.2	392.8
梅雨	399.9	378.8		+38.7%	-36%	+14%	-27.4%	+17.3%
比较	1∶1.5	1.1∶1						

（三）风

岛区风向年变化特点是东北风和西南风的季节交替。9月至次年5月，以东北风为主，6—8月以西南风为主。1月，N—ENE共4个风向频率之和大多在80%以上；7月，偏南风频率一般在60%以上。

若以偏北风频率大于80%为冬季风盛行季节，偏南风频率大于40%为夏季风盛行季节，则岛区10月至次年2月为冬季风盛行季节，6—8月为夏季风盛行季节，3—5月为冬季风向夏季风过渡季节，9月为夏季风向冬季风过渡季节。冬季风比夏季风盛行的时间长，夏季风向冬季风转换速度比冬季风向夏季风转换速度快，因此，冬季风有"突发"的特征。

岛区年均风速的特点是海上岛屿风速大，湾内岛屿风速小。海上岛屿年均风速6米/秒以上，其中南日岛9.1米/秒，为岛屿最大的年均风速。湾内岛屿年均风速都在6米/秒以下，其中三都岛和紫泥岛分别为3.2米/秒和2.5米/秒。

岛区风速呈变小趋势。平潭（海坛）岛20世纪70年代比60年代减小0.3米/秒，20世纪90年代较70年代减小1.2米/秒。同样，岛区的大风（风力≥8级）日数也明显减少，平潭（海坛）岛20世纪80年代平均大风日数比50年代减少101.4天，只相当于20世纪50年代的31%。

表 1-13　　　　　　　平潭岛和东山岛平均风速、大风日数的变化

单位：米/秒，天

岛屿	年	1954—1960	1961—1970	1971—1980	1981—1990
平潭（海坛）	平均风速	7.8	6.7	6.4	5.2
	大风日数	147.3	88.7	82.2	45.9
东山	平均风速	7.6	7.1	6.9	6.2
	大风日数	133.5	131.3	105.9	114.4

（四）日照

岛区年均日照时数1780～2340小时，北少南多。琅岐岛最少，仅为1782.3小时；

东山岛 2340.8 小时，年日照最多。

夏季日照时数多。7 月日照时数 260～290 小时，是全年日照时数最多的月份；冬季日照时数少。2 月日照时数 82～124 小时，是全年日照时数最少的月份。

日照高于 6 小时的天数是衡量太阳能可否利用的重要标志。全年日照多于 6 小时的天数，平潭（海坛）岛以北各岛 160～170 天，占全年总天数的 44%～47%；江阴岛以南各岛 180～200 天，占全年总天数的 49%～55%；东山岛 219 天，占全年总天数的 60%。各岛日照多于 6 小时的天数，7—9 月均在 20 天以上；1—5 月最少，平均 10～14 天。

岛区日照逐年减少。20 世纪 70 年代比 60 年代年均日照时数减少约 200 小时，20 世纪 80 年代比 70 年代减少 142 小时。20 世纪 80 年代比 60 年代减少了 17.2%。东山岛 20 世纪 70 年代比 60 年代减少 120 小时，20 世纪 80 年代又比 70 年代减少近 200 小时。20 世纪 80 年代比 60 年代减少了 12.9%。

表 1-14　　　　　　　　　平潭岛和东山岛年日照时数的变化

单位：小时

年\\岛屿	1954—1960	1961—1970	1971—1980	1981—1990
平潭（海坛）	1959.8	1957.9	1764.7	1622.3
东　山	2434.6	2465.4	2345.0	2146.3

（五）能见度

能见度是影响海上船只作业与航行安全的重要气象要素。

全年各岛区，能见度 ≤0.9 公里的频率多在 1% 以下，东山岛最大为 2%。能见度 ≤4 公里的频率多在 2% 以下，紫泥岛最大为 4%。能见度 >10 公里的频率，除海坛岛（89%）和紫泥岛（82%）以外，其他岛区均在 93% 以上。

能见度的季节变化明显。上半年能见度较差，下半年能见度较好。以海坛岛为例，1—5 月各月能见度 ≤0.9 公里的频率为 1%～3%，而 6—12 月则未出现能见度 ≤0.9 公里的情况。1—6 月各月能见度 >10 公里的频率为 80%，7—12 月各月能见度 >10 公里的频率在 90% 以上，其中，7 月份达 97%。能见度 ≤4 公里的频率上半年为 1%～6%，下半年大多数月份未出现 ≤4 公里的能见度。

二、山区丘陵气候

（一）气温

20 世纪 80 年代至 2005 年，气温直减率一般在 0.6℃/100 米左右。各地地理环境不同，气温直减率有差异，1000 米以下的高度，气温直减率变化为 0.40℃～0.70℃/100 米。

表 1 - 15   主要山地气温直减率

地　区	海拔（米）	年平均温（℃）	气温直减率（℃/100 米）
武夷山区（黄岗山）	1052～205	14.6℃～18.0	0.40
鹫峰山区（福安）	820～250	14.6℃～18.6	0.70
戴云山北部（尤溪）	1050～126	14.6℃～18.8	0.45
戴云山南部（同安）	930～355	16.0℃～19.0	0.52
博平岭（上杭）	940～510	16.0℃～18.3	0.53

气温直减率由沿海向内陆减小。气温直减率大小随季节而变化，夏季大，冬季小。气温直减率大小受坡向影响，冬、春、秋三季及全年的气温直减率山体南坡大于北坡，夏季北坡气温直减率要大于南坡。气温直减率随海拔高度增高而增大，武夷山主峰黄岗山南、北两坡年平均气温直减率，山体上部在 0.6℃/100 米以上，下部在 0.4℃/100 米左右，上、下部相差约 0.2℃/100 米。

武夷山区的逆温，一般出现在冷暖平流过境后的晴好天气，由强烈的辐射降温引起的辐射型逆温，对较大范围山坡而言，冷暖空气的强弱或抬升的不同，使同一山坡不同高度可以出现冷暖相间的地带，或称山区的逆温层或暖带。据武夷山区 1983—1984 年梯度观测资料，最低气温出现的逆温与低云量有关：①一般在低云量＜2.0 时，日最低气温递增率＞1.0℃/100 米；当低云量＞5.0 时，南北坡都很少出现逆温。②武夷山南坡上部逆温频率高于下部，北坡下部逆温频率高于上部，主要与南北坡云层高度有关。③冬季（1 月）南北坡出现逆温的频次多，强度大；夏季（7 月），南坡逆温主要在上部，北坡逆温在下部。

武夷山区在海拔 1000 米以下有两个明显的逆温层：南坡在 300～500 米和 750～940 米，北坡在 470～770 米和 770～980 米。其特点：南北坡最强逆温出现在秋冬季，其中 12 月最强逆温 3.05℃/100 米；就同一坡向而言，南坡各月逆温强度上部比下部大，北坡各月逆温强度下部比上部大。

（二）降水

武夷山区 3—6 月降水量 800～1200 毫米，占年降水量的 60%，蒸发量 430～550毫米。海拔 500 米以下，南坡比西（北）坡降水量多 200～400 毫米，海拔 500 米以上，南坡比北坡多 300～600 毫米。

武夷山区 7—9 月降水量 312～418 毫米，蒸发量 520～700 毫米。不同坡向的降水量差异大，南坡比北坡多 100～200 毫米。夏季降水量增率东南坡比西（北）坡大，东南坡为 38 毫米/百米，西北坡或北坡为 16～20 毫米/百米。

武夷山区 10 月至次年 2 月降水量 310～380 毫米，占年降水量的 20%，蒸发量

330～480 毫米，降水量垂直变化小，坡向差异也不大。

武夷山区年、月降水量随海拔高度的增加而增加。南北坡年降水量基本相当，降水量梯度分别为 81.2 毫米/百米和 88.5 毫米/百米。南坡的崇安县（今武夷山市）年降水量为 1834.2 毫米，雨日 172 天；随着海拔增高，武夷山中部的小浆村（崇安县）年降水量为 2228.4 毫米，雨日 196 天；海拔增至山顶的黄岗山（崇安县），年降水量为 3375.9 毫米，雨日 236.5 天。季节降水量，春季（4 月）月降水量最多，崇安县（今武夷山市）月降水量 206.6 毫米，雨日 17.5 天；小浆村（崇安县）196 毫米，雨日 18.5 天；黄岗山 354.5 毫米，雨日 20.8 天。秋季（10 月）月降水量最少，上述三地分别为：月降水量 10.1 毫米，雨日 2 天；月降水量 16.7 毫米，雨日 3.5 天；月降水量 38.1 毫米，雨日 9.5 天。

在一定的高度下，降水量随高度增加，超过一定高度，降水量反而随高度减少，这一高度称为山区最大降水高度。龙岩市万安溪海拔 1000 米处，其年降水量为 2000 毫米；但海拔 1000～1500 米处山地，其降水量降至 1600～1700 毫米。

（三）日照

山地日照时数随海拔高度增加而减少。其主要特征为：年日照时数的最大值出现在海拔最低处的山麓，南坡、北坡都是如此。如建阳县（海拔 183 米），年日照时数 1802.7 小时，崇安县（今武夷山市）三港（海拔 750 米），年日照时数 1062.7 小时。海拔 800 米附近，年日照时数最少。海拔 800～1000 米，年日照时数随海拔高度的增加而略有增加，如崇安县（今武夷山市）坳头（海拔 940 米）年日照时数 1144.5 小时，比三港（海拔 750 米）年日照时数增加 82 小时。

夏季风影响时间长，山体的南坡云雨较多，在不受地形遮蔽因素影响下，山体南坡的日照少于北坡。以地处武夷山南坡一侧的三港（海拔 750 米）和坳头（海拔 940 米）与北坡江西省一侧的禹溪（海拔 770 米）和揭家（海拔 980 米）比较，年日照时数南坡的三港比北坡的禹溪少 352.8 小时，南坡的坳头比北坡的揭家少 403.2 小时。年平均日照时数，武夷山南坡的一侧比西北坡的江西省一侧，减少 104 小时，比北坡的浙江省一侧，减少 146.3 小时。

第二章 气候资源

第一节 太阳（光）能资源

一、太阳辐射能垂直分布

晴天状况下，随高度递增，太阳直接辐射递增、散射辐射递减，在总辐射的比重中，前者为大，山区高海拔地带一般比平原低地可获得更多的光热资源。就季节而言，武夷山脉各辐射量最大值在 7—8 月，直接辐射最小值在 2 月，散射辐射最小值在 12 月。年总辐射量在 400 千焦/平方厘米左右，由南向北递减，东南坡高于西北坡。建宁、长汀两县超过 450 千焦/平方厘米，浦城县 427 千焦/平方厘米，10℃以上区间平均 339 千焦/平方厘米。

武夷山区属亚热带山地气候，云雾多，对太阳辐射有一定影响。武夷山脉南坡的不同梯度的年太阳辐射量随海拔高度的升高而递减。建阳市（海拔 180 米）以及该市的黄坑（340 米）、老虎场（500 米）和坳头（940 米），年太阳总辐射量分别为 404、380、368 和 321 千焦/平方厘米。

二、岛区太阳辐射能分布

岛区年太阳辐射量由北向南呈增加趋势。年太阳辐射量，海坛岛（平潭县）以北各岛屿为 $41 \times 10^8 \sim 45 \times 10^8$ 焦耳/平方米，江阴岛以南、紫泥岛以北各岛屿为 $46 \times 10^8 \sim 50 \times 10^8$ 焦耳/平方米，紫泥岛和东山岛分别为 50×10^8 焦耳/平方米和 55×10^8 焦耳/平方米。

岛区太阳辐射的季节分布差异明显。夏季最为丰富，秋季次之，冬季较少。海坛岛以北各岛 7—10 月各月太阳能利用率（月日照高于 6 小时天数与各月总天数之比）为 50%～80%，其他月份太阳能可利用率为 30%～50%。江阴岛以南各岛屿 6—12 月为太阳能利用的有利季节，各月太阳能可利用率为 50%～83%，其他月份太阳能可利用率为 32%～50%。

三、日照百分率分布

平均年日照百分率为42.3%，其中，厦门、漳州、泉州和莆田4地（市）年平均日照百分率超过40%，其余地区在40%左右或以下。夏季（7—8月）各月日照百分率为55%以上，秋冬季（10—12月）各月日照百分率为38%～55%，春季和春夏之交（2—6月）大多数月份日照百分率不足38%。

高山地区日照百分率变化（以九仙山和七仙山为例）特点是"双峰型"，即百分率最大的月份出现在12月（主峰），次大的月份出现在7月（次峰），春季（3—6月）是日照最少的季节。

岛区年日照百分率40%～53%，以琅岐岛的40%为最小，紫泥岛和东山岛分别为48%和53%。江阴岛以南、紫泥岛以北年日照百分率42%～48%，海坛岛以北为40%～42%。日照百分率年变化特点是，夏秋季较大，冬春季较小。7月，日照百分率为62%～70%，是全年最大的月份；2月，日照百分率为26%～39%，是全年最小的月份。

第二节 热量资源

一、作物生长季热量状况

作物生长的各界限温度指稳定通过0℃、10℃、15℃及20℃的积温及持续时间，对作物生长有明显意义。福州以南的沿海一带热量最丰富，武夷山、鹫峰山、戴云山等山脉高海拔山区热量较少。

（一）日平均气温稳定通过0℃的初终日数和积温

除位于鹫峰山脉的屏南县、周宁县、寿宁县及武夷山脉东侧的长汀县至浦城县西北部外，其他地区日平均气温稳定通过0℃的积温普遍在6500℃以上，初终日间隔日数360天左右。岛区日平均气温稳定通过0℃的积温为5500℃～7600℃，自北向南增加。海坛岛以北在5500℃～6900℃之间，大嵛山岛为5500℃，海坛岛以南在6900℃～7600℃之间，江阴岛6900℃为最少。初终日间隔日数在356～365天之间。

（二）日平均气温稳定通过10℃的初终日数和积温

稳定通过10℃初日大部始于2月下旬至3月中旬，以厦门、漳州两地（市）中南部及泉州地（市）东南部为最早（在2月上旬），高海拔山区初日最迟（武夷山脉、鹫峰山脉、戴云山脉在4月中旬）。终日分布趋势与初日相反，自北向南推迟。稳定通过10℃积温的大部地区为5500℃～7600℃，其中武夷山、戴云山、鹫峰山等山脉800米以上地段积温少于5500℃，福州以南各地（市）内陆达6500℃～7600℃，初终间日数超过300天，三明、南平和龙岩地（市）北部为5500℃～6500℃，日数在250～280

天之间。

岛区日平均气温稳定通过10℃的积温为5400℃～7500℃，自北向南增加。海坛岛以北6500℃以下，台山岛5483℃为最少。海坛岛以南6500℃以上，东山岛7500℃为最多。全省气温稳定通过10℃的天数在270～360天之间。和省内同纬度陆地比较，岛区的积温和相应日数都较多，岛区是热量资源较丰富的区域。

（三）日平均气温稳定通过10℃～20℃的初终日数和积温

日平均气温在10℃～20℃的活动积温为4500℃～6500℃，持续时间200～280天。福州以南沿海为5500℃～6500℃，持续时间230～280天，其余各地为4500℃～5500℃，持续时间200～230天。武夷山和鹫峰山、戴云山等山脉部分县10℃～20℃活动积温分别小于4500℃（持续小于200天）和小于5000℃（持续小于210天）。10℃～20℃活动积温是衡量各地双季稻耐寒品种组合安全生长季长短和品种搭配的重要依据。在80%保证率下，积温、持续日数表征双季稻80%年份得到安全生产的保证。福州以南沿海及厦、漳一带最为安全，福鼎市至连江县一带热量资源与安全生产季居中，闽北、西部略差，安全生长季明显偏差，武夷山、鹫峰山和戴云山等山脉安全生产季最短。

（四）积温的年际代差异

稳定通过10℃积温年际极差，为400℃～1700℃，有自内地向沿海、山区向平原增加的趋势，沿海（平原）比内地（山区）年际极差大，极差最小的北部山区400℃左右，最大的沿海平原1700℃。10℃～20℃活动积温年际极差为1100℃～2300℃，北部山区最大约2300℃，内地平原小。积温年际极差大，使作物在不同年份的播种日期变化很大，直接影响产量的稳定。

二、冬季热量状况

（一）11—4月日平均气温稳定通过0℃积温

11—4月日平均气温稳定通过0℃积温分布，海拔700米以下，北纬26°以南地区为2600℃～2900℃，以北地区为2100℃～2500℃；海拔900米处，南部达2300℃，北部为1500℃～1600℃。

（二）极端最低气温与霜日、雪日

极端最低气温分布以平潭、晋江、厦门和云霄等县市一线为界，该线以东无0℃及以下的极端最低气温，以西至福州以南沿海，冬季有短时间的0～－0.2℃低温，无霜期320～360天，武夷山、鹫峰山、戴云山等山脉极端最低气温达－8.0℃～－12.0℃，有结冰、降雪、积雪和霜日等天气现象出现，无霜期在250天以下。

福州以南沿海年平均霜日1～5天，最多的年份有20多天，同安区以南沿海至东山县终年无霜。省内自北而南，平均初霜日期在11月中旬至次年1月上旬，平均终霜日期在1月中旬至3月中旬。武夷山、鹫峰山等山脉地段全年平均霜日30天以上，最多的年份有50多天，最少的年份有17天。

年平均降雪日数，以武夷山脉、鹫峰山脉最多，年平均雪日6~17天，极端最多的年份雪日20多天，其中雪日最多的是七仙山（28天），次多为寿宁县（20天）。由两大山地向南至霞浦县三沙—罗源—尤溪—永安—武平等县市，降雪日数2~5天。南靖县—漳浦县，以及长泰、同安等县（区）以北，平均雪日小于1天，是偶见雪区。南靖县以南各地无雪区。

三、热量资源随高度变化

热量资源受海拔高度和纬度的影响，垂直方向上的差异大于水平方向上的差异。海拔每上升100米，10℃~20℃的80%保证率积温为：福安市平均减少228℃，同安区平均减少285℃，龙岩市平均减少188℃。海拔每上升100米，日平均气温稳定通过10℃积温为：福安市平均减少214℃，同安区平均减少181℃，龙岩市平均减少184℃。水平方向每增加一个纬距，漳浦县至华安县日平均气温稳定通过10℃的积温平均减少140℃，相当于同安区垂直递减率285℃的1/2。鹫峰山脉海拔高度800米以上的山区，年平均气温比浙江省北部低1℃。

武夷山脉山地热量资源有明显的垂直变化，与水平带的形成和利用有性质上的差异。山地气候资源（尤其是热量资源）与山岭走向、山谷开向、山地坡向及有无森林植被有密切关系。按照热量垂直分布的不同可分为：①多熟制农作暖热层：热量资源丰富，生长期大于250天，虽有夏旱但灌溉条件好，一年可以三熟，是主要产粮基地，复种指数高。②农业、经济作物混合温暖层：10℃积温在5000℃~5400℃，河谷区为单、双季稻混作区，低丘区适宜发展茶叶、枇杷、油桐、油茶等经济作物。③农业经济作物混合温湿层：云雾、雨日多，水稻一般一年一熟或两熟，适宜茶叶、杉木，尤适宜喜阴湿的茶树生长。④经济、农业作物混合凉湿层：气温凉、雨水多，山多田少，以林业为主，杉木、松木、生漆、油桐等经济林适宜生长。⑤林牧业湿冷层：地势高，坡度大，寒冷多雨，10℃积温小于4100℃，极端最低气温在−10℃以下，主要分布常绿阔叶林和落叶阔叶林，野生动物资源丰富。

第三节　水分资源

一、降水量及其保证率

（一）水资源分布

61.2%的县市年降水量1500~1800毫米，3—9月的降水量占年降水量的八成。降水量和降水日数均从东南沿海向西北内陆递增，降水相对变率表现为内陆地区小于沿海地区。降水丰富且稳定的地区，地势高、森林覆盖率高，是江河源头，为29个水系600多条河流提供丰富、稳定、洁净的径流和水能。沿海地区降水量少且不稳定，降水相对变率也较大。

（二）降水保证率

降水保证率是指低于或高于某个界限降水量的保证程度，或说在该保证率条件下的降水量。对农业而言，要求有80%保证率才较有实际意义。

80%保证率的降水量，3—9月为550～1000毫米，占同期降水量60%～73%，而平潭、晋江等县（市）一带沿海只有550～600毫米，其余各地均在600毫米以上。其中，3—4月为100～250毫米，占同期降水量的44%～63%，5—6月为370～500毫米，占同期降水量的66%～76%，7—9月为145～450毫米，占同期降水量45%～75%。平潭、晋江等县（市）沿海一线降水量在210毫米以下，占同期降水量的45%～56%。

二、蒸发量

年平均蒸发量，大部地区为1250～1800毫米。岛区年平均蒸发量，湾外岛屿大于湾内岛屿，南部岛屿大于北部岛屿。岛区因风速大、气温高，是蒸发量最大的区域，比同纬度的陆地多。东山岛蒸发量2013毫米、海坛岛蒸发量1941毫米，分别位居岛区第一位和第二位。

三、湿度

年平均相对湿度78%～83%，大小差异不明显。相对湿度高值区主要在北纬26°以北的内陆地区和东部沿海突出部和岛区，都在80%以上。相对湿度低值区主要分布在福州、莆田、泉州、龙岩以及闽北的松溪、政和等地，介于77%～79%之间。

第四节　风能资源

一、有效风能密度

风能密度是指与气流垂直的单位面积、单位时间内所具有的风能。风能密度与风速的三次方成正比，单位为瓦/平方米。有效风能密度为风机组切入风速与切出风速之间单位风轮面积上的风能功率。

山区和沿海平原大部地区，年有效风能密度小于50瓦/平方米，沿海地区突出部及岛区年有效风能密度在200瓦/平方米以上，局部达400～600瓦/平方米。

表 2－1　　　　　　　　　　　崇武、东山月平均有效风能密度

单位：0.1 瓦/平方米

月份 地区	1	2	3	4	5	6	7	8	9	10	11	12	年均
崇武	2790	3031	2681	1535	1013	1321	1604	1135	2285	3829	3504	3239	2327
东山	3803	4505	4327	2051	1457	2293	522	851	1889	5739	5634	4622	3132

二、风能方向频率

风能方向频率表征风能来自哪个方向的风。沿海地区风能方向主要集中在东北方向的 3 个风向上，如东山岛，北北东（NNE）、北东（NE）、东北东（ENE）3 个方向上的频率之和达 92.1%，北东（NE）方向上的风能频率就达 54.7%，其余 13 个风向的风能频率之和还不足 8%。沿海地区风能主要来自东北方向，这一结论对风电场选址有指导意义。

表 2－2　　　　　　　　　　　崇武、东山风能方向频率

单位：0.01%

风向	N	NNE	NE	ENE	E	ESE	SE	SSE	S	SSW	SW	WSW	W	WNW	NW	NNW
崇武	350	3146	4719	526	65	19	53	93	280	466	213	28	12	5	4	20
东山	125	1069	5474	2668	156	25	14	35	87	160	51	62	7	6	8	52

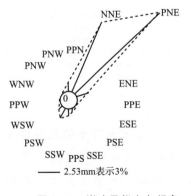

图 2－1　崇武风能方向频率

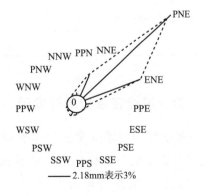

图 2－2　东山风能方向频率

三、风能资源储量

风能资源储量是指风能资源的总量。按 2005 年《福建省风能资源评价》的估算，境内陆地风能资源总储量为 4.130×10^7 千瓦，其中各有效风能密度区间的风能储量如表 2-3。

表 2-3   陆地风能资源储量

有效风能密度区间（瓦/平方米）	区间面积（平方公里）	风能资源储量（千瓦）
＜50	113211.6	2.83×10^7
50~100	3430.9	2.57×10^6
100~150	2166.5	2.71×10^6
150~200	1151.2	2.01×10^6
200~250	702.1	1.58×10^6
250~300	440.8	1.21×10^6
300~350	396.4	1.29×10^6
350~400	193.3	7.25×10^5
400~450	60.8	2.58×10^5
450~500	33.1	1.57×10^5
500~550	27.5	1.44×10^5
550~600	20.5	1.18×10^5
600~650	14.1	8.80×10^4
650~700	13.7	9.23×10^4
700~750	6.8	4.91×10^4
合　计	121869.3	4.130×10^7

四、风能资源技术开发量

风能资源技术开发量为年平均风能密度在 150 瓦/平方米及以上的区域内的风能资源储量值与系数 0.785 的乘积。全省风能资源具有技术可开发价值（年平均有效风能密度在 150 瓦/平方米以上）的区域面积为 3060.19 平方公里，总的风能资源技术开发量为 6.07×10^6 千瓦。各有效风能密度区间的风能技术可开发量如表 2-4。

表2－4 风能资源技术可开发量

有效风能密度区间 （瓦/平方米）	区间面积 （平方公里）	风能资源储量 （千瓦）	风能资源技术可开发量 （千瓦）
150～200	1151.2	2.01×10^6	1.58×10^6
200～250	702.1	1.58×10^6	1.24×10^6
250～300	440.8	1.21×10^6	0.95×10^6
300～350	396.4	1.29×10^6	1.01×10^6
350～400	193.3	7.25×10^5	5.69×10^5
400～450	60.8	2.58×10^5	2.03×10^5
450～500	33.1	1.57×10^5	1.23×10^5
500～550	27.5	1.44×10^5	1.13×10^5
550～600	20.5	1.18×10^5	0.92×10^5
600～650	14.1	8.80×10^4	6.91×10^4
650～700	13.7	9.23×10^4	7.25×10^4
700～750	6.8	4.91×10^4	3.85×10^4
合　　计	3060.3	7.72×10^6	6.06×10^6

第三章 气象灾害

1991—2005 年，福建省极端天气气候事件频繁，气象灾害造成的经济损失严重。1992 年、1994 年、1998 年、2002 年和 2005 年雨季洪涝，2003 年和 2004 年干旱，2005 年"龙王"台风等气象灾害造成的直接经济损失累计达 1070 亿元，多数年份经济损失达 50 亿元以上。

第一节 热带气旋

一、年际分布

1949—2005 年，登陆或有影响的热带气旋总频数为 291 次，平均每年 5.11 次。登陆的热带气旋 102 次，占 35.05%，平均每年 1.8 次，1990 年 5 次登陆，为最多的年份，无热带气旋登陆的年份有 11 年，占 19.3%。有影响的热带气旋 189 次，占 64.95%，平均每年 3.3 次，1996 年无有影响热带气旋。

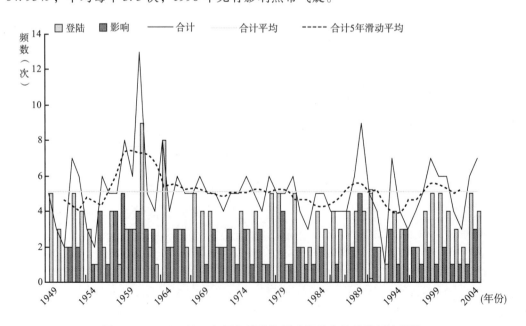

图 3-1 1949—2005 年历年登陆和影响福建省的热带气旋频数

20 世纪 90 年代中期热带气旋个数较少，从 20 世纪 90 年代末起热带气旋个数有所增加。

二、月际分布

登陆和影响的热带气旋主要出现在 6—10 月，占总次数的 93.5%，以 7—9 月登陆最多，占登陆总数的 87.3%。

登陆的热带气旋最早出现于 5 月中旬，并在 7 月下旬至 8 月上旬、8 月下旬至 9 月上旬出现 2 个峰值，最晚出现于 10 月上旬。

影响的热带气旋最早出现于 4 月上旬，最晚出现于 12 月上旬。

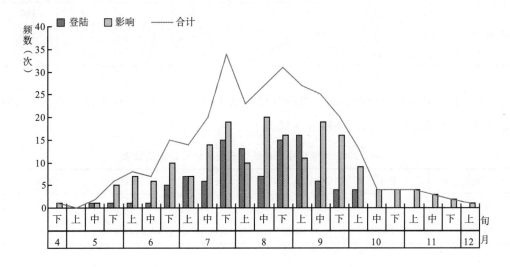

图 3－2 1949—2005 年逐旬登陆和影响福建省的热带气旋频数

三、强度频率

1949—2005 年，登陆或影响的有 38 次超强台风，52 次强台风，88 次台风，72 次强热带风暴，28 次热带风暴，13 次热带低压。登陆的热带气旋以台风为最多（频率为 29.4%），强台风次之（频率为 23.5%），超强台风和强热带风暴居第三位（频率皆为 21.6%）。影响的热带气旋，也以台风最多（频率为 30.7%），强热带风暴次之（频率为 26.5%），强台风（频率为 14.8%）居第三位。

四、登陆地段和路径

（一）登陆地段

1949—2005 年，登陆浙江省南部后再次进入福建省的热带气旋有 2 次，占总登陆数的 2%；登陆福州以北地区有 23 次，占总登陆数的 22.5%；登陆福州至厦门（不含厦门）地区的有 45 次，占总登陆数的 44.1%；登陆厦门以南地区的有 22 次，占总登陆数的 21.6%；登陆广东省沿海地区的有 10 次，占总登陆数的 9.8%。热带气旋登陆闽中沿海地区最多，登陆闽东和闽南沿海地区次之。

表 3－1　　　　　　　　**1949—2005 年登陆及影响的热带气旋的强度分布**

项目		超强台风	强台风	台风	强热带风暴	热带风暴	热带低压	合计
频数（次）	登陆	22	24	30	22	4	0	102
	影响	16	28	58	50	24	13	189
	合计	38	52	88	72	28	13	291
频率（%）	登陆	21.6	23.5	29.4	21.6	3.9	0.0	100
	影响	8.5	14.8	30.7	26.4	12.7	6.9	100
	合计	13.1	17.9	30.2	24.7	9.6	4.5	100

在连江县至漳浦县之间沿海，热带气旋登陆十分频繁，登陆 10 次以上的县市有晋江（15 次）、连江（13 次）和福清（11 次）。

表 3－2　　　　　　　**1949—2005 年登陆福建省热带气旋的地段频数及频率**

地段	浙南	闽东	闽中	闽南	广东
频数（次）	2	23	45	22	10
频率（%）	2.0	22.5	44.1	21.6	9.8

热带气旋登陆前后走向可分为以下四种：直接登陆，即福建省沿海为第一登陆地；登台入闽，即登陆台湾省后再登陆福建省；登粤入闽，即登陆广东省后再进入福建省；登浙入闽，即登陆浙江省后再进入福建省。在登陆的 102 次热带气旋中，登台入闽的热带气旋最多，有 59 次，占登陆热带气旋的 57.8%。直接登陆福建省的热带气旋有 31 次，仅占 30.4%。登浙入闽的热带气旋最少，仅有 2 次。

（二）移动路径

影响热带气旋的路径可分为以下四种情况：登陆广东及以南、登陆浙江及以北、西太平洋转向、南海北部转向。影响福建省的 189 次热带气旋中，以登粤以南路径的热带气旋最多，有 94 次，占影响总数的 49.7%。西转向路径的有 42 次，占影响总数的 22.2%。登浙以北路径的热带气旋有 27 次，南海转向路径的热带气旋有 26 次，分别占影响热带气旋总数的 14.3% 和 13.8%。

表 3 - 3　　　　　　　　1949—2005 年登陆及影响福建省的热带气旋的路径分布

月份		4	5	6	7	8	9	10	11	12	合计	西太平洋	南海北部
登陆	直接登陆			3	9	10	7	2			31	26	5
	登台入闽			1	16	24	17	1	·		59	59	0
	登粤入闽		2	3	3		1	1			10	6	4
	登浙入闽				1	1					2	2	0
影响	登浙以北		1	1	9	10	5	1			27	26	1
	登粤以南	1	1	9	20	26	26	7	3	1	94	73	21
	西转向			7	8	8	10	5	4		42	42	0
	南海转向		4	6	3	2	5	4	2		26	10	16

五、热带气旋大风和降水

热带气旋常带来狂风暴雨。热带气旋登陆或影响时，沿海一般是先起风，后下雨。沿海地区的大风历时，短则 1～2 天，长则 5～6 天。沿海最大风力 8 级以上，其中 12级以上的大风区位于闽东北部沿海、平潭县和晋江市至漳州市沿海，以漳浦县、东山县沿海风力最大，东山县风速 48 米/秒（风力 15 级）为最大。

六、热带气旋灾害

1991—2005 年，共有 76 次热带气旋登陆或影响福建省，其中，有 29 次热带气旋登陆，造成直接经济损失超过 500 亿元。热带气旋造成人员死亡最多的年份是 1996 年，计 55 人。

2005 年 10 月 2 日"龙王"台风在厦门市登陆，2 日 20 时至 4 日 20 时，有 28 个县（市）过程降水量超过 100 毫米，其中罗源、闽侯、福州、长乐和龙海 5 个县（市）过程降水量超过 200 毫米，长乐市 334 毫米为最大。福州地区有 3 个县（市）1 小时降水量超过 100 毫米，其中，长乐市 152 毫米，创历史极值。

第二节　暴　雨

一、暴雨日数的区域分布

1991—2005 年，年平均暴雨日数 3.6～8.3 天，大部地区 4～7 天。暴雨日数分布和地形地势关系密切，鹫峰山脉、戴云山脉、武夷山脉为暴雨中心。云霄（8.3 天）、宁德（7.0 天）、南靖（7.0 天）暴雨日数最多。闽西南暴雨相对较少。

表 3 - 4　　　　　　　　1991—2005 年各地（市）平均暴雨日数

单位：0.1 天

月份地名	1	2	3	4	5	6	7	8	9	10	11	12	年
福州	0	0	2	2	5	9	3	9	7	1	1	0	39
厦门	0	2	2	5	3	5	7	11	7	2	1	0	45
漳州	0	0	2	4	4	10	6	12	8	3	2	0	51
泉州	0	2	2	3	4	8	5	9	6	2	1	1	43
三明	0	1	5	5	9	10	4	7	2	1	0	0	44
莆田	0	0	3	3	7	10	7	14	7	2	1	0	54
南平	0	0	4	5	10	11	4	2	1	3	1	0	41
龙岩	0	1	7	7	9	15	4	7	4	1	1	1	57
宁德	0	1	2	4	8	14	9	14	13	4	1	0	70

表 3 - 5　　　　　　　　1991—2005 年各地（市）平均大暴雨日数

单位：0.1 天

月份地名	1	2	3	4	5	6	7	8	9	10	11	12	年
福州	0	0	0	0	0	1	0	2	2	0	0	0	5
厦门	0	0	0	0	0	2	2	3	1	1	0	0	9
漳州	0	0	0	0	2	2	0	1	1	1	0	0	7
泉州	0	0	0	0	1	3	1	2	1	1	0	0	9
三明	0	0	0	0	1	1	0	0	0	0	0	0	2
莆田	0	0	0	0	1	4	1	2	1	1	0	0	10
南平	0	0	0	0	2	2	1	0	0	0	0	0	5
龙岩	0	0	0	1	0	2	0	0	0	0	0	0	3
宁德	0	0	0	0	0	2	3	6	4	1	0	0	16

三、极端最大日降水量

大部地区极端最大日降水量 160～350 毫米，以 5—8 月降水量最大，在 340～380 毫米之间。2005 年 7 月 19 日，柘荣县降水量 472.5 毫米，为该县气象站观测到的最大日降水量。

表 3 - 6　　　　　　　　　**1951—2005 年各月极端最大日降水量及出现的日期**

单位：0.1 毫米

月份 项目	1	2	3	4	5	6	7	8	9	10	11	12	年
降水量	909	1352	1484	2937	3450	3479	4725	3924	3817	3115	1628	879	4725
出现日期	26	08	06	13	02	21	19	05	27	09	16	11	19/7
出现年份	2003	1985	1980	1969	1994	2005	2005	2003	1969	1999	1986	1970	2005
出现地点	明溪	诏安	武平	漳浦	清流	建宁	柘荣	南安	柘荣	崇武	晋江	宁化	柘荣

四、暴雨洪涝

1991—2005 年，持续性暴雨和大暴雨过程比较多，累计暴雨日数 5677 日次，累计大暴雨日数 964 日次，分别比 1961—1990 年偏多 19% 和 42%。2005 年是 1961 年以来，累计暴雨日数和累计大暴雨日数最多的一年。暴雨造成的洪涝灾害特别严重的年份有 1992 年、1994 年、1998 年、2002 年和 2005 年。

表 3 - 7　　　　　　　　　　**1991—2005 年各月暴雨站次**

单位：站次

月份 年份	1	2	3	4	5	6	7	8	9	10	11	12	年
1991	0	0	30	13	8	90	15	28	50	31	0	0	265
1992	0	3	62	23	30	62	118	89	31	3	1	0	422
1993	0	0	3	13	57	80	24	25	16	0	2	3	223
1994	0	1	13	25	74	112	44	69	20	1	0	17	376
1995	0	0	34	9	40	149	54	92	4	8	0	0	390
1996	0	0	74	22	46	51	32	118	13	1	12	0	369
1997	0	15	31	18	57	109	39	112	25	3	7	15	431
1998	8	74	36	15	58	129	15	48	36	44	0	0	463
1999	0	0	23	23	79	45	86	48	52	24	0	0	380
2000	3	7	0	63	13	199	61	124	20	24	6	0	520
2001	24	0	7	49	60	82	63	49	47	0	2	0	383
2002	0	0	6	17	32	115	49	112	27	27	2	0	387
2003	3	0	0	31	71	40	2	57	13	4	5	0	226
2004	0	3	6	11	55	21	44	60	68	0	4	0	272
2005	0	34	25	6	133	154	34	77	58	46	2	0	569

1992 年 7 月 4—8 日出现强暴雨过程。66 个县市中，有 62 个县市出现 116 县次的暴雨，其中有 19 个县市出现 21 县次大暴雨。暴雨中心在闽江流域上游的南平、三明两市，部分乡镇 10 多个小时降水量 200~460 毫米。这是历史上强度最强和范围最广的暴雨过程之一，同时也发生了闽江流域 1934 年以来的最大洪水。

1994 年雨季出现 2 场大暴雨。5 月 1—3 日，中北部地区出现特大暴雨，三明有 10 多个县市降大暴雨，宁化、清流、永安等地过程降水量超过 300 毫米，以清流 391 毫米为最大。6 月 13—21 日，有 58 个县市出现暴雨和大暴雨，其中闽江流域 11 个县市连续 3 天降暴雨，建宁、福清、寿宁等地连续 5~6 天降暴雨。

1998 年 6 月 8—25 日，闽北出现百年未遇的洪涝，过程降水量大部地区大于 100 毫米，其中，大于 500 毫米的有 11 个县市，以武夷山市的 1034 毫米为最大，光泽县的 1002 毫米次之。由于持续性降水，闽北各地水库爆满，江河水位骤升，建溪、富屯溪相继发生多次超过危险水位的洪水。

2002 年 6 月 13—18 日暴雨洪涝，中北部地区出现雨季高峰期，部分县市暴雨至大暴雨过程持续时间长、落区集中、雨势强，建宁、泰宁等县创日最大降水量纪录，中北部地区出现严重的洪涝灾害，局部县市还伴有泥石流发生。

2005 年 6 月 17—22 日，建宁县连续 5 天暴雨至特大暴雨，最大日降水量 347.3 毫米和过程降水量 829.6 毫米均创历史新高。闽江干流先后出现 5 次洪峰，顺昌、泰宁、建宁等县遭受大范围的洪涝灾害。

第三节　干　旱

一、春旱

（一）区域分布

春旱发生的频数从闽东南地区向闽西北地区递减。中南部沿海地区是干旱多发区，其春旱（小旱以上）出现的频率相当于 1.2~2.5 年一遇。闽西北地区春旱较少见，5~8 年一遇。大旱到特旱主要出现在闽东南地区。

（二）年际分布

1991—2005 年，春旱（小旱以上）出现站次最多的年份是 2002 年，出现县次超过 30 个的有 1991 年、1995 年、1997 年、1998 年、1999 年、2000 年、2002 年、2003 年和 2004 年。

20 世纪 90 年代后期开始，春季的旱情呈增长趋势，大旱到特旱的发生频次明显增加。1999 年以来，除 2000 年外，连续出现严重春旱。其中 2002—2004 年的春旱范围广（小旱以上≥50县市次），旱情严重（大旱到特旱≥10县市次）。1991—2005年大旱到特旱10个县市次及以上的有1991年、1999年、2002年、2003年和2004年，以2002年最为严重，大旱到特旱达31个县市次。2002—2004年，还连续出现严重春旱。

二、夏旱

（一）区域分布

夏旱发生频率为沿海地区高、内陆山区低，出现频率多为1～1.5年一遇。沿海县市年均夏旱频次普遍大于1次，平潭县年均近2次，寿宁、屏南、德化和永定等地夏旱相对少见。沿海地区和三明、南平等内陆地区为大旱到特旱多发区。

（二）年际分布

1991—2005年，每年都出现不同程度的夏旱，除1997年和2002年夏旱范围较小外，多数年份夏旱范围比较广，至少出现50县市次。夏旱范围最广的是1998年，累积达126县市次，2003年次之，达124县市次；夏旱范围超过100县市次的还有1991年、1992年和2005年。

20世纪90年代以来，为严重夏旱高频期。1991—2005年，大旱到特旱超过10个县市次的有1991年、1992年、1993年、1995年、1996年、2000年和2003年，2003年最严重，大旱到特旱有61县市次。

三、秋冬旱

（一）区域分布

秋冬旱地域分布总体从西北向东南增多。1991—2005年，省内大部分县市秋冬旱出现次数≥10次，中、南部沿海秋冬旱更为频现，多个县（市）秋冬旱出现次数≥16次。

（二）年际分布

除2002年外，其余各年均出现不同程度的秋冬旱；小旱以上出现县次大于60个的有1992年、1993年、1994年、1995年、1999年、2003年和2004年，以1999年和2003年的范围最广；1997—1998年秋冬旱偏轻。

严重秋冬旱（大旱到特旱）以1999年为最大，达31县市次。

四、干旱灾害

气候干旱灾害比较严重的年份是1991年、2003年、2004年。尤其是2003年的异常干旱后，2004年又发生持续严重的干旱，为历史少见。

2002年是冬春旱严重的一年。49个县（市）出现冬春连旱，13个县（市）达到特旱标准，厦门、漳州两地旱情严重，漳州南部出现严重秋冬春连旱。

2003年是干旱异常严重的一年。夏季出现近50年罕见的持续高温少雨天气，秋冬季降水也明显偏少，出现1939年以来最严重的春夏秋连旱。65个县（市）发生夏旱，其中38个县（市）达到特旱标准。入秋后，20个县（市）发生秋旱。

第四节　低温寒害

一、倒春寒

1961—2005年，重倒春寒年［60%以上的县（市）出现倒春寒］频率为13.3%；中度倒春寒年［30%～60%的县（市）出现倒春寒］频率为24.4%；轻度倒春寒年［10%～30%的县（市）出现倒春寒］频率为28.9%；无倒春寒年［不足10%县（市）出现倒春寒］频率为33.3%。

1991年以来，倒春寒天气出现比较少，影响程度比较小。但1991年、1992年、1996年和2004年倒春寒天气比较明显。倒春寒活动地域差异的基本特点是北多南少，北重南轻。闽北地区倒春寒的频率为68%，无倒春寒的频率是32%；闽南地区倒春寒的频率是33%，无倒春寒的频率占67%。

表3-8　　　　　　　　　　1961—2005年倒春寒年类与频率

项目	重度	中度	轻度	无
频数	6	11	13	15
频率	13.3%	24.4%	28.9%	33.3%
年例	1970、1976、1985、1991、1962、1996	1986、1982、1988、1965、1979、1964、1974、1980、1992、1999、2004	1987、1963、1961、1968、1978、1969、1972、1983、1984、1989、1995、1993、2005	1975、1966、1973、1977、1971、1967、1981、1990、1994、1997、1998、2000、2001、2002、2003

二、五月寒

1991—2005年，五月寒比较少见，南部绝大部分县市未出现，三明和宁德两地西北部以及南平地（市）北部，五月寒频率约20%，即5年一遇；闽南地区五月寒频率不足10%。五月寒范围较大的是1993年，有17个县次出现五月寒天气。

三、寒露风

1991年以来，寒露风出现时间普遍偏迟，超过2/3县（市）偏迟的年份有1995

年、1996 年、1998 年、2000 年和 2001 年；超过 2/3 县（市）偏早的年份比较少见，只有 1992 年、1994 年和 2002 年大多县（市）寒露风出现时间偏早。

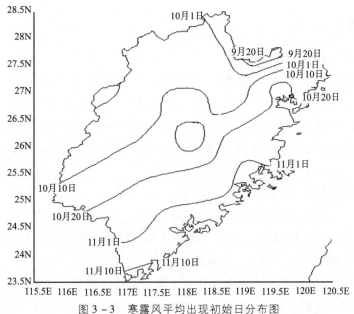

图 3 - 3 寒露风平均出现初始日分布图

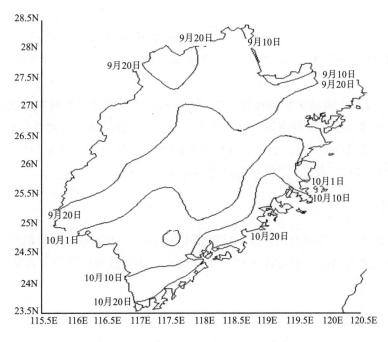

图 3 - 4 各地最早出现寒露风时日分布图

闽东北内陆高海拔山区秋寒最早初始日出现在 9 月上旬，闽北大部以及闽西、闽西南的部分县市秋寒最早初始日多出现在 9 月下旬。中、南部沿海以及龙岩东部秋寒初始日，最早在 10 月中、下旬。

四、寒潮

（一）发生频数及时空分布

1991 年以来，年平均寒潮次数小于 1 次，且多出现在 3 月和 12 月。1991 年、1996 年、1999 年出现的寒潮，强度较大、范围较广。寒潮每年约 2 次，北部地区平均 2 次，中部地区平均 1~2 次，南部地区平均 0.5 次。寒潮的高频月份是 11—12 月，占年均次数的 46%；1—3 月也占 46%；寒潮最早出现在 10 月下旬，最迟出现在 4 月上旬。

（二）寒潮灾害

1991 年 12 月 26—30 日的强寒潮过程中，建宁县出现 -12.8℃ 的极端最低气温，为县市气象站观测到的最低值，低温、大雪及雪后持续 7 天左右的霜冻天气，致使农作物受冻害，交通、电讯、供水、供电曾一度中断。

1996 年 2 月 18—24 日，出现全省性强寒潮，柘荣、周宁、清流、建宁、宁化、屏南、泰宁、光泽、建阳等地有 10 厘米左右的积雪，造成交通中断，武夷山机场关闭，闽南热带经济作物也受到不同程度的冻害。3 月 8—12 日，中北部再次出现区域性寒潮过程。

1999 年 12 月 17—23 日，出现全省性的强寒潮天气过程，省内大部分地区过程降温幅度 10℃~12℃，最大 14℃，中南部地区 18 个县（市）极端最低气温破历史纪录。

2002 年 12 月出现两次寒潮过程，12 月 24—27 日大部分县市过程降温幅度 8℃~10℃，中北部部分县市出现寒潮。闽西北有雪，山区公路结冰，交通受影响。

2005 年 3 月 11—13 日，出现全省性罕见的寒潮天气过程，日平均气温 24 小时最大降温幅度 14.8℃（长汀），48 小时降温幅度 8℃~18℃（长汀）。

五、霜

1991—2005 年，霜日有所减少，特别是 12 月份，中北部地区霜日减少较明显。内陆和闽中山区多数县市年平均霜日 10~25 天，中、南部沿海地区年平均霜日基本在 10 天以下。

表 3 - 9 　　　　　　　　**1991—2005 年各地（市）平均霜日数**

单位：0.1 天

月份\地区	1	2	3	4	5	6	7	8	9	10	11	12	年
福州	25	11	5	0	0	0	0	0	0	0	0	14	55
厦门	1	0	0	0	0	0	0	0	0	0	0	1	2
漳州	20	6	2	0	0	0	0	0	0	0	0	15	43
泉州	7	3	0	0	0	0	0	0	0	0	0	3	13
三明	36	16	6	0	0	0	0	0	0	0	6	42	106
莆田	12	5	3	0	0	0	0	0	0	0	0	5	25
南平	46	24	6	0	0	0	0	0	0	0	7	47	130
龙岩	36	18	5	0	0	0	0	0	0	0	7	45	111
宁德	39	18	3	0	0	0	0	0	0	0	3	29	92

六、雪

1994 年、1996 年、1999 年和 2002 年受寒潮影响，内陆或北部出现大范围降雪过程。降雪时段主要集中在 12—2 月，南部沿海雪日多出现在 1 月份。3 月份的降雪基本出现在内陆。

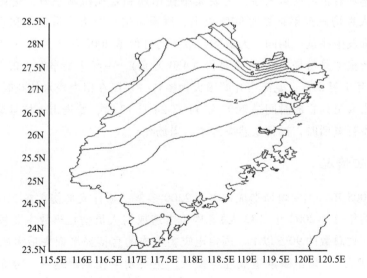

图 3 - 5 　1991—2005 年年平均降雪日数分布

表 3 - 10　　　　　　　　　各地（市）平均降雪日数

单位：0.1 天

月份 地市	1	2	3	4	5	6	7	8	9	10	11	12	年均
福州	3	5	0	0	0	0	0	0	0	0	0	2	10
厦门	1	0	0	0	0	0	0	0	0	0	0	0	1
漳州	0	0	0	0	0	0	0	0	0	0	0	0	0
泉州	1	0	0	0	0	0	0	0	0	0	0	0	1
三明	6	6	1	0	0	0	0	0	0	0	0	4	17
莆田	1	1	0	0	0	0	0	0	0	0	0	1	3
南平	9	8	1	0	0	0	0	0	0	0	0	3	21
龙岩	4	1	0	0	0	0	0	0	0	0	0	2	7
宁德	3	8	1	0	0	0	0	0	0	0	0	3	15

第五节　雷电灾害

一、季节分布

一年四季均有雷电灾害发生，主要集中在汛期和台风雷雨季节，这期间雷灾起数和雷击伤亡人数均占全年总数的90%以上，因雷击造成重大人员伤亡和重大直接经济损失几乎全都发生在这一期间。人员死亡最多的月份是2002年7月份（21人）；直接经济损失最严重的月份是2000年7月份（430万元）。一年中最早发生雷击人员死亡的时间是2004年1月3日，龙海市九湖镇大梅溪村一村民在田中挖水仙花时遭雷击身亡；最迟发生雷击人员死亡的时间是2002年11月24日17时，龙岩市上杭县珊瑚乡妇女梁某在邻居家中打电话时，被雷电感应击中，当场死亡。

二、受灾情况

2000—2005年，因雷电所造成灾害为2200多例，累计人员伤亡在210人以上。死亡人数最多的年份是2002年（32人）。因雷击造成的人员伤亡事故主要发生在农村地区，占雷击伤亡总数的90%以上。因雷电灾害造成的直接经济损失最大的年份是2004年（1300多万元）。雷击事故造成经济损失，主要发生在城市地区，分布在电力、石化、通信等行业。雷击造成建（构）筑物受损、办公电子电器设备受损、家用电子电器设备受损均占全年雷灾总数的一半以上。

雷电灾情严重的案例:

2000 年 7 月 2 日 20 时 5 分, 南平市建阳化工总厂樟脑车间脱氧工段升华室遭雷击, 造成整个脱氧工段升华室着火, 过火面积 1000 多平方米, 厂房设备和 30 余吨半成品樟脑片被焚烧, 直接经济损失共计 300 万元。

2000 年 7 月 25 日下午, 南安市出现强雷暴天气, 洪濑镇洋尾村 1 名妇女、溪美办事处镇山居委会 1 名男孩、美林办事处南厅居委会 1 名妇女共 3 人遭雷击身亡。

2003 年 7 月 2 日 17 时 20 分左右, 连城县埠头水电厂 1 台输送电网的变压器遭雷击, 造成电站不能发电 15 天, 电站及电力公司每天损失 6 万元, 变压器维修费用 15 万元, 累计直接经济损失 105 万元。

2005 年 5 月 23 日下午, 龙海市九湖镇林下村大洋社 7 人在田中挖水仙花时遭雷击, 其中 1 名 29 岁男子和 1 名 47 岁女子两人当场身亡, 1 名 42 岁女子送往医院抢救无效死亡。

表 3-11　　　　　　　2000—2005 年雷灾和人员伤亡统计表

年　份	雷灾发生数(次)	死亡人数(人)	受伤人数(人)
2000	273	31	16
2001	356	19	14
2002	325	32	15
2003	285	13	7
2004	545	16	18
2005	456	21	8

第六节　其他气象灾害

一、冰雹

冰雹多发于春季的强对流天气过程, 以 2—4 月最为多见, 冰雹日数占全年累计日数的 67.5%。其次是 7—8 月, 冰雹日数占全年累计日数的 16.7%, 其余月份冰雹日数较少, 冰雹月际分布呈"双峰型", 主峰在春季, 次峰在盛夏。

表 3-12　　　　　　　　　各月累计冰雹日数

单位: 日次

月份	1	2	3	4	5	6	7	8	9	10	11	12	合计
日数	5	32	113	115	26	14	36	28	12	0	4	0	385

二、雾

年平均雾日5～127天，各月均有雾日出现。月际分布，多数县市以春季的雾日最多见，闽北和闽中内陆以秋冬季雾日最为频繁。地域分布，闽北和闽中内陆雾日较多，宁化县年平均雾日数127天为最多，建宁县年平均雾日数114天为次多。雾对交通安全影响较大，随着高速公路建设的发展，山区路段特别容易受雾的影响。海雾年平均日数，中部、南部沿海25～30天，北部（台山）81.2天。

表3-13 各地（市）平均雾日数

单位：0.1天

月份\地名	1	2	3	4	5	6	7	8	9	10	11	12	全年
福州	15	22	44	37	18	10	1	1	2	3	3	10	166
厦门	32	51	92	83	61	24	6	8	8	6	8	15	394
漳州	13	16	23	21	10	5	2	1	1	2	3	9	106
泉州	10	22	41	46	24	7	3	3	2	1	2	6	167
三明	65	39	37	39	22	21	12	17	24	48	85	114	523
莆田	10	18	33	34	20	7	1	1	1	1	1	3	130
南平	43	26	20	33	21	16	5	1	4	16	47	80	312
龙岩	15	7	15	10	2	1		3	3	5	5	17	86
宁德	10	18	28	31	19	9	2	0	1	1	6	5	130

三、龙卷风

1959—2005年，有记载的龙卷风共104次，平均每年2.2次，年机遇为76.6%。一年出现5次以上的有1983年、1989年、1990年、1992年、1993年、1997年。1983年、1997年，年出现7次，为最多。104次龙卷风地区分布：福州16次、莆田5次、泉州21次、厦门10次、漳州9次、龙岩11次、三明9次、南平11次、宁德12次。

龙卷风除1月和12月未发现外，其他月份均有龙卷风记录。春季（3—6月）龙卷风较多，占64.4%；夏季（7—9月）次多，占28.8%；其他季节出现较少。龙卷风的多发时间是下午13—17时，占有记载龙卷风的55%，其他时间比较分散，累计占45%。

四、大风（含龙卷风、冰雹）灾情实例

1992年4月29日19：45—20：05，古田县黄田、水口、松吉、泮洋等4个乡镇29

个村发生龙卷风夹暴雨冰雹，毁坏船只 3 条，折断树林 460 亩，电线杆 72 根，重伤 11 人。4 月 30 日下午，长泰县出现冰雹伴随龙卷风，造成上蔡机砖厂房屋倒塌，9 人受重伤，上蔡小学门口 2 棵直径 30~40 厘米的树被龙卷风刮断，围墙倒塌 4 米。7 月 30 日 13 时 15 分，漳浦物资局弹药仓库被龙卷风掀掉屋顶。

1993 年 8 月 23 日 4 时左右，清流县邓家乡受龙卷风、冰雹、强降水袭击，两人才能抱得过来的大树被拦腰折断，直径 30 厘米的大树被连根拔起，一根 15 厘米粗的树枝被风卷飞 20 米插在一民房上。8 月 27 日，南靖县和溪镇遭受龙卷风及暴雨的袭击，大约持续 30 分钟，5 人受伤，电线杆被刮倒（断）5 根。

1994 年 4 月 20 日中午，南平、宁德、三明、福州、龙岩 5 地市的 12 个县市出现 8~10 级大风，其中柘荣、建瓯、闽侯、福州、永泰、长乐、古田等县市下冰雹，长乐市还出现龙卷风。福州受飑线影响，出现 8 级大风，降雹持续 7 分钟，最大冰雹直径 43 毫米。4 月 24 日 18 时，连城县罗坊、北团、四堡、隔川、揭乐、塘前、文亨、姑田等地受龙卷风影响，一棵百年老树被吹倒。

1995 年 4 月 15 日，沙县 10 个乡镇出现龙卷风和冰雹，房屋倒塌 2432 间，部分乡镇供电、通信中断，直接经济损失 1535.6 万元。4 月 30 日上午，连城县揭乐乡出现冰雹、龙卷风并伴有大雷雨，受灾户 445 户，围墙倒塌 120 米，电线杆折断 16 根。

1996 年 4 月 19 日 16 时左右，诏安县宫口附近海面出现罕见的龙卷风，翻船一条，3 人死亡，2 人失踪。

1997 年 5 月 6 日凌晨，同安区竹坝华侨农场遭受龙卷风袭击，整个过程路径长度 3 公里左右，路径宽度 100 多米，口尾小，中间大，一棵直径 30 厘米的龙眼树被拦腰扭断后飞出 110 多米，"电管所"牌子飞过小山头落在 500 米远的地方。几棵直径 40 厘米的小叶桉树齐刷刷倒掉。11 月 26 日，福清市音西镇遭受龙卷风袭击，融强医院一框架结构、金属屋顶 600~700 平方米的临时病房屋顶被掀，两根水泥杆（高 8 米，直径 10 多厘米）被刮断。

1998 年 2 月 19 日下午，上杭县古田、蛟洋、旧县、兰溪等乡镇遭受冰雹、龙卷风和暴雨袭击，冰雹最大直径 10 厘米，降水量 75 毫米，全县直接经济损失 5600 万元。

2000 年 5 月 27 日 15 时左右，武平县武东乡东兴村遭受龙卷风袭击，一棵百年古树只剩一个树兜，碗口粗的树权被卷至百余米之外。6 月 18 日下午，漳浦县赤湖镇，距政府大院 2 公里处，一条黑压压的螺旋云带从天而降，顿时狂风大作，行程成直线，沿途所到之处，广告牌被刮得七零八落，镇政府院内一棵百年榕树被连根拔起。7 月 1 日下午，宁化县治平乡、曹坊乡、湖村镇出现强对流天气，治平乡出现龙卷风，有 2 人死亡。

2001 年 3 月 25 日，武平、上杭和漳浦等县受冰雹、大风袭击。武平县象洞乡沾阳村出现龙卷风。武平县和上杭县民房受损 9000 间，烤烟受灾面积 2.4 万亩，倒塌电线杆 30 根。3 月 25 日中午，漳浦县白竹湖和佛昙一带，雷雨夹杂着冰雹和龙卷风，冰雹最大直径约有 10 厘米。4 月 8 日、29 日和 5 月 8 日，明溪县盖阳、胡坊、翰仙等乡镇出现冰雹、龙卷风，9 个乡镇和雪峰农场受灾，全县直接经济损失 715.9 万元。4 月 8 日，宁化县城郊、方田、淮土、石壁、中沙等乡镇出现龙卷风、冰雹等灾害性强对流天气，烤烟受损严重。5 月 7 日 18 时 2 分，莆田、仙游两县市遭受冰雹、大风袭击，龙眼树和荔枝树遭到较为严重的破坏。

2005 年 3 月 22 日 14 时 15 分至 16 时，强飑线自西南向东北横扫龙岩市大部分县市，飑线所经之处狂风大作、暴雨倾盆，瞬间最大风力 10～11 级，许多树木被拦腰折断或连根拔起，大型广告牌被大风刮倒或刮坏，不少工棚、农舍、厂房屋顶、民房瓦片被掀掉，部分高压线被风刮断、引起大部地区停电，农作物、蔬菜大棚破坏严重。永定县因灾死亡 1 人，直接经济损失 1814 万元。5 月 1 日，宁化、长汀、三明、柘荣、闽侯、福州、莆田及漳平 8 个县（市）先后出现雷雨大风天气，三明市区最大风速 31 米/秒，将乐、明溪、永安、浦城及福州金山地区降冰雹，将乐冰雹直径 6 厘米，三明市区多处广告牌被刮倒，江滨公园不少大树被刮断，建宁县 1000 多间房屋受损，烟苗受损 8000 多亩，果树受损 4000 多亩，均口变电所主变压器被烧毁，直接经济损失 600 多万元，闽清县上莲乡佳头村一农民耕田时遭雷击死亡。5 月 5 日中午，飑线雷雨大风再袭龙岩市大部分乡镇，上杭县 15 个乡镇 118 个村受灾，死亡 2 人、重伤 1 人，房屋屋顶被掀 3815 户，受灾面积约 3.3 万平方米，全县直接经济损失 3210 万元。

第四章　气象观（探）测

20 世纪 90 年代后，福建气象观（探）测开始进行大气监测站网自动化的试验和布点，经过 15 年的建设，至 2005 年，形成由地面、高空、气象卫星、天气雷达、专业气象和特种观测所组成的综合、立体、交叉探测网。

第一节　地面观测

一、站点

1990 年，台站网共有 70 个站点，其中国家基准气候站 2 个，国家基本气象站 19 个，国家一般气象站 49 个（简称基准站、基本站、一般站）。

1991 年 1 月 1 日起，福州、建瓯和上杭基本站升格为基准站。7 月 1 日，建阳基本站改为一般站。12 月 31 日，撤销七仙山基本站。12 月 31 日 20 时起，武夷山（即崇安）站从一般站升格为基本站。

1993 年 1 月 1 日，台山基本站（国家海洋局管辖）停止气象观测业务。同年 7 月 1 日，龙岩基本站改为一般站，漳平一般站升格为基本站。1995 年 4 月 1 日至 2000 年 12 月 31 日，龙海站由一般站改为辅助站，只担负温度、湿度、雨量、风和气压的每日 8 时、14 时、20 时（北京时）定时观测，不发气象报告，只编制月气象简表上报。2001 年 1 月 1 日，龙海站恢复为一般站。

到 2005 年底，全省台站网共 69 个站点。

二、常规观测

（一）时间

1991 年，基准站实行每天 24 时次定时人工观测，2003 年 1 月 1 日始，增加 24 时次的自动站观测，实行人工与自动站平行观测。

1991 年，基本站实行每天 4 时次（2 时、8 时、14 时、20 时）定时观测。2000 年 1 月 1 日，开始 24 时次自动站观测，至 2002 年人工与自动站平行观测结束。2003 年开始单轨运行时，除云、能见度、天气现象外全部使用自动站观测，每天 8 次定时（23 时、2 时、5 时、8 时、11 时、14 时、17 时、20 时）发天气预报。

表4－1   2005年地面气象台站分类地区分布表

设区市	基准站(5个)	基本站(15个)	一般站(49个)
福 州	福州(省气象台,下同)	平潭	闽清、闽侯、罗源、连江、永泰、晋安*、长乐、福清
莆 田			仙游、秀屿*、莆田
泉 州	崇武(惠安)	九仙山	安溪、永春、德化、南安、晋江
漳 州		漳州、东山	华安、长泰、南靖、平和、龙海、漳浦、诏安、云霄
厦 门		厦门	同安
龙 岩	上杭	长汀、漳平	连城、武平、龙岩、永定
三 明	永安	泰宁	宁化、清流、将乐、建宁、明溪、沙县、三明、尤溪、大田
南 平	建瓯	邵武、武夷山、浦城、南平	光泽、建阳、松溪、政和、顺昌
宁 德		福鼎、宁德、屏南	寿宁、周宁、福安、柘荣、古田、霞浦

* 福州晋安、莆田秀屿仅观测不发报。

1991年，一般站实行每天3时次（8时、14时、20时）定时观测。2003年开始建设自动站，5月1日，完成一般站自动站建设，并投入业务运行，替代人工观测。

（二）守班

地面台站气象观测守班制方式按类别分为两类：基准站、基本站实行昼夜守班制；一般站除夜间拍发航危报外，实行白天守班制，即6：50—20：00守班。1998年开始，原夜间有担负航危报任务的9个一般站（闽清、长乐、永泰、莆田、仙游、南靖、漳浦、宁化、大田），因航危报缩减，撤销夜间守班制度，至此一般站全部实行白天守班制。

（三）项目

地面气象观测项目按《地面气象观测规范》规定进行观测，有气压、气温（最高气温、最低气温、干湿球温度）、风向风速、降水量、日照、云量云状、能见度、天气现象、蒸发量、地温、电线积冰、雪深、雪压等项目。其中，蒸发量分为小型蒸发和大型蒸发（E－601）观测，担负大型蒸发观测的有福州、崇武、龙岩、建阳、福安、周宁站，1997年1月，撤销一般站的蒸发观测。地温分为地表温度、浅层地温（5、10、15、20厘米）、深层地温（40、80、160、320厘米）。2000年前，深层地温布点有上杭、建瓯、永安、崇武。2000年开始，全省基准站、基本站全部担负深层地温和大型蒸发（E－601）观测，基准站大型蒸发（E－601）为自动观测。2002年1月1日，全省基准站、基本站结束大小型蒸发器的对比观测，撤销小型蒸发观测。电线积冰观测有九仙山、泰宁、七仙山、寿宁、浦城站。雪深观测有泰宁、九仙山、七仙山站。雪压观测有九仙山、七仙山站。2005年4月1日起，建瓯、武夷山、政和、宁化、武平、连城站增加电线积冰观测。

1998 年起，全省所有气象台站实行机制报表，手工抄写报表的历史结束。

三、仪器设备

（一）人工观测设备

20 世纪 90 年代后，气象台站地面常规仪器投入业务使用的气压、气温、湿度、雨量、风、日照、地温等仪器均为取得气象技术装备使用许可证的产品。1991 年 1 月，气象台站配备袖珍计算机（PC－1500）编发气象电报。同年 10 月，EN 型测风数据处理仪在 5 个基准站投入业务使用。1992 年 6 月，福州站配备坑式标准雨量计，与常规雨量器进行对比观测。1997 年 1 月，基准站、基本站正式使用 E－601B（玻璃钢）蒸发器，撤销一般站 E－601（金属）蒸发器。1998 年底，基准站、基本站全部配备地面测报专用微机取代 PC－1500 机，使用地面测报软件，实现人工观测、自动查算、选择发报的半自动化。2002 年 1 月，停止厦门和福州站达因风向风速仪的使用，用 EN 型风向风速仪的记录替代。同时，全省基准站、基本站撤销 E－601（金属）蒸发器。

2002 年起，气象台站开始统一进行观测场室改造，重新铺设观测场草皮，观测场围栏更换为不锈钢围栏，风杆全部改为热镀锌钢制风塔，百叶箱改为单腿式支架。

（二）自动观测设备

1999 年 9 月至 2004 年 11 月，基本站的自动站采用长春气象仪器厂的产品，型号为 DYYZ－II，2004 年 12 月，更换为天津气象仪器厂的产品，型号为 CAWS600－B。2002 年 9 月，基准站的自动站采用天津气象仪器厂的产品，型号为 CAWS600－SE。2003 年 5 月，一般站的自动站采用天津气象仪器厂的产品，型号为 CAWS600－B。2004 年 9 月，基准站总辐射表采用中国气象局大气探测中心（华创升达）的产品，型号为 TBQ－2－B，净全辐射表型号为 FNP－1。

四、自动站建设及业务运行

1991 年 1 月下旬，第一个自动测风站在莆田市南日岛建成，并投入观测。1993 年 7 月，福州站安装上海无线 23 厂生产的地面有线综合遥测仪（II 型）进行对比试验。1994 年 8 月，中国气象局"黄河中下游洪水预报及管理"项目在九仙山站安装一套意大利产的 3280 自动气象站，采用 DCP 通信发报，通过日本 GMS 静止卫星，经由东京全球电信系统（GTS）线路传至北京。1995 年 3 月 16 日和 8 月 21 日，3280 自动气象站先后两次遭受雷击导致不能正常工作。1996 年 5 月，漳州站安装芬兰产的 MILOS 500 自动气象站。1996 年 6 月 1 日至 1997 年 3 月 31 日，漳州站进行地面有线综合遥测气象仪（II 型）每天 24 小时观测业务化试用工作，1999 年 7 月 1 日起投入业务运行。MILOS 500 自动气象站是中国气象局为地面气象观测推向自动化所建设的示范站，其业务运行情况对地面气象自动化观测系统起到业务示范作用。

1996 年 8 月，省气象局组织自主开发研制自动气象站，先从单要素的雨量站开始，然后逐步扩充为四要素（温度、雨量、风向、风速）自动气象站。历 4 个月，单要素自动雨量站（FJ－1 型）研制成功，于 1997 年 3 月份通过鉴定。1997 年 2—5 月，在漳州、厦门、泉州、莆田四地（市）布设 FJ－1 型自动雨量站 35 个，6 月 1 日至 9 月 30 日投入业务试运行，组成闽南地区中尺度天气雨量监测网。1998 年底，在福州市各县共建成 10 个四要素自动气象站，并投入业务运行。1999 年 8 月，在福州、龙岩、三明、南平、宁德五地（市）共建成 41 个四要素自动气象站，以程控电话拨号方式通信。1999 年，单要素雨量站停止使用。

1999—2000 年，中国气象局在福建省基本站布设长春厂 II 型遥测站 14 套，通信方式为分组网。2000 年，四要素自动站、自动雨量站、II 型遥测站投入准业务运行，全省 22 个一般站从 2000 年 3 月 1 日起由四要素自动站观测资料替代 5 时雨量报人工观测和编报工作。

2002 年 9 月，完成 5 个基准站 I 型自动站建设。

2003 年 5 月，完成 46 个一般站 CAWS600 型自动站建设（长乐、连江、霞浦因迁站暂缓建设），并投入业务运行。至 2005 年，67 个基准站、基本站和一般站（连江、霞浦除外）均布设 CAWS600 型有线遥测自动站，完成 48 套加密自动气象（雨量）站建设。加密自动气象（雨量）站布点如下：台山、西洋、平潭、南日、围头、东山等 10 个岛屿布设 DAVIS 6160C 型海岛自动气象站；福州、泉州、莆田和漳州市各布设 7 套多要素自动气象站或自动雨量站，其中莆田市气象局在湄洲岛布设 1 套芬兰 VAISA-LA MILOS－520 型七要素（含能见度）自动站；南平武夷山景区布设 10 套自动气象站或自动雨量站；厦门市气象局在厦门岛屿、乡镇布设 21 套单雨量站。

至 2005 年，所有已建成的地面自动站均投入业务运行，每 30 分钟通过 X.25 分组交换网向省级中心站上传一次探测资料，必要时还可以加密为每 10 或 15 分钟一次，为新一代天气雷达雨量校准和中尺度灾害性天气预报提供高时空密度的资料。省级中心站实时将收集到的自动站资料处理建库，并经 9210 双向站上传国家气象中心主站，再通过 9210 单向广播下发给省内各级气象台站使用。

第二节 高空观测

一、站点

1991—2005 年，福州、厦门、邵武高空站站点不变。其中，邵武高空站于 1999 年 10 月 1 日搬迁新址观测。2005 年 1 月，省气象局开始在龙岩建设移动式 L 波段测风雷达站，并向中国气象局上报《福建省移动式 L 波段高空气象雷达实施方案》，同年 4 月

5 日得到中国气象局批复。

二、观测

（一）时间

1990 年 1 月，福州站由每日 8 时、14 时、20 时、2 时 4 次观测和发报减为每日 8 时、20 时、2 时 3 次观测和发报（2 次高空综合探测、1 次单测风探测），至 2005 年未变。1991—2005 年，厦门、邵武站均为每日 8 时、20 时两次观测和发报。在科学试验和灾害性天气影响时探空站按照指令进行加密探空观测和发报。

（二）项目

观测 1000、850、700、600、500、400、300、250、200、150、100、70、50、40、30、20、15、10、7、5 百帕等压面上的温度、湿度和相应的高度，以及各特性层的气压、气温、湿度、零度层的高度、温度等，上述观测项目建站后始终不变。

1991—2005 年，福州站均有编发特性层报。2001 年 11 月 1 日 0 时开始，厦门、邵武站开始编发特性层报。

2002 年 12 月 31 日 0 时开始，福州、厦门和邵武站进行探空报、测风报编码扩充业务试传，增加探测资料的经度、纬度和时间定位信息，2003 年 1 月 10 日开始，正式投入业务运行。

三、业务软件及设备

1989 年，福州站 701 探空雷达进行第一次大修，并将雷达车厢搬移到室内工作。1991 年，福州、邵武、厦门站对观测信号采用单板机自动译码、人工送报、PC－1500 机处理、人工换算、读取各要素值。1994 年，厦门、邵武站 701 型探空雷达相继升级为 701C 型探空雷达，并配备计算机终端。1998 年 12 月，开始使用杭州市气象局开发的高空自动化处理程序，实现探空测风数据处理和传输的自动化。

1999 年 11 月 1 日起，正式使用"59－701（C）高空探测自动处理系统"。至此，高空探测基本实现自动化。福州、厦门和邵武站开始配备探空专用微机取代 PC－1500 机。12 月 13 日，开始安装、使用广西产的 GX－2 型制氢机，替代太原产的制氢机。

2000 年，福州 701 型探空雷达进行第二次大修。

2004 年 12 月，三个站均增装一台广西产的 GX－2 型制氢机。福州、邵武和厦门站开始安装 L 波段二次雷达—电子探空仪探测系统，分别正式投入业务试运行。使用电子探空仪后，探测过程及发报全部由计算机处理。L 波段雷达的业务运行，减轻了劳动强度，探测过程基本实现自动化。至此，701 型雷达正式作为高空探测系统备份雷达。

2004 年 1 月 1 日 0 时起，正式启用高空气象探测 7.0 版软件。

第三节　天气雷达探测与卫星云图接收

一、天气雷达探测

（一）站点

福州北峰天气雷达站，1991年6月撤销。

建阳天气雷达站，1998年开始建设新一代多普勒天气雷达站，站址位于建阳狮子山，海拔270.5米。2002年2月1日，新一代多普勒天气雷达站建成并正式投入业务运行。

龙岩天气雷达站，1992年停止运行。1998年开始，建设新一代多普勒天气雷达站，站址位于龙岩红尖山，海拔1486米，是全国海拔最高、阵地环境较好的天气雷达站。2003年8月，新一代多普勒天气雷达正式投入业务运行。

长乐天气雷达站，2003年1月，714SD雷达被拆除，同时在雷达原址开始建设新一代多普勒天气雷达（CINRAD/SA），2004年8月17日，通过现场测试，于2005年12月25日投入业务运行。

厦门天气雷达站，2003年开始，建设新一代多普勒天气雷达站，2005年12月23日，通过现场验收，并投入业务运行。

三明天气雷达站，2003年5月，完成土建工程，2004年7月20日，通过现场测试，随即投入业务运行。

宁德新一代移动天气雷达站的建设，于2003年10月开始启动，11月正式向中国气象局提出申请，2005年1月，中国气象局批准福建省建设一套新一代移动天气雷达，雷达型号为CINRAD/CCJ，C波段多普勒天气雷达。5月，向中国气象局监测网络司上报宁德新一代移动天气雷达设计技术方案，同时组织开展雷达选址，11月完成雷达选址报告编制。

至2005年底，天气雷达站共有5个，其中三明雷达是地方警戒雷达，由三明市政府出资建设，其余为新一代多普勒天气雷达。长乐、厦门、建阳和龙岩4部新一代多普勒天气雷达是中国新一代天气雷达探测网组成部分，担负对灾害性天气实行全天候不间断监测。

（二）组网观测

1. 时间

参加华东地区雷达联防和省内雷达联防观测的雷达站，各站观测时间如下：

1991年到2001年的2月20日至9月30日，建阳站观测时间不变。

1991 年到 1994 年的 2 月 20 日至 9 月 30 日，长乐站 7 次/日，为 4：30、9：30、13：30、15：30、17：30、19：00、21：00 时；厦门站观测时间不变。

1991 年 2 月 20 日至 9 月 30 日，龙岩站观测时间不变。

以上各站 10 月 1 日到次年 2 月 19 日，每日维护观测不变。

714、714SD 常规天气雷达观测时段为 3 月 1 日至 10 月 5 日，观测时间为 8 时、11 时、14 时、17 时、20 时、23 时，每天 6 次。同时根据气象服务需求，增加观测时次或进行加密观测、跟踪观测。

新一代多普勒天气雷达在汛期观测时段为 4 月 15 日至 9 月 30 日，全天候连续立体扫描观测。冬季开机观测时段定为 10 月 1 日至次年 2 月 28 日（或 29 日）。建阳和长乐站冬季观测时间为 8：00 至 15：00，厦门和龙岩站冬季观测时间为 10：00 至 17：00。在冬季开机观测期间，若观测到降水过程，应开机进行连续观测，直至天气过程结束；根据气象服务需求，增加观测时次或进行连续观测。

2. 项目

长乐、厦门、建阳、龙岩和三明站主要是监测和预警灾害性天气。探测重点是热带气旋（台风）、暴雨、冰雹、飑线、雷雨大风、龙卷风以及其他天气系统中的中小尺度结构等。观测项目有雷达回波范围、性质、形状、回波高度（平均高度、顶高）、强度、强中心位置、回波移向、移速、变化趋势及未来天气变化趋势。除此之外，714SD、CINRAD/SA 多普勒雷达还能通过产生的多普勒速度场获得风场和谱宽信息，增强对热带气旋、风雹、风切变、下击暴流等气象灾害的发生、发展和消亡过程的监测预报服务能力。

3. 任务

开展定时、全国组网拼图、本地天气警戒、专项服务等观测，承担全省灾害性天气雷达监测联防，采集、整编、保存观测资料，传送观测数据和产品，编发各种雷达观测报，编制和报送各种报表。

4. 联防、拼图与资料共享

1988 年开始，长乐、厦门、建阳、龙岩站参加华东地区雷达组网联防观测，采用人工数字化拼图报向上海区域气象中心编报。1992 年，龙岩站停止观测和编报。1995 年，由于长乐、厦门站改为多普勒雷达工作，编发报存在技术困难，建阳站仍继续发华东雷达拼图报。

1988—1998 年，长乐、厦门、建阳站开始配备图像传送设备，长乐站承担向省气象台传送雷达数字回波图，厦门站承担向厦门、漳州市气象台传送雷达数字化回波图，建阳站承担向建阳地区气象台预报科和省气象台传送雷达数字化回波图任务。雷达站资料处理，均要拍摄观测回波照片，积累观测资料，并以洗印、整理出的灾害性天气过程照片档案，供科研分析和业务工作应用。

1998 年至 2002 年的 5 月 10 日至 10 月 5 日，长乐、厦门站 714 天气雷达资料参加全国拼图。2003—2005 年的 5 月 15 日至 10 月 5 日，建阳、龙岩、长乐和厦门站新一代天气雷达资料参加全国雷达拼图。2004 年 5 月 1 日起，建阳、龙岩、长乐和厦门站新一代天气雷达资料参加全省雷达拼图，拼图内容有组合反射率因子、垂直液态水和一小时累计降水。

2005 年 5 月 1 日起，长乐、厦门、建阳、龙岩站每 6 分钟一次实时传输体扫资料到中国气象局国家气象信息中心和省气象台，实现全省雷达资料实时共享。

2005 年 6 月起，长乐、厦门、建阳、龙岩站参加上海区域新一代多普勒天气雷达组网拼图。

5. 天气雷达责任区

根据天气雷达的性能，划分各雷达的责任区，并组成各雷达之间的组网和联防。711 雷达的主责任区是以雷达为中心，以 100 千米为半径的区域；713 雷达的主责任区是以雷达为中心，以 200 千米为半径的区域；新一代多普勒天气雷达的主责任区是以雷达为中心，以 460 千米为半径的区域，并在 230 千米范围内实时提供降水强度、平均径向速度和谱宽等气象信息。雷达主责任区外可探测范围视为各雷达的次责任区。凡责任区发现的回波，特别是强对流回波信息都要主动向区内所属气象台站通报。2004 年 7 月，调整新一代天气雷达监测服务责任区。厦门天气雷达站为厦门、漳州和泉州市。建阳天气雷达站为南平市和三明市北部。龙岩天气雷达站为龙岩、三明、漳州和厦门市。长乐天气雷达站为福州、宁德、莆田市和泉州市北部。

（三）仪器设备

建阳天气雷达。1995 年，713 雷达进行主机大修和数字化改造，其型号为 CTL－713C 型数字化天气雷达，2002 年 2 月该雷达停止使用，更新为新一代多普勒天气雷达。

龙岩天气雷达。1992 年，711 雷达报废。2001 年 7 月 16 日，更新为新一代多普勒天气雷达。

长乐天气雷达。1994 年底，将原国产波长 10 厘米 714 雷达进行多普勒功能改造，增加中频相干体制的收发系统和数据处理系统，成为具有多普勒功能的 714SD 雷达。1996 年 4 月 15 日，714SD 雷达的业务化通过验收。2000 年，714SD 雷达又进行子系统升级。2001 年底由 784 厂进行现场大修，2002 年 7 月，通过验收。2003 年 1 月，714SD 雷达撤销。2004 年 8 月 17 日，更新为新一代多普勒天气雷达。

厦门天气雷达。1994 年底，713 雷达停止使用。1995 年 3 月 17 日，首部国产 714SD 波段中频相干多普勒天气雷达投入业务试运行，1996 年 4 月 15 日，通过业务验收。2000 年，714SD 多普勒天气雷达进行系统升级。2004 年 8 月 20 日，更新为新一代多普勒天气雷达。2005 年 10 月 4 日，714SD 天气雷达报废。2005 年 12 月 23 日，新一代多普勒天气雷达投入业务运行。

三明天气雷达系长乐 714SD 多普勒天气雷达进厂维修验收后投入业务运行。

长乐、厦门、建阳和龙岩多普勒新一代天气雷达是 S 波段，雷达型号为 CINRAD/SA，采用全相干体制，速度信号稳定可靠、精度高。CINRAD/SA 共有四种体扫模式，分别为 VCP11、VCP21、VCP31、VCP32。其中 VCP11、VCP21 为降水模式，VCP31、VCP32 为晴空模式。CINRAD/SA S 波段新一代天气雷达由雷达数据采集（RDA）、雷达产品生成（RPG）、用户处理（PUP）、监控单元（UCP）4 个子系统和雷达内部通信系统等组成，具有全天候连续自动观测、数据处理、运行监控和标校等功能，可以对半径为 400 公里范围内的强风暴进行有效探测，对半径为 200 公里内的降水进行定量估计，提供暴雨、雷暴等强对流天气及中尺度天气系统的探测产品。

三明天气雷达是 714SD 多普勒天气雷达，采用半相干体制，由雷达数据采集（RDA）、雷达产品生成（RPG）、用户处理（PUP）、监控单元（UCP）4 个子系统和雷达内部通信系统等组成。天气雷达具有较高的可靠性、稳定性、可维护性及全天候的连续工作能力，以及自动数据采集、产品生成和显示、数据存储、运行监控和标校等功能。

二、卫星云图接收

1990 年，省政府拨专款为省气象台引进一套地球静止气象卫星 GMS 高分辨接收处理系统，接收高分辨的展宽数字化云图。

1991 年，省气象台引进一套美国 NOAA 极轨卫星资料接收设备及处理系统。1991～1997 年，主要接收静止气象卫星云图资料。部分地（市）气象台开始通过程控电话从省气象台网上调用实时卫星云图，用于天气监测。

1997 年，完成省气象台和各地市气象台的 9210 工程 VSAT 小站的建设，同时在部分地（市）县气象站共安装 20 个静止气象卫星中规模接收站，不仅可接收美国 NOAA 极轨卫星云图和日本 GMS 静止卫星展宽云图资料，还可接收中国自己发射的风云一号极轨卫星（即于 1988 年 9 月 7 日发射的 FY－1A，1990 年 9 月 3 日发射的 FY－1B，1999 年 5 月 10 日和 2002 年 5 月 15 日先后发射的 FY－1C 和 FY－1D）和风云二号地球静止（同步）气象卫星（即于 1997 年 6 月 10 日发射的 FY－2B）云图资料，或通过微机终端调取本地区或省气象台的卫星云图资料。

2002 年 5 月 1 日，中国的 FY－2B 静止气象卫星（风云二号 B 卫星）正式投入有限业务运行，同时向内、外用户转发 FY－2B 卫星展宽信息数据。因此，从该年 5 月 15 日起，中国气象局通过"9210"卫星通信系统向下分发，省内各气象台站开始接收和使用该卫星的图像资料产品。

第四节　农业气象观测

一、站点

1991—2005 年，有 23 个站开展农业气象观测，详列于下：

一级农业气象观测站 11 个：浦城、建阳、宁化、古田、霞浦、连城、仙游、福州晋安、漳州天宝、龙海、晋江。

二级农业气象观测站 12 个：武夷山、建瓯、福安、明溪、尤溪汤川、安溪、长乐、福清、永定、南靖、漳浦、诏安。

二、观测

1991 年，农业气象观测执行中央气象局编写的《农业气象观测方法》。1994 年 2 月 15 日，省气象局发文开始执行中国气象局新的《农业气象观测规范》，对现行农业气象观测业务进行规范。

农作物观测：茶树、水稻、柑橘、小麦、甘蔗、花生、烟草、龙眼、马铃薯等农作物观测，固定土壤湿度测定。主要观测农作物发育期、生长期。农作物发育期、生长期观测因作物而异，一般为播种、移栽、分蘖、抽穗、开花、结果（成熟）等。在不漏测和迟测规定的发育期的前提下，灵活掌握观测时间，旬末日进行巡视观测。发育期记载一般记始期、普遍期、末期。观测一般为目测、手摸，使用的工具有计算器、显微镜等。

物候观测：家燕、乌桕、苦楝、垂柳、油茶、桂花、茶树、山桃、木棉、白玉兰、蝉、荔枝、皂角、油桐等物候观测。主要观测在自然条件下植物的发芽期、展叶期、开花期、果实成熟、叶变色、落叶等，候鸟、昆虫等动物的初见、初鸣、绝见、终鸣等。

农田小气候观测：牧草观测。

土壤湿度测量：2005 年，福州农业气象观测站开始担负自动土壤水分观测仪工作，测定土壤湿度。土壤湿度测量分固定地段和非固定地段两种。在固定地段，固定在一块地形、地势和土壤条件都具有代表性的农作物生育状况观测地段上周年进行。每旬第 8 天在该地段上进行测定。测定深度有 5、10、20、30、40、50、100、180 厘米等。同时进行人工土壤湿度测定，采用烘干称重法，测定深度有 5、10、20、30、40、50 厘米等。

1993 年 2 月 24 日，撤销晋江站的观测任务，即不再开展甘薯、春花生的观测。

2003 年 4 月 8 日，龙海站观测任务中冬小麦调整为冬种马铃薯，古田站观测任务由双季稻调整为单季稻。7 月 9 日，浦城站观测任务由双季稻调整为单季稻。

2004 年 3 月 23 日，宁化站观测任务由双季稻调整为单季稻。

表 4 - 2　　　　　　　　　2005 年农业气象基本观测站观测项目表

项目单位		作物生育状态	自然物候
南平市	浦城	单季稻	家燕、乌桕、苦楝
	武夷山	茶树	
	建阳	双季早、晚稻	垂柳、油茶、家燕
	建瓯	柑橘	
三明市	宁化	单季稻	桂花、家燕、油桐
	明溪	双季早、晚稻	
宁德市	霞浦	双季早、晚稻	乌桕、青蛙、家燕
	古田	单季稻	乌桕、皂角、家燕
	福安	茶树	
莆田市	仙游	甘蔗、冬小麦	乌桕、家燕
省气科所	汤川	茶树	
福州市	福州	双季早、晚稻	乌桕、山桃、家燕
	长乐	双季早、晚稻	
	福清	花生	
泉州市	晋江	固定地段测土湿	苦楝、蝉、家燕
	安溪	茶树	
漳州市	龙海	双季早、晚稻、冬马铃薯	木棉、家燕
	南靖	双季早、晚稻	
	天宝	龙眼（暂定）	木棉、白玉兰、家燕
	漳浦	甘蔗	
	诏安	荔枝	
龙岩市	连城	双季早、晚稻	苦楝、山桃、家燕
	永定	烟草	

三、农业气象试验

1991—2005 年，省内有 4 个农业气象试验站，其站点、试验研究的项目均不变。

表4-3　　　　　　　　　　　　福建省各农业气象基本观测站仪器表

站名	级别	烘箱型号	天平型号	其他仪器
宁化县气象站	一级观测站		hc. tp12b	望远镜
明溪县气象站	二级观测站	DH－902A		望远镜
尤溪汤川农业气象试验试站	二级观测站			电子秤
连城县气象站	一级观测站		WS2－90－74	电子秤
永定县气象站	二级观测站	DHG－9023A		电热恒温鼓风干燥箱（即烘箱）
长乐市气象站	二级观测站		JZC－S	轻便综合观测仪
福清市气象站	二级观测站			轻便综合观测仪
福州农业气象试验站	一级观测站	DHG－9023A	sartorius BS 124 S	红外叶温仪 农林小气候综合观测仪 二氧化碳分析仪 取土器 ZQZ－DS1型自动土壤水分测定仪 望远镜
仙游县气象站	一级观测站		HC. TP12B. 2	
晋江市气象站	一级观测站			THN1型土壤湿度观测设备
安溪县气象站	二级观测站			电子秤
龙海市气象站	一级观测站	DHG－9023A	马头牌	台秤
南靖县气象站	二级观测站		BP－Ⅱ型	电子秤
漳州天宝热带作物农业气象试验站	一级观测站	DHG－9023A	BS224S	糖度计REF103
漳浦县气象站	二级观测站		JZC－1.5S	糖度计
诏安县气象站	二级观测站			电子秤
霞浦县气象站	一级观测站		JZC－1.5S	
古田县气象站	一级观测站			望远镜
福安市气象站	二级观测站			电子秤
浦城县气象站	一级观测站		HC. TP12B. 2 JZC－1.5S电子计重台称	轻便综合观测仪
武夷山市气象站	二级观测站			电子秤
建阳农业气象试验站	一级观测站		BS224S HC－TP128－2	轻便综合观测仪DZM2
建瓯市气象站	二级观测站			轻便综合观测仪DZM2

第五节　特种气象观测

一、辐射观测

（一）站点

1990年1月1日起，全国太阳辐射观测站取消原有辐射观测的甲、乙站分类，改为一、二、三级。原龙岩乙种站取消，福州站原甲种辐射站改为二级太阳辐射观测站，新增建瓯站定为三级太阳辐射观测站，自1991年1月1日起，正式开始辐射观测。

（二）项目

二级站：总辐射，净辐射。

三级站：总辐射。

（三）观测时间

每天从日出至日落，每3小时观测一次。实际观测时间一般在正点后20—30分钟进行。1992年，辐射观测实现遥测全自动化，以前每日定时观测的瞬间量改为全自动连续测量。1993年1月1日起，改为24小时连续观测。观测时间为地方平均太阳时。

（四）仪器设备

福州站设备采用长春气象仪器厂制造的DFY-4-1型总辐射表和DFY-5型净辐射表，并采用RYT2型记录器，与PC-1500机接口自动观测。建瓯站设备采用锦州322研究所制造的TBQ型总辐射表和长春气象仪器厂制造的DFY-4-1型总辐射表。

2003年1月1日至12月31日，福州、建瓯站增加遥测辐射仪辐射观测与自动气象站（CAWS600）辐射观测进行对比观测。2004年1月1日，遥测辐射仪取消，采用自动气象站进行辐射观测。

二、酸雨观测

（一）站点

1992年1月1日起，福州、邵武、厦门站增加酸雨观测业务，被列为全国酸雨观测站。2005年8月，开始建设永安酸雨观测站，同年12月，进入业务试运行阶段。

（二）项目

降水采样、降水酸度pH值和电导率K值的测量。

1992年7月1日起，酸雨观测站实施加强观测两年，临时增加观测内容：（1）挂片测量二氧化碳、二氧化氮气体。（2）采集旬片降水样品。挂片观测时间分别在1992年10月，1993年1月、4月、7月的1、4、7、10、13、16日准时进行各采集1组（6

次）样品，即每月共 6 次挂片观测，每隔 3 天换一次。

（三）观测方法

按照国家气象局 1990 年 9 月编印的《酸雨观测方法》（试行二版）进行观测。每次降水不论是阵性、间歇性或连续性降水，只取一个从头到尾的累积样品。若间歇时间超过 2 个小时，则间歇前后分别取一个样品，并记录相对应的起始时间和降水量。

（四）仪器设备

观测站点均配备现用、备用酸度计各一台。现用及备用仪器为南京现代光机技术开发中心研制的 PHS－3C 型 pH 计。测量仪器台站观测 K 值采用上海雷磁仪器厂生产的 DDS－11A 型电导率仪。

三、雷电监测

（一）站网与仪器

1995 年，省气象局购置由中国科技大学和中国气象科学研究院研制的单站闪电定位仪，并在福州、厦门和龙岩站首次安装使用。1996 年，又在三明、南平增设 2 套单站闪电定位仪。后因系统老化，运行都不太稳定，2002 年 11 月开始对上述系统进行更新，设备是由中国科学院空间科学与应用研究中心研制的多站式雷电监测定位系统，当月完成福州、厦门、南平、龙岩、德化 5 个探测子站的建设。2003 年 7 月，再增设武夷山、福鼎、宁化、平潭 4 个探测子站和建立一个省级数据定位处理、系统监控中心，成为全国气象部门首家完成的省级新型闪电监测定位系统建设的省份。探测网探测范围覆盖福建省及台湾海峡，探测效率高于 85%，平均探测定位精度优于 500 米。

（二）观测项目

2002 年 11 月至 2005 年底，闪电定位系统通过监测闪电活动的范围、强度、频率等，实时监测闪电的发生、发展、移动方向和成灾情况，对重大灾害性天气进行跟踪监测，是一种实用性较强的辅助天气监测手段。闪电定位系统所探测到的闪电精确度高（500 米范围内），弥补常规气象观测站相距甚远、两地间资料缺少的不足。

（三）数据处理与传输

2002 年 11 月至 2005 年底，各探测站闪电定位数据经气象专网实时传输至位于省气象台的闪电定位与监控中心站，经闪电定位与监控中心站实时定位处理后，将定位结果在电子地图上实时显示并存入数据库服务器，供各用户及时调用，同时经 9210 单向广播网下发给各地（市）、县气象台站，利用中尺度信息集成处理显示系统，供各级气象台站闪电定位资料显示和使用。省气象台的闪电定位与监控中心站安装有闪电信息处理系统和网络版的闪电信息显示系统，省气象局各直属业务单位通过配用单机版的闪电信息显示系统进行闪电定位信息分析。

四、紫外线观测

（一）站点

2002 年 10 月 11 日起，福州晋安、宁德和厦门站增加紫外线观测业务。

（二）观测方法

2002 年 10 月至 2005 年底，紫外线分光谱辐射表感应器每分钟采集一次紫外线辐射值，产生的微量电流接入记录仪进行放大，模数转换后变成数值信号接入计算机进行数值运算，最后从计算机显示屏显示紫外线辐射的瞬时值及累计值的变化曲线。

（三）仪器设备

设备采用锦州 322 研究所生产的 TBQ－4－3 型分光谱辐射表和记录仪。

第五章　气象通信与气象技术装备保障

20 世纪 90 年代后，福建省气象通信和气象技术装备进入现代化建设时期。随着气象业务发展的需要，气象通信设备、网络不断更新，从有线传真通信、甚高频辅助通信网、计算机拨号联网通信发展到 21 世纪初的卫星通信和地面数据通信相结合的综合业务通信网，气象信息的收集、处理和分发的速率和质量逐步提高。

气象技术装备保障工作逐步建立包括供应系统、质量监督系统、维修系统和计量检定系统等完整的现代化技术装备保障体系。15 年间，维修设备和测试仪表，从机械式向电子化转变，计算机得到广泛应用，气象雷达进行数字化改造及更新，研制和布设自动气象站，配备 50 多种通信、雷达测试仪表和温度、湿度、大气压力、风、雨量等仪器的自动化检定设备，建立气象技术质量监督体系和省、地、县三级气象技术装备维修队伍，保障基本业务系统正常运行，支持和促进气象现代化建设，同时推进气象技术装备保障业务的社会化进程。

第一节　气象通信网络

一、通信网

（一）省际有线电传电路

1991—1994 年，省气象台与上海区域气象中心的气象通信方式为"三报一话"，实际为两条报路，速率 75 bps（比特/秒，下同），一条窄带话路，通信速率为 1200 bps，主要用于接收传真图，存在线路质量差、常中断等问题。1994 年，将原有的"两报一话"电路改为一条标准话路数据通信线路，在省气象台建立起上海区域气象中心 VAX 机远程终端，通信速率为 9600 bps，开发专线数据通信软件，实现常规气象资料、格点报资料、数字传真图像等大批量数据的下行和全省探测资料的上行，提高这些资料传输的时效。上海 VAX 计算机上生成的数据 10 分钟内就能定时拷贝到福建省局域网上，通信速率比报路提高 2 个数量级，比"两报一话"电路提高 8 倍。

（二）省内甚高频通信网

1994 年，省气象局对 1991 年使用的省—地甚高频无线辅助通信网进行优化改造。

改用性能较好的无线中转机和高增益天线，优化长乐、九仙山、锣拔顶等高山中转站，使省—地无线通信网的信道质量提高 1 ~ 2 个等级。在此基础上采用美国的 Kantronics 型无线调制解调器和江苏的 GPM 型无线调制解调器，结合自行开发的数据压缩和自动定时广播软件，实现省气象台同部分地、县气象台站的无线中速数据通信，传输速率为 4800bps。省气象台开通长乐天气雷达站到省气象台的 VHF 无线数传，把数字化雷达回波图像实时传到省气象台，并自动存储到网络上，以供资料共享。

1996 年 6 月，省气象台完成长乐天气雷达站同省气象台高速、大数据量无线扩频通信试验，通信速率比采用 VHF 无线数传提高 100 多倍，达 256 Kbps（千比特/秒，下同）。

（三）省—地—县有线通信网

1. 综合数字业务网（ISDN）、公共程控交换电话网（PSTN）

1992 年，省气象台建立起最初的计算机局域网（3 + 网），并开展省—地程控拨号计算机通信实验，传输速率为 2400 bps。

1993 年，对省气象台原有的 3 + 网进行升级、优化和改造，采用 NOVELL 网取代 3 + 网。以省气象台 WNIM 广域网卡和 ACCESS 通信服务器为核心，通过公共程控交换电话网（PSTN），建成全省计算机广域网，传输速率为 9600 bps。

至 1995 年 7 月，县级气象局均安装计算机终端，通过程控拨号方式从地区气象台的局域网上调用所需的资料，实现省、地、县三级气象台站的程控拨号计算机通信，取代已落后的无线低速传真和移频低速报通信方式。

1998 年 9 月，省气象局对省、地计算机网络升级改造，将原有的 NOVELL 网升级为微软公司的 WINDOWS NT 网。省、市两级都安装型号为 RAS1500 的远程拨号路由器，以替换原来的 NAS 服务器。RAS1500 远程拨号路由器支持远程计算机终端通过综合数字业务网（ISDN）、公共程控交换电话网（PSTN）通信方式从上一级局域网上调用所需的资料。这样形成以省气象台为中心，通过综合数字业务网（ISDN）、公共程控交换电话网（PSTN）、X. 25（数据通信协议）分组交换网等通信方式，与各地市气象台连成真正的计算机广域网，做到地市级以上气象台可相互实现计算机联网、相互调用信息。

2. X. 25（数据通信协议）分组交换网

1995 年 9 月，省气象局在地级以上气象台安装 10 个 X. 25 分组交换端口，依托电信网建立起省—地分组交换气象专网，通信速率为 9600 bps，并自行开发出适用的自动传输通信软件，第一次解决下级气象台站资料自动上行传输的问题，也为"9210"卫星通信系统提供可靠的地面备份通信保障。

1999 年，省气象局开始建设 19 个基本站、基准站（除九仙山外）X. 25 分组交换网，6 月 1 日，基本站、基准站地面观测数据通过 X. 25 分组交换网上传到省气象台，由省气象台统一编辑通过"9210"卫星通信网上行至北京主站。

2003年，省气象局开展X.25分组交换网的优化改造工程，省级中心采用Cisco路由器和两条128Kbps的X.25线路结合综合数字业务网（ISDN）拨号网络构建覆盖全省的自动站通信网。4月，一般站陆续开通X.25分组交换网，5月16日起，所有自动站全部逐时上传实时资料。

二、填图自动化

1990年3月9日，省气象台开始启用自动填图机，结束手工填绘天气图，各地（市）气象台也于当年先后采用微机填图。

1995年5月开始，气象信息综合分析处理系统（MICAPS）试验版先后在省气象台、厦门及部分地（市）气象台投入业务试运行。

1997年，MICAPS 1.0版本在各地（市）气象台得到广泛的业务应用，天气预报分析采用纸质天气图分析与MICAPS平台分析并行运行。

2000年8月，省气象台自主开发"新型业务流程下自动填图及MICAPS分析结果输出软件"投入业务运行。

2001年1月，省、地（市）气象台正式使用新的天气预报业务流程，即预报员以MICAPS为工作平台，采用人机交互作业方式，检索、分析和制作各种天气预报产品。除省气象台保留2、8、14、20时地面图纸质天气图以外，各地（市）气象台天气预报分析均实现无纸化运行。

三、网络建设

（一）局域网

1993年，省气象台对网络进行升级改造，省级计算机网络主干采用粗缆和细缆，带宽为10 Mbps（兆比特/秒，下同），由两台网络服务器和40多台微机工作站构成总线＋星型混合拓扑结构的NOVELL网。使用的网络操作系统为NETWARE 3.1X，采用IPX/SPX网络协议，同时配有一台NAS服务器，内带WNIM＋广域网卡，通过调制解调器（MONEM）同地（市）气象局域网互联。

1998年9月，省气象局对省、地（市）气象台计算机网络又进行升级改造，采用TCP/IP通信协议，且实现WINDOWS NT网与"9210"卫星通信网络的无缝连接。省级计算机网络建立以省气象台为中心，连接省气象局机关、省气象科学研究所、省专业气象台、省气象影视中心、省防雷中心和省气象技术装备中心的交换式快速以太网。主干网以光纤连接各大楼，速率为100 Mbps。网络中心交换机选用具有路由功能的3COM CoreBuilder 3500，其背板带宽5 Gbps（千兆比特/秒，下同）。全网通过速率为10 Mbps的非对称数字用户环路（ADSL）专线这个唯一的出口与互联网相连，内、外网之间通过 Microsoft ISA 2000 软件代理防火墙实现一定程度的安全隔离。

2002 年，省气象局再次对省、市级计算机网络进行扩充和完善。省级局域网升级为 1000 Mbps 以太网，市级局域网升级为 100 Mbps 以太网。省级气象骨干业务网络系统采用二级网络结构，一级核心网络连接大院中最重要、业务集中、信息需求最大的单位，由三台支持三层交换的核心交换机组成，分别安置在省气象台和省气象局网络机房，均通过两条千兆以太网线路连接。二级边缘接入网络由部署在各单位的支持千兆网络接口的边缘交换机组成，提供各单位局域网络系统接入骨干网的能力。省级气象网络中心服务器均采用双机集群技术实现在线冗余热备份，提高系统的容错能力。同时为满足新一代大气探测网络建设和业务系统发展的需求，采用光纤存储和网络存储技术相结合，完成存储容量达到 10T（百万兆字节）海量存储系统的建设。全网通过唯一出口以 100 Mbps 专线方式与互联网相连，通过防火墙实现逻辑隔离。

（二）宽带网

2003 年，省气象局开始省—市宽带通信网系统建设。5 月 21 日至 6 月 8 日，在"数字福建"政务网上成功进行省气象台—漳州市气象局、省气象台—财政厅信息中心视频会议试验。9 月，完成省气象台、福州、莆田、南平、漳州五个点的设备安装调试工作，其中省气象台通过 1000 Mbps 的光纤通信网与政务网络相连接。

2004 年 3 月 1 日，依托"数字福建"政务网络平台的省—地（市）气象宽带网及远程双向双流可视天气会商系统建成。

2005 年 2 月，省—市 IP 电话网开通，省气象局与地（市）气象局、各地（市）气象局之间，可通过内部 IP 电话实现话音通信，无需支付长途话费。5 月 29 日，省气象台—国家气象信息中心 2 Mbps 宽带通信网络系统建成。6 月 3 日，省气象台—国家气象信息中心电视会商系统建成，同时各市气象局先后开始建设市—县可视会商系统。

（三）信息网络安全

2004 年，省级气象网络由两个覆盖省气象局大院所有单位并完全物理隔离的网络组成，即业务网和互联网。业务网主要用来满足省气象局大院所有单位业务和办公信息交换的需求，并通过硬件防火墙实现与"数字福建"政务网的连接，实现与各级政府部门之间的信息交换；互联网出口设在省气象台，通过防火墙实现逻辑隔离。所有因业务和办公需要上互联网的计算机按照《福建省气象局互联网使用管理暂行规定》，通过申请、审批程序后方可使用互联网；严格把关接入"数字福建"政务网的用户申请，经过"数字福建"领导小组和省公安厅审批许可后接入，并采用独立的专用光纤线路和微机实现物理隔离。

四、电子政务

1991—1994 年，气象通信网络逐步建成，微机等现代化办公设备广泛应用，办公自动化建设开始起步。

1995 年，省气象局—中国气象局中文远程通信系统开通。

1997 年，开通省气象局—省政府的远程通信，接收省政府快讯、有关文件及会议通知。

1998 年 5 月，开通省—市气象局中文远程通信系统，公文文本、会议通知等部分信息从网上传输。

2000 年 8 月，开通省气象局机关 NOTES 电子邮件。

2001 年，完善省—市中文远程通信系统。

2002 年，省气象局自行开发研制的基于 NOTES 平台的"福建省气象局管理信息系统"投入使用，基本实现省气象局机关与各直属单位之间的信息资源共享。随即，所有市气象局均开通 NOTES 电子邮件系统。至此，省、市气象局全面实现与中国气象局、各省气象局之间的信息传输。

2003 年，加快政务信息化建设步伐，实现中国气象局—省气象局公文无纸化加密传输。省气象局开通"福建气象"门户网站和"福建省气象局"政务网站，开始向社会发布气象和政务信息，实现与省直单位互通互联。同时，初步建立政务信息资源库，基本形成"三网一库"的电子政务框架。省内有 3 个市气象局完成 NOTES 电子邮件系统向县局延伸。

2004 年，"福建省气象局管理信息系统"向市气象局推广。省内有 6 个市气象局完成 NOTES 电子邮件系统向县局延伸。

2005 年，完成省—市—县气象局 NOTES 电子邮件系统建设，实现信息传输电子化。完成省气象局会议室多功能改造，使之成为集投影、视频、收视为一体的场所。

第二节　气象卫星综合应用业务系统（"9210"工程）

1992 年 10 月，国家计委立项建设气象卫星综合应用业务系统（简称"9210"工程）。该项目为一个覆盖全国地（市）级以上的气象部门，采用 VSAT（即甚小口径卫星终端站，下同）卫星通信、计算机网络、分布式数据库、程控交换和气象信息综合分析处理系统（MICAPS）等先进技术，建成卫星通信和地面通信相结合，以卫星通信为主的现代化气象信息网络系统，实现气象信息的快速传输、计算机网络化和气象信息的共享。

1995 年 5 月，在中国气象局的支持下，全国首个 VSAT 试验接收站福州、第二个 VSAT 试验接收站厦门安装调试一次成功。

1996 年 10 月，各地（市）全部完成 VSAT 卫星数据通信试验小站基座的建设。11

月，省气象台 VSAT 双向站及 IBM 小型机网络系统安装完毕，并进行省级以上的计算机广域网的联调和各项性能测试。

1998 年 1 月，地（市）气象台的 VSAT 双向站和计算机网络全部安装结束，共建成 1 个省级 VSAT 双向站和 8 个地（市）级 VSAT 双向站，完成情况居全国前列。同时配备程控交换机实现省气象台—地（市）气象台及各气象台到全国气象台的卫星通话。

通过"9210"工程卫星通信网，国家气象中心的多种气象信息产品如常规资料、图形资料、格点场资料等可以实时传播到省气象台、地（市）气象台服务器上，增加天气预报所需的信息量，同时省气象台、地（市）气象台可将多普勒天气雷达数字化资料、常规报、台风加密报等实时上传到国家气象中心。

1998 年 11 月，"9210"工程的 Sybase 分布式数据库和业务应用软件安装完毕，建立实时气象资料数据库系统，实现对实时气象资料的有效存储和快速检索。12 月 16—25 日，各 VSAT 小站都完成中国气象局下达的信息接收考核任务。"9210"工程卫星通信系统顺利进入准业务化运行。12 月，"9210"工程的 PCVSAT（卫星数据广播单向接收站，下同）在省气象台安装调试成功。

2000 年，实现"9210"工程业务化运行，并开始上传资料。是年，完成"9210"工程后续扩展工程的 72 个 PCVSAT 建设，同时 PCVSAT 平台上安装 MICAPS 业务系统软件，实现气象信息的中高速传输和资料共享。单收站是县级气象台站获取气象信息的主要来源，单收站系统的全面应用，使得基层气象台站能及时接收各类指导预报产品和各种非常规资料，增加其获取信息的途径，加强基层气象台站的预报服务能力。

2001 年，完成"9210"单收站建设及气象卫星综合应用业务系统软件升级。

2002 年，省气象局下发《关于通过 9210 通信系统广播省级预报服务产品的通知》，广播 7 类 19 种预报服务产品。

2004 年 3 月，福建省中尺度灾害性预警系统三期工程中尺度数值预报系统投入业务试运行，省气象局下发《关于中尺度数值预报系统投入业务试运行的通知》，通过"9210"系统向各级气象台站下发部分数值预报产品。同时，下发各类新的探测资料，如雷电监测、海岛自动站和新一代多普勒雷达基本产品和分析意见。

第三节　气象技术装备保障

一、气象技术装备供应

1991 年，省气象局修改《气象技术装备供应管理办法》，将"统管装备"（由省气象局统一购置的气象设备）实行集中统一供应，"非统管装备"（由地区自行购置的气象设备）的供应引入竞争机制，择优选购。

1993 年，省气象技术装备中心成立，省气象局再次修订《气象技术装备供应管理办法》、《全省通讯、雷达、机务保障管理办法》和《全省气象计量、检定、检修管理办法》，实行统一计划、分级管理、统筹与自筹相结合的装备管理方式。对消耗器材进行核定指标计划供应，对于需定期进行检定的地面常规气象仪器由省气象计量检定所定期下气象台站撤换、回收检定、维修，而对于非定期年检的地面站和高空站的各种气象仪器及雷达通信设备则由气象台站提出要求进行供应，有些器材供应根据实际工作的需要提供。

1995 年，开始建立装备供应微机管理系统，改变原来使用账本进行货物账目管理的格局，实现仓库货物数字化管理。

二、气象技术装备质量监督

自 20 世纪 90 年代开始，省气象局建立质量检测技术实体和跟踪考核台站制度，形成一个统一组织、分级，各个环节层次有机结合的质量监督体系。

省气象技术装备中心对进入气象业务系统的技术装备产品实施气象技术装备使用许可制度，把好选型关。完善出厂验收制度，设备采购严格按照全国统一的许可证目录进行，把好采购装备关。1998 年 8 月，开始执行中国气象局产业发展与装备部下发的《气象技术装备使用许可证管理办法》。

对已投入气象业务系统使用的技术装备实行质量监督，发现质量问题及时落实整改，保证跟踪考核、集中测试办法的实施，以及各类技术装备报废制度的落实到位。

三、气象计量与仪器检定

1991 年，省标准计量局根据《中华人民共和国计量法》、《中华人民共和国计量法实施细则》，授权省气象计量检定所承担为社会提供气象计量检定技术服务、有关气象计量纠纷中的仲裁检定等职责，负责建立全省气象部门的气象计量标准，并实施对标准量值的传递。计量仪器严格按照检定规程进行周期检定、测试，并配合做好仪器更新和报废等处理工作。

1993 年后，省气象计量检定所的仪器检定设备均采用全国气象系统统一的配置标准。检定设备开始逐步朝智能化、自动化、遥测化方向发展，配备 HJ3A 型低温恒温槽、DJM10 型湿度检定槽、BE 型标准风速脉冲发生器，采用微机进行检定数据处理和出证。

1998 年 5 月，省气象技术装备中心按照国家和省计量行政部门的要求，对省气象计量检定所的检定环境条件进行改造，建立各检定实验室的规章制度和各检定项目标准器的量传系统。

1999 年 2 月到 2000 年 9 月，省气象计量检定所开发研制"计量检定管理及检索数据处理系统"，采用微机计量监督，包括气象台站气象仪器档案的建立和管理，社会上的气象计量仪器的行业管理，检定设备标准仪器档案管理，大气压力、温度、湿度、风速、通风干湿表等项目检定数据的处理、计算、判断及检定证书的打印等。"九五"期间，省气象计量检定所在已建立的大气压力、温度、湿度、风速、降水等二级标准计量检定的基础上，更新检定设备，提高自动化程度，同时建立自动气象站等遥测仪器的检定标准，配备有关设备。

2003 年 4 月，中国气象局为福建配备自动气象站现场校准车（IVCEO）和自动气象站风速、风向、气温、地温、降水、辐射、湿度、日照、气压九要素现场校准标准器。

2005 年 5 月，省气象计量检定所为厦门市气象局、同安区气象局进行自动站现场校准。从此，地面气象仪器的计量检定，形成以自动气象站现场校准和人工气象站以地区为单位集中检定再送基层台站撤换的两种方式。

四、气象技术装备检修

20 世纪 90 年代，气象技术装备检修继续实行国家气象局、省气象局、地（市）气象局三级管理及国家气象局、省气象局、地（市）气象局、县气象局四级维修办法。统管装备的大、中维修（包括技术改造）由国家气象局统一计划与实施。省管维修装备由省气象局负责计划，定期检修和临时检修。地（市）气象局的装备由地（市）气象局专职或兼职维修人员巡回检修，确保各项技术装备正常运行，并保证备份装备处于良好状态，以供应急措施时使用。县气象局日常的气象技术装备维修由县局兼职维修人员组织实施。

气象雷达站、省气象台、地（市）气象局，根据机修业务的需要，均配备机修检测必备的电子仪表和机务人员，保证雷达、通信定期标定和测定，保证雷达、通信业务的正常进行。

1994—1997 年，在福建省中尺度灾害性天气预警系统建设中，设立技术保障系统课题，完成中尺度预警系统各项硬件设备的安装建设和各项技术保障，建立健全二级管理三级维修体系，健全已建立系统业务运行的规章制度，加强技术人才的培养，形成专业化的维修队伍。完善设备的供电、防雷等运行环境，建设省级维修中心，配备必要的测试维修仪表，具备对通信、雷达、卫星接收设备、微机和自动站等整机性能指标的定量测试和全面修复能力。

第六章 天气预报

20世纪90年代,福建省天气预报的预报时效、预报空间范围无大变化。在预报技术、预报项目和预报作业流程方面的变化,主要表现在天气预报台站网完善、预报技术方法改革及新一代天气预报人机交互系统(MICAPS)的建立,以及新一代天气预报业务系统建设和天气预报流程在气象部门的实施。

20世纪90年代中期至21世纪初,建成的地面、高空、雷达、气象卫星、专业气象和特种观测所组成的综合、立体观测网,为天气预报提供大量实时信息。天气预报人机交互处理系统从气象信息网络获取业务所需的各种信息,采用人机交互作业方式,检索、分析各种气象信息,用新一代天气预报流程制作各类天气预报产品。新的预报流程体现了以数值预报产品释用为基础,以人机交互系统为主要工作平台,综合应用各种气象信息和先进预报方法的技术路线。

第一节 短期天气预报

一、省级

(一)预报内容

1991—2005年,省气象台发布的天气预报内容为:天空状况、气温、降水、沿海风及台风、暴雨、洪涝、寒潮、低温、高温、冰雹、大风、雷电、干旱。2003年4月起,增加雾的预报内容。

省级气象台将各类灾害性天气作为监测、警报和服务重点,并指导市、县级气象台(站)做好灾害性的短期天气预报。遇到重大灾害性天气可能发生时,视影响程度和影响时间,发布消息、警报(报告)、紧急警报等。

省气象台天气预报区一般以地(市)行政区域(指设区市,下同)划分,沿海以闽江口(或平潭)、崇武为地界,分南、北两段,或北、中、南三段。

(二)预报时效

1991年至2004年2月,省气象台对外发布的短期天气预报,分24小时和48小时两段。2004年3月起,省气象台对外发布的短期天气预报,分24小时、48小时和72

小时三段。沿海出现 6 级以上大风时，增加夜间 1 次海上大风 24 小时预报。台湾海峡地区天气预报，分 24 小时和 48 小时两段，从开播至 2005 年一直延续。

1992 年起，省气象台负责往北京传递福州、台北两市 24 小时天气预报，2000 年起改由福州市气象局负责。2004 年起，该两市天气预报延伸至 72 小时，并增加高雄和台中两市的 24 小时天气预报。

（三）预报发布

1991—1994 年，主要通过福建人民广播电台、福建前线广播电台（后改称海峡之声广播电台）发布天气预报，遇到有灾害性天气警报和重要天气时，增加广播时间。每日在《福建日报》、《福州日报》刊登福州市未来 24 小时天气预报。

1994 年起，省气象局声像中心为福州有线电视台、无线电视台制作电视公众天气预报节目，发布常规的 24 小时天气预报，并在《海峡都市报》、《福州晚报》发布福州市未来 24 小时天气预报。

1995 年起，省气象台发布 9 个地（市）的 24 小时单站气象要素预报、福建省会城市 24 小时和 48 小时两段天气预报，以及福建省内风景区的天气预报。天气预报内容同时通过福建电视台、《福建日报》等报刊媒体播报和发布。

2003 年 8 月起，省气象台和省气象科技服务中心开展灾害性天气预警信号和手机短信预警服务，内容包括暴雨、高温、寒害和台风。9 月起，省气象台与省国土资源厅联合开展地质灾害气象等级预报，通过福建人民广播电台、福建电视台和报纸等新闻媒体向公众发布。

2004 年起，9 个设区市 24 小时单站气象要素预报延长至 72 小时，区域的天气预报时效也延至 72 小时。

（四）指导预报

1991—1998 年，省气象台承担省内市级气象台天气预报指导任务，应用国家气象局推广的省级天气预报实时业务系统（STYS），为省级气象台天气预报产品输出和省、市级气象台的天气指导预报提供微机网络和通信设施的支持。其指导内容主要包括：①通过省、地（市）气象台预报员不定期电话天气会商，及时交流和反馈各自的天气信息和天气预报思路。②地（市）气象台每天接收省气象台固定天气预报内容和天气形势分析，及时获得省气象台的指导预报。③遇到重要天气和灾害性天气，省、市气象台预报员临时预约电话进行会商。

1999 年，省气象台开始通过"9210"工程系统向市气象台广播传送未来 48 小时天气形势的指导预报，内容包括：未来 48 小时天气形势趋势、影响福建省的主要天气系统和全省 24 小时、48 小时天气预报。

2002 年 9 月起，省气象台每天制作一次未来 24 小时的灾害性天气落区的指导预报，灾害内容包括：暴雨、冰雹、寒潮、强降温、霜冻、高温等。年底起，省气象台每天滚动制作 67 个县（市）的未来 48 小时天气指导预报，要素内容包括：气温（最高气温、最低气温）、降水量。

2004 年 6 月起，指导预报内容扩大到雷电、雪（大、中、暴）、雾（轻、浓、强浓雾）、霜冻、地质气象灾害（大于 3 级）、雨（大、暴）、大风（风向、风速）、高温（37℃、40℃）、强降温等。每天上午、下午各制作一次。上午 10 时制作和发布未来 12 小时、24 小时、48 小时天气指导预报，分 8—20 时，20—8 时，8—8 时三个时段；下午 16 时制作和发布未来 12 小时、24 小时、48 小时、72 小时天气指导预报。12 小时预报，分 20—8 时，8—20 时。24 小时、48 小时、72 小时预报，均为 20—20 时。2005 年 7 月起，指导预报时段延长至 72 小时，其中前 24 小时分两段，每段 12 小时各制作一次天气指导预报。

（五）预报技术

1. 天气学方法

1991—1995 年间，省气象台短期天气预报采用每日 4 次中国区域地面天气图，2 次 500 百帕、700 百帕和 850 百帕欧亚高空天气图，以及从 20 世纪 80 年代延续下来的接收各类传真天气图。主要有三大类：一是分析图，包括 500 百帕以下各等压面分析图和热带海洋分析图。二是预报图，包括国家气象中心、日本气象中心、美国气象中心、欧洲气象中心的数值预报模式的各类产品。三是实况图，包括华东区域雷达拼图、日本卫星云图分析图等。预报员在详细分析各类天气图后，依据天气学原理并结合本地天气气候规律，作出未来短期天气预报。在重要天气时，省气象台组织会商，并综合考虑和汇聚中央气象台、临近省气象台和省内地市气象台的预报意见。

2. 物理量诊断分析

20 世纪 80 年代末起，省气象台接收中央气象台提供的每日计算出的涡度、散度、垂直速度、比湿、水汽通量、稳定度指数等物理场的实况和 24 小时、48 小时预告图。

20 世纪 90 年代末，通过"9210"工程，天气预报常用的物理量图由卫星通信定时播送，供省地（市）级气象台和县（市）气象局接收使用。省气象台通过对物理量分析，以确定天气系统的位置、强度和演变，预报未来天气趋势。

3. 统计预报及数值产品释用技术

省气象台于 20 世纪 90 年代前期，应用 FJ 方案预报近海台风路径和登陆地段，应用动力统计方法制作沿海大风预报。

1995—1997 年，省气象局研制成功中尺度天气系统数值预报产品释用方法，并投入业务应用。利用中国气象局自行研制的数值预报模式（T63、T106），制作 27 个代表站全年 1～5 天逐日滚动的日最高、日最低、日平均气温的预报系统；每年 1—2 月份、7—12 月份 1～5 天逐日滚动晴雨预报；3—6 月份 1～5 天逐日滚动降水量预报系统。

20 世纪 90 年代后期，省气象台组织开发数值预报产品释用技术，以数值预报产品为基础，制作分县气象要素预报、前汛期区域性暴雨短期客观预报、台风暴雨短期客观预报、冰雹强对流天气短期预警等预报方法。

2000 年以后，省气象台应用数值预报产品进行释用技术开发，主要集中在对台风、暴雨、强对流等灾害性的疑难天气进行诊断分析，以及对数值预报产品能力进行检验等方面，寻求预报判别指标。

4. 数值天气预报方法

1995 年，省气象台开始进行中尺度数值预报业务试验研究，1997 年 5 月，建成"福建省中尺度数值预报系统"，并在省气象台进行业务试验。模式框架采用美国气象中心（PSU/NCAR）制作中尺度数值模式 MM4，预报时效为 24 小时，在 HP 5/75 586 型微机上运算，嵌套细网格（细格格距 50 公里），垂直分层 10 层（标准等压面坐标）。其后，省气象台在 MM4 框架基础上，修正 MM4 中尺度模式，植入省内范围下垫面地形参数和预报对象物理过程特征参数，建立中尺度数值预报 MM5 框架模式，每天上网运行，提供省气象台和部分地（市）气象台预报时调用。

2003 年 8 月，省气象台引进含有 24 个 CPU（SGI origin 350）的高性能计算机，用于中尺度数值预报业务。同年 10 月，与中国科学院大气物理研究所合作开发新一代中尺度数值预报模式在省气象台运行。采用 MM5V3 中尺度框架、两重网格嵌套模式，细网格分辨率 10 公里，模式每天运行 2 次，预报时效 60 小时，预报时间间隔为 1 小时，预报产品包括：格点的高度、温度、湿度、风场、气压、降水量及物理量等。通过省、市网传到省内各地（市）气象台、县（市）气象站。

二、地（市）级、县级

（一）预报内容和时效

地（市）级范围内的天气预报由各地（市）气象局预报科承担。1995 年起，地（市）级气象局预报科改称气象台，9 个地（市）气象台各自承担本地（市）范围内的公众短期天气预报。预报内容、时效和预报发布方式与省气象台基本相同。

2002 年，厦门、宁德、泉州、莆田市气象局先后成立该气象局属下的海洋气象台，负责本地（市）范围内的海洋气象预报，预报内容包括：沿海风力、气温、浪高及一般天气状况，预报时效 72 小时。

县（市）级的短期天气预报由县（市）级气象局（站）承担。1998 年以前，县（市）的短期天气预报内容和时效，与省、地（市）级气象台基本相似。1998 年，中国气象局明确县（市）级气象局（站）的短期天气预报，以上级气象台指导产品为基础，结合本地天气特点，充分利用从上级气象台获得的各种信息、本地实况信息及地方经验做补充预报，加强面向用户的解释应用工作。1998 年以后，地（市）级、县

（市）级气象局都认真贯彻执行。

（二）预报方法

1991—1992年，地（市）气象台短期天气预报除天气图、点聚图和剖面图等方法外，普遍应用欧洲气象中心、日本气象中心的数值预报产品。宁德地区气象台建立以386型微机为核心的准自动化系统，采用改造视频电报的报文处理＋传真＋中央气象台信息＋程控调用的办法，使实时资料收集、处理、传输、存贮达到准自动化流程，制作公众短期天气预报。

1992—1995年，各地（市）级气象台以落实"八五"计划中天气预报实时业务系统方案为契机，加快天气预报业务技术建设，提升业务与服务能力。漳州地区气象局建立市局局域网与远程工作站，完成市县联网、市局分组交换程控拨号等通信系统建设，为公众短期天气预报实时信息来源打开快速通道。

1996—1997年，省中尺度灾害性天气预警系统市分中心建设开始运作。全省9个地（市）先后完成一、二期预警系统工程。主要内容包括：远程图形、图像工作站；中规模卫星云图接收系统和内地定位探测系统；微机制作气象报表和部分编发报；新一代天气预报预警自动分发系统等。在软件建设方面，1997年，全省地（市）气象台短期天气预报普遍推广MICAPS系统和本地化的二次开发。

1998年，漳州市气象台通过通信网络的改造，加快信息传输，开始以MICAPS系统为平台制作新的预报业务流程。

1999年，龙岩市气象台建立MICAPS短期天气预报工作平台，改变常规的天气图预报方法，应用人机交互处理系统制作短期天气预报。年底，省内短期天气预报实现"无纸化"制作。

2000年以后，随着新一代天气预报人机交互处理系统（MICAPS）的本地化二次开发、气象卫星综合应用业务系统（"9210"工程）资源全国共享，以及气象服务范围不断扩大，县（市）级气象局在省、地（市）级气象台天气指导预报基础上，用接收来的天气图、雷达回波图、卫星云图等资料，结合本地天气气候和地形特点，制作公众短期天气预报，后来又接收数值预报产品，使县（市）级气象局（站）的短期天气预报逐步走向客观化、定量化。

2001—2002年，福州市气象局各县（市）气象局共同使用气象信息集成显示系统（EWIPS），县（市）气象局建立MICAPS短期天气预报工作平台。

2002年1月，龙岩市气象局率先在全省气象部门开通市（县）气象宽带专网，实现天气预报信息、地面观测实时资料、办公管理信息及Internet资料的共享，使市、县的天气预报信息量达到原来省级气象台水平。同年，全省各市、县气象局建成卫星单向接收站（PCVSAT），短、中期天气预报实时信息可实现资源共享。

三、信息处理与预报会商

（一）信息处理

1997 年，省气象局引进并开始应用中国气象局组织开发的新一代天气预报人机交互系统（或称气象信息综合分析处理系统）（MICAPS）（V1.0 版），该系统由气象卫星综合应用业务系统（"9210"工程）数据库配套支持，能综合处理各类气象信息、快速检索各种气象数据、叠加动画显示各类气象数据的图形图像和对气象图形编辑加工。

1999 年，MICAPS 系统在省气象台应用基础上，完成本地化开发和新业务工作流程的制定，并与省气象台自行研发的"中尺度气象信息集成显示系统"和"新一代天气预报业务系统"，一道投入业务应用。新的业务工作流程吸收、消化以往省气象台研究成果、预报方法、数值预报释用产品，集成到 MICAPS 系统中。这些系统为预报人员提供数量多、门类全的天气预报信息，使天气预报作业方式从传统的手工操作向人机交互处理方式转变，实现天气预报现代化流程。7 月，省气象台取消各类高空天气图，仅保留每日 8 时地面天气图的手工分析，新一代天气预报业务工作流程实现无纸化作业。

（二）天气预报会商

2003 年前，省气象台分别和中央气象台、邻省气象台、省内地（市）气象台会商，主要在有重要天气、灾害性天气或特殊需要时，双方通过电话进行讨论或互通双方集体讨论的结果，尤其重大灾害性天气的预报结论最终都采用这种会商形式。平时常规的天气预报会商只限于本单位。省气象台在每天上午、地（市）气象台在每天下午，都要进行集体讨论天气，确定预报结论后，由领班或主班根据结论结果对外发布天气预报，有重要天气时，增加会商次数，并和省内地（市）气象台领班（或主班）预报员电话会商，以沟通天气信息和预报结论。7 月，省气象台开通和中央气象台的电视可视会商系统。每天上午 8 时，中央气象台组织全国省级气象台进行会商，讨论未来 3 天天气，省气象台通过可视会商系统观看和参与会商，听取中央气象台的指导预报，了解各省气象台的预报思路和具体预报意见，获得各省特别是天气系统上游省份气象信息。在台风和重大灾害性天气、重要天气来临前，中央气象台还适时增加与灾害可能发生的相关省、地（市）气象台的预报会商，以取得相对一致的预报结论。

2004 年 3 月，省气象台开通和地（市）气象台之间可视天气会商系统。省气象台短期天气预报每天上午 9 时 30 分由领班预报员主持，在省气象台内部预报员集体会商，在内部会商形成初步意见的基础上，上午 10 时通过可视会商系统与地（市）气象台之间共同会商未来 3 天天气。省、地（市）气象台之间的预报会商，由省气象台领班预报员主持，省气象台领班预报员主要介绍天气的分析重点、天气形势的分析意见和预报初步结论，地（市）气象台领班预报员提出补充修改意见或建议，随后由省气象台领班预报员归纳、总结。

2004—2005 年，各地（市）气象台先后开通与本市县级气象局之间可视会商系统，将可视天气预报会商延伸至各县（市）气象局。该会商系统能实现多点对多点的实时视频会商，画面清晰，提高县级气象局的天气预报能力，解决市与县间、县与县间远程会议、业务交流的障碍。

第二节　中、长期天气预报

一、中期天气预报

（一）省级

1991—1995 年，省气象台中期天气预报以旬（10 天）天气为主，每旬逢"10"日（10 日、20 日、30 日）对外发布旬天气趋势、天气过程。常规内容有：全省旬平均气温及其距平和地区分布，主要降水时段及地区分布，旬内灾害性天气过程，出现时段，沿海大风时段等。各季节灾害性天气，除常规内容外，春播期，以预报有利或不利春播、育秧天气时段为主；5—6 月份前汛期，以暴雨和五月寒天气为主；7—9 月，以台风天气为主；9—10 月，以秋寒天气为主。此外，根据生产指挥部门的要求，不定期制作重要的、灾害性的中期天气预报，以电话传真或书面形式，向党政机关和生产指挥部门发布。

省级中期天气预报技术逐步向以数值预报产品的释用技术为主，辅以统计分析预报方法转变。在灾害性天气预报技术方面，有谐波方法和相似方法。谐波分析法在寒潮中期天气过程及春季中期天气预报中得到广泛应用，相似方法以找出与数值预报场最为相似的历史样本为主要内容，在多重相似分析基础上建立相似预报方法。以上两种中期天气预报方法分别于 1990 年和 1996 年在省气象台投入业务应用。

1995 年 6 月，省气象台引进中央气象台中期天气预报谱模式（T63L16）投入业务运行，预报有效时间达 144 小时。欧洲气象中心的数值天气预报产品（ECMWF）可用时效达 168 小时。在这个基础上使用释用技术制作可用时效内逐日的天气要素数值预报。

1996 年，省气象台开始制作 7 天逐日天气要素数值预报，中期天气预报方法脱离以经验和概率统计为主的参照长期天气预报模式，开始与短期天气预报技术方法逐步靠近。

1996 年以后，省气象台中期天气预报以数值天气预报的释用技术为主要方法，制作各类天气过程预报和逐日气象要素预报。相继开发和研制各类灾害性中期天气预报方法，先后投入业务运行的有：1996 年的"福建省 5—6 月大范围连续性暴雨预报"、

1998 年的"福建省寒潮过程中期天气预报"、2000 年的"福建省高温天气过程中期预报"、2002 年的"福建省春季低温阴雨天气过程预报"以及"福建省中期天气要素预报"等。

2002 年 10 月，省气象台每天滚动制作 67 个县（市）的未来第 3～4 天天气要素指导预报产品，产品内容有最高气温、最低气温和降水量。

2005 年 7 月，天气要素指导预报时效延至第 4～7 天。省气象台中期天气预报工作流程如表 6－1。

表 6－1　　　　　　　　　　省气象台中期天气预报工作流程

时　　间	工　作　项　目
每　　日	调阅国家气象中心、欧洲气象中心、日本气象中心等数值预报产品进行分析,利用统计学、天气学、动力学等方法,制作天气预报
	参加短期天气预报会商,并发表中期环流演变与天气趋势分析预报意见
	绘制分析 110°～120°E 急流演变图、副热带高压脊线演变图、60°N、30°N 槽脊活动时序图
逢"9"或逢"10"	组织天气预报会商,与各地(市)气象台讨论未来 10 天天气,如遇复杂天气,还要与中央气象台、邻近省气象台会商
	参加中央气象台天气会商
逢"10"	发布旬天气预报
不 定 时	根据需要发布专题天气报告

（二）市级

市级气象台中期天气预报内容重点是天气过程，特别是重大灾害性天气过程和重要天气过程。市级气象台中期天气预报，除补充订正省级气象台预报结论外，还根据当地社会经济的需求，开展有各地特色的中期天气预报。县（市）气象局不做当地中期天气预报，只是照发市级气象台中期天气预报内容和开展相关的预报服务。

1992—1993 年，福州市气象台建立以长城 0520 型微机和百灵 286 型微机为核心的中期预报业务系统，通过高频电话，加强对县（市）气象局中期天气预报指导，并对福州市政府和生产指挥部门开展中期天气预报的决策服务。漳州、宁德两地气象台分别购置 100 瓦单边带电台，引进省气象台图形、图像工作站，以这些新设备建立地（市）专业气象预报系统和开展中期天气预报业务，提高预报业务能力。

1998 年起，各地（市）、县（市）气象局普遍安装新一代天气预报人机交互系统（MICAPS）（V1.0），以及进行该系统的二次开发，各类天气预报产品逐步完善。普遍使用新的天气预报作业流程、中期天气预报工作平台以及应用人机交互处理系统制作中期天气预报。

二、长期天气预报（短期气候预测）

（一）预报方法

20世纪80年代中期至90年代初，长期天气预报除数理统计方法应用外，开始注重长期天气物理过程的演变，逐步采用物理统计技术，即在寻找有一定物理意义的影响气候异常因子或强信号的基础上，经过统计分析，建立天气气候意义比较清晰的物理统计方法（预测概念模型），应用上述方法制作和发布春季阴雨、汛期降水、夏季台风与干旱趋势及秋寒天气等长期天气预报，预报内容和项目见表6-2。

表6-2　　　　　　　　　　省气象台长期天气预报发布内容和项目

类　别	内　　容	项　　目
月 预 报	1. 气候概况 2. 月天气趋势 3. 月气温、月降水量预报	1. 月内可能出现的灾害性天气 2. 月降水过程 3. 月最高气温、最低气温
年 度 预 报	1. 气候概况 2. 各季重要天气、灾害性天气 　（1）春播期天气、五月寒天气 　（2）汛期降水量趋势 　（3）台风年度趋势 　（4）秋寒天气趋势 3. 年景趋势	1. 季度平均气温趋势 　降水量趋势 2. 低温、寒害总趋势 3. 旱涝趋势、雨季开始结束期 4. 台风登陆、影响次数 5. 秋寒天气过程 6. 上年度回顾、本年度年景预测

随着经济、社会发展和防灾减灾领域的需求变化，气候预测内容在各个时期有所不同。20世纪90年代前期侧重于低温、寒害、台风等。90年代后期以来，侧重于气候趋势（气候变暖）以及洪涝、干旱等灾害。气候预测技术，采用动力气候模式与统计方法相结合的预测方法。

1998年1月起，长期天气预报改称短期气候预测。

2000年以后，短期气候预测采用物理统计、动力气候模型产品，运用动力—统计相结合等方法，建立"福建省气候灾害短期气候预测业务系统"。

2005年，主要分析因素与预测方法有：

（1）气候背景分析和预测，即降水、气温等气候要素自身演变规律的分析和预测。

（2）前期天气气候特征和综合相似年分析。

（3）环流特征量相关相似分析和预测。

（4）大气环流异常、海水表面温度与气候要素相关相似统计分析与预测，包括典型年份的合成和对比分析。

（5）季风、西太平洋副热带高压、高原积雪、ENSO（厄尔尼诺）循环、太阳黑子活动、天文背景等异常气候物理因子分析和预测。

（6）因子或多因子相关分析、回归分析、均生函数法、最优气候值法、自然正交迭代、典型相关法等数理统计方法。

（7）动力气候模式产品的降尺度释用，即在动力延伸预报模式输出产品的基础上结合本地区的天气气候特点，综合运用动力学、统计学等方法进行再分析、再解释，将月平均环流形势的预报转化为本地区月平均要素的预测。

（二）预测会商

省级气象台在发布长期天气预报（短期气候预测）产品前，组织同级和下级气象台站，以及科研单位、水文水利部门等进行预测会商，这一会商制度自开展长期天气预报工作以来，一直持续至 2005 年。

正常的会商例会有：

（1）每年 10 月底或 11 月初、每年 3 月底至 4 月初，国家气候中心和上海区域气象中心在制作年度和汛期预测意见时组织预测会商会。

（2）每年 11 月中下旬、每年 4 月中下旬，省气象台在制作全省年度汛期预测意见时，组织全省各地（市）气象台及有关部门人员进行预测会商会。

（3）除参加全国和华东区域组织预测会商外，每年 3 月中下旬有时也参加广州区域气象中心组织的汛期预测会商会。

（三）产品内容及发布时间

2000 年以后，短期气候预测产品包括：月、季、年、专题及不定期气候预测或趋势展望分析；预测月、季、年时间尺度的发布时间均在月（下旬）、季、年（最后一月）的 27—29 日，专题或不定期气候预测产品与内容视每年和天气气候变化而定；以图形、文本的方式制作。发布内容为全省范围的气温、降水量以及主要降水（或冷空气活动）过程和主要气候灾害分布及强度。以上产品内容和发布时间见表 6 - 3。

表 6 - 3　　　　　　　　　　福建省短期气候预测产品及发布时间

产品名称	主要内容	发布时间
月气候预测	月气温、降水趋势及量级预测、主要灾害	每月 28—29 日
年度气候趋势展望	各季气温、降水趋势及旱涝、台风等主要气候灾害预测	11 月 28—29 日
春播期专题预测	春播期间气温、降水趋势及倒春寒和不利于春播的主要时段预测	2 月 28—29 日
春季气候趋势预测	春季气温、降水趋势、冷空气活动趋势及春旱、倒春寒等主要气候灾害预测、防御建议	2 月 28—29 日
汛期气候趋势预测	汛期（5—9 月）气温、降水趋势，降水集中时段及旱涝、台风等主要气候灾害预测、防御建议	4 月 28—29 日
秋寒专题预测	寒露风出现时间、强度等	6 月上旬

续表 6 - 3

产品名称	主要内容	发布时间
夏季气候趋势预测	夏季气温、降水趋势,旱涝、热带气旋影响次数、时间分布及主要气候灾害预测	6 月 28—29 日
秋冬季气候趋势预测	秋冬季气温、降水趋势及秋冬旱主要气候灾害预测、防御建议	9 月 28—29 日
专题或不定期	针对当前气候变化形势展望未来趋势及防御建议,提供决策服务	不定期

根据决策服务与公益服务的需求,从 2004 年起,短期气候预测内容在年度和前汛期气候预测中增加主要气候灾害分析的预报意见。

短期气候预测产品和内容属内部参考资料,不对社会、电视台、广播电台、报纸、网络等媒体公开发布。

第三节　短时、临近天气预报

一、预报内容

短时天气预报是以天气雷达为主要工具,参考卫星云图和其他探测技术制作时效在 12 小时内的天气预报,重点是强降水和强对流天气预报。

短时天气预报分短时（0—12 小时）和临近（0—2 小时）两项内容。短时（0—12 小时）天气预报根据天气雷达回波信息、卫星云图及地面气象实况,结合各种物理量的诊断分析作出天气预报,是对短期天气预报的订正和补充。其预报对象是冰雹、雷雨、大风、飑线等强对流天气及局地强降水。临近（0—2 小时）天气预报根据天气雷达监测到的回波信息和地面气象实况资料,参照既往强对流天气活动路径、强度、速度演变而作出的未来 2 小时以内的天气预报。

1998 年以前,福州长乐、厦门天气雷达将监测到的雷达信息向责任区的气象台传递,责任区内的气象台将收集到的雷达天气信息及时反馈给所在地区县（市）气象局（站）,并给出可能致灾的初步判断。1998 年以后,新一代天气雷达监测除四大类共 70 多种产品外,还提供多种灾害性天气的自动识别和追踪等产品,如 3 小时、1 小时乃至几分钟回波产品。

二、监测产品应用

（一）天气雷达监测产品

1991—1994 年上半年,长乐、厦门、建阳 714 天气雷达采用平面扫描（PPI）、体扫、俯仰扫描。以电话拨号递送扫描产品，信息数量有限，信息内容没有预报产品，预报通常据有限雷达信息人工简单外推得出。由于没有连续开机监测，会造成一些重要天气过程在休机中丢失。

1994年下半年，长乐天气雷达改装成714（SD波段）多普勒天气雷达，其功能除监测天气系统回波强度外，还对台风（台风定位、路径显示、风场反演）和雷达定量测量降水等方面实施监测，增加风场及降水信息。

1998年以后，新一代天气雷达监测的回波强度、径向速度和速度谱宽数据，经加工和计算形成基本数据产品、物理量产品、风场反演产品及自动识别产品四大类共70多种，对台风、暴雨等大范围降水天气的监测最佳距离可达460公里。应用新一代天气雷达探测资料，开展对台风定位、短时临近定量估测降水、短时强降水、强对流天气判断和概念模式等分析，建立多套短时临近预报工具。

2005年4月，省级中心雷达专用共享服务器启用，全省各雷达站开始实时上传6分钟雷达产品文件。同时，在各地（市）气象局建立雷达资料分中心，所有气象台站安装PUP软件，实现雷达资料和产品的全省实时共享，均可实时获取雷达资料产品开展临近天气预报。

（二）卫星、自动站等遥测产品

短时灾害性天气监测预警，还通过卫星云图监测、闪电定位仪和自动站等遥感、遥测手段获取信息。1997年，厦门市气象台应用探测点闪电定位探测资料，分析初生雷暴，识别雷雨和阵雨回波，判断雷暴降水率、移动变化特征，结合多普勒雷达，能有效捕捉雷暴位置，改善和判别雷暴降水率，提高雷暴临近预报的准确性。

自动遥测雨量计资料弥补常规站点观测资料在短时降水预报中，空间密度不足和获取时间滞后的缺陷，与多普勒天气雷达配合使用，用于订正雷达估测的降水，可有效提高对短时降水的监测和预报能力。1999年，厦门市气象台应用自动遥测降水量数据，配合雷达监测的天气资料，计算区域降水量，利用平均标准法订正降水量，使分析值与雨量实测值偏差最小。

1998—1999年，省气象台依托气象卫星云图资料，制作短时降水客观定量预报。利用时空分辨率都很高的气象卫星云图观测资料来提取降水预报信息。在技术方法上，依托数值化动态云图，对系列典型过程的逐时个例进行多角度的统计分析和机理推断，以获得有效的短时降水分布预报模式。

2002年，建成多站式雷电监测定位系统，雷电监测范围可覆盖全省和台湾海峡地区，可对全省及周边地区的雷暴活动及其变化趋势实施全天候监测，利用其信息建立短时强对流天气监测和预报工具。

2005年5—6月汛期，省气象台应用气象卫星红外通道数据，建立降水短时定量指标。利用卫星云图对中小尺度天气系统发生、发展的监测由原来的1小时改为每半小时一次，从而提高气象卫星对强风暴等系列活动的监测能力。同时利用数字化红外卫星云图分析台风中尺度对流系统发生、发展的特征，制作短时天气预报工具。

三、预报发布和业务流程

1991 年后，省气象台根据省内各天气雷达站提供的回波信息，参照卫星云图、天气图和地面各探测实况资料，向相关地（市）、县（市）气象局发布短时临近天气预报。当可能发生暴雨、冰雹、雷雨大风等灾害性天气时，向各级政府、生产指挥部门及相关地区发布灾害天气预警。

1994 年下半年，长乐天气雷达站提供定量测量降水和风场信息，为监测台风风场及降水量提供依据。

1998 年以后，建阳、龙岩、厦门及长乐新一代天气雷达站提供所在责任区的雷达探测信息，每日 8 时、11 时、14 时、17 时四次通过宽带通信网实现 1 小时各类雷达产品上传，省内各气象台、站随时调用上传产品，结合当地气象实况制作短时临近天气预报。

2005 年 3 月起，省气象台每日三次制作、发布预报时效为 6 小时的短时天气指导预报，并通过"9210"系统广播的方式实现全省信息共享。

第四节　专业（项）气象预报

1991 年起，省气象台专业预报科、省专业气象台（省气象科技服务中心）和省气象科学研究所，先后开展水库库区天气预报，交通、电力、节假日等专项天气预报，森林火险气象等级预报，城市空气质量预报，气象指数预报，以及与地质部门联合开展地质灾害气象预报、预警等。

一、专业气象预报

（一）森林火险气象等级预报

1997 年 12 月开始，省气象局与省森林防火指挥部办公室合作，开展森林火险气象等级预报业务，由省气象科学研究所承担，专门组织农业气象专业人员，建立福建省森林火险气象等级预报业务平台，在森林防火季节内制作 24 小时和 48 小时短期森林火险气象等级预报、高森林火险气象等级时段的 3—7 天中期预报，以及每月的长期森林火险气象等级趋势预报等。

2000 年开始，福州、漳州等市气象台，先后开展当地森林火险气象等级预报，并将之列入市气象台常规预报业务工作。

森林火险气象等级预报共分五级。一级：没有危险，林内可燃物不能燃烧；二级：低度危险，林内可燃物难以燃烧；三级：中度危险，林内可燃物较易燃烧；四级：高度危险，林内可燃物容易燃烧；五级：极度危险，林内可燃物极易燃烧。

森林火险气象等级预报方法有天气学、统计学和生物学方法。在火险季节内，根据天气形势，以及当地空气温度、湿度、风力、降水等气象要素，结合植被和可燃物的干湿情报，作出森林火险气象等级预报。

2005年，使用的预报方法还有综合指标法、实效湿度法等。

（二）地质灾害气象等级预报

由暴雨诱发的山洪以及滑坡、崩塌、泥石流等灾害是省内主要的地质灾害类型。2003年，省气象局根据中国气象局和国土资源部联合下发的《关于联合开展汛期地质灾害气象等级预报、预警工作的通知》的精神，和省国土资源厅联合研制"福建省地质灾害气象等级预警、预报系统"，于2004年5月起，每年5—9月汛期对外发布，由省气象台承担。

暴雨强度是影响地质灾害发生的重要因素，省气象台根据某时段暴雨（3小时降水量≥25毫米的短时暴雨，或日降水量≥50毫米、100毫米的短期暴雨、大暴雨）落区和该时段内某区域的临界雨量资料，进行对比分析，并结合其他要素分析，进行地质灾害气象预报预警等级划分。预报等级共分五级，见表6-4。

表6-4　　　　　　　　　　　福建省地质灾害气象预报警报等级划分

等　级	预报级别指示的含义	等　级	预报级别指示的含义
一　级	发生地质灾害可能性很小	四　级	发生地质灾害可能性大，为预警级
二　级	发生地质灾害可能性较小	五　级	发生地质灾害可能性很大，为警报级
三　级	发生地质灾害可能性较大,为注意级		

当出现地质灾害的可能性为三级及以上时，气象部门和当地国土资源部门联合预报会商，在双方取得一致意见后，按规定程序联合公开发布地质灾害气象等级预报预警。

2004年，安溪县气象局开发气象—地质灾害监测预警预报系统，进行地质灾害气象等级预报，并在全县地质灾害多发点安装实时无线雨量监测点，把最新雨情及等级预报及时传递给县、乡（镇）领导及村联防人员手中。

（三）城市空气质量预报

1999年1月15日，省气象科学研究所和福州市环境监测站共同开展福州市空气质量一周试预报，供省、福州市领导参考使用。福州市环境监测站制作本周污染监测情况汇报，省气象科学研究所制作下周污染潜势预报。福州市空气质量一周试预报至1999年12月25日结束，共发布47期。

2000年11月24日，根据国家环境保护总局和中国气象局联合下发的《关于开展环境保护重点城市空气质量预报工作的通知》，福州市和厦门市被列为全国同时开展和发布空气质量预报的环境重点保护城市。

2001 年 5 月 25 日，省气象科学研究所和福州市环境监测站合作开展福州市空气质量预报和空气污染气象条件预报，正式在福建电视台、福州电视台有关频道和"121"气象服务热线向社会公众发布。合作双方资料共享，电话会商。6 月 5 日，厦门市空气质量预报由厦门市环境监测中心站和厦门市气象台联合制作，双方进行电话会商，形成统一预报结论，通过厦门电视台、厦门人民广播电台、《厦门日报》正式对社会公众发布。

福州市和厦门市空气质量预报内容为：当日（前一天 12 时至当日 12 时）空气质量实况，包括污染指数、首要污染物、空气质量等级和空气质量状况。预报日（当日 20 时至次日 20 时）二氧化硫（SO_2）、二氧化氮（NO_2）和可吸入颗粒物（PM10）三种污染物浓度预报值，包括污染指数、首要污染物、空气质量等级和空气质量状况。

福州市和厦门市空气污染气象条件预报内容为：预报日（当日 20 时至次日 20 时）空气污染气象条件等级及相应的描述。等级划分和描述为：一级，好，非常有利于空气污染物稀释、扩散和清除；二级，较好，有利于空气污染物稀释、扩散和清除；三级，一般，对空气污染物稀释、扩散和清除无明显影响；四级，较差，不利于空气污染物稀释、扩散和清除；五级，差，非常不利于空气污染物稀释、扩散和清除。

（四）旅游景点天气预报

1997 年，省气象影视中心在每日天气预报节目中，播报省内各旅游景点天气预报。

2000 年，省专业气象台将旅游景点天气预报列入本单位日常业务工作，分别在《海峡都市报》、《东南早报》等新闻报纸发布省内各旅游景点区天气预报。省气象影视中心在福建电视台综合频道、东南卫视及福州电视台等频道，播报各旅游景点区天气预报。省级气象部门发布的旅游景点区有武夷山、太姥山、金湖、桃源洞、冠豸山等景区。各地（市）气象台对制作的实时天气预报加以适当订正作为旅游景点天气预报对外发布。省专业气象台专门安排人员制作旅游景区天气预报，定时收集各旅游景点的天气实况，并进行气温订正（旅游景点一般位于山上、水边，气温较附近的气象台站要低 2℃ ~ 4℃）。同时，将各旅游景区的天气预报作为"12121"电话声讯台的咨询内容。

二、专项气象预报

（一）港口大雾预报

2003 年 4 月，省专业气象台在每日天气预报中，增加海雾和陆雾的预报内容。省专业气象台在大雾专项预报中，选择从福鼎市到东山县最靠近海边的 11 个县级气象站，挑选 1975—2004 年 30 年 1274 次大雾天气过程（能见度≤1 公里）进行汇总研究，发现福建沿海大雾天气多发生在每年 12 月至次年 5 月间，雾的性质主要是平流雾。并对 1274 次大雾的天气过程，用天气学方法进行地面天气形势分型，见表 6 - 5 所示（表中数字为大雾出现次数）。同时，分析地面天气形势和计算可能出现大雾的气候概率，发现近地面层接近饱和，925 百帕层有逆温层存在，且风速小。具备这些条件和预报指标后，可制作港口大雾天气预报。

表 6 – 5　　　　　　　　　1975—2004 年福建省沿海大雾天气分型及出现概率

单位：次

地面天气型	全省沿海	北部沿海	中部沿海	南部沿海
倒槽型	88 (67.2%)	80 (56.3%)	192 (53.8%)	316 (49.1%)
冷高压底部	26 (19.8%)	27 (19.0%)	95 (26.6%)	248 (38.5%)
锋前暖区	11 (8.4%)	21 (14.8%)	38 (10.6%)	40 (6.2%)
冷高压	4 (3.1%)	14 (9.9%)	31 (8.7%)	40 (6.2%)
均压场	2 (1.5%)	0	1 (0.3%)	0
合　　计	131	142	357	644

（二）电网运营安全气象灾害预警

2005 年底，省专业气象台与省电网中心开发福建省电网运营安全气象灾害预报预警。利用省级电网（220 千伏、500 千伏）2000 年 1 月 1 日至 2005 年 12 月 31 日，共计 6 年的跳闸与故障记录，剔除明显的人为因素和非气象因素（如森林山火、鸟巢等）造成的跳闸记录，按线路所经过的区域，划分成各片区的跳闸记录，再以日为单位统计逐日跳闸次数，形成各片区电网安全气象灾害引起故障的原始资料。通过对 6 年跳闸与故障记录和全省 67 个气象台站天气现象的相关统计分析，找出电网跳闸主要由雷击、风灾、地质灾害、污闪、霰冰、高温等因素造成。当年，省专业气象台专门制作福建省电网运营安全气象灾害预报预警系统，这套系统由实时监测系统和气象灾害预警系统组成。实时监测系统可以使用户及时看到全省正在发生的天气情况，内容包括：灾害说明、等级标记、标记说明，并自动弹出预警界面，同时提供历史监测灾害资料查询功能。气象灾害预警系统，根据预报未来可能出现的气象灾害严重程度，用黄色、橙色、红色等标志发布灾害等级，并通过省专业气象台与电力公司之间搭建的两兆光纤将最新资料传送至客户端。

（三）闪电监测定位预报

2003 年，省专业气象台利用 2002—2003 年地面自动闪电定位探测资料和自动气象站收集的实况，对闪电区域资料做技术处理，以所要作出预报的站点为中心，以 40 公里为半径范围内出现的所有闪电，定为该站点出现的闪电。通过对各种不稳定因子的相关统计分析后，发现沙氏指数与闪电活动相关，制作预报方程，对未来 24 小时全省范围内各站点的闪电活动进行预报。通过对历史资料的检验，发现这种预报方程对全省范围内的闪电预报准确率达 70% 左右。

（四）重要活动和假日专题天气预报

1993 年 8 月 8 日，国务院副总理邹家华专程前往水口水电站参加第一台机组投产庆典剪彩；1994 年 1 月 25 日，原国务院副总理方毅视察水口水电站；1994 年 11 月 23 日，全国人大常委会副委员长叶飞视察水口水电站；1997 年 4 月 8 日，全国人大常委会副委员长布赫视察水口水电站；1999 年 2 月 26 日，全国人大常委会委员长李鹏视察水口水电站；2003 年 5 月 17 日，全国人大常委会副委员长、全国总工会主席王兆国到闽视察等，在中央领导重要活动期间，省专业气象台每次都作出准确的天气预报。

1997 年起，省气象台为《海峡都市报》、《东南早报》制作每年春节、五一劳动节、十一国庆节假日专项天气预报，由省专业气象台和省气象影视中心对外播出。

2000 年，省气象影视中心开始制作电视气象特别节目，内容有五一劳动节、十一国庆节黄金周气象预报。

2001 年起，省气象影视中心制作电视气象特别节目，增加元旦、春节黄金周特别节目。在全年三个黄金周假日里，省气象影视中心为出行的旅客制作假日天气预报。

三、健康气象指数预报

1999 年 8 月起，省气象台陆续制作以健康气象指数预报为主要内容的人体舒适度、紫外线强度等级预报、霉变指数、晨练指数、感冒指数、穿衣指数、中暑指数预报，在福建电视台、《福州晚报》、《海峡都市报》等新闻媒体播报，取得经验后推广全省。

1999 年 8 月 7—19 日，省气象台对不同年龄段、不同职业的 64 人进行人体舒适度调查，经过调查、研究分析，考虑气温、湿度、风及天空状况等气象要素对人体舒适程度综合影响，制作舒适度指数预报方法。1999 年 10 月 1 日起，通过电视、16896015 语音信箱和 121 语音信箱向社会公众发布人体舒适度指数预报，预报内容包括人体舒适度指数等级及相应的解释。

2000 年初，省气象台着手研究紫外线强度观测和预报方法，利用太阳辐射传输模式推导出紫外线（UV－A、UV－B）辐射强度计算公式，并根据中国气象局 2000 年下发的《紫外线指数预报业务暂行规定（草案）》，结合福州市辐射资料分析结果，将紫外线强度划分为 5 个等级，即中等、强、很强、弱和最弱，并定性描述各级所对应的辐射强度、对人体可能的影响和需要采取的防护措施等。同年 9 月，开始对外发布紫外线强度等级预报，预报内容包括：紫外线强度等级、各级所对应的辐射强度对人体可能的影响和需要采取的防护措施等。

2002 年 9 月，省气象台举办城市环境气象服务技术培训班，将研究开发出的以健康气象指数预报为主要内容的预报工具推广应用于各设区市气象台。10 月 1 日，设区市气象台全面发布当地的健康气象指数预报。

省、地（市）气象台发布健康气象指数的内容见表 6－6 至 6－12。

表 6-6　　　　　　　　　　　各月份人体舒适度等级划分表

10—11 月

等　级	-4(极冷)	-3(寒冷)	-2(冷)	-1(稍冷)	0(舒适)	1(稍热)	2(闷热)
舒适度指数	43 以下	43~50	51~60	61~65	66~75	76~80	80 以上

12—4 月

等　级	-4(极冷)	-3(寒冷)	-2(冷)	-1(稍冷)	0(舒适)	1(稍热)	2(闷热)
舒适度指数	40 以下	40~47	48~55	56~59	60~70	71~75	75 以上

5—6 月

等　级	-2(冷)	-1(稍冷)	0(舒适)	1(稍热)	2(闷热)	3(炎热)	
舒适度指数	54 以下	55~60	61~75	76~80	81~85	85 以上	

7—9 月

等　级	-1(凉)	0(舒适)	1(稍热)	2(闷热)	3(炎热)	4(酷热)
舒适度指数	66 以下	66~75	76~80	81~85	86~91	91 以上

表 6-7　　　　　　　　　　紫外线辐射强度预报等级划分表

级别	紫外线辐射量 （瓦/平方米）	紫外线 辐射强度	需采取的防护措施
1	<5.0	最弱	不需要采取防护措施
2	5.0~10.0	弱	可以适当采取一些防护措施,如涂擦防晒霜等
3	10.1~17.9	中等	外出时戴好遮阳帽、太阳镜和太阳伞等,涂擦 SPF>15 的防晒霜
4	18.0~26.0	强	除上述防护措施外,上午十点至下午四点时段避免外出或尽可能在遮阴处
5	>26.0	很强	尽可能不在室外活动,必须外出时,要采取各种有效的防护措施

表 6-8　　　　　　　　　　　晨练指数等级划分表

级别	晨练指数	晨练建议
1	最适宜 　此时无雨,温、湿度适中	很适宜进行户外晨练
2	适宜 　天气有些热或气温较低	气象条件对人们进行户外晨练影响不大
3	较适宜 　天气闷热或有 5~6 级大风或天气寒冷	有三种情况: 　天气闷热:晨练时不适宜做太剧烈的运动,并注意补充水分; 　有 5~6 级大风:户外晨练时要注意安全; 　天气寒冷:外出晨练时要注意保暖,以防感冒
4	不适宜 　下雨或有 7 级以上的大风	不适宜进行户外晨练

表 6 - 9 霉变指数等级划分表

级别	霉变指数	需采取的防护措施	级别	霉变指数	需采取的防护措施
1	极易霉变	注意物品的密封和冷藏	3	较易霉变	注意物品的密封和存放处的通风
2	容易霉变	注意物品存放处的通风或密封、冷藏	4	不易霉变	不需要采取防护措施

表 6 - 10 穿衣指数应用表

穿衣指数	着装厚度（毫米）	着装建议
1	H≤1.5	短衫、短裙、短裤、薄型 T 恤衫、敞领短袖棉衫
2	1.5＜H≤4	短裙、短裤、衬衫、短套装、T 恤衫
3	4＜H≤6	单层薄衫裤、薄型棉衫、长裤、针织长袖衫、薄型套装
4	6＜H≤10	套装、夹衣、风衣、夹克衫、长裤
5	10＜H≤15	风衣、毛衣、毛套装、西服套装、薄棉外套
6	15＜H＜20	棉衣、冬大衣、皮夹克
7	≥20	羊毛内衣、厚呢外衣、羽绒服、裘皮大衣、太空棉衣

表 6 - 11 感冒指数等级划分表

等级	提示语
1	感冒发病较少,要保持心情开朗,生活有规律,多运动
2	感冒病人开始增加,体质较弱的朋友请注意适当防护,并可适度加强运动
3	感冒病人明显增加,注意加强自我保护,搞好环境卫生,少去人群集中的场合,(夏季)空调开放温度及时间应适当;体质较弱的朋友要特别加强自我保护,注意天气变化;患者注意服药,保持心情开朗
4	感冒病人急剧增加,特别注意采取好防范措施,尽量避免到人群集中的地方,回家时记得立即用肥皂洗手,(夏季)空调开放温度及时间应适当;患者注意按时服药,要保持心情开朗,避免外出

表 6 - 12 中暑指数等级划分表

等级	指数	说明
1	≤75	不会中暑
2	76～80	一般不会中暑
3	81～85	可能有中暑,要多喝水,居室保持良好通风及适宜温、湿度,从事户外活动应避免太阳直射
4	86～91	易中暑,要多喝水,居室保持良好通风及适宜温、湿度,从事户外活动应放慢速度,戴帽子,勿赤膊,选择穿透气通风的汗衫
5	≥91	极易中暑,要多喝水,居室保持良好通风及适宜温、湿度,避免长时间的户外劳动。一旦中暑,应尽快将患者移到有冷气的地方,如果患者意识清醒,则给予补充水分,再以冷毛巾湿敷患者

第七章 应用气象业务

20世纪90年代初，省气象档案馆对储存的纸质历史气候资料全部进行信息化处理，并以光盘或磁盘储存。同时，对气象台站观测记录的基本气象报表，从数字到文字全部实现全自动化操作流程。气象资料信息上传手段也逐步改进。90年代中后期至21世纪初，省气象档案馆陆续接收各地（市）、县气象记录档案入库，先后进行30年气象资料整编和海岸带、海岛等气候资源的综合调查。

21世纪初，采用新技术、新方法和开发出的新软件进行第三次农业气候区划，区划产品由以前的手工制作发展到自动化、可视化。同时，完成果树、茶叶等特色农业区划工作。卫星遥感监测服务工作进入业务化。农作物产量预报被正式纳入农业气象日常业务。

第一节 气象档案业务

一、气象报表审核

审核工作由省气候中心承担，类型包括地面、高空和农业气象报表。1993年以前，用人工审核，省气候中心集中9人，分别承担全省72个气象台站的地面气象观测记录月报表、3个高空站的高空气象报表和20余个农业气象试验观测报表的审核任务。每年第一季度向下属的气象台站通报上年度地面、高空、农业气象报表审核情况，并上报国家气象局。

1993年起，省气候中心分批建成气象资料采集、微机审核和制作报表子系统。同年，选择32个气象站（基本站、部分一般站），试送气表－1简表（气象台站的地面气象观测记录月报表），然后由省气候中心应用子系统软件进行机审和机制报表。

1994年1月，所有气象台站实行报送气表－1简表。1997年，通过网络传输或邮寄软盘报送气象信息资料，进行机审、机制成报表，复印后的机制报表返回原气象台站。高空气象观测记录数据改用省地网，用Pv通信方式采集。

1999年，全省气象台站地面气象观测记录月（年）报表，经录入形成A0文件，上报中国气象局。微机审核和制作报表后，打印成月报表、年报表纸质归档保存于省气象档案馆，不再向原气象台站返回复印气象报表，从而形成"以微机审核为主，人机结合"的新审核方式，结束近40年人工审核气象报表的历史。

二、气象档案保管

（一）分类

1997年，省气象档案馆根据中国气象局下发的《气象档案分类表》，对馆藏档案进行重新分类、编目、存档。2001年起，气象记录档案改为国家和省（市、自治区）两级归档保存，市、县气象部门不再保存气象记录档案。各市、县气象局陆续将各类气象记录移交省气象档案馆。该馆存档范围及归档内容进一步扩大，包括气象记录，以及特种气象观测、天气雷达观测、卫星气象观测等形成的气象记录统一被列入气象记录档案分类保存。全国和全球范围的历史天气图以及各类资料整编出版物，统一被列入资料序列保存。仅这次档案体制调整，省气象档案馆就接收全省气象部门从建站起至2001年，地面、高空、农业气象、太阳辐射、特种观测等各类原始气象观测记录簿（表），气压、气温、相对湿度、降水、风向风速自记纸，各类气象观测记录月报表及其观测记录数据文件，以及雷达站汇交新一代雷达回波等各类档案，共1.5万卷（册）入库。

2005年，省气象档案馆根据中国气象局的保管期限要求重新确定气象记录档案保管期限。至此，原属于省内各市、县气象局长期和永久保存的气象记录档案，全部移交到省气象档案馆存档。

省气象档案馆馆藏档案有文字、数据、图表、声像等多种形式，包括气象观测记录和天气图（手工绘制）精装本、纸质盒、图纸、照片、磁性录像带、光碟、文件等，绝大多数是原始件，少数为复印件。至2005年，省气象档案馆馆藏各类纸质气象档案案卷27657卷（册），存档资料磁带2盘、光盘59张、硬盘1个，气象资料6058册、光盘资料18张。

（二）检索

1991—1997年，省气象档案馆档案目录检索都是手工操作。1997年以后，省气象档案馆从气象档案目录软件着手，完善各类档案目录的总登记表和分类登记表，初步建立国家基本气象台站历史沿革数据库和气象档案资料目录检索数据库（使计算机上类目与实体档案类目一致），以及建立党务、管理两大类卷宗和文件级目录、专题目录。

2001年，省气象档案馆建立"气象档案服务系统"、"气象档案综合管理系统"和"地面气象观测记录查询系统"等。"气象档案服务系统"包括气象档案馆的概况、指南、珍藏目录、规章制度、气象台站历史沿革子系统、气象档案综合子系统及地面气象观测记录查询子系统等，满足用户准确查找所需资料，使传统的手工检索逐步被计算机检索所代替。"气象档案综合管理系统"主要用于对馆藏各类气象档案资料目录的检索服务（包括馆藏的气象、海洋、水文等专业资料目录管理）。"地面气象观测记录查询系统"是以信息化气候资料的统计分析应用为重点，以解决业务实际需要为目的的系统化应用软件，便于科研、业务需要时的档案查询。

2005年，省气象档案馆引进并开始应用云南省气象档案馆开发的《省级气候业务系统之科技档案目录管理》软件，该软件具有气象记录档案目录著录、目录查询统计、记录档案利用和移交等功能。

三、气象档案信息化

（一）地面气象资料信息化

1991年前，气象台站地面气象记录月报表信息化建设沿用20世纪70年代中央气象局业务管理部门下发的《全国地面气象资料信息化基本模式暂行规定》（A0文件的格式）为技术标准，将地面气象记录月报表中19个气象要素，采用ASCII码字符格式，在五单位纸带上进行穿孔，以CCS-400型微型计算机为主，外设光电机、磁带机和0520型微机，建立信息处理系统。所有纸带信息通过光电机转换成CCS-400机上的磁盘文件，在该机上进行格式检查与质量检查，然后将正确的A0文件作为信息化资料档案存入8英寸软盘或自动记录1600磁盘保存。

1992年，省气候中心根据国家气象局下发的《全国基准气候站地面气象资料信息化基本模式暂行规定》，对全省5个国家基准气候站现时地面气象记录月报表中19个气象要素进行信息化处理，形成A1格式数据文件。1998年开始，按中国气象局下发的《气表-1封面、封底V文件格式和规定》、《气候资料传输实施细则》和1999年中国气象局下发的《全国地面气象资料A6、A7文件信息化基本模式暂行规定》，进行国家基本（准）站地面气象记录月报表中其他7个项目和封面、封底的信息化处理，国家基本站气象记录月报表以A6文件和V0文件格式，国家基准站气象记录月报表以A7文件和V1文件格式报送国家气象中心。

1998年5月起，省气候中心和省气象档案馆根据中国气象局的有关规定，经上海气象区域中心中转传输信息化资料，开始试行上报A6/A7文件和V0/V1文件。

2000年1月起，改从气象卫星综合应用业务系统（"9210"工程）线路上传输国家基本站气象记录月报表A0、A6、V0信息化文件，国家基准站气象记录月报表A1、A7、V1信息化文件。

2001年1月，根据中国气象局下发的《关于停止报送国家基本（准）站纸质气表-1的通知》，取消上报纸质地面气象记录报表。

2005年3月，根据中国气象局下发的《地面气象观测数据文件传输业务暂行规定》的要求，通过气象卫星综合应用业务系统上传同年1月国家基本（准）站地面气象记录月报表（气表-1）数据，以及国家一般站、自动站地面气象记录月报表（气表-1）数据，辐射站气象辐射记录月报（气表-33）数据；4月上传上一年的国家基本（准）

站、国家一般站地面气象记录年报表（气表－21）数据。

2005 年，省气象档案馆根据中国气象局气象资料加工处理的统一格式，建立：①全省 74 个气象台站从建站（1951 年）到 2004 年地面气象资料数据文件（A0 文件）40173 个、64 个国家基本或一般站 1991—2004 年 A6 文件 10800 个和1999—2004 年 V0 文件 1349 个。②5 个基准气候站 1992—2004 年 A1 文件 777 个、1991—2004 年 A7 文件 840 个和 1998—2004 年 V1 文件 417 个。③69 个气象台站的 1998—2003 年地面气象记录年报表 NB 文件 393 个、2004 年 Y 文件 69 个。④64 个国家基本、一般站 1991—2004 年全月观测数据文件（D 文件）11325 个。⑤67 个气象台站 1961—2004 年的地面气象资料标准数据文件（W 文件）2010 个。⑥福州、建瓯 2003—2004 年辐射站气象辐射记录月报（气表－33）数据 R 文件 70 个。⑦福州、邵武、厦门三个高空气象观测站 1990—2004 年高空观测数据 ZIP 文件（压缩包）217 个。⑧14 个国家基本站 2001—2004 年、5 个国家基准站和 46 个一般站 2003—2004 年的自动站地面气象观测资料（A、D、J、V、Z 文件）共计 9826 个。

（二）降水自记纸数字化

2000 年，省气象档案馆开始利用彩色扫描技术和图形识别处理技术对各站降水自记纸资料进行数字化处理，将传统纸质的大量资料转变为数字资料，方便存储、利用和传输，图形资料转化为数字化产品。

2002 年 10 月，中国气象局下发《关于在全国开展国家基本（准）站降水自记纸数字化处理工作的通知》和《降水自记纸数字化处理工作技术方案》。举办第一期国家基本（准）站降水自记纸处理培训，省气象档案馆派员参加学习降水自记纸数字化处理流程和系统操作，学习后进行降水自记纸信息化处理工作技术摸索和软件试运行。12 月，进入降水自记纸预处理阶段，重点是异常记录的处理。迹线提取采用人机交互方式，自动进行曲线跟踪，完成降水曲线的提取，形成降水曲线数据文件（ZJR 文件），并通过 ZJR 文件软件进行检查，分别生成降水图像、降水曲线的备注文件。

2003 年，省气象档案馆完成全省 20 个国家基本（准）站 1961—2000 年共 748 年的降水自记纸预处理，形成扫描降水图像文件和降水曲线数据文件共 236902 个。2004 年，该馆利用省内已完成的 5 个国家基准站历史降水自记纸数字化产品，对 5 个国家基准站降水自记纸数字化产品的逐时降水信息进行数据预处理、再分析和可靠性质量控制，并通过分析探讨其在省级业务和科研中的应用，取得有效的试验成果。

四、编报气象台站历史沿革

气象台站历史沿革编报始于 1953 年，《台站工作情况表》用手工填写，内容由测报工作、绘图分析工作、人员、仪器、站址、资料、气象图表、记事等 9 个大项组成。

1956 年起，填写《气象台站登记证（观测部分）》专门记载台站及其周边的自然环境情况共 47 项,《气象台站历史沿革表（观测部分）》记载台站有关业务工作各种变动情况共 26 项。

1964 年,填写的《气象台站登记证》、《气象台站历史沿革表》与 1956 年基本相同,其中《气象台站历史沿革表》增加人员情况表,以后一直延续填写。

1983 年起,省气象局组织各气象台站对《台站档案》进行手工填写,其内容由基本情况 8 项、地面观测部分 8 项、高空观测部分 5 项、气候资料部分 6 项、农业气象部分 6 项五大类组成。

1988 年 7 月起,由国家气象局气象档案馆和省气候中心联合设计制定了《地面气象台站历史沿革填写规定》,其各项目以 1983 年《台站档案》为基础,结合各类气象观测报表和有关档案材料。

1990 年起,省气候中心根据新规定,对 21 个国家基本站地面气象台站基本情况（4 项）、台站位置及环境（11 项）、观测要素及仪器（7 项）、观测时间（4 项）、太阳辐射观测（6 项）、情报来源（1 项）六大类历史沿革进行微机制作,建立国家基本站地面气象台站历史沿革基础数据库,并且研制气象台站历史沿革微机检索系统。

2003 年,中国气象局国家气象中心为在“十五”期间,全面收集有关国家气象台站的历史沿革信息,要求全国气象档案馆编报气象台站历史沿革,采用气象台站历史沿革数据文件,作为中国气象台站历史沿革信息编报和存档的标准文件格式,建立“中国气象台站历史沿革数据库”。省气象档案馆完成向国家气象中心编报全省国家基本站历史沿革信息工作。

2004 年,省气象档案馆根据中国气象局审定颁发的《气象台站历史沿革数据文件格式（修改稿）》的编报要求,完成对 20 个国家基本（准）站地面气象台站自建站以来有关台站名称、区站号、台站级别、隶属机构、台站位置、台站环境、观测要素、观测仪器、观测时制、观测时间、守班情况及其影响观测记录质量的其他事项的变动情况,进行历史沿革数据文件编报工作。

（注：A0 为国家基本站、一般站纸质气表－1 中全部数据资料；A6 为基本站、一般站中各类自记记录数据资料；V0 为基本站、基准站纸质气表－1 中封面封底信息化处理资料；A1 为国家基准站纸质气表－1 中全部数据资料；A7 为国家基准站各类自记记录数据资料；V1 为国家基准站纸质气表－1 中封面封底信息化数据资料）

第二节　气候资料业务

一、30 年气候资料阶段综合性整编

1991—1992 年,气象部门开展第二次 30 年（1961—1990 年）地面基本气候资料

阶段性综合整编。按照世界气象组织规定：从 1901 年起，每隔 30 年（即 1901—1930 年、1931—1960 年、1961—1990 年）为一个阶段进行统计的气象资料，称为标准气象资料。1961—1990 年的统计整编资料是世界气象组织规定的 20 世纪第三个阶段的标准气候值和极值。

根据上述规定，国家气象中心于 1990 年 1 月下发《全国地面气象资料（1961—1990 年）统计方法》（简称《统计方法》）。省内有 70 个气象台、站参加这次阶段综合性整编，统计项目和方法均执行该《统计方法》的规定，所有项目都用计算机整编完成，整编程序参照国家气象局下发的《全国地面气象资料（1961—1990 年）30 年整编程序》。整编的基本数据是各级气象台、站的地面标准数据（即 W 文件），该标准数据是由原始气象资料通过电子计算机进行信息化、逻辑检查、质量检验、标准处理等程序严格加工而成。整编成果全部录入光盘，入库存档。省气候中心根据国家气象局的要求，收集省内 70 个台站的气压、气温、水汽压、相对湿度、云量、降水量、降水日、蒸发量、风向和风速、地温、日照和各种天气日数等 12 个气象要素 40 余个项目的 30 年累年平均值和极值，完成整编任务后，于 1993 年向全省气象台站提供 A0 文件、W 文件及 TAB 文件。

2001—2002 年，在中国气象局统一部署下，开展第三次 30 年（1971—2000 年）地面基本气候资料阶段综合性整编。有 69 个气象台站参加这次整编工作。这次整编与历次阶段综合性整编相比的不同之处有：①统计项目大幅度增加，加工基础资料从逐日 1 次扩充到每日 4 次定时观测值；②统计方法有较大改变，引进一些历次统计整编从未做过的统计指标；③加工成果提供的形式以计算机数据文件为主。统计整编的项目分基本项目和选择项目两大类，基本项目有气压、气温、湿度、云、降水、天气现象、蒸发、积雪、积冰、风、地温、冻土、日照、太阳辐射和综合项目等 15 个气象要素，约 90 个项目，由中国气象局统一规定，统计整编的计算程序仍以原《统计方法》为依据，利用微机研制的《地面气象资料整编程序》。选择项目是除基本项目中的日照、太阳辐射和综合项目外的 12 个气象要素约 40 个项目，由省气象局统一规定，各气象台站同样都按原《统计方法》规定进行整编。

2002 年，全省气象部门完成第三次地面基本气候资料阶段综合性整编成果。同时规定：①从 2001 年 1 月起，异常年表中累年平均值使用 1971—2000 年平均值；②从 2003 年 1 月 1 日起，气候旬（月）报、气候影响评价、气候诊断、短期气候预测等气候有关业务，均使用 1971—2000 年 30 年平均值；③气候旬（月）报、气候影响评价、气候诊断及短期气候预测等与气候有关的业务中，使用海温资料、北半球高度场资料、长波辐射等其他气象资料，需要使用它们的累年平均值时，应使用 1971—2000 年 30 年平均值。

二、气候旬（月）报、情报和异常年表业务

从1991年起，省气象局将气候旬（月）报、气候情报、气象灾害年表等项工作，列为省、市、县气象部门气候基础业务，省气候中心承担省级气候旬（月）报、情报和气象灾害年表的收集与发布任务。每月发布气候旬（月）报，定期或不定期发布气候情报，每年整编全省气象灾害年表（年表内的气象灾害内容由市、县气象局提供，统一整编）。每遇到省内出现重大气象灾害后，及时总结气候灾害概况，以气候情报方式不定期对外发布。

中央气象局（1984年改称国家气象局）建立异常气象年表业务是从1981年开始。气象台站观测到的气象要素值超过1951—1980年间最高（大）、最低（小）、最早（迟）、最长（短）等值时，即被视为"异常气象"，出现上述极值按规定填报"异常气象年表"。省气象局气候资料室（后改称省气候中心，下同）根据上级业务规定，向全省气象台站下发"填报异常气象年表的若干规定"，统一规范异常气象年表的内容和填报方式：①异常气象年表内容包括本站出现年、月、日历史最高（最低）气温、最多（最少）雨量、最早（最晚）霜冻，以及最长干旱日数、最大风速、最大积雪深度、最大冰冻厚度和连续最长冰冻日期等；②省气候资料室根据各气象台站上报的年表资料进行汇总，并于次年2月底前报送国家气象中心资料室；③从1981年起，气象记录年满20年或以上的各级气象台站都要在次年1月25日前向省气象局填报"异常气象年表"。异常气象年表资料为分析气候异常变化提供依据。

三、气候资料业务信息化

1991年，根据国家气象局要求，省气候中心于12月制定《福建省气象资料处理和气候分析服务系统"八五"建设实施方案》（简称《气候资料处理方案》），上报国家气象局审批，并着手进行微机选型、软件引进和开发，以及机房改造等准备工作。

1992—1993年，省气候中心启动《气候资料处理方案》：一个以NOVEIL局域网网络中心、500兆以上容量大硬盘为依托，采用AST型微机，引进和自制相关系统软件、程序，建设以若干台计算机为工作站，磁带机、绘画仪为外设联网体系的分布式系统。根据系统处理方案建设6个子系统：①气象资料收集审核子系统；②气象资料预处理标准化系统；③气象资料整编加工出版子系统；④气候情报、评价、诊断子系统；⑤气象科技档案资料管理子系统；⑥气象资料数据库检索服务子系统。1994年上半年，完成以下主要业务：①地面报表审核、制作，实现人机交互，结束"纸带作孔"历史；②地面资料预处理和雨量自记纸处理数据库软件（包括基础数据库、标准资料库等）建设，可逐级提供服务，并将地面资料预处理后记带报国家气象中心；③第二次30年（1961—1990年）气象资料阶段综合性整编；④气候情报评价数据库、灾害库、因子库

和预测方法库建设，开展气候预测（诊断）试验。年底，完成了省级气候资料处理方案全部内容，通过了中国气象局的验收。

省级气候资料业务处理系统与省气象台天气预报实时业务系统（FJSTYS）同处于一个联网平台上，在日常业务中利用省气象台开通的地（市）气象部门远程终端，可以随时调用各地所需的当地气象资料（包括地面气表－1数据传输和制作候、旬、月报所需的实时气象资料）。

1995—1996年，省气候中心继续开发和充实"气候情报、评价、诊断分析子系统"的功能。其中，气候情报业务方面，增加和充实气候旬（月）报编制功能、气候概况查询功能、气候趋势、诊断功能、气象要素资料查询功能、气象数据统计整编功能等；在气候诊断、预测业务方面，完成气候系统管理、数据库建设、数理统计方法、绘画及气候预测功能模块建设。

1998年1月，省气候中心根据省气象局《关于气象指导预报（测）及信息产品的通知》，规范省级气候业务指导产品，并列入年度气候业务建设项目。对外发布的省级气候业务指导产品有：①短期气候预测，分月、季度气候预测及不定期气候预测产品；②气候旬（月）报，分气候旬报、月报；③气候影响评价，分上半年度、整年度气候影响评价；④气候回顾，分旬、月、半年和全年回顾及重大气候事件回顾等。

1998年以后，省级气候资料业务信息化转入日常业务运行。

四、气候资源调查

（一）海岸带和海涂气候资源调查

1986—1990年，省人民政府部署开展"福建省海岸带和海涂资源综合调查"，由省气候中心承担。1987—1988年，省气候中心编制《福建省海岸带和海涂气候资源调查实施细则》并赋予实施。调查根据海岸带和海涂沿岸区附近共12个观测站气象资料，取该站自建站以来气温、降水、风、日照、湿度、蒸发等气象要素，其中起讫年份近百年的有福州（1880—1979年）、厦门（1886—1979年），其他站点气象资料为30～40年。

根据调查结果，海岸带依据气候特性基本分三个自然岸段：

北岸段。由闽江口至福鼎市沿海，属中亚热带海洋性气候区。光、热、水等气候资源较丰富区，除秋季外，其余各季降水均可满足农作物生长需要；冬季气温较低，地瓜和大豆难以越冬。三都湾及其以北岸段地形向东南开口，光、热、水条件适宜种植荔枝等亚热带水果，浅海滩涂适宜多种藻类、鱼虾类和贝类生产。

中岸段。自闽江口以南至晋江市沿海，属南亚热带海洋性气候区北部。光、热资源丰富，水资源缺乏，是主要旱区。风力资源以陆地突出部和海岛（如海坛岛）为最，是风能丰富区。气候条件适宜农作物一年三熟，适宜发展龙眼、荔枝等亚热带水果，气温、水温适宜养殖多种水产品种。

南岸段。自南安至诏安县沿海，属南亚热带海洋性气候区北部的南端。光、热和风力资源相当丰富，水资源适中。气候条件可满足农作物一年三熟，适宜种植荔枝、香蕉等多种亚热带水果和橡胶等热带经济林，浅海滩涂宜养殖牡蛎、泥蚶等。

1990年，省海岸和海涂沿岸气候资源调查基本结束。

（二）海岛气候资源综合调查

1991年，省人民政府部署开展《福建省海岛资源综合调查》。根据《全国海岛资源综合调查简明规程》和《福建省海岛资源综合调查和开发试验实施大纲》的要求，省气候中心承担《福建省海岛气候资源综合调查》任务，并拟定《福建省海岛气候综合调查实施方案》。方案确定气候调查点有大嵛山、三都、西洋岛等15个乡级以上海岛，调查范围包括岛屿陆地及周围30海里以内水域；调查内容包括气温、降水、风、湿度、蒸发、雾、日照、霜、能见度等10个基本要素；气象灾害包括台风、暴雨、寒潮、大风、干旱、冷害等；气候资源包括风能、太阳能等。

1991—1992年，省气候中心分别在西洋岛、琅岐岛等岛屿外业设点进行气候调查，收集春季（以3月为代表）、夏季（以7月为代表）、秋季（以10月为代表）、冬季（以1月为代表）上述调查内容的10项基本气象要素。1993—1994年，进行内业气候资料的收集、统计工作。内业收集统计除利用台山、三都、海坛、东山等气象台站地面气象观测资料和外业设点的气候调查资料外，还收集大嵛山、江阴、南日、紫泥等岛屿及其附近地域相关地面气象资料，并进行岛区气象资料统计分析和调查资料归档工作。

海岛气候特性是：岛区位置离海岸越近，年平均气温越高，湾内岛屿比同纬度海上岛屿平均气温高，岛区全年基本无酷热和严寒天气；岛区降水量因地形作用差异大，海上岛屿降水量比同纬度陆地少200～400毫米，岛区降水日数北多南少；海岛风力资源尤为丰富，海上岛屿年均风速6米/秒以上，其中南日岛9.1米/秒，为全国岛屿年均风速之最；太阳能资源与全国大多数地区相比，只属于中下等水平。但风能和太阳能在海岛区域有充分发展的空间和潜力。

1995年，海岛气候资源调查基本结束。

五、气候影响评价业务

气候影响评价工作始于1985年，分为省、地（市）、县三级。省级由省气候资料室负责收集全省范围内的气候影响情报和资料，制作和发布全省范围的气候影响评价产品，并对市、县气候影响评价做业务技术指导。市、县级气象部门负责收集该地区（县）范围内气候影响情报和资料（县级收集典型个案情报），制作符合该地区（县）实际的气候影响评价产品。

1993 年，省气候中心根据气候影响评价业务、服务需要，统一规范省、市、县气象部门气候影响评价内容：①气候概况、气温、降水、日照等要素；②气象灾害分析，产品有评价期内发生的暴雨、寒害、冰雹、台风、干旱、强对流天气等；③气候影响评估，行业有农业、林业、水产、工业、交通、通信、卫生、旅游、保险、盐业等；④未来气候预测和建议等。评价内容注重分析该时限内气候特点、气候异常程度、气候灾害对行业的影响和气候年景的好坏。

20 世纪 90 年代前期，气候影响评价方法以气温、降水、日照为主要要素，通过计算平均值、距平值、均方差等气候基本参数，分析半年度、年度全省气候基本特征。气候基本参数较侧重于"三寒"（春寒、五月寒、秋寒）的气候灾害，注重分析寒害指数等级，评价该季（或年度）寒害影响程度。90 年代后期，仍以气温、日照和降水量为主要要素，改用全国统一标准，按月、季、年时段划分气温、日照的等级标准和降水距平百分率，综合评价各代表站点的气候异常度。

2000 年后，气候要素评价方法，省及以下根据基本气候参数（增加离散值或指数等）的统计分析，对分析时段内的主要气候特点作出评述，并确定其气候时空分布状态。直至 2005 年，评价基本锁定气温、降水、日照三个气象要素。

气候影响评价所用气温、降水、日照三要素实时信息化资料的采集，来自全省 36 个地面气候旬（月）报，用于表述所评价时段的当前气候状况。气温、降水、日照历史资料来自省气象档案馆地面气象信息化资料。

气候年景定性评价用语用好、较好、一般（正常）、较差、差五种状况表述，其概率分布分别占 10%、20%、40%、20%、10%。气候标准值指 30 年平均值，即 1971—2000 年的统计量为气候标准值。

第三节　农业气象业务

一、粮食作物产量预报

粮食作物产量预报一般分趋势预报、定量预报和订正预报。粮食作物主要指（单）双季稻。

1991 年起，根据省气象局关于《福建省开展农业产量预报业务服务工作规定》的要求，长乐、霞浦、古田、寿宁、浦城、建瓯、明溪、宁化、连城、上杭、南靖、龙海、仙游共 13 个县（市）气象局和南平市农业气象试验站，以（MM）为报头形式（下同）提供早、晚稻产量预报信息，由福州市农业气象试验站承担双季稻产量预报业务。同年，又根据省气象局《关于提供早、晚稻产量预报信息的通知》，要求上述 14 个气象局（站），在每年 5 月 10 日、6 月 10 日、7 月 10 日以（MM）报头形式提供早稻产量预报信息，在 9 月 10 日、10 月 20 日、11 月 10 日以（MM）报头形式提供晚稻产量预报信息，在发报日的次日 10 时以前用电报发往福州市农业气象试验站。

1995 年起，粮食作物产量预报业务改由省气象科学研究所承担。当年，省气象科学研究所引进中国气象科学研究院研发的产量预报软件并进行部分二次开发，拓展预报方法，提高预报精度。

1998 年，省气象局下发《关于停止产量预报信息报发报，进行气象产量预报技术会商的通知》，每年组织上述 14 个县（市）气象局（站）粮食产量预报的集体会商或电话会商，用集体会商方式制作产量预报。

1998 年起，根据省气象局的业务部署，福州市农业气象试验站、漳州市热带作物气象试验站、南平市农业气象试验站以及连城、浦城、长乐、福清、龙海、霞浦、宁化、明溪等县（市）气象局，结合本地气候和农事活动开展县（市）级的双季稻或中稻的产量预报工作，为地方政府和农业部门提供粮食生产决策依据。

2001 年 6 月，省气象科学研究所举办"产量预报原理及系统软件应用"技术培训班，为全省开展产量预报的基层单位人员培训粮食作物产量预报的基本原理、产量预报系统软件的使用等内容。通过培训为县（市）培养粮食产量预报的技术人才，提高他们的产量预报水平。

1998—2003 年，省级粮食作物产量预报，连续 6 年在全国气象部门粮食作物产量预报综合考核评比中并列全国第一名。

二、农业气候区划

2000 年起，省气象局下发《关于组织开展第三次全省农业气候区划工作的通知》，全省、市、县各级气象部门配合农业和农村经济结构调整，在农业气候分析基础上，以对农业地理分布有决定意义的农业气候指标为依据，遵循农业气候相似原理和地域分布规律，分析现行农业经济条件和气候资源适应性，运用 GIS（地理信息系统）等高新技术，编制专题农业气候区划。9 月，省气象局成立技术小组和工作小组，制订实施方案，由省气象科学研究所承担农业气候专题区划的具体实施。实施方案将一个地区分为若干不同农业气候区域，划分农业气候适宜区和灾害风险区。工作小组到莆田、仙游两地进行实地调研，并确定莆田县为第三次农业气候区划试点县。

2001 年，省气象科学研究所完成莆田县枇杷农业气候区划、莆田市果树避冻农业气候区划。部分技术小组人员还帮助同安区气象局制定第三次农业气候区划实施方案。

2002 年，各地（市）气象局确定一个试点县作为农业气候区划对象。2002—2003年，省气象科学研究所在福州、漳州、泉州、宁德市气象局举办全省农业气候区划培训班，讲授区划技术，为各县（市）试点区域培养技术骨干。此后，县级区划试点在全省铺开。技术小组通过出版区划简报、电话解答或巡回辅导等形式进行指导。

2003 年，省气象科学研究所完成闽东南果树避冻区划和福建北部茶树气候区划省级区划工作。县（市）气象局完成的当地特色农业的区划工作有：闽清县和闽侯县橄榄农业气候区划；永泰县李果农业气候区划；福清市枇杷农业气候区划；福安市葡萄农业气候区划；仙游县文旦柚农业气候区划；福鼎市晚熟龙眼荔枝农业气候区划；柘荣县太子参农业气候区划；古田县脐橙农业气候区划；安溪县茶树农业气候区划；同安区龙眼农业气候区划；建瓯市锥栗农业气候区划等 11 项果树农业气候区划。

2004 年，省气象科学研究所指导福安、古田、屏南、柘荣、安溪等县气象局完成区划工作，以及完成柑橘避冻区划、中部沿海地区双季稻区划。县（市）气象局完成当地特色农业气候区划工作的有：云霄县枇杷农业气候分析与区划、平潭县花生适宜播种期气候区划、龙海市毛豆农业气候区划与分析、诏安县荔枝农业气候区划、三明市烤烟农业气候区划等 26 项区划。县（市）气象局完成专项（题）区划的有：屏南县和寿宁县反季节青花菜、寿宁县反季节大白菜、霞浦县晚熟龙眼荔枝、建阳县和顺昌县毛竹、光泽县邵武县和武夷山市烤烟、延平区油樟、浦城县黄桃、政和县茉莉花、长泰县果树避冻、平和县琯溪蜜柚、南靖县香蕉、长汀县和新罗区烤烟等专题区划。

2005 年，省气象科学研究所完成宁德、泉州、莆田、福州等地（市）有关乡镇的果树冻害调查分析，完成"莆仙区域枇杷精细区划"、"长泰县、南靖县芦柑精细区划"重点区域特色农作物精细区划。

三、农业气象情报

1991—1994 年，省级农业气象情报业务由福州市农业气象试验站承担，情报基本内容有：①过去（如前一旬、一月或一年）和当前天气条件对农业生产影响的农业气候评价。②未来天气条件展望及其对农业生产影响的估计。③建议采取的农业技术措施。情报依报道的时间和内容特点分为定期、不定期两种类型，定期的农业气象情报包括农业气象旬报、月报、季报和年报，不定期的农业气象情报包括在农业生产的关键季节、突出问题出现时期、重点作物生长的关键生育期、重大灾害性天气过程中所提供的专题农业气象情报产品。

1994 年，省级农业气象情报业务任务改由省气象科学研究所承担，并对地（市）、县气象局开展的农业气象情报业务工作进行技术指导。

1995 年 6 月，省气象科学研究所完成"福建省农业气象情报业务系统"软件开发，并投入业务运行，开始制作发布农业气象情报产品，内容包括省农业气象旬报、省农业气象月报、省农业气象专题分析。

1996 年起，省级农业气象情报产品在最初农业气象旬月报的基础上，增加季度农业气候评价、年度农业气候评价。产品内容，由开始时针对粮食作物进行农业气象条件分析，逐步拓展到对经济作物、果树等进行农业气象条件分析。同时，福州市农业气象试验站、漳州市热带作物气象试验站、南平市农业气象试验站也开展市级农业气象情报的业务。

四、气象卫星遥感监测

1992年1月，省气象局引进美国NOAA极轨气象卫星遥感资料接收处理系统，该系统主要用于大气环境监测、水环境监测、城市环境监测和植被生态监测。省气象科学研究所相关人员参与卫星遥感资料的接收处理业务，在农业气象和生态环境领域中进行应用。

1996年9月，省气象局将NOAA极轨气象卫星遥感资料接收处理系统移交由省气象科学研究所管理使用。

2000年4月，省气象局引进新一代无人值守的NOAA/FY（诺阿/风云）极轨气象卫星资料接收处理系统，省气象科学研究所负责系统日常管理与资料应用开发。

2002年9—12月，根据中国气象局《关于开展卫星遥感业务化工作的通知》，省气象科学研究所开展卫星遥感监测服务工作业务化试运行，并从2003年1月1日开始正式业务运行，遥感指令性业务项目内容主要包括森林火灾监测、植被指数和作物长势监测、洪涝灾害监测等。同年11月，省发展计划委员会批准《EOS/MODIS卫星资料接收处理及共享系统》建设项目，项目业主单位为省气象局，具体实施单位为省气象科学研究所和省气象台。

2004年1月13—16日，EOS/MODIS卫星数据接收设备安装调试。1月16日10时6分接收到第一条EOS卫星轨道资料，同年2月21日正式业务接收。

2005年7月6日，"EOS/MODIS卫星资料接收处理及共享系统"建设项目任务完成并通过"数字福建"办公室组织的专家验收。

第八章 气象科学研究

20世纪90年代起，各级气象部门的科学研究，围绕业务主体、服务经济建设大局，从单一的服务农业领域迈向服务经济建设总体，深入经济建设和社会发展各个领域；从单一学科业务会战发展到多学科交叉高新技术应用研究（包括天气、气候、农业气象、人工影响天气等），取得一系列科学技术成果。主要表现为新一代天气预报技术路线开始实施，卫星、雷达资料应用技术和数值预报产品及其释用技术，分别成为短时、短期和中期天气预报的主流技术，长期天气预报过渡到短期气候预测，采用物理统计、动力气候模式等研究方法，为短期气候预测业务奠定了基础。各类专业（项）气象研究广泛应用于主流技术，建立定量、客观预报方法。农业气象技术围绕省内农业的发展需求，研究涉及农业气象适用技术、农业气候资源合理利用和区划、粮食作物产量预报和生态环境的评估与卫星遥感监测资料应用等技术。气候资源的利用研究、再生能源的开发技术等，为经济建设提供了可持续发展的科学依据。人工影响天气技术研究，进入边试验研究边作业服务的阶段。

第一节 天气预报研究

一、传统预报工具和新实时业务系统

1991—1995年，省气象台短期天气预报工具，以天气图方法为主，综合欧洲、日本数值天气预报产品，以及卫星云图、天气雷达实时资料，应用统计方法，研制出台风、暴雨、强对流以及寒害等天气预报工具，并投入日常业务应用。

1996年，省气象台完成"福建省气象台天气预报实时业务系统"（STYS）研究，利用省气象台每日运行的实时气象资料，应用计算机网络技术，建立包括气象报文自动接收和转发、微机局域网络、实时资料库、自动填图、图形和图像接收与显示、计算分析预报、气象信息服务等7个子系统，实现天气预报作业方式的转变、气象信息自动处理和资料共享。

1997年，省气象台引进中国气象局推广的人机交互系统MICAPS（或称气象信息综合分析处理系统）。在MICAPS系统提供大量气象信息的情况下，经过消化、吸收，研制出新一代天气预报业务系统，内容有历史资料检索、预报管理和业务技术手册查

询、天气预报信息显示、天气预报业务流程、预报制作分发、质量评定及流程管理、加密图填绘、台风距离和移向及移速的计算等，都由计算机完成。天气预报按文字和表格制作的软件，具有文件名自动生成、快速编辑、用语规范、打印方便、自动上网等优点。

1998 年，龙岩市气象局研制《地（市）级新的天气预报业务流程》。利用已建立通畅的网络传输通道和"9210"气象资料，进行 MICAPS 系统的本地化研究，建立以图形界面集成资料处理、显示、应用及预报产品的制作、分发等预报业务流程。

1999—2001 年，省气象台对 MICAPS 系统进行二次开发，吸收、消化以往气象科研成果集成到 MICAPS 系统中，研制数值天气预报释用产品在 MICAPS 系统中显示，其成果于 2002 年投入业务应用。

2002 年 5 月，省气象局及南平、漳州、三明等市气象局联合研制市级气象台综合业务平台，形成统一界面。三明市气象局在 MICAPS 二次开发基础上，引进本地气候特征、预报工具、业务管理等成果，采用 VB 编程，实现短期天气预报人机交互，为天气预报提供一个系统、便捷、集成的业务平台。

二、灾害性天气预报方法

（一）强对流短时天气预报

1990—1991 年，省气象台等单位联合承担《福建省 3—4 月强对流天气展望预报系统》研究项目，利用 1970 年至 1989 年 3—4 月逐日 8 时省内外 20 多个站点的 850 百帕风场和多种物理量进行分析，得出这期间强对流过程与这些风场分布及物理量之间存在着对应关系，并运用排空的方法进行大量筛选，获得一些具有预报意义的物理量指标和风场分布，建立 3—4 月强对流天气展望预报系统。该系统分别于 1990 年、1991年在业务中试用。

1993 年，省气象台、省气象局和建阳天气雷达站联合承担《雷达资料用于强对流短时天气预报的研究》项目。利用近 20 年 3—6 月雷达回波、卫星云图图片以及天气图资料，归纳和总结福建中部、北部地区 3—6 月强对流天气活动的气候特征、对流云团雷达回波结构性质及其活动规律，选取其中具有普遍规律、物理意义较为明确的回波参数，建立实时判别式和预报方程。

1994—1997 年，省气象局和省气象台联合承担《福建省 3—4 月冰雹的短时预报方法研究》项目。利用 1980 年至 1986 年 3—4 月全省出现 ≥3 个站冰雹等资料，根据冰雹出现前当日 8 时物理量指标和 850 百帕天气型分析判断，建立当日有无冰雹出现的预报方程。并利用省内区域地面天气图部分要素的分布特征，确定冰雹出现的关键区，实现冰雹落区的临近预报。

2000 年，南平市气象局承担《闽北前汛期暴雨回波特征与短时预报研究》项目。

利用近 15 年暴雨的雷达回波资料，归纳出暴雨回波特征、影响天气系统和短时强降水性质，形成暴雨短时预报流程；还通过雷达时间加密采样，通过雷达估测降水与实测降水对比，得出误差订正参数，为雷达定量估计降水产品中参数调整提供参考值。

2001 年，南平市气象局承担《闽北强对流、暴雨落区预报研究》项目。利用现代遥感探测技术等综合信息和 9210 工程与省中尺度灾害性天气预警系统建设成果，分析闽北致灾暴雨的气候特征和天气系统，建立暴雨预报模式；分析暴雨云团性质，得出中尺度雨团、云团与暴雨的关系式；统计闽北闪电峰值电流及频次特征，建立闽北强对流、暴雨落区预报业务流程和预报制作及分发流程。

2001—2002 年，厦门市气象局承担《非常规资料在闽南地区强对流天气预报中的集成应用》研究项目。分析闽南地区强降水和冰雹等强对流天气形势、雷达回波强度场、径向速度场特征的概念模型，统计强对流天气生消等阶段在闪电定位资料上的演变特征，研制卫星云图多通道资料的合成显示和与雷达回波资料的叠加显示，以及应用雷达资料和雨量站资料定量估算区域降水指标的软件，以建立闽南地区强对流天气的集成预报方法。此外，还开发多普勒雷达速度场图像的风场模拟显示，帮助预报员熟悉分析和应用雷达速度场图像，制作短时天气预报。

2003 年，厦门市气象局承担《闽南地区短时区域暴雨天气及多普勒雷达资料概念模型》研究项目。应用 1996—1998 年 42 个短时区域暴雨过程资料，结合大尺度天气形势和中小尺度雷达回波，分析回波特征，通过回波演变了解大尺度系统中的中小尺度系统结构与性质，以回波外推天气形势作为初始条件，建立三种非台风型的闽南短时区域暴雨天气及多普勒雷达资料概念模型。

（二）前汛期暴雨预报

1994—1997 年，省气象台等单位联合承担《福建省中尺度灾害性天气预警系统（一期工程）之短期天气预报子系统》研究项目，内容包括：《福建省前汛期天气自动分型及暴雨预报方案》和《福建省前汛期暴雨天气动力模型分类及其暴雨预报方案》。前者利用近 10 年前汛期暴雨资料，探讨前汛期暴雨发生发展的活动规律，设计高空、地面天气系统自动识别的规则，对前汛期暴雨天气系统进行自动分型，并寻找每一型下多层次、动态的关键区及关键因子，建立每一型下预报有无暴雨及其落区的预报方案。暴雨落区预报将全省分为北部、中部、南部三个区域，统计每种类型分别在上述三个区域内产生暴雨的气候概率。当预报全省有暴雨时，给出当日型下暴雨的落区分布气候概率值，供业务使用。后者利用 1985 年至 1994 年 5—6 月资料，通过具有热力学、动力学含义的天气学诊断量，来反映天气系统位置、强度，进而取代传统的天气学分型方法，建立暴雨的天气动力模型。其模型在分类上采用两种方法，一是通过每个诊断量与有无暴雨的关系分析，确定不出现暴雨的最低（或最高）限度，认定为无暴雨型。二是寻找一些诊断量场上出现暴雨的典型模型，由计算机对现实诊断场进行判别认定未来会出现暴雨。对于既难以用上述第一种方法确认未来为无暴雨，也难以用第二种方法确定未来为有暴雨的对象，运用诊断量与有无暴雨的统计关系来确定这部分预报对象的预报结果。

1994—1998年，省气象科学研究所承担《耗散结构理论在暴雨分析预报中的应用》研究项目，首次把耗散结构理论引入气象研究工作中。该研究独立导出便于实际计算的大气熵平衡和热动力组合稳定性判断，实际计算暴雨和台风过程的总熵变率分布。其分布不仅对暴雨落区的预报，而且对台风等低值系统未来移动路径的预报都达到让人满意的结果。

1998—2001年，省气象局承担《福建省前汛期强降水预报技术研究》项目，分析前汛期短时强降水天气（3小时雨量≥30毫米）发生发展的特征（包括降水极值的统计特征，不同量级和不同地形环境下的降水统计特征）和主要成因，开展强降水天气12小时展望预报研究，建立12小时有无强降水天气发生的展望预报方法，以及根据强降水天气在卫星云图、天气雷达、自动雨量站和闪电定位等探测资料上的表现特征，建立强降水短时预报判断和逐时降水定量分布估测方案。

1999—2002年，省气象台承担《福建省大暴雨天气研究及预测》项目。利用1961—1999年共39年前汛期和台风暴雨资料，分别建立其概念模型；归纳引起前汛期大暴雨的主要天气系统、气候特征和环流背景，并对北京T106数值预报模式中的物理量场产品与历史个例进行相关分析，然后进行天气系统分类，建立每类大暴雨的概念模型；归纳台风大暴雨过程的气候特征和环流背景。根据台风路径、位置对台风大暴雨进行分型，建立每型台风大暴雨的概念模型。引进非静力中尺度数值预报模式MM5（V3.4），对2002年6月中旬的连续性暴雨和大暴雨过程、0212号热带风暴影响福建的大暴雨过程进行数值模拟。在模拟基础上，寻找预报因子，利用逐步判别法和多元回归法，分别建立前汛期大暴雨和台风大暴雨的预报方法，并投入业务运行。

2000—2001年，宁德市气象局承担《宁德市5—6月大到暴雨分县预报法及应用系统》研究项目。利用宁德地（市）各县（市）5—6月大到暴雨资料，应用天气学、动力诊断、数理统计等方法，建立宁德地（市）5—6月大到暴雨分县预报方法。其主要成果：通过大到暴雨气候分布特征分析，建立各县（市、区）建站以来大到暴雨历史档案库。通过诊断分析和对预报信息的加工，建立大到暴雨分县预报模式，输出有大到暴雨日的分县定量预报结果。

2000—2002年，省气象科学研究所和省气象台联合承担《福建省中尺度灾害性天气预警系统在防洪抗旱中应用研究》项目。项目分《前汛期区域性暴雨短期客观预报技术研究》、《空中水资源分布及开发对策研究》和《旱、涝灾情极轨气象卫星遥感监测服务系统》3个专题。其中《前汛期区域性暴雨短期客观预报技术研究》，依据天气学和预报场的正交分解的原理，采用车贝雪夫正交多项式展开的数学模型，作为气象要素场内在信息的客观、定量化工具，完成5—6月区域性暴雨预报模型的研制，建立前汛期区域性暴雨实时业务化系统。借助于该系统，在资料充分条件下，实现全自动化作业功能，作出逐日的定时预报。所设计的实时预报系统，只有一个规范化的原始数据输入接口，可接收到原始报文数据进行独立预报。项目在2001年至2002年5—6月业务应用中，逐日输出未来24小时有无暴雨的预报结果，并依据相似分析诊断，提供暴雨的基本落区。

2001—2003年，莆田市气象局研制《莆田市前汛期暴雨预报工作平台》，收集预报员预报经验（包括单站要素指标、天气形势场配置），结合应用历次暴雨攻关成果中的天气形势、中尺度系统以及主要物理量、卫星云图，单站温、压、湿、风场等条件，建立预报指标、环流类型、预报方程等类数据库，以及与环流型对应的各指标、方程概率数据库。根据输入的天气类型及各种预报指标，判别对应的出现暴雨概率。

2005年，南平市气象局承担《南平市汛期短期（时）强降水诊断预测系统研究》项目。分析闽北前汛期暴雨的天气特征（重点分析低空急流与区域暴雨的关系）、闽北前汛期中尺度降水的气候特征（重点分析中尺度雨团的时空分布、移动路径与地形、天气型关系）以及闽北前汛期暴雨物理量特征，应用数值预报模式T213中的物理量场产品，建立闽北汛期暴雨预报方法、短时强降水雷达回波概念模型和闽北前汛期强降水预报平台。

（三）台风预报

1993—1998年，省气象局承担《近海区台风中小尺度系统、路径、暴雨强度突变的研究》项目，分析引起台风强降水的中尺度对流系统发生发展规律、特殊地形的影响，对近海台风路径、强度、暴雨突变的气候特征和环流形势特征进行归纳分类，建立台风路径、强度、暴雨突变的诊断方法，研制近海台风路径、强度、暴雨突变历史个例档案检索和预报业务应用软件。在边研制边应用中，其成果的预报准确率，18—36小时有无突变预报准确率≥80%，突变预报成功界限指数≥50%。

1994—1997年，省气象台等单位联合承担《福建省中尺度灾害性天气预警系统（一期工程）之一"短期天气预报子系统"》研究项目。包括：

《福建省台风过程暴雨预报方案》，利用1985年至1994年7—9月共34个台风样本，统计台风过程暴雨（指台风影响过程中有一站过程雨量≥150毫米）的气候概率，按环流形势及台风的移动路径分暴雨类型，按类型选择预报因子，建立各类台风过程暴雨的概率预报方案。

《台风特大暴雨预报方案》，利用1960—1990年71个台风样本，按环流形势分为台风倒槽暴雨型、台风本体暴雨型、台风后部暴雨型等三类，寻找各类下的预报因子，建立有无台风特大暴雨（指台风影响过程中有2个站日雨量≥200毫米，或1个站日雨量≥200毫米且过程雨量≥400毫米）预报方案。

《台风路径集成预报方案》，利用省气象台收到的国内外6家气象台（北京、上海、广州、香港、福州及日本）综合预报结果资料为基础，进行综合评估，并以预报误差的倒数为权重，对6家综合预报结果集成，供实际预报参考。

《台风移向和移速突变预报方案》，利用1970—1992年台风资料，对台风移向、移速突变个例进行详细的动力分析、天气分析，应用二级判别方法，建立台风移向、移速突变预报方案。

1998—2001年，省气象局承担国家"九五"攀登专项计划《海峡西岸及邻近地区暴雨研究》项目之07课题《台风系统中尺度暴雨预报研究》。利用1995—1998年5个登陆或影响福建的台风过程的常规观测资料、数字化处理的逐时红外卫星云图资料和台风过程的逐时雨量资料，应用天气动力学、中尺度分析和数理统计等方法，分析台风中尺度暴雨的发生发展规律。其研究成果：结合台风暴雨预报的其他物理因子，制作台风影响期间省内是否出现暴雨及其暴雨落区预报。该落区预报，在2002—2005年登陆和影响福建的"北冕"、"莫拉克"、"艾利"、"龙王"台风预报中应用，其暴雨的预报成功界限CSI都大于60%。

2001年，龙岩市气象局承担《"2000.8.25"龙岩市大暴雨中尺度分析》研究项目。2000年8月25日，0010号台风"碧利斯"横穿龙岩市境内后减弱成低气压和台风倒槽，在闽西特定的地形作用下，中尺度云团停滞发展产生大暴雨过程。根据中尺度分析，龙岩东部的博平岭山脉、中部的玳瑁山脉和西部的武夷山山脉南段，对台风的移动起阻挡减弱作用，而武平、上杭、连城等县位于向南、西南开口的低洼地喇叭口地形，有利于西南暖湿空气的输送和中尺度云团的发展加强，对大暴雨的产生有明显的增幅作用。

2002年，省气象台承担《台风路径动力统计预报方案研究》项目。利用西太平洋和南海（15°N～18°N，130°E～132°E）热带气旋路径资料，应用天气动力学原理结合实践预报经验，分析路径与大尺度环流背景、动力要素及有关气象要素的相关关系，选择与热带气旋移动相关密切的因子，采用逐步回归方法，建立12小时、24小时、36小时、48小时、60小时、72小时共12组热带气旋路径预报方案。该方案的台风（或热带气旋）路径预报结果与实际路径比较接近。

2003年，莆田市气象局承担《台湾地形对热带气旋强度和路径影响的研究》项目。利用1949—1997年登陆台湾的热带气旋资料，按中心气压强度进行分档，统计各档气旋强度受台湾地形影响的程度，配合台风天气类型，建立对应的天气模式。对热带气旋路径偏折，归纳其异常现象，采用三角函数算法，统计地形影响，建立对应的台风路径异常模型。

2003—2005年，省气象科学研究所和省气象台等单位联合承担中国科技部《社会公益研究专项》项目中的《福建省台风中尺度暴雨预报研究》。选取1991—2003年登陆的台风过程作为个例分析，利用常规观测每小时降水量资料、数字化处理的逐时红外卫星云图资料和每天四时次的中尺度数值预报产品资料，应用台风系统中尺度暴雨的数值模拟及台风与系统中尺度暴雨动力诊断方法，分析台风中尺度暴雨环流及物理量特征。完成以下研究成果：在分析研究台风中尺度暴雨发生发展规律、台风中尺度暴雨的热力动力条件、地形对台风中尺度暴雨的增幅作用、环境流场对台风中尺度暴雨的影响的基础上，建立台风中尺度暴雨诊断分析方法。应用中尺度数值预报模式通过控制模式地形的变化，研究地形对暴雨的影响，并以MM5非静力中尺度数值预报模式为框架，建立适合福建省气候特点的台风中尺度数值预报模式。综合应用中尺度数值预报模式输出结果和台风中尺度暴雨诊断方法，建立台风中尺度暴雨预警预报系统，使台风中尺度暴雨的预报做到定点、定量、定时。将新一代多普勒雷达的径向风和反射率作为中尺度数值模式（ARPS模式）的初始场进行同化试验研究，再分析台风中尺度云图的中尺度对流云团演变特征，建立台风中尺度暴雨的短时临近预报方法。研究集成台风中尺度暴雨数据检索系统，包括中尺度数值预报业务系统、物理量诊断展望预报、物理量诊断降水预报、卫星云图、雷达回波短时临近预报系统等。以上成果在2004—2005年台风暴雨预报业务中运行，总体效果较好，特别是对出现较大范围的强降水，预报效果更好。

三、非常规资料应用

1994—1997年，省气象台等单位联合承担《福建省中尺度灾害性天气预警系统（一期工程）"短时天气预报子系统"》研究项目。利用天气雷达资料估算台湾海峡台风区内降水和大风圈分布特征，其研究成果有：《雷达资料估算台湾海峡台风降水分布方法的研究》，利用雷达大范围、连续性观测的特点，在观测范围内做网格，测出各网格点上雷达回波强度、利用回波强度与雨强存在的一定关系，根据回波的移向、移速等参数作出逐时雨量分布图，根据逐时雨量累加制作累积雨量图。《雷达资料估算台风区内大风圈分布范围的研究》，利用1969—1990年台风中心临近台湾或福建沿海地区的42个台风、47个时次8级和10级大风圈资料，结合相应台风的雷达回波资料，得出大风圈的估算方法，并分别提出估计8级和10级大风长轴的经验公式，8级风圈长轴范围L8〔KM〕=1/3（R回+100+R螺订+Rv订），式中"R回"为回波范围半径，"R螺订"为螺旋带回波半径订正值，"Rv订"为台风强度订正值；10级风圈长轴范围L10（KM）=1/3（R螺-50+R螺订+Rv订），式中"R螺"为螺旋带回波半径，其余同上。在台风区内，利用雷达回波结构、范围及其分布特点寻找与大风圈分布的关系。

1994—1997年，省气象台等单位联合承担《多普勒天气雷达在台风定位中应用研究》项目。利用厦门、福州长乐雷达共同探测9607、9608和9711号台风的资料，模拟强台风（大于 40 米/秒）和弱台风（小于 25 米/秒）两种在相对雷达于不同位置做不同移向移速的径向速度图像进行台风定位。定位方法主要分两类：利用雷达反射因子定位方法，包括利用台风眼壁回波定位，利用边界螺旋回波带定位及对数螺旋线簇定位方法；利用多普勒速度定位方法，包括静止台风或移动缓慢台风定位、移动台风定位等。上述两类定位比较，两者都有一定误差，实际业务应用中要把两种方法结合互补使用，以达到准确定位。

1996—1997 年，省气象台承担《利用雷达回波资料计算台风中心位置的一种方法》研究项目。该研究应用螺旋原理，即台风螺旋带向内延伸到达原点，则该点可以近似看成是台风中心或眼区位置。因此，设计一种方法，求出螺旋带的原点，确定台风中心。其主要方法有：设计台风流线方程，螺旋回波带近似反映台风流场的流态特征；实测台风螺旋回波的轴线方程，由于同一条回波带不同弧段的旋入角随着矢径减小（靠近中心区）而减小，且在某一弧段内旋入角变化很小，与台风实际流线基本相符。

1996—1997 年，省气象局和南京气象学院大气物理系联合承担《天气雷达测定区域降水量方法的改进与比较》研究项目，利用雷达回波和相应的地面雨量计资料，按照最优化方法和选择适当的判别函数，确定最优 Z–I 关系（即雷达回波强度和场面雨量的关系），然后根据地面雨量计站资料，用客观分析法求各网格降水场，最后，用变分校准法把经空间校准的雷达降水和经客观分析方法求出的降水场拟合成最终的雷达—雨量计降水场，并将其与通过一般平均校准法、空间校准法取得的区域降水场比较。结果表明：变分校准法效果最佳，而对雷达资料做处理时，使用经最优方法确定的 Z–I 关系要比一般的 Z–I 关系效果更好。

1997 年，厦门市气象局承担《闪电定位资料应用于雷暴天气监测与诊断分析》研究项目。利用厦门 1995 年下半年投入使用的闪电定位资料，并以 1996 年初雷天气为例，分析闪电定位对探测初生雷暴、识别雷雨及阵雨回波的作用，并判断雷暴降水率、移动和变化。在采集雷达降水时，与闪电探测定位系数配合，有利于改善危险雷暴的定位，更准确区分阵雨和雷暴及判断雷暴天气降水率等。

1999 年，厦门市气象局承担《雷达—雨量站网定量测量区域降水量》研究项目。利用天气雷达网和雨量站网连接，以及雷达回波资料、雨量站网资料，建立相应资料的预处理流程，得出适合地区降水回波的 Z–I 关系，并将雷达反射因子 Z 转化为雨强，进而计算区域降水量。

2004—2005 年，南平市气象局和省气象科学研究所联合承担《多普勒雷达定量测量区域降水量的研究》项目。利用历史自记雨量资料及建阳新一代天气雷达相应的 6 分钟一次雷达体扫资料，采用 9 点平均值取值法，用最优化法统计得出闽中、北部不同区域、不同类型降水的不同 Z–I 关系，提高估测降水精度。研制适用于丘陵山区的闽中、北部定量降水估测系统。714（SA）波段雷达所使用的混合扫描模式不适用于多丘陵的闽中、北部山区，使其估测降水与实际雨量有较大误差。改进后的估测降水误差明显减少。研究中比较有密集雨量站的武夷山九曲溪流域点与面的测量精度，得出其研究成果可用于其他无雨量站点的流域进行面雨量估测。

四、数值预报产品及其释用技术

1994—1996 年，省气象台承担《福建省中尺度数值天气预报模式》研究。首次采用美国气象中心（PSU/NCAR）中尺度模式 MM4 的框架，以暴雨、大暴雨（包括台风大暴雨）为主，建立中尺度数值天气预报模式。该模式采用嵌套的细网格技术，覆盖省内及周边省（23°N～31°N，113°E～121°E），网格数 19×19，网格距 50 公里；对常规观测资料的客观分析采用 Gressman 方案，选用东亚地区 297 个探空测点。在进行分析时，先进行大范围扫描，扫描半径从细网格（1000 公里）逐次缩小扫描半径。模式的基本方程、基本物理量过程、网格结构、计算方法和参数化方案等没有作多大变动，但进行了一些敏感性试验（如地形）。这一研究成果在准业务运行两年（1996—1998 年），对几次重大天气过程进行计算，结果认为：中雨和大范围暴雨、大暴雨趋势基本能预报出来。1997 年 4 月 24 日至 7 月 13 日，应用上述 MM4 中尺度框架模式连续实时运行，在以 8 时为初始场资料计算中，模式计算 57 次有 46 次省内出现中雨至大雨，34 次出现一站以上暴雨。运用 MM4 模式，对中雨量级的降水，报出 48 次，正确 44 次，空报 4 次，预报概括率为 96%，正确率为 81%；对单站暴雨的正确率为 53%，成片暴雨正确率为 56%。

1996—1997 年，省气象台承担《9610 热带风暴的中尺度涡旋和特大暴雨的数值模拟》试验。采用套网格 MM4 模式，中心格点定于 27°N～17°E，有 31×25 格点，嵌套的细网格区域覆盖闽、赣及周边省的部分地区，垂直方向分为 10 层，边界层考虑地形影响，以及水平、垂直的耗散和积云对流参数化，对 9610 号热带风暴的中尺度涡旋、特大暴雨及地形影响分别进行数值模拟。其中，中尺度涡旋的模拟显示，9610 号热带风暴滞留闽西地区，高、低层低涡中心位置在垂直方向呈倾斜特征，是导致闽西暴雨的重要机制。特大暴雨的模拟显示，细网格 24 小时降水量预报比粗网格好得多，在细网格区域内，暴雨以上降水中心位置与量级，与实况都比较接近。地形对降水的量级和落区预报模拟显示，在相同初始场和物理条件下，在考虑地形影响时，降水量级明显大于无地形的情况，说明地形对降水有明显增幅作用。

1996—1998 年，省气象台承担《数值分析预报产品释用研究》项目。利用数值预报产品及全省 28 个代表站 5 天降水、气温资料，制作分县预报。3—4 月降水预报分无雨、小雨、中雨、大雨四个量级，5—6 月分无雨、小雨、中雨、大雨、暴雨五个量级，其余月份只分晴雨预报。研制全省 28 个代表站 5 天滚动制作气温分县预报指导产品。产品包括气温（全年高、低温）预报、3—6 月和 9—10 月日平均气温预报。产品编程后可定时自动运行，预报结果自动存盘并可随时显示。经过业务试运行，降水、气温的预报效果稳定。

2000 年，莆田市气象台承担《莆田市春播期数值产品释用技术研究》项目。利用欧洲气象中心数值预报产品，对莆田、仙游两站平均气温、降水量进行 PP 法的数值解释应用研究，建立可在 EWIPS（气象信息集成显示系统）上显示的自动化的预报平台，能提供客观的 5 天逐日滚动预报。

2001—2002 年，莆田市气象台承担《莆田市前汛期数值预报产品释用技术研究》项目。应用国家气候中心数值预报模式（T106）物理量资料，对莆田市前汛期各主要气象要素（平均气温、晴雨及降水量级），进行数值预报产品释用技术研究，得出运行程序自动化的数值解释模型，为莆田市 5—6 月日常预报业务中提供依据。

2002 年，省气象台承担《应用 T106 资料制作福建省分县逐日降水和温度指导预报研究》项目。应用数值预报产品在可用时效内，研制全省 65 个代表站全年 5 天降水和气温分县预报产品。降水预报分无雨、小雨、中雨、大雨、暴雨五个量级，气温为全年高、低温预报。该产品能较好地预报汛期的降水天气过程出现和结束时间，预报性能稳定。预报准确率在 T106 数值预报模式产品的基础上有所提高。省气象台将预报结果通过"9210"系统传输给省内市、县气象台站供调阅。

2002—2004 年，省气象台研制《福建省分县预报制作分发系统》。系统分为前期资料处理（包括各类数值预报产品处理和集合预报结果的生成）和预报制作及产品分发三部分。通过数值预报产品释用方法，将国内外各家数值预报产品与实况用多种集合方案比较分析，形成新的预报产品。这项研究在日常预报业务工作中应用，为用户提供了较丰富的数值预报结果。

五、中期天气预报方法

1995 年，省气象台承担《副热带环流系统在福建春季中期天气预报中应用》研究项目。利用春季 500 百帕高度资料，分析春季副热带高压系统进退中不同波长流型对福建天气气候的影响，采用谐谱分析同天气图相结合方法，将 1989 年至 1992 年春季 2—4 月副热带地区超长波分东进型、西退型和稳定加强型，长波分准静止、不连续西退和东进型，根据不同波长流型建立春季低温阴雨过程预报工具，为中期灾害性天气预报提供依据。

1996—1997 年，省气象台承担《福建前汛期大范围暴雨过程的气候分析》研究项目。利用 1991 年至 1995 年 5—6 月全省 65 个站日降水量资料，将降水量≥50 毫米且全省站数≥15 个站的暴雨日定义为前汛期大范围暴雨过程。气候分析结果显示：前汛期大范围暴雨出现的高频区位于闽中、北部地区，产生大暴雨的热力条件要求省内处于低空假相当位温的高能舌前部，水汽条件要求处于 850 百帕平均水汽通量场的高值区左前方，动力条件要求全省或其西北部地区高空为正涡度集中区。从研究中得出省内大范围暴雨的短、中期天气预报着眼点。

1996—1999年，南平市气象局承担《闽北汛期持续性暴雨中期预报》研究项目。利用1951年至1995年5—6月闽北汛期逐日降水资料和500百帕候平均高度资料，分析持续性暴雨较集中的5月第4候（6次）、5月第6候（6次）、6月第4候（6次）、6月第6候（4次）的500百帕环流特征，按其特征形势分为两脊一槽型和两槽一脊型，分别确定持续性暴雨过程和环流特征，以及与前期的环流变化的关系，从中选取造成持续性暴雨的预报因子，得出持续性暴雨过程及强度的计算公式，计算1951年至1995年5—6月逐候持续性暴雨强度指数，最后建立多元回归方程和概率预报方程。

1998年，省气象台研制《福建省3—6月大暴雨中期天气过程业务预报系统》。利用500百帕高度资料，分析3—6月大暴雨过程的气候特征，在充分考虑大型环流相似、影响系统的位置和强度相似的基础上，建立3—6月雨量、暴雨过程及500百帕高度格点等要素资料库，以及3—6月大暴雨逐步回归方程。经业务使用，对大到暴雨过程中期预报有一定指导意义。

1998年，省气象台承担《福建省寒潮天气客观预报方法研究》项目。研究确定寒潮标准、影响范围（分全省性寒潮、区域性寒潮、局域性寒潮）和寒潮天气型（晴冷型和阴寒型），在分析寒潮天气气候规律基础上，应用多重相似分析，建立以数值预报产品为基础的寒潮客观中期天气预报方法。

2000年，厦门市气象台承担《厦门市7—9月高温天气预报方法》研究项目。将全省范围内3个站以上县（市）同日出现最高气温≥38℃，定为高温日。利用1981—1995年出现高温日的500百帕天气形势，归纳高温日环流型有：副热带高压控制型、台风西北气流型、西风槽后西北气流或槽前西南气流控制型。在分型基础上研制预报方法，并采用消空处理，再根据高空风速、变温、地面气象要素变化等寻找预报规律，得出未来第2—3天高温天气的预报结论。

2002年，省气象台承担《福建省夏季高温天气研究》项目。利用1961年至1999年7—9月各高温过程环流形势，分析造成该形势的主要天气系统特征后认为：高温过程分布具有较为明显的空间性和时间性，副热带高压和热带系统外围西北风场控制下的显著增温是影响福建高温过程的主要天气系统，地面在一定程度上影响高温的空间分布。最后，应用相似判别法，对500百帕高度场进行大、小区域形势场相似判别，提供一套可供实际业务运行的未来3—7天高空天气过程客观预报系统。

2003年，福州市气象台研制《福州市夏季（6—9月）高温天气预报》。利用500百帕高度场、850百帕温度场，应用数值预报产品释用技术，建立福州地区夏季（6—9月）高温中期天气预报模式，作出夏季6日滚动高温的客观预报。

第二节　专业（项）气象研究

一、烟草专业气象

2000 年，清流县气象局承担《清流县雹灾气候特征及烟草种植布局》研究项目。利用该县历年降雹的时间、地点、降雹路径及降雹中心等资料，分析雹灾气候特征、降雹路径、降雹中心位置等，结合实时地面气温、气压、湿度及最高气温等主要要素变化，制作清流县降雹天气预报方法。并根据该县降雹的时间、地域及冰雹移动路径等雹灾气候特征，对烟草种植的布局提出建议。

2004—2005 年，宁化县气象局承担《宁化县烟草病虫害与气象条件关系研究》项目。利用县烟草部门统计的烟草病害（主要是根茎病和花叶病）资料，分析烟草病害发生发展与气象要素（温、湿、风、地温、土壤湿度、日照时数与降水量）的关系，制作烟草气象中、长期预测病害预报方法。同时，根据全县不同海拔、地形、坡向、土壤等不同条件的气候特点，划分该县烟草病害的"严重"、"重"、"较轻"三种不同种植区。

二、城市空气质量预报

1998 年起，省气象科学研究所承担《福州市污染潜势预报研究》项目。利用 1995—1998 年福州市气象资料和大气污染物浓度监测资料进行研究。分析稀释扩散能力的大气前景和局地的气象条件与污染关系，建立模式并及时作出污染预报；分析不利于污染物扩散的气象条件和局地气象条件的指标，选用气象要素（如风速、气压）等 11 项因子，结合大气层结参量，建立不同污染物浓度的预报方程。1999 年 2—8 月，进行空气污染逐日等级预报试验，与实测各污染物浓度等级比照，效果比较一致。

2000 年，省气象台和省气象影视中心联合研制《福州市紫外线观测与预报系统》。利用福州站太阳辐射实测资料，将紫外线强度划分为 5 个等级，即很强、强、中等、弱和最弱，定性描述各级所对应的辐射强度，对人体可能影响和需要采取的防护措施等，建立太阳辐射强度和紫外线辐射强度等级预报模式。

2000—2002 年，省气象科学研究所承担《福州市酸雨气象条件研究》项目。利用福州市酸雨观测资料，分析酸雨时空分布特征、变化趋势、降水化学成分，以及影响福州市酸雨形成的主要天气系统，分析边界层气象条件与福州市酸雨的关系，得出影响福州酸性降水的一些气象参数及指标。建立福州市区酸雨相关数据库和预报方法，为福州市酸雨评估及污染防治提供科学依据。

2001 年，省气象科学研究所承担《福州市区空气质量预报方法的研究》项目。采用 1999—2000 年福州市环境监测站监测的福州城市空气质量的资料，建立福州市区空气质量数据库，在研究大气污染物变化特征及其与气象条件关系的基础上，建立福州市区空气质量统计预报方法；引进中国气象科学研究院研制的 CAPPS 模式（城市大气污染潜势和污染指数预报系统），利用统计预报方法和 CAPPS 模式预报结果，结合预报员经验和福州地理、气候条件，建立"福州市空气质量日预报系统"预报平台。同年，省气象台承担《福州市人体舒适度指数预报研究》项目。经过调查、分析，考虑到气温、湿度、风及天空状况等气象要素对人体舒适度的综合影响，选择舒适度较适宜的温度、湿度指数，炎热指数，风寒指数等，建立指数预报方法。其中尤以选用温度、湿度指数比较适宜人感到的舒适程度。

2001—2004 年，省气象台研制《福州城市气象服务预报系统》。收集近几年福州市实时气象要素资料（地面、高空）、主要常见病发生和流行资料，空气质量资料等，完成以下研究成果：建立具有分析统计查询等功能的数据库管理子系统；生活气象指数预报服务子系统，包括人体舒适度指数、紫外线辐射强度指数、穿衣指数、霉变指数、晨练指数等，分别研制各指数的预报方法；常见病发生和流行的气象条件预报服务子系统，包括医疗机构的病例，总结气象要素对人体生理机能的影响，分析诱病原因，研制不同季节常见病发病率预报模式。

2002 年，省气象科学研究所、省环境监测中心站和中国科学院大气物理研究所联合承担《福建省酸雨的形成机理及其控制对策研究》项目，利用中国科学院大气物理研究所的数值模拟研究模式和方法，对酸雨环境问题和规律进行系统和深入的研究。分别进行酸雨的基本特征及其影响因素的观测分析，包括重点地区高山云雾水和雨水化学组成的观测分析及分析气体污染物（SO_x、NO_x、气溶胶粒子的浓度及其主要化学组分）的时空分布特征，开展重点城市、郊区和边远乡村地区酸雨的对比观测。其主要成果：分析天气背景及大气物理过程对酸雨的影响（包括在不同天气系统下中低空大气流场对福建省酸雨分布的影响），城市边界层气象特征与酸雨酸度的关系（包括重点城市或地区酸雨与气象因子的相关关系），建立重点城市或地区酸雨气象潜势预报的模型。分析酸雨的形成和清除过程（包括典型地区 SO_x、NO_x 和气溶胶粒子的清除过程），建立重点城市和地区雨水酸化过程的数值模式。分析酸雨污染物的来源及其输送规律（包括重点城市污染对周边地区雨水酸化的影响），建立省际主要大气污染物对福建省酸雨污染物沉降影响的数值模式，以及各地区主要酸雨污染物的来源及其输送的数值模式；探讨酸雨污染物的发展趋势与控制对策（包括酸雨污染物的排放状况与减排潜力分析及酸雨污染物的发展趋势），建立酸雨污染物优化控制方案与效果评估模式。

2003 年，厦门市气象局承担《厦门城市能见度和雾的特征与城市环境演变》研究项目。利用厦门市 1980—2000 年地面和高空观测资料，分析能见度和雾的气候规律、季节变化。研究认为：厦门城市能见度存在显著的季节性差异，夏季能见度比冬季好，两者平均相差 10.2 公里；冬、夏季能见度呈下降趋势，尤以夏季突出，轻雾以上的频率逐年增加，城市环境逐年变差；冬季能见度差的主要原因是，盛行偏北气流时，将北方污染物扩散成"二次污染"，以及大气边界层形成的"大锅盖"效应；厦门城市的"热岛"效应已显露，它是造成能见度逐年下降的重要原因；夏季能见度存在明显的日变化，2—8 时最差，14 时前后最好。

三、森林火险等级预报

1998 年，省气象科学研究所承担《福建省森林火险等级预报系统》研究项目。利用省内各地（市）逐日森林火灾资料与气象资料，分析森林火险的时空分布规律、森林火灾与天气要素的关系、森林火灾与人类活动的关系，建立森林火险等级预报业务系统。

2000 年，省气象科学研究所承担《福建省森林火险中期预报方法研究》项目。应用数量化回归分析与残差分析，建立每年 10 月至次年 4 月逐旬火险中期预报方程。方程中的一个预报因子（即旬雨量等级），采用省气象台的预报结果，其余选用的气候因子和天气形势的因子都可以从局域网上得到，物理意义明确。

2000—2002 年，省气象科学研究所承担《林火卫星遥感监测技术的深化研究》项目。应用 WINDOWS 操作系统的全省林火卫星遥感监测软件，在技术上解决卫星图像显示、卫星资料接口、林火识别阈值、林火自动识别与准确定位、面积估算及地理信息资料应用等问题。监测技术在晴空下能识别到全省面积较大的林火，林火地理位置可以具体定位到行政乡镇。监测技术自 2003 年 7 月投入业务应用服务。据省防火办统计，火情监测准确率达 80% 以上。

四、地质灾害气象预报

2003 年起，省气象台承担《福建省地质灾害气象条件等级预报研究》项目。应用省内部分县市地质灾害时空监测记录，对应引发地质灾害发生的雨强特征，建立逐日降水量的地质灾害气象等级预警模型及汛期地质气象预警服务流程。同时运用 GIS（地理信息技术）进行地质灾害易发程度分区，建立地质灾害气象预报预警平台。

2003—2004 年，安溪县气象局研制《安溪县气象—地质灾害监测预警报系统》，通过全县地质灾害资料普查，结合气象要素（降水量、雨强），建立地质灾害与气象要素（主要降水量）相关预报模式，作出逐日地质灾害气象等级预报。

2005 年，三明市气象局承担《三明市地质灾害气象等级预报系统》研究项目。利用三明市地质灾害资料和日降雨量资料，分析地质灾害发生时降雨量、地质岩土间的关系，建立含有降雨量和地质岩土因子的预报方程。同时研制含有地理信息系统的三明市地质灾害气象等级预报和制作监控平台，实现对地质灾害等级预报实时监控和订正。同年，莆田市秀屿区气象局承担《秀屿区水文气象灾害危害规律及对策研究》项目。根据秀屿区水文气象灾害的特点，收集统计历史水文气象灾害资料，分析影响区内最主要的台风、暴雨、干旱等水文灾害及其灾情，寻找气象灾害与水文灾害之间的内在联系（降水量多寡与水资源的联系），针对台风、暴雨及干旱对水资源的影响程度，制定相应的防灾减灾对策。

五、防雷技术

1998 年，省防雷中心承担《现代防雷技术在气象台站的应用研究》项目。利用1961—1990 年雷电观测资料，分析省内雷电活动的时空分布规律、雷电对气象台站的危害方式和主要原因。根据各气象台站工作性质、任务，采用雷电的闪接、分流、屏蔽、等电位处理、地网设置和降低接地电阻等技术，设计防雷规划，提出经济实用、易于操作的防雷技术措施。

2000—2002 年，省防雷中心研制《福建省防雷减灾管理与应用系统》，根据防雷日常工作需要，从系统性、实用性、科学性出发，建立集日常业务工作、社会管理和历史资料查询等功能为一体的数据库管理与应用系统。系统分为 6 个模块：防雷设施（有新建项目、常规项目、易燃易爆项目及计算机检测项目等）；雷电资料（有上传雷电活动观测资料、闪电定位资料及与雷电灾情事故等有关的文档、数据、表格、图片等）；防雷减灾（有防雷机构基本情况、质量检测计量认证、设计施工资质评审及防雷产品性能参数认定）；防雷工程（有防雷工程设计、防雷工程查询及统计）；公共管理（有人员管理、科室管理、职务管理及权限管理）；帮助模块（使用手册、修改口令功能）等。

2000 年，省大气探测技术保障中心承担《自动气象站防雷方案》研究项目。方案设计覆盖传感器数据通道、通信线路、电源通道的雷电防护装置，在雷电的侵入路径上均予以设防。

2001 年，省气象局承担《自动气象站防雷技术研究》项目。技术方法是对自动站MODEM 电话线的防雷（防感应雷），设计一个自动电子开关，置于 MODEM 与电话线之间，在 MODEM 不工作时，该自动开关断开，将电话线与 MODEM 隔离开，而工作时自动接通。

2001—2003 年，福州市气象局、连江、罗源县气象局联合研制《县级避雷防雷技术运作服务系统》。利用收集到的福州市、连江县、罗源县防雷工程设计、工程计算、设计、审核、图纸绘制、档案管理等相关资料，研制相关资料应用系统软件。该软件功能包括避雷针保护范围、避雷针高度绘制和计算、雷感应强度计算、接地体设计、年雷击次数计算以及雷电分流计算等。

2002—2005 年，省气象局承担《福建省防雷减灾预警子系统》研究项目。利用全省 9 个闪电定位探测子站的雷电监测数据，建立全省实时雷电信息数据库，通过资料上传和综合处理，形成省、地、县三级雷电资料应用服务系统；研制雷电定位资料应用软件，将闪电探测数据以及工作状态参数等信息传输至监控中心，经实时处理后，在电子地图上实时显示并存入数据库服务器，通过多种方式供各用户及时调用；建立省级防雷检测系统和市级分系统，可实现防雷检测报告及各类防雷表簿的自动生成、编号、查询等功能，可对各级防雷检测动态进行监督和管理，规范全省防雷装置的定期检测、设计审核和工程竣工验收工作；研制雷电监测定位网图形显示网络版软件，具有后台数据处理、地图应用、雷电数据应用等功能，可通过局域网直接查询闪电定位资料，发至客户服务终端，提供社会服务；研制防雷工程专业设计软件，提供数量庞大、使用方便、标准规范的工程设计图例库，实现防雷装置设计、施工图自动生成、工程预（决）算的智能化处理，进行防雷器材和技术规范资料查询，用于雷击灾害风险评估工作。

2003—2005 年，三明市气象局研制《新建建（构）筑物防雷设施图纸审核系统》。建立信息资源共享和数据统一管理系统，方便远程审核和远程技术报告的签发，实现防雷减灾工作的流程监控和技术分析，使防雷减灾工作规范化、自动化。

六、海洋气象预报

2004 年，省气象台研制《福建省海洋气象预报服务业务平台》。该平台包括海洋天气、热带气旋、海洋气象科普知识、重要天气预报工具以及预报业务流程等，填补了福建海洋预报服务的空白。

2003—2005 年，宁德市气象台研制《闽东沿海大风预报系统》。通过"9210"工程下传的数值预报产品资料，采用动力、统计的方法，建立从资料采集到加工处理的预报方程，实现预报结果输出定量化。

2005 年，福州市气象局承担《福建省中部沿海大风预警系统》研究项目。在沿海布设多个自动站，形成以福州为中心的沿海大风预警平台，及时发布大风信息，保障海上航行及运输安全。同年，该市气象局研制《福州市近海风预报系统》。在比较几种预报方法的预报效果基础上，采用天气学分型和逐步回归方法，建立沿海风的预报方程，形成集资料采集、计算和预报、警报于一体的计算机业务系统。每天制作 5 个近海监测站未来 5 天每 6 小时的定时风、极大风的风速和风向预报，为沿海港口、近海运输、渔业生产等部门提供较细致、有针对性的风的气象服务。

2005 年，莆田市气象局在引进省外同行海洋气象业务平台系统软件的基础上，结合本地实际，对系统软件进行本地化改造，开发适合本地业务的海洋气象预报平台，可以随时调阅海洋预报服务所需的各种资料和显示相关预报产品。

七、电网气象灾害预警

2005年，省专业气象台与省电力有限公司合作研制《防灾变技术在输电网络中的应用二期——电网气象灾害预警》。主要针对影响福建电网安全的台风、雷电、火险、污闪等自然灾害，分析电网跳闸事故与天气现象间的关系，建立相应的数学模型。模型给出天气预报的结论及未来天气对电网影响的灾害指数，由此可以定量分析未来天气对电网的危害程度，提供电网运行部门结合实际情况作出较科学的电网设备维修及相关工作是否进行的决策。

2005年，省专业气象台承担《福建省沿海架空输电设计风速研究》项目。研究成果包括：沿海风灾调查30年风速资料非均一性的检验、极大风速P-I型计算、低空（30米以下）风随高度变化参数、不同重现期10分钟最大风速分布特点、沿海气象站风玫瑰图等。

第三节　气候研究

一、气候灾害规律

1991年，省气候中心承担《福建近50年洪涝的自然波动与人为影响》和《福建省八十年代的气候特征》研究项目。前者利用1941年至1990年3—10月闽江、九龙江流域洪水资料，分析气候变化规律：闽江最大洪水主要集中于4—7月（占96.5%），尤以5月下旬至6月下旬为多见（占75.4%），影响系统以锋面暴雨为主，热带气旋暴雨仅占10.5%；九龙江洪水的峰期分布较分散，3—10月都有可能，但以5月下旬至9月下旬相对多见（占84.2%），影响系统以热带气旋为主（占71.1%）；闽江、九龙江最高洪水洪峰均有盛衰期，统计检验显示，以7年周期比较显著。后者分析20世纪80年代气候变异的主要特点是冬暖、夏热、春雨强、夏雨少。研究列举近10年造成较大影响的气象灾害实例。在分析人为因素中指出：森林总蓄积量降至20世纪70年代的85%，生态失衡产生"助长洪涝，强化干旱"的气候效应。研究还探讨了森林生态变化对洪水强度的影响。

1994—1997年，省气象局和省气象台先后承担《福建省暴雨天气气候分布规律》、《影响和登陆福建省台风路径和台风暴雨分布关系》以及《登陆福建台风的天气气候分析》研究。利用1951—1989年全省70个站的降水资料，以20—20时一个站雨量大于50毫米作为一个暴雨日，分析其暴雨天气气候分布规律：暴雨时间集中于4—9月，占全年暴雨日的89%，长达6个月，其中4—6月为前汛期暴雨，7—9月为台风季暴雨；暴雨强度以50—99.9毫米者居多，占暴雨总数的86.4%，大暴雨（100—199.9毫米）

占暴雨总数 16.6%。暴雨出现的范围广，分 3~10 个站（小范围）和 11~35 个站（大范围），两者合计出现的概率为 91.0%，以大范围暴雨出现的概率为最高。对于台风天气气候规律的研究，利用 1985—1994 年 10 年登陆和影响福建的台风及其造成的过程雨量，统计近 10 年登陆台风和近海未登陆台风个数。根据台风登陆点分北、中、南 3 类，其天气气候分布规律：登陆北部类的台风产生的暴雨天气强度弱、面积小，暴雨主要集中在宁德及福州、泉州两地（市）的东部；登陆中部类的台风产生的暴雨天气面积大、强度强，台风次数最多，暴雨落区几乎遍布全省，泉州以北沿海各市过程雨量都在 100 毫米以上，以宁德市最强，山区大部分县（市）都超过 200 毫米，柘荣县超过 300 毫米，是台风暴雨的北部中心；登陆南部的台风所造成的暴雨影响范围大，全省除三明、南平市外，其余地（市）都会产生暴雨，尤其是龙岩、漳州市过程雨量都超过 200 毫米，东山县接近 400 毫米，是台风暴雨的南部中心。另外，登陆浙江中南部的台风，能造成福建省 3~11 个站暴雨的所占比例约 37.5%；登陆广东东部的台风对福建影响极大，暴雨分布面积广、强度强；登陆广东西部的台风能造成福建省暴雨的比例只占 12.5%。

1996 年，省气候中心承担《福建省近千年龙卷风活动特点分析》研究项目。统计公元 287—1910 年的龙卷风记载资料，在境内发生龙卷风 13 次；1959—1994 年福建气象台站龙卷风记载资料，在福建境内发生龙卷风 12 次。前后共 25 次龙卷风活动特点是：时间分布，多发在春、夏季，概率相近；新中国成立后的 12 次福建境内龙卷风记载，有 11 次出现白天 13—18 时（占 92%）。空间分布，多发生沿海地区，有 20 次，占 80%，内陆 5 次，占 20%，有多发地段，龙卷风多发在低压、高温、高湿点附近，天空以积雨云占多数，地面伴有强风。据 1949 年后的 12 次龙卷风记载，其引发系统为台风（6 次，均在 7—9 月）、冷锋（4 次，均在 5—6 月）、飑线（2 次，均在 4 月）。就强度而言，与台风、飑线相伴的龙卷风为强、为重，与锋面相伴者为弱、为轻。

1998 年，省气候中心承担《福建省近百年登陆和影响福建的热带气旋周期分析》项目。利用 1884—1997 年登陆与影响福建的热带气旋个数资料，应用小波方差贡献得出登陆和影响福建的热带气旋以 25 年或 10 年的振荡周期为主。

2000 年，省气候中心承担《青藏高原冬季积雪与影响福建热带气旋关系的研究》项目。利用青藏高原东部 17 个测站 1957—1988 年冬季（11—2 月）平均积雪深度、雪日资料及异常夏季 500 百帕高度场资料，分析、对照登陆和影响福建省的热带气旋偏多及偏少年，其成果：青藏高原秋冬季积雪深度偏小（大），来年夏季热带气旋频数就偏多（少）；而积雪日数偏多年，来年夏季热带气旋频数就偏少。

2002 年，省气象台承担《福建初夏（7 月）旱涝特征的对比分析》研究项目。利用省内 25 个代表站 1960—2000 年 7 月的降水资料和北半球 500 百帕高度资料，以及西太平洋海温的月平均资料，首先标定典型旱涝年例，其次揭示降水的演变规律，最后对比分析典型旱涝年例的 500 百帕环流背景和海温特征，得出以下气候规律：福建初夏发生干旱年例和洪涝年例约"十年二遇"；2 年、5—7 年、19 年和 9 年的周期振动较为明显；当北半球极涡偏弱（强），乌拉尔附近的阻塞形势就较为明显（不够明显），冷空气路径比较偏东（西），太平洋副高偏强（弱）偏南（北），东亚中纬度高度场偏低（高），太平洋中部槽加深（槽较浅），东亚地区高、中、低纬度高度距平形势配置为"正、负、正"（"负、正、负"）等特征时，则为初夏发生干旱（洪涝）提供有利的环流背景；当黑潮区海温偏高（偏低），而太平洋中东部赤道附近海域海温偏低（偏高）时，初夏易于发生干旱（洪涝）。（注：括号里的文字符号前后对应）

2005 年，省气象台承担《福建干旱指标体系研究》项目。利用连续无雨日数、降水距平或距平百分率、干燥程度、水库蓄水量距平百分率、河道来水的距平百分率、作物受旱面积百分比、成灾面积百分比、干旱降水频率等 12 种指标方法共 24 个单项干旱指标，以算术平均法和加权平均法来综合判定福建省干旱程度。研究得出：影响福建省气候异常（旱涝）的主要因素来自东（ENSO，即厄尔尼诺）、西（青藏高原）、南（季风）、北（极涡和中纬度环流）、中（副高）和太阳活动等 6 个方面，建立一系列影响气候异常（旱涝）的概念模式。（注：括号里的文字符号为所在方位的地名或天气系统名称）

二、气候预测

2000 年，省气象台研制《福建省气候灾害动态监测预警系统》。利用暴雨、台风、干旱、高温（阴雨低温）以及强对流天气资料，建立一套适合于福建省气候特点的、能在发生前进行预警，发生时进行报警，发生后进行灾害影响评估的动态跟踪业务系统。该系统由主控程序和资料采集、灾害指标检索、历史灾害检索、诊断预测、灾害预警服务等 5 个功能模块组成，将资料采集、计算、绘图与产品制作和发布纳入自动化、信息化业务流程。

2001 年，龙岩市气象局承担《闽西雨季异常的气候分析及预测》研究项目。利用闽西地区雨季近 40 年气候资料，寻找闽西雨季异常的气候规律。结果发现：前汛期降水存在明显的多雨期和少雨期，汛期降水异常偏多主要出现在 20 世纪 70 年代以前，异常偏少则在 1970 年以后；5 月降水异常与西风带系统影响有关，6 月降水异常与副高的强度、位置有关。同时，应用上年 9 月乌拉尔地区和里海地区 500 百帕高度场资料与龙岩次年雨季强度建立统计相关，对雨季降水异常有一定预示能力。

2001 年，省气象科技服务中心研制《福建省灾害气候短期预测业务服务系统》。利用近百年影响福建热带气旋的多时空分布资料和福建省汛期 500 年旱涝的多时间尺度变化特征，建立影响福建省热带气旋异常成因及预测模型。该模型应用影响福建省的热带气旋异常年份大气环流形势和太平洋海温特征，制作短期气候预测，建立福建旱涝的年际背景成因及预测模型。再应用连续小波变换、正交小波变换和谱分析法等方法，分析旱涝与大尺度环流系统的关系，再将神经网络模型和典型相关分析等用于汛期旱涝预测，建立灾害气候短期预测业务服务系统。

2001—2002 年，省气候中心承担《福建省 3—6 月降水异（反）常特征及预测探讨》研究项目。分析历年 3—4 月（春雨）、5—6 月（雨季）降水异常的标准、气候特征、预测因子（强信号）及预测模型等研究成果，应用以距平除以标准差与降水五分法相结合的方法和小波分析法揭露 3—6 月降水异常程度，建立 3—4 月和 5—6 月降水的物理概念和预测概念模型。在预测模型中，设计典型距平相关法与聚类分析法制作 3—4 月和 5—6 月降水预测；利用 OLR（长波辐射）资料诊断 5—6 月降水趋势。

2002 年，省气象台研制《福建省汛期降水量场短期气候预测模式》。分析汛期降水量场的气候特征，从热带对流活动、高原积雪、ENSO 循环、东亚季风、西太平洋副高及中纬度环流等 6 个要素场中提炼影响因子，建立汛期降水量及其相互联系的物理机制。得出以下成果：发现高原积雪异常的同期，与北半球大气环流异常的遥相关密切，提炼出遥相关型强度指数，作为反映高原积雪异常与否的参数指标，对旱涝预测有指导意义。通过诊断分析，提炼出对汛期降水有影响的前期征兆和强信号，用典型相关分析和均生函数等方法，建立福建省汛期降水预测模型。同年，省气候中心承担《福建省热带气旋短期气候预测方法的研究》项目。对影响福建省热带气旋长年代序列的趋势、周期和突变，采用小波分析等方法，分析影响福建省热带气旋的演变规律。对影响福建热带气旋的异常活动与季风、海温场、厄尔尼诺、OLR、青藏高原积雪等关系，采用合成分析和奇异值分解等方法，找出有明确物理意义的预报因子。最后用最优子集回归、均生函数、BP 人工神经网络、投影寻踪回归、动态系统多层递阶等数理统计方法，建立以统计方法为主，统计、动力、经验相结合的短期气候预测模型。

2002—2005 年，省气象台承担《福建省汛期旱涝灾害短期气候预测方法的研究》项目。其主要预测方法：气候演化分析法，揭示 4—5 年和 2 年、5—7 年、19 年、9 年的周期振动，分别为前汛期和初夏旱涝变化的主要演变规律；物理概念模型法，揭示影响前汛期、伏旱期和后汛期旱涝的物理因素，提炼其影响因子关系模型；预测概念模型法，揭示影响前汛期、伏旱期和后汛期旱涝的前期影响因素，提炼其预测因子关系模型；诊断分析法，提示 OLR 对前汛期降水的高相关影响区域，以此区域的实时资料在诊断 5—6 月降水趋势中运用；数值预报产品释用法，计算 6 月降水与 6 月 500 百帕平均环流场的相关关系后，分别应用等权、线性和抛物线性的权重集成方法计算的数值预报产品，诊断 6 月降水，为预测提供新依据；统计方法，设计典型距平相关法和相似法，并与聚类分析方法相结合预测 5—6 月降水量；主体分析法，对物理概念模型、预测概念模型、诊断设计、数值预测产品和气候背景等在所预测的时空段中可能发生的事件进行立体分析，判断预测结论。

三、气候影响评价

1993 年，省气候中心承担《福建省气候灾害及其评估》研究项目。利用福州、厦门近百年及有代表性的地（市）气象台站自其建站以来的气象观测资料，对福建省的洪涝、台风、干旱和寒害等主要气候灾害及所造成的损失，近 50 年到 100 年来各年这些灾害的严重程度作出比较研究，建立这些灾害的评估模式，确定历年气候灾害年景（年型），评估它们对福建经济（主要是农业及粮食作物）的影响。

1997 年，省气候中心承担《气候评价数据库及评价方法研究》项目。制定气候评价规定，统一灾害性天气标准和主要要素评价标准，建立气候评价常用数据库及相应的管理程序、旬月报及 AB 报文自动网络采集、编译、制表的业务流程。该评价方法重视社会资料的采集和应用，软件设计具有兼容性、实用性，作为气候评价、气候诊断和旬月报等的业务基础。

2000 年，南平市气象局承担《南平农业生产中气候灾害评估方法研究》项目。利用 1961—1999 年气象常规资料、建阳市农业生产中作物种植面积和产量及受气象灾害的面积、状况等相关资料，形成气象常规资料库。以"三寒"、洪涝、夏秋旱等影响该市农业生产的灾害为主要气象因子，以产量损失量的大小为灾情指标，建立气候灾害评估方法，评估气候年景好坏。

2001 年，省气象科技服务中心研制《福建省气候灾害检索评估服务系统》。形成主要气候灾害（包括干旱、寒害、暴雨、高温等）和台风灾害历史资料的检索评估系统。系统中台风资料的检索，不仅有常规的热带气旋资料、灾害检索，还增加图形编辑、区域检索等新颖快捷的检索方式。检索结果可以用图形、文字表格等多种形式显示，并使用 WINDOWS 下 VBA 技术实现 WORD 文档自动生成，实现服务产品生成的全程自动控制。

2003 年，省气象科技服务中心研制《气候应用评估服务子系统》。应用均生函数场、BP 典型相关、奇异值分解等方法对月、季气温、降水等气象要素场进行预测，利用 OLR 资料和数值预报产品诊断 5—6 月旱涝趋势和 6 月降水量。其中应用奇异谱分析方法制作热带气旋频数预测，建立福建 5—6 月、7—9 月旱涝趋势和影响或登陆福建的热带气旋年频数的预测概念模型。在短期气候预测业务系统中，对环流形势、海温状况、气候指标、气候要素变化、异常值等资料进行检索分析，可分气象要素序列和气象要素场，采用多种统计方法进行短期气候预测，生成预测产品，并对短期气候预测产品进行质量评定。在评估服务系统中，运用 SPSS 计算机统计语言编程和 GIS 技术作图，具有气候评价、气候事件、影响评价、气候变化、公报制作和查询检索等功能。该项目研究实行边科研边开展业务应用。

第四节 农业气象研究

一、农业可持续发展气象条件

1991 年，福州农业气象试验站和福州市蔬菜科学研究所联合承担《利用山区地形气候资源发展夏季反季节蔬菜生产技术推广》项目。在闽侯县大湖乡、云霄县火田乡示范，利用山区夏季冷凉的气候特点，推广大白菜、甘蓝、花菜、番茄、青椒、荷兰豆、芥菜等喜凉蔬菜种植，筛选适宜品种，确定适宜播期。

1994 年，省气象科学研究所承担《福建省农业气候资源区划动态研究》项目。补充 1980 年后期的气候资料，同时，分析光、热、水诸要素的数量和空间分布特征，并与全国第二次农业气候资源区划（1985 年完成）工作成果进行对比分析，提出农业气候资源区划动态变化的新情况和应对建议。

1999 年，福州市气象局承担《琅岐闽台农业合作试验区气候资源调查与分析》项目。采用 NZY－Ⅱ型农林小气候综合观测仪，选择两个时段（7—9 月及 12—2 月）在福州琅岐岛雁行洲设置气候对比观测点，将其观测资料同福州市晋安区气象站观测资料进行对比分析。并采用相关法和时延法，推算琅岐岛近 20 年温度、降水和光照指标，利用全国第二次农业气候资源区划资料，并结合实地调查，为琅岐闽台农业合作及高优农业的发展提供气候依据。

2001 年，三明市气象局承担《三明市山地气候资源开发利用研究》项目。利用当地活动积温、光照、降水资源，分析水稻、甘薯、马铃薯的生长期对温度、光照、降水等气候资源的需求，以 80% 保证率划定这三种作物合理布局的气候区划指标值，在此基础上建立三维区划模型，利用 GIS 技术，作出空间分布区划图，区划结果应用于农业生产。

二、作物产量预测

1992 年，省气象科学研究所承担《闽东南旱作气象条件和产量预测》研究项目。在省内首次定量研究沿海赤黄壤旱地作物—土壤—天气三者间的关系，以花生、甘薯丰歉年的土壤水分状况为指标，定量确定 6—11 月持续无透雨天数与耕作层土壤相对湿度的关系，配合 6—8 月干旱天气环流形势，建立夏季丘陵旱地耕作层旬降水量与旬累积雨量的关系，预测旱作物产量。

1995 年，省气象科学研究所承担《气候变暖对福建粮食生产的影响》研究项目。分析全球气候变暖的大环境下福建省气候变化的趋势，以及气候变化对福建省农业气候资源、粮食作物种植制度、病虫害、水稻生产潜力、水稻三寒、冬种小麦生产等的影响，提出相应气候变化的对策。

1998年，省气象科学研究所承担《福建省甘薯产量预报方法与业务应用》研究项目。将全省甘薯分成4个气候区，采用产量与天气对比确定影响甘薯产量的关键因子。应用模糊聚类方法，建立各代表点的产量预报模式，进而综合集成全省甘薯产量，形成甘薯产量预报业务系统。

2003年，省气象科学研究所承担《福建省水稻产量农业气象预报农学模式的建立及其应用》研究项目。据累年资料，形成历年双季稻生育状况观测数据库，确定影响双季稻产量构成三要素的关键气象因子，建立双季稻产量预报的农学模式。

三、名优作物的气候适应性

1991年，省气象科学研究所和南平市气象局联合承担《武夷名岩茶开发与扩种》推广项目。要求推广两亩"品种试验茶园"，繁殖成功20余个武夷岩茶品种，种植"肉桂"等岩茶1000多亩。同时，在武夷岩茶原产地与引种地进行气候、物候平行对比观测和茶叶品质及茶园土壤化验。根据试验，构造含多个气候要素的综合指标，建立各指标与茶叶酚氨比的定量关系，指明增湿、遮阴是提高茶质的主要途径之一，提出适宜发展岩茶的环境条件。

1997年，华安县气象局承担《坪山柚种植与气候关系》研究项目。根据该县各乡镇不同的地形气候差异，规划坪山柚最适宜、适宜、次适宜种植区。区划除九龙江两岸最适宜区外，在海拔300米以下的山坡地也区划为适宜区。同时，根据坪山柚落花落果与气候条件的关系，提出不同天气气候状况应采取不同的对策预防落花落果，这些技术措施已被果农普遍应用。

1999年，长泰县气象局承担《长泰芦柑与气象条件关系研究》项目。利用气象、物候平行观测取得柑橘物候资料及柑橘园小地形气象资料，结合果场历史芦柑产量资料，统计分析芦柑产量丰歉与气象条件的关系（包括柑橘花期、落果期气象条件，柑橘果实膨大速度），以及气象条件对柑橘病（虫）害的影响等，确定影响长泰芦柑产量的主要气象因素和关键期，提出相应的农业技术措施。研究成果为长泰芦柑生产提供技术指导和气候依据。

2001年，建瓯市气象局承担《锥栗生产与气候条件的研究》项目。通过平行观测方法，获得种植区锥栗物候期的气象要素数据，采用数理统计方法和GIS技术，对建瓯市锥栗气候适应性进行分区分析，并将锥栗气候适应性的成果应用于该市锥栗种植的气候区划。同年，省气象科学研究所承担《闽东北晚熟龙眼荔枝合理布局3S技术分析》项目。利用1961—2000年长序列的气候资料，收集闽东北晚熟龙眼、荔枝的生产资料，结合野外农业气候调查和海边短期气候考察，建立闽东北极端最低气温等要素空间内插推算模式，以及闽东北晚熟龙眼、荔枝安全越冬的农业气候指标。同时，运用 GIS 技术进行闽东北晚熟龙眼、荔枝的精细区划，并提出优化布局的建议。成果进入农民咨询服务热线，直接为农民引种、扩种晚熟龙眼、荔枝开展服务。

2001—2003 年，漳州市热带作物气象试验站承担《一品红花期调控的农业气象适用技术》推广项目。利用一品红日照的特性，采取控制一品红日照时间长短的方法，结合几种能够抑制植物生长的生物调节剂（如乙烯利、多效唑、比久等药物），进行交叉试验，达到让一品红提早开花以错开普通一品红成品花上市的目的。

2002 年，南平市气象局承担《闽北牧草新品种的气候适应性研究》项目。项目引进各种牧草新品种，进行气候适应性试验，从中筛选出紫花苜蓿（NS00-33）、苏引一号黑麦草（FGC-8201）等 8 个适宜种植的新品种在当地推广引种。优化禾本科牧草"南牧一号"、青贮玉米"花单"等栽培技术，同时，完成南平市紫花苜蓿种植气候区划。

2003 年，福州市气象局研制《福州市橄榄种植农业气候区划咨询系统》软件。以橄榄越冬期极端低温、花芽分化期低温量、地形要素及土地利用现状等因子，将"3S"（指遥感卫星系统、地理信息系统、地理定位系统）技术在国内首先应用于橄榄种植农业气候区划，建立极端最低气温与坡向关系的余弦函数模型，以及极端最低气温与坡度关系的反正比函数模型，提高地形气候模拟精度。该区划成果为福州市橄榄种植区域布局提供了科学决策依据。

2003 年，省气象科学研究所承担《引种台湾热带优良水果的气候适应性评估方法及其在气象服务中应用的研究》项目。利用实地考察、调查，实测资料，建立引种台湾热带优良水果气候适应性评估方法，建成气候适应性评估业务服务系统平台。同时，利用 GIS 技术分析台湾主要热带水果在福建种植的低温冻害分布特征，为提高气候适应性评估服务。

2004 年，清流县气象局承担《清流引种台湾蜜雪梨气候适应性研究》项目。利用该县农业气候资源和农业气候区划成果，进行省级优质蜜雪梨中期试验，提出趋利避害发展蜜雪梨的气候指标：①极端最低气温低于 4℃，是蜜雪梨开花授粉、幼果受冻的温度指标。极端最低气温小于 3℃ 的平均负积温每增加 1℃，坐果率平均下降 0.61%。②蜜雪梨种植区域，纬度每北移 0.1 纬度，平均坐果率下降 0.27%；海拔每上升 100 米，坐果率平均下降 0.88%。该研究对影响蜜雪梨坐果率的气象因子进行分析，确定蜜雪梨开花授粉和幼果受冻的农业气象指标。

2005 年，南平市气象局承担《闽北气候生态环境发展优质牧草的前景评估及 GIS 区划》研究项目。以南牧 1 号为研究对象，利用平行观测方法，开展不同种植密度、不同刈割强度、不同覆盖处理试验，分析温度、降水量、光照等气象因子对生物学产量、干鲜比和越冬性的影响，并根据试验结果，应用气象数据、数字福建数据，以及 GIS 技术，完成南平市南牧 1 号杂交狼尾草种植气候区划。

四、气象卫星遥感监测的农业应用

1993—1996 年，省气象科学研究所承担《利用极轨气象卫星遥感资料接收系统，对海洋渔业资源、近海环境和森林火险进行监测服务》研究项目。利用极轨气象卫星遥感接收的资料，分类建立模式：在渔业资源监测方面，根据常温海洋面的热红外辐射分布状况，建立相关统计回归模式。在近海环境监测方面，根据水体对可见光谱的反射率与水体本身的浑浊度存在关系，以及不同时相的卫星遥感资料综合分析，监测近海环境海水悬浮泥沙的分布。在森林火点监测方面，根据黑体辐射的相关定律和火灾高温辐射状态下其光谱特征表现出异常明显差异，识别出地面异常高温的林火点。

2001 年，省气象科学研究所承担《丘陵山区旱涝灾情监测服务系统研究》项目。首先提出适合福建省丘陵山区的旱涝灾情气象卫星遥感监测方法，确定特旱、大旱、中旱 3 个旱级的供水植被指数指标值和判断洪涝的归一化植被指数变化差值的指标，使旱涝灾情的识别定量化。同时，进行旱涝灾情遥感解译图像的矢量化和 GIS 应用技术融合，将旱涝灾情的辨识结果落实到地类图斑。该研究还建立省内主要江河水位与雨量关系模式，开发"旱涝灾情遥感监测子系统"和"旱涝灾情分析服务子系统"等，形成旱涝灾情监测服务系统工作流程。

2002 年，省气象科学研究所承担《极轨气象卫星遥感资料预处理及应用软件系统》研究项目。利用极轨气象卫星遥感资料和 WINDOWS 操作系统，研制资料处理和软件系统。该软件具有投影变换、定标计算、地理精度纠正、云检测等预处理功能；植被指数、陆表亮温及云顶亮温计算等一般应用功能；森林火灾、近海岸泥沙等专题应用功能。在技术上解决卫星资料预处理，植被指数计算、亮温反演、林火自动识别、泥沙分布监测等问题。软件系统已投入业务运行。制作的植被指数及其动态变化分析产品通过网络上传至中国气象局等相关部门。

2004 年，省气象科学研究所承担《福建省农业生态环境动态变化评估及区划研究》项目。利用多平台卫星遥感信息源结合常规调查方法，进行农业生态环境研究，建立农业生态环境综合数据库和福建省农业生态环境评估指标体系。同时，利用 GIS 技术分析农业生态环境现状及时空动态变化，用 GIS 技术开展农业生态环境区划。

2005 年，省气象科学研究所承担《MODIS 资料在福建省陆海环境监测中的应用》研究。利用赤潮灾害监测和林业调查规划、生态与农业气象等观测资料，研制根据 MODIS 资料测算滩涂面积的方法。对目前叶绿素浓度反演的多种标准经验算法进行验证分析，提出适合于 MODIS 数据的近海环境叶绿素浓度反演算法。建立适合 MODIS 资料的悬浮泥沙浓度反演经验模型和业务应用系统。这项成果在赤潮灾害监测和林业调查规划、生态与农业气象等领域中得到应用。

五、作物冻害与病虫害预警及评估技术

1991 年，省气象科学研究所参加省农科院主持的《水稻"两病两虫"新技术预警系统和防治对策研究》项目。利用常规气象资料，以及水稻田小气候和大气候温度、湿度对比分析，探讨稻虱越冬气候条件和天气类型。其主要天气类型有：褐稻虱只是在降雨及下沉气流的逼迫下被动降落，因此水稻生产季节虫源的多寡与降雨及下沉气流关系密切。5—6 月份出现的东北气流下的褐稻虱峰迁现象，是西南气流带来的虫源因未遇到合适天气条件没有降落，飘流到福建省以北上空后随东北风南下，遇降雨或下沉气流而迫降。

1997 年，省气象科学研究所承担《冬季低温冻害评价方法的研究》项目。利用年度极端最低气温作为评价的主导因子，研制的站冻指数可用于评价多年生果树经济栽培可行性分析方法。区域冻害评价（含常规、单项作物和综合冻害评价），用低温年景指数表示低温强度，三种不同抗寒力物种的冻害程度表示低温影响深度，作物各冻害级别的台站数表示低温影响广度。用年景评价指数及三物种的冻害指数之和表示年度区域综合冻害指数。最后用综合冻害指数偏离平均值的程度来确定该年度无冻、稍微冻、一般冻、明显冻和异常冻。客观评价技术作为省、市、县三级冬季低温冻害的评价方法。

1999—2003 年，古田县气象局承担《探讨果树炭疽病大发生与气象条件关系》项目。利用该县桃、柿果树炭疽病流行观测资料，分别研究果树炭疽病暴发和流行的气象指标值。桃炭疽病暴发流行的气象指标值为空气相对湿度日平均值连续 10 天 ≥81%。柿炭疽病暴发流行的气象指标值为空气相对湿度日平均值连续 9 天 ≥82%。根据上述气象指标值，在日常长、中期天气预报中，为果农提供果树炭疽病预测预警。

2001—2003 年，省气象科学研究所和省气象台联合承担《冬季低温变化规律及其在果树生产上的应用》研究项目。利用福州、厦门近百年及闽西北有代表性县站低温资料，挑选某低温强度日前后的逐日资料，分析冬季低温的变化规律，提取其中年度极端最低气温与纬度、海拔、相对高度和距海远近等地理因子的关系，建立用地理因子模拟推算年度极端最低气温的数学模式，并提出冬季福建果树生产对策。研究成果在闽东北晚熟荔枝的布局和果园的选择工作中得到应用。

2004 年，省气象科学研究所承担《福建省果树冬季冻（寒）害低温预警技术研究》项目。利用果树冬季冻害低温资料，并根据年度最低气温出现日期，普查地面、高空图及最低气温当晚的气象要素等资料，分析当地面高压中心强度超过 1050 百帕、西路入侵冷空气、850 百帕零度线与东经 120 度相交的纬度小于 24 度时，省内可能出现果树冻害的低温，同时建立低温预报模式，并应用福州、厦门、邵武站地面及高空实时资料代入公式求得的最低气温作为各站短期定量预报值。应用当晚 20 点气温、云量、

相对湿度、风代入公式求得福州、厦门、邵武等多个站最低气温短时预报公式，根据最后低温预报值在当地果树的 4 个预警指标的落区进行预警。

第五节　大气探测技术应用研究

一、雷达资料应用与防护技术

1996—1998 年，厦门市气象局研制的《多普勒天气雷达资料处理和释用技术》是在中国气象局首部自行设计与研制的 714（SD 波段）多普勒天气雷达上进行二次开发的软件，主要技术包括常规业务计算（实时图像、原始资料显示、资料自动压缩归档）、强对流的自动识别、闪电定位资料显示（闪电定位、数字化地形、雷达资料叠加显示）、台风的探测（台风定位、台风路径显示、台风编报、台风风场反演）、资料滤波分析和雷达定量测量降水等方面。该技术对环境要求低，能在网络工作站中独立运行，实现资料共享。

1999 年，省气象局研制《雷达等射束高度图制作方法》。该研究成果详细介绍雷达等射束高度图（即雷达有效地理视距图）制作原理和方法，要求遮挡角测量及等射束高度图绘制在建站前后各做一次，建站前是为选址服务，建站后可以根据雷达天线实际情况（高度和遮挡角）变化而定。在四周遮挡角发生较大变化后，应及时绘制新的等射束高度图，并提供给相关单位。

2002 年，龙岩市气象局承担《新一代多普勒天气雷达（CINRAD/SA）系统高山站环境研究》项目。应用多学科的先进技术，解决（SD 波段）系统高山运行环境、雷达站环境、电磁环境、防雷系统、通信系统、供电系统等建设中的关键技术问题。其主要技术有：在国内首次提出应用天气雷达频率分析的计算方法，使站址选择科学合理。应用小尺度空间屏蔽网、全线路的屏蔽处理、优化均压地网和电源系统三至四级保护等技术，有效地解决高山雷达站雷电防护问题。应用微波—光纤宽带传输系统，实现市气象局与高山雷达站远程宽带通信及系统"遥控、遥测、遥传"功能。应用多级防雷技术、安装高通滤波器等技术，提高市电电能质量，确保雷达系统的安全可靠运行。研究成果充分发挥新一代多普勒天气雷达系统对灾害性天气的监测能力，为新一代天气雷达大范围布网，尤其是高山雷达站建设提供技术。

2004 年，南平市气象局研制《新一代天气雷达业务综合应用系统》。从雷达观测出发，结合实际工作状况，编写实用程序弥补雷达软件系统的不足。其成果有：新一代天气雷达产品自动传输和产品复显；将 PUP（新一代天气雷达产品显示）产品自动读取和传输到指定的计算机内，并上传到指定的服务器上，完成图像产品上网，实现 PUP 产品的显示；新一代天气雷达 PUP 地图汉化、编辑与定位；制造定点定位字符，对 PUP 地图进行汉化，编辑南平市精细地图；新一代天气雷达基数据监控及自动拷贝；通过程序对 RPG（新一代天气雷达基数据处理）存储的基数据进行监控，对造成基数据停存的雷达故障发出警报；当基数据文件扩展名编号到 999 时，或程序自身运行发生错误时，发出报警；当基数存储到一定量时自动转移，建立新一代天气雷达观测平台；使雷达回波分析并产生分析意见，省气象台文件传输、天气形势下载、雷达拼图及文件上传情况检查等功能集中在统一平台上，便于操作。该成果分别在建阳气象雷达站、南平市气象台、武夷山机场等 10 个地区推广使用。

二、观测与资料处理、装备保障技术

1991 年，省气候中心承担《福建省丘陵山区观测台站网最佳密度的研究》项目。应用气象要素线性内插误差与该要素结构函数有关的理论，根据观测站网内地形差异，即气象要素空间递变的规律，研究不同地形区域气象站网设置。结果表明：该方法运用于高度差不太大的丘陵山区是可行的。其站网设置，福建省山地区域 39 公里、丘陵区域 42 公里、平原区域 50 公里为最佳距离。

1997 年，省气象技术装备中心研制《气象计量检定系统》。本着为社会提供公用标准，为各行各业提供准确数据、拓宽社会服务领域的原则，建立、完善气温、气压、湿度、风四个项目五个标准，其性能标准达到国家技术监督局的要求。开发计量管理及检定数据处理系统，进行检定设备自控和设备改进，提高自动化程度和技术水准。

1998 年，厦门市气象局研制《福建省国家基本站地面测报气象信息处理系统》。运用 BASIC 语言编程，使地面气象资料处理从数据输入存储、计算编报、自动转发报直至机制报表业务实现一体化，提高地面气象测报信息处理能力。利用微机软件开通厦门—福州自动转发报，开发厦门市气象台—市邮电局之间的航危报自动转发报软件。

2000 年，省气象科学研究所承担《农业气象观测报表微机制作研究》项目。对 23 个农业气象观测站三个项目相应观测报表实现在计算机上制作，解决报表线条数值化、资料录入、打印输出等关键问题，达到观测要素统计无差错、报表格式化，符合中国气象局规定要求。软件可运行于 WINDOWS 中文操作系统，制作简便快捷，符合农业气象人员应用要求。

2002 年，省大气探测技术保障中心承担《采用分组交换网络传输基本（准）站上行资料的试验》项目。其成果：选择和试验成功用 X.25 网上传全省基本（准）站上行资料；自主开发出与安徽"地面编报软件"衔接的端站通信程序，实现气象经 X.25 网顺利通信传输；编制省气象台中心站通信软件，将经 X.25 网上行的气象资料加工处理，形成新的文件送入"9210"工程通信双向站，上传至国家气象中心。

2004 年，省气象局承担《浙闽沿海及台湾海峡冬季大风风速计算方法探讨》项目。利用东海区海陆大风对比的试验结果及 26 艘船只两个月的海上航测实况资料，通过对各种风速进行海陆比值分析、差值分析和测站对比分析，论证据陆上大风推算该海区大风风速计算式的可靠性。结果认为：嵊泗、大陈两岛测站陆上风速接近海区实况，其余沿海测站陆上风速较海区实际风速相差甚远；经计算的海区风速更接近海区的实际，除平潭站的计算结果对海上大风不敏感没有代表性外，其余代表站对所在海区风速增减较敏感，具有较好的代表性；崇武站的计算风速大于海上实际风速，其余各代表站的计算风速都小于海上实际风速；各代表站对 9 级以上大风敏感性差，计算偏差较大，且风速越大，偏差越大。

2005 年，省大气探测技术保障中心研制《福建省气象设备运行监控网络—故障报警综合处理系统》。该研究在设备运行监控中心，实现对新一代天气雷达、自动气象站、闪电定位仪等设备故障的统一处理。其处理系统包括故障报警分类集成显示，故障报警信息的统一查询，设备信息的统一查询，设备运行管理信息的人工录入和统一查询等。同时实现故障报警信息设备运行状态参数、设备操作记录、台站信息的统一处理和集中查询，以及维修记录的人工录入和统一管理。

三、卫星气象产品应用技术

2001 年，省气象科学研究所承担《前汛期中尺度对流云团的特征分析》项目。根据地面雨强分布，与对流云团的云顶温度及相应尺度变化逐级拟合，以定量方法寻找和确定影响福建省中尺度对流云团形成时的云顶温度阈值；同时对中尺度对流云团作逐个跟踪，分析云团图形特征量和地面降水变化情况，寻找其生消规律并给予定量描述，为卫星云图定量估计降水、数值模拟和人工降水提供客观依据。同年，省气象科学研究所承担《福建省前汛期对流云团红外云图特征量统计分析》项目。利用前汛期气象卫星红外云图观测资料，计算红外云图云顶温度 TBB（TBB ≤ −44℃像素点总和区域）的面积，获得影响云团降水的特征量，即云顶温度 TBB 和云团冷层云温面积占有率的小时变化量（ΔZ_i），用于在一定限度内估测地面降水。当前汛期中尺度对流云团冷层面积占有率（ΣZ_i）平均可达到 38% 时，在冷层面积达到峰值前，地面强降水（R ≥ 8 毫米/小时）可持续 3—4 小时。

2001 年，省气象局和福清市气象局联合研制《气象信息局域网络预报服务产品制作平台》。利用单收站原始资料，建立适合于 INTERNET 技术的气象信息局域网，将 MICAPS 卫星接收系统的卫星云图转换成通用的图形格式。同时，应用动态网页技术，实现天气预报文本信息、卫星云图资料、全区四要素自动站资料的实时更新、制作网页，具有气象信息的远程检索及信息交互等功能，能及时、方便、快速地调阅各种气象信息。

2002 年，泉州市气象局研制《卫星云图反演晴空总水汽量》。利用卫星（GMS−5）红外分裂窗通道和水汽通道特征，结合探空资料反演福建省夏旱期间晴空情况下的总水汽量。根据反演结果的公式对 2001 年 7—9 月福州、厦门、邵武三站 8 点和 20 点晴空总水汽量进行计算后显示，三站总水汽量日变化比较明显，从早上开始增加一直到 14 点，之后又逐渐减小，到夜间 3 点达最小。同年，省气象台和南平市气象局研制《"98·6"闽北暴雨过程中云、雨相关分析与短时降水的云估测模式》。利用 1998 年 6 月 12—22 日闽北罕见的长历时暴雨过程，定量揭示这次过程云、雨间的相关特征，并进行以 GMS 通道资料为信息源的短时降水云估测试验和评估。结果表明：GMS－5 红外 1 通道（IRI）的宽度温度（ITb）和水汽通道（WV）的亮度温度（WTb）在订正后与未来的短时降水量有较好又稳定的定量相关。相比之下，WTb 的相关程度要优于 ITb，研究给出一个短时降水的卫星定量估测模式，并做估测与对比，以实例证实卫星资料定量估测短时降水的可能性。

四、自动站站网技术

1998 年，漳州市气象局承担《MILOS 500 自动气象站资料的自动处理与共享》研究项目。利用在漳州市气象局安装的 VAISALA 公司的 MILOS 500 型自动气象站的监测资料，从网线布设及网络连接，自动站自动上网、上传和资料处理，显示和查询三个部分的技术进行研究，达到自动站数据实时共享及双机备份。三个部分的技术包括：地面测报自动站微机到市气象台服务器间较远距离的稳定信息传输，采用最优网线布设和信号线屏蔽及防雷接地技术，并与"9210"地网和 II 型遥测站地网连接，防止雷击损坏，达到网络工作稳定。利用以 VSAT 卫星电话交换机为核心的内部电话网，进行终端拨号方式联网试验，实现备份联网。

2000 年，省大气探测技术保障中心研制《四要素自动站网建设》。利用自动站传输网实现实时显示、自动定时观测和资料传输等功能，开发自动站网分中心调取资料软件、资料分级上网通信传输软件、自动站微机终端显示程序和连接 121 的装置，以及端站实时显示装置、防雷和供电装置。用自动站资料替代 5 时雨量的人工报，减轻观测人员的劳动强度，在台风、暴雨等灾害性天气发生时，能及时通过自动站网了解天气实况。

2003 年，省大气探测技术保障中心承担《自动站故障信息收集和反馈软件研制》项目。利用虚拟主机在互联网上构筑一个信息平台（ASP＋IIS），建立相关数据库（包括设备基本信息、台站基本信息、用户基本情况、维修维护记录、技术支持信息库以及论坛等），并通过 ASP 内嵌的 ADO 实现对数据库访问和管理。基层台站维护维修人员能够通过平台实时上报故障情况，实时查阅省级维修中心故障处理意见，并通过平台与省级维修中心交流。能通过平台查看和下载有关技术资料，实时查阅本站历史故障记录以及省级维修中心有关重要通知。省级维修中心开设故障实时报警功能，对台站上报的故障报告能实时写入故障处理意见，并能对台站维修维护人员进行指导。

2004 年，省气象台承担《II 型遥测仪监测资料的质量评估》研究项目。利用 2000—2001 年省 II 型自动站遥测资料与同期人工观测的资料进行对比评估，以及遥测资料与历史资料序列的差异分析，得出遥测数据质量评估结论。质量评估总体反映新型探测数据质量状况良好，体现质量评估技术可行、可靠，为 II 型自动站投入单轨业务运行，申报将 II 型遥测资料作为地面气象观测的正式记录，提供科学依据。

第六节　人工增雨试验研究

一、人工增雨效果评价

1993—1994 年，省气象科学研究所承担《人工降水效果统计评价系统研究》项目。该项目是在 20 世纪 80 年代后期国家气象局课题《人工降雨作业效果检验方法研究》基础上，优化固定目标区和对比区回归试验方案，建立与随机试验方案结合的统计评价系统。试验方案从长序列的历史同期样本中随机抽取一个样本作为对比样本，如果对比样本与作业单元自然降水样本属于同一总体，则可以用该组样本建立目标区与对比区的自然降水量回归方程，然后依此计算降水量来估算目标区自然降水量，并与实测降水量进行比较，对人工降水的效果作出评价。评价结果显示：该作业试验平均相对增雨效果为 26.93%，绝对增雨为 1.52 毫米/3 小时；入库流量序列试验分析效果每年入库流量增加 7928.67×10^4 立方米。

1993—1996 年，省气象科学研究所承担《人工降水对自然降水时空分布影响》研究项目。利用古田人工降水 12 年试验催化引起的下风方效应，样本容量 244 个，研究面积 2 万平方公里的基本数据，应用统计数值模拟方法研究人工降水催化对自然降水时空分布的影响。结果表明：作业点下风方 15～90 公里降水明显增加，90～150 公里降水明显减少。模拟结果还表明：催化不仅使总降水量增加，而且改变降水分布，对云雨转化的研究为上述结果提供可信的物理解释。

1999 年，省气象科学研究所承担《人工降雨影响区自然降水量的一种估计方法》研究项目。在分析各种效果评价方法基础上，提出一种估算人工降雨影响区（或作业区）自然降水方法。该方法不对自然降水的时空分布作平稳性的假设，而是通过分析作业期自然降水特征，事先确定一些数据，从长序列历史样本中获得可供比较的样本。

2000 年，省气象科学研究所承担《利用人工降水效果统计量评价人工降水效果》研究项目。在各种效果评价方法基础上，分析人工降雨增水效果统计量规律服从正态分布，增水效果统计量的均值与增雨效果密切相关，一元线性回归效果好。利用这一规律，通过统计增雨效果统计量，可以求出人工增雨效果。

2002—2003 年，省气象科学研究所与安徽省人工增雨办公室联合承担《人工增雨效果综合检验技术方法研究》子专题《南方夏季对流云人工增雨效果检验方法研究》项目。利用福建省人工降雨效果统计评价系统的研究成果，在安徽省推广应用，其成果：应用统计数值模拟方法，研究降水自然起伏对效果评价影响，以及在不同功效及可信度条件下的试验周期等。进一步研究人工增雨催化效果（包括数值模拟分析催化效果和综合分析试验区催化效果）。

二、人工增雨背景和物理条件

1993年，省气象科学研究所承担《福建省夏旱期间空中水资源及人工降雨条件研究》项目。利用近20年夏旱期间不同类型的天气形势和空中水资源资料，划分若干天气型，各型水资源特征：副高控制型，占夏旱天数的2/3，整层水汽总量及水汽辐合量偏小，不利于人工降雨，但山区有局地加热，引发对流性云系发展，有利于人工降雨。副高偏南型，其588线北侧位于闽中、北部，内陆的南平片、连城片空中水资源比沿海较丰富，有明显的水汽辐合，有利于人工降雨。副高偏北型，其588线南侧位于闽中、北部，晋江片、连城片水汽总辐合较大，平均达1.46毫米/平方厘米，有利于人工降雨。台风外围影响型，全省空中水资源显著增大，是人工降雨的好时机。

1998年，省气象科学研究所承担《福建夏旱期间有利于人工增雨作业的天气形势分析》项目。利用1985年至1994年7—9月16个代表站降水自记资料和逐日4次云观测资料，界定夏旱标准，进行旱区划分和夏旱期间的天气形势分型，共出现264个夏旱个例，归纳为12种天气型。旱区分为Ⅰ区，平均干旱日数165天，夏旱出现概率最大，Ⅱ区干旱日数91天，Ⅲ区干旱日数69天，Ⅳ区干旱日数106天，夏旱出现概率次之。在分析各天气型特征及云、降水特征后，归纳出各天气型人工增雨作业条件和有利作业区。结果表明：各旱区在夏旱期间均具备人工降雨的作业条件，沿海地区具备作业天数占旱期天数的6%～7%，内陆旱区约占10%，内陆两个旱区优于沿海旱区。

1999年，省气象科学研究所承担《南方旱期积云降水物理机制》研究项目。应用参数化积云模式，对福建省1985—1994年间主要旱期出现的36个积云个例进行模拟，模拟结果按降水物理过程分成冷云、混合云、暖云三大降水类型，分别论述它们成云致雨的降水过程。并经过天气型的分类调试，得出适合福建夏旱天气气候条件的积云应用模式。

2000—2001年，省气象科学研究所承担国家科技部课题的子项目《南方夏季对流云人工增雨潜力区识技术研究》。利用探空资料、卫星云图资料、常规雷达资料、"GMS－5"红外分裂窗通道和水汽通道等数据，分析空中水汽含量及其分布规律，了解南方夏季空中水汽含量，干旱天气气候特点及旱期人工降水背景条件。在上述相关资料分析的基础上，应用新一代天气雷达和数值模拟，研究夏季对流云含水量和降水效率，提出在南方夏旱期间对流云有较大潜力可供挖掘。应用新一代天气雷达和713

数字化雷达数据，研究夏季对流云回波特征、生命史和流场结构、云水含量分布等，为研究夏季对流云物理机制和人工增雨提供新的依据。应用数值模拟研究南方夏季不同类型对流降水机制、催化原理及技术途径。总结南方夏季对流云人工增雨效果评价方法，初步提出南方夏季对流云人工增雨判别条件。

2000—2002年，省气象科学研究所和省气象台联合承担《福建省空中水资源分布及开发对策研究》项目。增加分析福建省夏旱地理分布及其对福建省经济发展影响的研究。夏旱地理分布为：两个长带，四个区。两个长带为沿海长带和闽中长带，四个区为以莆田和惠安为中心的福清以南沿海（称晋江片）的特旱区；以霞浦和福鼎为中心的福清以北沿海（称福州片）的大旱区；以龙岩地区即三明地区南部（称连城片）为中心的大旱区；以南平和顺昌为中心的南平地区即三明地区北部（称南平片）的中旱区。从地区分布自南向北空中水汽含量总值减少。研究成果：应用新一代天气雷达数值模拟结果，对流云含水量为 2.77×10^9 千克，降水效率平均为22.01%。应用GMS-5红外卫星云图资料分析得出，夏季福建省空中对流云分布不均匀，如14时平均15块，8月份最多，平均22块，9月份最少，仅9块。对流云平均面积14时为250平方公里。四个旱区中，沿海两个旱区对流云出现的频数和平均面积比内陆两个旱区小。从雷达和数值模拟分析，冷云和混合云在夏季对流云中云水含量最高，是具有良好增雨潜力的云系。其自然降水机制是冷云降水冰—水转化的贝吉隆过程。人工影响天气的基本方法是采用引晶催化。在过冷却云层引入人工冰晶，提高云雨转化效率，提高自然降水效率。

2001年，省气象科学研究所承担《福建省夏季大气中水汽含量和降水效率分析》研究项目。利用省内三个探空站资料和常规地面气象资料，分析福建省夏季大气中水汽含量及降水效率。从水汽含量看，省内夏季空中水汽含量平均为4.31克/平方厘米，干旱期间为4.07克/平方厘米，夏季三个月中，8月份最大、9月份最小。从全国来看，福建省夏季水汽含量值比中、西部地区大，但降水效率很低，空中水汽含量转化为降水效率仅为5.54%，干旱期间更低，仅为2.3%，大部分时间转化效率为0。

2001—2004年，省气象科学研究所承担《多普勒雷达资料在云和降水物理学中的应用》研究项目。利用常规雷达和新一代天气雷达探测数据，分析省内夏旱期对流云分布规律、回波特征和云内辐合辐散等流场结构，并将新一代天气雷达产品和其他常规及非常规气象资料结合以研究人工增雨的条件和效果综合评价。

三、人工增雨作业指挥系统

1997—1999年，省气象科学研究所承担《福建省干旱和人工降雨防灾业务系统研究和应用》项目。分析近10年干旱时空分布规律和成因，建立干旱中期预报长期预报系统。在此基础上，研制人工降雨抗旱减灾系统。包括11个子系统，为抗旱指挥部门的抗旱决策提供科学依据。

1998—2001 年，省气象科学研究所承担《人工增雨作业指挥系统研究》项目。利用中尺度灾害性天气预警系统已经建立的通信、探测和计算机网络技术，根据云、降水和人工降水基本原理，集中福建省 20 多年人工降雨研究和应用的成果，建立省人工降雨指挥系统。由指挥决策分系统和作业效果分析分系统组成，研制出 10 套软件包支持，包括天气监测、气象信息传输、分析判断、指挥人工增雨作业和效果预测的综合技术，使人工降雨作业能科学指挥，避免盲目性，提高作业效率。

2002—2004 年，省气象科学研究所承担《福建省中尺度灾害性天气预警系统人工增雨部分——完善扩充人工增雨指挥系统》研究项目。该项目引进云降水模式，根据省内天气气候、地理环境条件，通过对初始场条件等调试，改进成适于福建省早期应用的模式。同时，研究多普勒雷达资料应用于对流云作业条件判别（其中有流场分布和液态水含量分布等），建立适于抗旱作业的人工增雨效果评价方法。在此基础上提出作业条件判据，完善扩充"福建省人工增雨指挥系统"。

2005 年，省气象科学研究所承担《福建省省级、地级人工增雨业务指挥系统》研究项目。系统成果包括各种探测信息收集、资料处理分析显示、作业条件判断、实时作业方案设计、作业技术指导和作业效果评价等技术，应用于福州、漳州、泉州和三明市人工增雨作业。

第七节　气象电视制作技术研究

1994 年，省气象影视中心研制 FQ 非线性编辑系统 1.0 版，并用该系统制作福州电视台的《天气预报》节目。开始在省内及国内气象同行中推广 FQ 非线性编辑系统。1995 年，FQ 非线性编辑系统升级到 3.0 版，先后推广到西藏、内蒙古、湖北、广西、浙江等省（区）气象部门，其中，为西藏林芝地区气象部门安装"FQ 多媒体电视天气预报制作系统"，作为省气象局的援建项目。FQ 非线性编辑系统在省内也有十几个县（市）气象局使用。1996 年，为云南省丽江地震灾区气象部门无偿提供 FQ 多媒体电视天气预报制作系统。

2000—2002 年，省气象影视中心和省气象台联合研制《电视气象节目制作资料传输处理系统》。利用省气象台到省气象影视中心的网络，开发适合福建省电视气象节目制作的资料自动处理系统，包括城市气象预报制作输入系统、资料上网情况监视及资料自动处理系统、云图索引、屏幕抓图等模块。使用该系统后，方便预报员将作出的各种预报结果、图表输入计算机，减轻预报员工作量。节目制作人员可利用该项目的城市代码自动翻译功能，不需再手工输入城市预报代码，有助于提高工作效率，降低出错率。

2002—2003 年，省气象影视中心研制《气象灾害电视预警信号》。预警信号包括台风、暴雨、高温、寒冷的等级，利用三维动画及后期合成技术制作成立体动画系统的序列图片。通过对图像的色彩和亮度多次调整和修正，解决字幕机对深色图像产生半透明现象和色彩偏差问题；利用灰色解决台风第五级、暴雨第三级、寒冷第四级必须作为黑色与字幕机不能播出黑色的矛盾，制作黑色的台风第五级、暴雨第三级、寒冷第四级备用。这些制作品在台风、暴雨、高温、寒冷灾害性天气到来之前，以类似台标的方式，在省市级电视台电视节目接近右上角的位置播出，提醒观众注意预防灾害性天气。

2003—2005 年，省气象影视中心研制《电视气象节目编导业务工作平台》，将各种天气预报结果和气象资料转换成通俗易懂的电视节目。编导业务工作平台包括：预报结果查看、稿件及图形创作、科普资料和气象历史资料查询等。其主要技术有：可以绘制各种天气预报图、雨量等值线图、温度等值线图等，其中包括图元管理和重绘及天气符号的绘制。查询的使用，包括气象科普资料查询模块中用来查询存放所有科普文献，气象历史资料查询模块的数据库用来存储1951 年以来全省67 个气象站逐日各气象要素。实现图形转换。编导业务平台充分考虑编导职责、工作习惯及电视节目制作的特点，成为电视节目编导日常节目制作的有用工具。

2004 年，省气象影视中心研制《福建省气象影视中心音像素材资料计算机综合管理系统》。利用省气象影视中心现有和潜在的影音资料，进行详细的整理和分类以建立科学管理模式；利用计算机数据管理软件（Access）建立数据库，运用 Delphi（文件名）面向对象的可视化开发环境建立综合管理系统平台。同时将数字多媒体技术与该平台有机地结合与对接，实现影音资料的快速可视浏览和直接调用，形成实用高效的适合省气象影视中心各制作部门使用的高速查询平台。该软件业务应用于各气象影视制作中心的日常节目和专题节目制作，快速、准确地查询所需音像素材资料，实现资源的共享和高效利用，提高节目的制作效率，降低节目制作成本。

2004 年起，省气象影视中心承担《天气预报符号卡通动画与制作》项目。开发设计省气象部门第一套自主创新的天气预报符号卡通动画图标，图标以研究天气预报符号卡通造型的美学设计为重点，参照国外专业的卡通设计思想，结合中国国情进行设计，以拟人化的手法，运用新技术进行设计。

第八节　气象业务服务综合系统研究

一、气象服务综合管理系统

2001 年，省气象局和省气象台联合承担《防灾减灾决策气象服务系统》研究项目。应用目前较大众化的操作系统平台和 INTERNET/INTRANET（网络）技术，研制在 WINDOWS 系列平台上的决策气象服务产品制作传输和显示系统，为党政领导和防汛部门提供业务操作的省级决策气象服务产品，包括文字、图形、图表的制作内容、制作单位、制作时间、制作格式和有关网络传输规定等管理办法。该系统能实时自动地处理并生成全部决策服务气象产品，显示方式多样化，重要决策气象服务信息具有红字闪烁提示和自动语音报警等功能。

2001—2002 年，漳州市气象局研制《漳州市决策气象服务系统》。该研究以 INTERNET 网站为依托，实现政府、防灾减灾部门和气象用户对各种气象信息的快速查询和浏览，包括网页设计和自动数据维护的信息网站，以及编写出版《漳州气象应用手册》。

2001—2003 年，省气象技术装备中心研制《福建省气象技术装备综合管理系统》。建立全省气象台站气象技术装备档案和省级技术装备仓库数据库管理系统，具有对仪器装备信息数据进行管理、查询和统计功能，并能方便制作、打印各类信息报表、单据。该系统能变静态管理为动态管理，处理日常供应工作及打印各种单据，与省气象局办公自动化系统联网后，能进行异地数据查询，了解装备运行的相关信息。

2002—2003 年，省气象局研制《福建省气象局管理信息系统》。利用 LOTUS/DOMINO（安全网）的强大安全机制，及时收集、加工、处理、集成局机关来自气象部门内外大量的政务管理信息及气象业务信息。包括中国气象局、外省气象部门、省气象局机关各处（室）基础信息、工作进展信息、文件、报表等，以及直属机构（省气象台、省专业气象台、省气象科学研究所等）、下属单位（市、县气象局）各类业务信息和地方政府部门社会发展的重大信息等。信息管理系统由基本概况、综合信息、业务信息、办公管理和个人事务等 5 个部分组成，设置不同的访问权限，方便调阅、查询。

2002—2004 年，省气象台研制《建立各级决策气象服务系统》。利用福建省中尺度灾害性天气预警系统建设的已有成果和历史上重要灾害性天气过程基本资料，建立决策服务知识库，制定决策服务的周年方案，规范决策服务业务流程和建立省、市、县统一的决策服务工作平台。系统实现资料的快捷查询、统计分析和图表生成功能；研制"气象情报（灾情）收集与上报系统"，实现省、市、县三级气象情报（灾情）的信息共享。建立"决策气象服务网站"，通过网站及时发布灾害性天气预（警）报和提供综合性决策服务。

二、气象信息处理和查询系统

1997 年，省气象局研制《中尺度气象信息集成处理显示系统》。利用省中尺度灾害性天气预警系统建设中所有的中尺度探测资料，在 WINDOWS 3.1 环境下用 BorLandC＋＋语言设计，完成向 WINDOWS 9532 位的 VisuaLC＋＋环境的移植，系统具有放大、缩小、拖动、动画、叠加、坐标变换、光标动态定位和调色板动画、多窗口、数字显示、三维立体显示等功能。

1997年，省气象台研制《气象综合信息查询系统》。利用中尺度灾害性天气信息资料，由气象信息库生成、信息调取和信息显示组成查询系统，其中信息库功能可自动联网。自动调阅或手动选择调阅省气象台网络数据库中的各类气象信息，传输速率≥9600BPS；用户端信息调取和信息显示可在台式或笔记本电脑上运行，信息显示直观，有文字、表格、图形、图像等多种显示方式，图形、图像显示具有漫游、动画、定义、增强等功能。该系统先后在省政府、省防汛办和莆田、三明、南平、泉州、漳州等地（市）气象部门使用。

1998年，省气候中心、省气象台联合研制《福建省气象灾害检索系统及"九五"展望》。利用福建省近40年来台风、暴雨、洪涝、干旱、高温及冷害（倒春寒、秋寒）等主要气象灾害，建立主要气象灾害检索系统，其关键技术在于气象灾害数据库均一化处理统一归档，使用FOXPRO语言检索相关数据、转化为图形显示，其底图使用BMP位图坐标，采用开放式设计定位；"九五"展望以重大灾害为主，有较高的参考价值，可为党政领导、各级气象部门在防灾减灾工作中提供决策依据。

2001年，南平市气象局承担《NT网络系统下地（市）级业务系统应用软件改造与开发》项目。利用"9210"工程下载的相关气象信息，建立统一地（市）级的目录数据库，开发县级气象局及党政机关气象用户通用的气象信息调取和显示软件及地（市）级气象部门联网信息传输软件。

2005年起，泉州市气象局研制《台风路径图的绘制及影响泉州百年台风的WEB技术处理》项目。利用120年以来台风资料数据库，对影响台风状况、登陆和影响台风路径进行分析，应用VML技术，研制与"9210"单收站下发的中央气象台台风报文实时、自动的因特网台风路段图显示和对影响台风的WEB显示，提供台风路径及影响状况查询，建立台风信息手机短信和泉灵通电话实时信息点档查询系统。系统具有及时性、自动化、图形化的特点，可直观浏览台风实时路径等信息。台风日期间，日访问量高达几十万次。

第九章　中尺度灾害性天气预警
系统建设

1993年，省委、省政府和中国气象局联合商定在福建省建立中国第一个省级中尺度灾害性天气预警系统（简称二级基地），先在闽南地区取得突破，后向其他地区推广。

1994年，省委、省政府把该预警系统确定为全省"五大防御体系"之一。随即，各设区市党委、政府把"二级基地"的地市预警系统分中心建设作为"为民办实事"的内容。

该预警系统建设分三期实施，第一期工程建设时间为1994年4月至1997年7月，第二期工程建设时间为1997年8月至2001年7月，第三期工程建设时间为2001年8月至2004年11月。三期工程均按时完成建设任务并通过中国气象局和省政府联合组织的验收。

2005年，省气象局在完成三期工程建设的基础上，启动"福建省沿海及台湾海峡气象防灾减灾服务体系"建设。利用"二级基地"成果，改善沿海及台湾海峡地区海洋气象监测、通信、预报和服务能力。

第一节　一期工程

一、立项

1993年11月30日，省政府召开专题会议，研究筹建省中尺度灾害性天气试验基地问题，会议肯定建设该预警系统的必要性。

1994年3月22日，省计划委员会批复同意项目立项。

1994年3月30日至4月1日，中国气象局与省政府在福州联合召开方案论证审定会。参加会议的领导有省委书记、省长贾庆林，副省长童万亨，中国气象局局长邹竞蒙、副局长马鹤年等。方案论证审定会由省内外专家组50人组成，由中国科学院院士周秀骥任组长。经与会领导、专家审定，同意该预警系统立项，并成立系统建设领导小组。经商定，领导小组由省政府副省长童万亨任组长、中国气象局副局长马鹤年任副组长，负责系统建设总体协调和方案审定、实施等。领导小组下设办公室，负责系统建设的日常事务。8月10日，省政府召开"福建省五大防灾抗灾体系建设规划"工作会议，将该预警系统正式列入五大防御体系之一。同年8月30日，《福建省中尺度灾害性天气预警系统实施方案》在北京通过中国气象局组织的专家论证，专家组认为，实施方案设计合理，技术路线可行。同日，省计划委员会批复同意《福建省中尺度灾害性天气预警系统可行性研究报告》，根据报告，一期工程建设地域范围包括厦门、漳州、泉州、莆田、福州、龙岩6个地市，建设内容包括气象综合探测系统、网络信息建设和加工分析预测系统、指挥中心建设及警报服务系统、人工影响天气指挥系统等项目，项目建设资金按照省政府、相关地市政府和中国气象局匹配投资。

二、目标

1997年，建成以省气象台为中心，厦门市气象台为次中心，泉州、漳州、龙岩、莆田等市气象台为分中心的闽东南中尺度灾害性天气预警系统，建成由厦门和福州（长乐）多普勒天气雷达、中规模卫星接收处理系统和各种探测设备组成的闽东南中尺度监测网。

（一）综合大气探测建设

建立由雷达探测网、地面气象站网、自动气象站网、雨量站网、探空站网、气象卫星探测、闪电定位仪探测、风廓线探测等组成的中尺度灾害性天气综合监测网。

（二）信息网络建设

建立从国家气象中心、区域气象中心到省气象台、闽东南地（市）各气象台（站）及自动站、雨量站之间抗干扰、低误码和低故障率的中高速气象信息传输网络系统。信息网络系统建设采用卫星通信、计算机网络、分布式数据库、程控交换等技术，建成卫星通信和地面通信相结合的现代化气象信息网络，增强福建气象信息的采集、加工、传输和产品的分发能力，实现气象信息的中、高速传输和资料共享。

（三）天气预警系统建设

建立闽东南地区中尺度灾害性天气预警系统，提供定时、定量的要素预报及降水落区预报，每6小时提供一次结果。在特殊的紧急情况下，每半小时或一小时提供一次强烈灾害性天气预报结果。

（四）技术保障体系建设

建立健全"两级管理，三级维修"的技术保障体系，即省级健全保障管理、维修中心，地市级建立技术保障机构，配备专职技术保障、维修及管理人员，县级配备专职或兼职维护保养人员。

三、成果

（一）大气探（监）测网

（1）改造厦门天气雷达（714SD波段）和福州（长乐）天气雷达，使之具有探测风场信息等功能，组成覆盖福建中南部的多普勒天气雷达监测网。探测的风场信息、湍流信息和晴空流场信息，能超前预测可能造成灾害性的强降水、热带气旋、强对流等天气和天气系统的发生发展。

（2）在全省已有地面观测站 69 个、地面测站水平分辨率约为 50 公里的基础上，增设闽东南地区 35 个自动雨量站，其中厦门市 11 个、漳州市 14 个、泉州市 8 个、莆田市 2 个，组成闽东南地区的中尺度地面监测网。

（3）福州、厦门、龙岩、南平和三明市各安装 1 套单站闪电定位仪，并进行闪电定位仪系统的组网试验，组成覆盖闽东南部地区的闪电定位观测网，可以自动连续地观测半径 300 公里范围内云地闪电的方位、距离、强度和极性，还可以监测约 150 公里范围内云闪出现的方位和频数。

（二）气象信息网络

（1）以国家"9210"工程为依托，完成省气象台主中心、厦门市气象台次中心，泉州市、漳州市、莆田市、龙岩市气象台分中心的 VSAT 小站建设，能接收卫星通信主站广播数据，并具有数据交换通信和话音通信的能力。

（2）采用分组交换技术，建成全省的省—地（市）分组交换网，向上连接区域中心，使之成为卫星通信网的地面备用网。

（3）根据国家"9210"工程的计算机网络建设原则，采用 TCP/IP 网络协议和 UNIX 操作系统，建成以省气象台为主中心和各地（市）气象台为分中心的计算机局域网，并实现上连国家气象中心、下连全省各地（市）气象台的计算机局域网。

（4）建成省、地（市）两级的同城广域网。采用计算机、拨号服务器和调制解调器通过 PSTN 网建立可同时为多个用户终端访问的远程信息服务网，为省、市两级政府、行业部门、专业用户和县级气象部门提供一个计算机网络环境。

（5）建成自动站信息采集通信网，采用有线方式作为雨量站的数据采集通信方式。

（6）采用无线扩频数字技术，完成福州长乐天气雷达站至省气象台的高速点对点数字通信业务试验。

（7）开发和引进部分计算机网络实时监控管理软件，建立计算机网络实时监控管理系统，具有探测信息采集监控、产品处理与输出监控及网络运行监控等功能。

（三）气象信息分析预测系统

（1）开发中尺度气象信息集成处理显示系统（EWIPS），使二级基地新增加的中尺度探测资料得到及时和充分的应用。加强资料处理和质量控制工作，特别是中尺度探测资料的处理和控制，提高不同来源的气象资料的综合分析诊断水平。

（2）建立短期天气预报工作站，集成台风、暴雨、强对流天气等灾害性天气系统历史档案库及其检索系统、各类灾害性天气气候规律及其预报方法。预报方法采用动力统计相关、逐步回归、卡尔曼滤波等经典理论及天气雷达估计区域降水的客观分析法。

（3）开发福建省前汛期天气自动分型及暴雨软件，实现由计算机自动识别天气类型，摆脱人工分型的不确定性，突破传统预报系统的制作方法。

（4）在引进美国 NCAR 中尺度数值预报模式（MM4）的基本框架基础上，经过技术处理，建立适合福建省情的中尺度数值天气预报模式；应用动力统计相关、逐步回归、卡尔曼滤波等方法，开展数值天气预报产品解释应用技术。

（5）应用静止气象卫星远红外通道数据信息动态化处理系统，数字化天气雷达估计区域降水量业务系统，以及地面雨量资料，综合描述区域雨强分布和制作0—3小时区域降水分布预测。

（6）通过对数值天气预报产品、地面、高空和天气雷达、气象卫星等多种气象信息的综合加工处理，以中尺度灾害性天气系统为主要对象，建立 0—3 小时临近天气预报、3—12 小时短时天气预报和 12—36 小时短期天气预报业务。

（四）气象警报服务系统

警报服务系统建设充分利用多媒体技术，自动化程度高、服务产品内容丰富，基本能满足各行业需求。预警服务系统由气象综合信息终端查询、气象信息自动传真、天气预报警报自动广播、多媒体电视天气预报节目制播等四部分组成，通过语音广播、"121" 和 "168" 台电话答询、图文传真、微机终端调用，以及电视广播、插播等方式实现对外气象服务。

警报服务系统的服务产品有：灾害性天气实况和大气探测信息；灾害性天气发生、发展的分析预测信息；灾害性天气发生后的灾情信息（灾情报告和灾情录像）；提供人工影响局部天气指挥决策支持系统所需的各类气象信息；灾情的上报和服务效益的评估。

（五）人工降雨作业指挥系统

该系统由指挥决策和作业效果分析两部分组成。人工增雨指挥系统的中枢指挥决策分系统，是在福建省 40 年人工降雨研究和应用的基础上，引进国内外最新的研究成果，通过消化、改进形成的适合于福建省的各种模式。在人工降雨期间，将二级基地输出的产品及其他探测系统的产品输入进行综合分析、判断，并给出指挥决策结论。

指挥决策分系统由下列内容组成：干旱气候分析和人工降雨工作信息子系统、旱情动态自动分析子系统、旱情天气形势分析子系统、卫星云图资料分析子系统、雷达探测子系统、云况分析子系统、云降水和人工降雨数值模拟子系统、指挥决策综合结论子系统等。

作业效果分析分系统是人工降雨指挥系统中最后一环，它根据云降水物理学原理及实践经验，对作业的效果进行客观评价，由统计分析给出定量结果，且由云物理观测和数值模拟对统计结果给出物理学解释。

（六）气象技术保障系统

完成硬件设备安装建设和技术保障工作，健全已建成的系统业务运行的保障规章制度，确保各个子系统的硬件设备稳定可靠运行。加强技术人才的培养，提高技术人员的水平。配备一批必要的保障维护设备，改善设备的运行环境。

"二级基地"建设转入业务化后，主要技术保障关键是建立健全二级管理、三级维修体系。同时，要分解任务，分清职责，划分省、地、县级使用的现代化设备，以确保设备发挥最大化效益，且具有最快的故障维修响应时间。省级维修机构利用相对集中的现代化设备和技术力量，承担各种大型现代化装备的大、中修理，实行全面的综合管理。

第二节　二期工程

一、立项

1996年3月14日，省委书记贾庆林、省长陈明义、副书记何少川应中国气象局局长邹竞蒙的邀请，到中国气象局就福建省二级基地二期工程建设等问题，交换意见。双方表示共同支持该工程的建设，中国气象局支持两部多普勒天气雷达，分别安装在闽北和闽西，加强对中尺度天气系统的检测。4月19日，该工程实施方案论证会在北京召开，中国气象局副局长马鹤年、颜宏，中国工程院院士李泽椿等领导专家28人参加论证会，李泽椿院士任专家组组长。论证会专家组同意该工程实施方案，并建议加强软件的开发和人才的培养。

1996年5月24日，省政府副省长施性谋召开省长办公会议，讨论该工程建设有关事宜，原则同意该工程实施方案要点。根据要点，建设从第一期的闽东南地区扩大到全省，建设和完善全省气象综合探测与自动气象站网、气象数据通信、数据库与计算机网络、中尺度灾害性天气预报和警报服务网，以及人工增雨作业指挥、技术保障、实时监控与管理系统建设等。

1996年6月4日，福建省中尺度灾害性天气预警系统建设领导小组会议在福州召开。省委书记贾庆林、省长陈明义、副省长童万亨，中国气象局局长邹竞蒙、副局长马鹤年参加会议。会上，省长陈明义代表省政府向中国气象局局长邹竞蒙颁发"福建省中尺度灾害性天气预警系统建设领导小组顾问"聘书。

1996年12月27日，省计划委员会批复同意该工程可行性研究报告。根据批复，项目资金分别由中国气象局、省政府和相关地市政府财政专项承担。

1998年6月2日，省政府副秘书长刘启力召集省财政厅、省计委、省气象局等单位会议，协调落实天气雷达建设配套资金有关事宜，会议同意将两部新一代天气雷达

（CINRAD/SA）的总投资分别由中国气象局和省政府按1∶1匹配。

二、目标

到2001年，建成建阳、龙岩新一代多普勒天气雷达，与厦门、福州（长乐）天气雷达组成覆盖全省的多普勒天气雷达网；在福州、龙岩、三明、南平、宁德五地（市）建成自动气象站和自动雨量站，为配合雷达定量测雨创造条件；在南平、三明两地（市）各增设一套闪电定位仪，与福州、厦门、龙岩已建成的闪电定位仪组成覆盖全省的闪电定位监测网；将一期工程的闽东南地区中尺度灾害性天气预警系统建设扩展到全省，并向县级延伸，建成全省覆盖省、市、县的中尺度灾害性天气预警系统。主要目标如下。

（一）综合大气探测建设

以国家布点的常规探测站网为基础，充分利用遥感（测）新技术，采用自动地面观测网、高空观测网、天气雷达监测网和气象卫星等组成对中尺度灾害性天气系统的立体综合监测网，增加探测时空密度，有效地捕获中尺度灾害性天气系统。在一期工程的基础上，继续建设多普勒雷达、闪电定位仪和自动地面站观测网等。

（二）气象信息网络建设

在一期工程已落实的闽南地区VSAT小站建设的基础上，建成福州、南平、三明、宁德四地（市）VSAT小站，完成全省地（市）气象台接受国家气象中心的高速数据广播，并形成具有数据交换和一定话音业务能力的卫星通信网。

（三）气象信息分析预测建设

（1）开展中尺度综合大气探测资料四维同化处理业务试验，充分发挥现有资料的作用，重点开展卫星资料、多普勒雷达资料、风廓线仪资料、闪电定位仪资料、自动气象站资料和其他非常规气象资料四维同化工作，最终建立"反馈—同化—预报—反馈"业务系统。

（2）开展雷达数字化信息拼图和定量测量降水业务，包括卫星数字化在内的各种常规、非常规气象资料信息的综合诊断分析，加强其在业务尤其在短时天气预报业务上的综合应用。

（3）以数值预报产品为基础，综合应用各种气象信息和先进的预报预测技术（包括统计方法、集合预报、概念模式、人工智能等），在数值天气预报可用时效内，逐日滚动制作常规天气要素的分县天气预报和灾害性天气的落区预报。

（4）综合应用数值预报产品、天气雷达、气象卫星及其他气象信息，制作12小时内灾害性天气的种类、落区、强度和移动方向等内容，提高短时天气预报和临近天气预报水平。

（四）气象警报服务建设

（1）实现灾害性天气警报和预报信息从气象台向电台、电视台的自动传输，通过电视台广播、电话答询以及电视插播等手段，及时向社会公告灾害性天气状况。

（2）建立公用气象信息服务系统，使用户通过电话网，以计算机远程终端形式调取专用气象信息。

（3）建立气象警报网，定时或不定时地向专业用户提供气象保障服务。

（五）气象预警支中心业务建设

在省级灾害性天气警报和预报系统的支持和指导下，以建设中尺度灾害性天气预警系统市（县）级支中心为龙头，争取地方政府支持立项，通过几年努力，使全省市（县）级局（站）的业务现代化建设、科技服务和综合经营、气象部门职工生活、工作条件、站风站貌有明显进步，防灾能力明显提高。

三、成果

（一）大气探（监）测网

（1）新建建阳、龙岩两部新一代天气雷达，与厦门、长乐天气雷达组成覆盖全省的多普勒天气雷达监测网。

（2）在福州、龙岩、三明、南平、宁德五地（市）建成 51 个自动气象站和自动雨量站网，其中福州 10 个、南平 12 个、三明 12 个、宁德 8 个、龙岩 9 个；15 个国家基本站布设 15 套多要素 II 型遥测站，在漳州布设一套从芬兰进口的 Milos 500 型八要素自动站，初步实现全省气象观测资料处理微机化，也为配合雷达定量测雨创造条件。

（3）南平、三明两地（市）各增设 2 套闪电定位仪，与福州、龙岩、厦门已建成的闪电定位仪组成覆盖全省的闪电定位仪监测网。

（二）气象信息网络

（1）完成全省所有地（市）的 VSAT 双向站建设和 61 个县（市）级 VSAT 单收站建设。

（2）全省 26 个国家基本站、基准站，增设 26 套"9210"工程卫星接收系统，结合"9210"扩展工程，实现全省的省—地—县与国家气象中心之间的卫星通信，建成卫星通信和地面通信相结合的现代化气象信息传输网络和计算机网络，实现气象信息的中高速传输和资料共享。

（3）进行计算机网络升级改造，进一步提高省、地（市）、县之间的气象信息传输能力。

（三）气象信息分析预报系统

（1）建成省气象台的防灾减灾指挥中心和市、县两级的防灾减灾分中心、支中心。建立省、市两级实时气象资料库，气象预报实现人机交互式作业。

（2）完成新一代天气预报业务流程、新型网络下业务系统应用软件的研制和改造、非常规气象资料在中尺度灾害性降水预报中的集成应用、四要素自动气象站网建设、非常规气象资料在闽南地区强对流天气预报中的集成应用、NT 网络系统下地（市）级业务系统应用软件的改造和开发等 6 个业务系统建设。

（3）建立省、市两级实时气象资料库。

（四）气象警报服务系统

气象服务向多媒体、可视化、自动答询、微机终端查询方向发展，建成更完善的多媒体天气预报声像制作系统，提高气象灾害警报服务能力。个别基层气象局（站）已在因特网上建立气象网站，开展服务。人工降雨作业指挥系统和技术保障体系建设得到完善。

（五）气象预警支中心业务

60 个基层市（县）气象局（站）完成气象支中心建设，提高气象业务现代化预警、预报和服务能力，改善基层基础设施建设和工作环境、生活条件。

第三节　三期工程

一、立项

1999 年 12 月 14 日，省气象局向中国气象局上报《福建省中尺度灾害天气预警系统三期工程建设规划》。

2000 年 1 月 24 日，省政协八届三次会议召开专题协商会，副省长丘广钟、省政协副主席李祖可、省政府有关部门和中国气象局有关领导参加，会议要求省气象局做好三期工程的立项和可行性研究论证工作。4 月 3 日，副省长丘广钟等赴京与中国气象局领导就三期工程建设问题达成共识。6 月 26 日，中国气象局批复同意立项建设。批复指出：福建省中尺度灾害性天气预警系统三期工程已被纳入中国气象局"十五"气象事业发展计划中统筹考虑，建议省气象局商请省政府将三期工程纳入地方国民经济"十五"发展计划安排。关于三期工程建设所需投资，中国气象局将按照一、二期工程的匹配原则，与地方政府共同投资建设。8 月 25 日，省气象局向省发展计划委员会上报《福建省中尺度灾害性天气预警系统三期工程可行性研究报告》。

2000 年 9 月 4 日，省发展计划委员会在福州召开项目可行性研究报告审查会，中国气象局、北京市气象局、南京气象学院、省政府办公厅、省政协常委会、省财政厅、省科技厅、省防汛办等单位领导、专家共 41 人参加审查会议，中国工程院院士李泽椿任审查组组长。审查会肯定三期工程建设的必要性，通过三期工程可行性研究报告，并对有关问题提出补充意见。

2001 年 2 月 21 日，省发展计划委员会批复同意三期工程项目可行性研究报告。2002 年 8 月 28 日，省发展计划委员会同意三期工程初步设计。

二、目标

到 2004 年，更新福州（长乐）、厦门的天气雷达为新一代多普勒天气雷达，与二期已建成的龙岩、建阳新一代天气雷达构建覆盖全省的新一代多普勒天气雷达监测网，进一步完善、优化大气综合探测、信息通信网和综合服务系统，扩充气象信息加工处理和分析预报应用系统，以达到全面提高中尺度灾害性天气的监测、预报能力，为稳定发展和建设海峡西岸经济区提供有力的气象防灾减灾保障。主要目标如下。

（一）完善、优化中尺度天气综合监测网

建设厦门、福州（长乐）新一代天气雷达，自动气象站网，4 套新一代探空测风雷达，1 套极轨气象卫星接收系统，1 套多站式闪电定位系统等综合大气监测网。

（二）升级、改进信息通信网络

建设省、市、县三级通信网络升级改造工程，Ⅱ型自动站通信网络。

（三）完善、扩充中尺度天气信息加工处理和应用系统

完善、扩充中尺度信息加工处理和显示功能，提高雷达、卫星、自动站等资料的短时预报业务能力，充实灾害性天气短期预报及中尺度数值天气预报业务内涵，扩充人工增雨作业指挥系统。

（四）完善综合气象服务体系

完善各级决策气象服务系统、农业气象综合信息服务系统、气候资源开发和气候评价服务系统、城市气象服务系统、现时气象信息自动答询服务系统等服务体系建设。

（五）健全管理保障系统

健全各系统的监控、管理和气象技术保障体系，建立省级自动气象站维修保障中心、市级气象技术装备保障管理分中心。

（六）建设防雷减灾预警系统

建设覆盖全省及台湾海峡的闪电定位监测网，建立福建省气象防雷专业网站。

三、成果

（一）中尺度天气综合监测网

（1）建成福州（长乐）和厦门新一代天气雷达系统。与建阳、龙岩新一代天气雷达组成同一技术体系、覆盖全省和周边地区、能够对灾害性天气实行全天候不间断监测的多普勒天气雷达探测网，在全国率先完成国定基地天气雷达增网任务。全省 4 部新一代天气雷达实现资源共享，各级气象台站可实时调用每 6 分钟一次的雷达产品资料，对中小尺度的灾害性天气（如局地强雷暴、冰雹、暴雨、大风等）实施全天候监

测，改善对热带气旋或台风登陆位置及强度监测与预报的准确性，为全省气象台站开展短时临近天气预警服务提供有力的保障。

（2）完成自动气象站建设。共安装 69 个自动气象站和台山、西洋、平潭、南日、围头、东山 6 个海岛自动气象站；按标准完成观测场地改造和避雷设施建设，安装热度锌风塔、单腿式玻璃钢百叶箱和不锈钢围栏。所有已建成的地面自动气象站传输时效为每 30 分钟通过 X.25 网向省级气象中心站上传一次探测资料，必要时可加密为每 10 分钟或 15 分钟一次，为中尺度灾害天气预报提供增加时空密度的气象资料。6 个海岛自动站每小时通过移动通信网向省级气象中心站上传一次探测资料，省级气象中心站实时将收集到的自动站资料处理建库，并经"9210"双向站上传国家气象中心主站，再通过"9210"单向广播下发各级气象台站使用。同时开发自动站故障监控软件系统，通过每小时上传的自动站设备状态信息，可以实时判断各自动站运行是否正常，并通过互联网指导台站人员处理故障。

（3）完成 4 部 L 波段探空测风雷达建设。福州、厦门、邵武探空气象站 59 – 701C 型测风雷达系统更新为 L 波段二次测风雷达（电子探空仪系统）。龙岩市气象台建成全国气象部门首部移动式 L 波段高空气象雷达，能在现场进行地理、方位、水平和三轴一致性的快速校正等标定，为综合应急移动气象服务提供重要手段。

（4）建成极轨气象卫星接收系统。引进新一代极轨气象卫星遥感资料接收处理设备，实时接收美国 NOAA 系列卫星（NOAA – 12、14、15、16、17）和中国风云系列卫星（FY – 1C、1D）的 AVHRR 遥感资料。开发极轨气象卫星遥感资料预处理及应用软件系统，提供森林火点监测、植被指数等遥感业务产品。森林火点的实时监测系统利用 GIS 技术，火点地理定位可以精确到乡镇，资料的地理分辨率小于 50 米，这项技术在省森林防火办投入应用。

（5）建立多站式闪电监测定位系统。在福州、南平、龙岩、厦门、德化、平潭、福鼎、武夷山、宁化等市（县）布设闪电探测子站，建成省级数据定位处理和系统监控中心，探测网探测范围覆盖福建全省及台湾海峡，探测效率高于 85%，平均探测定位精度优于 500 米。闪电定位系统可实时监测闪电的发生、发展、移动方向和成灾情况，所探测到的闪电精确度为 500 米范围内，能弥补离观测点距离甚远、两站点间资料缺少的不足，为保险业、电力、民航、机场、加油站、电信、铁路、高速路等行业及计算机密集单位用户提供有价值的信息服务。

（二）信息通信网络

（1）完成气象局域网升级改造，实现千兆骨干网络和百兆交换到桌面的省级信息网络系统。强化网络安全，办公网络与互联网采用两套物理隔离的布线系统或隔离卡实现隔离，涉密子网采用专用光纤线路及加密机与其他网络实现物理隔离。系统安装网络企业版杀毒软件，保护网络安全。

（2）依托数字福建政务网，建成省—市气象可视会商系统。除满足日常天气预报会商外，还用于不定期的气象远程教育和各类会议的召开，使用的时间和频度日益增多，已成为信息网络日常沟通的重要应用平台。

（3）建成自动气象站资料分组交换传输网络。改原来通过电报网传递气象电报为分组交换传输，使气象电报的收集时间从原来的30分钟缩短到5分钟，自动气象站采集密度从原来的3小时提高到10分钟，可以满足灾害性天气过程期间分钟级的信息采集需求，有效提高气象资料的传输时效。

（4）建成新一代多普勒天气雷达通信传输和共享系统，成为地面宽带网使用频度最高的应用系统。各市（县）气象局通过该系统可获取每6分钟更新一次的4部新一代天气雷达资料，为开展短时临近天气预报提供监测预警信息，为人工增雨作业指挥提供依据。

（三）中尺度天气信息加工处理系统

（1）开发中尺度天气信息加工处理和显示系统，能集成处理和显示气象业务中各类探测资料和数值预报产品资料，并能灵活扩充、实时集成显示各类新增中尺度探测资料，已成为天气预报业务和科研主要的业务软件，并已在各气象台站推广使用。

（2）建成由雷达—雨量站网联合估测区域降水量子系统、临近和短时降水预报系统、区域暴雨概念模型、GMS卫星二次产品应用、福建省新一代天气雷达拼图、台风定位系统、雷达站短时预报值班业务平台等子系统组成的综合短时天气预报业务体系。提出基于最大重叠相关法的短时/临近降水预报方法，即采用模式集成法进行区域降水估测，利用加密的地面雨量站网数据统计雷达定量降水估测精度与站网密度间的关系。

（3）建成灾害性天气短期预警业务系统。提炼冰雹、汛期暴雨、台风暴雨、台风路径等若干影响因素和物理量判别指标，建立冰雹、前汛期区域暴雨和台风区域暴雨等客观落区预报，以及应用优选概率权重集成的热带气旋路径预报方法。开发冰雹、汛期暴雨、台风暴雨、台风路径短期预报预警业务运行系统，具有灾害天气历史资料检索、人机交互判别分析、自动生成和显示预报结果等功能。建立一套小型会商系统，能实现文字及图形图像编辑，方便获取和制作各类天气会商素材，快捷生成预报会商的视频幻灯文档，成为每日天气会商实用的业务工具。

（4）建立福建省中尺度数值天气预报系统。以PSU/NCAR的MM5（非静力中尺度数值天气预报模式）和SGI（高性能计算机）为基础的福建省中尺度数值天气预报系统，每天两次实时自动运行，分辨率为10公里，预报时效48小时。预报时间间隔为1小时，要素包括高度、温度、湿度、风场（U、V分量）、气压、降水量等，预报产品通过省地网传输到全省各气象台站，供预报人员调用。开发多普勒天气雷达、气象卫星等非常规资料的反演和同化业务，为雷达、卫星资料在数值模式中的业务化使用作技术准备。开展台风和暴雨数值模拟试验，为预报这类灾害性天气提供科学依据。

（5）完善扩充人工增雨作业指挥系统。引进一维时变积云模式、二维准弹性对流云模式，制作夏季对流云含水量与降水效率、自然降水物理过程和催化的物理过程模式，利用这一模式及新一代天气雷达分析对流云液态水含量及降水效率，初步建立人工增雨作业指挥平台。

（四）综合气象服务系统

（1）开发省、市、县三级决策气象服务系统。建立周年决策气象服务方案、决策气象服务资料库、知识库和统一的业务平台，完成气象情报（灾情）收集与上报系统，制订福建省决策气象服务业务流程，实现决策气象服务情报信息共享。建成决策气象服务网站，该网站被省"数字福建"建设领导小组评为"2003—2004 年度优秀政务网站"和"2005—2006 年度优秀政务网站"。

（2）建立农业气象综合信息服务系统。根据旱涝灾情气象卫星遥感监测方法，确定旱涝灾情指标，建立旱涝灾情遥感监测子系统，进行旱涝灾情遥感解释图像的矢量化制作和 GIS 应用，形成旱涝灾情监测服务系统流程。开发福建省农业气象情报预报业务服务系统，建立历年作物产量数据库、气候因子（地面气候因子和大气环流因子）数据库、气象灾情库、农业气象旬月报和专题产品库、农业生产建议专家库、作物病虫害资料库等，调整森林火险指标，重新设计台站农业气象实时信息处理加工软件。

（3）建立气候应用评价服务系统。系统分解为气候灾害监测预警预测、气候影响评价和应用气候服务 3 个子项目。《福建 5—6 月、7—9 月旱涝趋势和影响或登陆福建热带气旋年频数的预测概念模型和短期气候预测业务系统》子项目，可对环流形势、海温状况、气候指标、气候要素变化、异常值等资料进行检索分析，并对短期气候预测业务作质量评定。《福建省气候影响评价系统》子项目，设计气候评价、气候事件影响评价、气候变化、公报制作和查询检索等功能。《应用气候服务系统》子项目，开发干旱、寒害、暴雨、高温等气候灾害监测软件，以及气候资料检索、应用气候统计方法、主要大气环境评价参数自动计算等项目的气候应用服务平台。

（4）建成城市气象服务系统，系统包括生活气象指数预报工具、紫外线辐射强度和空气负离子观测、主要常见病（高血压、中暑、呼吸系统疾病、消化系统疾病等）的发生和流行的气象条件等，建立常见病不同季节的发病率等级预报模式及空气质量预报系统。城市气象服务系统是集医疗气象指数、生活气象指数、环境气象指数预报模式和历史资料检索于一体的预报服务平台。

（5）建成现时气象信息自动答询服务系统。开发自动站现时气象信息的自动答询系统功能，使之具有对省内已建各类型自动站实时数据进行自动采集、建库和统计的能力，扩充"121"声讯系统的服务内容，能方便地通过电话、手机拨打"121"声讯系统，实现自动站实时信息的语音自动答询。

（五）气象技术保障和防雷减灾体系

（1）建成新一代天气雷达保障中心和自动站设备检定系统。代行制定全国新一代天气雷达维护规范第一蓝本，增强新一代天气雷达维护保障能力。建立自动站设备检定系统，健全省、市两级装备自动站维修设备，建立自动站和雷达工作状态远程监控系统。通过保障体系建设，初步实现保障队伍专业化、检测手段现代化、检修反应实时化、检控运行自动化、装备管理规范化。

（2）完善雷电监测和应用服务系统。建成覆盖全省及台湾海峡地区的闪电定位监测网，引进防雷工程专业设计软件，实现防雷装置的设计、施工图纸自动生成、工程预（决）算的计算机智能化自动化处理。建成福建省气象防雷专业网站，分省级防雷检测系统和市级检测系统，以及进行全省自动站 X.25 线路防雷工程建设，提高雷电监测、防雷设施检测、防雷工程设计等方面的能力。

第四节　建设效益

一、监测效益

（一）天气雷达监测网应用

以多普勒天气雷达为核心，配合区域自动气象站组成的灾害性天气监测网，及时、准确地获取并判别台风、暴雨、大风、强对流及冰雹等灾害天气面雨量范围、风力强度和云中含水量信息，信息量大、清晰度高。其中，陆地、沿海、岛屿等布设的区域自动气象站可自动连续观测多种气象要素，实时反馈台风等灾害天气多要素信息，以便各级领导和防灾部门及时作出预警决策，提升对灾害性天气的监测和预防能力。

2004 年 8 月 25 日 16 时 30 分，"艾利"台风在福清高山镇登陆后，转向西南，福州长乐天气雷达及时发现台风移向的改变和密切监视后续路径的变化。在整个台风过程中，雷达共发出台风定位报告 27 次，25 日 6 时开始，每小时将定位结果通过电视字幕向公众及时报告台风的新动态，还通过政府网和公众网第一时间向省领导、社会各界通报雷达监测信息，为政府决策和公众短时服务提供有力保障。

2005 年 5 号台风"海棠"生成后，厦门、福州长乐雷达站连续跟踪。福州长乐雷达每 6 分钟上下传递一次雷达资料，自 7 月 18 日 15 时 30 分至 19 日 23 时，为中央气象台和福建省各级气象部门提供全国唯一的雷达资料和短时分析意见，共对外发报 44 份，发报次数居历年之最。7 月 18 日 8—14 时，"海棠"台风在花莲海域迂回 6 小时后于 14 时 50 分登陆台湾岛，因岛内高山阻挡看不清台风眼位置，福州长乐雷达站利用自行研发的螺簇定位法，准确定位"海棠"，及时为中央气象台发布台风位置，为各级政府的防台抗台决策提供依据。《中国气象报》及时作了《福建省福州（长乐）新一代天气雷达在抗御"海棠"强台风过程中大显神威》的报道，给长乐新一代天气雷达的建设效益予以很高评价。

（二）多站式闪电定位监测仪系统应用

2004年5—8月和10月，解放军某部队指挥部门需要气象部门提供有关气象保障。漳州市气象局、东山县气象局为演练部队在整个演习期间，依据新一代天气雷达提供的观测报告，利用"9210"工程卫星通信网下发的福建省级新型闪电定位系统监测中心以及闪电监测子站实时探测的资料，经省、市气象台天气会商后，准确预报出当地强对流天气，为军事演练活动圆满成功提供了及时的气象保障。南京军区气象水文中心领导专程为漳州市气象局送来"观云测雨，共铸长城"的横匾，感谢市、县气象局为军事活动提供气象服务。

（三）极轨卫星的遥感应用

2003年7月8日16时10分至18时25分，省气象科学研究所通过美国极轨卫星NOAA-12和NOAA-14过境的遥感资料，连续监测到发生在安溪县长坑乡（经度117.82°，纬度25.14°）的一起森林火灾，并得到省森林防火指挥部办公室的证实。7月12日下午，极轨卫星遥感监测结果显示在连江县马鼻镇境内有一起林火，经连续监测，这场林火烧了三天两夜，过火面积600多亩。7月15日、16日，省气象科研所将卫星遥感监测的林火信息实时传至省森林防火指挥部办公室，为其及时采取措施提供了依据。省气象科研所在林火极轨卫星遥感监测技术中，结合应用GIS（地理信息）系统，使火点的地理定位准确定位到乡（镇），为防火部门合理调度人力设施、提高扑火效率提供了准确的火情信息。据省森林防火指挥部办公室统计，由省气象科研所提供的火情信息准确率达80%以上。

二、预报服务效益

（一）灾害性天气预报精细化

在"二级基地"三期建设中，短期灾害天气预报业务实现精细化，将灾害天气预报方法，细化为汛期暴雨落区预报方法、台风暴雨落区预报方法、台风路径集成预报方法、冰雹预警和落区预报方法等，各种方法在2004年灾害天气预报业务试运行时，通过较为完善的气象信息网络，及时、快捷地将各探测点的实况信息收集到业务平台，实际应用预报效果较好，预报结果达到量化，也延长了预报时效，重大灾害性天气没有漏报，且能提前多日作出趋势预测。

设立"台风预报图制作"和"资料查询与图表生成"等业务子系统，为各级领导指挥防灾减灾进行决策气象服务提供技术支持。该子系统分别于2002年台风季和2003年初开始投入业务运行，显示出其快捷的资料查询和灵活的图表生成功能，在台风、暴雨、高温、干旱等灾害性天气过程和其他综合决策服务中发挥了重要作用。

（二）中尺度数值预报产品业务化

"二级基地"业务建设的中尺度数值预报业务产品，于2004年1月正式投入准业务应用，运行性能较好，能实时传输大量的较为准确的数值预报产品到省、市、县气象台站，成为各级气象台天气预报业务应用中最基本的指导产品，实现中尺度数值预报产品共享。而且，该产品暴雨预报准确率在2005年9月份达到最高，24小时准确率评分达0.55。

（三）人工增雨作业指挥专业化

1998年开始，福建省人工增雨作业指挥系统实施建设，采取边建设边作业的方式，充分利用"二级基地"已建立的通信、探测和计算机技术以及福建省人工增雨的研究成果，至2002年初步建成具备业务化能力的作业指挥系统，在2002年和2003年抗旱增雨中发挥了效益。以2003年为例，7月起，各地（市）人民政府成立人工增雨工作指挥部，由所在地气象局牵头，具体实施人工增雨作业。各市、县气象局精心组织作业，密切监视天气变化，抓住每次有利时机进行人工增雨。省气象局购置火箭发射装置30架，全省统一指挥，同时运用人工增雨火箭炮、三七高炮等手段，充分发挥新一代天气雷达优势，进行人工增雨作业，省气象科研所先后派出人工增雨专业组分别赴省内5个地（市）参与和指挥人工增雨作业。

"二级基地"建设建立福建省突发气象灾害预警信函等发布系统，及时将各类气象灾害的预警信息和防御措施通过电视、广播、短信等各种方式通报给社会大众，预报效益惠及人民群众。

三、事业发展效益

"二级基地"建设被省政府作为省重点建设项目，各市、县政府将该项目列入"为民办实事"之一。省、地（市）、县气象部门共享"二级基地"建设成果，通过省级主中心、地（市）级分中心、县（市）级支中心现代化业务项目建设，现代科学技术装备水平明显提升。

2005年，气象部门拥有24个CPU 350高性能计算机1台，各类微型计算机1569台，新一代多普勒天气雷达6部、L型测风雷达12部；69个县（市）气象局（站）、沿海及海岛各布设10个以上多要素自动气象站，形成数以百计的自动探测网，其探测资料通过"9210"工程双向站上传国家气象中心主站，再单向下发全省各级气象台站使用；建立各级气象局（站）静止气象卫星、极轨气象卫星遥感接收系统，以及多站式闪电监测定位系统，建成省级系统监控中心及各级接收系统终端，提高了对各类中尺度灾害性天气的监测精确度。事业发展结束了气象部门监测手段落后、手工操作劳动繁重、预报精细度不高等相对滞后状态，基本上能适应各级政府和社会公众对气象的需求和期待。

在"二级基地"建设中，台湾气象学者考察团先后 5 次到闽考察福建省中尺度灾害性天气预警系统建设。台湾气象学会理事长陈泰然说："福建气象现代化建设规模和发展速率，令我惊奇，令我佩服。我相信，通过两岸气象学者共同努力，着力研究暴雨和台风预报两大难题，两岸气象学界一定能携手跨入 21 世纪，实现气象全面'通气'。"

在"二级基地"建设中，省气象局"一手抓工程建设，一手抓人才培养"，采取派出去、请进来或短期进修等方式，加强技术培养，还与科研单位、高等院校合作，共同参与"二级基地"建设的技术设计和指导。让省内技术人员通过领项目、压担子等技术锻炼，培养一批从事大气探测、信息网络、天气预报、气象服务与业务管理等专业技术人员。据统计，"二级基地"建设共设立 10 个研究项目，参加人员共 89 人，每个项目组长或领队人物都是省内气象、技术人员。通过业务建设后，他们中先后走上省气象局或厦门市气象局（副司局级）领导岗位的有 6 人；从技术岗位上被提拔为副处长（或副主任）以上行政岗位，成为省市气象局中层领导干部的有 27 人；从中级技术职务（工程师）岗位提升为高级技术职务的有 20 余人。在 3 期建设中，"二级基地"举办和参加各种新技术培训班和讲座 33 次，培训 550 人次，其中 50 余人，派到北京和其他省（区）接受培训。

第五节　福建沿海及台湾海峡气象防灾减灾服务体系建设

2004 年初，省气象局提出建设"福建沿海及台湾海峡气象防灾减灾服务体系"（以下简称《项目建设》）的设想，作为中尺度灾害性天气预警系统建设向海峡延伸，以满足福建海洋经济发展和海峡西岸经济区建设对海洋气象预报、预警的需求，得到省政府和中国气象局的支持。5 月，省发改委对省气象局提出的《项目建设》建议书给予充分肯定，并提出进一步完善建议书的意见。7 月，省政府召开专题会议，听取省气象局关于《项目建设》建议书的汇报，参加会议的有省政府办公厅、省发改委、省财政厅、省地震局、省海洋与渔业局、省科技厅及解放军空军驻闽某部、海军驻闽某部等单位领导。与会代表一致认为，《项目建设》很有必要且意义重大。年底，省发改委下达《项目建设》前期工作经费，要求省气象局尽快完成项目可行性研究报告编制工作。

2005 年 1 月，省政府将《项目建设》正式列入 2005 年省预备重点项目。2 月 19日，中国气象局召开专题会议，听取省气象局《项目建设》可行性研究报告的汇报。认为《项目建设》符合福建防灾减灾和经济发展需要，符合国家安全和军事服务需要，符合中国气象事业发展战略，针对性强。同时，要求省气象局进一步做好跨部门的协调工作。2月21日，省气象局赴总参气象局介绍《项目建设》的内容，得到总参气象局的充分肯定和支持。3月，省气象局先后与省海洋与渔业局、省地震局、省环保局等部门召开信息资源共享会议，就跨部门的信息应用开始共享试验和研究。4月18日，中国气象局对《项目建设》技术方案组织专家审议，并签发《关于福建沿海及台湾海峡气象防灾减灾服务体系项目建议书的批复》。《项目建设》规模包括沿海及海峡大气环境综合探测系统、海洋气象信息通信网络系统、海洋气象预报警报服务系统、海洋气象技术装备保障系统等四个业务系统。

第十章　气象服务

气象服务分为公益气象服务、专业（项）气象服务和气象科技服务三大类。公益气象服务是为各级党、政领导及生产指挥部门提供的决策气象服务和为广大人民群众提供的生产、生活所需的公众气象服务。专业（项）气象服务是根据经济建设、军事活动、农业生产、交通运输等行业对气象的需求，提供的有针对性和精细化的气象服务。气象科技服务是为农、林、水、建筑、电力、烟草、交通、矿业、商业、保险业、海洋、养殖业以及航空航天、军事等30余个行业200多种专业用户提供的服务。

第一节　决策气象服务

一、灾害性天气预警

20世纪90年代初期，各级气象部门发布低温寒害、汛期暴雨、台风等灾害性天气预警预报，主要以文字的方式向党、政领导和生产指挥部门提供决策气象服务，以广播、新闻报纸的方式向大众提供公益气象服务，省气象台以电话的方式向地市气象台提供指导预报。90年代中后期，在信息化和网络化的情况下，服务手段和服务方式都有了很大的改变，采用文字、广播、传真、电视、闭路电视、Internet网、政务网、短信等方式提供气象决策服务和公众气象服务。对各地政府的决策气象服务内容，主要是"重要天气警报报告"、"重要气象信息专报"和"天气公报"、"专题（项）气象报告"等。前者是关于台风、暴雨、寒害等灾害性天气的预报警报或实况，后者是关于中期（旬）天气预报、低温阴雨影响和有针对性的专题气象报告、预报等。当重大灾害性天气可能发生时，省气象局、各地市气象局（台）领导及时部署，并参加本级政府的抗灾防御会议现场汇报；重要灾害性天气发生后，及时向本级政府部门提供气象信息专报。

2001年后，省、市气象台分别成立决策气象服务中心，由省、市气象台分管领导任决策气象服务中心主任，设专人负责决策气象服务工作，为省、市气象局领导参加本级政府抗灾防御会议提供决策服务现场汇报信息。省、市气象台决策服务中心向各级党和政府领导及有关部门报送的服务材料有重要天气预警报告（向各级政府汇报的灾害性天气预报警报）、重要气象信息专报（向各级政府汇报的灾害性天气实况）、天气公报（向各级政府报告的天气、气候、农业气象等中短期气象灾害预报）、专题气象报告（向各级政府或上级气象部门汇报的综合性专题气象服务材料，包括主要节假日预报服务和重大活动气象保障等），以及专项气象预警预报（向各级政府或某单一部门专门制作的中短期天气预报或灾害性天气预警报）。

范例：2002 年 6 月 14—18 日，三明市出现连续性大暴雨，建宁县连续 2 天过程雨量 523 毫米，泰宁、将乐、宁化、明溪等县连续 2—3 天过程雨量超过 400 毫米。省气象台和三明市气象台都提前作出预报。遭受这次百年一遇特大灾害的建宁县气象局提前 36 小时作出预报，为部署抗洪救灾决策赢得了宝贵时间。时任国务院副总理温家宝在现场视察灾情时说："我看县气象局是应该要表扬的，因为近期预报是最难的。"

二、气候影响评价与气候预测

（一）气候影响评价

1991—1992 年，省级气候影响评价对象以气候情报形式对外发布，对象有农业、林业、水产、水电、工业、交通、医疗卫生等行业，评价时段分上半年和全年。1993 年开始，发布《气候诊断公报》，不定期评价半年或季度气候概况，诊断未来季度或半年气候展望，发布对象不变。

1995—1998 年，省级气候影响评价对象增加盐业、保险业，评价内容增加强对流、高温天气（包括春季异常高温、冬季高温）。1998 年，对发生在省内的干旱、寒害、暴雨等气候灾害进行自动监测，不定期向有关部门发布《气候监测公报》，后改为定期发布《年度气候公报》。

1999 年起，省级气候影响评价对象增加铁路运输，评价内容增加地质灾害、龙卷风及林业的种苗、营林、病虫害、火险等专业内容。

2003 年起，省级气候影响评价服务产品，除年度、半年外，增加春、夏、秋、冬四季和逐月评价内容，以当地当时主要气候事件为主，对外发布《福建省气候公报》。

2005 年，省级气候影响评价分月、季和年度评价，涉及行业有农业、林业、水电、水产、工业、交通、通信、医疗卫生、保险、盐业、铁路、地质等 12 个，评价气候灾害内容有洪涝、寒害、冰雹、强对流、干旱、高温、龙卷风等。

（二）长期天气预报（短期气候预测）

1991—1997 年，省气象台发布月份和季度、年度长期天气气候预测。月份预测内容有月天气趋势和月气温、降水距平预报；季度预测以春季低温阴雨、汛期降水、夏季台风和秋季寒露风等为主要内容；年度预测以气候年景趋势为主要内容，以及上述季度重要灾害性天气趋势等。服务对象主要是各级党政领导机关、防汛抗旱指挥机构、农业生产和水利、水电、水产部门等用户。

1996 年 2—3 月间，厦门市气象局相继组织 3 次农事天气会商，根据中、长期天气预报，准确预测了 3 月下旬将有严重"倒春寒"天气和 6 月间早稻成熟期将有一个早台风影响。市农业部门根据市气象局的中、长期预报，建议调整早稻播种期和插秧期，避免早稻烂秧和减少早台风影响的损失。由于一年农事天气预报基本准确，市气象局被市政府评为市服务农业先进单位。

1998 年 1 月起，长期天气预报更名为短期气候预测，省级归属省气候中心，地（市）级归属市气象台。省、市两级短期气候预测服务产品，包括定期发布的月、季、年度的气温、降水及有关气候灾害的趋势预测和不定期发布的专项气候预测（如森林火险、作物生长、交通、能源、地质灾害、健康等气候条件）。此外，还针对当前气候变化形势，制作发布未来趋势展望。服务对象除长期天气预报主要用户外，还涉及工业、林业、铁路、交通、海洋捕捞、海上运输、保险业、医药卫生、地质等部门用户。县级气象部门不做短期气候预测，只应用省、市级短期气候预测产品，对外开展气象服务。

三、农业气象情报

从 1988 年 4 月开始，省气象科研所先后为农业部门提供旬、月、季、年等省级农业气象情报服务，尤其重视苗期、孕穗期、晚稻开花期的寒害，小麦冻害、病虫害及影响农业生产的水、旱、风等灾害，为粮食增产当好气象参谋。主要服务用户有省农业厅、省农科院及福州郊区的鼓山、城门、新店乡（镇）农技站等。服务内容有晴雨天数、降水量、气温、湿度、日照等各类气象要素。特别是"三寒"等对农作物容易产生冻害的天气，气象服务人员提前通过电话咨询、邮寄资讯、上门服务等方式，把预报信息提供给用户，指导农民安排育种播种、秧苗移栽和田间管理，以减少不利天气的影响。

1991 年起，南平市气象局农业气象试验站定期发布"农业气象旬报"、"闽北农业气象"、"气象与农业（专题）"、"专题气象服务"等多种农业生产需要的气象情报产品。还根据农事活动需要，不定期发布南平市双季早、晚稻生育期间农业气候评价、早稻稻瘟病预报、早稻成熟期预测等农业气象情报服务产品。

20 世纪 90 年代前期，莆田市气象台对当地名优文旦柚、枇杷特产的气候和农业气象条件，进行深入调查，调查结果认为：文旦柚开花、结果、收获期，与气象条件及所处地的土壤、海拔、坡向及根系的含水量等有关，尤其与极端最低气温及持续时间长短、降温速度快慢、低温期风速大小及低温期土壤含水量等要素关系更密切。调查建议，文旦柚种植于土壤湿度适宜、风力小、阳光充裕的平原、低山地区。枇杷花期宜晴暖少雨，每年 10 月至次年 4 月的果期宜气候湿润，适宜气温 5℃～25℃；低温（<5℃）易冻害变形，高温（>25℃）易无果减产。幼果期最佳气温为 15℃～23℃。市气象台根据这些气象条件，适时向果农开展农业气象情报、灾害性天气预报服务，以减少损失。

1995年，霞浦县气象局为确保数亿元产值的海带丰收，向全县6个乡镇和10个村定期提供海带育苗期和收获期的气象情报和天气预报服务。同年8—9月，寿宁县气象局与县科委合作，开展花菇种植业生产期天气预报和农业气象情报服务，为全县8000万袋花菇生产避免因夏季高温烂菇而减少经济损失70万~80万元。2000年，霞浦县气象局科技人员下渔区为海带育苗、大黄鱼、对虾养殖等海洋养殖业分类进行渔业气象情报服务。

2000年，省气象科研所的省级农业气象情报产品，通过福建气象网、福建三农网、福建农业信息网、省气象科研所网站及气象部门局域网、福建电视台、福建人民广播电台、《福建日报》和《福建科技报》等媒体发布，为各级政府、农业部门、生产用户及乡（镇）、村提供新农村建设的气象情报服务。省级农业气象产品内容增加双季稻农业气候评价，并对地（市）、县气象局的农业气象情报进行技术指导。

2004年，南平市气象局为延平、建瓯、武夷山、邵武等县（市、区）林区飞机防治松毛虫害，进行历时一个月飞防保障作业的林业气象情报服务。市气象局还由专人组成飞防保障小组，进驻武夷山机场，先后提供天气雷达报告27次、天气报告200余份、观测电报近千份等情报服务。为确保飞行安全，由南平市气象局、武夷山市气象局提供适合、不适合、绕道或紧急飞回等作业气象安全保障建议，提高飞播灭虫效率。据统计飞防面积29.43万亩，防治效率达90%左右。

四、粮食作物产量预报

1991年起，省气象科研所的省级粮食作物产量预报服务，为各级政府制定粮食计划和农业生产决策提供所需的重要信息，是气象为农业决策服务的主要产品之一。服务内容包括双季早稻产量、双季晚稻产量以及全年粮食总产的趋势和定量预报。

1995年起，漳州市热带作物气象试验站、南平市农业气象试验站以及连城、浦城、长乐、福清、龙海、霞浦、宁化、明溪县（市）气象局先后开展粮食作物产量预报。预报内容包括早、中和晚稻的产量趋势与定量预报，适时为当地政府和农业部门提供粮食生产决策方面的情报服务。

1998年，在闽北发生特大洪灾的情况下，省气象科研所农业气象中心组织产量预报讨论会商。经会商，预测的早稻减产的幅度最接近实际情况，双晚稻产量预测和全年粮食总产预测也与实际产量比较符合。

1999年，省气象科研所共发出8期粮食作物产量预报材料，同时结合甘薯课题，首次发布甘薯产量预报2期，还与相关部门采用电话会商方式，提高粮食产量预报精度。

2000年，省气象科研所共发布粮食作物产量预报资讯9期，并根据全年农业生产的进度和各阶段重要农事关键期，发布各种专题农业气象服务资讯12期。2001—2005年，省气象科研所每年还发布双季早、晚稻产量趋势、定量预报等公告6期，公告内容通过各新闻媒体向社会宣传，为各级政府指挥农业生产提供科学依据，也收到良好的社会效益。

五、科技兴农服务

1990—1991年，省气象局组织省、市、县气象科技人员，在连江县长龙乡建立气象科技兴农示范点，在县科委等部门帮助下，《星火计划》第一年实施获得成功。单季稻推广"汕优67"2000亩，亩均增产50～100公斤，净增稻谷10多万公斤，然后利用该品种茎秆结实、再生力强的特点，推广再生稻1000亩，亩增产233公斤，增产稻谷23万公斤；马铃薯示范300亩，亩产超过1500公斤。1991年，长龙乡全面推广《星火计划》，全乡粮食比1990年增产59.7万公斤，增收效益48万余元。

1992年起，省气象科研所汤川农业气象试验站，根据当地中、高海拔山区农村经济发展及气候条件的特点，在当地推广示范食用菌、商品猪饲料及越夏蔬菜栽培技术，历时五年，取得明显的经济效益。

1993年3月中下旬，省气象局组织省气象科研所、省气象台技术人员组成小分队，分别到三明市部分乡镇实地开展春播气象服务。技术人员根据亚热带丘陵山区农业气候资源的研究成果，推算当地山区适宜的播种期并印制成材料向农民宣传。有的科技兴农小分队利用乡（镇）召开村长会的机会举办农技讲座，讲述播种期天气趋势、利用地形气候趋利避冻、烟草生产中的农业气候问题等。

1997年，福州市农业气象试验站结合"蔬菜防虫网覆盖栽培下的小气候效应及对蔬菜生长的影响"试验，在福州市郊区蔬菜生产中推广使用蔬菜防虫网覆盖栽培技术；利用省气象局科技兴农课题"蔬菜保护地栽培的小气候效应研究"的成果，在福州市郊区蔬菜生产中推广蔬菜保护地栽培技术服务。1999年，该站参与省气象局科技兴农课题"琅岐闽台农业合作试验区气候资源调查与分析"，对琅岐岛的气候资源进行较系统的调查、分析，为福州市在琅岐岛建立蔬菜种植基地和引种新品种，提供了岛区气候资源积累基础数据。

2000年，省气象科研所组织农业气象技术人员撰写《水稻抛秧栽培技术》、《福建省早稻春播期间天气预测及农业生产建议》等春播服务专题服务材料，面对面解答农民提出的有关春播生产、果树种植、水产养殖等问题；在《福建科技报》撰写农业气象专栏文稿，指导农业生产。漳州、龙岩等市气象台在春播期间为当地名优水果、花卉、烟草、大棚种植提供大量农业适用技术。

2002年3月，省气象科研所组织农业气象人员到屏南县开展气象科技下乡活动，编写《春播气象服务手册》、《"倒春寒"及其防御措施》、《蔬菜栽培基础知识》、《水稻旱育稀植栽培技术》、《水稻抛秧栽培技术简介》等春播专题服务材料供农民使用，并现场解答农民提出的农业生产问题。农业气象专家在福建人民广播电台《农村天地》栏目，播讲"春季天气特点及对农业生产的影响和生产建议"、"防御强冷空气，做好作物、果树的防寒防冻建议"等专题农业气象服务。

2003 年 3 月上旬，省气象科研所派出农业气象人员参加省农业厅在沙县组织的春季农业生产现场会，提前撰写《2003 春播期天气与农业生产建议》专题材料，供当地农业部门使用；农业气象专家在福建人民广播电台《农村天地》栏目播讲"2003 春播期天气与农业生产建议"、"防御强冷空气，做好防寒防冻工作的建议"等专题农业气象服务。

2005 年 3 月中旬，省气象科研所组织气象科技人员到闽清县开展气象科技下乡活动。编写《橄榄栽培管理技术简介》、《3 月份粮油作物农事建议》等春播专题服务材料，现场解答农民提出的有关问题。农业气象专家在福建人民广播电台《农村天地》栏目播讲"强冷空气过程下如何做好冬种作物和果树的防寒防冻工作"专题农业气象服务。

第二节　公众气象服务

一、电视气象服务

（一）电视气象节目

1. 省气象影视中心电视气象节目

1994 年，省气象局下属的声像中心开始为福州有线电视台、无线电视台制作电视天气预报节目，采取主持人幕后配音的方式制作，每天播出 4 次。

1996 年 9 月 23 日，福建电视台推出由气象部门制作、主持人播讲的天气预报节目，中央电视台电视天气预报节目主持人赵红艳应邀在首播式上作友情主持。

1997 年，省气象影视中心（下称影视中心）开发福建电视台、福建有线电视台《气象服务》节目，每天制作 12 套，增加天气实况回顾、气候旬月报、农业气象情报、森林火险等级预报、气象知识等内容。

1998 年，影视中心在东南电视台开辟《东南卫视》气象节目，每天 4 套；开播省有线电视台体育频道气象节目，每天制作早、午、晚三个时段的天气预报节目，每日共制作天气预报节目 14 套。省气象台、影视中心与东南电视台合作，增加台湾海峡和台湾地区的电视天气预报节目时次。

1999 年 5 月，影视中心与福建电视台新闻频道合作开办《天气预报》，分早、午、晚播出民众关心的最新气象信息；同月，创办福建电视台新闻频道《气象风云》专题节目。同时，《气象服务》节目增加人体舒适度预报新内容。

2000 年 5 月 8 日，影视中心推出面向农村的福建电视台公共频道《气象服务》节目，使常规节目制作总长度达 65 分钟，播出总长度 2 个多小时。

2001 年，影视中心播出节目，增加紫外线强度、舒适度指数、晨练指数、穿衣指数等预报和空调开机建议、防暑建议；与省植保部门合作，开播电视农业病虫害测报预报服务。

2002 年，影视中心电视《气象服务》节目覆盖面扩大，包括福建电视台综合频道、新闻频道、文化生活频道、经济生活频道、教育频道，东南卫视，福州电视台新闻综合频道、影视频道、生活频道等 9 个频道，共制作 13 套节目，总时间长度 50 分钟。节目内容增加百姓生活提示、出行参考等信息。

2003 年，影视中心增加福建电视台电视剧频道、影视频道《气象服务》节目，共制作 20 套电视气象服务节目，其中早间 4 套、午间 4 套、晚间 12 套，总时间长度 60 多分钟，播出总长度近 100 分钟。

2004 年 3 月，影视中心在福建电视台、福州电视台的天气预报节目中增加 3 天天气预报内容。同年 7 月 1 日，影视中心在福建电视台公共频道开播主要针对为农业服务的电视天气预报节目，节目中增加农业生产建议，每天播出三次。同年 5—9 月，影视中心在福建电视台新闻综合频道《全省天气预报》节目中增加地质灾害预报；改版景点旅游气象节目，除景点天气预报外，还介绍当地的天气概况，为游客出行提供参考。

2005 年 2 月和 7 月，影视中心分别增加福建教育电视台、福建电视台海峡卫视、海峡国际频道《气象服务》节目，并与福建电视台少儿频道联合推出《号号报天气》节目，这是影视中心首次制作的卡通气象节目。当年共为 12 家电视媒体制作 22 套电视气象服务节目，其中早、午间各 5 套，晚间 12 套，常规节目时间总长度 70 分钟，播出时间总长度超过 120 分钟。

2. 设区市、县（市）气象局电视气象节目

1993 年，漳州市气象局开播当地制作的电视天气预报节目。

1994 年，南平、莆田市气象局开播当地制作的电视天气预报节目。

1995 年，泉州、三明、龙岩、宁德市气象局及明溪县气象局开播当地制作的电视天气预报节目。晋江市气象局成为气象部门首家具备制作电视天气预报节目能力的县级单位。泉州市气象台在泉州电视台推出《泉州天气预报》节目，节目声音采用电脑合成。

1996 年 1 月，泉州市气象局开播泉州广播电视有线二台《鲤城天气预报》，半年后，由市电视台播音员配音，使用普通话和泉州方言两种语言播出。同年，厦门、莆田市气象局开始制作当地电视天气预报节目，武夷山、晋江、南安等电视台开播当地

气象局制作的电视天气预报节目。

1997 年，厦门市气象局推出有主持人播讲的电视天气预报节目。建瓯、上杭、福清、福安、柘荣等县（市）电视台开播当地气象局制作的电视天气预报节目。

1998 年，厦门市气象局电视气象节目增加到 2 套。泉州市气象局在泉州电视台新增《旅游与气象》节目，播报泉州地区主要旅游景点天气预报。福鼎、古田、长汀、石狮、永安等县（市）电视台开播当地气象局制作的电视天气预报节目。至 1998 年，有 31 个市、县开通电视气象节目，市、县电视台播报气象节目的开播率为 45%。

1999 年初，厦门市气象局在市有线电视频道开播《厦门气象》节目，共有 4 个电视频道播出天气预报节目，每天制作 2 条播出 6 次。浦城、连江、永春、漳浦、华安等县电视台开播当地气象局制作的电视天气预报节目。

2000 年，龙岩市气象局制作的电视气象节目增加到 2 套。顺昌、建阳、霞浦、安溪、云霄、尤溪等县电视台开播当地气象局制作的电视天气预报节目。

2001 年，德化、惠安、长泰等县电视台开播当地气象局制作的电视天气预报节目。设区市所在地都开展城市生活指数、紫外线、医疗卫生与健康等电视气象预报服务。同年 6 月，福州、厦门市正式开展城市空气质量和空气污染气象条件电视气象预报服务，分别由省气象科研所和厦门市气象局承担，同时，开播《健康与气象》电视节目。厦门市气象局从 7 月 1 日起，将原来 24 小时的天气预报，改为两个 12 小时分段预报，清晨增加未来 24—48 小时天气预报。泉州市气象局引进 DY - 3000 天气预报节目制作系统，节目清晰。

2002 年 4 月，泉州市气象局制作的电视《天气预报》栏目由"气象小姐"主持，为省内第一家上主持人气象节目的市级气象单位，制作的电视气象节目增加到 3 套。厦门市气象局新增加由预报员主持的《海峡气象》节目。永泰、闽清、漳平等县电视台开播当地气象局制作的电视天气预报节目。

2003 年，厦门市气象局声像制作影视中心完成电视天气预报节目改版，新增早、午间节目，晚间节目播报城市空气质量预报，节目长度由 2 分钟增至 5 分钟。莆田市气象局制作的电视气象节目增加到 2 套。屏南、武平、沙县电视台开播当地气象局制作的电视天气预报节目。

2004 年，龙岩市气象局制作的电视气象节目增加到 3 套，泉州市气象局制作的电视气象节目增加到 4 套。光泽、闽侯、平和、诏安、南靖等县电视台开播当地气象局制作的电视天气预报节目。

2005 年，泉州市气象局制作的电视气象节目增加《午间气象》栏目，《旅游与气象》和《天气预报》全面改版。7 月 1 日起，正式启用新的影视演播系统，制作早、中、晚各档天气预报节目。莆田市气象局制作的电视气象节目增加到 3 套。东山、建宁、宁化等县电视台开播当地气象局制作的电视天气预报节目。

截至 2005 年底，设区市气象局所在地的电视台全部开播当地气象局制作的电视天气预报节目，有 42 个县级气象局所在地的电视台开播当地气象局制作的电视天气预报节目。

（二）电视气象特别节目

2000 年，影视中心开始制作气象特别节目，如"五一"和国庆黄金周的旅游气象预报、高考特别天气预报、"碧利斯"台风追踪节目等。厦门市气象局完成第四届海峡两岸商品交易会、第四届中国投资贸易洽谈会、2000 年炎黄世界龙舟赛、龙狮系列赛电视气象特别节目。

2001 年，影视中心制作的电视气象特别节目有元旦、春节、世界气象日、"五一"、国庆、中考专题以及重大灾害天气过程等特别节目。在三个黄金周里，特别为外出旅游的群众制作旅游天气预报，这些节目由两位气象节目主持人主持。

2001 年，影视中心组建"气象新闻采编小组"，特别报道灾害性天气。0102 号台风"飞燕"登陆福建，采编小组人员在狂风暴雨中抢拍到真实、珍贵的现场镜头，并及时制作现场新闻和专题气象新闻，分别被福建电视台、东南电视台等新闻媒体采用，多次播发"台风登陆现场"追踪报道，并向中央电视台第 10 频道《今日气象》传送节目素材。

2002 年，影视中心配合党的十六大召开，制作系列庆祝专题片，包括全国第一部卫星接收机、第一个气象雷达、第一个"二级基地"建设等专题片。

2003 年，厦门市气象局为市体委举办国际马拉松赛提供特别报道。3 月 10 日比赛当天，在途中设立临时观测点，通过电视及时介绍厦门天气和各测点的天气状况，用直播形式报道现场天气。同年 7 月，福建开始长达一个多月的干旱，影视中心采编小组深入旱灾区，制作各级政府领导群众抗高温干旱的专题报道。同年 8 月 1 日，影视中心在电视节目中开始发布气象灾害预警信号，其中台风预警信号分白、绿、黄、红、黑五级；暴雨分黄、红、黑三级；寒冷分绿、黄、红、黑四级；高温分黄、红两级。9 月初，在得知 0309 号台风"克拉克"将于 9 月 3 日傍晚前后在晋江登陆时，采编小组立即派出人员到晋江，拍摄狂风暴雨的场面。在台风登陆时，继续制作台风最新消息节目，让群众了解台风实时信息。另外，还有高考天气预报，在《健康气象站》中播出"非典"宣传周节目等特别节目。

2004 年国庆前夕，影视中心专门制作"福建气象风云新天地"系列节目，介绍新中国成立 55 年来福建气象建设发展的成就。在 2004 年"艾利"台风影响前夕，邀请省气象局局长杨维生录制一期《全省天气预报》，由局长亲自发布台风即将正面登陆的消息。

2005 年，影视中心制作 2004 年天气节目大盘点、春节贺岁、世界气象日、春播气象服务，福建红色之旅、雨季防潮防霉、暴雨利弊评说、台风（海棠、泰利、龙王）、中秋赏月、24节气专题系列特别节目，增强节目新闻性、可视性，提高制作水平。影视中心在春播期间制作气象服务系列节目，为农村干部和农民朋友在不同频道播出近百次。1月21日，厦门市气象局与厦门电视台在《厦视新闻直播室》栏目，合作开办天气预报连线直播节目，采用电视新闻主持人与市气象局专家连线直接对话方式，即时播报最新天气实况和预报。11月26日，市气象局在厦视频道推出《海峡气象》节目，气象专家用闽南话播报海峡地区天气。

（三）电视气象新闻、气象科普节目

2001年初，影视中心与北京华风声像中心签订制作《生活中的气象》专题合同，在中央电视台第10频道播出3期《生活中的气象》专题节目；同年10月，与福州市金彩传媒有限公司联合在"五一"广场室外大彩电（面积250平方米）开办《榕城气象资讯快递》栏目；与福建电视台新闻频道配合开办《健康气象站》节目；与东南电视台联合于2002年元旦开播《东南气象快讯》节目。

2002年，影视中心继续开发中央电视台第10频道《今日气象》资源，先后为《气象聚集》栏目传送各类新闻53条，为《气象百科》栏目传送专题节目3部，其中《邮票中的古气象学家》在第四届全国气象影视节目评比中获三等奖。

2003年，影视中心向中央电视台第10频道《今日气象》提供《气象聚集》的新闻60多条，为《气象百科》制作完成《季风气候》、《天性水仙》、《风踪初觅——我国第一个气象雷达站》、《霞》、《雨是怎样形成的》等专题片；承担省气象局与省直机关文明办联合制作的《气象类公益广告——气候篇》、《气象类公益广告——保护气象设施篇》和《关心天气，健康生活》三部公益宣传片的摄制任务；配合省气象局文明办制作《刘爱鸣同志先进事迹》专题宣传片；与福建电视台文化频道台湾导演合作拍摄《人间有爱》等节目样片，协助文化频道《装点时尚》节目录制，协助旅游卫视福建记者站拍摄"武夷山"、"漳州花博会"等专题片。

2004年，影视中心向中央电视台第10频道《气象聚集》传送各类新闻40多条，播出32条；与华风气象影视信息集团《气象百科》栏目合作制作《雷达观测》、《热带辐合带》、《风力等级的由来》、《风来风去鱼先知》等专题片；为华风气象影视信息集团提供中央电视台第7频道中《气象与生活》节目资料及素材，发送节目、资料、素材12片。《气象百科》样片作为华风气象影视信息集团主推节目之一，参加2004年3月26日在法国戛纳举办的全球气象电视节目交流会。同年8月，与华风气象影视信息集团签订制作合同，《气象百问》百集动画片创作项目正式启动，当年完成科普文案80集、剧本20集、脚本15集的创作，完成4集成片的制作。

2005年4月，影视中心开始与省农业植检植保站联合在节目中定期发布农作物病虫害预报，填补福建农作物病虫害预报可视化的空白，在天气预报节目中发布"农作物病虫害预报"在全国属于首次；在"泰利"台风登陆时，与福建电视台新闻频道合作，进行首次台风现场直播节目。同年，影视中心向中央电视台第 10 频道《气象聚集》传送各类气象新闻 60 多条，播出新闻 50 条。完成《阴晴冷暖——寿山石》等气象百科 6 部专题片制作。在雨季抗洪和台风影响期间，采编人员拍摄灾害天气，为灾害性天气提供大量影像素材。同年，完成《气象百问》30 集制作，完成预览片 7 集，另有 10 集进入制作环节。

（四）电视广告服务

1993 年，漳州、三明市气象局和宁化县、武夷山市气象局开展电视天气预报广告服务。漳州市气象局与漳州电视台联营开辟带广告的"电视天气预报节目"，取得第一笔电视广告的有偿服务。

1995 年开始，各设区市气象局开播带广告的电视天气预报节目，并与当地电视台建立合作关系。同年 5 月，厦门市气象局与厦门电视台签订广告创收协议，增加气象广告信息量。

1999 年，影视中心在互联网上开办"福建气象影视信息网"，为顾客提供气象信息和广告信息服务，在突发性、灾害性天气预报中，发挥社会效益和经济效益。

2000 年，影视中心成功创作一批有较高难度的广告，如玛莱特、虎都、瑞光果园苹果酒等，为用户提供从广告策划、制作到播出等系列化、一条龙服务。

2002 年，影视中心为广东影视中心进行"上火指数"项目的广告开发，《健康气象站》节目广告模式在广东气象影视中心推广应用。

2004 年 11 月 19 日，影视中心在福州于山宾馆举行"电视气象节目说明会暨'国圣杯'我最喜爱的电视气象节目主持人颁奖典礼"。

2005 年，影视中心在全力进行《气象百问》项目创作的同时，继续做好非气象类节目市场业务的开发。完成"张仁和先进事迹"、"漳州市气象局天气预报栏目包装"等 20 多个专题（广告）片的制作。

二、广播、报刊媒体气象服务

1993 年 11 月，省气象局以省专业气象台的名义，为《福建日报》、《福州晚报》、《福州日报》等新闻媒体提供省内各主要城市 24 小时天气预报服务。

1995 年 8 月，省专业气象台先后在《福州晚报》、《海峡都市报》、《东南快报》等媒体开辟每日省内各主要城市、旅游景点天气预报专栏，发布三天内天气、温度、风向风力及其他气象信息；开辟春节、"五一"、国庆长假的专项天气预报以及公路交通气象报告；在福建人民广播电台、福州人民广播电台等发布假日天气预报，便利民众和司机出行安全；不定期为报刊提供未来一周的各类天气趋势预测、评论。

2000 年，影视中心与《东南早报》合作开办《气象专版》栏目。2001 年，影视中心为《东南早报》、《福建广播电视报》、《海峡都市报》等新闻媒体提供气象信息，与

《小学生周报》签订气象专栏合同，扩大气象信息服务。

2001年后，省、市、县气象台（局）普遍通过当地广播电台、报纸或召开新闻发布会等形式，发布影响当地的天气预报或灾害性天气报告，以及分别通过广播、报纸、网站等媒体发布气象灾害预警信号，为各级政府和社会各界组织抗灾提供依据。

2005年1月，厦门市气象台在《厦门晚报》、闽南之声广播电台增加金（台）地区天气信息，提供厦门至金门航线的海上航行气象交流和台北、高雄、台中、金门四城市的天气预报服务。

三、警报网和"121"声讯气象服务

（一）警报网气象服务

1991年，警报网气象服务用户约1.1万个，涉及36个行业，有20多个县（市）气象局新建气象警报网。福州市全区8个县（市）气象局普遍建成警报网，共安装警报接收机449部。漳浦县气象局建成农村气象信息网络，服务面逐步拓宽。

1992年，警报网气象服务用户11078个，警报接收机1736部。莆田市气象局建立盐业气象专业服务体系，南平市气象局建立较系统的粮食专业气象服务指标，警报网气象服务向专业化、实体化发展。

1993年，漳州市气象局投资4万元，建立无线集群电话减灾警报网，连江县气象局与县乡镇企业局联合建立乡镇企业电话服务网。南安、平潭县（市）气象局继续发挥老设备效益，为本地林业部门开展春季造林气象保障服务。光泽县推广玉米优良品种、福清市发展鳗鱼业、莆田市以建筑业为突破口等，各地气象部门根据用户需求，通过警报服务网或电话服务网，做好精细化的气象保障服务。

警报网气象服务终止于1995年上半年，逐步被"121"气象服务代替。

（二）"121"气象服务

省级"121"天气预报自动答询台于1995年6月建立。

1995年，省气象台成立飞虹信息工程部，与省电信部门共同开办"168气象服务热线"。厦门市气象局开通"96168"电话气象信息服务信箱，全市有7个用户单位入网可从市气象台计算机网调用气象信息资料。

1996年，省气象台、厦门市气象局相继开展"168、121"电话气象信息服务，省气象台"168"语音服务项目增加到8个。

1997年，省专业气象台增加"121"电话无线寻呼等新服务项目，服务合同数比1996年增长20%。厦门市气象局在"168"电话气象信息服务中开辟17个信箱，增加城市天气预报、旅游景点天气预报和气象科普内容。泉州市气象局引进"121"自动答询系统，使气象服务自动化、快捷化，提高服务效率。该年10月，龙岩市气象局气象咨询服务中心开通"96121"天气预报自动答询系统和"8168"气象信息台。

1998 年，有 43 个市、县气象局开展"121"电话气象信息服务，开播率 63%。1999 年，有 54 个市、县气象局开展"121"电话气象信息服务，漳州市气象局"121"服务日最多次数达 3 万多次。

2000 年，省气象科技服务中心与省移动通信公司联合下发关于开展移动通信"121"服务的通知，有 57 个市、县气象局开通"121"，4 个市开通移动电话气象信息服务，总计开播率达到 90%。厦门市气象局"121"电话气象服务项目系统开通 32 对话路，设有 1 个主信箱和 5 个分信箱，新增上班、下班、双休日、节假日、人体舒适度指数等内容，并通过移动电话开展气象短信息服务。

2001 年，省气象局与省联通公司联合开展"121"气象信息服务。开通固定电话"121"，8 个设区市气象局开展移动电话"121"气象服务，电话气象信息服务发展迅速，服务效益接近翻番。厦门市气象局用移动电话短信形式，向重要用户的领导提供台风最新位置和移动方向；向联通、移动电话用户提供紫外线和中暑指数预报信息，"121"电话服务增加空气质量预报等 3 个指数预报信息；设立动态信箱用于台风、大风或降温的预报服务，电话拨打率日均 4000 次，比上年日均增加 1000 次。2001 年 11 月，省气象台"121"天气预报自动答询台移交给省专业气象台。

2002 年 6 月，省专业气象台将"121"天气预报自动答询台升级为"121"电话声讯气象服务系统，采用北京双顺达公司生产的气象语言网络型答询系统。其主要特点是气象声讯信息可由预先存储的专用词条任意组合，由系统合成完整的天气预报语言信息，为用户服务，无需人工现场播音，提高声讯气象信息的制作效率，同时使播放的语言更为清晰、标准、规范。升级后的系统优化、完善原来的几类气象信息节目信箱内容，邮箱增加到 6 个，每天提供各地（市）县的天气预报及灾害性天气预警信息。此系统接入电话中继线共计 60 路，可供 60 个信箱为移动、联通等电话用户同时拨入，实时查询清晰的语言气象资讯。每年在台风、暴雨、高温等季节，平均每天有近 2000 人次拨打"121"电话声讯气象系统了解天气信息。

2004 年 9 月 1 日，根据省通信管理局对电信服务号段的重新划分配置，原来的声讯气象服务接入号"121"升级为"12121"。2005 年 6 月，依托自动气象站的建立，为"12121"声讯气象服务系统又增加实时气象信息服务信箱，提供福州市的实时气象信息服务。

各地（市）气象部门相继通过"12121"电话声讯气象服务平台，为广大市民提供各类天气预报服务和灾害性天气预警服务。2004 年，莆田市气象局在 9 月 7 日全市暴雨天气过程时，为防止强降水引发的洪灾和地质灾害，提高市民安全防范意识，在发布红色暴雨警报信号时，除通过电视屏专属字幕发布警示信息外，在"12121"电话声讯气象服务平台中，增加暴雨警报分信箱和手机短信等手段，服务市民，每三小时作出新的天气趋势预报，其间"12121"热线电话接受咨询 3 万余次。

2005 年，厦门市气象局扩大"12121"电话声讯系统服务面，增加系统信箱的内容。从 24 小时预报时效改为 6 小时滚动预报，增加台风分信箱，提高台风期间预报信息量。2005 年下半年，泉州市气象局引进市移动电讯公司的 2M 微波通信系统，用于"12121"系统移动用户的单独接入，进一步扩大服务范围。

四、计算机网络气象信息服务

2001 年开始，省专业气象台通过气象部门计算机终端开展专业气象服务，为电力、民航、保险、民政、铁路、海警、驻闽部队等十几个部门、单位的微机终端提供行业及专业气象服务。先后建立独立的专业气象计算机服务系统，根据不同行业用户对气象信息的特殊要求，建立专业气象服务数据库，为行业微机终端用户调用气象信息提供接入服务和专业气象服务。

2002 年 12 月 18—19 日，厦门市连续 2 天出现冬季雷暴天气，部分地段下了冰雹，历史上罕见。厦门市气象局专业气象台从雷达回波发现冰雹云系，及时通过专业气象网络，提前半小时向厦门国际机场提供预警服务，向机场传送雷达加密观测回波图 291 张，实现雷达资料共享，避免航班事故。

2003 年，已有 43 个市、县气象局开通气象网站或网页。厦门市气象局推广互联网站服务，逐步实现专业气象服务自动化。泉州市气象局和该地（市）6 个县（市）局开通气象网站，泉州市气象局科技服务中心卫星单收站台风实时报文资料转换和网上台风路径图自动生成，成为市民查看台风动态的首选网站。

2004 年，厦门市气象局推广气象兴农网络，以信息化服务带动农产品流通，代理发布供货信息，帮助农户推销农副产品。

五、手机气象短信服务

1998 年 4 月起，省气象局气象科技咨询中心下属的飞虹气象信息工程部与"博士通"信息公司合作开展手机气象短信信息服务，气象部门每天提供各地的天气预报信息给"博士通"公司，经"博士通"公司包装后以"点播"和"包月"的方式提供给"移动"手机用户。"博士通"公司每年一次性支付气象部门气象信息增值服务费。飞虹气象信息工程部与"博士通"信息公司的合作于 2002 年终止。2003 年，省专业气象台也曾以同样的模式与省联通公司开展过手机气象短信服务合作。

2003 年开始，省专业气象台分别与"卓龙天讯"（2003 年 10 月）、"润讯"（2004 年 7 月）、"智网"（2005 年 2 月）以比例分成气象信息增值服务费的模式，合作开展手机气象短信服务，使手机气象短信用户面开始扩大。

2003 年 3 月，省专业气象台建立自己的气象短信息服务平台，同年 7 月 1 日，完成省级灾害性气象预警短信平台的建设工作。省通信管理局审批两个专用接入号

"09121"（移动）、"8121"（联通）给省级灾害性气象预警短信平台使用。

2003 年 7 月 10 日，省气象局与省移动公司联合召开新闻发布会，会上省气象局就手机短信服务平台的建设，气象与电信部门双方合作，信息传输、气象信息服务内容及形式进行说明。在气象短信平台开通剪彩仪式进行时，省专业气象台通过气象短信平台向与会领导和代表的手机发送气象短信，表示欢迎。同年 7 月 15 日，省级气象手机短信平台正式运行，省专业气象台应用自建的灾害性气象预警短信平台，为省级党政部门领导提供气象短信服务，同时与移动、联通公司的门户网站合作开展包月、包年气象短信服务。

2005 年起，省专业气象台先后与省电信产业分公司、中国移动福建分公司、中国联通福建分公司等三个通信公司达成协议，全面合作开展气象信息服务。使用气象短信的移动手机用户从年初的 20 多万户，快速增长到 100 万户，后继续增长至 300 万户。手机气象短信服务平台建成后，省专业气象台根据业务主管部门制订的灾害性天气预警预案和灾害性天气预警短信发送业务流程，与各通信运营商密切合作，在台风、强对流、暴雨等重大气象灾害期间，为社会公众临时增发预警短信达几千万条。厦门市气象局利用移动电话短信方式及时向各重要用户的领导提供最新的台风位置和动向。

第三节　专业气象服务

一、为农业、林业服务

（一）为农业服务

20 世纪 90 年代，气象为农业服务从偏重粮食作物气象条件转向粮食作物、经济作物、饲料作物等多种作物的气象条件研究，并将研究成果应用于农业生产服务。具体有：长乐市滨海沙滩柑橘防护林气象生态效应；永春县天马山山地气候与柑橘生产的试验；浦城县仙阳茶场茶园种植遮阴树气象效应的对比观测；福建甘蔗高产气候研究；闽东南地区杂交稻制种基地选择的气候条件研究；武夷名岩茶开发与扩种；闽东南旱作气象条件和产量监测；水稻两虫两病新技术预警系统和防治对策的研制；水稻生产规划的气候依据与对策；气候变化对福建粮食生产的影响、冬季低温冻害评价方法；香蕉、荔枝、凤梨、蔬菜保护地栽培，反季节蔬菜栽培，以及玉米、水稻、茶树、蔬菜的新品种种植和优质高产的试验推广工作。漳浦县气象局通过开发农业气象适用技术，调控荔枝花期，达到大面积高产稳产；寿宁县气象局采用资料、情报预报、农业气候分析等多种手段为马铃薯、蘑菇、长毛兔生产服务。

2003 年 8 月起，长富、大乘两大乳业集团，在闽北引种移植北方牧草，南平市气象局为其开展气候情报和中、长期天气预报服务。市气象局与市畜牧站联合研制《闽北新引种牧草的气候适应性试验》，通过外场设置临时观测点，获取禾本科、豆科和叶菜类牧草 63 个品种、23 个组合的田间试验气象观测数据。筛选出适宜闽北种植的南牧一号、"维多利亚"、得龙、白顶、花单等牧草品种。据统计，全市推广南牧一号 2 万亩，豆科紫花苜蓿 1 万亩，黑梦草 3 万亩，南种北移青饲 8 万亩，以及其他少量的得龙、白顶等牧草品种，使北方新牧草在闽北推广种植取得成功。

2004 年，邵武市气象局为当地引种高产、优质的烤烟产业，开展了《邵武市烤烟种植专题气候区划》，从农气候条件出发，通过区划，将本市烤烟生产区域化、产业化、标准化，为拓展南平市烤烟种植大面积推广提供科学依据。

2005 年，龙岩市气象局根据《龙岩市气候研究》、《龙岩市短时灾害性天气预警系统》等科研成果，依照当地烤烟生产季节，分别向市烟草公司、县烟草公司等单位，提供烤烟播种期、移栽期、旺长期及采摘期等专题气候服务约 900 期，专项气象服务约 110 期。在每次冷空气影响、暴雨、冰雹等灾害天气来临前，市气象局通过《龙岩市短时灾害性天气预警系统》，以最快速度向各级烟草生产管理部门和 4000 余户烟农发布各类短信预警信息累计 60 多次，30 万条以上。同时针对春季（3—5 月）冰雹多发，市气象局在各县、区主要烟区布设 30 多个作业点，适时组织实施人工防雹或降雨作业 10 余次，发射火箭炮弹 800 多发，挽回直接经济损失数千万元，烟草公司减少因灾赔偿 2000 万～3000 万元。

（二）为森林防火服务

1997 年 11 月，省气象局下发《关于开展电视森林火险等级预报服务的通知》，商定由省森林防火指挥部、省气象局、省林业厅共同承担"电视森林火险等级预报"的制作和发布工作。同年 12 月开始，省气象科研所农业气象中心利用森林火险等级预报业务平台，在森林防火期（9 月至翌年 4 月）内，开展 24 小时和 48 小时的短期森林火险等级预报、高火险等级时段的中期预报、每月的长期森林火险等级趋势预报等服务。当森林火险等级 ≥3 级时，通过福建电视台《天气预报节目》公开发布"森林火险等级预报"信息。短期森林火险等级预报制作完成后，及时传送到省森林防火指挥部办公室和中心，并在福建电视台天气预报节目中播出，中长期森林火险等级预报传送到省森林防火指挥部办公室，以加强高森林火险等级的防火工作，为森林防火提供气象服务。

1997—1998 年，由省气象科研所与省林业厅森林防火办共同合作完成森林火险等级预报，使森林火灾发生率、受害率与历史最好年份的上年度（1997 年）同期相比分别下降 67.3% 和 93.4%。

1999 年，省气象科研所在上一年度预报 24 小时森林火险等级基础上，增加预报 48 小时森林火险等级，预报精度结果显示：发生森林火灾日基本上在森林火险 ≥3 级的预报日之内。2000年2月，在森林防火工作会议上，时任副省长黄小晶要求"各级林业部门要收看省气象局的森林火险等级预报"。

2001年4月，省气象科研所对2000—2001年度森林火险等级预报进行服务调查，发现90%以上森林火灾发生在预报日内。2001年1—4月，林火总次数、过火面积、受灾面积与上年度同期相比减少约90%。预报由于准确率高，并通过省电视台发布森林火险等级预报，提高了群众森林防灾意识，减少了林业火灾损失。

2001年以后，各设区市气象部门相继开展森林火险等级预报，在省级森林火险等级预报基础上，根据当地天气实况，加强监测和监视火情，或做补充订正。福州市气象局向所属的县（市）气象局下发做好森林火险监测和预报的通知，要求各县（市）气象部门在可能出现3级或以上高火险等级时，向当地政府和林业部门汇报。当年，全市森林火险仅发生15起，较上年度减少九成，未出现明显失误。

2003年是干旱少雨年，森林火险等级高，省气象科研所根据省森林防火办的要求，增加森林火险等级中期预报和长期趋势预测。干旱期间，安排人员值守，包括节假日，与省森林防火办密切合作，加强高火险等级下的森林防火预报和岗位值守。省气象科研所利用极轨气象卫星遥感监测林火系统和EOS/MODIS卫星监测林火系统，为省森林防火办提供极轨气象卫星监测的森林火点信息，开展森林火灾的遥感监测服务。当监测发现异常高温点时，及时通知省森林防火办，为组织扑火提供服务。省气象科研所与省森林防火办共同开发卫星遥感监测森林火灾软件和极轨气象卫星监测资料传输等技术合作。

2004年，省气象科研所应用极轨气象卫星遥感监测森林火险资料，在森林防火期间，共发布96期异常高温点监测报告。同时，按要求每逢"旬二"制作植被指数监测报告，全年完成36期植被指数监测报告。同年，漳州市气象局为该市森林防火办提供每旬森林火险等级中期预报和高火险趋势预报。当火险达到4级或高火险等级时，市专业气象台用电话通知市森林防火办，并在电视天气预报节目、气象声讯服务台上发布。据不完全统计，2004—2005年度，全市森林火险发生16起，比2004年度减少61起，森林火险的险情明显得到控制。

2005年，省气象科研所根据极轨气象卫星遥感监测森林火险资料，在森林防火期间，共发布3级（或以上）火险预报122期（包括中期森林火险等级预报），评定结果预报准确率较高。

二、为交通运输服务

（一）为海上运输服务

1995年，厦门市气象局围绕市人民政府"把厦门建成社会主义现代化国际性港口风景城市"的目标，做好厦门港、高崎国际机场、远洋渔业和运输、电力、市政建设和改造等工程气象保障服务。同年，厦门市气象局先后为省、市渔业部门捕捞队提供海域航线专项气象预报服务。

1997年初，省专业气象台服务人员深入航运部门调研，制作相关的天气预报服务产品。7月，拓展海上运输气象服务，先后与省轮船总公司、省外贸航务公司、省船务救捞大队、省远洋渔业船队、省渔政公司船队、省砂石出口公司等大型航运企业以及福州信昌船务、畅达、宏运、琯头海运和福州马尾轮船公司等股份制航运企业签订专业气象服务。省专业气象台为海上气象服务的航运企业省约50家，每日服务内容包括：海上天气、风向、风力、海浪、能见度等预报。对于海上运输威胁最大的台风，采用跟踪服务方式，从卫星云图发现热带气旋到形成强台风的全过程，不间断提供台风名称、位置、中心气压、近中心最大风力、7级大风和10级大风半径，未来24小时、48小时、72小时位置预告，特别是台风进入近海时或靠近服务区时，每小时为用户提供各类台风警报。同年，厦门市气象局根据市海运公司的需求，开展一旬或一周内台湾海峡、大陆沿海和内海逐日天气预报和台风预报服务。1998年11月起，还与厦门市海上安全警督局合作在厦门港内恢复中断28年的风情信号球升挂业务。

2001年9月20日凌晨，温州的"鸿运"号油轮载着8600多吨柴油在厦门正南6海里处沉没。为配合抽油作业，厦门市气象局按照市人民政府要求开展随时服务，每3小时提供一次气象预报，两次派人到离现场最近的海岬测风，为现场风力预报提供依据。当冷空气和"利奇马"台风逼近海峡海域时，准确预测抽油现场风力不会达到7级，建议继续不间断抽油，为抽油作业提供了周到的气象保障服务。

2003年1月20日、30日，厦门市气象局分别作出春节前后天气展望，以传真形式提供给市政府、台办、海事局、港务局等单位，做好春节期间海运气象服务。1月26日，厦门至金门海上航线春节期间直航，市气象台每日提供2次滚动预报，直航期间发布28次短期气象预报。每日24小时专人值班，保证春节期间台胞7000多人次安全往返厦门—金门—台湾过年。

2005年，泉州市气象局系统开发气象卫星单收站等各类气象资料、近海8个维沙拉海洋实时气象自动站资料，形成泉州各港区的海洋实时气象专业服务体系，为海洋与渔业局、船舶、泉州海事局海上搜救中心等提供服务。同年，厦门市气象局开展每周两岸同胞往返厦门—金门的轮船航行气象服务，并向厦门市渔业公司提供南太平洋渔业捕捞期逐日远洋航线气象服务。

（二）为港务部门服务

1993年3月起，省专业气象台先后与福州港务局、煤炭码头、福州青州集装箱码头、福州江阴新港集装箱码头、省石油公司马尾储运基地、福州港船务处、福州航道局等单位签订专业气象服务合同。省专业气象台根据用户需求，严格履行合同规定，每天定时通过传真发送各类天气预报。春末夏初，闽江口地区经常出现强对流天气，而港务机械设备（龙门吊）高度都在 50 米左右，当出现 9 级以上大风就必须加固才能有效提高抗风能力。同年 3 月下旬，马尾地区出现强对流天气，瞬间风力达 10 级，省专业气象台服务人员根据气象雷达回波图资料分析，提早 2 小时作出预报，港务部门得到通知后，立即停止作业，对龙门吊进行加固并及时撤离人员，避免了损失。台风季节，专业服务人员通过气象传真，以最快的速度把各类台风警报向港务部门发送，服务有针对性，及时为部署防台、抗台工作提供决策依据。

1995 年 2—4 月春季连阴雨期间，厦门港东渡装卸公司要求市气象台预报春季无雨时段，用于抢运小麦和化肥，减少装运的延期日。市气象台准确作出一次无雨时段作业，仅一次无雨作业，就减少经济损失 5 万美元以上。

2000 年 8 月 20 日，泉州市气象局向港务部门通报"碧利斯"台风情况，港务部门加紧加固码头设施，敦促海上船只尽快回港避风。

（三）为民航提供实时气象信息

1992 年 4 月开始，省专业气象台与福州义序机场密切业务联系，向对方提供各类实时气象资料，为机场航保部门和导航台提供天气雷达资料以及短时天气预报产品，特别是春、夏两季，长乐雷达站在观测到机场周围方圆 20 公里内出现对流云时，及时向机场塔台通报。1993 年 4—9 月，长乐雷达站向机场提供对流天气和台风、暴雨等各类天气雷达回波图、资料近百次。

2000 年 5 月开始，省专业气象台为新建成的长乐国际机场气象台建立气象微机终端，民航气象通过拨号方式与省专业台的预警平台联网，获取地面、高空实时探测资料、传真图、卫星云图、数值预报产品等气象信息。

2002 年开始，厦门市气象局向厦门国际机场提供新一代天气雷达观测回波资料，与厦门国际机场实现天气雷达资源共享，并向机场开展短时天气预报服务。12 月 18—19 日，厦门连续出现冬季雷暴天气，部分地段下了冰雹，市气象局提前半小时作出预报，雷达加密观测 12 小时，向厦门国际机场传送雷达回波资料 291 张，使 4 个航班迅速安全备降福州机场。

三、为大型工程、电网安全和保险业服务

（一）为大型工程服务

1991 年 7 月，水口水电站大坝浇筑混凝土时遇到高温天气，省专业气象台根据工地指挥部要求，派员到现场安装百叶箱，临时培训施工人员进行气温观测记录。在省专业气象台预报 7 月 9—15 日大坝附近将持续 33℃ ~36℃ 高温时，指挥部及时采取氧化镁微膨胀混凝土简化控制技术，有效解决了高温产生的不利影响。

1992 年 7 月 2 日，省专业气象台将未来 3 天有暴雨的重要天气预报向各大水电站、水库防汛部门发布暴雨警报，并提醒各大水库应加快泄洪，转移财产和人员。工地指

挥部及时把 1200 吨设备转移到安全地带，没有发生财产和人员损失。

1993 年起，省专业气象台在汛期和台风暴雨来袭之前，根据专业气象服务合同，通过警报网、电话服务网等及时向各大中型水库库区及其管理部门发布暴雨预警报告，提醒用户采取防范措施，减少损失。

1996 年 5 月，长乐国际机场进行跑道浇筑混凝土施工，省专业气象台与长乐市气象局配合，为机场施工提供大量专业气象服务，确保施工质量。

1997 年 6 月 23 日，长乐机场通航典礼在室外举行，由于此前都在下雨，机场人员和相关领导十分关注天气变化。省专业气象台根据长乐雷达实时观测回波资料，提早预报庆典当天上午 9：30—10：30 雨会停止，典礼可以在室外举行，结果实况和预报完全符合，庆典活动如期进行。7 月，福州马尾青州大桥进入合龙阶段。由于桥梁构件为金属材料，气温变化会产生材料热胀冷缩引起对接误差，要求气温日变化不超过 5℃，这种气温条件只有在阴天才会出现。省专业气象台根据盛夏天气形势分析，作出 7 月 11 日以阴天天气为主的预报。为确保预报准确，还派专业人员到现场服务。结果，当天，马尾天气阴天，最高、最低气温为 31℃ 和 27℃，符合桥梁对接要求。

2001 年，龙岩棉花滩水电厂投产发电后，充分利用气象信息，科学调洪削峰，增发电量。龙岩市气象局连续 4 年根据水电厂流域的气候特点和径流的时空变化规律，建立 0—3 小时临近预报、6—12 小时面雨量预报、12—72 小时面雨量逐日滚动预报，并开发水库径流年、季、月、旬定量预测方法。自 2005 年起，市气象局和水电厂加强合作，根据生产需求，气象预报从常规预报到专项预报，从流域内自动站资料共享到设备维护，从人工增雨到科研合作，进行全天候服务。

2005 年 6 月 17—23 日，闽江上游出现大范围、持续性强降水，省专业气象台向省水利、水电和省防汛部门分别发布各类暴雨预报、警报服务 30 多次，为电力调度、蓄水和放水、确保水库安全等方面提供重要的气象保障。

（二）为电网安全服务

2001 年后，省气象局和省电力设计院合作开展多个输电线路沿线气象条件分析，包括福州至浙江金华、龙海后石至同安、宁德至三明、湄洲湾至仙游等 500 千伏输电线路气象条件专题分析项目，提供线路沿线的基本气候特征、极端气象事件、风的重现期、覆冰等气象参数设计基准，提交气象专题分析报告。

2003—2004 年连续大旱，省专业气象台分别在 2003 年 2 月、2004 年 2 月的年度降水趋势预测中都提早作出了预测报告，并及时提供给电力部门。省电力调度部门根据专业气象预测，及时调用煤、油等物资，保障省火力发电厂开足马力发电，缓解电力不足的矛盾。

2005 年起，省专业气象台与省电力有限公司合作建立《防灾变技术在输电网络中的应用——电网气象灾害预警》系统，通过分析电网跳闸事故与天气现象之间的关系，针对影响福建电网安全的台风、雷电、暴雨、火险、污闪等自然灾害，建立相应的数学模型和电网安全气象灾害指标，形成电网气象防灾预警系统，并定量分析未来天气对电网的危害程度。电网运行部门根据预测的未来危害程度，结合电网的实际情况科学安排关键线路潮流控制、运行方式调整、电网设备检修等工作，增加电网运行的安全性和稳定性。省专业气象台还根据省电力调度中心的要求，每天为其提供 69 个台站的每小时气温实况，以及未来 36 小时的逐小时气温变化预测，为电力负荷预测和调度提供气象依据。

（三）为保险业服务

1995 年 6 月开始，省专业气象台先后与省财产保险公司、福州保险公司、福建平安保险公司、福建太平洋保险公司签订协议，提供台风、暴雨、海上大风等重大灾害性天气预报产品。保险公司将气象部门提供的灾害性天气预报信息及时通知各保户，采取防范措施，减少气象灾害造成的损失。保险公司为客观地了解灾害损失，需要及时了解气象资料、掌握气象灾情的量级，省专业气象台为保险公司提供气象实况资料证明，在保险的定损、赔偿责任等法律诉讼活动中，借助科学技术和气象专业知识提供证据。

2005 年 12 月 14 日，省专业气象台气象专家首次被厦门海事法院邀请出庭，协助法官对一起海事保险纠纷案件进行气象方面的辩证。专家在法庭上提供了清晰的事实依据，分析结论被法官在终审判决中采纳。

四、为军事和航天事业服务

（一）为武警边防、海上缉私服务

1995 年开始，省专业气象台先后为省公安厅边防司令部、省武警边防海警处、福州海关调查局、福州海关海上缉私基地等单位每日定时提供特定地点的海区气象情报，支持海上执法公务活动，为武警边防、海上缉私部门打击海上犯罪行动提供气象保障。

（二）为驻闽部队服务

省气象部门长期为驻闽部队提供实时地面、高空气象电报等常规军事气象航危报服务。20 世纪 90 年代初，省气象台每天为驻闽部队提供福建沿海和台湾海峡地区天气实况和 24 小时大风报告。90 年代中期，省专业气象台根据部队军事活动和备战的需要，及时提供台湾海峡各类气象情况。1995 年 11 月 18 日，厦门市气象局提前两天为解放军驻闽部队提供福建沿海地区天气的准确预报，为军事演习提供气象保障。

1996 年 2—3 月，解放军驻闽部队联合在省内某地进行军事演习，省气象台、厦门市气象局为部队演习提供该区具体天气和海上风力预报。演习结束后，福建省军区司令部、驻闽空军领导专程分别给省气象台、厦门市气象局送匾致谢。2000 年起，省气象台每年分别为解放军驻闽部队军事演练活动提供各类天气情报、与军事活动有关的气象要素预报或海上大风报告等专项气象服务。

2004 年 6—8 月，解放军驻闽某部部队在福建沿海地区开展海上支前保障演习，漳州市气象局派出气象保障小分队为演习提供优质的气象保障。演习结束后，漳州市气象局的气象服务得到南京军区和省、市政府领导的表彰。

2005 年 4 月，解放军驻闽海军某基地根据部队海防建设的需要，增加专业气象服务内容。省专业气象台及时为该基地开发、建立起天气情报及气象预警平台，开设数字专线，通过计算机终端为基地及时提供所需的各类天气预报资料和预报产品，使基地部门获取各时次气象信息资料的时间比原来提前约一个小时。

（三）为航天事业服务

1995 年 9 月 29 日至 10 月 29 日，厦门市气象局根据厦门卫星测控站的需求，每天提供厦门市当地气象情报和短期天气预报，确保该站的试验任务圆满完成。

1997 年 8 月 18 日，原定用长征 3 号乙运载火箭发射的菲律宾马部海通信卫星，因 9711 号台风影响厦门推迟发射。厦门市气象局在台风影响复杂的天气情况下，预测 8 月 20—21 日厦门地区适合卫星发射测控要求。有关部门根据天气预报于 20 日 1 时 53 分火箭点火升空，成功将卫星送入地球同步轨道。厦门航天站送来"精心妙算知风云，军民携手心连星"的锦旗，对市气象局的气象保障服务表示感谢。

2003 年，厦门市气象局在神舟五号飞船和卫星发射期间，向某卫星测控天气预报中心提供厦门地区天气预报和实时地面气象观测资料，为飞船和卫星发射提供气象保障。2005 年，市气象局为南宁卫星监控中心提供厦门地区卫星发射的天气保障服务。

五、民航气象及其服务

（一）福州民航

1974 年福州义序机场民航开航时，省气象部门借用空军福州场站气象台设施，利用地方和军队系统的气象台站提供的部分资料，分析和预报航班飞行时段内机场天气和航路天气。航站天气预报内容为机场未来一个时间段内（一般为 9 小时）或飞机预计到达时的云高、能见度、雷暴、降水等影响飞机起降的气象要素；航路天气预报内容为高空风、雷暴、结冰、颠簸等影响飞行的气象要素（一般为飞行活动时间内），将上述气象情报资料发往飞机起飞站及本站航行调度室，供飞行机组人员和飞行管制人员决定是否放行和接收该次航班。

1979 年 8 月 15 日起，省气象局组织省内各有关地（市）县气象台站，向民航福州机场气象台增发航空危险天气电报，保障民航至广州某航路的飞行安全。1982 年 3 月 1 日起，民航福州机场气象台填图组手工绘天气图、制作各类原始资料、绘制地面天气图和空中趋势图，加工成航站天气预报资料和福建省行政区内的航路天气预报，提供给飞行人员和飞行管制人员使用。

1985 年，福州义序机场配备 711 国产天气雷达，1990 年装备 286 型计算机，并实现填图自动化。1989 年 11 月，飞行指挥区重新划定，义序机场原担负的省内高空航路天气预报职能移交厦门机场气象台，继续负责北部地区中低空航路的天气预报。1992年，福州民航气象台使用微机对气象观测资料进行处理，改手工操作观测计算发报为微机发报；同年，建立着陆地带气象要素遥测系统。随着设备的更新和升级，福州义序机场的飞行起降天气标准要求更高，预报项目更加精细，遇到复杂天气，预报员必须到塔台进行实地测报天气状况，供塔台管制员指挥飞机参考。

1997 年 6 月，福州机场迁往长乐，由于机场气象条件发生变化，雾和风对飞机起降影响最大，预报人员重新熟悉当地气象条件，做好民航服务。长乐机场降落最低气象条件标准（使用盲降）：云高 70 米，能见度 800 米。1991—2005 年，福州机场气象台天气预报准确率 85% ~ 90%。

（二）厦门民航

1988 年 10 月，民航厦门国际机场成立航站气象台（简称民航厦门机场气象台），配备人员和仪器设备，增加激光测云仪和 711 天气雷达。

1989 年 11 月 16 日起，由于飞行指挥区重新划定：厦门机场气象台开始承担辖区内的航路天气预报服务，为在厦门机场起降的飞行器以及厦门高空指挥区飞行的航空器提供各类气象资料和航空气象保障；负责编制和发布与厦门机场有关的机场预报、高空航路预报；负责厦门机场区域航空气象要素的监视与观测，发布每小时一次的天气报告以及根据天气情况发布的特殊天气报告；监视厦门机场和厦门管制区内对飞行有影响的危险天气现象及变化情况；负责各类气象情报的收集、整理，及时为航空公司、飞行人员和空中交通管制部门提供各类航空气象情报、信息。1992 年，民航厦门机场气象台引进卫星云图接收仪（GSM），1995 年建成自动观测系统（AWOS 系统）。

2002 年起，民航厦门机场气象台连续 4 年被中国质量协会、中华全国总工会、共青团中央、中国科学技术协会评为"全国优秀质量管理小组"。

（三）晋江民航

1996 年 9 月 9 日，晋江机场气象台自动气象遥测站正式启用。同年 12 月 12 日，开始地面气象观测，提供民航气象预报、观测和服务，交换民航气象情报；先后配备SAWS - 1B 型自动气象站系统，日本静止卫星云图接收处理系统，天气雷达回波终端设备，民航常规资料收集和处理及产品制作系统；负责晋江机场区域的天气观测、预报和监视天气变化；发布本场站例行的天气报告、特殊天气报告、机场天气预报、着陆场天气预报和机场警报等。按规定收集和交换飞行气象情报，为机组或签派人员、管制人员提供飞行气象文件、天气讲解及相关气象服务。

2000 年 8 月 23 日 10 时，10 号台风"碧利斯"在晋江登陆。晋江机场出现 9 ~ 10级阵风和大于 150 毫米的日雨量。机场气象台提前于 22 日 16 时，发布台风紧急警报，为驻场航空公司及签派提供精细服务，航空公司根据天气预报，事先作出飞机转场武夷山机场的决定，有效避免了台风影响的损失。

2004 年 4 月 1 日，晋江机场大雾迷漫，夜间 21—23 时，能见度不足 700 米，夜间能见度的频繁变化，对飞机起降影响很大。机场气象台密切关注能见度变化，观测员加密观测，预报员分析低能见度的天气背景，及时为机组提供能见度预报，为航班的正常与安全提供保障。

（四）武夷山民航

1993 年 3 月，武夷山民航站气象台成立，设备有 MODEL25Q － 3 传真机、HHEERX － 100E 收讯机、DMP － 60 绘图仪、SAWS － 1 气象观测遥测站、国产卫星云图接收机等。同年 10 月设备安装完毕后试运行，武夷山机场由于复杂地形造就的复杂的天气条件，对航空飞行安全影响极大。1994 年 1 月 10 日起，武夷山民航站气象台正式向航班飞行提供气象服务。

六、盐业气象及其服务

莆田盐场气象站建于 1954 年，1958 年扩大为盐场气象台，1960 年归入国家统一编号。莆田盐场气象台是专门为年产原盐 10 万 ~12 万吨盐业生产提供气象保障的专业气象台，承担气象测报、预报和服务任务。地面气象观测项目有：温度、气压、风向风速、日照时数、蒸发量、降水量等要素。服务内容有中、短期天气预报，以短期天气预报为主。生产旺季在每年 7—12 月，还制作长期天气预报。预报内容以晴、雨天气为主，注重大雨和暴雨的预报服务。盐场气象台共有技术人员 10 人，其中预报员、地面观测员各 2 人，工程师 1 人，助理工程师 2 人。1990 年前，配备无线气象传真机、711 测雨雷达等先进设备，并参加本辖区内气象台站的甚高频电话组网，作为建立与莆田市气象台灾害性天气联系的主要通信工具。参加莆田市气象台每日短期天气会商，一旦预报有大于 5、10、20、30 毫米等级雨量或强对流、台风、暴雨等灾害天气时，市气象台与盐场气象台共同发布天气预报，做好气象服务。

1990 年以后，莆田市气象台还专门为盐场气象台开设专业气象预警报广播台，每日早、中、晚 3 次为市民、盐业部门等用户广播实时天气预报。1998 年前后，盐场气象台添置 586 计算机一台，与莆田市气象台远程联网，从此，莆田盐场气象台告别"单边带"、"传真机"的历史，进入微机远程联网的"高速信息轨道"。盐场气象台利用盐场 711 天气雷达的优势，重点做好盐业生产"有利天气"和"不利天气"的天气服务，以秋、冬季盐业生产服务为重点，基本上做到大的天气过程预报不错不漏、大的生产损失不出现。如 1998 年，在"5·5"、"6·13"、"6·23"等大到暴雨预报中，都能作出准确预报。莆田市气象台利用中规模卫星云图接收系统的优势，按照业务管理规定，每天 6 时到 17 时，向盐场气象台数值传递卫星云图、地面高空气象资料等约 50 张次实时气象信息，提高盐场气象台预报准确率。

第四节　气象科技服务

一、气象评价服务

（一）大气环境评价服务

1. 污染气象环境评价

20 世纪 90 年代，省气象科研所、省气候中心分别在德化、泉州、福州、南平、邵武等地，开展以污染气象考察为重点的大气环境评价服务，在建设项目所在地进行地面和低空的风场和温度场野外探测，按污染气象环境评价规程分冬季（12 月或 1 月）、夏季（7 月或 8 月）各考察 1 次，考察内容包括大气边界层内气温、风向、风速、低空风切变、风速随高度变化的幂指数、垂直温度廓线、逆温层特征及其生消规律、大气稳定度、扩散参数等项目，然后对各项目逐一评估，指明可能污染的区域范围和程度，向用户提供污染气象条件报告。

2002 年 10 月，龙岩坑口火电厂进行技术改造，需要对电厂的污染气象条件进行评估，开展地面气象要素观测、气候调查。省专业气象台技术人员分别于同年 12 月、2003 年 3 月，在野外设点进行气象探测和气候调查，并提供气象探测、气候调查相关资料分析和项目污染气象条件技术报告，为坑口火电厂技术改造提供污染气象依据。

2003 年 9 月，国家有关部门在福州连江可门投建大型火力发电厂，聘请省专业气象台承担《福州可门火力发电厂一期工程污染气象观测与调查》，同年 11 月，双方签订调查合同。2004 年 6 月，省气象专业台按照合同提交"福州可门火力发电厂一期工程污染气象观测与调查报告"，为电厂的二氧化碳、脱硫等排污工程设计提供依据。该排污工程经过一年运行后，经国家环保局验收合格。

2004 年 7 月，省专业气象台和厦门大学环境研究所合作承接《泉州石湖水电厂一期工程环评污染气象观测与调查》项目，厦大环境所负责外场气象观测任务，省专业气象台承担技术分析和气候调查。同年 10 月向水电厂筹备处提交气象污染环境评价报告。

2. 核电厂气候环境评价

1994—2000 年，省气候中心、省专业气象台先后为惠安山前核电厂选址进行气候环境评价，完成《福建省惠安核电厂厂址区域气候和常规气象观测资料收集及统计分析》、《福建核电厂惠安山前厂址区域热带气旋评价》、《福建核电厂惠安山前厂址区域龙卷风统计分析和设计基准龙卷风评价》等技术报告。

2002 年 5 月，省专业气象台接受中国辐射防护研究院环境科学研究所的委托，承担惠安山前核电厂区监控地面风观测与对比项目，根据合同和核电站选址工作大纲要求，于同年 7 月起，在惠安东园、下洋、城关、洛阳四地建立临时地面观测站，采用 EL 电接风向风速仪进行为期一年的逐时观测。通过 4 个观测站收集的气象资料与崇武气象站的风向风速作相关比较，得出下洋的气候环境最适合作为核电站的候选厂址的结论。2004 年 2 月，完成《福建惠安核电厂厂址周围风的对比观测的研究报告》。

2003—2004 年，省专业气象台为福清市完成《福建省福清核电万安、前薛后续厂址区域气候和常规气象观测资料收集及统计分析》。

2004 年 10 月，省专业气象台与省煤炭集团公司签订《福建省连江核电候选厂址区域气候和常规气象观测资料收集及统计分析》项目，根据核电厂选址要求，气象条件应有利于核电站排污物的弥散，主导风向显著偏离附近集中居民区。要求对拟选厂址的气候和常规气象观测、资料统计分析，提交厂址所在地的气候类型和特征、支配所在地的天气和常年气候特征的大气环流和天气系统、厂址所在区域的灾害天气和极端气象等结果报告。报告认为连江的定海、苔菉两候选厂址的气象条件都满足核电站选址要求，不存在颠覆性的气象因素，得出若就两地风速及其主导风向对下游居民的影响相比，后者比前者更有利的结论。2005 年 3 月，省专业气象台向用户提交分析报告。

2005 年，宁德市气象局和省气象科研所联合为宁德市核电站选址开展气候环境评价专项服务，提供预选厂址的大气条件基础资料和气象研究报告。市气象局派出技术人员在福鼎市秦屿镇进行为期一个月的大气探测观测，采集大气的扩散参数，分析其规律，评估厂址区极端天气事件及可能造成的危害，评价厂区大气特征，提供工程设计所需的各类基准气象参数，最后编制厂址安全分析报告。

（二）气象能源评价服务

1. 风能资源评价

2003 年 11 月，省气象局根据国家发改委《关于印发全国大型风电场建设前期工作会议纪要和全国大型风电场建设前期工作大纲的通知》和 2004 年 6 月中国气象局下发的《关于开展风能资源评价的指导性意见》，委托省专业气象台具体实施。省专业气象台根据上述通知和意见，制订《关于福建省风能资源评价工作方案》，方案目标是：根据现有气象台站资料和风电场建设规程，对风能资源进行评价，给出初步估算风能资源总储量、技术可开发量，绘制风能资源分布图和风能区划图等，用于指导风电场的宏观选址。省专业气象台按照方案进行风力资源普查和风能资源区划，于 2005 年完成《福建省风能资源评价项目实施情况工作报告》和《福建省风能资源评价技术报告》，并通过专家技术鉴定。普查结果得出风能资源的总储量和技术可开发量的评估，还在沿海风能资源丰富地区进行较为细致的调查，调查提供沿海十几个风能储量丰富的地区供风电场的选址之用。

2. 太阳能资源评价

2005 年，省气象局获得世界银行申请赠款项目《福建省太阳能资源评估》，通过此项目基本摸清太阳能资源的储量和多时空尺度分布状况，为太阳能资源的规模性开发和利用提供了科学依据。

二、人工增雨与防雹作业服务

省气象科研所从 1989 年起，每年 4—6 月为古田水库 1500 平方公里流域开展人工增雨作业。

1991 年 5—6 月，省内中、南部地区连续 15—40 天雨量不足 2 毫米，54 个县（市）586 万亩农田受旱。6 月 28 日至 8 月上旬，61 个县（市）受旱，面积达 867 万亩，其中宁德、福州、泉州、龙岩和南平地（市）受旱农田都在百万亩以上。省气象局派出以省气象科研所为技术骨干的人工增雨队伍共 100 余人次分赴上述各地（市），分布 10 个作业点，进行人工增雨作业和技术指挥。据统计，高炮作业共 185 次，发射增雨弹 9802 枚，达到了增雨目的。6 月间，省气象科研所参加 7 架次飞机作业，估计增雨 2 亿立方米，经济效益逾千万元；7 月 31 日至 8 月 24 日，飞行 15 架次，作业 13 架次，估计增雨 5.5 亿立方米，经济效益逾 3000 万元。

1993 年 7 月上旬，闽南地区开始出现小旱。8 月下旬至 9 月上旬，大部分地区 15—30 天雨量不足 10 毫米，受旱面积达 331 万亩，成灾 91 万亩，9 月中旬，旱情又趋严重。9 月 22 日，省委、省政府办公厅联合发出《关于做好抗旱救灾工作的紧急通知》，省气象台向省政府作出"未来 10 天将持续高温少雨"的中期天气预报。省气象科研所派专业人员赶赴古田水库为水库蓄水开展人工降雨作业，共发射增雨弹 1400 余枚，水库增水（位）上升 6.30 米，库容量增加 1.3 亿立方米，保证了水库正常发电。

1994 年 4—6 月，省气象科研所利用三七高炮为古田水库库区作业 16 次，发射增雨弹 1000 余枚，增加降水 2900 万立方米，增加水库水量 1450 万立方米。

1995 年 7 月中下旬和 9 月份，闽中、北部出现历史罕见晴热高温天气，宁德地（市）受旱面积达 178 万亩，晚稻受旱面积超过 80%，福鼎市沿海约 20 万人饮水困难。全省降水量较常年偏少 1—9 成，闽中、北部地区总降水量 7—9 月不足 50 毫米。省气象局派出专业队伍，进行三次人工降雨作业。6 月中旬至 7 月中旬，为古田水库蓄水作业，共发射增雨弹 700 枚，增加蓄水 2360 万立方米；9 月至 10 月上旬，为宁德地（市）的霞浦、福鼎、福安及宁德市抗旱作业，发射增雨弹 2200 枚，增加水面积约 4500 平方公里。其中 9 月 28 日至 10 月 4 日作业时，福鼎市降雨 126.9 毫米，霞浦县降雨 125.1 毫米，福安市降雨 48.2 毫米，宁德市降雨 37.4 毫米，基本解除旱情。10 月 14 日至 11 月 4 日，首次为连江县养鳗业缺水区域实施人工增雨，发射增雨弹 180 枚。

1996 年 4 月 12 日至 6 月底，省气象科研所在古田水库发射增雨弹 1500 枚，增加了水库容量，增雨达到了预期效果。

1997 年 6 月，省气象科研所在古田水库人工增雨作业 12 次，发射增雨弹 740 枚，水库增高水位约 2 米。

1999 年 3 月 24 日至 4 月 24 日，省气象科研所在古田水库实施人工增雨作业 10 次，发射增雨弹 980 枚，水库存水量约增加 6000 多万立方米。

2000 年 6 月，省气象科研所在福清市东张水库实施人工增雨作业，增加库存水量 600 万立方米。

2002 年 2—4 月，雨量明显偏少，南部地区偏少 7～9 成，受旱县（市）49 个，其中中旱 32 个，特旱 13 个，旱区分布在漳州、厦门、泉州、莆田、龙岩五市。3 月 18 日至 6 月 19 日，气象部门在上述五市 12 个县（市、区）开展不同规模的人工增雨作业 61 次，省气象局派出技术人员 40 余人次，共发射人工增雨弹 3073 枚，缓解了旱情。龙岩市气象局成立"闽西南人工增雨技术指挥中心"，协同龙岩军分区、市水电局、防汛办等部门选定武平、永定两个县设立 4 个人工增雨作业点，于 4 月 24 日，5 月 9—11 日、14—16 日实施人工增雨作业，共发射增雨弹 633 枚，三次人工增雨共增加降水量约 1.75 亿立方米。同年 5 月厦门市政府成立人工增雨作业领导小组，5—6 月组织两轮人工增雨作业，5 月 14—15 日，在同安、杏林两地进行人工增雨作业，发射增雨弹 694 枚，作业后，多数地方过程雨量在 20—40 毫米，局部超过 50 毫米；6 月 11—13 日，在杏林溪头水库和同安两地实施增雨作业 4 次，作业后，平均降雨量约 65 毫米，局部 90 毫米。4 月下旬，省委副书记梁绮萍在检查南部旱区抗旱工作时称赞"气象部门领导到位，措施有力，服务到家"。当雨水滋润久旱大地时，群众竞相燃放爆竹，感谢党和政府为民办了一件实事。《福建日报》5 月 12 日以《炮弹冲云霄，大雨倾盆下》为题头版新闻报道人工增雨消息。5 月 15 日，《厦门日报》、《海峡导报》也分别以《高炮打下倾盆雨》、《给老天打下百发催泪弹》为标题报道人工增雨实况。

2003 年，春季和雨季降水普遍偏少，继春旱后又发生大范围夏旱。6 月 29 日至 10 月 10 日，出现特旱的县（市）有 38 个，大旱的县（市）有 18 个，中旱县（市）有 4 个，小旱县（市）有 5 个。入秋后，降水量持续偏少，至 11 月底，又有 20 个县（市）受旱。内陆部分县（市）、海岛和半岛城镇饮水相当困难。出现自 1939 年以来最严重的春、夏、秋连旱。省政府于 6 月 20 日紧急下拨 100 万元专项经费用于人工增雨作业。省气象局立即购置火箭发射装置 30 架，首次实施较大规模的火箭炮人工增雨作业。据统计，有 51 个县（市）气象局设置 169 个作业点，共实施人工增雨作业 363 次，发射增雨火箭弹 539 枚，三七高炮人工增雨弹 4122 枚，省气象科研所先后派出人工增雨专家组，分别在宁德、三明、南平、厦门、福州五地（市）参与人工增雨作业 98 次，其中火箭人工增雨作业 45 次，高炮人工增雨作业 53 次，共计发射人工增雨弹 1523 枚，基本上解除旱情。南平市气象局开展全市性人工增雨作业，共购置火箭发射架 5 个，军分区和预备役团抽调三七高炮 15 门，共同组成人工增雨作业队 100 余人，在全市 10 个县（市、区）全面开展人工增雨作业，作业点 43 个，作业 102 次，发射人工增雨火箭弹 147 枚、高炮弹 2400 枚，解除了旱情。龙岩市政府于 7 月成立市人工增雨工作指挥部，购置 10 套移动式人工增雨发射装置和作业车。截至 9 月 4 日，全市共进行人工增雨作业 42 次，发射火箭弹 87 枚，高炮作业 22 次，发射增雨弹 714 枚，增加降水量 6.79 亿立方米，解除了全市旱情。

2004 年 2 月下旬起，闽中、南部沿海地区春旱又起，7 月下旬至 8 月中旬，再度出现夏旱，连至 9 月下旬，酿成秋季干旱。持续性降水偏少，致使各地水库有效蓄水量明显减少。省气象局根据省防汛抗旱指挥部指令，各设区市和 45 个县（市）气象局设立人工影响天气工作机构，共配备 64 架车载火箭发射装置。据统计，有 59 个县（市、区）开展人工增雨，布设 242 个作业区，作业 530 次，发射火箭弹 1371 枚，增加降水总量约 12.2 亿立方米。6—8 月，由省经贸委组织、省气象局和华能电力集团参与的"迎峰度夏"人工降雨作业，分别在古田、池潭、棉花滩水库、安砂水库，作业 87 天共 58 次，发射人工增雨火箭弹 134 枚，四水库共增加蓄水 1.89 亿立方米。同时，完成四水库人工增雨作业效果评估任务。同期，厦门市气象局实施作业 14 次，发射 107 枚火箭弹，及时解除了旱情，增加了水库蓄水量。

2005 年，省人工降雨火箭发射架从 64 门增加到 69 门。2 月 17 日至 8 月 22 日，在福州、南平和厦门 3 个设区市 8 县（市、区）布设 10 个作业点，共开展 20 次作业，发射增雨防雹火箭弹 73 枚，其中 11 次为人工增雨作业，9 次为人工防雹作业试验。松溪县和浦城县各新增一门火箭发射架，开展人工防雹试验，共进行 8 次作业，发射火箭弹 28 发。宁化县政府投入约 20 万元用于宁化县人工防雹试验，6 月 14 日，首次实施人工防雹试验，发射防雹火箭弹 8 枚，预防了雹灾的发生。

2005 年，龙岩市气象局根据本地地形特点及冰雹发生的季节、时间、路径等特征规律，并结合龙岩市烤烟种植区域分布，首次开展烟草人工消雹工作，取得成功。在 3—5 月冰雹多发期间，市气象局和市烟草部门在全市主要种烟区布设 30 多个作业点，于 4 月 5—6 日、12 日、23 日、27 日和 5 月上旬实施人工防雹作业，作业后全市未发生降雹现象，挽回直接经济损失数千万元，烟草公司减少因灾赔偿 2000 万 ~ 3000 万元。

三、防雷技术服务

1989 年 2 月，省安全生产委员会、省公安厅、省气象局联合下发《关于对全省避雷装置进行安全检测的通知》，省气候中心对易燃易爆场所、大中型厂矿和高层建筑开始防雷装置检测工作，而后各地陆续开展。1991 年 5 月，成立省避雷装置安全监测中心，挂靠在省气候中心，承担上述避雷装置监测的技术服务。

1992 年，华云科技开发公司和厦门市祥云科技服务公司成立，率先在福州市、厦门市被列为防雷工程设计、施工单位，开展防雷技术服务。龙岩、泉州、三明、漳州市气象局相继成立防雷装置检测机构，承担防雷工程设计和施工等技术服务。同年 9 月，龙岩市气象局避雷安全检测所正式通过省技术监督局计量认证，成为气象部门首家通过计量认证的检测单位，为当地开展避雷检测服务。

1995 年，厦门市气象局祥云技术开发公司承接以防雷、避雷工程设计、安装、检测为主的系列科技服务。

1996 年 3 月，省防雷中心成立，统一对外开拓防雷检测技术服务。此后，各设区市气象部门相继成立市防雷中心机构，并开展防雷技术服务。厦门市气象局祥云科技开发公司通过省计量局计量技术认证，以建筑物防雷工程、弱电设备及电子网络信息通信设备防护设计施工为主要业务。

1997 年 7 月，省公安厅、省气象局联合下发《关于对计算机信息系统防雷设施进行检测的通知》，各地相继出台有关政策，防雷装置检测面进一步扩大，防雷机构的工作环境和仪器设备也不断完善。厦门市气象局避雷检测项目被列入市人大通过的《厦门市消防条例》。

1998 年，省防雷中心通过省技术监督局计量认证。新建建（构）筑物的防雷装置设计审核和跟踪检测工作全面展开，省、市、县三级普遍成立防雷检测机构。为贯彻《福建省气象条例》第十四条关于防雷设施由当地气象主管机构定期检测的规定和强制性执行国家标准《建筑物防雷设计规范》的技术要求，省气象局于 1998 年 11 月向地（市）、县气象局防雷检测机构、省防雷中心颁发《关于统一使用〈福建省防雷设施合格证〉的通知》，要求各地（市）、县防雷设施检测所应及时进行验收合格后，颁发合格证。

1999 年，厦门市气象局祥云科技服务公司，成为由中国气象局核定的防雷工程设计、施工甲级资质单位。同时，独立完成国家重点工程、国内首座特大型三跨吊钢箱悬索桥——厦门海沧大桥整体防雷系统的优化设计，并承担大桥部分防雷工程的施工任务。

2000 年 6 月，省气象局要求省防雷中心、各市、县防雷设施监测所，对建（构）筑物的检测项目、检测技术标准、检测报告、检测合格证和检测收费标准进行"检测五统一"。要求检测专业技术人员，须经岗位技术、安全培训，持证上岗，以确保防雷技术服务质量。防雷技术服务面逐步覆盖社会各行业，包括农业、林业、建筑、电力、通信、航空航天、交通运输、石油化工、金融证券、教育等部门。

2001 年，有 51 个市、县气象局开展防雷工程设计与验收服务，有 7 个地市气象局防雷机构获得乙级资质证书。

2002 年，龙岩市气象局成立防雷中心和避雷安全检测所，分别承接龙岩市建（构）筑物图纸设计审查、竣工验收和工程技术服务，龙岩市建（构）筑物、易燃易爆场所防雷装置的常规检测。

2003 年，有 5 个地（市）气象局进入地方行政审批机构，防雷施工图审被列入基建审批程序。三明市气象局及所属 10 个县（市）气象局成立防雷减灾管理机构。

2004 年，有 48 个县（市）气象局开展防雷施工图审服务。

2005 年，从事气象防雷专业技术服务的约 1500 人，有甲级资质单位 2 个，乙级资质单位 14 个，丙级资质单位 19 个。

第十一章 地方气象法制建设

1991—1998 年，气象依法行政工作主要是贯彻实施国务院颁布的《中华人民共和国气象条例》及国务院气象主管机构颁发的规章、规范性文件等，并根据工作需要制定配套规章、制度，作为依法行政的依据。1998 年 8 月 1 日，省九届人大常委会第四次会议审议通过《福建省气象条例》。1999—2005 年，气象法制建设开始走上法制化轨道，初步形成以《福建省气象条例》为主、配套规范性文件为辅的地方气象法规体系；并根据气象法规赋予县级以上气象主管机构的社会管理职能，建立、健全各级气象法制工作机构，组建气象行政执法队伍，加强气象法规宣传，加大执法力度，强化执法监督检查，初步形成较为规范的行政执法体系。

第一节 法规和规范性文件制定

一、法规

（一）制定《福建省气象条例》

1996 年 4 月 30 日，省八届人大代表李元等联名提出议案，要求尽快制定《福建省气象条例》。当年，省政府落实省人大代表议案，把《福建省气象条例》列入地方立法的调研项目。省气象局作为办理该议案的具体单位，组织人员，广泛收集各方面资料，对立法的必要性、可行性进行研究和论证。1997 年 3 月 28 日，省七届政协委员陈宗松等联名提案《关于尽快制定〈福建省气象条例〉》。省政府落实省政协提案，将《福建省气象条例》列入当年地方立法计划。同年 3 月，省气象局成立《福建省气象条例》起草领导小组，并组织精干的起草工作班子，进行了多次研讨和 4 次重大修改，1998 年 2 月 16 日，省气象局向省政府报送《福建省气象条例（草案）》（送审稿）。

1998 年 3 月 20 日，省政府法制局召开《福建省气象条例》协调论证会，省劳动厅、公安厅、建委、广播电视厅、物委、技术监督局等 13 个单位对有争议的条款进行磋商，并基本取得一致意见。5 月 12 日，省长贺国强主持召开省政府第四次常务会议，审议并通过《福建省气象条例（草案）》，提请省人大常委会审议。

1998 年 5 月 26 日，省第九届人民代表大会常务委员会第三次会议对《福建省气象条例（草案）》进行一审，省气象局局长李修池在会上对草案作说明。会后，根据审议意见对草案进行修改。6月8日、6月29日，省人大常委会召开论证会，省人大常委会副主任黄文麟、王建双，省人大常委会农村经济委员会主任刘钦锐等先后到省气象局视察，对草案修改稿进行论证。7月27日，省第九届人大常委会第四次会议对《福建省气象条例（草案修改稿）》进行二审，省人大常委会农村经济委员会主任刘钦锐在会上对草案修改稿作说明。8月1日，省第九届人大常委会第四次会议审议并通过《福建省气象条例》，定于10月1日起施行。

《福建省气象条例》是福建省第一部地方性气象法规，对地方气象事业、防灾减灾、天气预报发布、探测环境保护、合理开发利用气候资源、气象资料使用、气象科技服务、行政执法主体和处罚等方面内容作出了具体规定。它在全国首次以地方性法规形式赋予县级以上气象主管机构负责雷电灾害预防管理职责，赋予县级以上气象主管机构负责经营性广告气球技术资格认证管理职责，授予县级以上气象主管机构行政处罚权，规范地方气象事业的内涵、项目和投入体制。

（二）制定福州、厦门地方性法规

2003年8月1日，省十届人大常委会第四次会议批准福州市第十二届人大常委会第三次会议通过的《福州市气象探测环境和设施保护规定》，并于9月1日起施行。

2005年，《厦门市实施〈中华人民共和国气象法〉办法》被列入厦门市人大立法计划，并完成立法调研，在征求多方意见的基础上，完成《厦门市实施〈中华人民共和国气象法〉办法》的起草工作。

二、规范性文件

1991—2005年，省政府为加强气象工作，制订出一系列与气象事业相关的规范性文件，省气象主管机构同步或单独或会同有关主管机构，亦及时配套一批作为依法行政依据的规章和制度。

表11-1　　　　　　　　　　省政府制订下发的规范性文件一览表

发文日期	发文单位	文件名称
1992年7月16日	省政府	贯彻《国务院关于进一步加强气象工作的通知》的意见
1993年11月12日	省政府办公厅	关于进一步加强发布公众天气预报工作的通知
1996年8月13日	省政府	关于地方财政承担气象部门执行地方性补贴、津贴所需经费的通知
1996年10月5日	省政府办公厅	转发省广播电视厅、省气象局《关于改善我省电视气象服务报告》的通知
1998年5月7日	省政府办公厅	关于进一步加快发展我省地方气象事业的通知
2000年12月26日	省政府办公厅	转发省气象局、省公安消防总队、省经济贸易委员会《关于加强经营性施放广告气球（飞艇）管理报告的通知》
2003年7月15日	省政府办公厅	关于发布福建省气象灾害预警信号的通知

表 11－2　　　　省气象主管机构会同有关主管机构联合下发的规范性文件一览表

发文日期	发文单位	文件名称
1995 年 10 月 18 日	省物价委员会、省财政厅、省气象局	关于对经营性传播媒体播放天气预报加强管理的通知
1995 年 10 月 23 日	省气象局、省技术监督局	关于做好全省防雷检测机构计量认证工作的通知
1996 年 7 月 4 日	省公安厅、省气象局	关于对计算机信息系统防雷设施进行检测的通知
1998 年 11 月 25 日	省气象局、省公安消防总队	关于加强经营性广告气球管理的通知
2004 年 7 月 9 日	省气象局、省安全生产监督管理局	转发中国气象局、国家安全生产监督管理局等《关于加强对气球和风筝等升空物体安全管理的通知》
2005 年 3 月 2 日	省气象局、省建设厅	关于加强房屋建筑和市政基础设施工程防雷装置设计审核、竣工验收工作的通知

表 11－3　　　　　　　　省气象主管机构下发的规范性文件一览表

发文日期	文件名称
1998 年 11 月 30 日	关于统一使用福建省防雷设施合格证的通知
1999 年 5 月 24 日	福建省经营性施放气球上岗证管理办法
1999 年 6 月 15 日	福建省防雷工程专业设计、施工资质管理办法实施细则（试行）
1999 年 7 月 20 日	福建省公开发布气象信息管理办法实施细则（暂行）
2005 年 2 月 6 日	福建省防雷装置检测资质管理办法（试行）
2005 年 3 月 10 日	福建省防雷工程专业资质申报及评审说明
2005 年 4 月	关于进一步规范气象探测环境保护范围内建设工程审批工作的通知
2005 年 6 月 9 日	防雷工程专业乙、丙级资质评审和延续工作规则（试行）
2005 年 6 月 30 日	省外企业在福建从事防雷工程专业设计、施工登记备案管理暂行办法
2005 年 7 月 5 日	福建省防雷产品登记备案管理暂行办法

第二节　气象行政审批

一、气象行政许可（审批）确立

1998 年，根据《福建省气象条例》、《中华人民共和国气象法》（下简称《气象法》），国务院、中央军事委员会《通用航空飞行管制条例》，国务院《人工影响天气管理条例》、《国务院对确需保留的行政审批项目设定行政许可的决定》等法律、法规，赋予县级以上气象主管机构施放的行政许可项目，涉及施放气球管理、雷电防护、气象探测环境保护、人工影响天气等方面。

2003—2005 年，根据省政府的要求，省气象局对行政许可项目及依据进行清理和公布，制定行政许可配套制度，并报省人大常委会及省政府有关部门。公布的 11 个行政许可项目包括：气象探测环境保护范围内工程建设、气象台站迁建、施放气球活动、施放气球作业单位资质认定、防雷装置设计审核和竣工验收、人工影响天气作业单位及个人资格认定、防雷装置检测、防雷工程设计、施工资质认定等。

2004—2005 年，县级以上气象主管机构共设立 70 个行政许可窗口，依法实施行政许可工作。有 5 个设区市气象局和 15 个县（市）气象局的行政审批窗口进入当地政府的行政服务中心，实施便民措施，所有审批项目和依据、表格实行网上公示与下载。

二、气象行政审批项目

（一）施放气球审批

1998 年 11 月，《福建省气象条例》确定审核经营性施放广告气球、飞艇的单位、个人资格为审批项目。据此，县级以上气象主管机构开始实施施放气球单位、个人资格的审批工作。省气象局和省公安消防总队联合颁发《关于加强经营性广告气球管理的通知》等文件，制定施放气球单位、个人技术资格审批的具体制度和施放气球安全操作技术规范。

2000 年，省政府办公厅转发省气象局、省公安消防总队、省经贸委《关于加强经营性施放广告气球（飞艇）管理报告的通知》，重申施放气球从业单位、个人必须经过技术资格认定，必须取得消防安全许可证和化学危险物品经营许可证，必须严格遵守技术操作规范。

2003 年 1 月 10 日，国务院及中央军委颁布《通用航空飞行管制条例》。该条例规定："进行升放无人驾驶自由气球或者系留气球活动，必须经设区市以上气象主管机构会同有关部门批准。"同年 5 月开始，设区市气象主管机构及其委托的县（市）气象主管机构对当地施放气球活动进行审批。

2004 年 6 月开始，按照《中华人民共和国行政许可法》、《国务院对确需保留的行政审批项目设定行政许可的决定》及中国气象局《施放气球管理办法》的规定，省气象主管机构将经营性施放广告气球、飞艇的单位、个人资格的审批转变为对施放气球单位资质的认定，实施新的审批程序和制度。并将施放气球个人资格认定转变为行业自律管理项目，由各设区市气象学会开展该项工作。至 2005 年底，全省通过无人驾驶自由气球、系留气球单位资质认定的有 62 家，通过施放气球个人资格认定的有 317 人。

（二）防雷资质认定

2000 年起，省气象主管机构即开展防雷工程专业设计、施工资质评审工作，出台资质评审细则等一系列规范性文件，建立专家评审库。

2004年6月，执行《国务院对确需保留的行政审批项目设定行政许可的决定》，保留省气象主管机构负责实施防雷装置检测、防雷工程专业设计、施工单位的资质认定。

2005年，根据中国气象局《防雷减灾管理办法》等部门规章，省气象主管机构制定《福建省防雷工程专业设计、施工资质管理办法实施细则》、《福建省防雷工程专业资质申报及评审说明》、《防雷工程专业乙、丙级资质评审和延续工作规则（试行）》，严格防雷工程从受理、初审、复审、委托评审到认定、公告的系列审批程序。2001—2005年，省气象局先后举办6次防雷工程资质和检测资质评审活动，认定31家防雷工程专业设计和施工乙、丙级单位资质。

自2005年起，根据国务院规定，防雷专业技术人员资格认定工作转变管理方式，由省气象学会实行自律管理，承担防雷和气球作业人员的培训和资质、资格认定。到2005年底，全省共有450人取得防雷工程专业技术人员资格。

（三）防雷装置设计审核、竣工验收

2005年1月，执行《国务院对确需保留的行政审批项目设定行政许可的决定》，省内县级以上气象主管机构负责实施设定防雷装置设计审核、竣工验收行政许可项目。全年受理1200多个申请。3月，省气象局与省建设厅联合下发《关于加强房屋建筑和市政基础设施工程防雷装置设计审核、竣工验收工作的通知》，对加强防雷设计审核和竣工验收工作作出规定。

（四）人工影响天气作业单位及个人资格认定

2000年1月起，省气象局根据《气象法》规定，对实施人工影响天气作业的组织执行资格认定制度。

2002年3月，省气象局根据《人工影响天气管理条例》规定，对从事人工影响天气作业的人员执行资格认定制度。

2003—2004年，省气象局制定《福建省人工影响天气作业组织（或单位）资格证管理办法》、《福建省人工影响天气作业人员上岗证管理办法》等文件，开始人工影响天气作业单位资格证和作业人员上岗证的管理工作，并组织人工影响天气安全作业及管理培训班。市、县成立人工影响天气工作指挥部和指挥部办公室，由分管副市长、副县长担任指挥长，气象局长担任副指挥长并兼任办公室主任。

2005年底，根据《气象法》、《行政许可法》规定，省气象局组织制订和实施新的人工影响天气作业单位和作业人员资格审批程序、制度。

（五）气象探测环境保护范围建设工程和气象台站迁建的批准

2000年起，省气象局根据《气象法》规定，对除由中国气象局审批的基本站、基准站以外的气象台站，实施气象探测环境保护范围内建设工程和气象台站迁建的审批工作。

2005年，省气象局规范气象探测环境保护范围内建设工程的审批制度，对受理单位、审批机构、条件、程序作出统一规定。

第三节　气象行政执法

一、执法组织建设

（一）机构建设

2001年，省气象主管机构设立政策法规处，设区市气象主管机构设立政策法规科。

2002年4月，省气象局成立机关执法队。经过两年的论证和实践，2004年，省气象局出台《气象行政执法及队伍建设实施意见》，在各设区市成立市气象局行政执法大队，由辖区内的市、县气象行政执法人员组成，统一开展气象行政执法工作。同时撤销机关执法队。

（二）队伍建设

1998年9月，省气象局与省政府法制局举办气象行政执法培训班，有62人参加培训，全部考试合格。经省政府法制局同意，首批55名气象行政执法人员持证上岗。省气象局还分别在1999年、2001年、2005年组织人员参加省政府统一组织的全省行政执法资格考试，共有421人通过考试并获得行政执法人员资格。

2002—2005年，省气象局举办5期全省行政执法人员培训班，多次组织执法人员参加省政府、中国气象局、国务院法制办举办的依法行政学习和讲座。

（三）规章制度

2002年起，省气象局先后制定《福建省气象行政执法管理办法》、《防雷执法流程》、《气象信息发布执法流程》、《气象探测环境执法流程》、《广告气球执法流程》、《福建省气象行政执法错案和执法过错责任追究办法》、《福建省气象依法行政重大事项报告和备案制度》等程序、制度，使全省气象执法工作有法可依、有章可循。

二、执法检查

（一）人大、政府的监督检查

1994年6月中旬到9月底，省人大常委会组织《中华人民共和国农业法》执法检查，首次对各地贯彻该法中有关气象的内容和《中华人民共和国气象条例》情况进行检查。检查组依照法律、法规有关条款，对气象探测环境进行一次治理，使破坏气象探测环境的现象得到控制，气象探测环境得到不同程度的改善。同时，还依法制止和追究违法向社会公开发布天气预报的行为，维护天气预报统一发布制度。

1995年4月18—30日，省人大常委会组织大规模的全省农业防灾减灾执法视察检查，其中《中华人民共和国气象条例》和中尺度灾害性天气预警系统被列为重点检查内容。检查团深入基层检查中尺度灾害性天气预警系统建设和双重计划财务体制、天气预报发布、探测环境的情况，帮助解决执法中的问题，推动《中华人民共和国气象条例》在全省范围的贯彻实施。

1999 年 4 月，省人大常委会组织《中华人民共和国防洪法》、《中华人民共和国水法》的执法检查，把气象法规列入检查内容。

（二）气象主管机构执法

1994 年，根据《中华人民共和国气象条例》有关条款，省、市、县气象主管机构依照法律、法规的规定，履行行政执法检查职能，依法制止和查处违反气象探测环境保护、天气预报刊播、防雷减灾、施放气球等法律法规的行为。对破坏气象探测环境的单位或个人，分别采取建设单位投资搬迁、城建部门从严审批控制和就地改善等办法进行处理，使 20 多个县（市）被破坏的气象探测环境得到改善。依法制止和追究违法向社会公开发布天气预报的行为，制止电视传播媒体播发非适时天气预报或未经同意转发天气预报的行为。

1998 年 10 月，《福建省气象条例》颁布实施，各级气象主管机构对违法违规行为加大执法力度。

1999 年春节前后，龙岩市气象局和当地公安局采取联合行动，依法取缔闹市街头自制氢气贩卖气球的违法行为，消除重大安全事故隐患。

2002—2005 年，南平、宁德市气象局等对当地气象探测环境破坏案件采取行政处罚措施。

2003—2005 年，省气象局牵头对东南新闻网、移动经营商、东南快报等多家违法刊播气象信息的单位进行执法检查和责令停止违法行为。

2005 年，全省开展气象执法检查 100 多次，依法查处违法案件 9 件，制止违法行为 110 起。

第四节　法制宣传

一、普法教育

按照省委、省政府和中国气象局的部署，1991—2005 年，全省气象部门先后开展"二五"、"三五"和"四五"的普法教育。

"二五"（1991—1995 年）普法教育，以基本法为核心，以专业法为重点，1994 年《中华人民共和国气象条例》颁布实施，将该条例列入专业法教育内容。

"三五"（1996—2000 年）普法教育，以《国家公务员暂行条例》、《中华人民共和

国气象条例》、《中华人民共和国气象法》、《福建省气象条例》等专业法律法规为学习
教育重点。

"四五"（2001—2005 年）普法教育，重点进行《中华人民共和国气象法》、《人工
影响天气管理条例》、《通用航空飞行管理条例》、《气象探测环境和设施的保护办法》、
《防雷减灾管理办法》、《施放气球管理办法》等法律法规的学习教育。

县级以上气象主管机构还根据不同时期的要求，结合不同岗位和对象，有针对性
地确定学法的内容，采取以案说法、看录像、考试、知识竞赛、参观等各种形式，寓
教于乐，调动干部职工学法用法的积极性，受教育面达到 90% 以上。

二、气象法律法规宣传

1994 年，《中华人民共和国气象条例》颁布实施后，《福建日报》、《厦门日报》等
报刊和广播电视等新闻媒体全文刊登或播发消息。省人大常委会农村经济委员会、司
法厅、气象局联合召开贯彻实施座谈会。各市、县通过召开座谈会、散发宣传材料、
在公共场所悬挂横幅等各种形式，广为宣传。1995—1998 年，县级以上气象主管机构
在《中华人民共和国气象条例》每年的发布周年日开展条例宣传。

1998 年 10 月，《福建省气象条例》颁布实施，各级人大常委会、政府，气象及其
他有关部门，在全省范围内联合开展《福建省气象条例》宣传贯彻活动，历时 3 个月。
8 月 8 日，副省长丘广钟在福建电视台发表电视讲话。8 月 21 日，省气象局与省人大常
委会农村经济委员会联合召开《福建省气象条例》新闻发布会，44 个单位和 15 家新闻
媒体共 136 人参加会议。全省有 8 个地（市）和数十个县（市）人大、政府、有关部
门联合召开座谈会，领导发表电视讲话和文章。《福建日报》、《香港大公报》、《中国
气象报》、《气象用户之友》及厦门、泉州、龙岩等地方报刊全文刊登《福建省气象条
例》。《中国气象报》在刊登时配发"短评"。9 月下旬，省委宣传部、省人大农村经济
委员会、省政府法制局、省司法厅、省广电厅、省气象局等 7 个单位联合开展《福建
省气象条例》宣传周活动。省人大常委会农村经济委员会、省气象局印发《福建省气
象条例》单行本 1 万册。福建电视台在电视节目的天气预报栏目中持续播放宣传贺词。
《福建日报》刊登 50 家单位联合祝贺广告。《气象用户之友》举办《福建省气象条例》
知识竞赛。各地通过新闻媒体、上街宣传、知识竞赛、悬挂彩球等各种方式宣传《福
建省气象条例》。福州、南平等地举办防灾减灾和《福建省气象条例》有奖竞猜活动，
吸引了社会各界群众 1000 多人参加。

2002—2003 年，全省气象部门开展《气象法》、《通用航空飞行管制条例》、《人工
影响天气管理条例》的社会宣传。省气象局和媒体合作，在《海峡都市报》、《福州日
报》和《福州晚报》等全省二十多家报刊上进行宣传，接受福建人民广播电台的专题
采访，在天气预报节目中插播广告，进行电视新闻报道和专题采访。利用每年世界气

象日、全国法制宣传日等契机开展宣传活动，制作专栏、宣传板，举办全省气象部门的气象法规知识问答活动。

2003—2005 年，中国气象局相继出台施放气球管理、探测环境保护、气象预报刊播、防雷减灾等方面 6 部部门规章，全省气象部门组织大规模的宣传活动，开展报刊宣传、电视宣传、资料宣传。组织召开新闻记者座谈会。订购有关的法规汇编和规章单行本 2 万本并发至全省。

第五节　标准化工作

一、气象行业标准化管理

福建省气象行业标准化工作始于 2001 年。先后由省气象局业务科技处（2001 年至 2004 年 6 月）和政策法规处（2004 年 7 月至 2005 年）负责管理。各设区市气象局的相关机构承担本辖区的气象行业标准化工作。

根据中国气象局的要求，2003 年，省气象局建立"气象标准化工作联络员"制度，业务科技处、政策法规处曾先后派员担任"气象标准化工作联络员"。初步构成气象行业标准化工作管理体系。2003 年 11 月、2004 年 11 月和 2005 年 9 月，省气象局先后派员参加中国气象局举办的全国气象标准化知识培训班学习。2005 年 3 月 8 日，省气象局转发中国气象局《关于进一步加强气象标准化工作的意见》，完善省、设区市级气象标准化管理体系，明确机构的管理职责和任务。

2001—2005 年，省气象局对中国气象局发布《II 型自动气象站》等 57 项国家标准和气象行业标准，下发全省气象部门执行，并在全省气象行业推广应用，通过各类业务培训、每年的世界气象日和气象科普活动，开展推行、宣传普及活动。

二、地方气象标准制定

2005 年，省气象局首次向中国气象局申报《春季南方低温阴雨》、《新一代天气雷达站址选择要求》、《高温标准》、《暖冬标准》等 4 项国家标准立项。厦门市气象局向省质量技术监督局申报《防雷装置设计、施工及维护管理规程》、《雷电风险评估与灾害鉴定规程》、《防雷装置验收及检测规程》等 3 项地方标准，并与厦门市公安局联合向省质量技术监督局申报《厦门市计算机房安全技术规范》地方标准。厦门市防雷中心参与制定《厦门市休闲渔排建造技术规范》（涉及渔排避雷等内容），成为国内首部专门为休闲渔排制定的技术规范。

第十二章 交流、协作与宣传

第一节 气象学会组织与活动

一、学会组织

1993 年 11 月 24—26 日，省气象学会第五届会员代表大会在福州市召开，出席会议代表 115 人，会议审议第四届理事会工作报告，修改学会章程，选举产生由 51 人组成的新一届理事会。叶榕生当选为理事长，陈仲、胡全球、李荣久为副理事长，郑行照为秘书长。第五届理事会新设立"中尺度气象学术委员会"、"对台气象交流工作委员会"、"气象电子技术委员会"和"气象刊物工作委员会"。1996 年，成立省气象学会机关分会。

1999 年 3 月 19—20 日，省气象学会第六届会员代表大会在福州市召开，出席会议代表 108 人，会议审议第五届理事会工作报告，修改学会章程，选举产生由 70 人组成的新一届理事会。李修池当选为理事长，林新彬、曾光平、周杰、周艳江为副理事长，朱建为副秘书长。组建"省气象学会科技服务与产业发展分会"。2001 年 2 月，杨维生接替李修池任学会代理事长。

2004 年 11 月 29 日，省气象学会第七届会员代表大会在福州市召开，出席会议代表 150 人，会议审议第六届理事会工作报告和财务报告，选举产生由 60 人组成的理事会。杨维生当选为理事长，林新彬、刘爱鸣为副理事长，龙晖、刘修德、魏克良为名誉副理事长，叶榕生为顾问，朱建为秘书长。

二、学会工作

（一）学术交流活动

1. 举行学术交流年会

从 2001 年起，省气象学会每年召开学术年会，并作为省科学技术协会学术年会的分会场。

2001 年 12 月 11—12 日，省气象学会在福州市召开省科学技术协会首届学术年会气象分会（省首届气象学术年会），会议共收到 150 篇气象各学科的论文，经专家评审有 47 篇论文参加书面交流，有 9 位专家在会上作了学术报告。会议还邀请福州大学校长王钦敏作《数字福建》专题报告。

2002 年 11 月 21—22 日，省气象学会在福州市召开省科学技术协会第二届学术年会气象分会（省第二届气象学术年会）。会议共收到论文 102 篇，涉及环境气象、灾害天气、灾害性天气预警系统建设、人工影响天气、气象产业发展、气象服务、气象科学管理等，经专家评审，有 27 篇论文在大会交流，入选论文全部由省科协颁发论文证书。会议邀请中国气象局监测网络司雷达卫星处李柏博士作《新一代天气雷达资料应用》的学术报告，邀请中国气象局《气象》学术期刊主编李晓东作《开拓业务服务领域，加快气象事业发展》的学术报告。

2003 年 12 月，省气象学会在福州市召开省科学技术协会第三届学术年会气象分会（省第三届气象学术年会），年会设立天气气候、应用气象、气象管理等分会场。会议共收到论文 68 篇，24 篇在大会交流。省气象学会副理事长、省气象局副局长林新彬在会上作学术报告。有 10 余篇论文入选中国气象学会首届学术年会。

2004 年 11 月 29 日至 12 月 2 日，省气象学会在福州市召开省科学技术协会第四届学术年会气象分会（省第四届气象学术年会），会议收到论文 110 篇，有 72 篇论文在会上交流。省气象学会 10 篇论文入选中国气象学会第二届学术年会。

2005 年 12 月 8 日，省气象学会在福州市召开省科学技术协会第五届学术年会气象分会（福建省第五届气象学术年会），会议主题是：建设福建省沿海和台湾海峡气象保障系统。会议共收到论文或技术报告 120 多篇，经专家评审，提交大会交流和书面交流的有 50 篇论文。会议邀请气象专家为大会作主题报告。省气象学会还组织 12 名会员参加在江苏省苏州市举行的中国气象学会 2005 年学术年会，有 10 余篇论文入选大会交流。

2. 区域性学术交流会

1991 年 10 月，省气象学会与华东区域各省、市气象学会联合在江苏省苏州市召开"气象科技兴农"研讨会。福建省有 10 篇论文参加交流。

1997 年 9 月，全国第四次动力气象学术研讨会在福州市召开，省气象学会派员参加研讨，大会交流和研讨动力气象和数值预报的最新科研成果，会后，邀请中国科学院院士黄荣辉、丑纪范、吴国雄到福州市作学术报告。同年 11 月，省气象学会联合华东六省四市在厦门市召开"华东地区台风及暴雨学术研讨会"，台湾省气象专家也专程前去参加。

2003 年 10 月中旬，省气象学会在福州市举办首届华南地区气象学术交流会，福建省、广东省的气象科技工作者代表参加学术研讨。福建省入选研讨的论文有 45 篇，其中有 24 篇在大会上交流。

2004 年 4 月 1—2 日，第二届华南地区气象学术交流会在广东省广州市番禺气象雷达站召开，福建省有 25 位科技人员参加论文交流。这次会议还邀请海南省、广西壮族自治区气象学会加入。会议共交流 41 篇论文，论文内容丰富，重点是南方灾害性天气研究。会议还交流最新研究成果及业务技术经验。

2005 年，第三届华南地区气象学术研讨会在海南省海口市召开。该次会议发展为"泛珠海三角洲气象学术研讨会"，省气象学会组织 17 位科技工作者参加，有 10 篇论文参加了大会交流。

3. 专业性学术交流会

1991 年，省气象学会在福州市召开第二次青年气象科技交流会，有 100 多位来自各部门、各地市的代表参加。会议交流 82 篇论文，还邀请省外的 4 位中青年气象学家作学术报告。会后，各地市气象学会成立青年工作机构。

1995 年 3 月，省气象学会在福州市召开"天气分析和预报技术研讨会"，会议收到多篇年轻会员写的学术论文。12 月，省气象学会在福州市召开"全省农业气象学术讨论会"，与气象有关的农业、林业、高等院校、科研单位及政府部门的科技人员参加会议交流。

1996 年 10 月，省气象学会在厦门市召开"大气探测和大气物理学术研讨会"，总结福建省近年来在大气探测和中尺度建设方面的经验与成果。10 月下旬，省气象学会与省天文学会在福州市联合召开"气候天文学术研讨会"，会议突出以"中尺度天气预警系统建设"为中心，加强对气象变化、气候异常的分析，总结气象监测技术方法，探讨防灾减灾的对策，提高对各种灾害性天气、气候的监测水平和服务能力。

1997 年 1 月，省气象学会在福州市召开"全省气象软科学研讨会"。研讨会的论文涉及气象管理、人才培养等，有一批优秀论文受到表彰，学会还邀请有关专家作学术报告。10 月，省气象学会在厦门市召开"海洋气象技术交流会"，气象与水产、水利、海洋、高等院校和有关科研单位及政府部门的科技人员参加交流。同年 11 月，省气象学会在福州市召开"灾害天气预报技术研讨会"。

1999 年 3 月 18—20 日，省气象学会在福州市召开学术交流会。会上，省气象台、省气候中心、省气象科学研究所、省气象局机关以及海军福建基地航保处的科技人员，就台风预报、中长期天气预报、农业气象服务、厄尔尼诺现象以及军事气象服务等各个气象学科领域关注的热点问题展开研讨。12 月 27—30 日，由省气象学会与省气象局业务管理处共同组织，在莆田市召开"天气与气候学术交流会"。有 50 名气象科技人员参加，会议总结了 1999 年的天气与气候的预报经验及研究成果，并就提高天气预报质量进行交流研讨。

2000 年，省气象学会先后召开四次学术交流会，研讨的主题与省气象局业务重点工作结合起来，进行学术交流。1 月，在厦门市召开"气象电子学术交流会"。有 44 人参加，会上有 28 篇论文进行交流，涉及气象现代化建设、气象通信、网络、计算机应用软件、"9210"工程建设及应用开发、防雷等方面。7月，在建阳市召开"应用气象学术交流会"，有47人参加，交流论文24篇。11月，在福州市召开"大气探测与大气物理学术交流会"，有108人参加，交流论文73篇。12月，在三明市召开"天气预报技术学术交流会"，有41人参加，交流论文35篇。

2004年10月，省气象学会在厦门市召开"农业气象分会学术交流会"，有30篇论文在会上进行交流，就有关农业气象学术问题进行研讨。

2005年12月，省气象学会在福州市召开"天气预报与测报学术交流会"，交流论文58篇。12月29日，省气象学会在福州市召开"气象技术装备学术交流会"，交流论文13篇。

4. 省级学会联办的学术交流会

1991年，省气象学会联合省水利、地质、地震等学会，在省科协的主持下，召开"减轻自然灾害"学术研讨会。学会成员在会上交流了《人工降雨——抗旱的一种重要手段》论文。

1992年，省气象学会在省科协的主持下，与部分省级学会联合召开第二次"减灾研讨会"。会议着重对防灾减灾工作、提高全民防灾意识、保护人民生命财产安全、减少国家损失，进行交流和研讨。

1995年，省气象学会与省农学会、林学会等联合举办"青年学术交流会"。会议被列为中国科协第二次全国青年科技交流会卫星会场之一。

1996年5月，省气象学会参与筹办由省政府、省科协举办的"福建省城市环保与发展研讨会"；同年12月，参与和协办"加快福建农业两个转变学术研讨会"。

1999年4月，省气象学会协同省科协举办"科技论坛——99天灾预测会"，国家气候中心、中国气象科学研究院等3位气象专家，以及广东省、湖北省等地的气象专家参加论坛会，省气象学会派出7位气象科技人员与会。9月20—21日，由省科协牵头、省农学会主办、省气象学会等15个团体协办的"福建新世纪农业展望"学术研讨会，就新世纪福建农业发展开展学术研讨，省气象学会有3位高级工程师撰写的科研论文参加交流。

2005年10月，省气象学会气象科学研究所分会与省天文学会在福州市联合召开"第五届日地关系与灾害性天气学术研讨会"，气象科学研究所分会有20篇论文参加交流。

（二）气象科普活动

1. "世界气象日"纪念活动

每年3月23日为世界气象日。纪念世界气象日是省气象学会开展气象科普宣传的重要活动。1991—2005年，省气象学会协助省气象局围绕当年纪念世界气象日的主题，联合有关部门和单位举办纪念活动。根据每年不同主题，召开座谈会、报告会、纪念会，邀请各级领导和有关部门领导、专家作报告，如1991年"地球的大气"的主题报告会，由副省长苏昌培作主题报告，省气象局、省林业厅、省环保局等厅局作专题报告。同时各地还举办展览、画廊，开放气象台站，开展气象科技咨询、气象科技进社区以及媒体宣传等。1998年世界气象日，省气象局、中保财产保险有限公司福建省分公司、省气象学会在全国首次发行世界气象日纪念封。

2. 举办青少年气象夏令营

省气象学会每年暑假举办夏令营，形成制度，有时由地区、县级举办，有时由省气象学会举办。采取不同形式，组织中小学生在参观、游览、娱乐中学习气象知识，撰写气象小论文。学会还组织中小学生参加全国性气象夏令营活动。

（三）组织气象专题活动

省气象学会组织全省气象科技工作者参加每年5月的科技宣传周、10月的国际减灾日等宣传活动，向社会和公众普及气象科学知识。

1995年科技宣传周，省气象学会邀请台湾气象专家和上海气象专家向福州大学学生作气象科技报告。福州八中举办学校科技周活动，省气象学会派气象专家到校作气象科普报告。

1999年科技宣传周，省气象学会组织气象专家主讲《气象卫星及其应用》科普报告。这一年的国际减灾日，省气象学会组织天气、气候、农业专家到福州市五一广场开展气象服务咨询和气象宣传活动。到1999年，国际减灾日十年活动结束，省气象学会与省气象局办公室共同举办"'国际减灾日'10年工作与经验大会"。

2000年科技宣传周，厦门市气象局、市气象学会在全省首次举办"气象科普一日游"活动，邀请130多名市民游览"省市科普教育基地"，中国科学院院士、厦门大学教授黄本立和部分市政协委员参加活动。

2002年科技宣传周，省气象学会组织高级技术职称气象科技人员参加省科协组织的中国科协"科技进社区"活动。

2003年科技宣传周，省气象学会利用省气象影视中心在电视台播放的《天气预报》节目、《气象用户之友》报、省专业气象台的"121"电话等媒体，开展科技周主题意义与气象科普知识的宣传。

2004年科技宣传周，省气象学会举办"气象科普一日游"和"气象科技教育基地"开放活动。5月18日，省气象学会组织福州市5所小学学生参加"气象科普一日游"活动。内容有游长乐国际机场气象台、听航空安全气象保障科普知识、看飞机起降指挥过程；分别在长乐海边、福州五一广场、乌石山顶三地观测气压、气温、风向风速等气象要素；在省气象台"全国青少年科技教育基地"参观气象观测场、天气预报室，观看省气象影视中心摄制的《气象百问》科普动画片。

2005年科技宣传周，省气象台作为"全国青少年科技教育基地"和"全国气象科普教育基地",共接待 1000 多名中小学生和市民,参观天气预报会商室、地面观测、探空气球、气象科普展。省气象台因这次活动被省科协、省科技厅等部门评为"先进集体"。省气象局还配合省科技厅、省科协等单位开展"提高全民科学素质教育"的科普知识宣传。省气象学会组织专家,提供以气象科普知识为主、气象边缘科学为辅的知识问答题 80 题,供科普宣传用。

（四）气象科普教育基地建设

1999 年,省气象学会申报省气象台为"福建省青少年科技活动中心"。经省科委、省科协验收合格,并获批准。2002 年初,省气象台被评为"全省优秀青少年科技教育基地"。2003 年 1 月,中国气象局、中国气象学会命名福建省气象台为全国气象科普教育基地。

1998 年,厦门市气象局经申报获得厦门市首批科普教育基地的命名和授牌。1999年经申报获得福建省首批科普教育基地的命名和授牌。2003 年经申报获得中国气象局气象科普教育基地的命名和授牌。2003 年经申报获得厦门市先进科普教育基地称号,2004 年,经广大市民投票获得厦门市十大优秀科普教育基地之一称号。

2002 年,厦门市气象科普教育基地进行扩充,由厦门市政府投资 2000 多万元,建设厦门市青少年天文气象馆,该项目由厦门市科协、市教育局、市气象局、市气象学会共同筹建,市气象局负责建设和管理的科普项目,总面积 2000 多平方米,包括气象馆、天文馆和天象厅,展馆坐落在厦门市狐尾山森林公园,海拔 130 多米,2004 年 3月 23 日,天文、气象馆建成(其中天象厅 2005 年 6 月建成),并向社会开放。展厅设置许多适合青少年、寓教于乐的项目,内容包括古今中外天文和气象知识,展板、模型,以及电脑查询、演示、游戏系统等。该馆被评为省 5 个首批科普旅游定点单位之一。兼顾科普教育和旅游观光的气象雷达塔,2005 年元旦正式对外开放,通过向社会公开征集活动并经市地名办的确认,2 月 3 日,该塔正式命名为"海上明珠",成为厦门一个旅游风景点。截至 12 月,已接待联合国官员、外国代表团、省部级领导以及包括港澳台同胞在内的各地游客 2 万余人次。

第二节　外事往来

一、出国气象考察与培训

20 世纪 90 年代,气象部门出国考察、交流,主要依据中国气象局的计划安排,参加中国气象局组团的出国气象考察与培训活动,出国次数少,10 年仅安排 6 次,人数也很少(7 人),主要是参加业务培训或中国气象局组团的出国考察主题活动。

1993 年 8 月 23 日至 12 月 21 日,厦门市气象台帅方红赴日本参加气象学培训。

1994年7月9—16日，省气象局吴章云赴韩国访问。参观韩国气象厅总部的各业务部门、科研单位及天气雷达站等，并探讨卫星气象、天气雷达、天气预报、中尺度气象、农业气象、自动气象站等诸方面的合作前景。

1995年11月12—20日，省气象台傅秀治赴马来西亚访问。参观马来西亚气象局预报部、应用气象部、支持服务部以及苏班国际机场预报室等。

1997年4月19—26日，省气象局高时彦赴德国考察气象立法工作。参观德国气象局、欧洲卫星气象中心等，听取德国气象局及其上级主管部门交通部关于德国制定气象法的基础、气象法律体系、气象环境法律、气象法实施中的经验教训，以及气象商业化等情况介绍。

1998年11月6—24日，厦门市气象局杨维生、曾智聪赴法国、德国考察华云克雷公司防雷设计，防雷器件产品设计及生产情况。

1999年10月16—26日，省气象局陈仲赴澳大利亚考察该国气象观测领域、数据自动处理、天气与大气状况预报、气象分析与诊断、公共信息与教育以及专业气象应用等技术，参观澳大利亚气象总局、维多利亚、布里斯班、悉尼气象局和联邦科学与工业研究组织。

2000—2005年，气象部门扩大对外交往，出国渠道多样化，通过考察、交流、培训等活动，加深了对国外气象工作的了解，特别是对发达国家的认知度，开阔了视野，学习了国外先进气象技术，并从国外的气象工作中得到了启示，促进了省内气象事业的发展。

2000年1月29日至2月16日，省气象影视中心陈荣让赴美国、加拿大考察。考察美国、加拿大气象专业频道的发展历程及发展趋势、频道的节目源及上下运作方式、制作系统的设备配置及工作流程、节目传输及网络结构、频道经营和节目内容以及运行管理、效益评估等内容。同年3月20日至4月2日，省气象局李修池访问泰国。以防灾减灾管理服务为主题，对泰国气象局进行学习访问。在亚洲减灾中心（ADPC）听取减灾专家的"亚洲减灾中心情况"、"亚洲减灾情况、备灾与防灾、灾害管理能力建设"、"减灾决策过程"等报告，参观泰国内务部地方管理中心、曼谷市灾害控制处理指挥中心、曼谷市防洪中心等政府组织防灾减灾的职能机构。还听取泰国气象业务发展情况的介绍，参观泰国气象局的天气预报室、数值预报中心、地震数据处理中心、通信处、雷达控制中心、特种观测处、高空及海洋气象处、航空气象处、北方区域气象中心和南方区域气象中心，并与泰国气象专家进行交流。同年4月15—23日，宁德市气象局郭正明赴泰国对该国天气预报工作进行专题考察。

2001年1月，厦门市气象台帅方红赴以色列进行自动气象站设备验收。6月9—23日，省气象局邓志赴美国参加天气雷达业务培训。9月19日至10月23日，省气象局林有年赴美国、加拿大，对气象科研情况进行专题考察。9月25日至10月5

日，漳州市气象局刘瑞文赴澳大利亚访问。参观考察澳大利亚气象局本部、悉尼和维多利亚两个区域气象中心、堪培拉气象分部以及新南威尔士州立大学的环境研究中心等。重点考察澳大利亚气象部门管理体制、探测预报服务业务系统、科研培训运行机制等。

2002年5月17日至6月6日，省气象台罗昌荣赴荷兰参加环境气象监测技术培训。11月16—20日，省气象局周京星赴日本进行气象考察。

2003年10月23日至11月2日，省气象技术装备中心李麟赴韩国，专题考察该国气象装备和技术保障等方面的情况。10月23日至11月5日，省气象局杨维生赴日本参观访问。先后在日本气象厅、东京气象卫星地面接收站、NHC等广播电视媒体、WNC气象服务站学习，交流业务和考察仪器装备情况，并在新日铁干线沿线名古屋、京都、大阪气象台站考察观摩。12月9—23日，省气象局林新彬等5人赴奥地利、芬兰考察，学习两国闪电定位监测、综合分析处理、组网等先进技术和经验。12月18—31日，省气象科学研究所蔡义勇赴澳大利亚、新西兰考察科技政策、科技中介服务及先进科技管理经验、科技创新体系，并与国外相关科研机构及企业座谈，探索科技合作。

2004年4月19—23日，省气象台潘宁赴奥地利，参加该国举办的短时天气预报培训；4月26—30日，赴德国参加该国举办的多普勒雷达应用培训。11月12—23日，省气象台刘爱鸣赴澳大利亚、新西兰进行生态环境水利考察。重点考察水土资源和生态环境系统规划管理经验和技术、地表水及地下水资源及大气水资源的利用保护与管理、防洪工程及现代化防汛指挥系统的运行技术。12月11—21日，省气象局党组纪检组组长陈玉衡率省气象考察团一行9人，赴澳大利亚、新西兰考察，这是省气象局首次独立组团赴外考察，为"十一五"省政府立项的"福建沿海及台湾海峡气象防灾减灾服务体系"建设，拓展海洋气象监测和服务，进行海洋气象监测和服务、气象基本业务和管理的专题考察。

2005年2月20日至3月10日，省气象局杨维生赴美国爱荷华州立大学（Iowa State University）地质与大气系考察，在云系统模拟和云辐射相互作用领域进行交流并探讨。3月26日至4月8日，省气象局林炳干赴法国、西班牙考察。考察有关防雷技术与产品、闪电定位仪生产与测试、雷电监测预警系统建设、防雷减灾的组织管理与标准化建设。5月，厦门市气象台苏卫东赴芬兰进行自动气象站验收。5月19日至6月11日，省气象局林新彬赴美国参加自然灾害救援预案管理（气象项目）培训。培训内容：自然灾害的系统管理对环境、经济与社会发展影响；重大灾害监测预警体系、应急预案、指挥系统和通信系统；高新技术在自然灾害中应用（卫星、遥感地理信息系统、全球定位系统）；自然灾害管理信息系统的网络建设；政府机构制定预防、抗御自然灾害的法律、法规等。

二、外国气象官员与专家到闽考察访问

1991年3月20—23日，东南亚国家气象局局长考察团到闽，考察团由马来西亚气象局局长马卡丹、缅甸气象局局长吴奥貌、斯里兰卡气象局局长莫奥塔拉、菲律宾气象局副局长米嘉丽斯（女）、世界气象组织亚太地区办事处主任何东源组成。先后考察了省气象局、莆田市气象局、连江县气象局的气象为国民经济服务的情况。考察期间，代省长贾庆林、副省长苏昌培分别会见考察团全体成员。

1995年4月26日，以马来西亚气象局局长章文权为团长的马来西亚气象代表团一行4人到闽，参观考察省气象局。副省长王良溥会见代表团。

1996年5月17—20日，由世界气象组织秘书处美洲区协主任格拉多里扎诺为团长的拉丁美洲国家（安提瓜和巴布达、巴巴多斯、巴西、哥伦比亚、哥斯达黎加、牙买加、墨西哥、玻利维亚、古巴、厄瓜多尔、秘鲁、苏里南、乌拉圭、阿根廷）和世界气象组织代表组成的多国别考察团一行15人到闽，先后考察省气象局、省气象台、武夷山市气象局，重点了解各级气象设施、业务及服务工作情况。中国气象局副局长颜宏全程陪同考察，副省长王良溥会见代表团。

1996年12月10—12日，亚太经社会和世界气象组织台风委员会组织台风业务预报专家团一行11人到闽。团员是来自日本、老挝、菲律宾、马来西亚、泰国、韩国、越南及中国香港、澳门地区的台风业务预报专家，考察了省气象局，详细了解了福建省中尺度灾害性天气预警系统建设和台风预报业务情况。

1997年10月7日，英国水利学院罗伯特·莫尔和格林尼治大学詹姆斯·威廉姆斯两位国际减灾专家应省自然灾害防御研究委员会邀请到闽。考察省气象局，详细了解福建省气象部门防御气象灾害情况。

2005年10月27—28日，美国RCO专家John Rex Reed教授到龙岩气象雷达站参观访问，就天气雷达业务管理、运行、保障和技术开发等开展技术交流。同年11月24—25日，蒙古国家气象水文和环境监测局局长Minjuur Dalaikhuu（达莱呼）率蒙古气象代表团，考察厦门市气象局。

三、举办或出席国际气象会议

1992年9月3—12日，气象学者叶榕生应邀出席第二届东亚及西太平洋气象与气候国际会议。会议期间，海峡两岸学者进行接触，并举行了一次只有两岸学者参加的会议，探讨今后交流的形式，取得共识。

1995年11月7—11日，海峡两岸气象学会与美国大气科学大学联盟（UCAR）联合主办、福建省承办的"东亚中尺度气象与暴雨研讨会"在福州举行。出席会议的有美国、加拿大、日本和海峡两岸学者62人。副省长黄小晶出席会议并在开幕式上致

辞，中国气象局副局长、中国气象学会常务理事马鹤年在闭幕式作总结发言。与会的福建专家、学者就近年来在梅雨和台风、中尺度对流系统和梅雨锋、暴雨、中尺度理论和数值模拟、大气探测理论和技术、中尺度灾害性天气、中尺度预报方法和评价等八个方面的研究成果与出席会议的专家、学者进行交流。

1996 年 11 月 24 日至 12 月 8 日，省气象局林有年出席亚洲备灾中心在泰国亚洲理工学院举办的第 4 期灾害管理研讨班。听取联合国环境署、泰国气象局、泰国红十字会等官员和专家的报告。林有年在研讨班上介绍了福建省气象服务能力建设及其对防灾减灾的作用。

1997 年 12 月 1—12 日，厦门市气象局范新强赴泰国参加亚洲备灾中心举办的防灾管理研讨班，对气象防灾减灾工作进行专题研讨。

2000 年 3 月 27—29 日，省气象台张明席赴澳门出席中国澳门（特别行政区）气象技术会议，其《9806 闽北暴雨过程中云雨相关特征分析与短时降水云预测模式》论文在大会上交流。11 月 28 日至 12 月 4 日，省气象台蔡义勇出席亚太经社会和世界气象组织台风委员会第 33 届会议。会议期间，气象和水文专家介绍了台风、洪水预报警报方面的研究成果。

2005 年 3 月 21—25 日，省气象台刘铭应邀出席世界气象组织国际登陆台风研讨会，其《单部多普勒雷达在艾利台风暴雨数值模拟中的应用》论文在大会上交流。

第三节　闽台港气象科技交流

一、闽台交流

1983 年 12 月，省气象局向台湾气象界，发出开展气象科技交流、共谋海峡两岸经济繁荣的倡议。

1989 年 3 月，省气象学会再次给台湾气象界发出一封信，呼吁两岸气象科技交流与合作。5 月，台湾气象学会原总干事方冠英返乡探亲，在福州市人民政府台湾事务办公室的协助下，省气象学会有关人员与方冠英会面并座谈。至此，闽台气象科技开启书刊的学术交流。

1989 年 9 月 10—14 日，8921 号和 8923 号台风正向台湾海峡袭来。此时，台湾台北广播公司一位负责气象业务的人员，先后 4 次打电话到省气象台天气预报会商室，主动提供两个台风的最新动态，以及台湾天气信息、预报意见，并征询大陆的天气情况和预报意见。9 月 14 日，省气象台也打通台湾的电话，相互交换气象信息。虽然 8921 号台风行径极为复杂，但由于闽台双方气象同仁积极主动配合，从而作出比较准确的预报。8921、8923 号风预报合作，开创闽台两岸"热线电话"交往的先例。

1990 年，两岸气象同仁再一次密切配合，使 5 号台风又一次被准确预报。1992 年 9 月 21 日 23 时 15 分，19 号强台风袭闽台期间，省气象台主动通过电话与台北中心气象台预报科商讨 19 号台风的动向和影响情况。闽台气象业务部门首次直接电话会商天气，该事件成为当年《中国气象报》的十大新闻之一。

1993 年 1 月 14—17 日，台湾大学大气科学研究所教授、台湾气象学会理事长陈泰然应省气象学会的邀请访闽。这是台湾气象学者首次正式到闽进行气象科技考察，他先后到厦门、漳州、同安、莆田、福州等地气象部门考察，就两岸气象资讯交流的可行性以及建立资料交换渠道等共同关心的问题交换看法。陈泰然回台后，撰写了 1.7 万多字的《中国大陆气象科技研究、教学与作业考察》的报告。1994 年 3 月，省气象学会理事长叶榕生，应台湾气象学者周仲岛的邀请，赴台就共同关心的天气气候问题进行研讨。1995 年 5 月，应台湾气象学会理事长陈泰然的邀请，"福建省中尺度灾害性天气预警系统"考察团一行 12 人赴台进行为期 8 天的考察。省气象局单独组团赴台参访，在全国省级气象部门属首例。访台期间，重点考察和详细了解台湾 TAMEX 计划及其成果，举办台湾地区豪雨（暴雨）研究专题报告、梅雨预报实验专题报告和"福建省中尺度灾害性天气预警系统"实施方案专题报告，并就两岸气象科技交流、协作等议题进行座谈。1996 年 8 月，台湾大学教授陈泰然、周仲岛，台湾气象学会秘书长林民生等"台湾气象考察团"一行 10 人，到省气象局考察访问。海峡两岸气象学者 40 余人在省气象局会场，举办两岸中尺度灾害性天气研究专题报告会，省气象学者就"中尺度灾害性天气预警系统"建设总体设计及进展情况、"9210"工程网络、气象自动站、闪电定位系统功能及其使用情况等作报告，台湾气象专家也就豪雨试验观测设计构思等作介绍。双方还就预警系统建设在华南暴雨试验中的作用进行座谈。参访期间，还参观了省气象局机关办公自动化、省气象台现代化建设以及省气象局音像制作中心等。11 月，以台湾"气象局局长"、台湾气象学会理事长谢信良为团长的台湾气象访问团一行 18 人对福建省气象工作进行为期 3 天的考察访问。闽台气象同仁就今后两岸台风、暴雨预报研究、实时资料交换等问题进行座谈，特别是就两岸重要天气会商等问题进一步交换意见。

1999 年 3 月，应台湾大学的邀请，省气象学会理事长李修池赴台参加"海峡两岸灾变天气学术研讨会"。与台湾方面就互换资料达成共识，就利用卫星云图估算降雨的研究方面使用达成意向。

2000 年 8 月，闽台两岸气象学者在福州举办"海峡两岸气象学术交流会"，专门研讨台风、暴雨等问题。在学术交流会上，闽台两岸学者共有 40 多人 16 篇论文作交流。参加学术交流会的台湾气象学者有台湾大学教授陈泰然，博士后侯喜真、林李耀，及博士生、硕士生等 12 人，还赴龙岩、厦门等市气象部门进行参观、考察。

2001 年 5 月，应台湾地球科学学会、台湾大学教授陈泰然的邀请，省气象局组团赴台湾参加"海峡两岸气象防灾科技研发研讨会"。会上,两岸气象界就今后加强"在南海地区开展合作的外场实验"、"对多普勒天气雷达站布点及其联防开展交流"、"实现雷达资料和其他气象资料的共享"、"加强预报作业中暴雨及台风天气的联防会商"等,形成九点共识和建议。

2004 年 11 月,省气象局业务科技处副处长邓志、厦门市气象局副局长魏应植随中国气象学会专家代表团一行赴台湾参加"海峡两岸灾变天气分析与预报研讨会"。

2005 年 2 月,应台湾大学大气科学系教授周仲岛的邀请,省气象局副局长范新强等福建代表一行 6 人随中国气象学会组团到台湾大学参加"海峡两岸气象防灾科技学术研讨会"。

二、闽港交流

1999 年 9 月,省气象台刘爱鸣受中国气象局指派,赴香港天文台学习、交流台风预报经验。

2004 年 2 月,香港天文台高级科学主任杨敬基一行 5 人到闽考察访问。香港同行参观省气象台、省气象影视中心、莆田市气象局,详细了解福建省雷电监测定位系统和电视天气预报制作系统的运行情况。双方各自介绍气象探测网、气象数据传输、预报业务流程、预报技术和产品、气象服务等基本情况,并围绕公众服务、决策服务、海洋气象服务、数值预报、气象网站等问题进行深入交流探讨;香港同行提出希望共享福建省海岛自动站的资料。

第四节 灾害性天气区域联防协作

一、闽、浙、赣、皖毗邻地区军队地方气象联防

1970 年 8 月,"闽、浙、赣、皖毗邻地区军队地方气象联防"由该毗邻地区驻军空军气象台发起,由 4 省边界的雷达站和当地驻军的气象雷达监测业务联防组织成立理事会,参加单位 8 个。并在浙江省衢州市召开第一次联防年会,各方约定灾害性天气出现时上游气象台站需向下游气象台站通报,共同防范灾害性天气,同时约定每年组织一次气象联防会议,总结联防经验,讨论来年的联防工作。

1973 年,联防协作扩大到 4 省边界的县(市)气象局参加,4 月召开第三次联防会议,总结交流灾害性天气联防工作经验。随后参与联防的单位增多,区域联防规模逐步形成,每年例会的议题也不断增加,涉及业务联防、学术交流、重点工作探讨等多方面内容。

1982 年 10 月,在空军义乌机场召开第十一次联防年会,主要议题是灾害性天气联

防工作总结交流，商定理事会下设秘书组，聘请技术顾问。

1985年10月，在建阳市召开第十四次联防年会，主要议题是灾害性天气联防工作总结交流，并议定编辑《气象联防通讯》，1986年2月14日在建阳市气象局创刊。

1990年，闽、浙、赣、皖毗邻地区建立联防传递网络图协会，实现细致、快捷的天气联防。同年4月，在浙江省缙云县召开第十八次联防年会，对该项工作进一步强化和部署。

1993年10月，在建阳市召开第二十一次联防年会，议定1994年汛期在联防区域开展暴雨预报加密观测试验，共同获得观测试验数据，提供各参加单位应用，提高区域暴雨的预报研究技术水平。

1995年8月，军地气象联防理事会秘书组编辑出版《气象联防科技文集（一）》。11月，在江西省上饶市召开第二十三次联防年会，总结交流灾害性天气联防工作，并颁发团体会员证书和优秀论文奖。

1997—1999年，参加联防的单位扩大到48个，会员单位研究在新形势下的联防问题，议定在收集印发雨量资料和电视广告方面进行深入合作。随后，秘书组收集印发连续暴雨期间区内站点资料分发给会员单位，为各地气象科技人员总结暴雨灾害提供详细数据。

2000—2001年，三明市气象局加入联防组织，会员单位提出开展网络联防，提高灾害性天气联防时效，并对联防机构进行改革，严格审核参加学术交流的论文，提高学术交流的水平。

2003—2004年，会员单位对灾害性天气联防工作和气象业务工作进行深入交流，改进雷达联防办法。

2005年11月，在宁德市召开第三十三次联防年会，参加单位49个，代表86人。会议主要对军队、民航等气象服务业务工作进行探讨，并提出在加强航空气象服务任务中成员单位加强协作，提升服务水平。

二、闽南和粤东气象联防

1984年1月，厦门市气象局天气雷达站站长杨维生带领有关业务人员到广东省汕头市气象局商谈开展两地雷达观测联防，汕头市气象局局长黄克建和厦门市气象局杨维生分别代表汕头雷达站和厦门雷达站签订闽南粤东天气雷达观测的联防协议，明确通过电话互通灾害天气雷达观测信息；每年召开两地雷达联防年会，总结改进雷达联防工作。参加联防区域为雷达的观测责任区，即厦门市、漳州市、龙岩市东南部、汕头市、潮州市、普宁县。

1984年11月，在厦门市召开第一次联防年会，对当年的灾害性天气过程进行分析，交换灾害性天气过程雷达观测照片，共同分析灾害天气的雷达观测事实，总结联防经验，商定次年的联防规则，增加单边带通信，定时联系。

1987年，在东山县建立甚高频自动中转站，支持双方直接通话，随时互通观测情报，并将东山一天4次的观测实况自动传送到厦门市和汕头市气象局。同时广东省梅州市也加入联防区域。

1990年，广东省海丰、陆丰县和福建省龙岩市加入联防区。并由雷达联防扩充为灾害性天气联防，联防会议除雷达员参加外，天气预报技术人员和广东、福建两省气象业务管理人员也参加；会议对影响两地的灾害性天气过程进行总结交流，每两年印刷出版一本交流文集；灾害性天气预报服务区域联防正式形成。

2000年，泉州市加入联防区。

2005年，莆田市加入联防区，截至2005年，联防区共有福建省厦门、漳州、龙岩、泉州、莆田5市和广东省汕头、汕尾、揭阳、惠州、梅州、潮州6市参与灾害性天气联防。

第五节 气象宣传

一、出版报刊书籍和设立气象网站

（一）《福建气象》

《福建气象》是福建省唯一的综合性气象科技刊物，是由省气象局主办的内部期刊。1986年10月23日，成立《福建气象》编委会，主任、副主任分别由省气象局领导担任，负责刊物的编辑出版。1991年设管理版和科技版，管理版为双月刊，科技版为季刊。1999年1月，《福建气象》管理版与科技版合并，为双月刊。

《福建气象》面向业务、面向科研、面向基层气象台站，刊登气象科学各分支学科的新理论、新技术及其应用研究的论文、技术总结、调查报告、综合评述等，并刊登国内外最新气象科技信息、气象科普知识以及气象台站的工作风貌。采用电脑排版和胶印系统，编排实行国家标准。每期字数约12万字。

1991—2005年，《福建气象》共出版131期，约计1500万字。

（二）《气象用户之友》

《气象用户之友》由气象系统记者协会主办，是面向气象用户的气象科普型报纸，每月出版一期，为四开四版内部出版物，1992年1月改为省气象局主办。该报坚持"面向社会，面向用户，宣传气象，提高效益"的办报宗旨，贯彻"以质取信，以报促用，办出水平，扩大影响"的办报指导思想。1994年，省气象局被中国气象学会评为"全国气象科普先进单位"。

《气象用户之友》创刊后，得到各级党政领导支持。1989年4月16日，国家气象局局长邹竞蒙对办报方向作出重要指示。同年5月16日，副省长苏昌培要求"报纸作为传播气象信息和气象科学知识的一种媒介，要在宣传气象为各行各业，特别是为农业生产服务方面多作一些努力"。1994年4月1日，国家气象局局长邹竞蒙又对报纸提出"宣传气象，服务用户，提高效益，造福人民"的要求。省委副书记、省人大常委会主任袁启彤，国家气象局副局长章基嘉、骆继宾，中国气象局局长温克刚、副局长马鹤年和颜宏等先后对如何办好报纸作出过重要指示。

1995年9月读者问卷调查显示，经常阅读该报的占95.8%，认为该报编辑质量较好的占83.3%。1993年5月，该报印刷改为激光照排。

1991—2005年，《气象用户之友》共出版182期，其中14期为彩色版，计364多万字。全省各县市宣传覆盖面达100%。

（三）《福建气象信息》

《福建气象信息》是由省气象局办公室主办的综合性信息刊物，不定期出版。2002年刊登的《福建气象部门"5·12"干部医疗费问题》被国务院信息刊物采用，省政府领导还专门作批示，要求相关单位给予落实，使该问题得到解决。

1991—2005年，《福建气象信息》共出版498期。

（四）福建气象网站

福建气象网站于2002年设立，由省气象局主办，分门户网站和政务网站，内容分三大类（气象政务类、气象服务类、气象科普类），宣传气象行业工作，提供气象服务，实现网上政务公开，展示气象部门形象和风采。信息滚动更新。

（五）气象书籍

福建省气象图书的正规出版工作始于1976年。主要出版四类图书：气象科技论文专著类，气象科技应用、普及类，文集、资料、图集类以及精神文明建设类。1991—2005年，出版福建省气象图书共17本，计576余万字，累计印数54900册。1996年，省气象局参与省地方志编纂委员会组织编纂《福建省志·气象志》，这是福建省历史上首部出版的气象志。1999年，省气象局组织编撰，气象出版社出版《福建气象五十年》，该书以大量翔实的历史资料，系统反映50年气象探测、天气预报、气象服务、气象科研、精神文明等方面的发展史实以及重大天气气候事件，再现气象事业的艰苦创业史。省委书记陈明义为该书题写书名、中国气象局局长温克刚书写序言。省气象局还参与省政府组织编写的《福建50年》、《福建农村50年》和《辉煌50年福建卷》（多媒体光盘）3部专集有关部分撰稿，展示福建省气象事业50年的建设成就。2002年，由福建科学技术出版社出版有关"台风"的专著，中国工程院院士陈联寿、中国科学院院士谢联辉分别为该书作序，在学术上给予充分肯定和高度评价，该书获得2002年第十六届华东地区优秀科技图书一等奖，并被岱山中国台风博物馆馆藏。

此外，还有汇编出版研究论文集，如《福建省中尺度灾害性天气预报技术研究文集》等。2003 年，省气象局编辑出版《福建气象画册》，以中英文并用、图文并茂形式展示福建省气象部门改革开放的新成就。

表 12 - 1　　　　　　　　　**1991—2005 年出版的气象图书目录表**

书　名	主　编	出版时间	出版社	统一书号
福建旱涝灾害	黄文	1993	福建科学技术出版社	ISBN 7 - 5335 - 0653 - 7/P. 1
福建减灾三百问	福建省自然灾害防御研究委员会	1993	福建科学技术出版社	ISBN 7 - 5335 - 0747 - 9/N. 19
'94 气象历书	高时彦	1993	海潮摄影艺术出版社	ISBN 7 - 80562 - 205 - 1/N. 1
福建气候灾害及其评估	许金镜 等	1994	气象出版社	ISBN 7 - 5029 - 1494 - 3/P. 0631
福建海岛气候	宋德众	1996	气象出版社	ISBN 7 - 5029 - 2142 - 6/P. 0791
福建省暴雨资料图集	叶榕生	1996	气象出版社	ISBN 7 - 5029 - 2144 - 3/P. 0793
福建省志·气象志	诸仁海	1996	方志出版社	ISBN 7 - 80122 - 117 - 6/P. 2
人工降水	曾光平 等	1997	福建科学技术出版社	ISBN 7 - 5335 - 1264 - 2/P. 3
福建省中尺度灾害性天气预警系统建设文集(一)	叶榕生	1997	气象出版社	ISBN 7 - 5029 - 2322 - 5/P. 0855
《福建省自然地图集》气候图组	蔡学湛	1998	福建科学技术出版社	
福建气候	鹿世瑾	1999	气象出版社	ISBN 7 - 5029 - 2778 - 6
气象与农谚	严光华 等	1999	气象出版社	ISBN 7 - 5029 - 2726 - 3/P. 0961
福建气象五十年	李修池	1999	气象出版社	ISBN 7 - 5334 - 2906 - 0/F. 36
中国亚热带山区农业气候资源研究	张养才 等	2001	气象出版社	ISBN 7 - 5029 - 3133 - 3/P. 1112
台风	陈瑞闪	2002	福建科学技术出版社	ISBN 7 - 5335 - 2131 - 5/S. 276
滑动分区的车贝雪夫多项式展开技术模型及其在暴雨预报中的应用	张明席 等	2003	气象出版社	ISBN 7 - 5029 - 3603 - 3/P. 1277
《福建省历史地图集》气候图组	蔡学湛	2004	福建地图出版社	

二、社会宣传

(一) 新闻媒体宣传

1991 年 4 月，省气象局组织由南安市气象局局长王毅仁、七仙山气象站站长马克河、南靖县气象局测报股长杜崇裕、宁德地区气象局会计李赛云、长乐市气象局预报员郑敏国组成的"福建省气象部门学雷锋先进事迹报告团"，在全省巡回报告，并在各地新闻媒体进行宣传，《中国气象报》福建记者站为此作专题采访《学雷锋报告团轰动八闽气象战线》，该消息获当年好新闻二等奖。

1992 年 9 月，受 19 号强热带风暴影响，闽台气象业务部门为捕捉台风行踪，首次通过电话直接会商天气，《中国气象报》福建记者站记者及时抓住福建省气象部门打破海峡两岸人为隔绝的历史的时机，采写《海峡两岸气象业务部门首次电话会商天气》的重要新闻，成为当年全国气象部门的十大新闻之一。

1994 年 7 月 25 日，省气象台与福建人民广播电台联合举办《气象与生活》直播节目。

1994—1996 年，福建省各级气象部门通过当地各新闻媒体，宣传中尺度灾害性天气预警系统建设、气象现代化建设重大成果，宣传气象防灾减灾，在全省形成一股"气象热"的宣传态势。

1996 年，省气象局先后摄制《奋进中的福建气象事业》、《悠悠闽台气象情》、《气象事业发展的必由之路》等电视片，在地方新闻媒体上宣传。

1998 年 11 月 15 日至 12 月 9 日，省气象局、省科协、《海峡都市报》等联袂承办"凌洲杯"首届电视气象知识有奖竞赛活动，福建电视台、东南电视台、福建有线电视台、福州电视台、福州有线电视台每天播出两道题竞答，参加人数达十多万人次。

1998 年 6 月，闽江流域出现百年一遇的特大暴雨洪涝，全省气象宣传工作者深入灾区，收集素材，宣传基层气象台站"舍小家顾大家"的先进事迹，围绕"98·6"洪灾的气象服务，福建人民广播电台、福建电视台、《中国气象报》等共发布新闻、新闻特写、摄影图片 130 多篇（张），有关刊物发表文章、信息共 240 多篇。南平电视台多次现场采访，制作专题节目播放。

1998 年，泉州电视台拍摄的《与风云打交道的人》上、下集，宣传气象工作者爱岗敬业、无私奉献的高尚情操，扩大了气象工作的社会影响。

2000 年，福建电视台现场拍摄建阳新一代天气雷达天线吊装成功的全过程，并在东南电视台播出。龙岩市气象局提供龙岩气象事业建设成就资料图片，编入《闽西大典》参加闽西 50 年成就展。莆田市气象局录制省中尺度灾害性天气预警系统莆田分中心建设成就的电视片，在莆田电视台黄金时段播出。省防雷中心推出防雷减灾科技专版，在《福州日报》辟专版宣传。邵武市气象局在《邵武报》开设"气象之窗"，宣传气象防灾减灾知识。省气象影视中心在《东南早报》开设"气象专版"、福建电视台开设"风云漫话"专栏，宣传气象现代化成就和气象科技知识。

2002 年，福建电视台拍摄《回顾 5 年，看气象发展》和《气象为经济建设服务》两部专题片，并在东南卫视和福建电视台新闻频道播出，宣传"十五"期间福建省气象事业发展成就。省专业气象台在《东南快报》、《海峡都市报》开辟气象专版宣传气象科学知识。

2003 年，省气象局对省气象台副台长、高级工程师刘爱鸣的先进事迹进行拍摄和采访，分别在福建电视台《八闽机关党建》栏目播报，在《福建日报》和《中国气象报》上刊登。省气象局和三明市气象局联合采访曹长根的先进事迹，9 月 30 日在《中国气象报》以《将生命交给云天》为题作专题报道。

2005 年，气象部门围绕中国气象发展战略研究成果和社会关注的热点问题，集中向各级领导机关和社会各界宣传研究成果。省气象局制作 3 万份"中国气象事业发展战略研究成果"、"福州的四季与健康生活"、"气象趣谈"彩色宣传画页向社会各界发放。宣传气象先进典型，配合中国气象局办公室、中央电视台 CCTV – 10 拍摄九仙山气象站先进事迹专题片，弘扬气象人的精神。

（二）新闻发布会

2002 年 6 月 19 日，省气象局首次召开重大灾害性天气新闻发布会，邀请福建电视台、福州电视台等 10 多家省、市新闻单位参加。通报 6 月 13—18 日闽西北连续性暴雨预报服务情况，以第一时间将重大灾害性天气信息向全省人民发布，供有关部门和群众了解灾情注意以做好防范工作。2002 年共召开 6 次新闻发布会。

2003 年 2 月 5 日，省气象局正式建立新闻发布制度，发布内容分三类：业务类，有关气象现代化建设、气象重点工程、气象技术创新成果的最新进展情况；服务类，有关重大灾害性天气、重大气象灾害的预报服务情况，对工农业生产产生较大影响的长期天气分析和展望，群众关心的气象热点话题；政务类，涉及社会的重大气象法规、规章制度的颁布、实施，福建省气象事业发展的重大举措等。发布方式：举办新闻发布会，通过福建气象网站，发送新闻通稿。省气象局、各设区市气象局、省气象局直属单位确定新闻发言人。2003 年，共召开 2 次重大气象新闻发布会。

2004 年，省气象局召开贯彻实施《气象探测环境和设施保护办法》新闻发布会。

2005 年，省气象局就两次重大天气情况召开新闻发布会。

（三）举办气象展览

1991—1995 年的每年 1 月，省政府均主办福建省农业综合开发项目洽谈会暨产品展销会，气象馆是展销会的一个馆，主要展示与农业综合开发有关的气象新技术、新产品，如"人工降雨"、"卫星遥感技术应用"、"反季节蔬菜"等。

1993 年 4 月 1—18 日，在北京举办中国气象科技成果展示会，省气象局组织肉桂茶、人工降雨两项展品参展。

1994 年 7 月 6—8 日，在全省电子信息技术应用成果及产品展览会上，省气象局组织 9 个项目参展，被评为参展先进单位。

1998 年 11 月 2—8 日，省委办公厅、省气象局等 44 个单位联合主办"科学技术与跨世纪蓝图"主题展，气象展品重点介绍福建省中尺度灾害性天气预警系统建设成果与未来展望。

1999 年，泉州市政府举办科技展览，泉州市气象局编制的"发展中的泉州气象事业"专版在展览会中展出。

第十三章 体制、机构和队伍

第一节 体 制

1990 年 10 月，厦门市气象局实行计划单列，在计划（含财务）工作方面，国家气象局赋予厦门市气象局相当于省级气象局的管理权限；在管理体制方面，厦门市气象局既是省气象局的一个下属单位，又是厦门市政府的一个工作部门，现行干部管理体制不变。

1996 年 7 月 26 日，中国气象局下发《福建省气象部门机构编制方案》，明确各级气象机构既是上级气象部门的下属单位，又是同级政府主管气象工作的部门，继续实行以气象部门为主与地方政府双重领导的管理体制。2000 年 11 月起，厦门市气象局开始实行中国气象局为主与厦门市政府双重领导的体制。

2001 年 11 月 14 日，中国气象局下发《福建省国家气象系统机构改革方案》，明确国家气象系统各级管理机构实行上级气象主管机构与本级政府双重领导，以上级气象主管机构领导为主的管理体制，在上级气象主管和本级政府领导下，根据授权承担本行政区域内气象工作的政府行政管理职能，依法履行气象主管机构的各项职责。对本行政区域内的气象活动进行指导、监督和行业管理。此体制至 2005 年仍保持不变。

第二节 机 构

一、省级气象机构

（一）省气象局及机关内设机构

1991 年，省气象局内设机构保留 80 年代末的机构设置，省局机关内设办公室、人事处、政治工作处、业务管理处、科技教育处、计划财务处、技术装备处、监察审计室和机关党委。规格仍为正厅级，其主要职责：制定地方气象事业发展规划、计划，并负责本行政区域内气象事业发展规划、计划及气象业务建设的组织实施，重要气象设施建设项目的审查；按照职责权限审批气象台站调整计划；依法保护气象探测环境；

管理涉外气象活动。组织对重大灾害性天气跨地区、跨部门的联合监测、预报工作，及时提出气象灾害防御措施，并对重大气象灾害作出评估。负责向本级政府和同级有关部门提出利用、保护气候资源和推广应用气候资源区划等成果的建议；组织对气候资源开发利用项目进行气候可行性论证。统一领导和管理本行政区域内气象部门的计划财务、机构编制、人事劳动、科研、培训以及业务建设等工作。会同地级市政府对所辖气象机构实施以部门为主的双重管理，会同地方党委和政府做好当地气象部门的精神文明建设和思想政治工作。

1993 年 5 月 22 日，撤销技术装备处，成立科技服务管理处；撤销老干部科，成立老干部管理办公室，挂靠人事处；政治工作处与机关党委合署办公。

1996 年，根据中国气象局下发的《福建省气象部门机构编制方案》，省气象局机关内设机构调整为：办公室、人事劳动处、业务发展处、科技教育处、计划财务处、科技服务与产业处（技术装备处）、直属机关党委（与思想政治工作处合署办公）、监察审计处、离退休干部处。11 月，恢复省气象局党组纪检组，与监察审计处合署办公。

1998 年 12 月 15 日，根据《中共福建省委关于〈中国共产党和国家机关基层工作条例〉的实施办法》，省气象局党组决定设置"省气象局直属机关党委办公室"。

1999 年 2 月，成立省防雷管理办公室。

2000 年 8 月，成立省气象局法制办公室。9 月，成立省气象局机关信息管理中心。

2001 年 10 月，根据中央机构编制委员会下发的《地方国家气象系统机构改革方案》，新增和加强部分职能：对本行政区域内气象活动进行指导、监督和行业管理，组织管理气象探测资料的汇总、分发；为本级政府组织防御气象灾害提供决策依据；管理公众气象预报、灾害性天气警报以及农业气象预报、城市环境气象预报、火险气象等级预报等专业气象预报的发布。制定人工影响天气作业方案，并在本级政府的领导和协调下，管理、指导和组织实施人工影响天气作业；组织管理雷电灾害防御工作，会同有关部门指导对可能遭受袭击的建筑物、构筑物和其他设施安装的雷电灾害防护装置的检测工作。组织开展气象法制宣传教育，负责监督有关气象法规的实施，对违反《福建省气象条例》、《中华人民共和国气象法》有关规定的行为依法进行处罚，承担有关行政复议和行政诉讼。其内设机构调整为办公室（省气象局行政管理处）、业务科技处、计划财务处、人事教育处、政策法规处（省防雷办公室）、监察审计处（与党组纪检组合署办公）6 个职能处（室）和机关党委办公室（省气象局精神文明建设办公室）。原设置的离退休干部处更名为离退休干部办公室，不再作为职能机构，保留机关性质，机构仍为正处级。11 月，法制办公室撤销，其职能归政策法规处；撤销思想政治工作处，其职责合并到机关党委办公室。12 月成立"省气象局会计核算中心"，对省气象局机关和各直属事业单位及其公司（实体）实行会计委派制，在各单位资金使用权、财务自主权不变的情况下，由会计核算中心对各单位的财务收支采取"集中管理，分户核算"。会计核算中心挂靠省气象局计划财务处。2002 年 11 月 25 日，成立省气象局直属工会委员会。2004 年 3 月，省政府印发《关于研究人工影响天气有关工作专题会议纪要》，省防汛抗旱指挥部设立人工影响天气办公室，办公室挂靠在省气象局，省气象局副局长兼任办公室主任。2004 年 4 月，省气象局成立省气象局台湾事务办公室，挂靠省气象局办公室。

（二）省气象局直属事业机构

1991 年，省气象局直属事业单位有省气象台、省气象科研所、省气候中心、省气象局行政管理处、福建气象学校，规格均为正处级。12 月 13 日，撤销"福建气象学校"，成立"福建省气象局培训中心"。1992 年 1 月 17 日，成立省避雷装置安全检测中心，挂靠省气候中心；7 月调整"省气象服务中心"的任务与职能，该中心系服务实体，为省气象局直属事业单位；6 月 24 日，成立华云科技开发公司，与"省气象服务中心"实行两块牌子一套人马；7 月 24 日，省气象服务中心调整职能，增加防雷工作职责。1993 年 5 月 22 日，省气象局成立气象技术装备中心，列入省气象局直属事业单位序列；12 月，省气象学术装备中心成立风光物资技术开发公司。1994 年 3 月 28 日，省气象局成立声像制作中心，为省气象局科技服务处下属科级事业单位。1996 年 3 月，成立省防雷中心，与省气象服务中心合署办公。1997 年 5 月，省编委批准正式成立省防雷中心。8 月，成立省气象影视中心，省新气象广告公司和福州新气象多媒体电脑有限公司为其下属单位。省气象台管理长乐雷达站，省气象科学研究所管理尤溪汤川农业气象试验站。

1997 年，省气象局直属正处级事业单位有 8 个：省气象台、省气象科学研究所、省气候中心（省气象档案馆）、省气象技术装备中心、省气象影视中心、省气象局机关后勤服务中心（省气象局行政管理处）、省防雷中心（省气象服务中心）、省气象培训中心（福建省气象干部学校）。2000 年 6 月，省气象台内成立专业气象台。

2001 年 11 月，根据中国气象局下发的《福建省国家气象系统机构改革方案》，调整省气象局直属单位：省气象科学研究所加挂省气象科技创新基地牌子；成立省气象科技服务中心，由原省气象台内设的专业气象台和原省气候中心的气候应用与研究室合并组建；原省气候中心（省气象档案馆）并到省气象台；成立省气象人才交流培训中心，撤销省气象培训中心（省气象干部学校）；省气象局机关后勤服务中心（省气象局行政管理处）更名为省气象后勤服务中心。

（三）单列市气象机构

1990 年 10 月 3 日，国家气象局与厦门市政府联合签署《关于厦门市气象局实行计划单列的协议》。1991 年 1 月 21 日，厦门市气象局内设机构为办公室、人事处（含政工）、计划装备处、市气象台（兼业务管理），下辖同安县气象局，机构的级别、待遇同厦门市政府相应的工作部门。

1992年，成立厦门市祥云科技服务公司。1996年，成立厦门市避雷监测技术中心和厦门市气象局声像制作中心；6月，成立厦门市海洋气象台。1998年1月5日，省气象局批复《厦门市气象部门机构编制方案》，市气象局机关设：办公室、人事政工处（与党组纪检组、监察审计处合署办公）、计划财务处、业务科教处、产业装备处。直属事业单位设：市气象台、市海洋气象台、市专业气象台、市避雷监测技术中心；下辖同安区气象局。

1997年7月2日，厦门市气象局机构级别升格为副厅级，内设机构为处级。2001年11月14日，中国气象局下发《厦门市国家气象系统机构改革方案》，市气象局机关内设：办公室、业务科技处、计划财务处、人事教育处、政策法规处。市气象局直属处级事业单位4个：市气象台（市海洋气象台）、市专业气象台、市防雷中心（市避雷监测技术中心）、市气象局后勤服务中心。下设同安区气象局，机构规格与所在区直工作部门相同。

二、市及县级气象机构

（一）设区市级气象机构

1991年，设8个地（市）气象局：福州市气象局、莆田市气象局、泉州市气象局、漳州市气象局、龙岩地区气象局、三明市气象局、建阳地区气象局、宁德地区气象局。设区市气象局机构规格为正处级。1995年1月，建阳地区气象局搬迁南平，更名为南平市气象局。1997年5月，龙岩地区气象局更名为龙岩市气象局。2000年11月，宁德地区气象局更名为宁德市气象局。

各设区市气象局科级机构设置变动情况如下。

1991年，各地（市）气象局科级机构仍然保留20世纪80年代末的设置，设有办公室、人事科、业务科、预报科（南平局称气象科）、服务科（南平局称服务中心、莆田局称业务管理服务科、福州局未设），三明局加设探测科。

1992年4月，各地（市）气象局增设政工科，与人事科合署办公。

1996年12月，省气象局批复《各设区市气象局机构编制方案》。福州市气象局内设4个科级机构：办公室、人事科、业务发展科、服务科。其他各设区市气象局内设5个科级机构：办公室、人事科、业务发展科、科技服务与产业科、气象台。南平市气象局多设一个建阳办事处。

1997年4月，福州市气象局内设机构的名称由科改为处。5月，成立莆田市防雷监测技术中心。

1998年5月，福州市气象局内设科级机构调整为6个，增设气象台、农业气象试验站。

1999年，成立南平市避雷装置技术监测中心、泉州市防雷中心、福州市防雷中心。

2000 年，成立宁德地区防雷中心。

2001 年 12 月，省气象局下发《各设区市国家气象系统机构改革方案》，福州、泉州、漳州、三明、南平、宁德 6 市气象局内设科级职能科（室）4 个：办公室、人事教育科、业务科技科、政策法规科，其中，福州市局内设机构名称为处。莆田、龙岩市气象局内设科级职能科（室）3 个：办公室（人事科）、业务科技科、政策法规科。各设区市气象局设直属正科级业务单位 3～4 个：福州市气象局设市气象台、农业气象试验站（晋安区气象局）、市防雷中心、市气象科技服务中心（市专业气象台）。莆田市气象局设市气象台、市防雷中心（市防雷监测技术中心）、市气象科技信息服务中心、市气候资源开发中心。泉州市气象局设市气象台、市气象信息咨询中心、市气象影视中心、市气象科技服务中心。漳州市气象局设市气象台、市防雷中心、市专业气象服务中心（专业气象台）、市气象科技服务中心。龙岩市气象局设市气象台、市气象科技信息中心、市防雷中心、市避雷检测所。三明市气象局设市气象台（中尺度灾害性天气预警中心）、市专业气象服务中心（专业气象台）、市防雷监测中心、市气象科技开发中心。南平市气象局设市气象台、市防雷中心（避雷装置技术监测中心）、市专业气象服务中心、市气象科技开发中心，建阳办事处为市局派出科级机构。宁德市气象局设市气象台、市防雷中心、市气象局科技服务中心。

2002 年，成立三明市防雷减灾管理局。

2003 年 11 月 10 日，成立莆田市海洋气象台，与莆田市气象台实行一个机构、两块牌子；成立龙岩市人工影响天气管理办公室。

2004 年 3 月，各设区市气象局设立计划财务科，与办公室合署办公，增加 1 个财务科级职数。11 月 24 日，成立省气象局龙岩培训基地，由龙岩市气象局负责日常管理，培训业务受省人才交流培训中心指导。

2005 年 3 月 1 日，成立泉州市海洋气象台，与泉州市气象台实行一个机构两块牌子。

（二）县（市、区）级气象机构

1991 年 1 月，全省设罗源、连江、长乐、福清、平潭、永泰、闽清、闽侯、仙游、莆田市秀屿、福鼎、福安、霞浦、寿宁、周宁、屏南、古田、柘荣、德化、安溪、永春、南安、晋江、惠安（崇武）、华安、南靖、诏安、云霄、东山、漳浦、龙海、平和、长泰、连城、上杭、长汀、武平、永定、漳平、建宁、泰宁、将乐、宁化、清流、永安、沙县、尤溪、大田、明溪、浦城、松溪、政和、建瓯、光泽、邵武、顺昌、建阳、武夷山、同安、德化县九仙山、武夷山市七仙山、霞浦三沙等 62 个县（市、区）气象局（台、站），建阳、福州农业气象试验站和漳州市热带作物气象试验站等 3 个专业站，属国家气象系统，机构规格为正科级。县（市、区）气象局依法履行本行政区域气象主管机构的各项职责，实行局站合一。

1991 年 4 月 26 日，调整莆田县气象机构，将已并入莆田市气象局的原莆田县气象站恢复其职能并更名为莆田县气象局。同年 10 月 21 日，撤销武夷山市七仙山气象站。

1992 年 5 月，撤销福州北岭雷达站。6 月 17 日，恢复原福州市郊区气象站建制，并改名为福州市郊区气象局，与福州农业气象试验站实行两块牌子、一套人马，由省气象科学研究所和福州市郊区政府双重领导，以省气象科学研究所为主的领导体制。

1993 年 6 月 8 日，成立石狮市气象台暨省气象局驻石狮市办事处。

1994 年 5 月 6 日，成立县级宁德市气象局，为宁德地区气象局下属科级事业单位。

1995 年 1 月，建阳地区气象局迁址南平后，原县级南平市气象局改为南平市延平区气象局。

1997 年 3 月，成立三明市梅列区、三元区气象局；成立龙岩市新罗区气象局；莆田市秀屿港气象站改为莆田市湄洲湾北岸气象局。同年 12 月，福州市郊区气象局（福州市农业气象试验站）划归福州市气象局管理。

1998 年 4 月，成立"福清市防雷检测中心"；5 月，成立"长乐市防雷检测中心"。

1999 年，成立连江县防雷中心、永泰县防雷技术服务中心、罗源县防雷检测中心。

2000 年，成立福安市防雷中心、柘荣县防雷中心、平潭县防雷中心、晋江市防雷中心。同年 6 月，成立龙岩市红尖山气象雷达站。

2001 年，成立福鼎市防雷中心、霞浦县防雷中心、古田县防雷中心、屏南县防雷中心、周宁县防雷中心。同年 11 月，石狮市气象台划归泉州市气象局管理。同年 12 月，成立仙游县钟山气象站。

2002 年 8 月 12 日，因莆田市行政区划调整，将"莆田市湄州湾北岸气象局"更名为"莆田市秀屿区气象局"。同年，成立闽清县防雷中心、寿宁县防雷中心。

2003 年，成立大田、清流、明溪、尤溪、将乐、宁化、建宁县防雷减灾管理局。

三、行业气象机构

（一）民航

福州机场气象台。1974 年 12 月，福州义序机场复航，民航福建省管理局临时设立气象台。1979 年 10 月，民航福建省管理局正式组建气象台，下设气象预报组和观测组。1982 年 2 月，增设填图组。民航福州气象台业务属民航上海管理局气象处领导，对福建省行政区的民航机场气象部门实施业务指导。1989 年，福州机场气象台下设预报、观测、填图、雷达、电传、微机、传真和气象资料组（站）。20 世纪 80 年代初期，晋江、厦门机场相继开航，其航路天气预报由福州机场气象台提供。1989 年 11 月 16 日起，由于飞行指挥区重新划定，厦门指挥区内的中低空航路天气预报，改由厦门机场气象台承担。1992 年 9 月，福州机场气象台改称气象科，为正科级，隶属民航福建省管理局航务部领导。1997 年 6 月，福州机场气象科迁往长乐机场。2002年2月，民航福州空管站航务管理部气象科分设为气象服务室和综合设备室，均为正科级。

厦门机场气象台。1983年10月22日成立，下设气象预报组、观测组、填图组。1985年，配置711气象测雨雷达，增设气象雷达站。1988年，航站改制，更名为民航厦门航务管理站气象台，1994年，更名为民航厦门空管站航行气象处气象台。2001年，711气象测雨雷达报废，气象雷达站撤销。2004年，空管站航行气象处气象台更名为民航厦门航务管理站航务管理部气象台，下设气象预报室、气象观测室、气象机务室、气象填图室。

武夷山机场气象台。1993年3月成立，隶属航站航行气象科。

泉州晋江机场气象台。1996年9月1日成立，下设预报室、观测室，作为民航厦门航管站气象台分支机构。

冠豸山机场气象台。2004年4月成立。气象台设有气象观测站、气象预报室、气象机务室。

（二）盐业

莆田盐场气候站。1955年5月1日，由省盐务管理局移交省气象局建制，并更名为莆田前沁盐场气象台。1961年10月23日，由省气象局移交省化学工业厅制盐工业局建制，由盐场管理。

惠安山腰盐场气候站。1955年5月1日，由省盐务管理局移交省气象局建制。1961年10月23日，由省气象局移交省化学工业厅制盐工业局建制，由盐场管理。1963年初，该站撤销。

第三节　队　伍

一、编制

1991年，气象部门人员总编制为1823名。其中省气象局机关85名，省气象局直属单位410名，地市、县气象局、台、站1328名。

表 13-1　　　　1991年12月气象部门各单位编制和实有人数表

单　位	编制数	实有人数	单　位	编制数	实有人数
全省	1823	1771	省气象科学研究所	72	62
省气象局机关	85	73	省气候中心	54	54
老干科	3	5	技术装备处	33	31
省气象台	164	159	福建气象学校	40	30

续表 13 - 1

单　　位	编制数	实有人数	单　　位	编制数	实有人数
福州市气象局	140	138	泉州市气象局	145	134
厦门市气象局	104	106	漳州市气象局	188	187
宁德市气象局	158	155	龙岩市气象局	133	129
行政处	44	47	三明市气象局	169	164
莆田市气象局	71	72	南平市气象局	220	225

1996 年 7 月，中国气象局下发《福建省气象部门机构编制方案》，核定全省气象部门人员总编制为 1826 名。其中省气象局机关 72 名，省气象局直属单位 438 名；地（市）、县（市）气象局、站 1316 名；用于艰苦气象台站人员轮换增核 3 名。核定领导职数：省气象局局长 1 名，副局长 3 名，党组纪检组长 1 名，省气象局机关内设机构处级职数 24 名（含工会主席 1 名）。

表 13 - 2　　　　　　　　1996 年 12 月气象部门各单位编制和实有人数表

单　　位	编制数	实有人数	单　　位	编制数	实有人数
全省	1826	1637	福州市气象局	135	129
省气象局机关	72	53	厦门市气象局	104	99
省局机关事业	45	18	宁德市气象局	158	150
省气象台	148	136	莆田市气象局	71	73
省气象科学研究所	63	40	泉州市气象局	141	131
省气候中心	55	43	漳州市气象局	188	170
省气象装备中心	32	30	龙岩市气象局	134	126
省气象服务中心	40	24	三明市气象局	169	159
后勤服务中心	40	39	南平市气象局	209	196
培训中心	15	14	石狮市气象局	7	7

说明：全省气象部门编制有 22 名未分配下达。

2001 年 11 月，中国气象局下发《福建省国家气象系统机构改革方案》和《厦门市国家气象系统机构改革方案》。核定福建省（不含厦门市）国家气象系统人员编制为 1574 名，其中省气象局机关 69 名，设区市气象局机关 145 名，全省气象业务系统 1360 名。领导职数：省气象局设局长 1 名，副局长 3 名，纪检组长 1 名；省气象局机关内设机构处级领导职数 23 名。核定厦门市国家气象系统人员编制为 96 名，其中市气象局机关 23 名，市气象业务系统 73 名。领导职数：市气象局设局长 1 名，副局长 2 名，纪检组长 1 名；市气象局机关内设机构处级领导职数 9 名。

表 13 - 3　　　　　　　　　2001 年 12 月气象部门各单位编制和实有人数表

单　　位	编制数	实有人数	单　　位	编制数	实有人数
全省	1670	1477	福州市气象局	137	127
省气象局机关	69	54	厦门市气象局	96	93
省局机关事业	42	29	宁德市气象局	144	130
省气象台	115	105	莆田市气象局	65	60
省气象科学研究所	28	25	泉州市气象局	136	122
省气象科技服务中心	45	36	漳州市气象局	171	141
省气象技术装备中心	29	27	龙岩市气象局	130	109
省防雷中心	35	23	三明市气象局	154	144
省气象影视中心	35	26	南平市气象局	191	181
省气象后勤服务中心	36	34			
人才交流培训中心	12	11			

　　2005 年，除福州市气象局、省气象局机关事业编制有变化外，其他单位的编制与 2001 年相同。

表 13 - 4　　　　　　　　2005 年 12 月气象行业各单位编制和实有人数表

单　　位	编制数	实有人数	单　　位	编制数	实有人数
全省气象行业	1670	1513	福州市气象局	141	131
省气象局机关	69	54	厦门市气象局	96	95
省气象局机关事业	38	22	宁德市气象局	144	131
省气象台	115	100	莆田市气象局	65	54
省气象科学研究所	28	22	泉州市气象局	136	118
省气象科技服务中心	45	37	漳州市气象局	171	141
省气象技术装备中心	29	27	龙岩市气象局	130	110
省防雷中心	35	24	三明市气象局	154	140
省气象影视中心	35	23	南平市气象局	191	174
省气象后勤服务中心	36	30	民航福州机场气象台		22
人才交流培训中心	12	7	民航厦门机场气象台		30
			民航晋江机场气象台		7
			民航武夷山机场气象台		10
			民航冠豸山机场气象台		4

　　2002 年，根据中国气象局制定的地、市气象局公务员配制原则，各设区市气象局

依照国家公务员制度管理的编制为：福州市气象局 18 名，莆田市气象局 15 名，泉州市气象局 18 名，漳州市气象局 18 名，龙岩市气象局 18 名，三明市气象局 19 名，南平市气象局 21 名，宁德市气象局 18 名。

二、结构

（一）年龄

1991 年，全省气象部门行政管理、业务人员 1563 名，其中 35 岁以下 703 名、36～45 岁 295 名、46～54 岁 380 名、55 岁以上 185 名。

1995 年，全省气象部门行政管理、业务人员 1504 名，其中 35 岁以下 656 名、36～45 岁 369 名、46～54 岁 277 名、55 岁以上 202 名。

2000 年，全省气象部门行政管理、业务人员 1454 名，其中 35 岁以下 523 名、36～45 岁 546 名、46～54 岁 258 名、55 岁以上 127 名。

2005 年，全省气象部门行政管理、业务人员 1311 名，其中 35 岁以下 476 名、36～45 岁 423 名、46～54 岁 317 名、55 岁以上 95 名。

（二）学历与职称

气象部门在职固定职工学历和专业技术职务情况见表 13－5。

表 13－5　　　　　　　　　　1991—2005 年气象部门职工结构情况表

年　份	职工总数	研究生	大学本科	大专	中专	高级工程师	正研级高级工程师	工程师	初级技术人员
1991	1771	6	272	235	608	23	—	453	775
1992	1698	6	280	245	612	26	—	443	847
1993	1666	8	281	243	617	29	—	463	849
1994	1638	9	287	254	614	31	—	467	853
1995	1649	11	265	254	598	44	—	452	909
1996	1637	10	272	260	609	53	—	445	901
1997	1602	10	282	264	594	67	—	456	925
1998	1568	10	353	212	581	61	—	475	893
1999	1536	10	352	219	561	82	3	453	882
2000	1516	10	348	231	547	82	3	464	866
2001	1477	11	346	231	534	89	3	452	833
2002	1474	10	353	252	499	92	4	452	805
2003	1451	10	366	337	414	125	5	436	753
2004	1440	9	337	389	382	125	5	450	768
2005	1440	23	365	468	305	139	4	478	751

（三）公务员

1993 年，国家工资制度改革后，省气象局和厦门市气象局机关工作人员依照国家公务员制度管理，人员的工资、录用、非领导职务的任命等由省人事厅审批。凡进入省气象局机关的公务员，必须参加省人事厅组织的全省统一考试。

1996 年 7 月，国家气象局核定省气象局机关编制 72 名。11 月 19 日，人事部批复各省（区、市）气象局和计划单列市气象局依照国家公务员制度管理。

1998 年 1 月，省气象局核定厦门市气象局机关编制 30 名。

2001 年 11 月 9 日，人事部批准地方国家气象系统地（市）级气象管理机构依照国家公务员制度管理。

2002 年 3 月，省人事厅批复同意《福建省市级气象管理机构依照国家公务员制度管理实施细则》。通过竞争上岗、双向选择、考核等方式，确定各岗位人选。6 月，经省人事厅批准，省局机关 51 名工作人员、市气象局机关 114 名工作人员过渡为依照国家公务员制度管理。

2005 年 12 月，省气象局有 54 名、厦门市气象局有 23 名、设区市气象局有 108 名工作人员依照国家公务员制度管理。

第十四章　气象管理

1991年，气象管理延续80年代末管理模式，省气象局对省内县级以上气象机构实施人财物和业务的全面垂直管理。

20世纪90年代以后，《福建省气象条例》、《中华人民共和国气象法》相继颁布实施，县级以上气象主管机构根据法律、法规授权承担在本行政区域内气象工作的政府行政管理职能，依法履行气象主管机构有关气象工作的社会管理职责，并对省内有关部门所属气象机构的气象业务工作实施指导、监督和行业管理，以及对国家气象事业、地方气象事业实施规划、建设和管理。

21世纪初，气象管理领域拓展，增加了编制本行政区域内气象灾害防御规划、方案、措施，对重大气象灾害作出评估，人工影响天气和雷电防御工作的组织管理，气候可行性论证等具有社会管理职能的新内容。

第一节　气象业务管理

一、气象探测管理

（一）地面观测管理

1984年1月，执行国家气象局下发的《地面气象测报工作制度》，其中包括岗位职责工作制度、地面气象测报质量考核办法、地面气象测报人员考核办法、地面气象测报人员连续百班无错情劳动竞赛办法。

1987年3月，执行国家气象局新下发的《地面气象测报质量考核办法》。主要考核地面观测员目测、器测、计算、编报准确度，包括重大错情（伪造涂改、丢失原始观测记录、缺测、缺报、早测、迟测）及观测、发报、编制报表过程中产生的差错，统计其错情千分率，以评定观测人员地面气象测报质量。省气象局对台站地面测报质量和记录报表审核错情分别进行半年和年度的质量通报。

1990年12月，国家气象局下发《微机编制地面气象记录报表暂行规定》。上述各项制度执行，除测报质量考核办法外，其他办法、规定一直延续到2005年。

1996年，省气象局在地面测站开展地面测报工作优质服务先进集体竞赛活动。组织开展全省优秀测报股长、优秀测报员的劳动竞赛活动。

1997年10月5日，省气象局下发《福建省气象测报岗位管理办法实施细则》、《福建省开展气象测报创优质服务劳动竞赛及奖励办法的实施细则》、《福建省气象局气象测报检查员的组织办法》、《关于修改重大差错及事故办法的规定》、《省、地两级地面气象测报业务技术管理职责》、《福建省气象部门省、地（市）、县三级站网探测环境维护职责分工》等6个暂行文件，并组织实施。开始对测报岗位（地面、高空、太阳辐射等岗位）的人员实行上岗证制度。检查员经选拔推荐、省气象局组织考核聘任，聘期3年，受聘人员在履行业务检查期间代表省气象局业务管理部门进行业务检查。检查员按照规范、规章制度以及《测报业务检查员手册》有关规定和上级的统一部署，定期（每年每站不少于2次）对台站进行业务技术检查。业务检查分个别检查、普遍检查。主要根据业务管理部门的布置或专项任务的要求，按照《地面气象观测规范》、《气象电码》等规定进行检查。检查内容有：①站址环境条件是否符合要求；②场地仪器安装是否符合规定；③原始记录是否准确；④技术操作是否规范；⑤气象电报是否准确及时。个别检查，主要对台站出现重大责任性事故或验收"连续250班无错情"时，对相关台站进行检查。普遍检查由省气象局组织进行。

1998年1月，执行中国气象局重新制定的《地面气象测报质量考核办法》。5月1日，漳州站MILOS 500自动气象站开始观测并执行中国气象局下发的《MILOS500自动气象站暂行管理规定》。

1999年7月1日起，漳州站MILOS500自动气象站执行中国气象局新下发的《自动气象站地面气象规范》、《地面气象遥测站业务规章制度（试行）》。

2000年1月1日起，执行中国气象局制定的《地面气象遥测站业务规章制度（试用）》，原《地面气象遥测站业务规章制度（试行）》废止。

2004年1月，执行中国气象局下发的《自动气象站业务规章制度》，该规章制度对《地面气象遥测站业务规章制度（试用）》进行修改，并更为现名，主要是为将适应辐射观测项目纳入自动气象观测系统进行考核的需求，在《自动气象站业务规章制度》中增加辐射观测项目规章制度和考核。1月1日，开始施行中国气象局新的《地面气象观测规范》。新《规范》执行前，各设区市气象局都组织测报人员进行学习和培训。原《地面气象观测规范》（1979年版）、《地面有线综合遥测气象仪（Ⅱ型）观测规范（试用本）》和《自动气象站地面气象规范（适用于MILOS500型）》废止。

1991—2005年，省气象局在气象台站测报岗位开展连续"百班"、"250班"无错情竞赛活动。据1991—2005年统计，地面测报共创419人次百班和85人次250班连续无错情。对连续250班无错情的测报人员，中国（国家）气象局授予"全国地面观测质量优秀测报员"称号，并颁发奖金、证书和通报全国气象部门。

表 14 - 1　　　　　　　　　　1991—2005 年地面测报质量表

单位：次

年份	重大错情						观测		发报		合计	
	伪造记录	丢失记录	缺测	缺报	迟测早测	合计	错情数	错情率（‰）	错情数	错情率（‰）	错情数	错情率（‰）
1991	4	0	3	16	12	35	111.4	0.4	572.0	1.6	—	—
1992	5	0	1	17	6	29	101.3	0.4	502.9	1.5	775.2	1.3
1993	1	0	1	9	8	19	83.8	0.3	504.0	1.5	680.8	1.2
1994	2	1	8	11	10	32	71.1	0.3	396.4	1.4	680.5	1.3
1995	2	0	4	10	11	27	72.2	0.3	352.4	1.3	580.6	1.1
1996	1	0	1	11	6	19	51.4	0.2	318.7	1.1	478.1	0.9
1997	0	0	2	8	7	17	32.5	0.1	293.9	1.1	400.4	0.7
1998	0	1	0	4	5	9	36.4	0.1	294.7	0.7	371.1	0.5
1999	0	1	0	0	3	4	24.7	0.0	187.2	0.5	227.9	0.3
2000	0	1	0	3	8	12	23.7	0.1	187.2	0.5	227.9	0.3
2001	0	1	0	1	3	5	18.3	0.1	123.4	0.3	174.7	0.2
2002	2	1	1	1	1	6	35.4	0.1	80.1	0.2	182.5	0.3
2003	0	1	0	2	2	5	19.1	0.08	51.3	0.25	99.4	0.23
2004	0	0	0	0	0	0	21.9	0.09	41.6	0.27	63.5	0.16
2005	0	0	1	2	0	3	12.2	0.00	23.5	0.10	55.7	0.13

（二）高空探测管理

1984 年，执行国家气象局下发的《高空气象测报工作规章制度》，其中包括岗位职责工作制度、高空气象测报质量考核办法、高空气象测报人员考核办法、高空气象测报人员连续百班无错情劳动竞赛办法。

1987 年 3 月开始，高空测报质量执行国家气象局下发的《高空气象测报质量考核办法》。考核高空观测员的观测、计算、编报的准确度，包括伪造涂改原始观测记录、探空（测风）高度、球炸率、人为（非人为）重放球次数，及观测、发报、编制报表过程中产生的差错，计算探空（测风）错情千分率，以考核评定观测人员探空（测风）质量。省气象局对气象台站高空测报质量和报表审核错情分别进行半年、年度的质量通报。每年在汛期前，省气象局对邵武、厦门、福州 3 个探空站进行业务检查，重点检查各站的雷达及附属设备运行状况、规章制度的执行情况以及人员业务管理素质等。上述制度、办法除测报质量考核办法外，其他制度、办法一直延续到 2005 年仍在执行。

1996 年，省气象局在高空测站开展高空测报工作优质服务先进集体竞赛活动。组织开展全省优秀测报股长、优秀测报员劳动竞赛。

1998 年，执行国家气象局下发的《高空气象探测规范第四分册（高空压、温、湿、风探测使用 PC－1500 计算机部分）》。

1999 年 1 月 20 日，省气象局针对气象台站配有 59－701 和 59－701C 两种机型的测风雷达，制定《探空雷达机务员职责》和《雷达标定及附属设备维护制度》。

2003 年 1 月，执行中国气象局新的《常规高空气象探测规范（试行）》（2003 版）。

2004 年 1 月 1 日，执行中国气象局新的《高空气象探测质量考核办法（试行）》，原《高空气象探测质量考核办法》（1987 年版）废止。

表 14－2　　　　　　　　　　1991—2005 年高空气象测报质量表

年份	伪造涂改记录（次）	记录缺测		探空质量错情率（‰）	测风质量错情率（‰）	探空平均高度（米）	探空球炸率（‰）	雷达测风高度（米）	探空重放球（次）			
		次数	千分比						人为	千分比	非人为	千分比
1991	1	0	0.0	2.2	2.0	25052	981	24008	4	1.8	9	4.1
1992	0	0	0.0	1.5	0.9	25276	967	23801	3	1.4	5	2.3
1993	0	0	0.0	2.0	1.8	23349	826	20532	4	1.8	6	2.7
1994	0	0	0.0	1.4	0.5	21680	722	19487	8	3.7	3	1.4
1995	0	0	0.0	0.7	0.2	21587	785	19631	1	0.5	13	5.9
1996	0	0	0.0	0.4	0.1	22867	728	20718	3	1.4	7	3.2
1997	0	1	0.5	0.8	0.3	23636	749	20850	2	0.9	10	4.6
1998	0	0	0.0	0.5	0.2	24644	834	21861	1	0.5	21	9.6
1999	0	1	0.5	0.5	0.5	27300	956	25888	2	0.9	9	4.1
2000	0	0	0.0	0.3	0.3	27394	973	26158	1	0.5	9	4.1
2001	0	0	0.0	0.9	0.2	28052	977	26842	4	1.8	6	2.7
2002	0	0	0.0	0.5	0.2	27827	971	26719	5	2.3	4	1.8
2003	0	0	0.0	0.5	0.2	27827	971	26719	5	2.3	4	1.8
2004	0	0	0.0	0.3	—	27695	981	26718	1	0.5	3	1.4
2005	0	0	0.0	0.31	—	28058	979	26897	4	1.8	9	4.1

1991—2005 年，省气象局开展高空测报连续"百班"、"250 班"无错情竞赛活动。据统计，高空测报人员中有 42 人次获得 250 班连续无错情，被授予"全国质量优秀测报员"称号。

（三）天气雷达探测管理

1996 年 6 月 1 日，省气象局制定《福建省天气雷达业务工作规章制度、技术规定、操作规程》，天气雷达业务工作规章制度、技术规定、操作规程得到统一。

1998 年，修改完善和制定《天气雷达观测暂行规定》、《雷达资料整编暂行规定》，印制新的"雷达值班日记"、"机务记录本"、"雷达观测记录表"和"天气雷达月报表"等。

2001 年 3 月 1 日，执行中国气象局制定的《天气雷达观测暂行规定》（常规天气雷达部分）。

2003 年 5 月 20 日，建阳和龙岩新一代天气雷达执行中国气象局制定的《新一代天气雷达观测规定（试行）》。该规定对观测环境、雷达定标、观测时段及方式、观测模式、基本观测程序、信息分发和资料传输、资料存储和整编、维修和检修、表簿记录等作出明确规定，从此即按此规定进行操作。为配合观测规定的执行，确保雷达系统能够稳定可靠运行、减少故障次数，省气象局同时制定《新一代天气雷达维护暂行规定》，要求一并执行。

2004 年 9 月，长乐和厦门新一代天气雷达开始执行中国气象局制定的《新一代天气雷达观测规定（试行）》。2005 年 5 月 9 日，中国气象局对《新一代天气雷达观测规定（试行）》进行修订，制定《新一代多普勒天气雷达观测规定》。

2005 年 4 月，中国气象局监测网络司为规范全国新一代多普勒天气雷达业务管理工作，对新一代多普勒天气雷达观测站区站号统一进行编号。8 月 16 日，实施中国气象局制定的《全国新一代天气雷达业务检查工作规定（试行）》和《全国新一代天气雷达业务考评办法（试行）》。10 月 8 日，执行中国气象局下发的《新一代天气雷达业务管理和运行保障职责》。省气象局为此加强雷达组网和联防管理。

2005 年 7 月 1—12 日，中国气象局首次组织全国新一代天气雷达业务检查，按照《全国新一代天气雷达业务检查工作规定（试行）》等对雷达业务运行、管理进行全面检查，龙岩天气雷达站获中国气象局雷达检查评比总分第一名，受到通报表扬。

（四）特种观测管理

1. 辐射观测

1987 年 9 月，执行国家气象局制定的《日射观测程序及使用说明》。1989 年 1 月，执行国家气象局《气象辐射观测方法（试行本）》和《PC－1500－APPLE－Ⅱ编制报表程序》。

1991 年，国家气象局下发《气象辐射观测规章制度》，在日射观测站试用。

1996 年 9 月，执行中国气象局重新下发的《气象辐射观测工作规章制度》。1997 年 1 月 1 日，日射观测开始执行中国气象局新的《气象辐射观测方法》，同时停止使用《气象辐射观测方法（试行本）》。

1998 年 1 月 1 日，执行中国气象局下发的《地面、太阳辐射测报业务质量综合考核评定办法（试行）》和《地面气象测报、太阳辐射观测业务管理系统（试行）》。

2003 年 12 月 31 日 20 时（北京时）起，凡配备有辐射传感器的地面气象观测站的辐射观测不再执行《气象辐射观测方法》，而改为执行《地面气象观测规范》（新版）。

表 14 - 3　　　　　　　　　　1991—2005 年太阳辐射观测质量表

单位：次

| 年份 | 伪造涂改记录 | 缺测 | | 早迟测 | 折合错情 | 其他错情 | 审核错情 | 错情总数 | 错情率（‰） |
		人为	仪器						
1991	0	0	0	0	0.0	0.0	0.0	0.0	0.0
1992	0	36	69	9	15.4	0.225	12.5	28.125	4.4
1993	0	10	623	4	63.7	0.5	0.0	64.2	7.7
1994	0	1	5	1	1.8	0.0	0.0	1.8	0.2
1995	0	0	16	0	1.6	0.0	0.0	1.6	0.2
1996	0	0	24	0	2.4	0.0	0.0	2.4	0.3
1997	0	0	7	0	0.7	0.0	0.0	0.7	0.1
1998	0	0	0	0	0.0	0.0	0.0	0.0	0.0
1999	0	0	5	0	0.5	0.0	0.0	0.5	0.1
2000	0	0	0	0	0.0	0.4	0.0	0.4	0.06
2001	0	0	0	0	0.0	0.1	0.0	0.1	0.01
2002	0	0	0	0	0.0	0.1	0.0	0.1	0.01
2003	0	0	0	0	0.0	0.0	0.0	0.1	0.01
2004 *									
2005 *									

＊ 2004 年、2005 年太阳辐射观测被纳入自动站工作，取消人工观测。

2. 酸雨观测

1990 年，执行国家气象局制定的《酸雨观测方法》（试行二版）。

1991—2005 年，省气象局对全省酸雨观测质量进行考核，考核项目为：①发水样，测量 PH 值和 K 值；②测试本站所用的去离子水或蒸馏水的电导率。对每次结果进行通报。

二、气象通信管理

（一）网络维护运行管理

1990 年，建立采用数据库方式进行气象通信业务情况年报的统计制度。

1995 年，开始利用气象通信网络逐步建立全省气象实时业务监视系统（后改为气象基本业务管理数据库系统）。对气象基本业务的管理由过去的邮寄报表和公文交换，改进为利用计算机现代化设备进行传输和管理。实行新的气象业务的传输流程。

1998年12月，省气象局先后对各类通信网络建立管理制度，制定《省、市级气象信息网计算机系统运行管理暂行办法》和《9210工程卫星通信网络业务工作暂行规定》，明确各级业务部门对信息网络系统运行实施监控、维护和统计分析的工作任务及职责，制定相应的岗位责任制度和上岗条件，岗位工作人员必须先经必要的培训合格后，持证上岗。

1999年2月25日，省气象局根据中国气象局有关规定，制定下发《福建省气象辅助通信网管理办法》，原《福建省气象辅助通信网管理办法》等同时废止。

（二）质量管理

1991年7月起，省气象局组织全省气象通信人员参加全国气象通信连续百班优质高效无错情活动。1997年12月，执行中国气象局下发的《气象通信网络优秀业务人员评奖暂行办法》，省气象局组织全省气象通信人员参加。

据1998—2005年统计，省气象系统获得中国气象局"全国气象通信网络优秀系统管理员"称号的有10人；获得中国气象局"全国气象通信网络优秀维护与开发员"称号的有5人；获得中国气象局"全国气象通信网络优秀值机员"称号的有1人。

表14-4　　　　　　　　　主要上行气象信息传输时效统计表

年份	应发报（站次）	及时报		逾限报		缺报	
		站次	百分率（%）	站次	百分率（%）	站次	百分率（%）
1999	13098	13072	99.80	26	0.20	0	0.00
2000	28900	28739	99.44	153	0.53	8	0.03
2001	53992	53513	99.11	392	0.73	87	0.16
2002	58646	58343	99.48	303	0.52	0	0.00
2003	59065	58922	99.76	143	0.24	0	0.00
2004	59226	59026	99.66	200	0.34	0	0.00
2005	59065	58965	99.83	100	0.17	0	0.00

三、天气预报业务管理

（一）规章制度

1990年9月13日，省气象局下发《福建省灾害性天气预（警）报发布暂行规定》，规定预（警）报服务区与责任区一致，对警报（紧急警报）使用时限、预（警）报发布条件及标准、报送给有关领导的警报标题等进行规范。

1992年3月3日，省气象局下发《福建省汛期气象服务暂行规定》，规范汛期气象服务的组织分工、职责、汛期前准备和汛期后总结、汛期气象服务的联防与协作、对外服务等。7月11日，执行国家气象局《发布天气预报管理暂行办法》，规范天气预报发布工作。8月15日，国家气象局公布《公众气象服务天气符号图形标准（试行）》，规定晴天、多云、阴天、小雨、中雨、大雨、暴雨、雾、冰雹、雷阵雨、雨夹雪、小雪、中雪、大—暴雪、冻雨、霜冻、6级风、7级风、8～12级风、台风等标准和符号图形。此后，电视、网络、宣传张贴图等公众气象服务中所用的天气符号图形得到统一。

1995年，执行中国气象局下发的《关于公开发布中期天气预报问题意见》。5月，省—地—县三级联网全部开通，省、地（市）两级均建立气象实时资料库。据此，各级气象台站中、短期天气预报值班时，必须调阅分析的数值预报产品、卫星云图、传真图、上级指导预报等各类信息。短期天气预报的天气会商每天定时进行，出现灾害性天气和重大气象服务时领导要参加或主持天气会商，并做好记录。6月5日，省气象局制定省级天气预报业务流程框架，规定省气象台每天5：00、12：00、17：00发布全省天气预报和沿海大风预报、台湾海峡天气预报，并通过福建人民广播电台和海峡之声电台发布。

1996年3月22日，省气象局修订省、地（市）天气预报业务工作流程和天气预报会商制度。12月13日，省气象局制定《福建省灾害性天气业务联防办法和规定》，重申各级气象台站在灾害性天气业务联防中所负的职责，明确省气象台发布灾害性天气指令预报的原则是：预计或已发生大范围灾害性天气或特殊任务需要时，各级气象台站接到省气象台的指令预报后，要报告本单位领导，实行24小时值班，加强天气监测，做好上下游天气情报的通报联防，雷达站要迅速开机加强观测。该规定再次强调各级气象台站的值班、预报签发、信息登记等制度的执行。12月25日，省气象局下发《福建省灾害性天气预报用语标准规定》，对"三寒"、雨季、台风、短期预报区域用语进行规范。

1998年2月18日，执行中国气象局下发的《关于加强公开发布城镇天气预报管理的通知》。2月25日，执行中国气象局制定的《全国天气雷达资料实时业务拼图暂行规定》。省气象局按规定将新一代天气雷达站的雷达观测强度、高度等产品一天三次按时上传至中国气象局，实行统一拼图、雷达观测资料共享。6月，执行中国气象局下发的《天气预报业务规定》，省气象局据此于1999年4月5日制定《福建省天气预报业务规定实施细则》，对天气预报的业务分工、天气预报产品分发与发布、天气预报业务联防、预报质量和评估、天气预报业务技术流程、天气预报作业方式等作出具体规定。

2000年1月1日，执行世界气象组织台风委员会对西北太平洋和南海热带气旋的新命名。

2005年6月，执行中国气象局下发的《突发气象灾害预警信号发布业务规范（试行）》、《突发公共事件应急气象保障业务服务规定（试行）》、《天气预报等级用语业务规定（试行）》、《重大气象灾害性预警应急预案》。7 月，下发《大城市气象灾害监测预报警报服务方案》、《关于改进电视天气预报会商的通知》、《关于改进电视天气预报会商的补充通知》和《加强天气预报和气候预测业务总结工作方案》，规范气象预报业务工作，提高天气预报会商效率和预报业务水平。

（二）推广新技术方法

1999 年 4 月，省气象局在全省气象台推广以数值分析预报产品为基础，以人机交互工作站为主导平台，以数值预报产品解释应用技术为重点，综合分析应用各种气象信息，建立新一代天气预报业务体系，推进天气预报客观定量、自动化进程。从此，天气预报作业方式结束传统的手工图表分析、预报稿手工编写阶段，开始以人机交互处理系统为主要的工作平台，应用全国统一的《气象信息综合分析处理系统》（MI-CAPS）预报工作平台，开始建立新的天气预报作业流程。

（三）质量管理

1990 年起，执行国家气象局下发的《重要天气预报质量评定办法》（第一次修订本）。

1991 年后，短期天气预报质量均采用全国统一标准评定，各时段的质量评分具有一定的比较性。

1995 年 8 月 21 日，中国气象局制定《优秀值班预报员奖励办法（试行）》，省气象局即在地市级以上气象台短时、短期、中期、短期气候预测岗位开展"优秀值班预报员"评奖活动。据 1995—2005 年统计，有 51 人次获得"全国优秀值班预报员"称号。

2005 年 6 月 5 日，省气象局执行中国气象局下发的《关于中短期天气预报质量检验办法（试行）》，6 月 23 日，下发《公众气象服务满意度调查试行规定》，6 月 29 日，下发《中短期天气预报质量检验系统》，全省气象部门依照这三个规定规范中短期天气质量评定标准，并使质量检验办法与国际接轨。

据 1991—2005 年统计，省气象台 24 小时暴雨预报平均分为：本地 9.62、区域 21.9。一般降水预报平均分为：本地 63.86、区域 66.35。设区市气象台暴雨预报平均分为：本地 33.24、区域 33.41。一般降水预报平均分为：本地 70.86、区域 71.26。

四、气候业务管理

（一）气候影响评价管理

1991 年 6 月 14 日，省气象局下发的《福建省气候影响评价办法（试行）》，明确评价业务的管理归口，规范评价内容、评价时间、评价的基本格式等有关事项，重点对当地政府和社会关注的焦点、热点问题，开展气候、气候变化和极端气候事件对经济、社会影响的研究和评估。

1996 年 11 月 30 日，执行中国气象局下发的《气象情报及灾情收集上报规定》。规定气象情报和灾情报告的类别、标准、内容、渠道，及时收集气象情报和灾情，逐级快速上报上级业务部门。

2004 年 11 月，执行中国气象局下发的《气候影响评价业务管理规定》。原试行办法废止。

2005 年 7 月 29 日，执行中国气象局下发的《生态质量气象评价规范（试行）》，规范生态质量气象评价。8 月 2 日，省气象局制定《气象灾情收集上报调查和评估试行规定实施细则》，规定气象灾害的定义、评估分级处置标准，气象灾情收集、直报和上报的任务分工、时效、业务考核，规范气象灾情调查评估和上报制度、报告的格式等。10 月 25 日，省气象局根据中国气象局有关规定具体制定《福建省干旱监测和影响评价业务规定》、《福建省干旱监测和影响评价业务实施细则》，规范干旱监测和影响评价的定义、业务系统和方法、产品类型、内容和分发、业务考核和标准。

（二）短期气候预测管理

1999 年 4 月，省气象局发布《福建省短期气候预测发布规定》，对包括月、季、年、专题及不定期气候预测或趋势展望分析作出规定。5 月 13 日，省气象局制定《福建省短期气候预测质量评定暂行办法》，规定短期气候预测评定的项目与定义、用语、等级划分与评定办法，对短期气候预测质量评定方式作出新的修订。

2004 年，执行中国气象局下发《短期气候预测质量评定暂行办法》。短期气候预测质量主要评定每个月的降水和气温趋势预报。1991—2005 年，短期气候预测质量平均为：月降水趋势预报准确率为 73.94%，月气温趋势预报准确率为 80.12%。

（三）气象档案管理

1. 管理体制

20 世纪 90 年代，气象记录档案实行"四级管理"和"三级管理"两种情况：国家基本气象站和基准气候站的气象记录档案实行一式 4 份的"四级管理"（国家、省、市、本站各保管一份）；一般气象站的气象记录档案实行一式 3 份的"三级管理"（省、市、本站各保管一份）。

气象事业管理档案由各级气象局办公室专人管理，专库、专柜存放，按文书档案管理有关规定进行分类、编目、立卷、存档入库。气象人事档案实行分级管理，省气象局司局级以上干部的人事档案由中国气象局人事司管理；省气象局机关和直属事业单位的干部、工人以及地（市）气象局处级干部的人事档案由省气象局人事处管理；地（市）、县气象局的干部、工人档案由地（市）气象局人事科管理。

2001 年 11 月 13 日，执行中国气象局下发的《气象记录档案保管体制调整工作实施方案》，省、地（市）、县三级气象记录档案保管业务体制调整为国家和省两级管理体制。

2002 年 11 月，省气象档案馆编写《福建省气象记录档案移交范围及归档说明和要求》和《福建省气象记录档案移交工作操作细则》。通过业务培训、试点后，全省统一联动。

至 2005 年，完成从建站到 2001 年原始存放在各气象台站永久和长期保存的地面、高空、农业气象、辐射、特种观测等原始气象记录档案移交任务。此次保管体制调整，省气象台形成的卫星气象数据／图像产品记录、全国和全球范围的天气图资料，不再作为气象记录档案存档，改为气象资料保存。

2. 规章制度

1990 年 12 月，省气象局制定《福建省气象局文书档案工作实施细则》，在全省气象部门建立较完整的文书档案制度，含文书立卷归档、集中统一管理、整编的编目、安全保管、档案利用、档案鉴定和销毁、档案借阅等制度。

1991 年 12 月，省气象局、省档案局联合下发《福建省气象档案管理办法（试行）》，全省气象档案工作实行"统一领导，分级管理"，建立省气象档案馆及地（市）、县气象部门、省气象局直属单位气象档案室，配备专兼职档案员，开列专项经费，并制定档案机构管理职责、档案归档汇交、分类编目、开发利用等规章制度。

1992 年 1 月，省气象局制定《福建省气象科技档案分类编目补充规定》，对气象科技档案的分类编目作出具体规定。9 月 1 日，执行国家气象局下发的《气象部门保守国家秘密实施细则》，对向国外提供气象记录档案以及保密事项作出规定。

1993 年 6 月，执行中国气象局下发的《对外合作提供气象资料保密暂行规定》，将气象资料分为绝密、机密、秘密、内部、公开五级，并制定向外方提供气象资料的审批权限。

1997 年 4 月，执行中国气象局下发的《气象档案立卷归档管理办法》、《气象档案的鉴定标准》、《气象档案分类表》、《气象记录档案管理规定》和《气象档案保管期表》等，将原馆藏的全部档案和资料重新鉴定、编目、登记、立卷、归档。其中气象档案分类设置党务、气象事业管理、气象观测记录、气象业务技术和服务、气象科学研究、气象基本建设、气象仪器设备、气象标准计量等 8 个基本类目，馆藏全部按此重新分类编目。气象记录档案按中国气象局下发的《气象记录档案管理规定》进行分类、编目、归档、立卷和确定保管期限，保证气象档案的科学、系统、规范和完整。

2005 年 3 月，执行中国气象局预测减灾司下发的《地面气象观测数据文件传输业务暂行规定》，按新格式将地面、辐射气象资料、年报表资料，通过网络传输到国家气象信息中心。

3. 档案业务检查

1991 年、1997 年，省气象局先后组织气象档案业务检查，并召开气象档案工作会议，学习、贯彻《中华人民共和国档案法》。下发《福建省气象部门进一步加强气象档案业务工作的几点意见》，对全省气象档案业务工作亟须解决的问题提出具体措施。经过业务检查和落实具体措施，各级气象部门将档案工作摆上议事日程，纳入气象事业发展计划、年度工作安排和目标管理，做到有计划、有部署、有检查；落实档案业务工作机构和职责，分管档案领导和科室，配备专、兼职档案员，健全气象档案网络体系。同时，制定和完善档案归档、保管、借阅、对外服务、保密、鉴定销毁、档案员岗位责任等各项规章制度。

1995 年 7 月，中国气象局对福鼎县气象局档案资料被盗案件发出通报，为此，省气象局对全省气象档案管理进行检查，并对有关责任人进行查处。

2003 年 6 月，省气象局对柘荣县气象局档案室资料被盗情况进行检查，并及时追回部分被盗资料，对此下发通报，要求各级气象档案馆、室对档案安全保管制度进行一次检查，堵塞漏洞，防止被盗事件发生。

1998—2005 年，未进行档案业务检查，以档案管理升级为目标的业务考核验收代替业务检查。

4. 档案馆（室）管理升级

1992 年 4 月，省气象局转发省档案局关于《福建省贯彻执行"科技事业单位档案管理升级办法"实施细则》，把档案管理升级工作作为全面改变档案工作落后现状的重要业务来抓，改善档案基础设施，促进气象部门档案管理的现代化。宁德、厦门、龙岩等设区市气象局档案室经过省、市档案局联合验收，晋升为省一级档案管理单位。

1995 年，省气象档案馆档案管理晋升国家级的前期工作开始启动。1996 年，省气象局拨专款对档案库房进行调整装修，订购符合国家标准的档案盒。2000 年初起，省气象档案馆根据中国气象局关于气象记录档案管理体制的要求，结合档案管理升级达标工作和省气象档案馆记录档案保管体制的实际情况，按照档案馆建筑设计要求，分期对省气象档案馆二楼及附属楼档案库房进行扩建、加固改造，使档案馆库房面积由原来的 300 平方米增至 600 平方米。并按档案库房"六防"建设标准，购置安装空调、除湿机、消毒机及消防灭火系统和防盗报警装置等设施，安装有地轨式手摇密集柜 266 节，配有服务器、各类微机、扫描仪等设备。2001 年 1 月，省气象档案馆经过中国气象局和省档案馆联合验收，晋升为"国家二级科技事业档案管理单位"；同年 12 月，经省档案局组织验收，晋升为"省一级国家专业档案馆"。

2005 年，省气象局机关档案室、厦门市气象局档案室为国家二级档案管理单位，泉州、漳州、龙岩、宁德、三明、南平、福州市气象局档案室为省一级档案管理单位，有 23 个县（市、区）气象局档案室为省级档案管理单位。

五、农业气象业务管理

(一) 职责分工

1991年，农业气象业务管理由省气象局业务处承担，负责全省农业气象业务、服务组织、技术指导；地方性技术方法的编写；台站规章制度的制定和修改；农业气象资料报表的审核和处理；业务、服务质量的考核等。地（市）气象局负责农业气象服务的组织协调；基层农业气象业务服务工作的检查指导；各项规章制度的贯彻实施；部分农业气象报表审核；业务服务质量的考核评比等。

1994年3月19日，省气象局将农业气象业务服务系统建设任务调整由省气象科学研究所农业适用技术开发研究中心承担。

2001年11月，省气象局机构改革后，业务科技处负责农业气象观测、农业气象发报、产量预报、农业气象情报、卫星资料在农业气象业务中的应用，以及气象科技兴农、气象扶贫的业务管理。

(二) 规章制度

1990年10月11日，省气象局制定《福建省开展农业气象产量预报业务服务工作规定》。规定各级农业气象业务服务单位开展本区域内的早稻、晚稻和总产产量的预报业务，全省的粮食产量预报由省气象科学研究所承担，并按时上报中国气象局和省政府有关部门。业务开展按该规定的标准执行。

1994年1月1日，执行中国气象局制定的《农业气象观测规范》。

1995年3月10日，省气象局调整农业气象任务，将早、晚稻产量气象预报信息编报的MM报收报地点改为发往省气象科学研究所。从6月1日起，执行中国气象局农业监视信息上报制度，上报制度分为两部分：①农业气象测报业务监视，包括国家级农业气象基本观测站和国家级旬（月）报站测报业务运行情况的统计；②农业气象情报预报业务监视，指省气象科学研究所农业技术研究中心承担的省级农业气象情报和农作物气候评价，并规定上传格式和上报方法。

1996年3月22日，省气象局下发《关于我省二级农业气象观测项目的通知》，明确规定二级农业气象基本观测站的观测项目。

1998年2月20日，省气象局将产量气象预报信息发报改为产量预报技术会商。参加会商的农业气象台站分为固定和不固定两类，固定的有建瓯（双季早、晚稻）、浦城（双季晚稻）、宁化（双季晚稻）、连城（双季早稻）、南靖（双季早稻）、龙海（双季晚稻）、仙游（双季早稻）。

1999年8月9日，中国气象局重申农业气象产量预报密级，确定为"机密"。

2004年8月18日，中国气象局对全国天气预报电视会商《农业气象会商规范》进行修改补充。10月20日，中国气象局发布《农业气象观测记录数据格式》等5项气象行业标准。

（三）质量管理

1996年3月4日，省气象局制定《福建省农业气象业务服务质量考核办法（试行）》，该办法分"农业气象观测业务质量考核办法"、"农业气象产量预报业务服务质量考核办法"、"农业气象情报服务质量考核办法"，分别对农业气象观测、发报、报表编制中的差错（千分率）；农业气象产量预报的精确度、时效和服务质量；农业气象情报的时效、服务产品的质量等进行考核，并综合评价农业气象业务质量。农业气象业务质量考核，按照分级管理的原则，一级农业气象基本观测站的业务质量由中国气象局管理。

1997年7月，执行中国气象局制定的《农业气象观测质量考核办法（试行）》，原省气象局试行办法停止使用。二级农业气象基本观测站质量考核仍执行省气象局制定的试行办法。省级农业气象产量预报和农业气象情报业务服务，在同月执行中国气象局制定的《农业气象产量预报业务质量考核办法（试行）》、《农业气象情报质量考核办法（试行）》，原《福建省农业气象业务服务质量考核办法（试行）》中相关办法停止使用。地（市）、县级的农业气象产量预报和农业气象情报业务服务，其质量考核办法仍执行《福建省农业气象业务服务质量考核办法（试行）》。

1998年，省气象局对所属农业气象站的农业气象测报人员进行持证上岗考试，当年年底完成该项工作。

1999年3月17日，省气象局为一级农业气象基本观测站配备轻型摩托车，用于开展农业气象情况和农业气象灾害调查。同时，更新常规农业气象观测设备，农业气象观测手段和设备落后的状况有所改变。

2005年3月4日，省气象局为农业气象观测站配备部分农业气象观测仪器。10月8日，中国气象局推广"新一代农业气象业务服务系统软件"。省气象科研所安装该软件系统，在农业气象业务服务中应用。

第二节　气象服务管理

一、公益气象服务管理

（一）部署和组织气象服务

公益气象服务管理每年都按春播、汛期、台风三个主要气象季节进行常规部署，根据当年天气气候情况提出不同重点和要求，下发文件或开会动员，组织天气会商、联防和信息情报交换，并及时掌握服务的运行情况，实施检查和通报。

1991 年，福建出现百年罕见旱情，省气象局根据省委、省政府的统一部署，组织全省气象部门实施高炮和飞机人工增雨作业的气象服务，省气象局组织 100 多人次，分赴全省各地负责高炮人工增雨作业的技术和保障工作。莆田首届闽台龙舟赛、厦门特区建设 10 周年庆祝会、泉州"和平舟"海上丝绸之路考察、龙岩山茶花节是这一年福建重大的社会活动，省气象局及时组织有关气象台站制定气象服务实施方案，保障活动的顺利进行。

1992 年，气温比常年明显偏低，中北部出现倒春寒天气，省气象局发出紧急通知，要求各地适时做好春播期的气象服务，组织科技下乡和现场服务，抓好"冷尾暖头"有利时段和低温阴雨不利时段的预报，从而减少烂种、烂秧的损失。

1993 年，省气象局召开灾害性天气防测领导小组会议，提出全年灾害性天气预报服务总目标。9 月中旬，全省旱情严重，9 月 22 日，省委办公厅、省政府办公厅联合发出《关于做好抗旱救灾工作的紧急通知》，省气象局及时组织有关人员紧急会商，向省领导作出"未来 10 天将持续高温、少雨"的预报，为省政府组织大范围的人工增雨当好气象参谋。同时，全省气象部门还加强重点工程建设的气象服务工作，省气象局组织有关人员前往水口电站工程指挥部调研，了解施工进展情况及对气象服务的要求，并发专文通知各级气象台站切实做好重点工程的气象保障工作。

1994 年，闽中、闽北洪水泛滥成灾。在汛期关键时刻，各级气象部门领导在预报服务第一线坐镇指挥，主持天气会商，提供了准确的气象服务，国家防汛抗旱指挥部为此推广福建省的经验。

1995 年，寒害轻、台风少、干旱重，省气象局组织天气气候评估，得出该年"气候对国民经济和社会生活影响利弊兼有，对农业生产总体利大于弊"的结论。

1996 年 2 月，省气象局召开会议，对全年气象服务进行全面部署，重点是春季、台风气象服务和军事气象服务。为强化服务农业，省气象局制定《福建省气象部门贯彻〈国家八七扶贫攻坚计划〉实施方案》，重点帮助贫困地区开发"优质、高产、高效"农业。

1997 年，省气象局对汛期气象服务工作和香港回归期间气象保障服务作出全面部署，还重点组织做好长乐国际机场开航庆典、"长征三号乙"运载火箭发射等重大活动的专项气象保障服务。

1998 年 6 月，全省出现连续性大暴雨，闽江流域发生大洪水，均为历史罕见。由于省气象局对防汛气象服务工作部署早、动员早、落实早，并对汛期气象服务准备情况进行检查，损失得以减少。

1999 年，暖冬、暴雨、热带风暴、强寒潮先后出现，天气气候事件频繁，气象服务任务重，同时还要做好新中国成立 50 周年庆典、澳门回归、厦门海沧大桥建设、武夷山世界文化遗产验收等重大政治、社会活动的气象保障工作。由于措施得力，各级气象台站提前作出预报，并主动服务，将灾害造成的损失减少到最低程度。为此，省政府办公厅致函中国气象局，漳州、莆田市政府致函省气象局，为气象部门请功。

2000年，省气象局重点贯彻落实国家环境保护总局和中国气象局联合发文的《关于开展环境保护重点城市空气质量预报工作的通知》。省气象局会同有关部门精心筹备，按时对外发布福州、厦门空气质量预报。

2001年9月16日，龙岩雷达站探测到16号热带风暴减弱停止编报后重新加强为热带风暴的回波，省气象局连夜通报此信息，为闽粤两省有关气象台站做好抗台服务起到关键作用，得到中国气象局的通报表扬。同时，省气象局还组织部署第三次农业气候区划试点工作，制定区划技术方案和实施方案，为调整农业结构提供各类专项服务。

2002年4月，省气象局根据中国气象局下发的《关于拓展业务服务工作领域行动指南》要求，对气象服务领域的拓展工作进行部署和指导，制定气象业务服务拓展规划与具体实施方案。新增健康气象服务、省会城市紫外线强度预报服务，在全省设区市新增空气污染气象条件、霉变指数、感冒指数等服务项目。6月1日，省气象局部署"全国决策气象服务信息共享系统"在全省运行，实现决策服务和信息产品的共享。

2003年2月17日，省气象局制定《福建省气象局省级大气环境决策服务周年方案》，规定一年中每个月需开展的决策气象服务业务，明确各业务单位的服务职责及决策服务材料报送的相关部门单位。4月，省气象局下发《关于加强"非典"防治期间气象业务服务工作的紧急通知》，对业务工作区采取封闭措施，确保天气监测、预报和气象服务等部门的安全，并制定"非典"防治期间气象业务服务工作应急预案。7月23日，省气象局与省移动通信责任有限公司联合召开"福建省气象防灾移动短信平台开通"新闻发布会。7月30日，省气象局与省广播电视局联合召开"福建省气象灾害预警信号实施"新闻发布会，贯彻落实省政府办公厅《关于发布福建省气象预警信号的通知》。8月14日，省气象局根据《国土资源部和中国气象局联合开展汛期地质灾害气象预报预警工作的通知》，与省国土资源厅商定，联合部署开展地质灾害气象预报预警业务，9月份进入试运行。从2004年开始，每年5—9月份正式对外发布地质灾害气象预报预警服务。

2004年，省气象局部署做好山洪预警系统建设、建立精细预报业务系统、组织风能资源普查及评估工作、拓展生态环境和气候资源开发领域、开发短信气象服务等，并实行规范化、制度化管理。8月16日，执行中国气象局下发的《突发气象灾害预警信号发布试行办法》，规范突发气象灾害预警信号发布工作。8月25日，执行中国气象局下发的《关于建立气象灾情统计和报告制度的通知》，首次在各级气象部门建立突发性气象灾害的直报制度。

2005年，灾害性天气多、强度强、灾情重，省气象局较为准确地预报出该年发生的3

次寒潮、4 次强对流天气、雨季 10 场暴雨和 7 个登陆或影响台风等重大灾害性天气过程，为各级党政部门提前部署、科学调度提供依据，为抗灾救灾赢得宝贵时间。"龙王"台风影响正值国庆期间，省气象局首次启动重大气象灾害二次预警应急预案。6 月 24 日，省政府召开加快全省风电建设前期工作会议，确定省气象局为风能资源评价的协调管理单位。8 月 10 日，省政府办公厅向全省下发《关于加强人工影响天气工作的通知》，省气象局当年组织全省气象部门开展人工影响天气作业 20 次，减轻了局部灾情。

（二）规章制度

1992 年 7 月，省气象局执行国家气象局下发的《发布天气预报暂行管理办法》。省气象局根据 1993 年 7 月 1 日国务院批转《关于加强发布公众天气预报归口管理的报告》的要求和 1994 年 8 月 18 日颁布施行《中华人民共和国气象条例》的规定，对公开发布天气预报实行统一归口发布制度，重点对社会人、新闻媒体违规行为进行督查。

1995 年 8 月 29 日，省气象局转发中国气象局《气象服务工作规定》，规定气象服务体系分国家、省、市、县 4 个层次，气象服务责任区按照行政区划分。公益气象服务包括防灾减灾决策气象服务和公益性公众服务。

1998 年 8 月 1 日，省第九届人大常委会第四次会议通过《福建省气象条例》，对公众气象预报的制作、发布、播出都作出规定。

1999 年 4 月 23 日，省气象局下发《福建省重大天气预报服务奖励办法》，决定每年对重大天气预报服务工作作出突出成绩的单位和个人给予表彰和奖励。7 月 20 日，省气象局制定《福建省公开发布气象信息管理办法细则（暂行）》，对气象信息的公开发布工作实行归口管理，在管辖区域内公开发布气象信息，所有新增或改版气象信息栏目都需当地气象主管机构审批。

2003 年 7 月 1 日起，根据省政府通知要求，开始实施气象灾害预警信号发布业务，对台风、暴雨、寒冷、高温 4 种灾害进行分级预警，以白、绿、黄、红、黑 5 级预警图标，在电视上悬挂预警。

2005 年 6 月 22 日，省气象局制定《福建省重大气象信息新闻发布实施细则》。对重大气象信息新闻发布的类别、分工、形式、内容、时间、要求等进行规范。

（三）公众气象服务效益社会调查

1994 年，组织第一次公众气象服务效益调查。省气象局印发"公众气象服务效益问卷调查表"共 2000 份，由各地（市）气象局组织发放到当地经济发达、一般、欠发达三类县、乡，并规定发放给农民的份数不低于发放量的 20％。共回收 1927 份，回收率达 96.4％。调查表内容共 10 页：您每天收看、收听和阅览天气预报的次数；每天收看、收听天气预报的理想时间；对天气预报准确性的评价；满意程度；最感兴趣的内容；利用天气预报每年可为您或家庭节省多少费用；公众天气预报是不收费的，假设需要交费的话，您认为每年交多少合适；您收听、收看天气预报的主要用途；意见和要求等。调查统计结果表明：用"节省费用法"，天气预报给城镇居民每年每人平均节省 22.32 元，给乡村居民每年每人平均节省 35.23 元；按全省 16 岁以上公民人数统计，公众气象服务效益为 6.01 亿元。用"愿意付费法"，城镇居民每年每人平均付费为 8.72 元，乡村居民每年每人平均付费为 12.8 元；按全省 16 岁以上公民人数统计，公众气象服务效益为 2.72 亿元。兼顾两种统计方法的结果，则公众气象服务效益为 4.36 亿元。

1995 年，省气象局统一制定《福建省"行业气象服务效益"专家咨询调查表》，通过地（市）气象局发给有关专家进行评估。所选专家要对本行业情况熟悉，同时对气象服务在其行业中所产生的效益有所了解，并强调尽量客观填写气象服务效益与行业总产值的比例。全省有 167 位行业专家或领导参与评估，经统计气象服务效益为 6.37 亿元。

表 14 - 5　　　　　　　　1994 年各行业专家评估气象服务效益情况表

项　　目	评估效益平均比例（％）	1993 年产值（亿元）	气象服务效益（亿元）	订正后气象服务效益（亿元）
农　业	2.23	99.99	2.23	1.96
林　业	2.25	44.91	1.01	1.01
水利防汛	12.87	1.36	0.18	0.18
畜牧业	1.45	67.48	0.98	0.98
渔　业	1.46	72.11	1.05	1.05
重工业	0.28	1470.30	4.12	0.44
电力业	1.49	10.36	0.15	0.15
建筑业	1.52	90.76	1.38	0.06
铁路业	1.30	10.47	0.13	0.13
公路业	0.96	—	—	—
海运业	1.54	1.04	0.02	0.02
邮电业	0.95	21.10	0.2	0.2
商　业	0.59	2.09	0.01	0.01
保险业	1.92	9.45	0.18	0.18
卫生业	1.54	0.24	—	0
海盐业	4.50	—	—	0
合　计	—	1901.66	12.00	6.37

2005 年 9—10 月，省气象局采取发放问卷调查表到单位和入户走访、电话采访等

形式，在全省范围内开展公众气象服务满意度调查。据统计，公众对气象服务满意度达86%。

二、气象科技服务管理

（一）服务领域管理

1991年，省气象局制定《福建省气候诊断业务化方案实施细则》，气候诊断业务服务开始实施。

1992年3月27日，省气象局与省保险公司联合下发《关于进一步加强保险公司与气象部门协作，拓宽气象为保险服务领域的通知》。

1993年，省气象局在电视气象节目中组织推广漳州市气象局率先开辟有广告插播的电视天气预报节目。

1994年11月，省气象局召开会议组织推广东山县气象局与县邮电局合作开发的"16847000"面向社会的电话气象信息服务新项目。

1995年10月，省气象局与省技术监督局联合启动全省防雷检测计量认证服务。

1996年7月4日，省气象局与省公安厅联合下发《关于开拓计算机系统防雷设施检测服务的通知》，开拓防雷设施检测服务。

1996年9月，省气象局组织推广电视天气预报节目上主持人，并通过培训等措施，协助设区市气象局和有条件的县（市）气象局开展该项服务。

1999年4月29日，省气象局与省邮电局联合下发《关于做好"121"电话答询气象服务的通知》，双方决定在全省范围内开办"121"电话答询气象服务业务，并明确开展该项业务的有关规定。同时，组织制定《1999—2001年全省气象科技服务与产业工作发展规划》，确定拓宽气象科技服务领域的目标和任务。

2000年，省气象局提出全省气象专业服务要遵循"针对行业，需要为本，无微不至，无所不在"的服务理念，不断开发具有行业和用户需求的特色产品。9月21日，省气象局与省移动通信有限责任公司签订开展"121"移动电话答询气象服务全面合作框架协议，开拓服务领域。

2001年，省气象局与中国联通福建分公司联合下发《关于开展"121"气象信息服务的通知》，扩大服务面。

2003年10月，省气象科技服务中心与福州卓龙天讯信息技术有限公司合作开发全省性手机气象短信服务，使手机气象短信服务走进百姓生活。

2005年3月2日，省气象局与省建设厅联合下发《关于加强房屋建筑和市政基础设施工程防雷装置设计审核、竣工验收工作的通知》，拓展防雷工程的设计、施工业务的服务。9月2日，省气象局与省移动通讯有限公司签订"移动气象站"合作协议，联手推出"移动气象站"服务。

（二）服务收费标准管理

1991年，专业有偿服务收费仍继续执行20世纪80年代中期国务院、省政府以及省物价委员会出台的有关收费政策。

1995年9月25日，执行省物价委员会关于经营性传播媒体播放（刊登）天气预报或警报收费问题的批复，对经营性传播媒体播放（刊登）天气预报、警报的收费对象、项目及标准作出规定。12月，省物价局、省邮电局联合下发《关于制定"168"专业气象信息服务分台资费收费标准的批复》，规范电话气象信息服务收费。1998年7月，经省物价局同意，省气象局下发《关于电话气象信息服务收费标准的通知》，理顺收费标准。

1999年，省物价局与省气象局联合下发《关于制定"121"电话气象信息服务资费标准的复函》，使电话气象信息服务收费有法可依。

2003年4月，省物价局下发《关于气象专业有偿服务收费项目及标准的通知》，重新调整和规范收费项目及标准。

（三）安全监督

20世纪90年代以来，庆典气球作为新型的广告宣传载体，被广泛应用于企业经营广告、社会团体和群众庆典活动等。由于氢气球的施放具有危险性，省气象主管机构把对氢气球经营服务的安全监督列为气象科技服务管理的重要职责。成立安全生产领导小组，制定《气球技术服务安全规范》、《气球服务事故报告（通报）制度》，举办各级气象部门的安全教育学习班。省气象局还先后与省公安消防总队、省安全生产监督管理局、省经济贸易委员会等单位联合下发经营性施放广告气球（飞艇）、升放无人驾驭自由气球或者系留气球活动的相关管理办法和实施细则，依法行政，加强社会安全监督，有效地消除施放气球的安全隐患。

三、人工影响天气作业管理

（一）人工影响天气管理体制

1987年，省气象局成立人工降雨办公室，负责与省防汛抗旱指挥部业务联系、申请人工降雨经费、参与防旱抗旱作业指挥、炮弹采购与安全管理及技术培训。

2000年1月，实施《中华人民共和国气象法》，规定地方各级气象主管机构应当制定人工影响天气作业方案，并在本级人民政府的领导和协调下，管理、指导和组织实施人工影响天气作业。有关部门应当按照职责分工，配合气象主管机构做好人工影响天气的有关工作。

2002年5月，省气象局成立人工影响天气工作领导小组，下设办公室和技术组。6月，省气象局向省防汛抗旱指挥部报送《福建省飞机人工增雨作业预案》的函。省政府成立飞机人工增雨工作协调小组，负责协调调入飞机、使用机场、经费预算等重要事项。协调小组由副省长刘德章担任组长，成员由省政府副秘书长和空八军、省防汛办、省气象局等单位组成。

2003年7月，省气象局下发《关于认真做好人工增雨工作的紧急通知》，要求全省作业的市、县政府成立人工增雨作业领导小组，加强省、地、县三级组织领导和监管。

2004年3月，省政府印发《关于研究人工影响天气有关工作专题会议纪要》，在省防汛抗旱指挥部设立人工影响天气办公室，由省气象局副局长陈彪兼任办公室主任，办公室挂靠在省气象局业务科技处。

2005年8月，省政府办公厅为落实国务院办公厅文件精神，结合福建实际，下发《关于加强人工影响天气工作的通知》，要求地方各级人民政府要切实加强对人工影响天气工作的领导，建立和完善有效的工作协调机制，明确工作任务和职责，落实各项措施，保障人工影响天气工作顺利开展。

（二）法规、规章制度

1998年11月，执行中国气象局下发的《人工影响天气工作管理试行办法》，对省级人工影响天气的工作机构、职责、任务、要求都作出规定。

2002年5月，执行国务院颁布的《人工影响天气管理条例》，对实施人工影响天气作业计划、规范、工具、操作规程、空域管理、作业时限、作业点选择、作业单位和人员资格条件、效果评估等都作出规定。7月，省气象局制定《福建省人工增雨作业程序》，包括组织领导、高炮（火箭）人工增雨作业实施工作程序、飞机人工增雨作业程序等各项制度。11月，省气象局根据规定的要求，在开展人工影响天气作业时预先制定工作计划，报同级政府批准后实施。

2003年4月，省气象局印发《福建省人工影响天气作业组织（或单位）资格证管理办法》，规定从事人工影响天气作业组织（或单位）必须持有省气象主管机构的资格证，方可进行人工影响天气作业。同时印发《福建省人工影响天气作业人员上岗证管理办法》，规定参加人工影响天气作业人员，必须持有省气象主管机构的上岗证，方可作业，禁止无证人员上岗作业。

2005年3月，经省政府同意，省气象局下发《2005年福建省人工影响天气工作计划》，各级气象主管机构健全完善炮弹管理、旱情监测、空域申请、作业指挥、信息上报、事故处理及效果评估等制度。4月，省政府办公厅印发《福建省人民政府办公厅关于加强人工影响天气工作的通知》，规定要健全人工影响天气工作的规章制度，完善作业规范和操作规程，制订事故应急救援预案，建立作业安全保障机制。要加强对作业人员的岗位培训和作业设备的管理，严格操作程序，保证作业的及时、安全、有效。11月，省气象局修订《福建省人工影响天气作业组织（或单位）资格证管理办法》，并重新颁布《福建省人工影响天气作业组织资格证管理办法》，做到依法管理。

（三）人工降雨弹管理

20 世纪 90 年代，省气象局人工降雨办公室在福州市新店鼓岭半山区设立人工降雨炮弹仓库，建立炮弹安全保管、专人采购、押运和报批及炮弹进出仓清点等管理规定。

2000 年，福州市新店人工降雨炮弹仓库撤销，委托永安驻军某部仓库管理人工降雨炮弹。

2003 年 7 月，省气象局下发《福建省人工影响天气专用炮弹管理规定》，明确管理职责、保管部门及销毁手续等。

2004 年 12 月，省气象局向省政府呈报《关于省级人工增雨火箭弹调拨暂行规定办法》的请示，省政府原则同意。《暂行办法》对增雨弹的购置、储备、调拨及其程序作出规定。

（四）安全管理

1991—1999 年，省气象局人工降雨炮弹仓库委托驻地部队管理。驻地部队对仓库禁区的安全防护网、库房外观情况（周围沟地是否积水、房屋是否因风雨而损坏等）进行定期检查和做相应记录，若发现有可疑或特别情况及时报告省气象局人工降雨办公室。对仓库内的炮弹，每年人工降雨作业季前（3—4 月）、作业季后（10—11 月），由专业人员进行清点搬动和登记，以防炮弹潮湿、外壳生锈或发霉等情况发生。对过期炮弹清点后报请省防汛抗旱指挥部批准，及时作销毁处理。

2002 年 5 月，人工增雨的个别炮点发生违反空域管理有关规定，省气象局对此作出严肃查处。并下发《关于严格遵守人工增雨作业空域管理的紧急通知》，履行在批复空域时间内提前一小时申请作业、作业前 10 分钟向空域管理部门确认、临时作业需再次向空管部门确认等相关规定。9 月，省气象局上报省政府《关于建立人工增雨火箭弹作业临时靶场的请示》，经批准于 9 月 23—25 日在永安市举办火箭人工增雨作业，试射两枚火箭弹。

2003 年 2 月，执行中国气象局下发的《人工影响天气安全管理规定》，规范人工影响天气安全管理。7 月，省气象局下发《关于认真做好人工增雨工作的紧急通知》，各地参与人工增雨的机构和人员，严格执行《人工影响天气安全管理规定》，确保人工影响天气工作的安全。8 月，省气象局下发《关于进一步加强人工增雨安全工作的紧急通知》，针对个别地方出现使用过期炮弹、没有严格遵守空域申请程序等情况，要求各级气象部门切实做好"作业操作安全、空中管制安全、靶场交通安全、炮弹储运安全"，把安全放在首位。10 月，省气象局向省政府提出关于销毁过期人工增雨炮弹和高炮检修的申请，经同意销毁过期炮弹 4399 枚，检修高炮 5 门。

2004 年 1 月，省气象局在福鼎市主持召开有省政府相关部门、驻闽空军空域管制、民航航管站和气象部门参加的人工增雨空域管理协调会，经过协商讨论，通过《福建省人工影响天气作业空域管理办法》。3 月 9—16 日，省气象局组织开展全省火箭发射装置的年检工作，检查火箭发射装置及配套汽车维护情况，并召开年检工作总结会，督促各单位做好保养维护、维修工作。7月，省气象局贯彻国务院文件，向全省设区市气象局发出关于做好当年人工增雨安全大检查的通知，各设区市气象局分管的领导亲自抓安全大检查工作，检查的重点是人工影响天气安全生产规章制度、各项责任是否落实，安全措施是否到位，事故隐患是否及时清除，重大事故的应急预案是否建立与完善等。8月，省气象局向中国气象局呈报人工影响天气安全大检查情况报告，从检查情况看，各设区市气象局严格按照《人工影响天气管理条例》、《福建省人工增雨作业空域管理办法》等相关规定作业，至8月10日，全省开展火箭人工增雨作业304次，发射火箭炮弹819枚，均按规定安全作业，没有发现非法转让、出售人工影响天气作业设备，或遗失、违反操作规程等违章事故。10月，省气象局再次与相关部门就空域管理进行协商。

2005年4月，省气象局根据国务院《人工影响天气管理条例》和中国气象局《人工影响天气安全管理规定》，结合实际，起草《福建省人工影响天气安全管理条例》，规范人工影响天气安全管理。

（五）技术流程管理

2000年，省气象局人工降雨办公室在总结20世纪90年代古田水库高炮人工增雨抗旱经验的基础上，制定人工降雨作业技术规定与流程。

1. 高炮人工增雨外场作业点选择

在人工增雨作业点选择前必须到实地考察，充分了解当地地理环境、旱区位置、水库及其流域分布，云雨源地及云雨移动的路径。作业点应满足以下条件：①作业点位于影响区（或水库）的上风向（由引导气流的风向风速来定）云雨移动路段（或主要路段），且四周开阔、视界很好，便于监视云层变化。②作业点应远离居民集中点，交通方便，并有畅通的有线或无线通信条件。为扩大抗旱救灾人工降水作业范围和提高效益，应采取流动作业方案，选择多个炮点。

2. 雨量点的设置

为检验催化作业效果，根据影响区地形特点、作业云性质和作业项目的要求来确定雨量点的密度。平原地区雨量点代表性比山区雨量点代表性强，雨量点布设相对稀些；层状云降水较积状云降水稳定均匀，雨量点布设可相对少些；单纯抗旱作业雨量点密度可相对稀些，科研项目雨量点要求稠密些。设置雨量点时，应充分利用现有的水文站、气象哨和水库雨量点。

3. 人工降水作业资料收集

①地面资料收集，常规地面气象资料包括作业前后作业区及附近气象台（站）的雨量、温度、气压、湿度、风向和风速、能见度、云雨演变及各种天气现象，特别要注意降水时空变化、地面滴谱资料收集及采集雨水样品和大气气溶胶样品等。②天气过程资料收集，包括常规天气形势图、天气系统及其变化、卫星云图及各种物理量的分布和变

化。③雷达探测资料，即催化前后回波参量演变资料的收集，包括云顶高度、云底高度、云厚、移向移速、回波强度、水平范围和高度等。观测时间间距为5～10分钟。④高炮人工降雨作业资料收集与记录，包括作业起止时间、射击方位和射角、射击组合形式、射击部位和扇面、弹型、弹距、弹重、炮弹爆炸声响和曳光亮度等。⑤作业前后云体演变记录，包括云状、云顶高、云底高、云的水平尺度、云的移向移速、云体晶体化时间、降水性质和强度、云状分离与合并，云顶上升与下塌等宏观结构的连续演变等。

4. 现场作业指挥系统

指挥系统功能：根据作业指挥系统作出的作业决策开展外场作业，并及时反馈作业中遇到的问题，同时根据实际云层、天气条件和云物条件等的变化修订作业方案，保证决策科学和客观。

作业区指挥任务：①根据作业区实况，对作业决策结论作进一步客观分析，保证决策结论正确无误。②根据指挥系统的决策判定出详细、具体的实施方案。③指挥现场作业并与高炮作业点及飞机作业保持联系，随时掌握情况，将不断变化的情况反馈到指挥决策系统，以便及时补充、修正决策结论，使决策科学、客观。④根据作业决策分系统制定观测方案，收集作业过程有关资料（包括飞机、地面、遥感收集的宏观、微观资料和气象资料）。⑤采用 GPS（全球定位系统）和 PMS（工程管理系统）对飞行轨迹、飞行剖面图及时进行宏观处理，并传给指挥中心。

（六）队伍培训与经费运作

1994 年 6 月，省气象局向省防汛抗旱指挥部呈报《关于申请购置人工降雨弹周转金报告》，要求库存炮弹 2 万枚，购置经费 70 万元，获得批准。7 月，实施《中华人民共和国气象条例》，人工影响天气的科学试验和作业所需工作条件与经费由有关地方人民政府或受益单位提供。

1998 年 8 月，实施《福建省气象条例》，县级以上人民政府将人工影响天气工作及其所需基本建设投资和有关事业经费，纳入本级国民经济和社会发展计划及财政预算，并根据气象防灾减灾的需要和有关规定增加资金投入。

2002 年 5 月，省气象局向省政府申请购置人工增雨消雹专项经费。申请购置 5000枚人工增雨弹，需 40 万元专项经费。11 月 5—9 日，省气象局举办全省气象部门人工增雨工作培训班。

2003 年 6 月，省气象局发文，要求省、市气象局人工影响天气办公室加强和规范人工影响天气管理，省建立 1～2 个省一级的人工影响天气试验示范基地，设区市气象局要建立 2～3 个市一级人工影响天气试验示范基地，建立和健全人工影响天气基地和队伍。9 月 18 日，省气象局下发《关于表彰 2003 年人工增雨工作先进集体和先进个人的通知》，对作出显著成绩的 3 个先进集体和 37 位先进个人给予表彰。

2004 年 1 月，省气象局向省政府申请安排 2004 年人工影响天气工作经费的请示，省级人工影响天气工作经费得到落实。3月17—18日，省气象局在泉州市举办全省火箭人工增雨培训班，经考试颁发合格资格证33本。7月6—8日，省气象局在三明市泰宁县举办省人工影响天气工作培训班。

2005年，省气象局举办全省人工影响天气培训班两期，第一期内容：人工影响天气作业火箭架年检和人工影响天气管理信息系统；第二期内容：人工影响天气安全和作业指挥。

四、防雷减灾管理

（一）法律、法规和规章

1998年10月1日起施行的《福建省气象条例》，从地方法规的层次上首次赋予气象主管机构负责雷电灾害预防的社会管理职能。

2000年1月1日开始实施的《中华人民共和国气象法》，规定各级气象主管机构应当加强对雷电灾害防御工作的组织管理，并会同有关部门对可能遭受雷击的建筑物、构筑物和其他设施安装的雷电灾害防护装置进行检测。6月，执行中国气象局下发的《防雷减灾管理办法》，对防雷减灾管理工作作出规范。气象主管机构防雷减灾的职责是：规范协调防雷管理、防雷检测和防雷工程等方面的运作关系；对防雷建（构）筑物、弱电系统和易燃易爆等雷击概率高的场所的防雷设计、施工和验收严格实行审核和监督管理；对已有的防雷建（构）筑物，要严格实行防雷安全定期检测制度；积极协同省技术监督部门切实做好进入防雷产品的质量管理工作。

2003年1月，省政府印发《福建省省级基建投资审批综合改革方案的通知》，将防雷设计审核和竣工验收作为新增审批程序纳入管理。同年，省气象局下发《关于新建建（构）筑物防雷设计审核、跟踪检测与竣工验收程序》。

2004年6月，执行国务院颁发的《对确需保留的行政审批项目设定行政许可的决定》，防雷装置设计审核与竣工验收、防雷装置检测、防雷工程设计与施工资质被列为国家行政许可项目。12月，中国气象局下发修改后的《防雷减灾管理办法》，防雷减灾管理被列入行政许可。

（二）防雷活动的资质和资格认定

1999年6月15日，省气象局下发《福建省防雷工程专业设计、施工资质管理办法实施细则（试行）》，对从事防雷工程专业设计、施工的资质要求、申请评审条件、评审办法和程序、监督管理等作出规定。防雷工程专业设计、施工资质分为甲、乙、丙3级，甲级资质单位由国务院气象主管机构审批，乙、丙级的资质单位由省气象主管机构审批。从事防雷工程专业设计、施工单位，必须按各自资质等级承担相应专业的设计、施工任务。

2001年，省气象局成立省防雷专业资质评审委员会，并在总结实施经验的基础上，修订出台《福建省防雷工程专业设计、施工资质管理办法》。2002 年，省气象局下发《关于防雷图审工程师资格考试的通知》。2005 年，省气象局下发《福建省防雷装置检测资质管理办法（试行）通知》。"防雷检测资质证书"有效期为 3 年。在有效期内，每年由省气象主管机构在 4 月底以前组织管理年审。

2001—2005 年，共有 20 个防雷机构持有甲、乙、丙不同级别的防雷工程专业设计资质证和防雷工程专业施工资质证。

表 14 - 6　　　　　　　2005 年底持有防雷专业设计、施工单位资质名单

序　号	主管单位	企业名称	资质等级	发证机关	首次发证年月	资质项目
1	中国气象局	福建省华云科技开发公司	甲级	中国气象局	2005.7.9	设计、施工
2	中国气象局	厦门市祥云科技服务公司	甲级	中国气象局	2005.8.9	设计、施工
3	福建省气象局	南平市华风气象科技有限公司	乙级	福建省气象局	2003.9.2	设计、施工
4	福建省气象局	泉州市天安防雷技术开发中心	乙级	福建省气象局	2003.9.2	设计、施工
5	福建省气象局	福建省三明市防雷技术中心	乙级	福建省气象局	2003.9.2	设计、施工
6	福建省气象局	石狮市新星气象技术服务有限公司	乙级	福建省气象局	2003.9.2	设计、施工
7	福建省气象局	漳州市华风气象科技服务有限公司	乙级	福建省气象局	2004.2.10	设计、施工
8	福建省气象局	永安市华云气象服务有限责任公司	乙级	福建省气象局	2005.2.5	设计、施工
9	福建省气象局	厦门海仕达电子有限公司	乙级	福建省气象局	2005.2.5	设计、施工
10	福建省气象局	宁德市华虹防雷工程有限公司	乙级	福建省气象局	2005.2.5	设计、施工
11	福建省气象局	福州科捷电气有限公司	丙级	福建省气象局	2004.2.10	设计
12	福建省气象局	霞浦县华风气象科技有限公司	丙级	福建省气象局	2005.2.5	设计、施工
13	福建省气象局	厦门泽宇科技工程有限公司	丙级	福建省气象局	2005.9.6	设计、施工
14	福建省气象局	厦门市智能大厦有限公司	丙级	福建省气象局	2005.9.6	设计、施工
15	福建省气象局	福州众益自动化技术有限公司	丙级	福建省气象局	2005.9.6	设计、施工
16	福建省气象局	厦门正邦电子有限公司	丙级	福建省气象局	2005.9.6	施工
17	福建省气象局	厦门雷神电气设备有限公司	丙级	福建省气象局	2005.9.6	施工
18	福建省气象局	屏南县风华防雷工程有限公司	丙级	福建省气象局	2005.10.31	设计、施工
19	福建省气象局	厦门安瑞科技有限公司	丙级	福建省气象局	2005.10.31	设计、施工
20	福建省气象局	福建闽泰科技发展有限公司	丙级	福建省气象局	2005.12.9	设计、施工

（三）防雷减灾专业技术队伍的管理

根据《防雷减灾管理办法》规定，从事防雷工程专业设计、施工和防雷装置检测的专业技术人员，必须经省气象主管机构的培训考核，并取得相应的资格证书。

防雷工作起步阶段缺乏专业技术人才，各级气象部门，采取上下结合、走出去请进来的办法组织培训，培训内容规定的必修课有：大气电场、雷电物理基本理论、现

代防雷技术基础、防雷技术标准规范、与防雷相关的法律法规。根据专业不同，还增加工程制图与安装工程识图、CAD制图基础、防雷工程制图与概预算、防雷工程设计、防雷产品安装、环境气候分析、检测仪器原理与运行、计算机防雷等内容。

1999年1月和9月，省气象局派人参加中国气象局两次举办的防雷培训班。

2005年1月1日起，防雷专业技术人员资格认定改为由省气象学会承办，申请者经初审、复审发给"福建省防雷专业技术人员资格证"准考证，参加省气象学会组织的统一考试。考试合格者，发给资格证。"防雷专业设计、施工单位资质证"3年内有效。持证单位应参加每年4月底以前由省气象主管机构组织的资质年检，资格认定每年评审、审批1次。至2005年底，有450人取得防雷工程专业技术人员资质。

表 14-7　　　　2001—2005 年气象主管机构举办防雷技术培训班情况

年　份	防雷工程培训			防雷检测培训		
	班数	人次	资格证发放数	班数	人次	资格证发放数
2001	1	124	124	1	124	124
2002	1	110	98	1	110	98
2003	1	249	249	1	249	249
2004	1	210	61	1	210	61
2005	2	229	166	2	389	270

（四）雷电灾害的调查统计与鉴定

1991—1997年，雷电灾害和其他气象灾害一同收集上报，没有专门对其进行系统调查、收集、分析和上报。1998年10月13日，省气象局下发《关于加强雷电灾害收集工作的通知》，要求各地都要做好当地雷电情况的统计上报工作，以便准确掌握雷电灾害事故，为防雷减灾提供决策依据。

（五）防雷产品管理

防雷产品由省气象部门与省质量技术监督部门共同管理。2005年，省气象局会同省质量技术监督局下发《福建省防雷产品备案管理暂行办法》，规定国内外防雷产品生产企业或销售代理商在行政区域内销售防雷产品，必须主动进行防雷产品登记备案，由省防雷管理办公室负责对产品登记备案审查，对符合条件的产品进行登记备案发给备案证书，对外公示备案产品、型号等，并组织监督检查，严禁销售、使用不合格的防雷产品。

五、气象信息发布传播管理

（一）气象信息传播监督

1993年11月12日，省政府办公厅下发《关于进一步加强发布公众天气预报工作的通知》，对"通过广播、电视、报刊、电话、公众寻呼网的电视广告屏幕等手段定时播出或定期刊登天气预报和灾害性天气警报的，一定要利用气象部门提供的适时气象信息，对利用气象信息、资料开展社会创收服务的，按国务院有关文件规定办理；对以天气预报为载体开展社会性综合服务的，直接与气象部门联系，双方要建立合作关系，密切配合，承受相应权益"。

1995年10月18日，省物价委员会、省财政厅、省气象局联合下发《关于对经营性传播媒体播放天气预报加强管理的通知》，对"各级电视媒体所播放的天气预报和灾害性天气警报，必须是省气象局所属的各级气象台站直接提供的适时气象信息。任何单位、个人不得以任何形式转播转发，传播媒体向社会公开播发的气象信息，也不得传播其他行业（即非气象部门）的任何单位、个人提供的气象信息"。

1998年8月1日，省九届人大常委员会第四次会议通过的《福建省气象条例》，规定："广播、电视、报刊等传播媒体向社会播发的气象预报和灾害性天气警报，必须是省气象部门所属气象台站直接提供的适时信息，并注明该信息来源。"

1999年7月20日，省气象局下发《福建省公开发布气象信息管理办法实施细则（暂行）的通知》，规定"公开发布气象信息必须符合国家的有关法令、法规，内容不得涉及国家机密，并使用统一标准和规范用语"，并规定"福建省气象台及以下气象台站分别负责发布我省区域及本台站责任区内的天气预报和灾害性天气警报；省气象台发布本省范围城市、旅游区天气预报，也可转发部分国内外大城市的天气预报；地（市）气象台发布本地（市）范围城市、旅游区天气预报，也可转发本省其他城市、周边省的部分地（市）级城市天气预报；县气象站发布本县天气预报，也可转发本地（市）其他县、周边县市天气预报；气象部门的各级气象台站对公众发布的城镇天气预报应采用该城镇所在地气象台站的产品，国外城市天气预报应采用国家气象中心的产品"。此外，还规定"中期天气预报、短期气候预测、气候评价、农业产量预报、农业气象情报、城市环境气象预报，一般不作公开发布或报道，若因需要必须公开发布时，需报有关部门审批"。

2000—2005年，每年不定期对电视天气预报播发侵犯知识产权问题实行跟踪调查，发现个别省、市电视频道违反规定，采取挂脚标、走字幕等方式，私自播发不适时的天气预报，对公众造成误导，并侵犯产权者的合法权益，省、市气象主管机构依照有关法规，对此进行查处。

（二）电视节目质量管理

2001年，影视中心开始气象节目点评制度建设。开辟节目点评专栏，聘请气象专家对节目点评、监督，组织幸运观众开展活动，直接听取群众意见。

2002年，影视中心加强日常节目点评和质量监督，继续聘请专家和热心观众对日常节目进行严格的点评，每周反馈一次点评信息，加强与电视观众的互动，把与"热心观众"的联谊活动制度化。举办"伊璐美"气象节目有奖收视调查活动，共回收有效问卷 393 份。在接受调查的观众中，有 90% 的观众经常收看《天气预报》节目，数据显示收看气象节目的观众具有较高的忠诚度。

2003 年，影视中心节目点评方面：每周发布日常节目质量简报；发布日常节目质量综合评价；邀请热心观众举办日常节目评审会，并对节目进行抽查与定量评分，健全中心编委会的节目评议、评审制度。

2004 年，影视中心制订《气象影视中心日常节目质量管理若干规定》，通过摸索改进，初步形成由每日节目点评、每周发布质量简报、每月编委会节目评审、定期观众收视调查、收视率反馈和监督改进等环节组成的全过程质量管理体系，建立节目质量与制作部门绩效挂钩机制。定期邀请专家和热心观众座谈，保持与观众密切联系、收集他们对节目的评价、意见和建议。举办"国圣杯"电视气象节目收视调查，共回收有效问卷 565 份，数据显示收看气象节目的观众主要集中在 20 岁以上的成年人，占92%，有 91% 的观众经常收看《天气预报》节目，其中，因为生产、生活需要而收看节目的占 87%。

2005 年，影视中心健全和完善日常节目评审制度。形成由日常节目点评、每月节目评议和编委会节目评审组成的节目评价体系；坚持每周发布日常节目质量简报，召开气象专家和热心观众座谈会，对节目优缺点给予评价，不定期举办收视率调查活动，全面了解民众需求，制定《电视气象节目安全交播的有关规定》及《节目制作应急措施》等规章制度。同时，建立《责任编辑负责制》，规范《节目外拍制度》，加强节目策划力量和创新力度，做到计划性和灵活性的有机结合。同年，影视中心为实现"提升电视气象节目影响力，选拔高素质的电视气象主持人"的目标，精心组织策划面向全国的"福建省电视气象节目主持人选拔活动"。这次活动招聘到3 名有实力的主持人，充实主持人队伍；同时，提高气象节目的影响力，打造气象影视品牌。

第三节　气象科研管理

一、科研计划管理

1991—1998 年，省气象局继续执行 1983 年 10 月国家气象局下发的《气象科学技术研究管理办法》，并制定相应的管理细则，对气象科研计划、经费、成果以及成果的推广应用等进行管理。

1998 年 10 月，省气象局下发《气象科技管理办事程序和规则》，对课题的申报、课题的进展，成果鉴定（验收）和登记、科技成果奖励等办事的程序，上报的时间，填写的表格，报送的材料及相关的规则作出具体的规定。

2003 年 8 月，省气象局执行国务院办公厅转发的科技部等四部门《关于国家科研计划实行课题管理的规定》，并制定了《福建省气象局科研计划实施课题制管理的规定》。课题制按照公平竞争、择优支持的原则，确立气象科技研究课题，并以课题（项目）为中心，以课题组为基本活动单位进行课题组织管理和研究活动。省气象局科研管理实行归口、分类管理。凡经过省气象局申报批准立项的项目（课题），均由省气象局科技主管部门负责管理，履行管理、指导和监督职能。科技部、中国气象局、省科技厅、省自然科学基金的项目等，分别按科技部、中国气象局、省科技厅、自然科学基金相关科研项目管理办法执行。

为配套新的管理办法，省气象局制定了《福建省气象局科研计划课题评审暂行办法》。对科研计划课题评审的原则、评审的具体方式和内容、评审专家的条件及要求和评审的法律责任都作出具体规定。此外，还制定了《福建省气象局开放式气象科学研究基金项目管理办法（暂行）》，鼓励省内外优秀人才参加省气象局开放式气象科学研究工作基金项目的科研工作。

省气象局除承担中国气象局、省科技厅、科技部项目外，还承担发布气象部门科研指南、组织科技人员申报，组织专家评审，经省气象局领导审批后，签订课题合同书正式立项，以及课题执行情况检查。

（一）发布项目指南

省气象局科研管理部门每年组织项目申报前，必须根据中国气象局科研计划，部门预算项目指南、省气象局气象事业发展规划、省气象局科研计划和科研经费情况，发布项目指南。对于气象行业，灾害性天气预报、监测、服务，一直是气象工作的核心内容，对于灾害性天气的种类（台风、暴雨、强对流、干旱、低温等），产生灾害的机理、预报的尺度（长期、中期、短期、短时预报）、预报的方法（数值预报、常规预报）以及新的探测和服务手段是气象科研指南的重点。同时，还要根据气象服务面的拓展而增加新的研究指南内容。待个人或单位申报后，组织有关专家（包括技术、财经、管理等方面）评议，最后由省气象局审批。

各年项目指南的重点是：

1991—1993 年度：暴雨、天气预报专家系统、短时天气监测和预报、利用气象卫星遥感资料为农业服务。

1995—1996 年度：气象业务现代化建设、新一代天气预报流程，多普勒雷达回波资料应用、突发性暴雨量级与落区预报。

1997—1998 年度：中尺度灾害性天气预警系统研究、闽台地区中尺度天气系统与台风试验研究、短期气候预测、农业气象灾害专家系统。

1998—1999 年度：新预报技术和方法应用、数值预报产品的释用、预报逐级指导技术（省—地、地—县）、作物产量预报。

2000 年度：应用天气雷达、卫星云图、自动雨量站作短时定量降水预报、极轨卫星对森林火险监测、推广灾害性天气、短时气候预测方法。

2001 年度：应用非常规资料作短时定量降水预报、城市气象服务项目、防雷技术。

2004 年度：海洋天气监测、预报技术、人工影响天气、成果推广应用。

2005 年度：精细化天气预报、服务新技术新方法，人工影响天气作业技术及效果评估方法。

（二）立项

1991—2005 年，省气象局承担的课题项目（包括省气象局立项）总数为 327 项，投入经费约 583 万元。

表 14－8　　　　　　　　1991—2005 年省气象局课题立项表

年　度	项目数	投入经费（万元）	项目类别						
			天气	气候	农气	人影	大气	微机*	其他*
1991—1995	66	38.45	12	1	13	3	7	25	5
1996—2000	108	62.78	42	4	16	4	9	22	11
2001—2005	108	103.7	17	6	19	5	19	24	18

表 14－9　　　1991—2005 年科技部、中国气象局、科技厅、省电振办课题立项表

部　门	项目数	投入经费（万元）	项目类别						
			天气	气候	农气	人影	大气	微机*	其他*
科技部	3	90	1	1	1				
中国气象局	18	66.1	9	1	5		1	1	1
省科技厅	22	210.55	6	5	6	1	3		1
省电振办	2	11.25						2	

*微机：计算机应用及通信现代化；其他：环境研究、海洋气象及软科学等。

表 14－10　　　　　　　2001—2003 年科技部重点项目名称表

序　号	年　度	项目名称
1	2001	丘陵山区旱涝灾情监测服务系统研究
2	2002	福建省灾害气候短期气候预测业务服务系统
3	2003	福建省台风中尺度暴雨预报研究

表 14 - 11 　　　　　　　　　**1991—2005 年中国气象局重点项目名称表**

序　　号	年　　度	项 目 名 称
1	1991	武夷名岩茶开发与扩种
2	1991	研究建立客观确定台风位置和强度的技术和方法
3	1991	台风路径、强度和天气（大风、降水）的动力、统计释用预报方法的研究
4	1991	台风（路径、强度、风强和雨强）突变的研究及其诊断预报方法的研究
5	1991	台风人工智能客观综合集成预报方法的研究和客观评估技术的研究
6	1991	台风监测、预报人机交互工作的研制和建立
7	1991	太子参试种
8	1991	莆田县荒山荒地农业综合开发的气候可行性论证
9	1992	福州城市气候研究
10	1992	应用气象卫星遥感资料进行福建省近海环境海洋渔业和森林火灾的监测服务
11	1993	应用有—无线转接技术建立城市气象服务移动电话网试验
12	1993	专业气象服务适应市场竞争的方式方法研究
13	1994	福建省中尺度灾害性天气预报技术研究
14	1998	台风系统中尺度暴雨预报研究
15	1998	闪电资料在强对流天气的诊断和短时预报上的应用
16	1999	福建省前汛期强降水天气预报技术研究
17	2003	引种台湾热带优良水果的气候适应性评估方法及其气象服务中应用
18	2005	MODIS 资料在福建省陆海环境监测中的应用

表 14 - 12 　　　　　　　　　**1991—2005 年福建省科技厅重点项目名称表**

序　　号	年　　度	项 目 名 称
1	1991	福建水稻生产规划的气候数据与对策
2	1991	水稻病虫害计算机卫星遥感预警系统的研究
3	1991	9012 台风几个特殊问题的研究
4	1991	耗散结构理论在暴雨分析预报中的应用
5	1991	闽东南旱作气象条件研究和产量监测
6	1997	福建省干旱和人工降雨防灾业务系统
7	1998	福建省森林火险等级预报
8	1998	福建省汛期降水场短期气候预测模式研究
9	1998	福建省中尺度灾害性天气预警系统
10	1999	福建省大暴雨天气研究及预测
11	1999	福建省热带气旋短期气候预测方法
12	2000	福建省中尺度灾害性天气预警系统在防洪抗旱中应用研究
13	2001	福建省台风、暴雨研究及其在灾害性天气预警预报系统中应用
14	2001	城市空气污染预警系统研究
15	2002	福建省酸雨的形成机理及其控制对策研究

续表 14 - 12

序　号	年　度	项 目 名 称
16	2002	福建省汛期旱涝灾害短期气候预测方法研究
17	2004	东亚夏季风变异及其影响闽台旱涝机理和预测方法研究
18	2004	福建省农业生态环境动态变化评估及区划研究
19	2004	多普勒雷达定量测量区域降水量的研究
20	2004	全球气候变化对我省水资源可持续利用的影响研究
21	2005	强降水诱发地质灾害危险度等级预报预警业务服务系统
22	2005	福建漳江口红树林胎生苗生长与气象条件关系研究

表 14 - 13　　　　　　　　**2001 年省电子振兴办公室重点项目名称表**

序　号	年　度	项 目 名 称
1	2001	省气象信息无线传输服务系统推广应用
2	2001	福建省气象信息计算机通信网三个软件

（三）计划检查

项目实施阶段，为检查各承担单位执行情况，要求项目负责人每年 12 月底前向省气象局科研管理部门提交项目年度进展情况报告和经费使用情况报告。属科技部、中国气象局、省科技厅的项目，由省气象局科研管理部门统一上报有关单位。省气象局科研管理部门和课题承担主管单位还对课题执行情况进行不定期检查，对于执行中出现的问题，及时予以调整。

1996 年，省气象局科研管理部门印发《关于报送 1996 年气象科研执行情况和部分课题催报验收的通知》。各单位承担的各部门课题要报送《执行情况表》，对超期的课题立即结题准备验收。

2001 年，省气象局科研管理部门对课题执行情况进行检查。检查结果显示，大部分课题能按课题合同要求进行，年度已验收课题 20 项，正在验收 10 项。省气象局承担的 10 个重点项目（科技部、科技厅、中国气象局的课题）有 7 项能按计划进行，有 3 项须延期验收。省气象局 77 项课题中有 57 项能按原计划完成，其余只能部分完成或无法完成。部分课题因课题负责人另有任务，或因实验客观条件不具备，或因实验条件发生变化等，无法按计划完成课题任务。

二、科研成果管理

（一）成果鉴定或验收

1987 年 12 月 7 日，省气象局执行国家气象局下发的《气象科学技术研究成果鉴定试行办法》，对科研成果的范围，鉴定工作的管理、鉴定形式、课题项目申请鉴定程序、鉴定的组织和参与鉴定人员的资格、权利及职责等实行鉴定制度。

1995年，中国气象局《关于转发国家科委〈科学技术成果鉴定办法〉和〈科技成果鉴定规程〉的通知》，对成果鉴定范围作出新的规定，只对被列入国家和省科技计划内的应用技术成果以及极少数科技计划外的重大应用技术成果进行鉴定。为执行新规定，此后，省气象局课题一般都不作鉴定，而只进行结题验收。

1998年11月12日，执行中国气象局下发的《气象科学技术研究成果鉴定实施细则》。省气象局下达的课题由省气象局成果管理机构进行管理，并要求无论采取何种鉴定形式均需对是否完成技术合同任务、成果的技术水平、难度和成熟性等提出鉴定意见。同时要求按合同计划时间，课题完成后两个月内，由课题组负责人提出鉴定申请，并将鉴定申请表、课题合同书、课题技术材料（包括工作报告、技术报告、效益分析报告及证明材料、查新报告、论文、图表、源程序）、经费决算报告，经承担单位签署意见，档案部门盖章后报送省气象局，由省气象局组织鉴定。属省、部级科研项目由省、部级有关单位组织专家进行鉴定。

据统计，1991—2005年，省气象局鉴定或验收的课题174项，省科技厅鉴定课题14项，中国气象局验收课题14项，科技部验收课题2项。

（二）成果登记

1997年，省气象局开始对科技成果进行登记。其主要工作是办理成果登记、发布成果公报等。

1. 成果登记：课题鉴定（验收）结束，课题负责人须填写《福建省气象科技成果公报拟文》连同验收证书或鉴定证书报送省气象局科研管理部门，进行成果登记。

2. 省气象局科研管理部门对成果登记的项目名称、验收号、成果登记号、完成单位、主要完成人员、成果简介进行编辑，汇编成册，向全省气象部门发布成果登记。

表14-14　　1991—2005年在国家核心期刊发表的气象科技论文目录（按发表时间排序）

论 文 名 称	作 者	发表年期	刊物名称
南海高压与华南汛期天气	张淑惠	1991.1	台湾海峡
亚热带山区用材林木栽培优势层讨论	张 翊	1991.1	气象
淡水鱼类水温区划的气候生态探讨	郑美秀	1991.1	水产学报
华南前汛期福建古田地区0℃层亮带特征的分布	林长城	1991.2	热带气象
台湾海峡西岸大风的统计分析	许金镜	1991.2	台湾海峡
华南海岸带主要气象要素的递变特征	宋德众	1991.4	台湾海峡
1975—1986年古田水库人工降雨效果总分析	曾光平	1991.4	大气科学
整理自记风向应注意的几个问题	郑复基	1991.6	气象
80年代福建气候变异的基本特点	鹿世瑾　王　岩	1991.7	气象

续表 14 - 14

论文名称	作者	发表年期	刊物名称
天气雷达回波素描图打印及常规业务计算机处理	魏应植	1991.7	气象
地面最低温度表在使用中应注意的一个问题	罗获	1991.7	气象
闽北地区前汛期锋面云系雷达回波特征	曾光平	1991.9	气象科学
80 年代的气候特点及其对国民经济的影响	鹿世瑾	1991.9	气象
福建省人工降水试验和抗旱	曾光平	1991.11	南京大学学报
福建丘陵山地地面观测台站网最佳密度的研究	蔡学湛　张容焱	1991.11	气象
台风暴雨相当位涡诊断分析	蔡义勇	1992.1	气象学报
1988 年闽北地区"5·21"暴雨的中小尺度特征	曾光平	1992.1	大气科学
福建古田人工降水试验区自然云雨特征的卫星云图分析	林长城	1992.2	应用气象学报
以 NOAA - AVHRR 通道资料建立水稻种植面积测算模式的研究	张明席	1992.4	气象
遥测雨量计记录与计数差值的消除	郑振亨	1992.6	气象
雾的观测发报浅析	邱蛟	1992	气象
地面 0cm、最高温度纪录失真浅谈	邓明元	1992	气象
古田水库人工增雨效果的综合评价	曾光平	1993.1	应用气象学报
人工降雨试验效果检验的统计模拟方法研究	曾光平	1993.1	气象学报
福建寒露风场的 EOF 分析及其预报	鹿世瑾	1993.1	大气科学研究与应用
我国早春 3 月冷暖环流特征分析	杨善恭	1993.3	高原气象
莆田海岸线四千年变迁与古气候的关系	刘文彬	1993.3	台湾海峡
8909 台风环流结构的变化和突发性暴雨的关系	骆荣宗	1993.4	热带气象学报
闽北柑橘冻害指标的预报	杨善恭	1993.4	气象
马尾松造林期专业气象服务	阮锡章	1993.4	气象
两系杂交稻不育系育性转化的温度效应及制种区域选择的气候条件	李文	1993.5	中国农业气象
福建省夏旱期间空中水资源及人工降雨条件	曾光平	1993.11	气象
福建气候大陆度探讨	刘荣方　黄文堂	1993.12	气象
台湾海峡西岸近 40 年的气候变化	鹿世瑾	1994.1	台湾海峡
非随机化人工降雨试验效果评价方法研究	曾光平	1994.2	大气科学
杂交稻春制抽穗期高温低湿等危害	李文	1994.5	中国农业气象
闽台海岸带气候的异同	陈千盛	1994.6	台湾海峡
近 50 年福建气温降水变化的统计特征	黄文堂	1994.7	气象
副热带环流系统在福建春季中期预报中的应用	张瑞桂	1995.2	气象

续表 14 – 14

论 文 名 称	作　者	发表年期	刊物名称
北半球 500hPa 月高度距平场的球函数谱结构	王盘兴　吴洪宝 李雅芬	1995.2	南京气象 学院学报
用多重网格法解赫姆霍兹型欧拉方程	李建通	1995.6	南京气象 学院学报
福建破坏性地震的时序分析与相关研究	鹿世瑾	1996.1	台湾海峡
中国近海地区热带气旋移向突然左折规律的研究	刘爱鸣	1996.2	台湾海峡
福建的倒春寒及其环流背景	张淑惠	1996.3	气象
闽东南花生、甘蔗的气象条件研究	郑海青	1996.3	中国农业气象
福建省水稻品种生育期数学模型及其应用	甘维廉	1996.4	中国农业气象
"94.5.2"特大暴雨过程分析	蒋宗孝	1996.6	气象
福建龙卷风的活动特点	鹿世瑾	1996.7	气象
权优插植法用于天气雷达测量区域降水量	李建通	1996.9	台湾海峡
副高持续偏强对福建气候的影响	许金镜	1997.1	气象
城市效应对福州气候的影响	陈千盛	1997.1	气象
中国气象台站历史沿革数据库	杨　林	1997.2	气象科技
江西暴雨预报的客观天气学模型和物理诊断模型研究	张明席	1997.3	应用气象学报
厦门地区 1995 年 6 月 8 日大暴雨天气成因分析	李建通	1997.3	台湾海峡
印度夏季风的年际变异与北半球大气环流的特征	蒋玉云	1997.3	气象学报
福建风能区划	陈千盛	1997.3	台湾海峡
天气雷达测定区域降水量方法的改进与比较	林炳干　张培昌 顾松山	1997.3	南京气象 学院学报
福建近海近百年雨季总降水量的变化特征	梁金树　王　岩	1997.4	台湾海峡
9608 台风区云系结构演变与路径变化	林　毅	1997.4	气象科学
土壤板结对地面最高温度的影响	林文卿	1997.5	气象
福建省不同气候年型下水稻种植制度合理布局规划与对策	甘维廉	1997.6	中国农业气象
闽南地区汛期短历时降水气候的统计特征	刘增基	1997.8	气象
欧拉方程中三个参数选数与雷达测量区域降水量	李建通	1997.9	气象
9608 台风外围对流云团造成闽南暴雨成因分析	林　毅	1997.10	气象
前汛期福建最后一场强降水分析	张淑惠	1997.11	气象
ALL IN ONE 主板的维修	郑文楷	1997.11	气象
古田人工降雨应用研究	曾光平	1997.12	气象
一次台风暴雨的多普勒速度图像分析	帅方红	1997.12	热带气象学报
论福建海岛气候与生态良性互动	宋德众	1998.1	台湾海峡
台湾海峡海雾的气候分析	苏鸿明	1998.1	台湾海峡
1996 年 8 月 8 日闽西地区特大暴雨过程分析	林　毅　刘爱鸣	1998.2	气象科学
9610 号热带风暴的中尺度涡旋的数值模拟	陈逢流	1998.2	气象

续表 14 - 14

论 文 名 称	作 者	发表年期	刊物名称
海陆边界层气象特征的分析	杨 林	1998.2	气象科技
西太平洋赤道附近海温与中国东南沿海台风关系的分析	许金镜	1998.3	台湾海峡
福建省人工增雨天气气候背景分析	曾光平	1998.3	气象
用双时次 GMS/IR 通道数据合成动态云图的研究	张明席	1998.4	应用气象学报
福建褐稻虱迁飞降落大气环流类型研究	蔡文华	1998.4	植物保护学报
补偿预报在气候预报中的应用	李清寿	1998.4	气象
福建农业气候资源变化与农业生产	李 文	1998.5	中国农业气象
福建地区的大风	陈千盛	1998.6	台湾海峡
多普勒雷达资料在台风探测中的应用	苏卫东	1998.7	台湾海峡
福州大气污染对太阳辐射的影响	陈千盛	1998.9	环境科学学报
降水气候变化对效果评价的影响	曾光平	1998.11	气象
"98.6"闽北罕见持续性暴雨的环流特征和预报	赵水芝等	1999	气象
湄洲湾海雾的初步分析	陈玉珍	1999.1	台湾海峡
福建省沿海岛屿若干污染气象条件分析	高建芸	1999.1	台湾海峡
"98.6.19"闽北大暴雨中尺度对流云团特征分析	王怀俊 刘爱鸣	1999.1	气象
人工降水影响区自然降水量一种估算方法	曾光平	1999.2	气象
非随机化人工增雨试验效果的统计模拟研究	曾光平	1999.2	应用气象学报
积云模式在人工增雨中的应用	郑淑贞	1999.2	气象
"98.6"闽北罕见持续性暴雨的环流特征和预报	杨善恭	1999.2	气象
福建省前汛期暴雨天气雷电特征的个例分析	林炳干 谢兴生 陶善昌	1999.2	南京气象 学院学报
闽北大暴雨的中尺度特征分析	王怀俊	1999.3	气象
福建省气象灾害粮食损失量的评估	张 星 彭云峰	1999.4	气象
暖底积云自然降水过程和人工催化个例数值模拟	曾光平	1999.5	大气科学
气候变化对福建冬种小麦生长的影响	陈 惠	1999.6	气象
人工降水方案统计设计的统计数值模拟方法研究	曾光平	1999.6	大气科学
关于一个不完整记录的统计方法的讨论	谢建兴	1999.8	气象
厄尔尼诺与影响福建的热带气旋	宋德众 张容焱	1999.9	台湾海峡
"98.5.14"闽北大暴雨成因分析	刘爱鸣 陈世阳	1999.10	气象
人工影响降雨再分配初步探讨	曾光平	1999.10	气象
雷达等射速高度图制作方法	邓 志	1999.11	气象
利用人工降水效果统计量评价人工降水效果	冯宏芳 郑淑贞	1999.11	气象

续表 14 - 14

论 文 名 称	作 者	发表年期	刊物名称
影响福建热带气旋的若干基本气候特征	张容焱 吴 滨 宋德众	2000.1	台湾海峡
山区热量资源在食用菌生产中的应用研究	阮锡章 刘叶高	2000.1	中国农业气象
车贝雪夫多项式约简算法的研究	黄永玉	2000.1	气象
713 天气雷达天线控制系统不同步故障的检修	杨林增	2000.2	气象
一次台风原流暴雨的多普勒雷达资料特征分析	邓志等	2000.2	台湾海峡
球函数分析中经向数值积分的改进方案	李雅芬 李巧萍 王盘兴 何金海	2000.3	南京气象 学院学报
全球大气气候位势高度场的时空结构分析	李雅芬 王盘兴 张瑞桂 吴 滨	2000.4	南京气象 学院学报
福州市空气污染浓度预报方法	夏丽花等	2000.4	气象
概率变换法在南平地区暴雨预报中的应用	周信禹	2000.4	气象科学
三明市汛期中尺度降水的若干特征	曹长根 吴家富	2000.6	气象
一次连续性大暴雨成因及雷达回波特征分析	黄东兴	2000.7	气象
OLR 场对福建热带气旋频数影响的初步研究	高建芸 李永尧 宋德众	2000.8	热带气象学报
福建热带气旋年频数异常与大气环流及海温的特征	高建芸	2000.12	台湾海峡
青藏高原东部秋冬积雪与影响福建热带气旋的可能影响	吴 滨	2000.12	气象
福建省出现秋台风前期几个物理因子特征	吴 滨	2001.2	台湾海峡
影响厦门天气的旱台风	苏鸿明	2001.2	台湾海峡
青藏高原雪盖与东亚季风异常对华南前汛期降水的影响	蔡学湛	2001.3	应用气象学报
热带风暴数据库管理系统图形化处理	赖焕雄	2001.3	气象
9914 号台风近海强度增强的主因分析	苏鸿明	2001.8	台湾海峡
福建省夏季高温成因分析	邹 燕 林 毅	2001.9	气象
保持地温场与观测场的整个地面相平	谢建兴	2001.9	气象
福建省大暴雨天气气候分布特征	蔡义勇 刘爱鸣	2001	气象
福州市近百年强降水频数的统计特征	刘增基 吴 滨 邹 燕	2002.2	气象
0102 号台风"飞燕"及其隐蔽性灾害特征分析	陈春忠	2002.2	台湾海峡
热带对流活动异常对华南前汛期旱涝影响的诊断分析	蔡学湛 王 岩 许金镜	2002.2	热带气象学报
福建春季(3—4 月)降水异常的特征分析	许金镜	2002.3	台湾海峡
"碧利斯"台风导致莆田持续性暴雨成因分析	许金洪	2002.4	台湾海峡
浅谈避雷接地电阻值失真	邓明元	2002.4	气象
台风中尺度对流云团与中尺度暴雨相互关系的综合分析	林 毅	2002.5	热带气象学报

续表 14－14

论 文 名 称	作 者	发表年期	刊物名称
青藏高原雪盖异常对福建雨季旱涝影响的环流诊断	蔡学湛 吴 滨 温珍治	2002.6	南京气象学院学报
福建省近期登陆台风的中尺度暴雨与中尺度对流云团相互关系的综合分析	林 毅 刘爱鸣 林新彬	2002.6	热带气象学报
台风"飞燕"登陆前后的运动特征分析	陈春忠	2002.7	气象
福建省前汛期短历时降水气候的统计特征	林新彬 刘增基 邹 燕	2002.8	应用气象学报
940nm 水汽通道反射率计算试验	潘 宁	2002.8	应用气象学报
西太平洋副高与 ENSO 的关系及其对福建雨季降水分布的影响	蔡学湛 温珍治 吴 滨	2003.1	热带气象学报
0102 台风"飞燕"路径特点分析	刘爱鸣 林 毅	2003.2	台湾海峡
福建伏旱期旱涝与海温的相关分析	许金镜 杨 林 温珍治	2003.3	台湾海峡
夏季东亚季风与西太平洋副高对福建旱涝影响的诊断分析	蔡学湛 高建芸 吴 滨	2003.3	应用气象学报
地湿场土壤疏松与否对地湿的影响	罗 荻 戴腾祥	2003.4	气象
ATOVS 辐射率资料的直接变分同化试验研究	潘 宁	2003.4	气象学报
烟雾防御香蕉低温害的效应	陈家豪 张容焱	2003.4	福建农林大学学报
三明市 2002 年 6 月一次连续性大暴雨过程分析与预报	翁文舜 连东英 吴德辉	2003.6	气象
福州市污染物浓度时空分布及影响因子分析	邱丽霞等	2003.6	气象科技
ENSO 循环对西太平洋副高和福建汛期旱涝的影响	蔡学湛 吴 滨 温珍治	2003.6	南京气象学院学报
福建省前汛期大暴雨短期客观预报方法研究	刘爱鸣	2003.6	应用气象学报
闽南一次大范围飑线过程的分析	潘 宁	2003.8	台湾海峡
福建省干旱概况及夏旱期间人工增雨条件分析	夏丽花	2003.6	应用气象学报
0212 号强热带风暴过程分析	陈坤林 欧阳桂生	2003.9	气象
福州市呼吸道疾病发生的气象条件分析及预报	夏丽花 刘 铭	2003.12	气象科技
低空急流对 0212 号台风"北冕"后部暴雨影响的分析和数值试验	林 毅 刘爱鸣	2004.1	台湾海峡
浙闽沿海和台湾海峡海域冬季大风风速计算方法探讨	刘京雄	2004.1	台湾海峡
关于 0309 号热带风暴"莫拉克"登陆地点的探讨	柯小青 林秀斌 廖建川	2004.2	台湾海峡

续表 14 - 14

论 文 名 称	作 者	发表年期	刊物名称
福建伏期旱涝环流特征及其预测	许金镜　温珍治　杨　林	2004.2	气象科学
关于"莫拉克"风暴登陆地点的探讨	柯小青	2004.2	台湾海峡
基于 INTERNET 的多媒体天气会商	林两位	2004.5	气象
浅谈碎雨云 fn 的观测	茅圣仁	2004.5	气象
影响福建热带气旋年季频数的投影寻踪回归模型	高建芸　宋德众　林秀芳	2004.8	热带气象学报
三明市水稻气候条件分析与气候区划	郑美秀等	2004.S1	气象科技
三明市第 3 次农业气候区划概况	蒋宗孝等	2004.S1	气象科技
三明市茶树气候条件分析与气候区划	蒋宗孝等	2004.S1	气象科技
基于 BP 和 ELMAN 神经网络的福建省汛期旱涝预测模型	王艳姣　邓自旺　王耀庭　宋德众	2004.12	南京气象学院学报
福建省酸雨与影响天气系统的统计分析	邹燕等	2004	台湾海峡
用典型相关分析预测福建前汛期降水	吴　滨　蔡学湛	2005.1	气象科技
近 500a 福建汛期旱涝变化特征	邓自旺　高建芸　周晓兰　张容焱　宋德众	2005.1	南京气象学院学报
青藏高原雪盖异常的环流特征及其与我国夏季降水的关系	蔡学湛　吴　滨	2005.1	应用气象学报
"百合"台风近海加强成因分析	林　毅	2005.1	台湾海峡
台风"杜鹃"影响期间福建大风天气的特点及成因	高　珊	2005.2	台湾海峡
漳州香蕉低温害分析的 GIS 应用	张容焱　陈家豪	2005.2	福建农林大学学报
北太平洋海温与福建后汛期降水量的关系	李　玲　苏万康	2005.2	台湾海峡
台风"杜鹃"影响期间福建大风天气的特点及成因	刘　铭	2005.2	台湾海峡
"百合"台风近海加强成因分析	刘　铭	2005.2	台湾海峡
双涡互旋的数值模拟试验	吴德辉　连东英	2005.3	台湾海峡
福州气象条件与酸雨的关系研究	林长城等	2005.3	热带气象学报
福建省近 50a 降水趋势及区域变化特征	吴　滨	2005.4	台湾海峡
利用宁德市沿海越冬热量条件发展晚熟龙眼荔枝	李　文	2005.4	中国农业气象
用 PEARSON - Ⅲ 概率分布推算重现期年最大日雨量	林两位　王利萍	2005.4	气象科技
2001 年春节暴雨过程初步分析	吴启树	2005.4	气象
0010 号"碧利斯"台风暴雨的地形敏感性试验	吴启树	2005.5	台湾海峡
基于"GIS"的福建省气候监测与灾害预警系统的研究	杨　林	2005.5	气象科技
近 50 年福建省年度极端最低气温统计特征	蔡文华等	2005.6	气象科技

续表 14 – 14

论　文　名　称	作　者	发表年期	刊物名称
福鼎市冬季坡地低温考察和龙眼荔枝园地选择	蔡文华等	2005.9	气象
福建中南部台风远距离突发性暴雨成因分析	刘　铭	2005.10	气象
"0407"蒲公英近海北折的成因分析	高　珊　何小宁	2005.11	台湾海峡
几种果树防冻措施的效果分析	蔡文华等	2005.12	气象
2001 年春节暴雨过程初步分析	郑颖青	2005.12	气象
卫星云图反演资料质量控制方案在暴雨模拟中的对比研究	赖绍钧	2005.12	气象科学
一次台风远距离突发性暴雨成因分析	林　毅	2005	气象

（三）科技成果奖励

1990 年，省气象局制定《福建省气象局科学技术进步奖励试行办法》，对气象科学技术进步奖的奖励范围、等级，奖励等级的基本原则和标准，审批程序都作出具体的规定。省气象科技进步奖分四级，其标准是：一等奖，属省内首创，部分综合技术经济指标居国内外先进水平；二等奖，属省内首创，综合技术经济指标达国内一般水平；三等奖，属省内先进水平，综合技术经济指标居省内领先地位；四等奖，属省内水平，部分技术经济指标达省内先进水平。

1991 年、1993 年、1995 年、1997 年省气象局进行四次气象科技进步奖评奖工作。

1997 年 6 月，省气象局制定《福建省气象科技工作奖励试行办法》。1997 年后，省气象局取消科学技术进步奖评定，改为科技先进集体和个人的评选。对多年科研工作中，消化、吸收省内外先进技术，科研管理及成果推广，成绩显著者，给予奖励。

2003 年 3 月，省气象局结合福建实际制定《福建省气象局科学技术工作奖励办法（试行）》，对气象科学技术奖的申请和推荐、评审和授予、异议及其处理以及纪律作出具体规定，并设立奖励专用资金，每年 3 万元。

2005 年，省气象局对《福建省气象局科学技术工作奖励办法（试行）》进行修订，修改后下发《福建省气象局科学技术工作奖励办法》。奖励范围规定：科技工作奖授予在气象科学研究与技术开发、气象科学技术成果应用推广，以及在气象现代化建设工程科技方面和提高业务预报水平方面，对推动本领域的科技进步有重大意义、具有重要的科学价值或取得显著的社会、经济效益，而且应是已通过省气象局组织的验收（鉴定）后，应用一年以上并取得省气象局成果登记号的项目。

表 14－15   **1991—2005 年气象系统获省部级科技进步奖名录**

国家级科技奖（1 项）

年份	成果名称	主持人	参研人员	单位	获奖名称
1991	中国亚热带东部丘陵山区农业气候资源及其合理利用研究	沈国权 陈遵弼*	沈国权 陈遵弼* 吴崇浩 张养才 周天增 姜效泉 倪国裕 郝晓权 沈雪芬 王相文 姚介仁 李 文* 王善型 翁笃鸣	福建、湖南、河南、江西省气象局 中国气象科学研究院 南京气象学院	国家科技进步二等奖

＊为福建省参研人员

省部级科技进步奖三等奖以上项目（共计 26 项）

年份	成果名称	主持人	参研人员	单位	获奖名称
1991	福建丘陵山区农业气候规律研究及合理利用	陈遵弼	陈 仲 李 文 郭振煌 邓荣华 张 翙	福建省气象局	全国农业区划委员会、农业部优秀科技成果三等奖
1993	福建省重要天气分析和预报	叶榕生	林仙祥 黄一晶 林文浦 严光华	福建省气象局，龙岩、南平地区气象局	省政府科学技术进步三等奖
1993	雷达资料用于强对流天气短时预报的研究	薛偕旺	杨贤茂 张明祥 郭祥慎 陈奇生	福建省气象台、建阳雷达站	省政府科学技术进步三等奖
1993	福建省水稻农业气象预报系统	郑海青	鹿世瑾 吴志伟 陈爱光 陈丽璇	福建省气象科学研究所	省政府科学技术进步三等奖
1993	福建省海岸带气候资源调查	宋德众	蔡学湛	福建省气候中心	省科技进步三等奖
1994	闽南三角地区强对流天气短时预报研究	郑成均	陈如能 杨维生 陈良栋 蔡诗树	厦门市气象台	省政府科学技术进步三等奖
1994	福建省灾害性天气历史档案库（暴雨部分）	叶榕生	严光华 陈则煊 林仲平 唐元卿	福建省气象局、福州市气象局	省政府科学技术进步三等奖
1995	福建气候灾害及其评估	许金镜	黄文堂 黄 文 何赠洪 林仲平	福建省气象台、福建省气候中心	省政府科学技术进步三等奖
1995	闽北旱涝灾长期趋势预报及其对策研究	杨善恭	张俊平 陈 敏 赵水芝 卓高彤	南平市气象局	省政府科学技术进步三等奖

续表 14-15

年份	成果名称	主持人	参研人员	单位	获奖名称
1995	古田、安砂、池潭水库中长期径流量预测	许金镜	潘慧玲 王怀俊 杨昌华 林忠星	福建省电网中心调度所、福建省气象台	省政府科学技术进步三等奖
1996	春季冷暖环流特征分析和预报	杨善恭	郭 骏 陈 敏	南平市气象局	省政府科学技术进步三等奖
1996	人工降雨作业效果检验方法	曾光平	吴章云 朱鼎华 郑行照 李玉林	福建省气象局人工降雨办公室	省政府科学技术进步二等奖
1996	福建省气象台天气预报实时业务系统	林新彬	周信禹 林忠敏 王义民 林景枝	福建省气象台	省政府科学技术进步三等奖
1996	S波段多普勒天气雷达系统的研制及714天气雷达多普勒技术改造	葛润生	杨维生 薛偕旺等	中国气象科学研究院、厦门市气象局等	中国气象局科技进步二等奖
1996	水稻两虫两病新技术预警系统和防治对策的研究	林添忠		福建省农业科学院植保所、省气象科学研究所等	中国气象局科技进步三等奖
1997	东山县基本风压值编制	刘文光	朱金权 许 琦 林晓聪 李 梅	东山县建委、东山县气象局、福建省气候中心	省政府科学技术进步三等奖
1998	人工降水对自然降水时空分布的影响	曾光平	陈丽璇 王祖炉 郑淑贞 陈敬平	福建省气象科学研究所	省政府科学技术进步三等奖
1998	耗散结构理论在暴雨分析预报中的应用	杨亨臻	夏丽花 林永登 陈景奎	福建省气象科学研究所	省政府科学技术进步三等奖
1999	闽东南旱作气象条件研究及产量监测	郑海青	鹿世瑾 王玉泉 林仁兰 彭云峰	福建省气象科学研究所、福建省气候中心	省政府科学技术进步三等奖
2000	近海台风中小尺度系统路径强度暴雨突变的研究	林新彬	刘爱鸣 林 毅 蔡义勇 刘 铭	福建省气象台	省政府科学技术进步三等奖
2001	闽北汛期持续性暴雨中期预报	杨善恭	邱晓光 苏万康	南平市气象局	省政府科学技术进步三等奖
2002	新一代多普勒天气雷达CINRAD-SA系统高山站环境研究	谢孙炳	童以长 张治洋 邱炳炎 陈 冰 侯杭辉 邹昌雪 李金才 冯晋勤 张深寿	龙岩市气象局	省政府科学技术进步三等奖
2003	福建省热带气旋短期气候预测方法的研究	宋德众	高建芸 吴 滨 张容焱等	福建省气象台	省政府科学技术进步二等奖
2004	安溪县地质灾害气象条件预警系统	田平阳	林添水 刘玲玲	安溪县气象局	省政府科学技术进步三等奖

续表 14 - 15

年份	成果名称	主持人	参研人员	单位	获奖名称
2005	福建干旱指标体系研究	陈以确	许金镜等	福建省气象台、福建省防汛办、福建省水利厅	省政府科学技术进步二等奖
2005	福建中尺度灾害天气预警系统在防洪抗旱中的应用	曾光平		福建省气象科学研究所	省政府科学技术进步三等奖

（四）推广应用

1997 年 6 月，省气象局根据中国气象局《气象科学技术成果推广试行办法》，结合福建实际，制定《福建省气象局气象科学技术成果推广办法》。气象科学技术成果推广工作实行省气象局和设区市气象局两级管理；经验收合格的推广项目，可申报科技进步奖。

1991—2005 年，气象科技成果推广项目中省气象局有 7 项，中国气象局有 1 项。

表 14 - 16　　　　　　**1991—2005 年气象科技成果项目推广一览表**

年 份	成果单位	项目名称	推广单位
1992	福建省气象科学研究所、南平地区农业气象试验站	武夷名岩茶开发与扩种	中国气象局
1997	华安县气象局	坪山柚推广试验研究	福建省气象局
2003	明溪县气象局	中期预报制作发布系统	福建省气象局
2004	省气象局办公室	基于"数字福建"宽带的省—市—县电子邮件系统建设	福建省气象局
2005	宁德市气象局	宁德市海洋气象预报服务系统	福建省气象局
	省气象台	建立中期天气预报平台	福建省气象局
	泉州市气象局、省专业气象台	气象短信息自动处理传输技术	福建省气象局
	光泽县气象局	GZI 型车载式人工影响天气火箭发射架、装卸架研制	福建省气象局

三、科研"三同步"管理

1988 年 11 月，国家气象局下发《国家气象局科学技术研究成果登记及档案管理细则》，规定科研人员必须按归档要求认真建立科研案卷，并及时归档，未进行归档的科研成果，不予鉴定和登记；气象科研档案的形成、积累、归档工作，实行课题负责人主持，由科研人员立卷、归档的责任制；归档的文件材料要求字迹工整，图样清晰，装订整齐。在科技攻关课题项目的管理中，均把科研成果档案工作与课题、成果管理紧密结合，实行"三同步"管理，即签订科技攻关合同与提出攻关文件材料形成同步，验收鉴定攻关课题与验收攻关档案材料同步,成果评审奖励与档案部门出具证明材料归档情况同步。气象科研档案工作从此纳入科技管理体系,实施科研工作和建档工作"三同步"管理。

1992年9月16日,省气象局下发《关于统一使用"科研档案验收专用章"的联合通知》。规定:(一)各单位承担的课题项目,提出鉴定申请时,需由各单位气象档案室在《科学技术成果鉴定申请》或《科学技术成果视同鉴定证书》中"提供鉴定的技术文件目录"栏内盖章,没有盖章的,组织鉴定单位不批准鉴定。鉴定时需由各有关单位气象档案室在《科学技术鉴定证书》或《科学技术成果视同鉴定证书》中的"主要技术文件目录及提供单位"栏内盖章,没有盖章的,组织鉴定单位不予在上述两种证书签署意见。(二)科研成果如申报各级科学技术进步奖,该成果档案须经相应科委的综合档案部门或省气象档案馆验收合格,并盖章,没有盖章的不予评奖。

据统计1991—1999年全省气象部门共立课题168项,到1999年年底已完成113项,验收(鉴定)68项,获奖项目49项。据调查,科研课题归档数74项,科研成果归档数58项,获奖项目归档数35项。

四、科研经费管理

科研经费实行分级归口、分类管理,分别按经费来源的有关管理办法管理。科研课题经费实行两级管理,即国家气象局课题由国家气象局、省气象局管理,省气象局课题由省气象局和设区市气象局管理。

1997年6月,省气象局针对有的承担单位未能按计划完成课题科研任务、积压超期课题较多的问题,制定《气象科技管理补充规定》,规定要点:按时报送课题进展情况,方能拨付年度科研经费;对批准延期的课题,仍完不成课题计划,其课题按中止处理,不再受理技术鉴定和验收,并退回剩余课题经费;承担单位和课题负责人没有认真组织和开展课题研究,所提供的技术资料不完整,研究内容和预期达到的指标相差太远的,按中止课题处理,退回剩余课题经费。

第四节 气象人事管理

一、岗位职务管理

(一)专业技术职务评审

1991年5月,省气象局直属单位分片组建"气象中级专业技术职务评审委员会"。11月,省气象局召开全省气象部门人事工作会议,研究职称改革问题。

1992 年 4 月 2 日，省气象局中级专业技术职务评审委员会成立，分片组建的"中级专业技术职务评审委员会"同时撤销。此后，中级专业技术职称评审会每年召开一次，评审中级职称任职资格和评审高级工程师申报资格。

1997 年，中国气象局决定将副研级高级专业技术职务资格评审下放给各省。经中国气象局批准，省气象局成立天气气候专业副研级技术职务评审委员会。大气物理（化学）、大气探测、应用气象、气象电子专业委托外省有关专业评审委员会评审。

1998 年 10 月，省气象局制定《气象测报岗位和气象科技服务与产业岗位初、中级技术职务资格申报评审破格条件（试行）》。2001 年 8 月，省气象局高级技术职称评审委员会成立天气气候、大气探测、应用气象三个专业评审组。

2004 年 7 月，省气象局印发《福建省气象部门专业技术人员考核暂行办法》。

表 14 - 17   **1991—2005 年气象部门评审通过中、高级技术职务资格人数表**

单位：人数

年　份	中　级	高　级	年　份	中　级	高　级
1991	—	—	1999	48	33
1992	63	7	2000	33	—
1993	—	7	2001	27	27
1994	24	—	2002	37	—
1995	37	17	2003	32	26
1996	19	14	2004	29	25
1997	59	20	2005	46	18
1998	61				

说明："—"为未评审。

表 14 - 18   **1991—2005 年气象行业正研级高级工程师名录**

姓　名	单　位	专　业	获得资格时间
汪国瑗	福建省气象局	气象	1998.5（追认）
陈瑞闪	福建省气象台	气象预报	1994.10
曾光平	福建省气象科研所	大气物理	1999.6
李　文	福建省气象科研所	应用气象	1999.6
张明席	福建省气象台	天气气候	1999.6
杨善恭	南平市气象局	天气气候	1999.6
蔡学湛	福建省气候中心	天气气候	2002.11
刘爱鸣	福建省气象台	天气气候	2003.10
许金镜	福建省气候中心	天气气候	2003.10

（二）岗位竞聘

1998 年 12 月 7 日，根据中国气象局印发的《省和省以下气象部门基本气象系统岗位设置意见》和《省和省以下气象部门基本气象系统岗位规范》，省气象局下发《福建省气象局关于基本气象岗位设置实施的原则意见（试行）》，规定各地（市）、县气象局和省气象局直属单位基本气象系统岗位设置数。

2001 年 9—10 月，省气象局机关和直属单位处级领导岗位（除机关党委专职书记）实行全员竞争上岗，一批年轻干部进入领导岗位，局机关和直属单位正处级领导干部中 40 岁以下的占 33%，副处级领导干部中 35 岁左右的占 70%。11 月，省气象局下发《关于开展事业单位聘用合同制工作的通知》。12 月，省气象局机关和直属单位除处级领导外的岗位，全部实行双向选择、竞争上岗，在直属单位推行聘用合同制。同时，省气象局印发《福建省气象部门机构改革配套政策》，出台人员分流、待岗和分配制度改革等政策。

2002 年 8 月，省气象局开展设区市气象局业务副局长竞争上岗工作，全省有 8 人参加南平、龙岩市气象局业务副局长竞争上岗笔试和面试。

2004 年 4 月，南平、三明、宁德、莆田、漳州市气象局业务副局长和纪检组长 7 个职位在全省公开推荐，通过民主测评、考核确定人选。

2005 年，省气象局在省气象台实行首席预报员竞争上岗。

二、教育培训

1991 年 12 月 13 日，经国家气象局批复同意，撤销"福建气象学校"，成立"福建省气象局培训中心"，承担全省气象职工的短期技术培训、岗位培训和有关的文化补课任务。1996 年，省气象局制定"九五"职工教育计划和管理办法。1997 年 6 月，省气象局下发《福建省气象部门职工教育管理办法》。1999 年 4 月，下发《福建省气象部门继续教育管理补充规定》。2001 年 11 月，成立省气象人才交流培训中心，承担教育培训具体工作。

（一）学历教育

1991—1992 年，省气象学校举办两期一年制中专专修班，共招收气象部门在职学员 71 名。

1991 年 12 月 22 日，省气象学校最后一届（1989 级）大专函授班毕业。至此，职工的学历教育主要通过选送委培，考取电大、业余大学、函授、自学考试、党校等途径取得高一级学历。1991—2005 年，全省气象部门职工通过不同途径取得本科学历有 88 人，取得大专学历有 310 人。

1997 年筹建南京气象学院福建函授站。1998 年南京气象学院福建函授站第一期"计算机及应用专业"大专函授班正式开办，招生 36 名。1999 年和 2000 年各招"计算机及应用专业"38 名和 30 名。2001 年招"计算机及应用专业"23 名、防雷专业 17 名。2002 年招"计算机及应用专业"23 名。2004 年 3 月，函授站转为举办大气科学专升本函授班。2004 年参加全国成人高考录取 38 名，2005 年录取 36 名。大专层次的到南京气象学院本部学习，其中 2004 年招收计算机专业 9 名，大气科学（防雷）专业 8 名；2005 年招收防雷专业 22 名。

2002 年 10 月 10 日，省气象局与南京气象学院合办的气象专业研究生课程进修班（福州班）开学，招 44 名，气象部门有 38 人参加学习，至 2006 年其中 19 人取得硕士学位。2000—2005 年，共选送 5 位职工到南京信息工程大学参加博士学位学习，送培硕士研究生 5 名、党校研究生 2 名。选送 13 名职工到北京大学、兰州大学、福州大学等院校参加研究生课程进修班学习。

2005 年 12 月，职工学历教育当年在学人数：国民教育系列博士 5 名、硕士 6 名、本科 95 名、大专 67 名；党校系列本科 38 名、大专 20 名。

（二）职工培训

1991—1992 年，省气象局在省气象学校举办两期气象现代化管理培训班，举办一期气象会计培训班，38 名气象台站财会人员参加学习。举办一期气象合同工岗前培训班和 6 期气象业务培训班，参加培训 213 人次，选送各层次微型计算机培训 35 人次。1993 年，举办各类培训班 6 期。

1994 年，省气象局举办 6 期新技术、新业务短期培训班，培训 120 人次；举办外语口语班；选送科技骨干 2 人到中国气象局总体设计室短期工作。1995 年，省气象局举办 7 期卫星、雷达、计算机信息网络等各类培训班，参加培训 230 人。先后派出 47 人到省外调研学习，并派出两批业务骨干参加成都气象学院举办的"9210"工程技术培训。1996 年，省气象局派员赴省外参加"9210"工程技术、规划设计、外语、产业经营等培训，省内举办 7 期培训班。1997 年，省气象局举办"9210"工程、计算机技术等培训班 10 期，170 人次参加；完成全省气象系统计算机知识普及培训，859 人参加，全部通过。1998 年，省气象局举办气象专业培训班 17 期，参加人员达 469 人。1999 年，省气象局举办气象专业培训班 11 期，培训 250 多次。2000 年，省气象局举办 MICAPS 系统操作、电子邮件系统、防雷及新技术应用、行政执法等岗位培训，人数达 320 人次。2001 年，省气象局举办新技术应用、单收站、办公自动化、法规、防雷等技术培训，培训人数达 437 人次。

2002 年 8 月，省气象局开通人才交流培训网，网站面向全省气象职工服务。网站开设远程教学栏目、教学论坛、学习答疑、培训班课件下载等，网站同时扩大培训面。

2003 年，省气象局组织开展气象远程教育培训工作。在全国首批建成远程二级（省级）、三级（设区市级）培训。组织远程培训 9 期，参加人数达 1263 人次。同年，在京举办县气象局长培训班。选送 1 名访问学者。

2004年9月25—30日，全省气象部门处、科级领导干部40余人参加在北京举办的"中国气象事业发展战略研究成果"培训。至此，全省县气象局主要负责人基本在京轮训过。同年，成立省气象局龙岩培训基地，10月25日，在基地首次开办新一代天气雷达原理与产品应用培训班。

2005年12月，省气象局举办两期"中国气象事业发展战略研究成果暨业务技术体制改革研修班"，全省气象部门处级干部参加。

第五节　计划财务管理

一、计划财务体制

（一）双重计划财务体制

20世纪90年代，气象部门是实行双重计划财务体制的事业单位。中央财力作为气象基建投资和事业经费的主渠道，主要承担国家出台的工资补贴津贴，全国统一布局的天气、气候监测，信息加工处理，分析预报等基础业务项目以及全国气象通信、调度指挥系统所需的基建投资及业务、公用经费。地方财力主要承担为当地经济建设服务建立的气象业务项目，其基建投资和有关事业经费，由地方各级计（经）委、财政厅（局）分别纳入当地国民经济发展计划和财政预算。

1992年7月，省政府下发《福建省人民政府贯彻〈国务院关于进一步加强气象工作的通知〉的意见》，要求各级政府要落实好建立健全与气象部门现行领导管理体制相适应的双重气象计划、财务体制。

1996年8月，省政府下发《关于地方财政承担气象部门执行地方性补贴、津贴所需经费的通知》，将气象部门干部、职工执行地方出台的各类补贴、津贴政策所需的经费，其中应由地方财政解决的纳入当地财政预算。

1998年5月，省政府办公厅下发《关于进一步加快发展我省地方气象事业的通知》，提出健全、完善气象部门双重计划财务体制，对气象部门的工作、生活基础设施建设，要纳入地方统一规划、统筹安排。

2002年，省气象局会同省政府办公厅、省计划委员会、省财政厅等有关部门联合开展气象基层台站调研活动，形成《福建省气象基层台站调研纪实》专题片。在此基础上，省计划委员会和省气象局联合印发《福建省气象基层台站基础设施项目建设方案》，提出建设目标、原则、标准、重点。

（二）会计管理体制

根据国家财政体制改革精神及中国气象局关于气象部门试行会计委派制度工作的

意见，省气象局于 2001 年 12 月，成立省气象局会计核算中心，对省气象局机关和各直属事业单位及其公司（实体）实行会计委派制。在各单位资金使用权、财务自主权不变的情况下，由会计核算中心对各单位的财务收支采取"集中管理、分户核算"。会计核算中心为事业单位，挂靠省气象局计划财务处，岗位核定 14 人，确定的人员其关系与原单位脱钩。

二、计划管理

（一）编制气象事业发展计划的目标、任务

"八五"期间，气象事业发展计划的总体目标：进一步增强对重大灾害性天气监测、预报能力，充实、完善气候监测系统，拓宽服务领域，提高服务水平，继续控制人员总量，提高队伍素质，继续改善基层台站工作和生活条件，稳定队伍，加快进行四个结构的调整，充分发挥现有人员和设备的总体效益。气象业务建设的重点是：巩固、完善、充实和发展"七五"期间已建立的现代化系统，以原有业务系统为基础，充分发挥其经济效益和社会效益。投资重点向通信方面倾斜，以提高预报产品传输能力，为防灾、抗灾提供有力保证。拟安排的重点项目有 6 项，包括：省一地天气预报实时业务化系统网络；省一地气象辅助通信网；气象卫星接收、处理及应用系统；气候资料处理和分析系统；农业气象监测、情报和预报服务系统；省气象局业务资料楼。

"九五"期间，气象事业发展计划的总体目标：基本建成国家气象事业与地方气象事业相结合的气象业务系统，形成由三部分人员比例合理的新型气象事业结构及相应的运行机制，进一步完善双重计划财务体制，努力拓宽资金来源渠道，增强自我创收能力，做到国家气象事业与地方气象事业协调发展；以建设中尺度灾害性天气预警系统为龙头，建设和调整灾害性天气监测和气候监测网，调整台站布局，做好国家气象局骨干工程项目的衔接和延伸，带动全省大气探测、天气预报、防灾减灾等业务现代化建设上一个大台阶，其发展总体水平达到和部分超过省级先进水平；基本形成以公益服务为基础和以气象科技服务为特色，并与社会主义市场经济相适应的气象综合服务体系，实现气象服务技术手段多样化、现代化。服务的开展达到全方位、多层次，以加速气象科技的辐射和转化，年毛创收达到 2000 万元；加快产业发展步伐，重视高新技术含量的增加，在探索发展过程中，努力使部门潜在优势转化为现实优势，以形成有利于气象事业良性循环的产业结构，在规模、效益上有质的发展和量的突破；以福清、晋江、武夷山 3 个县气象局为业务现代化建设试点，加大基层台站综合改善投资力度，充分发挥地方财力和个人集资的积极性，20 世纪末，基层台站的基础设施和干部、职工的住房有明显的改善，70% 以上县气象局达到规范化、标准化。职工生活达到当地同期的中等以上水平；以科教兴气象，加强灾害性天气、高新技术应用、人工影响天气和气候资源开发利用等方面研究，加强教育工作，抓住中尺度灾害性天气

预警系统建设的机遇，加快闽台交流与技术合作，培养一批跨世纪的德才兼备的管理骨干和专业型、经营型人才，并形成合理的人才队伍结构，为福建气象事业的再发展打下扎实的人才基础。到 20 世纪末，全省气象部门具有大专以上学历的人员达到或超过队伍总数的 42%，其中研究生达 15 人，本科生达 305 人，具有中专学历的人员达到或超过总数的 46%。

"十五"期间，气象事业发展计划的总体目标：初步建设现代化的气象服务体系，初步建成现代化的探测预报体系，建立依法行政的管理体系，建成初具规模的气象科技服务和产业，建成一支精干高效的气象队伍，实现物质文明和精神文明双丰收。主要建设任务是：基础业务方面完善气象综合探测系统，强化气象信息加工和分析预报，升级改造气象通信网络，提高技术装备整体综合保障能力，加强气象服务现代化建设水平，推进气象科学研究和技术开发，改善气象基础设施；气象科技服务和产业方面，确保安全生产，完成创收目标，大力发展气象科技服务支柱型产业并加快转制；气象行政管理方面，提高气象法治水平，建立依法行政管理体系，深化气象事业结构调整，加强气象人才队伍建设，加强科研和教育体制改革，加强气象宣传和气象科普宣传，加强精神文明建设，加强闽台气象科技交流等。

（二）气象重点建设项目

1994 年开始，中尺度灾害性天气预警系统被省委、省政府确定为全省"五大防御体系"之一。系统建设在总体统一规划下，分步实施，三期工程总投资 19404 万元。

一期工程（1994—1997 年），投资 1775 万元。

二期工程（1997—2001 年），投资 8023 万元。

三期工程（2001—2004 年），投资 9606 万元。

（三）台站基础设施建设项目

1. "八五"期间（1991—1995 年）

"八五"期间，全省安排项目建设 116 个，基本建设总投资为 2524.3 万元，其中：中央投资 1455.7 万元，地方投资 931.1 万元，其他投资 137.5 万元。累计完成各类用房竣工面积 22415 平方米，其中工作用房建筑面积 5428 平方米，生活用房建筑面积 15801 平方米，其他用房建筑面积 1186 平方米。

分年度中央和省计划委员会主要投资情况如下。

1991 年，国家气象局安排气象部门基建项目 12 个，用于省气象局、漳州市气象局、明溪县气象局、漳州天宝热作站等生活用房建设，南平、寿宁、浦城等市、县气象局及省气象台福州基准站等业务用房建设。省计划委员会安排项目 6 个，用于扩建省气象台福州基准站及建瓯、上杭等县气象站观测场，新建东山、屏南、清流等县气象站业务用房。

1992 年，国家气象局安排气象部门基建项目 18 个，用于省气象资料处理和气候分析服务系统、数字化天气预报警报服务系统、长乐714天气雷达多普勒化改造的设备购置；省气象业务技术楼、省气象台福州基准站及南平、浦城、武夷山、永春、三沙、将乐等市、县气象局业务项目建设；省气象局职工住宅纠偏及明溪、漳州、连江、建阳、政和等市、县气象局职工生活用房建设。省计划委员会安排项目6个，用于新建长汀、福安、平和、松溪县气象局业务楼及省气象业务技术楼，购置省农业气象监测系统设备。

1993年，中国气象局安排气象部门基建项目27个，用于省级气象资料处理和气候分析服务系统、农业气象情报服务系统、数字化天气预报警报服务系统设备购置；省气象业务技术楼建设、邵武701雷达大修、省气象局白马河值班室扩建加层、长乐雷达站避雷设备安装、省气象台图形工作站和会商室改造，以及南平、浦城、永春、三沙、石狮等市、县台站业务项目建设；省气象局职工住宅及宁化、连江、政和、龙岩、福清、泉州、松溪、清流、德化九仙山等市、县台站生活用房建设。省计划委员会安排项目4个，用于省气象业务技术楼、尤溪汤川农业气象试验站、柘荣县气象局等业务用房建设，省数字化天气预报警报系统设备购置。

1994年，中国气象局安排气象部门基本建设项目17个，用于省级办公自动化、省气象台图形图像工作站设备购置；省气象业务技术楼建设；省气象局职工住宅及龙岩、福清、泉州、邵武、霞浦、永安、宁化、清流、漳州、柘荣、莆田、闽清、云霄等市、县职工生活用房建设。省计划委员会安排项目3个，用于省气象业务技术楼、省气象科研所住宅、省气象台供电设施改造扩容等项目建设。

1995年，中国气象局安排气象部门基建项目18个，用于省气候中心车辆购置；建阳713雷达站及武平、武夷山、石狮等县气象局业务用房建设；省气象科研所住宅、泉州市气象局科研住宅及邵武、霞浦、永安、漳州、闽清、南平、宁德、莆田、诏安、长泰等市、县气象局职工生活用房建设。省计划委员会安排项目5个，用于农村经济计划管理信息系统、气象综合业务管理系统、采用邮电公共数据交换网、省气象台供电设施改造、省气象科研所住宅楼等项目建设。

2.“九五”期间（1996—2000年）

“九五”期间，全省共安排气象建设项目146个，基本建设总投资为12221万元，实际完成投资额为11659.9万元，其中：中央投资3230.7万元，地方投资4560.9万元，单位自筹投资933.6万元，个人自筹投资2008.9万元，其他投资925.8万元，实际完成投资额占总投资额的95.41%。新增建筑面积88352平方米，其中新增业务用房23130平方米、新增住宅59879平方米（525套）、经营用房5000平方米。

分年度中央和省计划委员会主要投资情况如下。

1996年，中国气象局安排气象部门基本建设项目16个，用于省气象科研所住宅、省气象科学研究所业务楼改建；泉州、邵武、漳州、南平、宁德、莆田、武平、建瓯等市、县气象局职工生活用房建设；南安、武夷山、华安、福清、三明等市、县气象局业务用房建设以及宁化县气象局修路。省计划委员会安排项目3个，用于长乐多普勒雷达数据传输系统、省气象科研所住宅楼、省气象科研所业务楼、省中尺度灾害性天气预警报系统等项目建设。

1997年，中国气象局安排气象部门基本建设项目24个，用于建瓯、上杭、崇武、永安、福州、漳州等6个基准、基本站建设；省气象基本业务管理系统、气象情报灾害收集处理系统、气象技术装备维修系统等业务项目建设；省气科所业务楼、白马河住宅危房改造；泉州、南安、南平、建瓯、光泽、宁德、古田、莆田、漳州、华安、漳平、东山等市、县气象局职工生活用房建设；武夷山、三明、尤溪、九仙山、诏安等市、县气象局业务用房以及永春县气象局挡土墙、排水、路等基础设施建设。省计划委员会安排项目3个，用于省气象局职工住宅、农业气象试验站能力、省中尺度灾害性天气预警报系统等项目建设。

1998年，中国气象局安排气象部门基本建设项目30个，用于新一代天气雷达网系统，建阳多普勒雷达站、省级雷达拼图显示设备、气象技术装备维修系统、邵武水电解制氢设备、专业气象服务系统、农业气象服务系统等业务项目建设；三明、尤溪、福州、晋江、诏安、罗源、莆田、将乐、永春等市县气象局业务用房建设；省气象局白马河住宅危房改造；宁德、古田、漳平、泰宁、九仙山、光泽、顺昌、南靖、永安、屏南、连城等市县气象局职工生活用房以及平潭、松溪、浦城等气象局基础设施建设。省计划委员会安排项目3个，用于省气象局职工住宅建设、省气象技术装备维修系统、省中尺度灾害性天气预警报系统等项目建设。

1999年，中国气象局安排气象部门基本建设项目35个，用于省级维修系统、省局机关办公自动化系统、计量环境改造、海上灾害性天气预警服务网、水电解制氢、省级气象档案馆、培训中心函授站等业务项目建设；省气象局白马河住宅区危房改造；宁德、屏南、泰宁、顺昌、永安、永泰、连城、东山、惠安等市县气象局职工生活用房建设；福鼎、将乐、莆田、仙游、长泰、石狮、福州、三明、清流、尤溪、福安、云霄等市县气象局业务用房建设；长乐雷达站供电设施、浦城县气象局围墙、诏安、晋江、华安、闽清等县市气象局灾后恢复等项目建设。省计划委员会安排项目2个，用于省中尺度灾害性天气预警报系统二期、省级气象档案馆等项目建设。

2000年，中国气象局安排气象部门基本建设项目27个，用于地市气象台人机交换工作站、省局机关综合档案室、农业气象试验站能力、台站业务电源、完善地县级辅助通信网、邵武探空站等业务项目建设；福安、云霄、德化、闽清、松溪、上杭、屏南、柘荣、三明、福州等市县气象局业务用房建设；省气象局白马河住宅危房改造；漳浦、武平、宁化、闽侯、泰宁、沙县等气象局职工生活用房建设；九仙山、永安、平和、南靖等县气象局附属设施建设。省计划委员会安排项目3个，用于省中尺度灾害性天气预警报系统二期、省局培训中心建设、省中尺度灾害性天气预警报系统三期前期等项目建设。

3. "十五"期间（2001—2005年）

"十五"期间，全省共安排项目建设234个，完成项目建设投资12562.5元，其中中央投资6022.8万元，省级地方投资4050万元，市县地方投资1778.5万元，其他投资711.2万元。五年间，新建台站业务用房19278平方米，改造各类用房4600平方米。

分年度中央和省计委（省发展和改革委员会）主要投资情况如下。

2001年，中国气象局安排气象部门基本建设项目16个，用于省气象局白马河住宅危房改造；柘荣、泉州、漳州、平潭、福鼎、建阳、寿宁、龙海、宁德等市县气象局业务用房改造或建设；永安、永定、古田、福州、南平、德化、永春等市县气象局附属设施建设。省计划委员会安排项目2个，用于省中尺度灾害性天气预警报系统三期工程、省气象台业务环境改造等项目建设。

2002年，中国气象局安排气象部门基本建设项目19个，用于省级气象情报收集与业务服务系统建设；省气象局、东山、屏南、泉州、沙县、漳浦、漳平、光泽、永泰、宁德、泰宁、长乐等市县气象局业务用房改造或建设；建瓯、宁德、闽侯、仙游、福州、南平等市县气象局附属设施建设。省计划委员会安排项目4个，用于省中尺度灾害性天气预警报系统三期工程、省气象资料科研运用、数字福建、气象预警信号发布系统等项目建设。

2003年，中国气象局安排气象部门建设项目46个，用于长乐雷达站建设；省气象后勤服务中心和省气象台车辆购置；长乐、光泽、大田、泉州、南安、惠安、连江、建阳、福清、霞浦、光泽、莆田秀屿等市、县（区）气象局业务用房建设；漳州天宝热作站及龙岩、武夷山、石狮、福鼎、罗源、长乐、德化、永春、明溪、永安、周宁、寿宁、福安、石狮、漳州、柘荣、泰宁、仙游、莆田荔城等市县区气象局附属设施建设；永安、上杭、惠安、长汀、宁德、寿宁、漳州等县市气象局的观测场地适应性改造；省气象技术装备中心自动站通信系统建设，华安、德化、建阳等县市气象局灾后复建项目。省计划委员会安排项目7个，用于武平、永泰、建宁、尤溪、政和、霞浦等县气象局基础设施建设，以及省中尺度灾害性天气预警报系统三期工程等项目。

2004年，中国气象局安排气象部门建设项目41个，用于省级自动站运行监控系统、图形图像气象资料信息处理系统、气象远程教育培训系统、机关文档一体化系统等业务项目建设；省气象技术保障中心维修环境改造、省后勤服务中心二次供水系统、省气象台基础设施修缮、省局机关中心机房建设；大田、古田、德化九仙山、莆田秀屿等县区气象局（站）业务用房建设；福州、龙海、平潭、武夷山、建瓯、顺昌、宁德、屏南、邵武、东山、惠安、长汀、安溪、上杭、漳平等县市气象局以及福州农业气象试验站附属设施建设；省气象技术装备中心L波段探空系统项目配套建设、省气象技术装备中心及漳州、永安市气象局地面分系统有关项目建设；德化九仙山、福州、龙海、清流、龙岩、长乐、顺昌、长泰、宁德等县市气象局（站）灾后恢复项目。省发展和改革委员会安排项目16个，用于南靖、连城、周宁、明溪、建阳、惠安、晋江、莆田秀屿、清流、永定、宁化、云霄、霞浦三沙、漳州热作站等县市区基层气象台站基础设施建设，以及省风能资源评价前期工作、省中尺度灾害性天气预警报系统三期工程等项目。

2005年，中国气象局安排气象部门建设项目77个，用于省气象局海上预警系统建设；行政执法设备以及省气象后勤中心车辆购置；德化九仙山气象站、武夷山、永安、宁化、将乐、建宁、南靖、上杭、漳州等县市气象局业务用房建设；宁德、柘荣、福鼎、仙游、福安、漳州、南平延平、浦城、三明、长汀、莆田荔城、晋江、惠安等县市气象局、福州农业气象试验站基础设施建设；省气象技术装备保障中心、省气象科研所、省气象人才交流培训中心、福州农业气象试验站及福州、闽清、连江、永泰、罗源、长乐、福清、平潭、闽侯、政和、沙县、明溪、泰宁、将乐、建宁、屏南等县市气象局业务系统灾后恢复；光泽、松溪、政和、建阳、建瓯、南平延平、顺昌、宁德、霞浦三沙、古田、屏南、周宁、福鼎、霞浦、寿宁、柘荣、武夷山、莆田秀屿、仙游、南安、德化、漳州、漳浦、东山、诏安、南靖、华安、长泰、龙岩、龙海等县市气象局、漳州热带作物气象试验站基础设施灾后恢复项目。省发展和改革委员会安排项目6个，用于省气象台、漳州热带作物气象试验站、霞浦三沙气象台、永定县气象局、清流县气象局等台站基础设施建设，以及省风能资源评价项目。

（四）项目与基建管理

1997年4月，省气象局根据中国气象局的部署，下发《关于进一步加强建筑工程质量和在用建筑物安全管理以及开展建设工程项目执法监察工作的通知》，各单位对在用在建建筑物进行检查，未发现严重违反有关法律法规的问题。

1999年5月，省气象局制定《福建省气象部门基本建设管理实施办法》，下发各级单位执行。该办法主要内容包括：基本建设标的；建设项目的申报和审批程序；建设项目管理和监督。

2003年5月，省气象局制定《福建省气象部门基层台站基础设施改善建设指导意见》。主要内容包括：建设的原则和目标；基层气象台站基础设施改善的建设标准、步骤和内容；保障措施。同年6月，根据中国气象局部署，确保全省气象部门年度重点工作任务全面完成，省气象局下发《关于认真做好当前计划投资工作的通知》，要求各单位精心组织、密切配合，确保中尺度灾害性天气预警二期工程的顺利验收及三期工程建设进度和质量；全面完成2002年在建项目，确保2003年投资计划完成；抓紧做好重点项目和2004年计划投资项目前期工作。

2004年3月，省气象局制定《福建省气象部门基本建设管理实施办法》。该实施办法共 10 章 40 条。主要内容包括：总则；基本建设程序；基本建设分级管理；园区建设规划管理；组织实施与监督管理；基本建设财务与拨款；奖励；责任；附则。

2004 年 5 月，省气象局根据中国气象局相关办法，结合福建实际，制定《福建省气象部门项目论证和评审实施细则》，共七章二十三条。主要内容包括：总则；项目论证和评审工作的分级管理；项目论证和评审工作的组织形式；项目论证和评审工作的程序；项目论证和评审内容；项目论证和评审的结论；附则。

2005 年 12 月，省气象局制定《福建省气象部门"达标台站"项目考核标准》。考核标准主要包括：综合探测及通信平台建设；公共气象服务平台建设；依法履行科学、规范的气象性质管理职能；人才队伍建设；气象科技服务市场拓展；工作环境建设；气象文化建设。

三、财务管理

（一）会计基础工作

部门预算单位：截至 2005 年底，全省气象部门预算单位共 84 个，其中二级预算单位 1 个，三级预算单位 18 个（含省气象局会计核算中心），四级预算单位有65 个。

会计适用制度：1997 年 12 月之前，各预算单位会计核算执行财政部制定的《事业单位预算会计制度》。1998 年 1 月 1 日起，执行财政部发布的《事业单位会计制度》。

1997 年 10 月，省气象局计财处下发《关于会计证管理及有关事项的通知》，明确今后省气象局不再验证和颁发各地（市）、县气象局的"会计证"，各单位财会人员申请"会计证"可直接到所在地财政部门办理。

1998 年 6 月，省气象局转发财政部制定的《会计基础工作规范化管理办法》，并对各单位贯彻该办法提出具体要求。

2001 年 8 月，省气象局下发《关于加快我省气象部门会计电算化管理工作的通知》，明确各市气象局和省气象局各直属单位从 2002 年 1 月 1 日起，都要应用"安易会计软件账务系统"进行电脑记账，用电脑处理、核算本单位经济业务事项。

2002 年 7 月，省气象局制定《福建省气象局省级专项经费申报与使用管理的规定》，控制非预算资金支出，缓解经费困难，确保气象工作正常运行。11 月，省气象局下发《关于进一步加强会计基础工作规范化的通知》，要求各单位开展会计规范化工作检查以及加强会计机构与队伍建设。

2003 年 10 月，省气象局下发《关于进一步加强会计基础工作的通知》，要求各单位按照《中华人民共和国会计法》的要求，切实承担起单位法人责任，克服"重要钱、轻管理"的思想，加强财务机构和会计队伍建设。

（二）预算财务管理

1. 预算决算管理

1991—1996 年，气象事业经费预算实行"定额管理，全额包干，结余留用，超支不补"的管理办法。

1997 年，根据事业单位财务制度改革的精神，国家对事业单位采用"核定收支，定额或定项补助，超支不补，结余留用"的预算管理办法。

1999 年，根据财政部《关于对中央级事业单位离退休经费实行归口管理有关问题的通知》，划转全省气象部门离退休人员经费 253.6 万元，相应核减福建 1999 年气象事业费预算指标。

2000 年开始，事业单位实行中央部门预算改革，"一个部门一本预算"，将单位的各项收支都统一纳入一本部门预算中进行编制。部门预算编制要做到合理安排各项资金，本着"一要吃饭，二要建设"方针，保证重点，兼顾一般，优先确保支出重点。充分考虑部门或单位事业发展和完成部门或单位职责任务的需要，合理安排各项支出。

2002 年，事业经费一律划分为基本支出和项目支出两部分。

2003 年，省气象局制定《关于下发基本支出财政补助定额暂行标准的通知》。对各单位的基本支出预算原则上按定员定额管理，基本支出的安排要优先安排人员基本工资和国家规定的各种津贴补贴，优先安排离退休人员的离退休费，优先保证机构正常运行所必需的刚性支出以及完成部门或单位职责任务所必需的支出；项目支出按轻重缓急顺序排队，优先安排的是关系到气象事业发展的项目。支出预算原则上通过项目库滚动管理。1 月 1 日，按照科技部、财政部、中央编办《关于对水利部等四部门所属 98 个科研机构分类改革总体方案的批复》精神，将省气象科学研究所由科学事业单位划转为气象事业单位。根据中国气象局《关于划转科学事业费预算指标的通知》，核减福建"科学事业费"预算指标 93.4 万元，同时分别增核"气象事业费"预算指标 55.9 万元；"农业等事业单位离退休经费"预算指标 37.5 万元。3 月，省气象局转发中国气象局《关于进一步加强预算管理的通知》。该通知主要内容包括：严格遵守预算编制的各项规定，确保预算的约束力和严肃性。

2004 年 9 月，省气象局转发财政部关于加强政府非税收入管理的通知。要求各单位按照深化收支两条线管理改革的要求，将政府非税收入纳入部门预算管理。12 月，省气象局设立"福建省气象事业发展基金"，并制定《福建省气象事业发展基金管理规定（试行）》。该项基金来源从省级创收项目收入中提取。

2005 年 6 月，省气象局计财处制定《福建省气象部门年度决算报表评审办法（试行）》，下发各预算单位执行。12 月，省气象局计财处转发中国气象局《关于加强资金管理工作的通知》，要求全省气象部门各级单位认真遵照执行，确保本单位财政资金的安全有效和正常运转。

表 14-19　　　　　　　　**1991—2005 年气象部门历年财政投入表**

单位：万元

年　份	总　计	中 央 财 政							地方财政
		合　计	气象事业费	科学事业费	住房公积金	基本建设经费	离退休费用	三项科技经费	
1991	1310.86	1059.66	822.96	36.20	0	200.50	0	0	251.20
1992	1532.80	1294.70	988.80	41.90	0	264.00	0	0	238.10
1993	1901.70	1493.40	1097.10	55.80	0	340.50	0	0	408.30
1994	2845.70	1874.50	1538.70	59.80	0	266.00	0	10.00	971.20
1995	2623.70	1998.70	1582.30	74.10	0	342.30	0	0	625.00
1996	3082.33	1915.00	1565.50	63.80	0	285.70	0	0	1167.33
1997	5022.80	2386.50	1575.60	61.90	0	749.00	0	0	2636.30
1998	4843.70	2176.00	1802.00	63.50	0	310.50	0	0	2667.70
1999	5373.50	2655.20	1787.40	75.00	0	499.00	293.80	0	2718.30
2000	5360.10	3070.70	1908.20	74.00	152.00	486.50	450.00	0	2289.40
2001	6784.14	3440.43	2328.67	84.46	200.00	200.00	627.30	0	3343.71
2002	8251.98	4646.17	3276.47	0	254.40	301.00	814.30	0	3605.81
2003	9981.92	7189.35	3686.61	0	254.40	2387.10	861.24	0	2792.57
2004	9634.94	6078.94	4250.29	0	278.57	607.50	942.58	0	3556.00
2005	10099.85	6640.16	4917.29	0	278.57	478.00	966.30	0	3459.69

2. 预算外资金管理

1991 年 12 月，省气象局根据国家气象局、财政部关于开展专业有偿服务收费及财务管理等相关规定，制定《福建省气象部门专业有偿服务收费及其财务管理试行办法》，内容包括：服务的性质和目的；服务的项目；服务收费的范围、原则；服务收入的成本构成和计算；服务收入的分配和使用；服务收入的管理和监督。

1992 年，根据省财政厅、省审计厅《关于预算外资金实行财政"专户储存"管理有关事项的通知》，1992—1997 年全省气象部门将预算外收入纳入地方财政专户，实行预算外收支两条线管理。11 月，针对部门气象专业有偿服务收入是否能挂靠科协或执行科协的财务管理办法问题，省气象局下发《关于明确气象专业有偿服务收入应纳入单位财务管理的通知》，强调不得将气象专业有偿服务收入转入其他任何单位。

1998—2001 年，气象部门按照中国气象局制订的《气象部门预算外资金管理暂行办法》规定，将预算外收入纳入中央财政部预算外收支两条线管理，实行预算外资金结余上缴管理方式。

2002 年 1 月 1 日起，根据财政部、国家计委《关于将部分行政事业性收费转为经营服务性收费（价格）的通知 》、中国气象局《关于将气象有偿服务费转为经营性服务性收费（价格）的通知》规定，全省气象部门将有偿服务收入全部转为经营收入，严格按照《中华人民共和国价格法》的有关规定进行管理，并按国家有关规定依法纳税，使用税务发票。

（三）国库集中支付管理

2002 年开始，省气象局根据财政部的统一部署，加快财政管理体制改革，全面推行国库集中收付制度，气象部门按照"以点带面、积极稳妥、分步实施"的原则，进行国库集中支付改革工作。6 月 1 日起，省气象局二级预算单位先行开展国库集中支付，实行财政授权支付方式试点工作。2003 年 4 月 1 日起，省气象局机关也被纳入试点工作。2004 年 7 月 1 日，气象部门所有三级预算单位全部被纳入试点工作。2005 年，气象部门已实施国库集中支付改革的预算单位 19 个，约占预算单位总数的 23%。实行财政授权支付的预算单位其所有中央财政性资金的收付，都是按规范的程序在国库单一账户体系内运行。尚未实施国库集中支付改革的四级预算单位仍采用划拨资金方式，即由设区市气象局从本单位零余额账户的财政授权支付额度内将资金划拨到所属县（市）气象局。

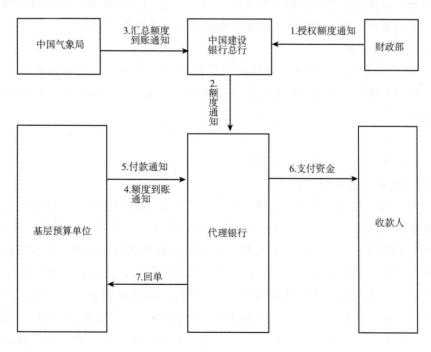

图 14 – 1　财政授权支付流程图

（四）银行账户管理

2002 年 3 月，省气象局根据中国气象局的部署，下发《关于进一步做好气象部门银行账户清理整顿工作的通知》，要求各单位对银行账户的设立及管理情况进行复查，按照有关规定切实做好清理整顿工作。10 月，中国气象局下发《关于继续清理整顿气象部门行政事业单位银行账户的紧急通知》，据此，省气象局在全省气象部门作紧急部署，明确提出清理整顿的范围和目的、组织领导、步骤要求以及工作的组织纪律。

2003 年 2 月，省气象局根据财政部驻福建省财政监察专员办事处的部署，下发《关于进一步做好中央预算单位银行账户专项检查及报批工作的通知》。该通知主要精神包括：银行账户专项检查的内容、步骤、处理原则，银行账户报批要求。12 月，省气象局转发中国气象局《关于气象部门预算单位银行账户管理暂行办法》。

2003 年 10 月，省气象局按照财政部等四部委《关于中央预算单位银行账户管理暂行办法》的规定，将单位所有银行账户纳入财务部门统一管理。

2004 年 3 月，省气象局组织对部门内中央预算单位银行账户进行全面清理、整顿。通过清理整顿，保留银行账户 162 个，其中，基本存款账户 88 个，基建存款账户 17 个，房改类账户 12 个，党费工会账户 45 个。以上开设的账户，全部符合《中央预算单位银行账户管理暂行办法》的有关规定。11 月，省气象局根据财政部驻福建省财政监察专员办的部署，组织气象部门对预算单位银行账户进行年检。

（五）政府采购

2001 年起，省气象局所属各预算单位严格按照《中华人民共和国政府采购法》，将中央、地方财政资金及单位自筹资金分别纳入中央或地方政府采购，并按采购目录，编制政府采购预算。

2005 年 12 月，经中国气象局批准，省气象局推荐的政府采购评审专家人选李麟、陈自力，确定进入"气象部门政府采购评审专家库"。

（六）财务监督检查

1991 年 3 月，省气象局开展治理乱收费、乱罚款和乱摊派工作。清查整顿范围主要是行政事业性收费项目。清查整顿的步骤分为自查、复查和重点检查、审核处理、建章立制四个阶段。11 月，省气象局组织开展税收财务物价大检查。此次大检查的范围为各单位 1991 年发生和 1990 年发生而未检查纠正的违反财经法纪的问题，对 1988—1989 年财务大检查中发现但尚未完全处理的各项违纪问题也一并进行检查和处理。大检查采取以自查为主与重点检查相结合的办法进行。自查面达 100%。通过财务大检查，个别单位存在的一些如拖欠借支公款、对医药费开支管理不善等问题得到及时纠正。

1992 年 10 月，省气象局组织开展 1992 年气象部门税收财务物价大检查。大检查分为单位自查、重点检查和总结整改三个阶段。全省气象部门 78 个预算单位普遍进行自查，自查面达 100%。从检查情况看：绝大部分台站能够遵守财经纪律，按财务制度办事，没有发现重大违纪问题，一些台站还受到地方审计部门的表扬。但个别单位也存在纳税观念淡薄，固定资产管理较差，购买专控商品未经审批或先购买后办手续等问题。通过检查，上述问题得到整改。

1993 年 5 月，省气象局根据省委、省政府关于减轻农民负担工作的要求，对专业服务收费的有关文件进行清理。9 月，省气象局组织开展 1993 年气象部门税收财务物价大检查。

1994 年 11 月，省气象局组织开展 1994 年气象部门税收财务物价大检查。此次检查内容包括：在普遍检查各单位执行国家税收、财务、物价等法规情况的基础上，重点检查：综合经营和气象专业有偿服务的财务收支；各类专项资金的财务收支；公款私存，将账内资金转为账外资金，私设"小金库"；采取非法手段，将国有资产转为集体或个人所有，将预算内资金转为预算外资金；擅自购买专项控制商品。经过检查，气象部门共查出违纪违规或有问题金额 44.23 万元，大部分已经得到纠正。

1995 年 6 月，省气象局开展清理检查"小金库"工作。清查"小金库"单位 92 个，自查面达 100%。清理检查出"小金库"金额 7.1 万元。11 月，省气象局开展 1995 年气象部门税收财务物价大检查。共有 91 个单位（包括公司企业等实体）进行自查，自查面达到 100%。在自查的基础上，共抽调 22 人组成 10 个小组，对 38 个单位进行重点检查。经过检查，气象部门共查出违纪金额 7.81 万元，大部分已经得到纠正。

1996 年 3 月，省气象局根据中国气象局的部署，组织开展部门财务清查和整顿会计工作秩序。气象部门应自查单位 92 个，全部进行自查。在自查基础上，省气象局分别对 8 个地（市）、6 个直属单位进行重点检查。6 月，省气象局根据财政部等 5 部门及中国气象局的部署，组织开展清理检查预算外资金工作。12 月，省气象局组织开展 1996 年气象部门税收财务物价大检查。主要检查 1996 年发生的，以及 1995 年发生但未检查、未纠正的各种违反财经法纪的问题。共检查出违纪金额 8.8 万元。

1997 年 11 月，省气象局组织开展 1997 年气象部门税收财务物价大检查。主要检查 1996 年 10 月至 1997 年度财务收支中违反财经法规的问题。

1999 年 5 月，省气象局根据中国气象局部署，组织开展清理整顿财政周转金和部门有偿使用资金工作。8 月，省气象局根据中国气象局的部署，组织对气象事业费预算执行情况进行检查。重点检查 1998 年气象事业费使用情况，包括预算的编报和执行及具体支出情况。

2001 年 4—7 月，省气象局开展《中华人民共和国会计法》执行情况检查。检查工作分为单位自查、重点检查、巡查验收三个阶段，对检查中的问题进行整改。

2003 年 3 月，省气象局要求各单位应对 2003 年的会计基础工作进行一次全面检查。

2004年4月，省气象局转发中国气象局《关于进一步加强气象部门支出管理有关问题的通知》，并结合福建实际，要求各级预算单位加强预算与决算制衡观念，增强财务管理和监督；对预算执行情况开展自查自纠；同时，要求严格执行省气象局下达的预算和项目计划，不得擅自改变资金用途和挪用专项资金，以及无故拖延工程项目进度，加强项目工程质量监督，确保投资项目发挥效益。7月，省气象局根据中纪委的部署以及财政部的统一要求，组织全省气象部门开展用公款为个人购买商业保险的清理登记工作。8月，省气象局按照中国气象局的部署，组织对部门党政领导干部拖欠公款进行清理。此次清理工作的主要对象包括：省气象局机关全体在职人员、各直属单位副科级以上干部、各市气象局副科级以上干部和各县气象局领导班子成员。通过汇总各级气象部门上报的材料，没有发现各级党政领导干部拖欠公款或利用职权将公款借给亲友的问题。10月，省气象局根据中国气象局的部署，开展气象部门财政预算结余资金专项检查。82个预算单位全部进行自查。省气象局在各单位自查基础上对南平、莆田市气象局进行重点检查。

2005年5月，省气象局发出学习贯彻《财政违法行为处罚处分条例》的通知，要求各单位组织好《条例》的学习宣传和培训工作，以贯彻实施《条例》为契机，进一步加强财务管理，全面推进依法理财。6月，省气象局计财处再次开展清理党政领导干部拖欠公款工作。根据各单位材料反馈，气象部门各级领导干部不存在拖欠公款问题。

四、国有资产管理

（一）固定资产管理

1. 行政事业单位

1993年1月，省气象局根据国家气象局部署，开展财产清查登记工作，对行政事业单位财产进行全面清产核资，摸清家底。12月，清查登记工作结束。1994年2月，省气象局对清查结果予以确认。气象部门行政事业单位全部资金5556.3万元，固定资产4478.6万元，国有资金5248.5万元，并于同年3月将清查结果批复各单位。

1995年12月，省气象局下发《关于进一步加强固定资产管理的通知》，对固定资产的管理、购置、报废等手续作出规定，旨在防止行政事业单位财产清查登记工作出现前清后乱的问题，确保国有资产不流失。

2000年5月，省气象局下发《关于开展中央预算单位清产核资工作的通知》，并制定《福建省气象部门中央预算单位清产核资工作实施方案》。此次清查，共盘盈资产1253.46万元（全部为固定资产），盘亏资产1736.44万元，其中流动资产损失28.84万元，固定资产减少1707.6万元。清查后，资产总额为12380.02万元，其中：流动资产3642.09万元，对外投资7.96万元，固定资产8729.97万元。负债657.6万元，净资产合计 11546.32 万元，预收下年补助 176.1 万元。

2003 年 10 月，省气象局制定《福建省气象部门国有资产管理暂行办法》。共 8 章 33 条，对管理部门及其职责、国有资产产权登记、资产使用和年度统计报告、非经营性资产转经营性资产、资产处置作出规定。

2005 年 7 月，省气象局转发中国气象局制定的《气象部门固定资产管理暂行办法》，并结合实际作补充规定，要求各单位一并认真贯彻执行。"暂行办法"共 9 章 50 条，对固定资产的范围、分类与计价、固定资产的处置、日常管理、责任追究都作出规定。

2. 企业

1994 年 3 月，省气象局开展企业清产核资工作。12 月，省气象局根据中国气象局《关于进行企业户数清理登记工作的通知》，经清理登记，向中国气象局上报共 12 家企业，包括：华云科技开发中心、风光物资技术开发公司、厦门气象干休所、三明市华云科技开发公司、龙岩华云科技开发公司、宁德华云科技开发公司、莆田市华云科技开发公司、南平云天科技开发中心、南平蓝天科技服务部、武夷山市科技服务部、省白云计算机服务公司、武夷山岩茶气候研究所。

1996 年 3 月，省气象局对具有法人资格企业的国有资产进行产权登记，并颁发《中华人民共和国国有资产产权证》（境内企业）。此后，根据中国气象局的统一布置，每年进行产权年检。

1997 年 7 月，省气象局转发中国气象局《关于气象部门利用国有资产开办集体企业有关问题的通知》，对于完全用国有资产开办的、工商登记注册为集体性质的企业，主办单位与企业必须以合同或协议的形式，明确资产产权属国家所有；尽可能将上述集体企业变更为国有独资企业；并规定今后凡完全用国有资产开办的企业，原则上不得再登记注册为集体企业。

2000 年 9 月，省气象局下发《关于开展企业重新占有登记和换发新证的通知》。有 11 家企业参加企业产权登记。

2001 年 1 月，省气象局转发《财政部关于国有企业年度会计报表注册会计师审计若干问题的通知》，通知要求：国有企业年度会计报表应当委托中国注册会计师事务所进行全面审计，并出具审计报告。福建气象部门 11 家企业全部委托会计师事务所审计。12 月，省气象局转发中国气象局《关于气象部门企业国有资产产权登记工作中有关个人出资问题的处理意见》，强调今后各单位不得再将单位的资金以个人的名义进行企业注册。

2002 年 2 月，省气象局下发《关于做好 2001 年度企业产权登记年度检查工作的通知》，要求凡在 2001 年 12 月 31 日之前已取得企业法人资格并办理企业产权登记的企业必须参加年度检查。

2003 年 3 月，省气象局下发《关于做好 2002 年度企业产权登记年度检查工作的通知》，要求各单位凡在 2002 年 12 月 31 日之前已取得企业法人资格并办理企业产权登记的企业，必须参加年度检查。

2004 年 8 月，省气象局要求全省气象部门所属各类国有及国有控股企业，从 2004 年 2 月 1 日起全面实施企业年度会计报表注册会计师审计制度。

2005 年 9 月，省气象局下发《关于开展换发企业国有资产产权登记证工作的通知》，有 11 家企业参加 2004 年产权登记。

（二）房地产管理

1993 年 7 月，省气象局开展土地面积登记工作。1994 年 11 月，省气象局要求各单位加快办理土地证。1995 年 8 月，省气象局下发《关于加速办理土地证的通知》，为台站顺利办证提出十条具体措施。12 月，省气象局开展气象部门实际占有土地面积统计调查，截至 1994 年 12 月 31 日，气象部门拥有土地面积 569669.6 平方米，其中取得土地证面积 295958.1 平方米。

2003 年 10 月，省气象局制定《福建省气象局房产管理办法》，对房屋的租赁使用、修缮维护、奖励和处罚作出规定。2004 年 8 月，省气象局对全省气象部门房地产占有使用情况开展全面普查，并制定气象部门房地产普查工作方案。普查的对象为气象部门事业单位占有、使用的房屋建筑物和土地，包括向外单位出租的，及仅有使用权而无产权的房屋建筑物和土地。有 82 个事业法人单位参加房地产普查，其中省级 1 个、省气象局直属事业单位 9 个、市气象局 8 个、县气象局 64 个。经过普查，气象部门 2003 年末共有宗地实际面积共计 623476 平方米，其中有证土地面积为 513753 平方米，占总土地面积 82.4%；无证土地面积为 109723 平方米，占总土地面积 17.6%。无证土地面积中，不用办理的有 1000 平方米，无法办理的有 6402 平方米，应办未办的有 102321 平方米。气象部门办公用地面积为 479091 平方米，占总土地面积 76.84%，其中有证面积 388472 平方米、无证面积 90619 平方米。生活用地面积为 144385 平方米，占总土地面积 23.16%，其中有证面积 125281 平方米、无证面积 19104 平方米。全省气象部门 2003 年末房屋建筑物建筑面积共计 221967 平方米，建设投资 13900 万元，其中，机关办公用房 7686 平方米，业务用房 59183 平方米，办公辅助用房 12735 平方米，经营用房 3982 平方米，其他用房 12785 平方米。

2005 年 3 月，省气象局提出用 3 年时间基本解决气象部门在房地产普查中应办未办的土地面积。6 月，省气象局转发中国气象局关于《气象部门房地产产权管理暂行办法》，并结合福建气象部门实际情况作补充规定。

五、统计工作管理

1991 年，省气象局组织整编《福建省"七五"气象统计年鉴》。内容包括：机构、人员、气象业务、固定资产投资、经费收支、劳动工资、固定资产总值、房屋及主要设备、专业有偿服务及综合经营、外事、精神文明建设等 11 个方面。

1999 年，省气象局组织整编《福建省气象事业统计年鉴（1991—1995）》。年鉴由综述、统计图、统计资料三部分构成。其中统计资料的内容包括：机构、职工队伍、气象业务、气象服务、科技教育、国有资产、财务收支、固定资产投资、劳动工资、综合经营、精神文明建设、外事等 12 个方面。

2001 年 6 月，省气象局根据中国气象局的部署，对本级"统计法"和"两办通知"执行情况进行检查。主要检查内容：1999—2000 年本单位是否存在虚报、瞒报、伪造、篡改统计资料等违法行为，以及统计基础工作情况。

2003 年，省气象局组织整编《福建省气象事业统计年鉴（1996—2000）》。年鉴由"九五"综述、统计制图、统计资料三部分构成，具体统计资料包括：机构、职工队伍、气象业务、气象服务、科技教育、国有资产、财务收支、固定资产投资、劳动工资、综合经营、外事、政治工作情况等 12 个方面。

2004 年 9 月，省气象局开展《中华人民共和国统计法》贯彻执行情况自查工作。此次自查内容包括：统计人员执证上岗、独立行使职责、执行统计指标体系、统计执法等情况。同时，省气象局根据中国气象局行政管理局《关于开展气象部门 2003 年度国有资产统计工作的通知》精神，编制完成气象部门 2003 年度国有资产统计。气象部门 2003 年末共有国有资产 18271.83 万元，其中固定资产（不含土地）13628.47 万元［其中设备 6901.07 万元（含一般设备 5935.25 万元、专用设备 965.82 万元）］。

2005 年 12 月，省气象局开展全省气象部门国有资产统计工作。汇总 82 个事业法人单位统计资料，截至 2004 年末，气象部门共有国有资产 19145.25 万元，其中固定资产 14145.22 万元。房屋建筑物面积共计 208138.49 平方米。

第六节　审　计

一、内部审计

气象部门内部审计项目有：财务收支审计、专项审计、审计调查、基本建设审计、经济责任审计、预算执行审计等。

内部审计实行上一级审计下一级制度，年度审计计划由局分管审计工作的领导批准后，内部审计部门组织实施。

1989—2005 年，内部审计共实施审计项目 318 项，其中：财务收支审计 193 项，基本建设审计 25 项，专项审计 10 项，审计调查 13 项，经济责任审计 66 项，预算执行审计 11 项。审计单位数累计达 431 个。

（一）财务收支审计

1989—1997年，财务收支审计是定期审计方式，审计依据是《国家气象局关于气象部门开展定期审计的通知》，审计的内容是各项经费和预算外收支，重点是事业费（包括科研事业费），审计19个单位，查出违规金额6.31万元。在这期间，还配合省审计局对省气象台会计等人的贪污公款问题进行调查，并在调查结束后，对省气象台财务状况进行清理，纠正各项违规账务处理。1990年7月，国家气象局发布《气象部门内部审计工作实施办法》。对内部审计的范围进行划分，规定内部审计的主要任务、财务收支审计的内容。1991—1997年，内部审计的重点是有偿服务的财务收支，审计的依据是省气象局制定分配文件，审计54个单位，查出违规金额46.45万元。1992年，查出一起会计人员贪污公款的违法违纪问题，其贪污公款金额6719.44元。

1998—2005年，财务收支审计依据为1997年颁布的事业单位会计和财务制度，该制度将财政经费拨款由"财政拨款"科目转为"财政补助收入"科目核算，有偿服务首次实行成本核算，随后气象部门将"气象有偿服务"改为"气象科技服务"，因此这期间财务收支审计的重点是审核财政经费支出的真实性和合法性以及科技服务成本核算的真实合理合法性。在这期间，共审计120个单位，查出违规金额187.80万元。纠正的问题主要有挤占挪用或转移财政资金；预算内经费转为预算外资金；偷漏税金；公款私存及私设"小金库"；国有资产流失；提高开支标准、发放钱物、违反控购商品规定以及成本核算不实等方面。

（二）经济责任审计

经济责任审计是从1998年中国气象局下发《全国气象部门企事业单位负责人经济责任审计工作暂行规定》的通知后开始的，经济责任审计开展初期，其审计范围局限于经济责任审计的责任人所在单位的财政收支。以后，随着经济责任审计的深化，经济责任审计范围进一步扩大。

1997—2000年，经济责任审计主要是针对县气象局领导提拔到设区市气象局副职领导岗位上开展的领导干部离任审计，审计执行人员是以设区市气象局兼职审计人员为主，审计范围仅局限于县气象局领导对事业费财务收支的真实合法性所应承担的责任。这期间共审计7位经济责任人或审计单位，对个人经济方面都没有发现存在违规违纪问题，但个人所应承担的管理责任（即财务违规问题）费用有13.82万元。

2001—2005年，经济责任审计的总体要求是"突出重点，探索方法，深化经济责任审计工作"。共对59名领导干部进行经济责任审计，查出违规金额92.89万元。在2001年与2004年的经济责任审计中，有1名领导干部经审计后未被提拔任用，有1名领导干部经审计后受到行政处分；在经济责任审计中，查出单位私设"小金库"13.92万元，并存在擅自将公款借给朋友使用等严重违反财经纪律的问题。

（三）基本建设审计

1990年，根据省气象局领导的要求，由内部审计人员牵头，计财人员配合，对两个基层县气象局开展基本建设效益审计，通过审核工程的预决算，取得经济效益2.19万元，同时纠正隐蔽工程的严重不实和工程质量低劣的问题。

2000—2005年，根据《气象部门基本建设审计暂行办法》，开展基本建设审计的试点，对基建项目工程管理审计进行探索，安排16个项目，采用审计调查的方式，进而转入基建工程的实质性审计。通过审计，对工程造价采用"固定价格合同"方式以及工程造价采用协商价，材料质量把关不严和隐蔽工程签证委托县建筑质量监督站签证，而作为建设单位的甲方没有在隐蔽工程签证单上签证，致使单位利益受损等问题提出建议，同时提出变工程项目的事后审计为事前审计；并建议建设单位加强局务公开工作，接受群众监督。2004—2005年，为规范基本建设财务收支核算和修缮工程项目的效益审计，共安排5个单位基本建设项目财务管理审计和2个修缮工程项目的效益审计，指出材料采购相当多的票据以白条列支以及基建账务管理存在"包包账"等具体问题，提出纠正的具体办法；同时在修缮工程项目上取得经济效益1.43万元。

（四）审计调查

1994年，安排2个项目的审计调查，其中一项是受审计署驻中国气象局审计特派员办公室的委托，对人工影响天气的专项经费进行审计调查，调查单位3个，通过审计调查发现专款不专用的问题较多，用于宴请和补贴费用的比例较高，查出违规金额14.66万元。另一项是关于县级气象局有偿服务等预算外各项收入以及综合经营财务管理情况的审计调查，调查单位5个，分析气球广告的制度管理和财务管理以及预算外财务收入核算等方面存在的问题，并提出解决问题的意见。1997年，由审计署驻中国气象局审计局牵头组织的关于对全国气象部门事业单位往来账款情况进行专项审计调查，调查单位78个，共发放调查表79份，通过调查确认1997年6月30日前，往来账款余额总计1527.01万元，长期挂账额（即呆账损失）49.84万元。同时发现各单位存在将国库券利息和地方经费以及气象线路租费、服务管理费、劳务费结余、人工降雨炮弹经费等违规挂账的问题。1998—2001年和2003—2004年，主要围绕财务收支难点方面和地方事业费及地方专项经费的管理情况开展审计调查，其间共安排10个项目，为单位提出建设性意见15条。

（五）专项审计

2001年，对群众举报一市气象局领导的经济问题开展专项审计，查实单位除接待费支出较多外，没有发现个人存在举报所列举的经济问题。2005年，在审计过程中，发现一单位严重违反《现金管理条例》，用现金支付大额工程款7.98万元和凭白条支付大额工程款47.34万元等问题。

（六）预算执行审计

2004—2005 年，共安排 11 个单位预算执行审计，审计的问题主要有非预算支出挤占预算支出以及招待费和会议费超标等。

表 14 - 20　　　　　　　　　1989—2005 年气象行业内部审计情况表

年份	完成审计项目	审计项目分类						涉及审计单位数	查出违规违纪金额（万元）
		财务收支审计	预算执行审计	基本建设审计	经济责任审计	专项审计	审计调查		
1989	7	7						7	4.19
1990	14	12		2				14	2.12
1991	7	7						7	14.17
1992	3	3						3	0.42
1993	9	9						9	1.97
1994	10	8					2	16	26.25
1995	10	10						10	20.96
1996	6	6						6	4.98
1997	13	11			1		1	90	73.48
1998	27	24			2		1	27	16.13
1999	25	23			1		1	27	33.63
2000	21	14		1	3	1	2	34	75.90
2001	22	11		1	7	1	2	25	29.28
2002	31	11	1	5	12	2		34	44.00
2003	29	14		5	7	1	2	31	79.84
2004	43	11	5	5	18	2	2	46	71.83
2005	41	12	5	6	15	3		42	78.96
合　计	318	193	11	25	66	10	13	428	578.11

二、接受外部审计

气象部门接受外部审计主要集中在 1990—1992 年和 2001—2003 年，即审计署授权地方审计机关开展的审计。

在 1990—1992 年的审计期间，审计机关审计 45 个单位，共查出违纪金额 15.68 万元，被处罚金额 3.70 万元，上缴财政 0.48 万元，补交税金 3.19 万元，其他方面的处罚金额 0.01 万元。

在 2001—2003 年的审计期间，审计机关审计 39 个单位，共查出违纪金额 73.13 万元。

表 14 – 21　　　　　　　**1990—2005 年气象行业接受外部审计情况表**

年　份	1990	1991	1992	1994	1995	1999
单位数	15	23	7	2	1	3
违纪金额(万元)	2.43	9.72	3.53	0	0	0
年　份	2001	2002	2003	2004	2005	
单位数	13	25	1	1	2	
违纪金额(万元)		73.13	0	0	0	

说明：1993 年、1996 年、1997 年、1998 年、2000 年这 5 年未接受外部审计。

附　录

一、大事年表

清

同治七年（1868 年）

是年　闽海关设立海务部，由巡工司领导，负责管理船舶出港及港内灯塔、浮筒等助航设备，兼管气象测录。

光绪五年至八年（1879—1882 年）

是年　上海海关先后在福建省沿海口岸、岛屿的海关所属机构建立 6 个气象测候点，由英国人和法国人管理并供应仪器，开始用仪器观测气温、雨量、风向、风速等。6 个测点为：牛山岛（25°25′56″N、119°56′25″E，1879 年 8 月至 1941 年 11 月，60 年完整记录），东碇岛（24°9′49″N、118°7′26″E，1880 年 1 月至 1943 年 7 月，59 年完整记录），青屿岛（24°21′58″N、118°7′26″E，1880 年 1 月至 1922 年 12 月，41 年完整记录），乌邱屿（24°59′26″N、119°27′10″E，1880 年 1 月至 1943 年 5 月，63 年完整记录），东犬岛（25°57′20″N、119°58′43″E，1880 年 1 月至 1943 年 6 月，63 年完整记录），北碇（24°25′43″N、118°30′11″E，1882 年 1 月至 1943 年 7 月，61 年完整记录）。海关气象测候点所观测的气象资料，主要供海关内部海上救护、保障船只航行安全之用，没有对外服务，也未开展天气预报业务。

光绪六年（1880 年）

一月　闽海关设立福州海关测候所，所址设在福州仓前山泛船浦。

是年　闽海关设立厦门海关测候所，所址设在市区偏西方海后滩"厦门新关"内（24°26′N、118°04′E，海拔高度 4.9 米），由理船厅（1927 年改称港务课）海务处灯塔司的外勤人员兼职气象测候工作。气象仪器安装在海关旧院仓库的空地上。该所在白鹿洞设有升旗台，遇有台风天气时升旗示警。

光绪十三年（1887 年）

是年　厦门海关测候所升旗台迁址鼓浪屿弥勒山（后改称升旗山）。

光绪三十年（1904 年）

是年　厦门海关测候所增加云量、云状、能见度、天气现象、风向、风力、雨量、气温、气压、水位、海浪等较系统的观测项目。

光绪三十一年（1905 年）

是年　海关总署颁发《气象工作须知》，福建地区海关测候所开始执行统一的观测制度。

是年　闽海关另在福州南台岛建有测候所，只有气温记录。

宣统元年（1909 年）

是年　厦门海关大楼建成后，百叶箱放在大楼底的走廊，雨量筒放在楼顶平台上，风标挂在旗杆上。每天 6—18 时，每 3 小时观测一次，有时增加 21 时、24 时、凌晨 3 时三个时次观测，每月的观测簿和月报表送一份给上海海关总署。

中华民国

民国 14 年（1925 年）

10 月 由天文学家余青松博士策划，在厦门大学开设气象课程，并设立气象台，每天定时进行气象观测。由杨昌业授课并主其事，是福建省自办的最早的气象机构。从建立起，每月出版《厦门气象》一卷，刊登常规气象资料。

民国 22 年（1933 年）

10 月 中国航空公司开辟上海—广东航线，福州、厦门为航线中途站，测候工作由值班无线报务员兼任，并在厦门设立高空测风站。气象测报每小时一次，必要时改为半小时一次。从飞机起飞前两小时开始，到飞机到达目的后停止，测报内容为云状、云量、云幕高、风向、风速、温度、露点、高度表拨正值等，编成 VCD 电码，通过中航自设电台传递。

民国 23 年（1934 年）

是年　福建省政府按照国民政府行政院颁布的《全国气象观测实施规程》，授命省教育厅筹划建设福建省气象测候工作，并派员参加竺可桢开办的中央科学研究院气象研究所学习。

民国 24 年（1935 年）

7 月　省教育厅委派东北大学研究生林龚谋筹建福建省立科学馆测候所，地点设在解藩路（今鼓屏路省粮食厅内，26°05′N、119°18′E），其规模相当于二等测候所，每天观测 8 次。1939 年后改为每天观测 3 次，是国民政府举办测候所机构之始。抗日战争期间，福州先后两次沦陷，测候所工作中断 3 次。

7 月　省教育厅设立南平测候所，所址设在梅峰园，后搬迁过两次，为二等测候所，由于迁站频繁，海拔高度变化较大，资料比较性差。

11 月　闽海关设立三都澳海关测候所。

12 月　省教育厅设立浦城测候所，所址设在县城佛灯庵，为二等测候所。

省福安茶叶改良场开始茶叶气象观测。

福州南台岛海关测候所停止工作，有 26 年完整记录。

民国 25 年（1936 年）

1 月　省教育厅设立长汀测候所，所址设在城区苍下巷，后又搬迁 3 次，最后迁至城区普佑宫，为二等测候所。

民国 26 年（1937 年）

4 月 30 日　厦门大学因抗日战争爆发，内迁长汀，气象台关闭。福州、厦门航线停航，厦门机场气象测报业务停止。

4 月　省教育厅设立福安测候所，所址设在福安社口，后搬迁 3 次。

民国 27 年（1938 年）

夏，省会由福州迁往永安，成立省会测候所，10 月开始气象观测，为一等测候所，11 月，省会测候所易名省测候总所，当月又更名为省气象局，内设总务、技术（后改为测政、气象）、天文、统计组。

民国 28 年（1939 年）

1 月　省教育厅设立邵武测候所，所址设在协和大学东门外园艺场，后迁至县城大街，为三等测候所。

3 月　省教育厅设立沙县测候所，所址设在东门文昌门，后搬至西郊北路、西郊南路、李纲路、西山路等，为三等测候所。

7 月　省教育厅设立连城测候所，所址设在文亨思盖山，后迁至文亨沙子山、城区新连巷，为三等测候所。

10 月　省教育厅设立龙岩测候所，所址设在城郊小洋村，后迁至自由路（建国路）、龙岩第一中心小学，为三等测候所。

民国 29 年（1940 年）

1 月　省教育厅设立闽清测候所，所址在二都台鼎，为三等测候所。

7 月　三都澳海关测候所停止观测，有 4 年完整记录。

10 月　省教育厅设立建阳测候所，所址设在水南苗圃，为三等测候所。

11 月　省教育厅设立崇安测候所，所址设在企山，为二等测候所。

民国 30 年（1941 年）

4 月　省教育厅设立龙溪（今漳州）测候所，所址设在城区崇正小学，后 6 次搬迁，测候环境都不好，为三等测候所。

5 月　日军入侵，福州海关测候所停止观测，有 47 年完整气象观测记录。

9 月　省教育厅设立莆田测候所，该所初设时称莆田测候分所，后相继易名莆田测候所、莆田前沁测候所、莆田合作测候所，所址设在笏石前沁村，为三等测候所。

11 月 省教育厅设立东山测候所，所址设在县城，后搬至前何，为三等测候所。

12 月 龙岩测候所升格为二等测候所。

民国 32 年（1943 年）

11 月 建阳测候所停止测报。

民国 33 年（1944 年）

3 月 厦门海关测候所、省立科学馆测候所停办。厦门测候所有 56 年完整气象观测记录。

5 月 省教育厅设立惠安测候所，所址设在山腰盐场内，为三等测候所。

10 月 美国空军第十四航空队第十测候队与省气象局联合在永安羲和山成立中国东南气象学会（MASEC），成立后即登报公开招生，经培训后分配到闽浙皖建立测候所，在闽设有东山、莆田前沁、福鼎测候所，为抗日战争中美空军提供气象服务（抗战结束后工作停止）。

是年 福安测候所停止观测。

民国 34 年（1945 年）

3 月 崇安测候所从企山搬至赤石镇，改为三等测候所。

4 月 省教育厅设立武夷山测候所，所址设在崇安县（今武夷山市）武夷山天游宫，海拔 514.6 米，为二等测候所。

8 月 省教育厅设立福鼎测候所，所址设在桐山镇中心东边莲青路 33 号（张氏宗祠），为三等测候所。

是年 中美特种技术合作所设立厦门、建瓯一等气象站，福州、长汀二等气象站，莆田平海三等气象站，民国 35 年气象站改属国防部二厅管辖。民国 36 年 6 月移交民国政府中央气象局管辖。其中厦门站址设在大同路 450 号，建瓯站址设在东门横路，福州站址设在太平巷 18 号，长汀站址设在西门外大宫庙。

10 月 省气象局从永安迁回福州西门外祭酒岭，隶属省教育厅，机构扩大，将总务、气象、天文组改为课，统计组改为室，增设研究、会计两室，气象课下设股。次年 1 月，搬到乌石山王家祠。

是年 永安原气象测候机构易名为永安测候所，改为二等测候所。

民国 35 年（1946 年）

1 月 福安测候所迁址至后垅凤尾山恢复工作。

10 月 省教育厅设立厦门测候所，所址设在美头山，为三等测候所。

是年 中央航空公司始辟上海至福州航线。福州义序机场、厦门高崎机场设立气象站，各配一名专职气象员，气象测报每半小时一次。

民国 36 年（1947 年）

6 月　国民政府中央气象局接收国防部二厅所属气象站，全国实行分区管理，闽台区辖福建、台湾两省，区台设在厦门，为乙种台，台址设在市区大同路 19 号，下辖福州、台北气象站，为甲等，福州站设在太平巷，长汀、建瓯、莆田平海气象站为丙等。

8 月　省气象局开始作天气预报，开福建省天气预报之先河。每日抄收地面报、高空点绘分析报和英文分析与警报，抄填 8 时、14 时两次东亚地面天气图，站点极少。每天作福州市区 24 小时天气预报，刊登在《福建时报》上。有台风时，以书面警报方式分送有关单位，并在吉祥山瞭望台悬挂黄色警报旗。

民国 37 年（1948 年）

3 月　省气象局更名为省气象所，隶属省建设厅，下设测报、预报、总务课和福州气象台，并设气象电台和仪器工厂。

4 月 16 日　福州气象台台址竣工，即日从乌石山王家祠迁入凌霄台新址观测，海拔 88.86 米。

民国 38 年（1949 年）

1—5 月，长汀、福安、连城、南平、永安、邵武、东山、惠安、闽清、福鼎测候所先后停止气象测报业务。

8 月　中国人民解放军福州军事管制委员会接管福建省气象所。气象所隶属省人民政府实业厅，内设测候、预报、总务课和福州气象台。下辖沙县、龙溪（今漳州）、浦城、龙岩、长汀、南平、永安、闽清、建阳、福安、邵武、武夷山（高山站）、连城、崇安（今武夷山）、莆田、惠安、东山、福鼎、厦门共 19 个测候所。

中华人民共和国

1949 年

10 月 28 日　厦门测候所由中国人民解放军厦门军事管制委员会海军组接管。11 月 15 日，移交中国人民解放军 29 军司令部接管。12 月 7 日，厦门测候所由 29 军移交中国人民解放军军事管制委员会空军组接管。

11 月　福鼎测候所由福鼎县人民政府接管并恢复工作。

12 月 31 日　崇安（今武夷山）测候所因无人继续从事观测而撤销。

1950 年

1 月 13 日　省人民政府实业厅向省政府主席张鼎丞，副主席方毅、叶飞呈报省气象测候所调整方案。1 月 30 日，省人民政府训令，决定调整后的测候所机构：一专署：浦城、邵武、武夷山测候所；二专署：南平、古田水口测候所；三专署：三都岛、寿宁测候所；四专署：马尾罗星塔、平潭岛测候所；五专署：莆田三江口、晋江、德化赤水测候所；六专署：东山、龙溪测候所；七专署：永安测候所；八专署：龙岩、长汀测候所；厦门测候所。迁移合并崇安、建阳、沙县、福安、福鼎、闽清、莆田前下盐场、惠安山腰盐场、连城测候所。由县人民政府审核，报各专署核销。

1—4月　长汀、南平、连城测候所，先后恢复气象测报业务。

4月27日　华东军区司令部航空处命令张元明率25人到福建，筹建福州、厦门、建瓯气象站，配合空军解放金门、台湾。

4月　中国人民解放军十兵团情报处气象组成立。

5月17日　厦门气象区台由中国人民解放军接管，并与厦门测候所合并，改为华东空军厦门气象站，6—10月临时在市区白鹤路6号楼顶观测。

6月1日　建瓯气象站（国民政府中央气象局管辖）恢复工作，站址小黎山。

永安测候所恢复气象测报业务。

9月21日　华东军区福建航空办事处正式宣布福州气象台成立，10月，台址由太平巷迁往义序机场。

11月23日　华东军政委员会水产管理局通知，在福建省沿海建立16个暴风警报站。

1951年

9月12日　经华东军区司令部气象处批准，福建军区气象台成立。

9月底　福建军区司令部情报处成立气象科。

9月　省气象所改归军队领导，省政府农林厅厅长石林与福建军区司令部情报处处长章文彤分别代表省政府和福建军区，办理移接手续。接收后，省气象所按甲种台编制，内设预报、机要、观测组和抄报台。

11月　福建军区司令部情报处气象科先后接收南平、沙县、浦城、永安、长汀、龙岩测候所，接收后更名为气象站。崇安测候所无人工作，只接收仪器、表簿资料。

12月　福建军区司令部情报处气象科接收龙溪（今漳州）测候所，接收后更名为龙溪气象站。

1952年

1月　福建军区司令部情报处气象科接收福鼎测候所。9月，接收连城、建阳测候所，接收后均更名为气象站。根据华东军区司令部气象处建站计划，设立厦门、三都澳气象站。浦城测候所由佛灯庵搬至仙楼山。

10月4日　龙溪（今漳州）气象站从市区马道底（24°31′N、117°51′E，海拔10.0米）迁往打铜街（24°32′N、117°41′E，海拔12.5米）新址观测。

10月　根据华东军区司令部气象处建站计划，设立平潭气象站。

1953年

7月　福建军区情报处气象科召开第一次气象站长会议。

10月25日　省人民政府、中国人民解放军福建军区联合命令，除海空军及防空部队气象组织外，其余气象组织均由军事系统的建制转入政府系统的建制。

10月30日　福建军区司令部情报处气象科接收武夷山测候所，更名为武夷山气象站。

12月初　连城气象站的人员、仪器迁往惠安崇武，设立崇武气象站。

12月中旬　沙县气象站的人员、仪器迁往东山岛，设立东山气象站。

1954年

1月1日　福建军区司令部情报处气象科更名为福建省气象科，隶属省政府财政经济委员会。

3月29日　省政府财政经济委员会通知，各地气象台站气象业务工作、气象经费的领报由省气象科负责；政治思想工作、党团组织生活、学习和涉及气象业务、经费以外的问题，由各地财委代管。

10月13日　中央气象局通知，各省气象科均改为气象局，属省政府建制。福建省气象局属三级局，内设办公室、业务一科、业务二科、供应科。

11月　原福建军区气象台扩建为福州海洋气象台。

12月20日　省政府指示，省气象科扩建为省气象局后，领导关系隶属省人民政府，业务关系属中央气象局，气象台站的行政业务属省气象局领导。

1955年

1月8日　中央气象局同意撤回中国人民解放军水兵师气象预报室，保留建制与省气象台合并办公。

5月1日　省盐务管理局所属山腰、莆田盐场气候站移交省气象局管辖。

5月20日　中央气象局副局长张乃召会见省委书记叶飞，商请在闽组织气象情报网，确定增设10个观测站提供每小时航空天气报，并组织危险天气通报网。中央气象局、空军司令部联合发出《关于组织福建地区危险天气通报网的指示》。决定现有气象台站自6月15日前向福州、龙田机场发报。

5月26日　国务院第七办公室、总参谋部联合发出《关于福建地区气象保证工作的指示》。要求省气象局应加强沿海地区、岛屿的天气预报，建立相应的台、站、哨，报告天气实况及危险天气。国务院、中央军委电示，因军事需要，三都澳气象站移交中国人民解放军海军司令部管辖。

1956年

4月　省气象局成立训练队，并对外招生培训。

6月1日　福州海洋气象台首次公开定时发布各种天气预报和灾害性天气警报。

8月9日　省气象局技术主任汪国瑗到苏联考察水文气象工作，历时三个月。

9月24日　省编制委员会批准，省气象局内设办公室、天气科、台站科、计划财务科、器材科、人事科。

1957 年

6 月 11 日　厦门气象台地面观测场迁至禾山区钟宅乡穆厝村，海拔高度 23.4 米。

11 月 19 日　省气象局上报省人民委员会"关于气象系统权力下放的初步意见"，将所属 27 个县气象（候）站编制全部下放给当地县人民委员会农业局主管。

11 月　省气象局划归省农业厅领导。

1958 年

1 月　福州海洋气象台首次向社会公开发布 10 天（旬）天气预报，同时开展月、季长期天气预报和年度天气趋势预报服务。

3 月 26 日　省农业厅气象局内设机构进行调整，办公室、人事科合并为办公室；计划财务科、器材科合并为供应科；福州气象台为省局直属单位；设厦门、南平、泉州、龙岩、福安、建阳中心气象站及福州中心农业气象站。

9 月 15 日　省人民委员会批复，福州、厦门气象台仍属省气象局管辖，其余气象台站下放由所在地专署、县人民委员会及有关企事业单位领导。

9 月 18 日　省气象学会成立。

10 月 4 日　省农业厅气象局实行"行政与事业合一，业务管理与实际技术工作合一"的管理体制，重新调整内设机构，下设办公室、计划财务科、气象台、观象台、海洋水文气象台（在厦门）、气象科学研究所。撤销福州海洋气象台和厦门气象台。

1959 年

3 月 1 日　福州气象广播专用电台开播，广播高空及地面主要天气形势、中长期天气预报及灾害性天气预报、警报。

6 月 20—27 日　省农业厅气象局在龙溪（今漳州）召开气象工作现场会，推广龙溪地区农村气象工作经验。

8 月 23 日　3 号台风在海澄县（今龙海）镇海附近登陆，极大风速达 60 米/秒，由于对这次台风预报不准、不及时，加之台风中心风力过大，给国家和人民生命财产造成巨大的损失和灾难。据统计，海上和陆地共死亡 1336 人，重伤 715 人，大小船只损失达 3400 余条，漂走 287 条，房屋倒塌 5397 间，破坏 23106 间。

8 月 27 日　省委第一书记叶飞到省气象台检查台风预报工作，查问事情经过、原因以及解决问题的办法，并召开省委常委会，专门研究使用外汇购买气象雷达事宜。

9 月底　福鼎台山、霞浦三沙、北礵、连江北茭、平潭东澳、莆田平海、惠安崇武、漳浦六鳌、长乐漳港（临时）、东山先后建立海洋水文气象站，并开始海洋水文气象业务。

9 月　福州农业学校开设气象专业中专班，学制三年。

1960 年

1 月 4 日　各级气象（候）台站更换名称，在"气象（候）"后一律增加"服务"两字。

6 月　福建省首次在龙田机场用空军米格—15 飞机进行人工降雨作业。

1961 年

2 月 5 日　省观象台高空组工作室发生严重火灾事故，造成贵重仪器和气象资料烧毁，经济损失达人民币 1 万多元。

3 月 21 日　省委决定，省农业厅气象局由农业厅管辖局改为省政府直辖局。

4 月 10 日　省人民委员会批复，省气象局内设办公室、人事教育处、计划财务处、气象服务处、气象台（原气象台与气象科学研究所合并）、观象台、海洋水文气象台（在厦门）、农业气象研究室。

1962 年

1 月 17 日　经省委农村工作部同意，恢复省气象科学研究所。

2 月 9 日　龙溪（今漳州）专区林下林场气候站划归林场建制。

5 月 15 日　省农业科学院附属福州农业学校的农业气象专业撤销。

8 月　国家科学技术委员会聘任省气象局技术主任汪国瑷为国家科学技术委员会气象组成员。

11 月 29 日　国家气象（候）服务台站收归省气象局建制，行政生活、政治思想、地方服务工作由当地党政领导。

12 月 13 日　省气象局所属的诏安亚热带作物气象试验站迁往省亚热带作物研究所（漳州天宝）。

1963 年

2 月 11 日　省人民委员会农林水办公室批复，同意气象（候）台站收归省气象局建制后，专区（署）中心气象站改称"福建省××专区气象服务台"，县气象（候）服务站改称"福建省××县气象（候）服务站"，各专业气象服务台改称"福建省××海洋气象服务台"。

5 月 6 日　省编制委员会下发《关于省气象局机构编制的通知》，同意省局将台站管理处改为事业单位，增设气象通讯处，增加编制 10 人。

1964 年

5 月 28 日　省编制委员会同意在省气象局设立人工控制局部天气试验站，由省科学技术委员会负责领导。

9 月 19 日　省人民委员会核定省气象局内设机构为办公室、人事教育处、计划财务处，编制 35 人。

1965 年

6 月 17 日　省计划委员会同意建立建西县（今顺昌县内）后备气象台。

8 月　省气象局租用民航伊尔—14 飞机，以连城机场为基地进行飞机人工降雨试验作业和云物理考察，历时一个月，飞行 9 架次。

12 月 6—16 日　气象工作会议在福州召开。省委第一书记叶飞，第二书记范式人，省长魏金水，书记处书记伍洪祥、侯振亚，副省长兰荣玉、贺敏学、刘永生、许亚等党政领导接见与会代表，并合影留念。

12 月 7 日至 1966 年 1 月 5 日　东山、厦门、崇武、平海、平潭、台山、三沙、北礵、北茭 9 个海洋站（组）正式移交给国家海洋局东海分局。随即，省气象局海洋水文气象台（在厦门）更名为厦门市气象服务台，东山、平潭、三沙海洋水文气象台更名为东山、平潭、三沙气象服务台。

12 月　国务院副总理陈毅对气象工作十分关心，亲临省气象台预报值班室了解天气预报工作，并仔细观看预报值班的各个环节，对当时忽视学习外国先进技术问题，告诫"要学习好外国的先进经验，不要故步自封哦！"临走时还与 4 位值班员一一握手。

1966 年

1 月 10 日　气候服务站统一改称气象服务站。

2 月 28 日　省计划委员会、省气象局联合下达在建瓯建 843 雷达阵地，5 月底竣工，设立"建瓯县 652 测雨站"。

4 月 30 日　省气象局将原内设机构合并为行政办公室、业务办公室、政治办公室，一个直属台即气象服务台，原气象科学研究所业务并入（保留气科所牌子），撤销观象台。

1967 年

7 月 20 日　德化县九仙山气象站观测员赖开岩在危险天气下坚持工作被雷击而牺牲。次年 7 月，国务院内务部授予赖开岩"革命烈士"称号。

8 月 13 日　厦门市气象台地面观测场迁回鼓浪屿升旗山，12 月 1 日迁至鼓浪屿英雄山。

1968 年

11 月 2 日　中国人民解放军福建省军事管制委员会通知，决定派军事代表进驻福建省气象局行使职权。

1969 年

5 月 7 日　第二部 843 气象雷达定点晋江县罗山顶，设立晋江 652 雷达站，即日起正式投入业务。

9 月 10 日　省气象台正式担负抄收台湾气象广播业务。

1970 年

3 月 1 日　气象台站隶属关系纳入各所在地（市）、县革命委员会管理。

6 月 25 日　省气象台首次接收国外气象卫星探测资料。

10 月　撤销省气象局，省气象台与省水文总站合并，成立福建省水文气象台。

11 月　撤销省水文气象台，成立省农业局气象服务站。原省气象局先后有两大批干部下放到农村。

12 月 1 日　福州军区、省革命委员会发布命令，气象部门实行各级革命委员会与省军区系统双重领导，以省军区系统为主。恢复省气象局。

1971 年

5 月　南平专署气象台迁往建阳，更名为建阳地区气象台。

8 月 10 日　中国共产党福建省气象局临时委员会成立。

1972 年

3 月　省政府成立人工降雨领导小组，下设办公室和飞机、土炮两个作业组，以福州机场为基地进行飞机人工降雨作业，飞行 10 架次，历时一个月。

6 月 6 日　省气象局恢复干部训练班。

7 月　各级气象服务台站更换名称，删掉"服务"两字，统一更名为"气象台、站"。

1973 年

3 月 16 日　厦门气象台首次用无线电接收系统，接收第一份不用人工抄收的气象电报。

4 月 20 日　首次高炮人工降雨试验在福州乌龙江大桥进行。

10 月 1 日　省气象台通过福建前线广播电台正式开展向台湾省同胞广播台湾海峡地区天气预报。

11 月　省气象局改称省革命委员会气象局。

12 月 25 日　省气象台首次用 114 型传真机接收第一张国外播发的传真天气图。

1974 年

2 月 8 日　福州军区、省委决定，组建沿海 10 个专业气象哨：漳浦县的六鳌、整美，龙海县的流会，晋江县的围头、祥芝，莆田县的湄洲岛、南日岛，平潭县的澳前、东庠，连江县的北茭。

1975 年

11 月 11 日　省委通知，福建省革命委员会气象局改称福建省气象局。

1976 年

2 月 23 日　省气象局内设办公室、政治处、业务处、计划财务处、雷达通讯处。

1977 年

8 月 23 日　省气象局在厦门集美召开第一次农村气象哨代表会议，全面总结 20 年来建哨经验，表彰先进，规划未来 5 年农村气象哨的建设。

10 月 18 日　省委决定设立中共福建省气象局党组。

1978 年

3 月　省编制委员会批复，成立省气象科学研究所。

9 月 5 日　省气象学会恢复活动，选举产生第二届理事会。同时，学会建立天气气候、农业气象、海洋气象学科小组和科普工作委员会。

12 月 14 日　国家科学技术委员会聘任汪国瑗为国家科学技术委员会气象专业组组员。

12 月 28 日　经省政府批准，在福州市洪山桥上店村建立福建气象学校。设有气象和气象通讯专业，招收高中毕业生，学制 2—3 年。

1979 年

1 月 17 日　省防汛抗旱指挥部成立人工降雨办公室。

4 月 7 日　恢复建阳、龙溪（今漳州）地区农业气象试验站。

12 月 5 日　厦门市气象台由鼓浪屿迁往东渡狐尾山。

1980 年

3 月 15 日　厦门市气象台、福州北峰雷达站的 713 天气雷达正式投入业务。

9 月 13 日　省政府通知，各地、市、县气象部门改为"气象部门与地方政府双重领导，以气象部门领导为主"的管理体制，实行统一领导、分级管理。

1981 年

4 月 13 日　中央气象局党组书记、局长薛伟民到闽检查工作，检查结束时，在省气象局机关和直属单位干部大会上作《认识特区特点，搞好特区气象服务》的讲话。

1982 年

3 月 1 日　建阳 713 雷达正式投入业务。

1983 年

1 月　省委、省政府分别任命钮叙凯为省气象局党组书记、局长。

3 月 24 日　省长胡平到德化县九仙山气象站，看望并慰问全站工作人员。

4 月 15 日　国家气象局体制改革工作组到闽办理气象部门体制交接工作。气象部门实行地方政府与国家气象局双重领导、以国家气象局为主的管理体制。国家气象局副局长章基嘉、省政府农业委员会主任温秀山分别代表国家气象局、省人民政府签署《福建省气象局体制交接纪要》。

6 月 6 日　省委第一书记项南到福州北峰气象雷达站看望工作人员。

6 月 28 日　国家气象局批复，福建省气象局机关设办公室、业务管理处、科技教育处、计划财务处、物资处、人事处和机关党委、纪律检查员。行政管理处被列为直属事业单位。

10月14日　国家气象局批复，福建省气象局直属事业单位设福建省气象台、福建省气象科学研究所、福建省气候资料室和福建气象学校。地市气象机构设福州市气象管理处，厦门、漳州、泉州、莆田、宁德、南平、三明、龙岩地区（市）气象台，均为县处级单位。福州市气象管理处开始筹建。

1984年

1月1日　一般气象站取消2时的观测，夜间不守班。

1月26日　福州24小时天气预报参加中央电视台播出。

7月1日　福州探空站增加每日2时和14时两次单独测风业务，同时，撤销厦门探空站2时测风业务。

7月19日　省政府批复，同意专业气象服务适当收费。

11月25—30日　省气象局局长钮叙凯率国家气象考察团，到香港天文台考察访问。

12月1日　国家基本站、固定拍发航空危险报站开始使用PC-1500微机发报。

1985年

1月25—31日　省气象局召开气象局、台长会议，宣布气象部门普遍试行台站长负责制和任期制。

3月1日　龙岩、三明气象台711雷达正式投入业务。

5月22日　全国政协委员林镶民教授在省政协五届三次会议期间，对省气象台发布"台湾海峡天气预报"内容简单提出建议。省长胡平批示："台湾海峡天气预报问题，请气象局提出意见。"

10月1日　福建人民广播电台停止播送对气象站天气形势广播，每日增加3次天气趋势分析。

1986年

1月1日　省内有21个国家基本站和10个24小时拍发固定航危报站正式启用"地面测报程序"。

2月27日至3月13日　"福建省气象系统新技术开发应用成果展览会"在福州开幕。展出天气预报、气象雷达图像处理等新技术开发应用成果211项，省人大常委会副主任温秀山为展览会剪彩，副省长陈明义及省委、省政府、省顾问委员会等省领导以及党政机关、院校、部队、科研等单位共1800多人到会参观。

4月1日　中共福建省气象局党组纪检组成立。

4月20日　省委书记陈光毅，省委常委、秘书长张渝民，省顾问委员会副主任温附山，省人大常委会副主任温秀山，副省长陈明义等参观福建省微电子技术推广应用成果展览会的气象馆。

7月5日　世界气象组织台风委员会热带气旋预报设施和技术考察团一行5人抵达

厦门，作历时 3 天的考察访问。

9 月 20—23 日　由科威特国家气象局局长、沙特阿拉伯民航气象局副局长及世界气象组织官员组成的阿拉伯国家气象考察团一行 3 人，到厦门、泉州参观考察。

10 月 13—17 日　世界气象组织在厦门召开"大气污染本底监测"学术讨论会。

1987 年

1 月 21 日　省气象台与海峡之声广播电台正式签订《关于增加台湾海峡天气预报广播的协议》。

2 月 23 日、3 月 9 日　省长胡平对九仙山气象站的用电问题，分别在九仙山气象站给他的信上和省气象局提出的方案上作批示。9 月 26 日，九仙山气象站高压输电线路架毕并通电。

3 月 4 日　省气候资料室改名省气候中心。

4 月 9 日　福建省气象系统记者协会成立，会员 59 人。

5 月 4 日　《福建日报》头版头条，以《青春红似火》为题，长篇报道崇安县七仙山气象站年轻人把青春献给气象事业的事迹。

5 月 22 日　长乐 714 天气雷达站落成。

6 月 1—4 日　国家气象局主持召开的"古田人工降雨效果检验方法研究成果鉴定会"在厦门举行。鉴定会认为，该项目研究具有国内先进水平，在国际上也有一定影响。

9 月 1—8 日　澳大利亚热带气旋专家 G. D. 格林和 D. A. 伍德到闽访问，考察福建热带气旋预报问题。

1988 年

1 月 15 日　省气象台台长、台风专家陈瑞闪赴澳大利亚进行为期一个月的访问。

6 月 1 日　省气象记者协会主办的《气象用户之友》创刊。

9 月 1 日　中央电视台增播厦门市的天气预报。

9 月 25 日　省长王兆国到省气象台了解台风暴雨情况和未来天气趋势。

10 月 18—22 日　国家气象局副局长温克刚到闽检查工作，并宣布福建省气象局新班子成员。新班子不再成立党组。

10 月 24—28 日　世界气象组织高空工作会议在厦门召开，出席会议的有美、法、英、苏、印、中等国家的专家以及世界气象组织官员，主要讨论高空探测技术方面的问题。

12 月 8 日　省气象局决定撤销晋江 652 雷达站。

1989 年

1 月 4 日　根据省委通知，撤销中共福建省气象局党组纪检组。

3 月 23 日　《中国气象报》福建记者站成立。

4月中旬　地、市、县级气象台站均改称气象局。

5月　国家气象局任命叶榕生为省气象局局长。

8月10日　根据国家气象局批复，省气象台停止抄收台湾地面、高空莫尔斯电报。8月21日，省气象台恢复抄收台湾地面报。

8月11日　福建省自然灾害防御研究委员会成立，委员会挂靠省气象台。

9月10日　8921号热带风暴影响闽台期间，台湾台北广播公司负责气象业务的工作人员和省气象台预报人员通电话，40年来首次交换有关气象信息，共同会商、预报热带风暴。

9月13日　省计划委员会、省财政厅、省气象局联合转发国家计划委员会、财政部、国家气象局《关于请地方财政合理分担部分气象经费的请示》。要求地方政府分担部分气象基建投资和气象事业经费。

10月23日至11月6日　省气象局局长叶榕生到德意志民主共和国、捷克斯洛伐克考察气象工作。

1990年

1月1日　停止福州探空站14时的雷达单独测风业务。

2月2日　省委组织部通知：同意恢复中共福建省气象局党组。

2月24—26日　巴西气象局局长埃米尔松·德克罗斯博士到闽考察，副省长苏昌培接见巴西客人。

6月22日　省长王兆国、副省长苏昌培到省气象台，检查指导5号台风预报服务工作。

6月24日　省委书记陈光毅打电话到省气象台询问5号台风情况，并到漳州市气象局了解6号台风动向。

8月30日　省委书记陈光毅，省委常委、秘书长赵学敏，副省长陈明义，福州市委书记习近平等领导一行12人，到省气象台了解15号台风情况，并召开现场办公会议，部署防台抗灾工作。

9月18—26日　由新华社、《经济日报》、《科技日报》、《农民日报》及《中国气象报》等媒体组成的"首都记者气象采访团"一行7人，到闽采访气象工作。

9月24—28日　省气象局在连江县召开第五次专业有偿气象服务暨气象局长会议，省委书记陈光毅会见与会代表，并就加强气象服务工作作讲话。

10月3日　国家气象局与厦门市人民政府商定，对厦门市气象局实行计划单列，干部管理体制不变。

1991年

1月中旬　福建省引进的《701雷达探空测风全自动化处理系统》和《JSZ－10气象卫星S.VISSR云图接收及图像处理系统》，经验收合格正式投入业务使用。

1月下旬　福建省第一个自动测风站在莆田市南日岛建成，并投入观测。

3月20—23日　东南亚气象考察团一行6人，参观考察省气象台、莆田市气象局、连江县气象局等。20日晚，代省长贾庆林和副省长苏昌培接见并宴请"东南亚气象考察团"全体成员。

3月27日　国家气象局气候司下发《气象资料处理和气候分析服务系统"八五"建设方案》，方案规划向福建省投资42万元，要求用三年左右时间完成气象资料处理的信息化任务。

5月13日至6月8日　出现百年罕见的旱灾，中南部地区连续15～40天日雨量不到2毫米，54个县市586万亩农田受旱，占农田面积的33%，11个大中型水库干涸。

5月21日　省长贾庆林主持召开省政府专题会议，研究进一步加强气象工作问题。省计委、财政厅等15个部门及福州市政府领导参加会议。会议决定，各级政府要为气象部门办实事，分担部分基建投资和气象事业经费，并特批省气象局在乌山改建办公楼。

6月25日　省长贾庆林为省气象局题词："加强气象队伍建设，加强气象现代化建设，为振兴福建经济作贡献。"

6月28日—7月26日　61个县市干旱，867万亩农田受灾，其中宁德、福州、泉州、南平市农田受旱面积在百万亩以上。

9月1日　省委书记陈光毅为省气象局题词："搞好气象测报，服务经济建设"。

11月13日　省长贾庆林到九仙山气象站看望全体气象人员。

12月13日　福建气象学校撤销，成立"省气象局培训中心"。

12月30日　经国家气象局批准，撤销七仙山气象站和福州北峰雷达站，新建福州、建瓯、上杭国家气候基准站。

1992年

1月1日　福州、厦门、邵武市气象台（站）开始酸雨观测。

7月16日　省政府发文贯彻《国务院关于进一步加强气象工作的通知》的意见。

9月3—12日　省气象局局长叶榕生赴香港出席第二届东亚及西太平洋气象与气候国际会议，首次与台湾气象学者广泛接触，就闽台气象科技合作取得共识。

9月21日23时15分　海峡两岸气象部门首次电话会商9212号热带风暴预报，成为当年《中国气象报》十大新闻之一。

1993年

1月14—17日　台湾气象学会理事长陈泰然首次到闽考察气象科技，先后访问厦门、漳州、莆田市气象局和省气象局。

6月8日　经省气象局批准成立石狮气象台暨省气象局驻石狮办事处。

6月30日　省气象局成立学术委员会。

8 月下旬至 9 月　出现严重夏旱，9 月 22 日省委、省政府办公厅发出《关于做好抗旱救灾工作的紧急通知》，省气象局在古田水库开展人工降雨作业，发射 37 型人工增雨弹 1400 多发。

10 月 11—13 日　省政府召开"加强气象工作座谈会"，副省长童万亨主持会议，各地（市）分管专员、市长和省直有关部门领导参加会议，会议检查《国务院关于进一步加强气象工作通知》的贯彻情况，并限期抓好落实。

11 月 12 日　省政府办公厅下发《关于进一步加强发布公众天气预报工作的通知》。明确规定任何单位及个人，未经省级或省级以上气象部门同意，均不得向社会公开发布各类天气预报和灾害性天气警报。

1994 年

3 月 22 日　省计委发文同意"福建省中尺度灾害性天气预警系统"项目立项。

3 月 29 日至 4 月 1 日　省政府与中国气象局联合在福州召开"福建省中尺度灾害性天气预警系统"方案论证审定会。会议论证和审定通过该系统，并同意立项，由中央和地方共同投资建设。

4 月 2—8 日　中国气象局局长邹竞蒙视察福建气象工作，先后到福州、莆田、泉州、厦门、漳州检查工作，并题词"加快气象现代化建设，造福八闽人民"。

10 月 9—18 日　台湾气象学会理事长陈泰然教授一行 8 人，到闽参观并开展学术交流，副省长王良溥会见陈泰然一行。

1995 年

3 月 17 日　首部国产 SD 波段多普勒天气雷达在厦门市气象局投入试运行。

4 月 23 日　省长陈明义、副省长童万亨到厦门市气象局视察指导工作。陈明义要求加强闽台气象科技合作与交流。

4 月 26 日　以马来西亚气象局局长章文权为团长的马来西亚气象代表团到闽考察，副省长王良溥会见代表团一行。

5 月 3—5 日　省委、省政府在福清市召开福建省五大防御体系建设工作会议，会议就中尺度灾害性天气预警系统作为五大防御体系之一作出部署。

5 月 10—16 日　全国第一个 VSAT 在省气象台建成。

6 月下旬　第一批闪电定位仪在省气象台、厦门、龙岩市气象台安装并投入业务使用。

7 月 4 日　福鼎县气象局发现气象档案资料被盗，经公安部门侦破，仍有部分资料流失，中国气象局为此发出通报，并责成对有关责任人进行严肃处理。

8 月 28 日　省气象局提出中尺度灾害性天气预警系统向县级延伸，并确定福清、武夷山、晋江为试点。

11 月 7—10 日　海峡两岸气象学会、美国大气科学大学联盟联合在福州召开"东亚中尺度气象与暴雨研讨会"。出席会议的有美国、加拿大、日本和海峡两岸的气象专家、学者 62 人。此次会议由福建省承办，副省长黄小晶出席会议并致辞。

1996 年

1 月 9 日　省政府聘任中国气象局局长邹竞蒙担任福建省中尺度灾害性天气预警系统领导小组顾问。

3 月 1 日　中央电视台《早间天气预报节目》开播晋江市城市天气预报。

3 月 14 日　省委书记贾庆林、省长陈明义、省委副书记何少川应中国气象局局长邹竞蒙邀请，专程到中国气象局研究福建省气象事业发展有关事宜。双方就二级基地建设、电视天气预报制作、改善气象干部职工工作生活环境条件等问题达成共识，并表示共同支持福建省二级基地建设和两部多普勒雷达。

4 月 15 日　长乐、厦门 714SD 雷达的业务化通过验收。

5 月 18—20 日　由世界气象组织秘书处美洲区协主任格拉多里扎诺率领的拉美国家气象考察团一行 21 人到闽考察，先后参观省气象局、省气象台、省气候中心、省气科所、武夷山市气象局。

5 月 24 日　省政府召开省长办公会，审定"二级基地"二期工程计划。会议原则同意省气象局提出中尺度灾害性天气预警系统第二期工程实施要点。

6 月 1 日　厦门海洋气象台挂牌。

6 月 4 日　"福建省中尺度灾害性天气预警系统"领导小组会议在福州召开，中国气象局局长邹竞蒙、省委书记贾庆林、省长陈明义出席会议。会议决定二期工程建设总投资概算 7023 万元，其中 1996—1998 年共需投入 4023 万元，福建省地方投入与中国气象局匹配投入比例为 2∶1；另增两部新一代 S 波段全相干多普勒天气雷达（CHIN-RAD）共需投入的 3000 万元，双方投入比例为 1∶1。

7 月 24 日　省气象局与福建电视台正式签署《关于合作开办电视天气预报节目的协议》。

8 月 7 日　第 10 号热带风暴在厦门南部减弱为低气压。而后长时间盘踞在龙岩地区上空，受其影响，普降暴雨、大暴雨和特大暴雨，龙岩地区遭受百年不遇的洪涝灾害，5 个县市 97 个乡镇受灾，死亡 231 人，失踪 284 人，直接经济损失 28.91 亿元。

8 月 13 日　省政府率先全国下发《关于地方财政承担气象部门执行地方性补贴、津贴所需经费的通知》。

9 月 23 日　省气象局与福建电视台首次推出由气象部门制作、主持人播讲的《早、午、晚间天气预报节目》。

11 月 9—11 日　台湾"气象局局长"、气象学会理事长谢信良率台湾气象考察团一行 18 人，参观考察省气象局。

11 月 20 日　恢复省气象局党组纪检组。

12 月 10—12 日　世界气象组织台风委员会成员一行 11 人，考察福建中尺度灾害性天气预警系统建设和台风预报业务情况。

12 月 27 日　省计委批准"福建省中尺度灾害性天气预警系统"二期工程立项，并将其列入省"九五"计划。

12 月　《福建省志·气象志》由方志出版社出版。

1997 年

3 月 28—31 日　中国气象局局长温克刚到闽对福建省气象工作进行检查，并宣布省气象局新班子成员，李修池任省气象局局长、党组书记。

5 月 9 日　经省气象局批准成立省防雷中心。

8 月 18 日　经省气象局批准成立省气象影视中心。

9 月 2—4 日　"福建省中尺度灾害性天气预警系统"一期工程建设通过中国气象局和省政府联合组织的验收。

11 月 27 日　省长贺国强视察省气象局，强调指出："中尺度灾害性天气预警系统作为省五大防御体系之一，国家很重视，我们更应该重视，要作为我省的一项重点工作来抓。"

12 月 1 日　福建电视台正式发布福建省森林火险气象等级预报。

12 月 5 日　建瓯市气象局黄国强在避雷检测作业中遭高压电击，经抢救无效死亡。

1998 年

4 月 3 日　省政府召开重点工程工作会议，"福建省中尺度灾害天气预警系统"二期工程被列为新增重点工程之一。

4 月 25 日　省长贺国强、省政协主席游德馨、副省长丘广钟会见到闽检查气象工作的中国气象局副局长马鹤年，就加快《福建省气象条例》出台有关问题交换意见。5 月 12 日，省政府召开第四次常务会议，审议《福建省气象条例（草案）》，17 日正式发文提请省人大常委会审议。

6 月 2 日　省政府召开"协调省中尺度灾害性天气预警系统二期工程雷达建设配套资金"专题会议，会议议定雷达建设投资调整为 4000 万元，省政府与中国气象局按 1∶1 配套。

7 月 2 日　副省长丘广钟到中国气象局与中国气象局领导商讨"二级基地"二期工程关键项目，落实闽西、闽北两部雷达建设事宜。

7 月 19 日　省委书记陈明义一行到省气象台、九仙山站调研。陈明义指出："中尺度预警系统要继续发展，一期工程建成后要不断完善，二期工程要加快建设步伐，同时还要抓紧着手制定第三期规划。"

8 月 1 日　省九届人大常委会第四次会议通过《福建省气象条例》。8 月 9 日《福建日报》全文刊登省人大关于颁布施行《福建省气象条例》的公告和《福建省气象条例》全文。

9月4日　"福建省中尺度灾害性天气预警系统"二期工程被省政府列为1998年重点建设项目。

1999年

2月1日　省气象局下发《关于成立福建省防雷管理办公室的通知》。

2月3—5日　全省气象局长会议暨"二级基地"建设第六次工作会议在福州召开，省委副书记习近平出席会议并作讲话。习近平对天气预报提出，一要准确，二要及时，三要科学，四要高效，确保重大气象灾害不漏报、不错报。并指出省委、省政府把"中尺度灾害性天气预警系统"二期工程列为重点项目，要求气象部门保质保量按期完成二期工程建设任务，加快"支中心"的建设。

2月26—27日　"福建省中尺度灾害性天气预警系统"二期工程被省政府列为1999年重点建设项目。

5月30日　福建电视台"福建新闻频道"开播《气象服务》、《气象风云》节目，为全国首家。

6月11日　国家信息产业部发文批准建阳、龙岩两部新一代天气雷达的频点。

9月20日　《福建气象五十年》一书举行首发式，该书由省委书记陈明义题写书名，中国气象局局长温克刚作序。全书40万字。全面系统阐述新中国成立50年来福建省气象事业发展史实及重大天气气候事件。

11月1日　14个地面有线综合遥测气象站（Ⅱ型）建成并投入业务试运行。

12月17—23日　出现1991年以来最强的寒潮天气，过程降温达11℃～15℃。香蕉、龙眼、荔枝、橄榄等遭受霜冻，损失严重。

12月31日　邵武市气象局搬迁至新址，从20时起在新址正式观测。

2000年

1月24日　省八届政协第三次会议就"福建省中尺度灾害性天气预警系统三期工程"问题进行专题协商，会议对开展三期工程达成共识。

3月1日　22个四要素自动站投入准业务运行，替代5时雨量报人工观测和编报工作。

3月25—26日　省气象台首次对社会开放。

4月3日　副省长丘广钟在北京与中国气象局副局长郑国光共商"二级基地"三期工程建设问题。6月28日，中国气象局批复，同意匹配投资"福建省中尺度灾害性天气预警系统"三期工程建设。

6月5日　经省气象局批准成立省专业气象台。

6月15日　经省气象局批准成立龙岩气象雷达站。

9 月 4 日　省计委和省气象局联合召开"二级基地"三期工程建设可行性研究报告审查会议，可行性报告通过专家论证。

2001 年

1 月 21 日　省政府批转省气象局《关于落实中尺度灾害性天气预警系统三期工程建设资金的报告》。

2 月 15 日　省长习近平在省政府第一次全体成员会议中强调，要抓好中尺度灾害性天气预警系统建设。

3 月 29 日　闽北新一代天气雷达通过中国气象局组织的现场验收。

4 月 24 日　省长习近平及省计委、财政厅、科技厅、农业厅和水利厅等部门负责人到省气象局调研并检查防汛防台风准备情况。

7 月 15—16 日　闽西新一代天气雷达通过中国气象局组织的现场验收。

11 月 30 日　省气象局研究决定石狮市气象台划归泉州市气象局管理。

12 月 29 日　省气象局批复清流县气象局新观测场从 2002 年 1 月 1 日起正式开始观测（实际时间是 2001 年 12 月 31 日 20 时）。

2002 年

1 月 14 日　省气象局成立中尺度灾害性天气预警系统三期工程建设领导小组，负责系统建设的决策和领导。下设预警系统建设领导小组办公室、专家技术组、重大仪器设备购置审定组。

3 月 18 日至 6 月 13 日，厦门、漳州、龙岩、泉州、莆田等 5 个市 12 个县（市）先后开展 7 个阶段的人工增雨作业，发射增雨弹 3037 发，缓解了福建省中南部地区秋、冬、春连旱。

4 月　中国气象局任命杨维生为省气象局局长、党组书记。

6 月 10 日　省气象局成立人工影响天气工作领导小组，负责人工影响天气工作的组织、协调、管理和指导工作。

6 月 13—18 日　福建省北部地区发生连续性暴雨到大暴雨过程，造成严重洪涝灾害。过程雨量大于 200 毫米的有 22 个县（市），超过 300 毫米的有 12 个县（市），三明市有 7 个县（市）过程雨量超过 400 毫米，建宁县为 533 毫米。各级气象台站均提前作出较为准确的长、中、短期预报，建宁县气象局在大洪水来临前 36 小时作出准确预报。

6 月 19 日　省气象局首次召开重大灾害性天气新闻发布会，通报 6 月 13—18 日闽西北连续性暴雨预报服务情况。

6 月 23 日　时任国务院副总理温家宝、省委书记宋德福、省长习近平到建宁县检查抗灾工作。温家宝在听取县气象局局长汇报后，说"气象局应该是要表扬的"。10 月 18 日，温家宝视察中国气象局时，再一次称赞："福建省建宁县气象局预报预警做得好，在防汛抗灾中立了大功。"

6 月　中国气象局局长秦大河到莆田、福清、南平气象台站调研。

8 月 22 日　省委副书记卢展工表扬气象部门在 6 月中旬闽北暴雨过程中预报服务功不可没。

9 月 1 日　从 2002 年 9 月 1 日起，福州市公众天气预报由福州市气象局统一制作。

11 月 23 日　全国省级气象部门首家新型多站式雷电监测定位系统建成，并投入业务运行。

2003 年

1 月 6—7 日　福建省西部和北部地区共有 19 个县、市出现雪、雨夹雪或冰粒，其中浦城县积雪达 20 厘米。各级气象台站均作出较为准确的预报，并主动及时做好服务。

1 月 11 日　防雷图审被列入省级基建投资审批综合改革方案。

1 月 23—24 日　省政府召开省重点工程法人代表会议，中尺度灾害性天气预警系统三期工程被列为省重点工程第一号建设项目。

2 月 5 日　省气象局开始实行新闻发布制度。

2 月 11 日　中国气象局、省文明委联合授予福建省气象部门"文明系统"称号。

5 月 1 日　完成一般站自动站建设任务，并投入业务运行。

6 月 27 日　省气象局通报柘荣县气象局档案室被盗情况。

6 月 28 日　雨季结束，持续高温少雨，出现自 1939 年以来最严重的夏秋冬连旱。持续干旱造成大范围的农田龟裂、河流水库干涸，群众生产生活受到严重影响。有 54 个县（市）极端最高气温超过 38℃，其中 31 个县（市）极端最高气温超过 40℃，5 个县（市）达到或超过 42℃。6 月 29 日至 10 月 10 日，发生特旱有 38 个县（市），大旱有 18 个县（市），中旱有 4 个县（市），小旱有 5 个县（市）。至 10 月 30 日，仍有 20 个县（市）受旱，其中特旱 2 个县（市），大旱 3 个县（市），中旱 5 个县（市），小旱 10 个县（市），旱期最长的平潭县达 169 天。

7 月 15 日　省政府办公厅下发《关于发布福建省气象灾害预警信号的通知》，自公布之日起生效。

7 月 24 日　在各级政府的支持下，气象部门先后购置了 30 架火箭发射装置，7 月 24 日，实施大规模的火箭人工增雨作业，同时还开展高炮增雨作业。

7 月 28 日　省气象局出台《施放气球管理办法实施规定》。

7 月 30 日　省气象局与省广播电视局在福州联合召开新闻发布会，宣布实施"福建省气象灾害预警信号"。

8 月 3 日　省国土资源厅和省气象局联合召开"全省地质灾害气象预报预警新闻发布会"，宣布从 9 月份开始，双方联合制作的"地质灾害气象预报预警"进入试运行。

从 2004 年开始，每年 5—9 月份正式对外发布地质灾害气象预报预警服务。

9 月 20—22 日　龙岩、建阳新一代天气雷达系统通过中国气象局组织的业务验收。

10 月 15 日　省发展计划委员会和省气象局联合印发《福建省气象基层台站基础设施项目建设方案》，提出基层台站基础设施建设的实施重点、项目和要求。

10 月 25 日到 11 月 5 日　省气象局局长杨维生赴日本气象厅参观访问。

11 月 14 日　重大科研项目"福建省中尺度灾害性天气预警系统在防洪抗旱中的应用研究"通过省科技厅主持的鉴定，研究成果达到国内领先水平。

11 月 17 日　省气象台至福州、莆田、漳州、龙岩、南平 5 个市气象局远程可视会商系统建成。

12 月 1 日　莆田市海洋气象台成立，被纳入全国海洋气象台统一布局。

2004 年

2 月 29 日　现行的对公众发布的短期天气预报时效从 48 小时延长到 72 小时。

3 月 1 日　远程可视天气会商系统投入业务试运行，会商由省气象台主持，分为短期、中期、短期气候预测天气会商。

3 月 1 日　中尺度数值预报系统投入业务试运行。

3 月 23 日　省政府同意在省防汛抗旱指挥部设立人工影响天气办公室，经费由省级财政列入当年预算。

6 月 1 日　气象台站开展灾害性天气及其次生灾害落区预报业务。

7 月 27 日　副省长刘德章召开专题会议，听取省气象局关于建设"福建沿海及台湾海峡气象防灾减灾服务体系"的汇报。

8 月 2 日　省气象局与福州大学签订合作协议，在环境、生态、遥感、信息技术等方面开展合作。8 月 8 日，省气象局和福州大学达成协议，就高层次人才培养、科学研究、气象现代化建设、科技产业和资源共享方面开展全面的合作。

8 月 17 日　长乐新一代天气雷达通过现场验收前测试，投入业务试运行。

8 月 20 日　厦门新一代天气雷达通过现场验收前测试，投入业务试运行。

9 月 10 日　由"数字福建"投资建设的"福建省 EOS/MODIS 卫星资料接收处理系统"通过专家组现场验收。

9 月 30 日　省气象局召开贯彻实施《气象探测环境和设施保护办法》新闻发布会。

11 月 3 日　省政协主席陈明义、副主席潘心城和李祖可，检查"福建省中尺度灾害性天气预警系统三期工程建设"提案办理情况。

12 月 3 日　28 号台风"南玛都"外围影响福建。进入 12 月，仍有台风影响福建，为近百年来仅见。

12 月 11—21 日　省气象局首次单独组团出访，赴澳大利亚、新西兰进行海洋气象等方面的考察。

2005 年

1 月 1 日　福州、邵武探空站 L 波段探空系统投入业务试运行。

1 月 29 日　"福建省沿海及台湾海峡气象防灾减灾服务体系"项目被列为省预备重点项目。

3 月 3 日　省气象局、省海洋与渔业局就 EOS/MODIS 卫星数据共享、"福建沿海及台湾海峡气象防灾减灾服务体系"与"台湾海峡及毗邻海域海洋动力环境实时立体监测系统福建示范区"项目建设合作达成共识，并联合形成会议纪要。

3 月 15 日　南京信息工程大学福建函授站 2004 级大气科学本科班开学。这是福建函授站建站 7 年来举办的第一个本科班。

3 月 17 日　全国首家省级多站式闪电定位系统"福建省多站式闪电定位系统"建设项目通过验收。

4 月 4 日　省气象局与省地震局就"福建沿海及台湾海峡气象防灾减灾服务体系"、"闽台区域卫星热红外图像震兆特征研究"等项目合作达成共识，并联合形成会议纪要。

4 月 14 日　省气象局与省环境保护局就"福建沿海及台湾海峡气象防灾减灾服务体系"、"生态环境动态监测系统"等项目中的信息共享与合作达成一致意见，并形成会议纪要。

4 月 15—25 日　福州、莆田、龙岩 FY-2C 静止气象卫星资料接收处理系统建成。省气象台、厦门、宁德、南平 FY-2C 静止气象卫星资料接收处理系统完成升级改造。

4 月 18 日　"福建沿海及台湾海峡气象防灾减灾服务体系"项目建议书经中国气象局批复同意立项。

5 月 1 日　新一代天气雷达资源共享系统投入使用。各设区市气象局可通过 PUP 终端实时访问省内 4 部新一代天气雷达每 6 分钟更新一次的雷达产品资料。

5 月 31 日　受北方冷空气和西南暖湿气流双重影响，5 月份降水异常偏多。平均降水量达 414 毫米，是常年的 1.8 倍，打破近 44 年来历史最大纪录。其中清流县月降水量达 851.5 毫米，为 140 年一遇，明溪县月降水量达 827.8 毫米，为 87 年一遇。

6 月 1 日　省气象台至国家气象信息中心宽带通信网络系统和电视会商系统建成，并开始向国家气象信息中心实时试验上传 4 部新一代天气雷达产品资料。

6 月 17—23 日　闽西北地区连续出现大范围的暴雨天气，有 36 个县市出现暴雨或大暴雨，其中建瓯、建宁、泰宁、将乐、屏南等 5 个县市过程雨量超过 500 毫米，建宁县则高达 808.3 毫米，突破历史纪录。闽江干流发生 20 年一遇的洪水，闽江主要支流建溪、富屯溪、金溪均发生超危险水位的洪水。常务副省长刘德章说，气象部门预报准确，服务及时，为防汛抗洪、水库泄洪调度提供科学依据，大大减轻下游的防洪压力，取得显著的减灾效益。

6月24日　省政府将省气象局定为风能资源评价的协调管理单位，明确管理职责。

7月6日　省气象局承担的"数字福建"投资建设项目"福建省 EOS/MODIS 卫星资料接收处理及共享系统"通过省数字办组织的验收。

8月10日　省政府办公厅下发《关于加强人工影响天气工作的通知》。

9月28日　厦门探空站 L 波段探空系统投入业务试运行。

10月2日　第19号台风"龙王"21时35分在晋江围头登陆。登陆时中心气压975百帕，近中心最大风速33米/秒，风力12级，造成严重灾情。

10月20日　福建省风能资源评价项目通过验收，成为全国首个通过中国气象局和省发改委验收的省份。

10月20日　第一台土壤湿度自动观测仪在福州农业气象试验站安装完毕，并投入业务运行。

10月26日　省政府投资项目评审中心召开"福建沿海及台湾海峡气象防灾减灾服务体系"可研报告专家论证和评估会，会议建议尽快付诸实施。

11月23日　省气象局完成《福建省气象局贯彻落实中国气象事业发展战略研究成果行动规划（2006—2015年)》及《福建省气象局贯彻落实中国气象事业发展战略研究成果重点项目规划（2006—2015年)》编制工作。

12月23—25日　厦门、长乐新一代天气雷达通过现场验收。

二、重要文件辑录

（一）福建省人民政府贯彻《国务院关于进一步加强气象工作的通知》的意见

（闽政〔1992〕文40号）

现将《国务院关于进一步加强气象工作的通知》（国发〔1992〕25号文印）发给你们，并结合我省气象工作实际，提出如下贯彻意见：

一、进一步加强对气象工作的领导，大力推进我省气象事业的发展。各级政府、各部门要认真学习和贯彻国务院通知精神，健全和完善气象部门现行的双重领导管理体制，积极发展为地方经济建设服务的气象事业，保证我省气象工作适应改革开放和经济建设发展的需要。

二、充分发挥气象科技在经济建设和社会发展中的作用，不断提高气象工作的综合效益。气象部门要努力提高对各种灾害性、关键性、转折性天气的监测能力、预测能力和预报水平，为各级政府和部门的科学决策，及时提供准确、优质的气象服务。同时，积极开拓服务领域，丰富服务内容，改善服务手段。

各级政府、各部门要充分依靠气象科技，科学地指挥防灾、抗灾、救灾工作，开展减灾活动；在各项经济建设项目论证过程中，要切实做好环境的气候评价、气候资源的保护和合理利用。

三、发展农村气象科技服务网，建立健全各级农业社会化服务体系。各级政府要把农村气象科技服务网纳入本地的农业社会化服务体系建设规划，使气象科技在农业和农村经济发展中发挥更大作用。要大力开发和利用气象卫星遥感技术，加强为农业服务的气候监测、诊断和影响评价，深化、细化和运用农业气候区划成果，充分发挥在农业防灾、减灾和合理开发利用农业气候资源等方面的优势，促进农业高产、优质、低耗，促进农村经济全面发展。

四、要建立健全与气象部门现行领导管理体制相适应的双重气象计划财务体制。主要为地方经济建设服务的气象业务项目，其所需基建投资和有关事业经费由各级计委、财政分别纳入同级国民经济和社会发展计划及财政预算。

以上贯彻意见，望认真贯彻执行。

1993 年 7 月 16 日

（二）福建省人民政府办公厅关于落实国务院进一步加强气象工作的通知

（闽政办〔1993〕192 号）

为了进一步加强气象工作，健全和完善现行气象部门的双重管理体制，去年国务院发出了《关于进一步加强气象工作的通知》（国发〔1992〕25 号），省人民政府结合我省实际，提出了四点贯彻意见（闽政〔1992〕40 号），明确要求各地、市、县都要建立健全与气象部门现行领导管理体制相适应的双重计划、财政体制。一年来，已有漳州、厦门、莆田、宁德、泉州等五个地、市及三十七个县（市），将主要为地方经济建设服务的气象业务项目的基建投资和有关事业经费，纳入同级国民经济和社会发展计划及财政预算，加快了地方气象事业的发展，对当地的国民经济发展和保障人民财产安全发挥了积极作用。

我省是气象灾害频发的省份之一，加快和完善全省气象预测报工作，是关系到改革开放和经济建设的一件大事。各地要继续认真贯彻落实国发〔1992〕25 号通知精神和闽政〔1992〕40 号贯彻意见，还未建立健全气象双重计划财政体制的地、市、县年底前都应把气象双重计划财政体制建立起来。各地区行政公署、省辖市人民政府应将执行情况报省政府办公厅。

1993 年 8 月 31 日

（三）福建省人民政府办公厅关于进一步加强发布公众天气预报工作的通知

（闽政办〔1993〕257号）

最近，国务院办公厅以国公函〔1993〕45号文规定，国家对公开发布天气预报和灾害性天气警报实行统一发布制度。这项工作由中国气象局管辖的气象台（站）负责，其他部门、单位及个人未经省级或省级以上气象部门同意，均不得向社会公开发布各类天气预报和灾害性天气警报。为进一步规范我省公众天气预报的发布工作，根据国办函〔1993〕45号文精神，结合我省实际，特作如下通知：

一、福建省气象局所属各气象台（站）负责发布本行政区和责任区范围内的天气预报和灾害性天气警报，其他行业部门所属气象机构，只负责向本部门内部发布专业天气预报，不得以任何方式向社会发布。

二、有关单位、学术团体和个人研究天气预报意见，可向当地气象部门提供，或在各气象台（站）主办的刊物、召开的学术讨论会上发表，不得自行对外发布广播。

三、通过广播、电视、报刊、电话、公众寻呼网和电视广告屏幕等手段定时播出或定期刊登天气预报和灾害性天气警报的，一定要利用气象部门提供的适时气象信息，对利用气象信息、资料开展社会创收性服务的，按国务院发〔1985〕25号文件规定办理；对以天气预报为载体开展社会性综合服务的，直接与气象部门联系，双方要建立合作关系，密切配合，承受相应的权益。

四、各级气象台（站）要切实加强工作责任心，及时、准确地做好预测工作，努力提高天气预报质量，更好地为我省改革开放和经济建设服务。

执行本通知过程中遇到问题，可直接与省气象局协商解决。

1993年11月12日

（四）福建省人民政府关于地方财政承担气象部门执行地方性补贴、津贴所需经费的通知

（闽政〔1996〕文199号）

经研究，省政府同意我省气象干部、职工部门享受各级政府出台的各类地方性补贴、津贴政策。现通知如下：

一、气象部门是实行双重领导管理体制及双重计划、财务体制的事业机构，在中国气象局和省委、省政府的领导、重视与支持下，气象业务现代化建设取得了重大进展，服务领域逐步拓宽，业务、服务质量不断提高，社会效益和经济效益日益显著，

为我省经济建设和社会发展发挥了重要作用。

二、根据气象部门干部、职工工作在当地，服务于当地，效益在当地的实际情况，气象部门的干部、职工除了享受国家规定的物价补贴，也应享受各级政府自国家工资制度改革之后出台的地方性各类补贴、津贴政策。

三、气象部门干部、职工执行地方出台的各类补贴、津贴政策所需的经费按文件规定的资金渠道列支，其中应由地方财政解决的纳入当地财政预算。

以上通知，请认真贯彻执行。

1996 年 8 月 13 日

（五）福建省人民政府办公厅转发省广播电视厅、省气象局《关于改善我省电视气象服务的报告》的通知

（闽政办〔1996〕209 号）

经研究，并请示省政府领导同意，现将省广播电视厅、省气象局《关于改善我省电视气象服务的报告》转发给你们，请遵照执行。

1996 年 10 月 5 日

关于改善我省电视气象服务的报告

天气预报关系到国计民生，与各行各业的生产，家家户户的生活息息相关。江泽民总书记今年视察国家气象局时指出：气象预报不仅仅是经济问题，也是政治问题。气象预报关系到经济建设，关系到社会安定，也关系到人民群众的生命财产安全。福建是多气象灾害省份，用科学的、高科技的手段提前预警天气灾害，对防灾减灾非常重要。电视媒体是气象预报广而告之的最有效的手段之一，它具有覆盖面大、传播迅速、形象准确的特点。遵照省委、省政府领导的指示，我们计划全面改善电视气象服务，使电视天气预报更直接、更有效地服务全省经济建设和人民日常生活。

改善后的电视气象服务节目将使天气预报服务范围从现有的 9 个地市扩大到 39 个地市（县）和 16 个旅游风景区，并且增加了播出次数，让观众在早晨、中午、傍晚和夜间都能够获得所需的气象信息。增设的气象节目将进一步适应我省深化改革、扩大开放的新形势，提高气象预报的准确性、时效性和知识性，满足社会各界和人民群众对气象信息的不同需求，提供各地党政领导指导工农业生产和指挥防灾减灾及时可靠的气象数据。节目将重视气象分析对不同区域、不同观众、不同节气、时令的针对性，增加服务性。节目将以栏目化，固定播出时间，方便收视。节目采用主持人形式，突出亲切、自然的风格。

为使观众能清晰地了解天气信息，同时也为了提高市、县或旅游风景区的社会知

名度，新推出的电视气象节目将改变目前天气预报送广告做法，衬底只出现市、县或旅游风景区画面或标志性建筑。翻页后出现的广告，也将积极贯彻体现省委、省政府"立支柱、上规模、创名牌、争第一"的经济发展战略的指导思想，严格把关，立足为当地经济建设和社会发展服务。

气象工作是一项需要高投入的高科技行业，同时也是一项为地方服务的地方性事业，根据《中华人民共和国气象条例》规定，主要为当地经济建设服务的地方气象事业项目，所需投资应分别由各级政府和有关部门共同承担。

（六）福建省人民政府办公厅关于进一步加快发展我省地方气象事业的通知

（闽政办〔1998〕75号）

最近，国务院办公厅下发了《国务院办公厅转发中国气象局关于加快地方气象事业的意见》（国办发〔1997〕43号），进一步明确了发展地方气象事业的任务和具体建设项目，提出了增加对气象事业投入、改善气象职工工作和生活条件的要求。为了认真贯彻落实国务院办公厅文件精神，进一步加快我省气象事业的发展，现结合我省实际情况，经省政府同意，提出如下贯彻意见：

一、提高对气象工作重要性的认识，加快发展地方气象事业，增强地方防御气象灾害的能力。气象预报与国民经济各行各业密切相关，影响人们日常生产、生活，特别是与农业生产关系最为密切。而我省又是气象自然灾害多发省份，加强气象工作，进一步发展我省地方气象事业，增强对气象灾害的监测、预报和防御能力，是实施科教兴省战略，促进我省经济和社会发展的重要措施之一。各级政府要进一步提高对气象工作地位和作用的认识，增强气象防灾抗灾意识，加大发展地方气象事业的力度，充分发挥气象科技在防灾抗灾中的重要作用。根据国办发〔1997〕43号文件精神，今后一个时期，我省地方气象事业发展的主要任务是：与国家投资建设的项目相配套，建成省、市地气象卫星综合应用业务系统；建成县级气象信息产品服务终端；在强对流天气频繁发生的地区布设新一代天气雷达监测网；建成人工影响天气综合技术系统，在有条件的地区建立人工影响天气实验示范基地；建立省级中尺度灾害性天气预警系统；建设和完善省、地、市级卫星遥感灾情监测系统和相应的县级服务系统；建成农业气象和商品粮基地气象服务系统；建立海上气象服务网以及气候资源合理开发利用、气象科技扶贫等项目；建立省、地、市级新一代人机交互处理系统，完成省以下气象辅助通信网设备的更新。这些项目投入运行后，将进一步对各地气象防灾减灾工作及经济发展产生积极的影响。各级政府要根据气象现代化建设的总体规划和建设计划，根据本地经济建设的实际需要，制定出本地的气象事业发展规划，并将上述项目纳入当地国民经济和社会发展计划。

二、充分利用"福建省中尺度灾害性天气预警系统"一期工程成果，加快二期工程建设进程，完善县级支中心建设。作为我省五大防御工程之一的"福建省中尺度灾害性天气预警系统"，是当前我省地方气象事业建设的重要内容，一期工程建成显著提高了我省气象工作在防灾减灾和为经济建设、社会发展服务等方面的作用。目前，系统二期工程建设已展开，并作为我省向国庆 50 周年献礼的建设项目。各级政府、省直各有关单位要贯彻《福建省人民政府办公厅转发福建省中尺度灾害性天气预警系统建设领导小组会议纪要的通知》（闽政办〔1996〕142 号），落实好配套经费，确保系统二期工程的按时建成。县（市）级支中心是二期工程的重要建设内容，各级政府要在基础建设、配套设备和土地使用等方面增加投入并给予政策支持，各级气象部门要在技术、人才、设备等方面给予指导和支持。同时，各级财政要安排好项目建成后维护经费，确保系统正常运转，充分发挥建成系统的效益。

三、健全和完善气象部门双重计划财务体制，努力改善气象职工的工作和生活条件，保证地方气象事业的快速、协调、健康发展。我省现有基层气象台站多数远离城区，位居偏僻，职工的工作和生活条件艰苦。多年来，广大气象职工发扬艰苦奋斗精神，克服工作和生活上的困难，努力搞好气象服务工作，在气象防灾减灾和为当地经济建设、社会发展做出了重要贡献。各级政府、各有关部门要继续关心支持气象事业，贯彻好闽政〔1992〕40 号、闽政〔1996〕199 号文件，切实落实气象部门双重计划财务体制和地方财政承担气象部门执行地方性补贴、津贴工作，对气象部门的工作、生活基础设施建设，要纳入地方统一规划，统筹安排，为气象职工排忧解难，保证气象队伍的稳定，促进我省气象事业的快速、协调、健康发展。

1998 年 5 月 7 日

（七）福建省人民代表大会常务委员会关于颁布施行《福建省气象条例》的公告

《福建省气象条例》已经福建省第九届人民代表大会常务委员会第四次会议于 1998 年 8 月 1 日通过，现予公布，自 1998 年 10 月 1 日起施行。

福建省人民代表大会常务委员会
1998 年 8 月 1 日

福建省气象条例

第一条　为加强气象工作，防御和减轻气象灾害，保障人民生命财产安全，合理开发利用和保护气候资源，促进经济和社会发展，根据国家法律、法规，结合本省实际，制定本条例。

第二条　县级以上气象主管部门负责本行政区域的气象工作。

其他设有气象工作机构的部门，在同级气象主管部门指导下，负责其职责范围内的气象工作。

第三条　县级以上人民政府应当根据当地实际情况发展地方气象事业，加强气象防灾减灾工程和基础设施建设，建立气象灾害监测和预警系统，制定防御与减轻气象灾害应急预案，健全防御与减轻气象灾害工作体系。

第四条　主要为当地经济建设和社会发展服务的气象事业项目属地方气象事业，包括以下项目：

（一）为地方服务的天气气候监测、气象通信、中小尺度灾害性天气监测预警系统、电视天气预报制作系统、气象预报服务系统及气象科研、教育；

（二）农作物气候产量预测、气候资源开发利用、节水节能、保护生态环境等服务；

（三）农村、海上气象科技服务网建设；

（四）气象卫星遥测遥感技术用于农业、渔业、海洋、城市和森林防火、环境监测等服务；

（五）人工影响天气工作；

（六）国家和省规定的其他项目。

地方气象事业规划由当地气象主管部门制定、组织实施。

第五条　县级以上人民政府应当将地方气象事业项目及其所需基本建设投资和有关事业经费纳入本级国民经济和发展计划及财政预算，并根据气象防灾减灾的需要和有关规定增加资金的投入。

第六条　省气象主管部门所属气象台站应当做好为工农业生产、防灾减灾和军事、国防科学试验所需的气象服务，及时为社会提供公益性气象预报、灾害性天气警报。

其他部门所属气象台站、在防灾减灾工作中，应及时向同级气象主管部门提供相关气象信息。

第七条　各级气象主管部门应当做好重大灾害性天气、气候灾情的调查、核实等工作，并及时报告同级人民政府和上级气象主管部门。

第八条　各级气象主管部门应当根据当地经济建设需要，组织气候资源综合调查及其开发利用，加强气候监测、诊断、分析、评价以及气候变化的研究应用，定期和不定期发布气候状况监测公报。

第九条　鼓励和支持气象防灾减灾和气候资源开发利用的科学技术研究，开展国际、国内气象工作合作和交流。

省气象主管部门应当采取措施，推进闽台气象工作合作和交流。

第十条　气象预报和灾害性天气警报由省气象主管部门所属气象台站统一向社会发布；禁止其他单位或个人以任何方式向社会发布。

广播、电视、报刊等传播媒体向社会播发的气象预报和灾害性天气警报，必须是省气象主管部门所属气象台站直接提供的适时气象信息，并注明该信息来源。

第十一条　电视气象预报节目由发布该预报的气象台站组织制作。

广播电台、电视台应当与同级气象主管部门商定气象预报节目的播发时间，并定时播发；确需变更播发时间的，应事先征得发布该气象预报的气象台站同意；对可能产生重大影响的灾害性天气警报以及需要补充或订正的气象预报，应当及时增播或插播。

第十二条　根据用户需要提供的专业气象科技服务，实行有偿服务；其收费标准按省物价、财政部门规定执行。

无线寻呼系统、电话信息业务和计算机网络等媒体，在经营活动中使用气象信息的，应征得制作该气象信息的气象台站同意。

第十三条　大气环境影响评价所需气象资料、气象参数，应由省气象主管部门所属气象台站提供；使用其他单位或个人提供的气象资料、气象参数，必须经气象主管部门审查、鉴证。

第十四条　气象主管部门负责雷电灾害预防管理工作。

高层建筑、易燃易爆物资仓储场所、电力设施、电子设备、计算机网络和其他需避雷防护的建筑和设施，必须按照国家规定的有关避雷设计技术规范和标准采取避雷措施；国家没有规定的，其避雷设计技术规范和标准由省气象主管部门会同行业主管部门制定。

气象主管部门应当参加防雷安全设施的设计审查和工程竣工验收，并定期对防雷安全设施进行检测，有关单位或个人应予配合。

第十五条　气象台站和大型气象仪器设备实行统一规划、合理布局。

气象探测、气象仪器设备的安装、使用，必须执行全国统一的气象技术规范和行业标准，并接受气象主管部门监督。

第十六条　从事经营性施放各类广告气球、飞艇的单位或个人，必须经县级以上气象主管部门技术资格认定后，方可向当地工商行政主管部门申请办理开业手续。

第十七条　县级以上人民政府应当依法保护本辖区内的气象探测环境及其设施。任何单位或个人不得危害、破坏、占用气象探测环境及其设施。

城镇建设规划部门应当采取措施保护气象探测环境及其设施。确需在气象探测环境及其设施保护范围内进行工程建设的，建设单位必须在工程立项前报经省或国家气象主管部门批准；迁移、重建气象台站及其设施的费用，由建设单位承担。

气象无线电专用频率和信道受国家保护，任何单位或个人不得挤占和干扰。

第十八条　违反本条例，有下列行为之一的，由县级以上气象主管部门责令停止违法行为，并按下列规定予以处罚：

（一）向社会播发非气象主管部门所属气象台站提供的气象预报、灾害性天气警报或播发非适时的气象预报、灾害性天气警报，导致混乱，造成严重后果的，处以一万元以上三万元以下罚款；

（二）大气环境影响评价使用其他单位或个人提供的气象资料、气象参数未经气象主管部门审查、鉴证的，处以三千元以上一万元以下罚款；

（三）未经技术资格认定进行经营性施放广告气球或飞艇活动的，处以三千元以上一万元以下罚款；

（四）防雷安全设施检测不合格又不按规定限期整改的，处以三千元以上五千元以下罚款。

危害、破坏气象探测环境、非法占用气象探测场地的，依照国家有关法律、法规规定予以处罚。

第十九条　本条例自 1998 年 10 月 1 日起施行。

（八）福建省人民政府办公厅转发《省气象局、省公安消防总队、省经济贸易委员会关于加强经营性施放广告气球（飞艇）管理的报告》的通知

（闽政办〔2000〕248 号）

各市、县（区）人民政府，省政府各部门、各直属机构、各大企业、各高等院校：

为了加强对经营性施放广告气球（飞艇）市场的管理，保障人民生命财产安全和社会稳定，经省政府研究，现将省气象局、省公安消防总队、省经济贸易委员会《关于加强经营性施放广告气球（飞艇）管理的报告》转发给你们，请认真贯彻执行。

2000 年 12 月 26 日

省气象局、省公安消防总队、省经济贸易委员会
《关于加强经营性施放广告气球（飞艇）管理的报告》

省政府：

由于经营性广告气球（飞艇），特别是氢气球的充灌和施放具有很强的专业性，充灌或施放不当，极易引起爆炸、燃烧等恶性事故，给人民生命财产造成重大损失。《中华人民共和国消防法》、《福建省气象条例》、《化学危险物品安全管理条例》（国发〔1987〕14 号）和《福建省化学危险物品安全经营许可证管理办法》（闽政〔1992

16 号）实施以来，我们在加强监督管理，制止违法从事经营性施放广告气球（飞艇）活动，预防事故发生方面，做了大量工作，取得了一定成效。但一些单位和个人违法经营的情况仍时有发生，存在重大事故隐患。为认真贯彻落实党中央、国务院、省政府领导关于安全生产的一系列重要指示和有关法律法规，实现经营性施放广告气球（气艇）市场有序管理，防患未然，保障人民生命财产安全和社会稳定，现就进一步加强经营性广告气球（飞艇）管理提出如下意见：

一、从事经营性施放广告气球（飞艇）的单位和个人，必须按照《中华人民共和国消防法》、《福建省气象条例》、《易燃易爆化学危险物品管理办法》（公安部 18 号令）、《化学危险物品安全管理条例》和《福建省化学危险品经营许可证管理办法》等有关规定进行活动；增强安全意识，采取有效措施，以提高经营性施放广告气球（飞艇）的安全性。

二、依据《福建省气象条例》，对从事经营性施放广告气球（飞艇）的单位和个人实行技术资格认定制度。《技术资格认证管理办法》由省气象主管部门负责制定。

三、从事经营性施放广告气球（飞艇）的单位和个人，必须同时取得消防主管部门颁发的《易燃易爆化学危险品消防安全许可证》、经贸委颁发的《化学危险物品经营许可证》并经气象主管部门技术资格认定，方可向当地工商行政主管部门申请办理开业手续。

经营性施放广告气球（飞艇）的单位和个人的储氢气和充气场所必须符合消防安全技术要求。

从事经营性施放广告气球（飞艇）灌充、施放操作的人员，必须经气象、消防和经贸主管部门共同认定的社会中介机构或其他组织的岗前培训，并按有关规定取得相应的上岗资格。

四、生产氢气产品的单位，不得擅自出售氢气给无《易燃易爆化学危险品消防安全许可证》的单位和个人。

五、施放单位和个人必须严格按照《技术操作规范》作业，确保安全。《技术操作规范》由省气象主管部门会同省公安消防主管部门制定。

六、从事经营性施放广告气球（飞艇）的经营者，违反《中华人民共和国消防法》、《福建省气象条例》、《化学危险物品安全管理条例》和《福建省化学危险物品经营许可证管理办法》有关规定的，由有关部门按相关法律、法规进行处罚，并责令其限期整改，逾期不改的，由有关部门按规定取消消防安全许可证、技术资格证和经营许可证。

以上意见如无不妥，请批转各市、县有关部门贯彻执行。

2000 年 11 月 17 日

（九）福建省人民政府关于印发福建省省级基建投资审批综合改革方案的通知

（闽政〔2003〕3 号）

各市、县（区）人民政府，省政府各部门、各直属机构、各大企业、各高等院校：

经研究同意，现将《福建省省级基建投资审批综合改革方案》印发给你们，请认真贯彻执行。

福建省人民政府

2003 年 1 月 11 日

……

16. 人防部门、气象部门参加由建设主管部门牵头受理的施工图设计审批。涉及征求人防部门修建防空地下室施工图审意见的时限为 4 个工作日；征求气象部门防雷设施施工图审查意见的时限为 3 个工作日。

省各有关部门，各市、县（区）政府在具体实施中根据实际情况，进一步缩短审批时限，提高办事效率。

……

（十）福建省人民政府办公厅关于发布福建省气象灾害预警信号的通知

（闽政办〔2003〕85 号）

各市、县（区）人民政府，省政府各部门、各直属机构、各大企业、各高等院校：

为防御和减轻气象灾害，保护人民生命和国家、集体、个人财产安全，根据《中华人民共和国气象法》和《福建省气象条例》，结合我省实际，福建省气象局和福建省广播电视局联合制定了福建省气象灾害预警信号，经省政府研究同意，现公布如下：

第一条 福建省气象灾害预警信号是我省防御气象灾害的统一信号，各地气象灾害预警信号必须以本通知为准。

福建省气象灾害预警信号主要由台风、暴雨、寒冷、高温等预警信号组成。

第二条 气象灾害预警信号由县级以上气象主管机构所属的气象台站统一发布，任何组织或个人不得以任何方式向社会发布。

第三条 各级广播电台、电视台等媒体应在收到气象主管机构所属的气象台站直接提供的气象灾害预警信号后 15 分钟内播发。播发气象灾害预警信号的具体办法，由省广播电视局和省气象局制定。

第四条　各单位、个人应当按照本通知，采取措施，积极防御，避免或减少灾害损失。

第五条　台风预警信号

（一）白色台风信号

图标：6_1标

颜色：白色；

含义：热带气旋 48 小时内可能影响本地。

（二）绿色台风信号

图标：6_2标

颜色：绿色；

含义：热带气旋 24 小时内可能或已经影响本地，平均风力可达 6～7 级。

（三）黄色台风信号

图标：6_3标

颜色：黄色；

含义：热带气旋 12 小时内可能或已经影响本地，平均风力可达 8 级以上。

（四）红色台风信号

图标：6_4标

颜色：红色；

含义：热带气旋 12 小时内可能或已经影响本地，平均风力可达 10 级以上。

（五）黑色台风信号

图标：6_5标

颜色：黑色；

含义：热带气旋 12 小时内可能或已经影响本地，平均风力 12 级以上。

第六条　暴雨预警信号

（一）黄色暴雨信号

图标：暴雨_1标

颜色：黄色；

含义：6 小时内，本地将可能有暴雨发生。

（二）红色暴雨信号

图标：暴雨_2标

颜色：红色；

含义：在刚过去的 3 小时内，本地部分地区降雨量已达 50 毫米以上，且雨势可能持续。

（三）黑色暴雨信号

图标：🌧3标

颜色：黑色；

含义：在刚过去的 3 小时内，本地部分地区降雨量已达 100 毫米以上，且雨势可能持续。

第七条　寒冷预警信号

（一）绿色寒冷信号

图标：⬇标

颜色：绿色；

含义：因冷空气侵袭，本地气温在未来 24 小时内急剧降低 10℃以上。

（二）黄色寒冷信号

图标：⬇2标

颜色：黄色；

含义：因冷空气侵袭，24 小时内当地的最低气温将要或已降到 5℃以下。

（三）红色寒冷信号

图标：⬇标

颜色：红色；

含义：因冷空气侵袭，24 小时内当地的最低气温将要或已降到 0℃以下。

（四）黑色寒冷信号

图标：⬇标

颜色：黑色；

含义：因冷空气侵袭，24 小时内当地的最低气温将要或已降到 - 5℃以下。

第八条　高温预警信号

（一）黄色高温信号

图标：℃标

颜色：黄色；

含义：24 小时内本地最高气温将要或已经升到 35℃以上。

（二）红色高温信号

图标：℃标

颜色：红色；

含义：24 小时内本地最高气温将要或已经升到 38℃ 或以上。

第九条　本通知自发布之日起生效。

福建省人民政府办公厅

2003 年 7 月 15 日

（十一）　中国气象局关于福建沿海及台湾海峡气象防灾减灾服务体系项目建议书的批复

（气发〔2005〕74 号）

福建省气象局：

你局关于《福建沿海及台湾海峡气象防灾减灾服务体系项目建议书》（闽气发〔2005〕38 号）收悉。经研究，批复如下。

一、为适应福建省政府提出的建设对外开放、协调发展、全面繁荣的海峡西岸经济区的目标构想，实施以福建为核心区的台湾海峡海域与陆地的社会经济发展战略，全面提升沿海及台湾海峡气象监测、通信、预报业务服务能力，建设福建沿海及台湾海峡气象防灾减灾服务体系项目是必要的。

二、该项目建设主要内容包括：依托福建省中尺度预警系统和中国气象局大气监测自动化系统一期工程建设，充分利用福建现有气象台站，采用先进的探测技术和通信技术，建成观测项目比较齐全、布局合理和自动化程度较高的综合监测站网和高速通信网，利用高性能计算机和有限区域数值预报模式，建立海上气象专业预报系统，拓展海洋业务服务领域，提高福建沿海及台湾海峡海上气象灾害性天气的预警服务能力，为各级政府防灾减灾和建设海峡西岸经济区提供可靠的气象保障。

三、根据上述建设内容，该项目建设概算总投资为 15113 万元，由中国气象局和福建省人民政府按照 1:1 的投资比例共同完成项目建设。

请你局据此批复，抓紧做好有关前期工作，该项目的可行性研究报告请报送当地政府审核和批复，并落实好地方匹配投资，确保项目建设顺利完成，为地方国民经济建设和社会发展做好服务。

中国气象局

2005 年 4 月 18 日

三、领导干部名录

1991—2005 年气象部门厅（局）级干部名录

姓　名	职　务	起止时间
叶榕生	局长、党组书记	1989.5—1997.3
陈双溪	副局长、党组成员	1988.10—1993.4
林有年	副局长、党组成员	1988.10—2004.1
钮叙凯	视察员（正厅级）	1988.10—1992.5
陈　仲	副局长、党组成员	1993.4—2000.11
吴章云	副局长、党组成员	1995.1—2000.11
汤　绪	副局长、党组成员（挂职）	1996.1—1997.7
李修池	局长、党组书记	1997.3—2000.11
郑国光	副局长、党组成员（挂职）	1997.7—1998.7
陈玉衡	纪检组长、党组成员	1998.6—2005.1
高时彦	助理巡视员（副厅级）	1998.6—1999.4
杨维生	副局长、党组副书记（主持工作）	2000.11—2002.4
林新彬	副局长、党组成员	2000.11—
陈　仲	厦门市气象局局长、党组书记	2000.11—2006.1
周京星	副局长、党组成员	2000.11—
杨维生	局长、党组书记	2002.4—
宋善允	副局长、党组成员（挂职）	2002.4—2003.2
范新强	副局长、党组成员（2005 年 1 月兼纪检组长）	2004.1—2006.1
陈　彪	副局长、党组成员（2005 年 6 月至 2006 年 5 月挂职中国气象局监测网络司副司长）	2004.1—
林有年	巡视员（正厅级）	2004.1—
蔡诗树	厦门市气象局巡视员（副厅级）	2004.4—2005.8

说明：表中职务除厦门市气象局外均为福建省气象局。

四、荣誉单位名录

1991—2005 年气象部门获省部级以上荣誉单位称号名录

授予时间（年、月）	获奖单位	荣誉称号	颁奖单位
1991	龙岩地区气象局	全国气象部门 1991 年防灾减灾气象服务先进集体	国家气象局
1992	省气象台 龙岩地区气象局	1991 年度气象工作先进单位	省政府
1992.8	寿宁县气象局	1991—1992 年度省级文明单位	省委 省政府
1993.1	南安县气象局	全国先进气象站	国家气象局
1993.4	省气象台 福州市气象局	1992 年抗洪先进集体	省政府
1993	省气象学会	全国气象科普先进集体	国家气象局
1993.12	寿宁县气象局	全国"气象科技扶贫"工作集体三等奖	中国气象局 中国气象学会
1994	莆田市气象局 三明市气象局	1993 年气象工作服务农业先进单位	省政府
1994.8	寿宁县气象局	1993—1994 年度省级文明单位	省委 省政府
1995	寿宁县气象局 厦门市气象局	第五届（1994—1995 年度）省级文明单位	省委 省政府
1995	福建省气象台 泉州市气象局 漳州市气象局	1994 年气象工作服务农业先进单位	省政府
1995	三明市气象局 闽侯县气象局 邵武市气象局	1994 年全国汛期气象服务先进集体	中国气象局
1996	省气象台	1995 年度服务农业先进单位	省政府
1996	省气象学会 连江县气象局	1994—1995 年气象科技兴农、科技扶贫工作三等奖	中国气象局 中国气象学会
1996	福州市气象台 诏安县气象局	1995 年全国汛期气象服务先进集体	中国气象局
1996.12	南安市气象局	全国气象系统先进集体	人事部 中国气象局
1997	省气象台 宁德地区气象局	1996 年汛期气象服务先进集体	中国气象局
1997	省气象局 厦门市气象局 莆田市气象局	1996 年抗洪救灾先进集体	省政府
1997.1	省气象台	1996 年度服务农业先进单位	省政府
1997.9	省气象学会科普工作委员会 厦门市气象学会	全国气象科普工作先进集体	中国气象局 中国气象学会

续表

授予时间（年、月）	获奖单位	荣誉称号	颁奖单位
1998	省气象台 泉州市气象局预报科	1997年度重大气象服务先进集体	中国气象局
1998	寿宁县气象局	1996—1997年气象科技兴农、 科技扶贫工作三等奖	中国气象局 中国气象学会
1998.2	省气象科研所农业气象中心	1997年服务农业先进单位	省政府
1998.2	寿宁县气象局	1996—1997年度省级文明单位	省委 省政府
1998.10	省气象台 南平市气象局	闽北"98.6"抗洪救灾先进集体	省委 省政府 省军区
1998.10	省气象台短期科 南平市气象台 光泽县气象局	1998年全国气象部门防汛 抗洪气象服务先进集体	中国气象局
1998.12	厦门市气象局	气象部门文明系统	中国气象局
1998	省气象局	四大试验气象部门 外场观测先进集体	中国气象局
1999	省气象台党支部	先进基层党组织	省委
1999.7	寿宁县气象局	全国"气象科技扶贫" 工作集体三等奖	中国气象局 中国气象学会
1999	厦门市气象局	全国创建文明行业工作先进单位	中央文明委
2000	九仙山气象站	全国气象系统先进集体	人事部中国气象局
2000.12	寿宁县气象局 厦门市气象局	第二届（1998—1999年度） "创文明行业建满意窗口" 先进单位	省委 省政府
2000.12	寿宁县气象局 福鼎县气象局 政和县气象局	1998—1999年度省级文明单位	省委 省政府
2000	省气象台 漳州市气象局 厦门市气象局	1999年重大气象服务先进集体	中国气象局
2001	省气象台短期科	2000年重大气象服务先进集体	中国气象局
2001	民航厦门空管站 航行气象处气象台	全国质量信得过班组	中国质量协会 中华全国总工会 共青团中央 中国科学技术协会
2002	莆田市气象局	2001年重大气象服务先进集体	中国气象局
2002	福鼎市气象局	全国气象部门文明服务示范单位	中国气象局
2002	民航厦门空管站航行 气象处气象台	全国优秀质量管理小组	中国质量协会 中华全国总工会 共青团中央 中国科学技术协会
2003	建宁县气象局	2002年重大气象服务先进集体	中国气象局

续表

授予时间(年、月)	获奖单位	荣誉称号	颁奖单位
2003	厦门市气象局 漳州市气象局	全国创建文明行业工作先进单位	中央文明委
2003.2	省气象系统	全行业"文明系统"	中国气象局 省文明委
2003.4	省气象台 三明市气象局	2002年全省抗洪抢险 救灾先进集体	省委 省政府
2003.8	厦门市气象局 宁德市气象局 三明市气象局	创建文明行业工作先进单位	省委 省政府
2003.8	省气象局,福州、漳州、莆田市 气象局,福鼎、寿宁、屏南、明溪县 (市)气象局,九仙山气象站	2000—2002年度省级文明单位	省委 省政府
2003	民航厦门空管站航行 气象处气象台	全国优秀质量管理小组	中国质量协会 中华全国总工会 共青团中央 中国科学技术协会
2003	龙岩市气象局	2003年度重大气象 服务先进集体	中国气象局
2004	《中国气象报》福建记者站	2003年度先进记者站	中国气象局
2004	福州市气象局	2004年度重大气象 服务先进集体	中国气象局
2004	民航厦门航务管理站 航务管理部气象台	全国优秀质量管理小组	中国质量协会 中华全国总工会 共青团中央 中国科学技术协会
2005	《中国气象报》福建记者站	2004年度先进记者站	中国气象局
2005	九仙山气象站	全国文明单位	中央文明委
2005.10	厦门市气象局 漳州市气象局	全国精神文明创建工作先进单位	中央文明委
2005	民航厦门航务管理站 航务管理部气象台	全国优秀质量管理小组	中国质量协会 中华全国总工会 共青团中央 中国科学技术协会
2005	省气象科研所,福州、龙岩市 气象局,福安、福鼎、福清、建阳、 南靖、华安、长汀、平潭、政和、 安溪、德化、仙游县(市)气象局	气象部门局务公开先进单位	中国气象局
2005.11	莆田市气象局	全国气象部门离退休老同志 "三自"先进集体	中国气象局
2005.12	省气象台 三明市气象局	2005年重大气象服务先进集体	中国气象局
2006	《中国气象报》福建记者站	2005年度先进记者站	中国气象局

续表

授予时间(年、月)	获奖单位	荣誉称号	颁奖单位
2006.11	省气象局,福州、泉州、莆田、龙岩市气象局,福鼎、南安、漳平、安溪、寿宁、屏南、明溪县（市）气象局	2003—2005年度省级文明单位	省委省政府
2006.11	省气象系统	2003—2005年度全行业创建文明行业工作先进行业	省委省政府
2006.11	厦门市气象台,南安、永安、武夷山市气象局,龙岩市气象台	2003—2005年度创建文明行业工作先进单位	省委省政府

五、荣誉个人名录

1991—2005年气象部门获省部级以上荣誉个人称号名录

授予时间(年、月)	获奖人	荣誉称号	颁奖单位
1991.6	陈贤振　翁开记	全省优秀共产党员	省委
1992	林文卿　张寿海　朱葵葵　林中永	1991年全国质量优秀测报员	国家气象局
1992	曾光平　朱鼎华　陈阿芝	1991年全国气象部门防灾减灾气象服务先进个人	国家气象局
1992.10	邓哲维　朱能文　李炎英　林纪朋　刘秀娟　张寿海　蔡庆国　张杰兴　王叙平　刘德英　谢宝晶　刘东鸣　许丽端　周惠钦　陈安芳	1992年全国质量优秀测报员	国家气象局
1992	汪国瑗	享受政府特殊津贴（自然科学100元）	国务院
1992	叶榕生　陈瑞闪　曾光平	享受政府特殊津贴（自然科学50元）	国务院
1993.3	李赛云	全国先进女职工	中华全国总工会
1993.4	蔡有族　游华东　陈守武	1992年全省防汛抗洪先进个人	省政府
1993	陈遵弼　骆荣宗　魏应植	享受政府特殊津贴（自然科学50元）	国务院
1993	曾凡英	全国优秀气象站(局)长	国家气象局
1993	陈荣让	全国优秀青年气象工作者	国家气象局
1993	陈荣让　曾凡英	全国气象部门先进个人	国家气象局
1993.6	林爱萍　林文卿　陈兴旺　邱邦创　黄如岁　林茂义　韩国清　林永强	1993年度全国质量优秀测报员	中国气象局
1994	郑顺辉	省劳动模范	省政府

续表

授予时间(年、月)	获奖人	荣誉称号	颁奖单位
1994.11	刘爱鸣	1994年度全国抗洪模范	国家防汛抗旱总指挥部、人事部、水利部、解放军总政治部
1994	张瑞桂	1993年全国汛期气象服务先进个人	中国气象局
1994.11	颜家蔚(两次)　游少萍　陈青娇	全国质量优秀测报员	中国气象局
1994.11	林苏华　陈少琴	全国优秀填图员	中国气象局
1995	郑玉森　邓哲维	1994年全国汛期气象服务先进个人	中国气象局
1995	唐敏生　王水根	1994年度全国质量优秀测报员	中国气象局
1996	林新彬	1995年全国汛期气象服务先进个人	中国气象局
1996	任汉龙　卢福隆　还爱霞　许金镜　林　毅	1995年度全国优秀值班预报员	中国气象局
1996	陈荣让	全国气象系统先进工作者	人事部 中国气象局
1996.12	洪荣若　帅方红	全国气象部门双文明建设先进工作者	中国气象局
1996	周京星	全省千里海堤加固达标先进工作者	省委 省民政府
1996.12	林新彬　傅秀治　官秀珠　蒋宗孝　邓　志　陈德汶	全省抗洪抢险救灾先进工作者	省政府
1997	高时彦	全国气象科普先进工作者	中国气象局 中国气象学会
1997.12	郑行照	全国科普先进工作者	中共中央宣传部 国家科委 中国科协
1997.6	刘爱鸣　朱艳萍　陈德汶　张淑惠　林　毅	1996年度全国优秀值班预报员	中国气象局
1997	王水根　占凤英　邱邦创　邓哲维　陈丽惠	1996年度全国质量优秀测报员	中国气象局
1997	史子和	1996年全国汛期气象服务先进个人	中国气象局
1998.2	李　文　林添忠　林光中　杨志强　张　翊	有突出贡献的农业科技工作者	省政府
1998	蔡义勇　陈逢流　邱晓光　吴金福　林　毅	1997年度全国优秀值班预报员	中国气象局
1998	叶　英　张能胜　黄如岁　陈秀玲　苏山河　上官义明　卢恩德　蔡建春　方健英　施　芳	1997年度全国质量优秀测报员	中国气象局
1998	蔡诗树	1997年全国汛期气象服务先进个人	中国气象局
1998	杨本明　傅秀治　任汉龙　丁丽萍	闽北"98.6"抗洪救灾先进个人	省委、省政府、省军区

续表

授予时间(年、月)	获奖人	荣誉称号	颁奖单位
1998	杨善恭　官秀珠	1998 年全国防汛抗洪气象服务先进个人	中国气象局
1998	杨天福　连友朋　林景枝	四大试验气象部门外场观测先进个人	中国气象局
1999	曾福华　黄少芬　尤竞飞　温明华 叶进生　高诚良　李平和　朱能文 李泽华　张　梅　毛宝英　胡小宪 刘祥金　高　青	1998 年度全国质量优秀测报员	中国气象局
1999	廖义樟　黄元森　姚林塔	1998 年度全国优秀值班预报员	中国气象局
1999	朱克备　陈玉森	1998 年度全国气象信息网络优秀维护与开发员	中国气象局
2000	胡小宪　李　梅　叶　英　温明华 詹凤英　孙百安　陈源高　黄　飞	1999 年度全国质量优秀测报员	中国气象局
2000	杨　晖　郑文楷	1999 年度全国气象优秀系统管理员	中国气象局
2000	李泓浩　刘　铭　郑文荣　许金镜	1999 年度全国优秀值班预报员	中国气象局
2000	李　文	享受政府特殊津贴（一次性奖金5000 元）	国务院
2000	谢孙炳　张依英	全国气象部门双文明建设先进个人	中国气象局
2001	李泓浩	1999 年全国重大气象服务先进个人	中国气象局
2001.2	蔡建春　叶　英　吴丽娟　林莉莉 温明华　陈秀玲　林　松　刘　林 陈永顺	2000 年全国质量优秀测报员	中国气象局
2001	谢孙炳	2000 年全国重大气象服务先进个人	中国气象局
2001	马昌明　林　毅　吴启树　许金洪 林雪娥	2000 年度全国优秀值班预报员	中国气象局
2001	陈自力	全国气象信息网络优秀维护与开发员	中国气象局
2001	詹华贵	全国气象信息网络优秀系统管理员	中国气象局
2001.1	杨志强	全国农业科技先进工作者	科技部、农业部、水利部、国家林业局
2002	陈　冰	2001 年全国重大气象服务先进个人	中国气象局
2002.3	施清纯　程启羽　陈永顺　倪克文 刘　林　刘祥金　高　青	2001 年全国质量优秀测报员	中国气象局
2002	蔡学湛　柯小青　郑颖青　陈春忠 吴荣娟	2001 年度全国优秀值班预报员	中国气象局
2002	罗保华	2001 年全国气象信息网络优秀系统管理员	中国气象局

续表

授予时间（年、月）	获奖人	荣誉称号	颁奖单位
2002.4	黄建忠	2001年全国气象信息网络优秀维护与开发员	中国气象局
2002.12	刘爱鸣	2002年全国重大气象服务先进个人	中国气象局
2003	冷典颂　王怀俊　林　毅　邱晓光　章达华	2002年度全国优秀值班预报员	中国气象局
2003	李良宗　吴云宜　吴丽娟　方健英　谢建兴　刘祥金　陈永顺　倪克文　蔡庆国　黄　飞	2002年全国质量优秀测报员	中国气象局
2003	林丽霞　黄爱玉	2002年度全国气象优秀系统管理员	中国气象局
2003.7	陈奇生　周协望	全国气象部门精神文明建设先进工作者	中国气象局
2003.8	王毅仁　陈宗地	福建省第三届创建文明行业工作先进个人	省委　省政府
2003.4	杨本明、郭正明、李泓浩等6人	2002年全省抗洪抢险救灾先进工作者	省委　省政府
2003	杨　晖	2002年全国重大气象服务先进个人	中国气象局
2004	李　梅	2003年全国重大气象服务先进个人	中国气象局
2004	郭　林　连东英　姚林塔　许金洪	2003年度全国优秀值班预报员	中国气象局
2004	杨明焰	2003年度全国气象优秀系统管理员	中国气象局
2004	林伙海	2003年度全国气象优秀维护与开发员	中国气象局
2004	吴祖仪　高　青　倪克文	2003年全国质量优秀测报员	中国气象局
2004.6	杨维生	全国归侨侨眷先进个人	国务院侨办　全国侨联
2005	刘　铭　夏丽花　刘扬淦　吴启树　黄元森	2004年度全国优秀值班预报员	中国气象局
2005	杨德南	2004年度全国气象优秀网络管理员	中国气象局
2005	徐伟宁	2004年度全国气象优秀值机员	中国气象局
2005	林　燕　刘　琼　黄聚霞　王丽玉　叶　英　刘祥金　倪克文　赖松华　邱国英　高彩英　林　松	2004年全国质量优秀测报员	中国气象局
2005	李　梅	2004年度全国重大天气预报服务先进个人	中国气象局
2005.12	林玉仙	全国气象先进工作者	人事部　中国气象局

续表

授予时间(年、月)	获奖人	荣誉称号	颁奖单位
2005	毛鸿仁　林仁驹	全国气象部门离退休老同志"四好"先进个人	中国气象局
2005	陈雪钦　罗保华　张长安　林两位　何歆	2005 年度全国优秀值班预报员	中国气象局
2005	刘琼　黄聚霞　叶英　黄友树　陈俩成　高彩英　黄释聪　刘胜利　高青	2005 年全国质量优秀测报员	中国气象局
2005	江彩英　谢启杰	2005 年度全国气象优秀系统管理员	中国气象局

六、主要气象灾害年表

1991 年

暴雨：3 月 21 日，3 月 27—30 日，6 月 19—21 日，6 月 24—27 日出现 4 次暴雨过程，洪涝受灾面积 42.9 万亩，直接经济损失 6000 多万元。

寒害：3 月 26 日起，北部地区出现寒潮，连续 6—12 天出现 ≤12℃ 低温天气，除漳州外，各地出现"倒春寒"，早稻烂种烂秧损失种子 120 万千克。12 月 26—30 日，南平、三明、龙岩和宁德 4 地市出现异常低温、大雪及雪后持续 7 天左右的霜冻天气，使农作物受害，冻害面积 175 万亩，灾区交通、电讯、供水、供电曾一度中断，直接经济损失 7 亿多元。

冰雹：3 月 27 日，闽北、闽东地区降雹。

干旱：春夏连旱，至 8 月上旬，61 个县（市）农田受旱，面积 867 万亩，宁德、福州、泉州和南平 4 地旱灾面积均在百万亩以上。

1992 年

寒害：3 月 17—31 日，持续低温阴雨寡照，出现中等程度"倒春寒"天气，平均气温异常偏低 1℃—5℃，降水量偏多 2—4 倍，累计日照时数大部分地区不足 10 小时，早稻烂种 252.3 万千克。

暴雨：3 月 25—31 日，累计 55 个县（市）出现暴雨，闽江、九龙江、汀江超警戒水位，水口水电站 3 月份出现超过百年一遇的洪峰流量。7 月 4—8 日，出现强暴雨过程，暴雨中心在南平、三明 2 个市，32 个县（市）过程降水量超 200 毫米。闽江流域发生 1934 年以来最大洪水，7 月 6 日，南平市区超危险水位 2.01 米，洪峰流量创历年前汛期和台风季最高纪录。省内有 54 个县（市）受灾，26 座县城被淹，农作物受淹 345 万亩，倒房 10.58 万间，铁路中断 141 次，累计直接经济损失 26.8 亿元。

台风：年内有 2 次登陆台风，2 次影响台风。8 月 31 日，16 号台风登陆长乐市，37 个县（市）降暴雨，其中 13 个县（市）降大暴雨，柘荣县日降水量 240.7 毫米，并适逢天文大潮，诱发风暴潮，沿海灾情加重。334 万人受灾，倒房 2.88 万间，农作物受灾 139 万亩，直接经济损失 9.15 亿元。

干旱：夏秋冬连旱范围小、程度轻。受旱面积 174 万亩。漳州市华安县出现夏秋冬连旱的特大旱情。

冰雹：年内有 14 个雹日，41 县（市）降雹，其中 4 月 21 日 25 个县（市）降冰雹。

1993 年

寒害：1 月中旬和 2 月下旬，各有 1 次寒潮过程。

暴雨：除台风暴雨外，前汛期暴雨过程较多，但强度偏弱，无明显灾情。

冰雹：年内冰雹次数少，强度弱，范围小，损失轻。

干旱：7 月 1—20 日和 8 月中下旬到 9 月下旬各出现夏旱期，尤其 7 月份旱情对农业影响较大。至 9 月 5 日，48 个县（市）受旱面积 340 万亩。

龙卷风：年内出现 6 次龙卷风，以 8 月 23 日清流县灾情为重，共造成直接经济损失 130 万元。

1994 年

寒害：1 月 18 日，南平、三明、龙岩、福州、宁德大部出现寒潮天气，影响了作物越冬。

冰雹：4 月 5—8 日，11 个县（市）降雹。4 月 20 日，柘荣、福州、古田等县（市）降雹，福州市降雹持续 7 分钟，最大冰雹直径 43 毫米。

暴雨：年内有 2 场大暴雨。5 月 1—3 日特大暴雨过程，致使闽中、北地区 30 多个县（市）普降暴雨，沙溪出现 1949 年以来的最大洪水，清流、龙溪、永安、三明等县（市）城区被淹，有 38.6 万公顷农作物受灾，122 座水库损坏，直接经济损失 55.52 亿元。6 月 13—21 日暴雨过程，各地过程降水量均超过 100 毫米，18 个县（市）大于 300 毫米，泰宁县 566 毫米为最大，建宁县 524 毫米次之，闽江上游多个水文站超过危险水位，因灾死亡 129 人，伤 2071 人，直接经济损失 44.23 亿元。

台风：年内有 3 次登陆台风，4 次影响台风。7 月 11 日，6 号台风在泉州市至晋江市一带沿海登陆，降水不多，但适逢六月初三天文大潮，沿海潮水位普遍超警戒水位。与此同时，7 号台风减弱成低气压尾随 6 号台风北上影响福建省，有 22 个县（市）过程降水量超 100 毫米，柘荣县 373 毫米最大。17 号台风，8 月 21 日登陆浙江省瑞安，福建省北部沿海风力 10—11 级，宁德灾情较重。

干旱：南部地区轻度秋旱，受灾面积 27.7 万公顷。

1995 年

冰雹：3 月 15—16 日，南平、三明降雹，雹径 0.8—6 厘米。4 月 15—17 日，20 个县（市）降雹，最大雹径 14 厘米，南平市积雹 1 天，厚 30 厘米。

寒害：4 月 1—4 日，省内局部地区有"倒春寒"。

龙卷风：4 月 15 日，沙县出现龙卷风天气，直接经济损失 1535.6 万元。4 月 17 日，浦城县出现龙卷风天气，直接经济损失 1127.52 万元。

暴雨：前汛期有 5 次暴雨过程，分别是 5 月 2—3 日、5 月 16—18 日、5 月 20—21 日、6 月 3—4 日和 6 月 14—17 日。前 3 次局部轻灾，后 2 次对闽北地区造成一定损失。

台风：无登陆台风，有 4 次影响台风，以 4 号、5 号登陆广东的台风危害为大。7 月 31 日在广东省澄海登陆的 4 号台风致使漳州、泉州、龙岩、福州 4 地市出现暴雨，诏安县过程降水量 382 毫米。8 月 12 日在广东省沿海登陆的 5 号台风，在福建省西部、北部出现暴雨、大暴雨，邵武市过程降水量超过 300 毫米，因灾死亡 3 人，农田受淹 5.26 万公顷，倒房 1.48 万间，直接经济损失 13.41 亿元。

干旱：沿海地区及三明、南平地（市）夏旱较重，南部及中部沿海秋冬旱严重，闽中沿海及泉州、厦门、漳州地（市）出现夏秋冬连旱，大型水库库容量仅为常年的 44%，中型水库库容仅 38%，水电厂发电量锐减，供电紧张。

1996 年

寒害：2 月 18 日，永安市遭受雨凇灾害，历史罕见，闽北部分县（市）积雪 10 厘米左右。3 月 8—12 日，北部、中部部分县（市）出现寒潮天气，3 月 21—30 日、4 月 1—8 日和 4 月 12—15 日共出现 3 次较为严重的"倒春寒"天气。

冰雹：3—6 月，每月各出现 1 次局地性降雹。

台风：年内有 3 个登陆台风，1 个影响台风。8 月 1 日在福清市登陆的 8 号台风致使 7 个县次降特大暴雨，柘荣县日降水量 345 毫米为最大。台风登陆时恰遇天文大潮，泉州市遭遇 1949 年以来最严重的风暴潮，7 个潮位站中 3 个潮位超历史最高潮位，4 个接近历史最高潮位。因灾死亡 55 人，农作物受灾 687 万亩，直接经济损失 46 亿元。

龙卷风：4 月 19 日，龙卷风由广东省沿海进入福建省，诏安县宫口附近海面也出现龙卷风，沉船 1 艘，3 人死亡，2 人失踪。

干旱：9 月 26 日起，闽西、闽南出秋冬旱，龙岩地（市）局部旱情达大旱标准。

暴雨：年内有 5 次较为明显的暴雨过程，无严重损失。

1997 年

冰雹：年内出现 3 次小范围冰雹过程，集中在春季。

暴雨：5 月 5—7 日，受低层暖式切变气流影响，闽中南部沿海出现暴雨至大暴雨，26 个县（市）过程降水量超 100 毫米，九龙江、晋江、东西溪、木兰溪等洪水泛滥。

6月22—26日，明溪县日降水量171毫米，过程降水量353毫米，21人因灾死亡，直接经济损失15.7亿元。7月9—13日，南平地（市）北部4个县（市）过程降水量超200毫米，鹰厦铁路中断运输5天。

龙卷风：年内龙卷风次数多，5月14日，福安市因龙卷风袭击乡镇，范围大，造成直接经济损失达2000多万元。11月25—26日，龙卷风袭击福州市，福清市仉埔村小学受损，因灾停课。

台风：年内有1次登陆台风，3次影响台风。8月29日在福清市登陆的台风，柘荣县过程降水量296毫米为最大，东山县日降水量232毫米为最大，宁德、福州、漳州3地（市）受灾。8月2日，10号台风在香港登陆，漳州、龙岩、泉州3地（市）及厦门市普降暴雨，局部大暴雨。8月18日，8号台风在浙江省温岭登陆，影响福建省中北部沿海，有12个县市出现9～10级大风，风速21～26米/秒。

寒害：9月16日、20日、25—27日，闽中北部地区出现寒露风天气，影响晚稻产量。

1998年

暴雨：年内有3次暴雨过程。2月16—20日暴雨过程，使福鼎市白琳镇发生严重山体滑坡，因灾死亡17人，伤11人。5月13—15日，暴雨中心位于闽北，建瓯市超警戒水位6.35米，为1982年来最高水位，顺昌县西北部遭受百年未遇大洪水。6月8—25日，闽北11个县（市）过程降水量超过500毫米，闽江干流超过1949年以来最高水位。这次暴雨过程致使闽北及闽江流域地区受灾严重，建瓯、邵武、光泽等县（市）城区被淹。因灾死亡126人，直接经济损失82.76亿元。

寒害：3月20日起，光泽、浦城县24小时降温12.5℃，闽北9个县（市）出现寒潮天气，影响闽北地区春播。

台风：年内登陆或影响的热带气旋有6个，强度较弱。

干旱：轻度夏旱。

冰雹：年内雹灾次数少。

1999年

寒害：3月下旬，闽中、北部地区出现2次持续3天以上≤12℃的低温阴雨过程。建宁、泰宁县出现"倒春寒"天气。12月17—23日，强寒潮使闽中南部地区18个县（市）极端最低气温破历史纪录，闽中北部内陆县（市）≤-5℃，建宁县达-10℃。漳州地（市）农作物受灾面积135万亩，直接经济损失超15亿元，泉州地（市）直接经济损失6.05亿元。

暴雨：5月24—27日，暴雨集中在闽西、闽北地区，日降水量超过100毫米的有17个县（市），闽江上游、干流及汀江超警戒水位或危险水位，闽北地区受灾严重。

台风：年内有1次登陆台风，6次影响台风。10月9日，登陆龙海市的14号台风，是历史上第二个最晚登陆福建省的台风，也是 50 年来造成灾害最严重的台风之一。中南部沿海地区出现持续 5—6 小时的 12 级以上大风，厦门市、同安区阵风超 40 米/秒，东山、龙海、长泰县（市）阵风分别为 40 米/秒、35 米/秒和 34 米/秒，过程降水量 6 个县超过 200 毫米，惠安县崇武 24 小时降水量 501 毫米。因灾死亡 55 人，失踪 17 人，直接经济损失 75.1 亿元。

干旱：秋冬旱开始于 10 月 11 日，福州市以南县（市）降水量小于 5 毫米，漳州、厦门 2 地（市）大部分县（市、区）无雨，旱情达中旱级。

2000 年

暴雨：4 月 23—26 日，过程降水量大于 100 毫米的有 10 个县（市），6 月 9—13 日，过程降水量超过 100 毫米的有 36 县（市），6 月 17—20 日，47 个县（市）过程降水量超 100 毫米。厦门市日降水量 321 毫米。因灾死亡 39 人，直接经济损失 18 亿元。

龙卷风：5 月 27 日，龙卷风袭击武平县，据当地老人反映，此次龙卷风强度之大近百年未见。6 月 18 日，发生于漳浦县赤湖镇的龙卷风虽历时仅 3 分钟，但强度大。7 月 25 日，连江县发生龙卷风，阵风风速 31 米/秒，龙卷风过境时气温骤降 13℃。

台风：登陆及影响的热带气旋有 6 个。10 号台风 8 月 23 日登陆晋江市，福州市最大风速 34.4 米/秒，6 个县市过程降水量超 300 毫米，以福清市 412 毫米为最大，柘荣县日降水量 239 毫米。25 人因灾死亡，13 人失踪，直接经济损失约 24 亿元。

2001 年

冰雹：3 月 23—25 日，寿宁、政和、武平、上杭、漳浦等县（市）遭受历史罕见的冰雹袭击。5 月 7 日，莆田、仙游、连城、福清等县（市）发生雹灾，福清市农作物受灾严重。

暴雨：年内除台风暴雨外，共出现 8 次暴雨过程。其中，6 月 11—13 日，过程降水量浦城县 237 毫米最大，宁化县 233 毫米次之，沙溪、金溪流域水位猛涨，因灾死亡 1 人，失踪 2 人。

台风：年内有 2 次登陆台风，4 次影响台风。其中 2 号台风 6 月 23 日登陆福清市，福州、宁德、莆田 3 地（市）出现 10～12 级大风。倒房 1.25 万间，因灾死亡 103 人，失踪 113 人，直接经济损失 40 多亿元。

干旱：共有 51 个县（市）出现夏秋连旱。

2002 年

干旱：2—4 月，49 个县（市）出现冬春连旱，13 个县（市）出现特旱，厦门、漳州 2 地（市）旱情严重，漳州市南部旱情始于前一年 9 月，为严重的秋冬春连旱。

农作物受灾 201 万亩，19.46 万人饮水困难。

冰雹：4 月 6—8 日，12 个县（市）先后降雹，其中 4 月 6 日平和、南靖、华安、芗城、长泰等县（区）农作物损失严重。

暴雨：除台风暴雨外，前汛期共出现 4 次暴雨过程，以 6 月 13—18 日的暴雨过程为大（又称"6·18"洪涝）。此次暴雨到大暴雨过程持续时间长、落区集中、雨势强且过程雨量大，日最大降水量建宁县（265.9 毫米）、泰宁县（214.0 毫米）创纪录，过程最大降水量 533 毫米（建宁县），福建省中北部地区出现大范围的洪涝灾害，金溪流域出现 1949 年以来最高水位和百年不遇的洪水，沙溪、富屯溪水位先后超警戒水位和危险水位，三明地（市）严重受灾，直接经济损失 29.1 亿元。

台风：各有 1 次登陆台风和 1 次影响台风，灾情较重。12 号台风 8 月 5 日登陆广东省汕尾，福建省 16 个县（市）过程降水量超过 300 毫米，以云霄县 620 毫米为最大。16 号台风 9 月 7 日登陆闽浙交界处，福鼎市出现 35 米/秒阵风，宁德、福州 2 地（市）直接经济损失 5.3 亿元。

2003 年

寒害：1 月 6—7 日，闽北 15 个县（市）出现积雪现象，浦城县雪深 20 厘米。

暴雨：雨季出现 3 次暴雨过程。5 月 12—18 日，上杭县过程降水量 267.2 毫米为最大，三明、龙岩 2 地（市）受灾较重。6 月 5—15 日，福清市过程降水量 362 毫米为最大。

干旱：6 月 29 日至 10 月 10 日，发生自 1939 年以来最严重的旱灾，65 个县（市）发生夏旱，受旱面积 1344.3 万亩，超过夏旱最严重的 1991 年（受旱面积为 867 亩），229.1 万人饮用水困难，经济损失 32 亿元。入秋后，20 个县（市）又发生秋旱，平潭县旱期长达 169 天。夏秋连旱致使电力紧缺，7 月 12 日起执行限电措施。

2004 年

寒害：2 月 7—8 日，三明地（市）西北部局部雪深 25—30 厘米。3 月 1—2 日，内陆 22 个县（市）出现寒潮天气。3 月 21 日起，有 31 个县（市）出现连续 3—7 天日平均气温≤12℃的"倒春寒"天气。

干旱：年内出现局部性春旱、夏旱及秋旱，尤其是闽南地区部分县（市）春旱达特旱标准，大部分县（市）秋旱达大旱标准。

台风：影响及登陆台风共 7 次，以 8 月 12 日登陆浙江省的 14 号台风和 8 月 25 日登陆石狮市的 18 号台风影响最为严重。受 18 号登陆台风影响，柘荣县过程降水量 535.1 毫米，为最大。因灾死亡 2 人，倒房 1.01 万间，直接经济损失 24.85 亿元。

暴雨：9月7—10日，受热带辐合带北抬和北方冷空气南下的共同影响，闽中南部沿海出现暴雨，过程降水量以平潭县420.1毫米为最大。

2005 年

寒害：1月1—2日，闽东、闽南地区出现霜冻和结冰，经济作物受灾严重。3月11—13日，出现寒潮过程，48小时降温幅度8℃～18℃。

冰雹：5月1日，将乐、明溪、永安、浦城等县（市）和福州市降雹，将乐县雹径6厘米。

暴雨：6月17—23日，39个县（市）过程降水量超过100毫米，建宁县连续5天暴雨至特大暴雨，最大日降水量347.3毫米，过程降水量829.6毫米，水口水库最大洪水是有历史记录以来的最大值。直接经济损失32.34亿元。

干旱：闽中南部局部发生秋冬旱，厦门市、东山县最长连旱日数89天。

台风：有7个台风影响或登陆，其中3个登陆台风（7月19日，9月1日，10月2日）影响较严重，以19号"龙王"台风（10月2日登陆厦门市）灾情最为严重。长乐市最大1小时降水量152毫米，超历史极值，福州地（市）3个县（市）1小时降水量超100毫米。福州市区严重内涝，特大暴雨导致罗长高速公路被山洪冲断，交通严重受堵。因灾死亡42人，失踪6人，直接经济损失74.78亿元。

七、福建气候之最

一、极端天气气候

台风最多的年份：1990年台风登陆5个，影响6个。

造成人员伤亡最多的台风：1959年3号台风造成1336人遇难。

影响最严重的台风：2005年的"龙王"台风，致使福州市严重内涝、罗长高速公路中断，闽侯某地数十名武警官兵因山洪暴发而遇难。

最严重的气候干旱：2003年夏秋冬持续性干旱。

最酷热的高温过程：2003年夏季，40个县市极端最高气温创纪录。

最寒冷的严冬：1991—1992年冬季，福州等9个县市极端最低气温创纪录，建宁县极端最低气温创纪录。

年平均气温最高的年份：1998年。

年平均气温最低的年份：1976年和1984年。

年降水量最多的年份：1997年。

年降水量最少的年份：2003年。

二、气候极端数值（以县市气象站观测数据为依据，极大风速除外）

类　别	项目名称	数　值	出现时间	出现地点
气温	极端最高气温	43.2℃	1967 年 7 月 17 日	福安县
	极端最低气温	-12.8℃	1991 年 12 月 29 日	建宁县
	最高年平均气温	22.7℃	1998 年	诏安县
	最低年平均气温	14.1℃	1984 年	寿宁县
	最多高温日数	77 天	1963 年	沙县
降水	一日最大降水量	472.5 毫米	2005 年 7 月 19 日	柘荣县
	最多连续降水量	1087.6 毫米	1998 年 6 月 8—28 日	武夷山市
	最多年降水量	2929.5 毫米	1998 年	光泽县
	最少年降水量	628.9 毫米	1967 年	惠安县
	最多年雨日	250 天	1975 年	周宁县
	最少年雨日	75 天	1971 年	惠安县
	最多暴雨日数	19 天	1998 年	光泽县
风	极大风速	60.0 米/秒	1959 年 8 月 23 日	厦门市
	最大风速	48.0 米/秒	1980 年 9 月 19 日	东山县
	最多大风日数	176 天	1956 年	平潭县

＊本资料年限为气象站建站以来至 2005 年。

八、省气象档案馆珍藏气象资料目录

（一）新中国成立前海关测候所气象记录整编的资料

1. 《福州市逐日降水量（1893—1935 年）》、《福州市历年逐月降水量（1880 —1935 年）》。

2. 《福州市逐日最高气温（1880—1935 年）》、《福州市历年各月极端最高气温（1880—1935 年）》、《福州市逐日最低气温（1880—1935 年）》、《福州市历年各月极端最低气温（1880—1935 年）》。

3. 《福州市逐日平均气温（1902—1935 年）》。

4. 《厦门市逐日降水量（1892 年 5 月至 1944 年 3 月）》、《厦门市历年逐月降水量（1892 年 5 月至 1944 年 3 月）》。

5. 《厦门市逐日最高气温（1890 年 4 月至 1944 年 3 月）》、《厦门市历年各月极端最高气温（1890 年 4 月至 1944 年 3 月）》、《厦门市逐日最低气温（1890 年 4 月至 1944

年 3 月）》、《厦门市历年各月极端最低气温（1890 年 4 月至 1944 年 3 月）》。

6. 《厦门市逐日平均气温（1904 年 8 月至 1944 年 3 月）》。

7. 《长乐县东犬岛逐日降水量（1892 年 6 月至 1943 年 6 月）》、《长乐县东犬岛历年逐月降水量（1892 年 6 月至 1943 年 6 月）》。

8. 《平潭县牛山岛逐日降水量（1885 年 1 月至 1941 年 11 月）》、《平潭县牛山岛历年逐月降水量（1885 年 1 月至 1941 年 11 月）》。

9. 《莆田县乌丘屿逐日降水量（1886 年 9 月至 1943 年 5 月）》、《莆田县乌丘屿历年逐月降水量（1886 年 9 月至 1943 年 5 月）》。

10. 《金门县北椗岛逐日降水量（1892 年 6 月至 1943 年 7 月）》、《金门县北椗岛历年逐月降水量（1892 年 6 月至 1943 年 7 月）》。

11. 《龙海县东椗岛逐日降水量（1893 年 1 月至 1943 年 7 月）》、《龙海县东椗岛历年逐月降水量（1893 年 1 月至 1943 年 7 月）》。

12. 《宁德县三都澳历年逐月降水量（1917 年 1 月至 1940 年 7 月）》。

13. 《连江县东引（东涌）岛历年逐月降水量（1905 年 1 月至 1943 年 6 月）》。

14. 《连江县东引（东涌）岛逐日平均气温（1908 年 1 月至 1943 年 6 月）》。

15. 《长乐县东犬岛逐日平均气温（1908 年 1 月至 1943 年 6 月）》。

16. 《平潭县牛山岛逐日平均气温（1908 年 1 月至 1941 年 11 月）》。

17. 《莆田县乌丘屿逐日平均气温（1908 年 1 月至 1943 年 5 月）》。

18. 《金门县北椗岛逐日平均气温（1922 年 6 月至 1943 年 7 月）》。

19. 《龙海县东椗岛逐日平均气温（1908 年 1 月至 1943 年 7 月）》。

20. 《连江县东引（东涌）岛逐日最高气温（1910 年 1 月至 1943 年 6 月）》、《连江县东引（东涌）岛逐日最低气温（1908 年 1 月至 1943 年 6 月）》。

21. 《龙海县东椗岛逐日最高气温（1891 年 1 月至 1943 年 7 月）》、《龙海县东椗岛逐日最低气温（1891 年 1 月至 1943 年 7 月）》。

22. 《长乐县东犬岛逐日最高气温（1890 年 6 月至 1943 年 6 月）》、《长乐县东犬岛逐日最低气温（1890 年 6 月至 1943 年 6 月）》。

23. 《平潭县牛山岛逐日最高气温（1891 年 1 月至 1941 年 11 月）》、《平潭县牛山岛逐日最低气温（1891 年 1 至 1941 年 11 月）》。

24. 《莆田县乌丘屿逐日最高气温（1891 年 1 月至 1943 年 5 月）》、《莆田县乌丘屿逐日最低气温（1891 年 1 月至 1943 年 5 月）》。

25. 《金门县北椗岛逐日最高气温（1922 年 6 月至 1943 年 7 月）》、《金门县北碇岛逐日最低气温（1922 年 6 月至 1943 年 7 月）》。

（二）台湾总督府台北气象台印刷发行的台湾及吕宋、印度支那、东南亚等地气象整编资料

1.《台湾测风气球报告》、《上层气流观测报告》，记载台北、宜兰、花莲港、台中、台南、澎湖、屏东、恒春、阿里山高山等观测、测候所1933年7月至1941年3月高空观测资料。

2.《台湾累年气象报告》记载台湾13个测候所1897—1937年（自明治三十年至昭和十二年）累年各月气压、气温、降水量、蒸发量、各天气日数及地震回数（有感）等整编观测资料。

3.《台湾雨量报告》记载台湾182个测候所及雨量观测所1901—1935年（自明治三十四年七月至昭和十年）历年各月降水总量、年最大日量、雨天日数、累年平均值及雨量图等。

4.《台湾航空气象报告》记载台北、大屯山、松山、台中、台南、大武、台东、新港、花莲港、宜兰、彭佳屿、长岛（新南）等飞行场出张所、测候所1940年7月至1941年6月（自昭和十五年七月至昭和十六年六月）逐时风向、风速、云量、云形、云向、云高、视程、天气及记事等整编观测资料。

5.《松山·大屯山气象表》记载松山、大屯山等飞行场出张所、测候所1936年1月至1939年12月（自昭和十一年一月至昭和十四年十二月）逐时风向、风速、云量、云形、云向、云高、视程、天气及记事等整编观测资料。

6.《台湾气象报告》（两本），记载台湾各测候所及雨量观测所1934—1940年（自昭和九年至昭和十五年）历年气象表、气温、降水量报告、日射观测表及地震报告等。

7.《台湾省气象月报表》，记载台湾23个测候所1947年1月至1948年6月气象月报表。

8.《南方气象调查月报》，记载东南亚的马来群岛等观测、测候所1940年8—11月（自昭和十五年八月至十一月）高空观测资料。

9.《南支南洋气象报告》（两本）记载印度支那、南洋观测所1934—1938年（自昭和九年至昭和十三年）逐日气压、风向、风速、天气及气温等观测资料。

10.《吕宋印度支那上层气流观测报告》（东南亚的马来群岛），记载东南亚的马来群岛等观测、测候所1936年10月至1940年7月（自昭和十一年十月至昭和十五年七月）高空观测资料。

九、《福建省志·气象志》
撰稿人和编辑

章 序	撰稿人	编 辑
图 片	颜家蔚　糜建林　林文卿　曹李兴　张深寿等	颜家蔚
目录英译	龚振彬	黄文堂
概 述	高时彦	高时彦
第一章	王 岩　林 昕　梅 机	黄文堂
第二章	吴 滨　王 岩　黄文堂	黄文堂
第三章	邹 燕　张容焱　王 岩　梅 机　陈青娇	黄文堂
第四章	苏万康　陈秋儿　陈青娇　梅 机	高时彦
第五章	苏万康　黄 东　刘文文	高时彦
第六章	刘爱鸣　林 毅　刘 铭　柯小青　夏丽花　许金镜	黄文堂
第七章	王 岩　池艳珍　池幼群　陈 惠　陈家金　李 文	黄文堂
第八章	刘爱鸣　林 毅　柯小青　王 岩　陈家金　冯宏芳 黄文堂　林长城　施永强　凌士兵　陈青娇　梅 机	黄文堂
第九章	吴太旺　黄文堂	黄文堂
第十章	林 毅　陈家金　施永强　凌士兵　柯小青　李文勇 王 岩　吴 滨　林长城　冯宏芳　黄晓东　陈青娇 梅 机	黄文堂
第十一章	陈赢禧　于晓力	高时彦
第十二章	陶本芳　朱 建　官秀珠　颜家蔚　高时彦　任建龙	高时彦
第十三章	肖 锋	高时彦
第十四章	张明祥　苏万康　夏 辉　王爱群　顾伟民　黄榕城　余敏贞　张瑞桂 吴德辉　官秀珠　肖 锋　刘超英　陈晓霞 高时彦　肖 锋　王 岩　林 昕　黄文堂　刘增基	高时彦
附 录	黄文堂	高时彦
后 记		黄文堂

后　记

　　2007年5月，本志编纂启动。省气象局成立编委会，党组成员、副局长周京星任常务副主任，分管修志日常工作。编委会下设修志办，其主任、副主任分别由局办公室主任、副主任兼任，负责协调各参编单位相关事宜。修志办聘请老同志担任正副主编，负责编纂工作。

　　从启动到送验收历4年，过程衔接紧密。启动阶段：组建机构，拟定大纲，物色撰稿人，举办培训班，邀请省方志委副编审郑羽授课。收集资料与编写阶段：组织撰稿人收集资料并编写资料长编，正副主编撰写初稿，修志办编发《气象志》编辑信息，通报编纂进度和质量情况。初稿评审阶段：将初稿分5批次评审，分别邀请省内气象专家、相关章节的单位领导及省方志委专家参加评审，编辑室收集梳理各方意见。总纂阶段：主编根据各批次评审意见，全面修改、补充，总纂出征求意见稿，送交省方志委及编委会成员审读。定稿阶段：编辑室按编委会审定会（一审）意见，再度逐章修改，形成送审稿，提交二审会议。二审会后，根据意见，主编再作修改、补充、调整、校正，形成定稿。2011年3月，定稿送交省方志委验收。

　　本志的编纂得到来自各方面的关心、支持和帮助，局领导将之纳入议事日程，亲自制订编纂方案，落实编写人员、经费和办公条件，保证了编写的顺利进行。各处室馆、直属单位、各设区市气象部门和民航福建管理局为本志编写提供了大量的资料。省方志委的领导和专家自始至终都给予精心辅导和严格把关。各编写单位撰稿人在完成本职工作的同时，按时完成编写任务。省气候中心、省气象科技服务中心、省气象科研所、宁德市气象局、连江县气象局分别为各次评审提供周到的服务。三明、龙岩、泰宁、连城等市、县气象局为本志调研工作提供了帮助。颜家蔚、糜建林等为本志提供了珍藏图片。谨表谢意！

编　者

2011年2月